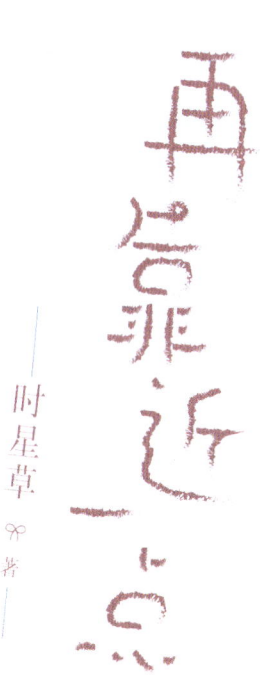

[上册]

再靠近一点

时星草 著

华龄出版社
HUALING PRESS

图书在版编目（CIP）数据

再靠近一点 / 时星草著. -- 北京 : 华龄出版社, 2024.1

ISBN 978-7-5169-2468-6

Ⅰ.①再… Ⅱ.①时… Ⅲ.①言情小说 - 中国 - 当代 Ⅳ.①I247.5

中国国家版本馆CIP数据核字（2023）第032228号

策划编辑	酒 酒	责任印制	李未圻
责任编辑	李梦娇	装帧设计	白砚川

书　　名	再靠近一点	作　　者	时星草
出　版	华龄出版社 HUALING PRESS		
发　　行			
社　　址	北京市东城区安定门外大街甲57号	邮　　编	100011
发　　行	（010）58122255	传　　真	（010）84049572
承　　印	大厂回族自治县德诚印务有限公司印刷		
版　　次	2024年1月第1版	印　　次	2024年1月第1次印刷
规　　格	640mm×920mm	开　　本	1/16
印　　张	40.5	字　　数	660千字
书　　号	ISBN 978-7-5169-2468-6		
定　　价	69.80元（全二册）		

版权所有　侵权必究

本书如有破损、缺页、装订错误，请与本社联系调换

目录

上册

第一章	青梅遇竹马	1
第二章	梦中男友	30
第三章	给你加油	54
第四章	吸　引	87
第五章	心　动	119
第六章	小套路	153
第七章	靠　近	188
第八章	喜欢的人	225
第九章	怀　抱	251
第十章	想见你	272

第十一章	心跳失控	313
第十二章	晚　安	352
第十三章	沉　沦	391
第十四章	公开表白	430
第十五章	看　雪	458
第十六章	许　愿	496
第十七章	婚　礼	540
第十八章	从最初到永远	558
番 外 一	平行世界——如果有如果	579
番 外 二	偏　爱	631

目录　下册

第一章
青梅遇竹马

隆冬时节，寒风刺骨。

窗外天色渐渐暗了下来，灰蒙蒙的，人影和街景都变得朦胧模糊。

博慕迟推着行李从接机口出来时，眯着眼费力地寻找着熟悉的车和人。

她张望半天，也没看到。

蓦地，鼻间传来一股清冽的味道，有点儿像冬日树木青草香的感觉，很有大自然的气息。

她下意识扭头，看到一个正朝着自己不疾不徐地走来的人。那是她干妈的儿子，她的邻居兼竹马，傅云珩。

出口这一处人多、车多，熙熙攘攘的，虽算不上拥挤，但也绝不宽敞。

傅云珩穿着深色长款风衣，身形颀长清瘦，肩宽腰窄。他气质特别，面容英俊，一路吸引了不少行人的目光。

博慕迟看了他片刻，不由得感慨，这人帅是帅，只是高冷了点儿。

她在脑海里点评此人的间隙，傅云珩已经走到她眼前。

两人对视一眼，都默不作声地挪开了目光。

不知从什么时候起，两人不再像小时候那般亲密无间，好像是在博慕迟进国家队后，又好像是傅云珩念大学后，大抵是两人越来越忙的缘故。

算下来，两人其实已经很久没见了。

博慕迟是专业的滑雪运动员。而傅云珩是医学生，从大一进校至今，基本都住在学校,如非必要,他很少回家。

"医院有点儿事耽搁了。"傅云珩的声音依旧清冽,没有多余的感情,"来晚了。"

博慕迟"嗯"了一声,知道他在医院实习,时间上不能由自己随意把控。

她没多说什么,点了点头,语调客气:"麻烦你了。"

傅云珩神色如常,接过她的行李箱,带她往停车场那边走。

博慕迟乐得轻松地跟在他旁边,她是个活泼的性子,可每回在傅云珩这里都会遭遇冷场。

傅云珩不爱说话,除了医学方面的研究,对别的事好像都兴致缺缺。

博慕迟深谙他的秉性,自然也不会自讨没趣。

两人秉承着沉默是金的想法走到车旁。傅云珩让她先上车,将行李箱放到后备厢。

车子刚离开机场,博慕迟便收到了她亲妈迟绿的消息,问傅云珩接到她没有。

博慕迟是单板滑雪运动员,前段时间到国外进行封闭训练,今天回国。而她的亲爹、亲妈居然记错了她回国的时间,和傅云珩父母一起去温泉山庄度假了,要过几天才能回来。

因此,接她的这份重任便落在了傅云珩肩上。

博慕迟给迟女士发了个气鼓鼓的表情包。

博慕迟:"接到了。"

迟绿:"那你这几天住云宝那边吧,他会做饭,能照顾你,我们出门后你杨阿姨也放假了。"

她说的杨阿姨是照顾博慕迟一家的阿姨。

博慕迟:"……"

迟绿:"怎么,不想和云宝一起住?"

博慕迟偷偷瞟了旁边专注开车的人一眼,面无表情地回复她:"倒也没有,我主要是怕我去云宝那边住,对他影响不太好。"

她之前就听家里人说过,傅云珩实习后,因医院离家太远,就在医院附近租了一套房子。

迟绿:"为什么?"

博慕迟觉得她妈在装傻,重点强调:"他一个人住在外面,忽然带个漂亮女生回家,难道不会让人误会吗?"

迟绿:"嗯……漂亮女生说的是你吗?"

博慕迟:"当然。"

迟绿:"你这自恋是遗传谁的?"

博慕迟:"您!"

迟绿哭笑不得:"我们和他提过,不会有什么影响,你放心去住吧。我们再玩两三天就回去了。"

博慕迟:"行吧。"

她瞥向旁边安安静静的人,回复迟女士:"那他要是凶我的话,你让干妈给我撑腰。"

迟绿:"你想多了,他不会凶你。"

博慕迟:"可是他好高冷,我们俩上车后,他没跟我说一句话……"

迟绿:"……"

这一点,迟绿也没办法。

说实话,傅云珩小时候不是这样的。很小那会儿,他是有点儿酷,但和博慕迟实属是人人艳羡的一对青梅竹马,感情也很好。

可能是两人长大后有了独立思想,又或者是因为见面时间不多,两人不再像小时候那般黏糊,渐渐有了距离感。

跟迟绿闲聊了一会儿,博慕迟摁灭手机屏幕,侧头去看旁边的人。

她抿了下唇,鼓起勇气和他搭话。

"云……""宝"这个字还没出来,博慕迟生硬地改了口,"傅云珩。"

云宝是傅云珩的小名,博慕迟小时候不是叫他云宝就是云珩哥哥。但这两个称呼对她而言都有些生疏了,她觉得还是喊全名比较好。

听到她喊自己,傅云珩抬了下头:"什么?"

"……"博慕迟摸了下鼻尖,盯着前方路况问,"你在医院实习怎么样?"

傅云珩是前几个月才到医院实习的,博慕迟这几个月要么在队里,要么在国外训练,基本没怎么回家,偶尔回来半天,也没和他碰上面。

"还好。"傅云珩惜字如金,"你呢?"他礼尚往来,问了一句。

博慕迟眉梢微扬,眨了眨眼说:"我也还好。"

"……"

不知不觉,车厢内又安静下来了。

博慕迟鼓了鼓脸,转头看向窗外。

一段时间没回来,街景都有了变化。大概是天气冷,路上的行人不多,即便有,也都是匆匆忙忙的模样。

博慕迟看了会儿，有点儿累了，没和傅云珩多说，就歪着头睡了过去。

红灯时间，傅云珩踩下刹车。

等待的间隙，他侧眸看向一旁熟睡的人。

博慕迟睡得很沉，睡颜恬静，和她清醒时不太一样。

她五官张扬明艳，看着有些高冷不好接近，可实际上她并没有什么骄纵的大小姐脾气，反倒比一般人更活泼可爱。

只是这活泼可爱，少有在傅云珩面前表露出来。

喇叭声响起，傅云珩收回思绪和视线，踩下油门。车稳稳当当地停在小区里时，博慕迟还没醒。

他看了一眼时间，手指轻敲着方向盘，这是他思考时的习惯性动作。

倏地，手机铃声打破车内的寂静。

博慕迟睡眼惺忪地嘤咛了一声，不太舒服地动了动："到了吗？"她刚睡醒，嗓子还有点儿哑。

傅云珩应声："到了，我接个电话。"

刚刚是他的手机在响。

博慕迟打了个哈欠，揉了揉眼睛。她回过神来时，傅云珩已经下车去接电话了。

她喝了两口车里放着的矿泉水润嗓，恢复精神后也跟着推开车门下去，脚刚踩在地面上，就听到傅云珩的说话声。

"好，我待会儿回来。"他嗓音淡淡的，听不出什么情绪，"我在家，二十分钟内到。"

"……"

看他挂断电话，博慕迟主动问道："你有事？"

傅云珩颔首，垂睫看着她："医院有点儿急事，我先把你……"后面的话还没说出口，博慕迟便很懂事地说："那你快回医院吧。"

她顿了顿往上指："你住的地方应该是密码锁吧？我自己上去就行。"

闻言，傅云珩问："你确定自己可以？"

"可以。"博慕迟认真回答。

傅云珩还有点儿不放心，正欲再说点儿什么，博慕迟已经打断了他的思绪："我不是小孩子了。"

听到这话，傅云珩不再纠结，医院不等人。

他将密码告诉博慕迟，叮嘱道："有事给我打电话，屋子里的东西你随意用，你今晚睡主卧，我大概两小时后回来，家务可以等我回来收拾。"

博慕迟是个家务白痴，这个点找家政也不合适。

博慕迟一一记下："知道了，你快走吧。"

傅云珩颔首，沉吟几秒后喊她："兜兜。"

兜兜是博慕迟的小名。

博慕迟一怔，诧异地看着他，她有段时间没听傅云珩这样喊她了。

"啊？"博慕迟抬起头看着他。

傅云珩微顿，和小时候一样拍了拍她的脑袋："我很抱歉。"

"没事没事。"博慕迟善解人意地道，"我知道你忙，你快走吧，你要真觉得抱歉的话……"她顿了下说，"忙完回来给我带点儿吃的就行。"

傅云珩应下，大步离开。

看了车尾片刻，博慕迟从口袋里掏出口罩戴上，慢吞吞地推着行李去了他家。

傅云珩租的房子在11楼，楼层不高，但也不算矮。房子面积不大，是两房一厅的小户型。

博慕迟进屋看了看，发现傅云珩这儿没有客房。

两间房，一间做卧室，另外一间被他改造成了书房。

看着书房里满满当当的书和各类资料，博慕迟默默地将目光投到柔软的沙发上。如无意外，她这两天的归宿应该就在那儿。

好在博慕迟是个随遇而安的人，集训或比赛时，也不是没住过破旧的房子。

她是有点儿娇生惯养，在爸妈和熟悉的人面前是个不能直立行走的人，但总体的适应能力还不错。

在屋子里转了一圈，博慕迟将行李箱打开，拿出睡衣准备先洗澡。坐了十几个小时的飞机，她感觉自己全身上下都脏兮兮的。

唯一庆幸的是，浴室不在他的卧室，而是在外边。没什么心理负担地洗过澡后，博慕迟有些饿了。

她看了看墙上的时钟，已经晚上七点了。她摸了摸"咕噜咕噜"叫的肚子，往厨房那边走。

傅云珩是个有洁癖的人，屋子收拾得一尘不染不说，连冰箱也空荡到小偷来了会后悔的地步。

她扶着冰箱门思考了半分钟，拍了张照片发给傅云珩。

博慕迟："小傅医生，你日常喝露水吗？"

傅云珩的爸爸是傅医生，子承父业，但怕称呼混淆，大家都喊他"小傅医生"，博慕迟偶尔也会跟着这样喊。

傅云珩刚跟着医院带他的师兄看完病人情况，便看到了博慕迟发来的消息。隔着屏幕，他能感受得到她话语里的挖苦。

"笑什么？"束正阳，也就是带他的师兄问他。

傅云珩挑眉，神色轻松："我笑了？"

束正阳瞥他："谁的消息？"

"邻居妹妹。"傅云珩刚才离开医院去接人的时候便和束正阳提过。

闻言，束正阳才想起还有这号人："人接回家了吧？"

傅云珩颔首。

束正阳揉了揉太阳穴："接回家了就行。"他思量了须臾，看向傅云珩，"那你先回去吧，这边有急事，我再给你打电话。"

他刚刚之所以把傅云珩喊回来，是因为他们负责的这个病人有突发情况。这种情况倒不是说棘手，只是实习生没遇到过，想让他多了解一下。

他知道傅云珩各方面综合能力很强，因此想让他的经验更丰富、了解更多的东西。

傅云珩想到家里那个不会做饭的人，也没和束正阳客气："那有事给我打电话。"

束正阳摆摆手："去吧去吧。"

回家前，傅云珩去了趟超市。

到屋门口时，他停住准备按密码的手，先敲了敲门。只是不知道博慕迟是睡着了还是在忙，没人回应。

傅云珩输入密码将门打开时，恰好听见躺在沙发上背对着自己的她在跟人打电话。

"我好饿啊……"博慕迟跟从小认识的好友谈书哭诉说，"谈书，你再不带吃的来看我，你将会看到一个漂亮的天才少女陨落。"

谈书："傅云珩没说什么时候回来？"

博慕迟："没说，而且就算说了，他回来也没用啊。"

她想着那空荡荡的冰箱，叹了口气："我感觉他最近在喝露水维持生命。"

"……"

话音落下，博慕迟隐约觉得哪里不太对。

她动作缓慢地侧了个身，在对上傅云珩那张情绪不明的桃花眼后，那种背后说人坏话被逮了个正着的心虚感逐渐冒了出来。

她抿了下唇，紧张地咽着口水："你……怎么这么快回来了？"

傅云珩收回落在她身上的目光,神色寡淡地说:"为了不让漂亮的天才少女陨落。"

"……"

傅云珩倒是没有太多挖苦博慕迟的意思,就是随口接话。说完,他就提着从超市买的东西进了厨房。

他大学念的是本硕博连读的医学专业,在实习前出国做过两年交换生,也是在国外,他学会了做饭这件事。

将东西整理好放进冰箱,他抬头看向呆坐在沙发上的人,低低地问:"晚饭想吃什么?"

"露水?"博慕迟下意识回复。

傅云珩:"……"

他垂下眼,隔着不远不近的距离看着她:"确定?"

"不确定。"博慕迟回过神来,窘迫道,"都行,你看着做吧。"

她起身往厨房走,有客人的自觉性:"需要我帮忙打下手吗?"

"不用。"傅云珩冷淡地拒绝道,"只是需要劳烦您再坚持半小时。"

博慕迟听出他话语里的嘲讽之意,很是无语。她太久没跟傅云珩单独相处了,都不知道他什么时候学会这样说话了。

博慕迟不是那种会和他客气的人,既然傅云珩说不用,她也就心安理得地回了客厅。

她重新拿起手机,微信里已经收到好几条消息。

刚刚傅云珩说的话谈书一字不落地听完,正乐不可支。

谈书:"请问漂亮的天才少女现在情况如何了?傅云珩是让你今晚喝露水呢,还是喝白开水?"

谈书:"博天才什么时候回我消息?请问你还好吗?"

……

博慕迟偷偷瞟向厨房里侧对着自己这边的人,没好气地回她消息:"还活着。"

谈书:"那就好。"

博慕迟:"我怎么感觉你有点儿幸灾乐祸?"

谈书:"我哪儿有……"

博慕迟也不和她纠结有还是没有这件事,正想再编辑点儿什么的时候,耳边先有了脚步声。

她下意识抬头，看到傅云珩端着一盘洗好的水果放在她面前的茶几上。

"先垫垫肚子。"傅云珩扫了一眼她捧着的手机。博慕迟第一时间将手机扣过去，有点儿心虚。

好在傅云珩将水果盘放下后便返回了厨房。看了他清瘦的背影半响，博慕迟抬手摸了摸耳朵，在心中叹气——今天一定不再跟谈书讨论傅云珩了。

她不想再被抓包。

到浴室洗完手，博慕迟坐在地毯上吃水果。地毯不厚也不柔软，坐久了屁股痛。

考虑到待会儿要捧场吃傅云珩亲手做的晚饭，博慕迟只吃了少许水果。

没多久，晚饭好了，客厅飘散着食物的香味，勾得人垂涎欲滴。

看到桌上摆着的色泽鲜明的清炒牛肉、清蒸鱼、虾仁蒸蛋和上汤娃娃菜时，博慕迟还是馋了。

接过傅云珩给的筷子，她不想让氛围就这么安静下去，随口问道："你什么时候学会做饭的？"

印象里，傅云珩应该和她一样，属于生活白痴才对。

傅云珩瞥她："国外念书的时候。"

博慕迟"哦"了一声，突然不知道再说点儿什么好。

要换作和其他人一起吃饭，她肯定叽叽喳喳能说好多话，什么话题都能聊，可面对傅云珩时，博慕迟却很容易成为话题终结者。

须臾间，客厅只有两人碗筷碰撞的细微动静。

博慕迟安静吃饭，不知不觉便吃多了。

放下碗筷时，她后知后觉地发现自己吃了两碗饭，而傅云珩好像只吃了一碗。

发现这点后，博慕迟神色僵硬地问："你不饿？"

"……"

察觉到她问这个问题的缘由，傅云珩有点儿想笑。

他知道博慕迟日常训练运动量很大，吃两碗饭实属正常，但是看她懊悔的神色，他压了压上翘的唇角，低低地道："应该没你饿。"

博慕迟："……"她更不想和他说话了。

傅云珩一笑，起身收拾餐桌。

"我来吧。"博慕迟很自觉，"饭是你做的，碗我洗。"

"不用。"傅云珩直白地告诉她，"这儿也有洗碗机。"

再一次在傅云珩这儿遭遇冷场,博慕迟变得安静。她在不大的客厅里走了两圈消食,弯腰拿起遥控器打开电视。

她觉得此时此刻,只有电视机的声音能缓解两人沉默的现状。

把电视打开,博慕迟熟练地找到体育频道。

没想到的是,电视里播放的恰好是自己几年前在美国参加的一场单板滑雪公开赛U型池夺冠的比赛。

为了不让自己在傅云珩心里留下自恋的印象,博慕迟正准备换台,侧边传来一句:"就看这个吧。"

她一愣,回头看向傅云珩:"什么?"

傅云珩敛眸看了她一眼,将视线转到电视上,讲解员正在为博慕迟做介绍。

她穿着红白相间的滑雪服出现在速滑区,正在为比赛做准备。

在现场解说员介绍完她的国家和名字后,高空中便出现一抹穿着红白相间,滑雪服左胸口处有五星红旗的身影。

她一跃而上,弯腰抓板,反脚外转720°,衔接外转900°落地。

镜头里有雪在飞扬,却无人在意,所有人的注意力都紧缩在她身上,眸子里写满了兴奋之意。

落地后,她帅气地在采访记者面前摘下滑雪镜和头盔,露出张扬明艳的五官。

看到她的长相后,现场的尖叫声更甚,博慕迟扬手和现场观众打招呼。

她那双皎洁明亮的狐狸眼弯了起来,唇角微微上扬,笑容灿烂又自信,吸引无数人的目光。

这场比赛,让不少关注体育运动、关注滑雪比赛的人知道了她的存在,记下了她的名字。

那年,博慕迟十六岁。

后来,有人挖出她的过往。

她是天才型滑雪运动员,但她并不拘泥于单板滑雪这一项运动,双板滑雪她也滑得非常好,其他的运动她也或多或少会一些。

更重要的是,她除了有运动天赋外,其他方面也非常优秀。因为母亲是模特,博慕迟小时候还到秀场走过秀,走得有模有样的。

……

傅云珩看着镜头里的人,又看了看沙发上正津津有味看自己比赛的博慕迟。

博慕迟很喜欢看滑雪比赛,无论是自己的还是其他选手的,她都会看。

知己知彼方能百战百胜,这是她的座右铭。

她洗过澡穿着家居服，脸上没涂任何化妆品，但她天生皮肤好，白皙透亮，明艳的五官衬得狭小的客厅也熠熠生辉。

恍惚间，傅云珩感到她好像真的长大了。

转念一想，他又觉得自己这个想法有点儿可笑。博慕迟今年二十一岁，也确实长大了。

博慕迟正看着，不经意地侧头时对上了傅云珩的目光。

他的眼睛遗传了他父亲的桃花眼，潋滟又勾人，偏他又是个冷淡寡情的性子，眸子里少有多余的情绪流出。

两人的视线撞上。

傅云珩微微顿了下，神色如常地挪开视线。博慕迟怔怔须臾，默不作声地收回目光。

她看完比赛，时间不早了。

博慕迟在国外训练时睡觉时间早，不到九点便困了。

她打了个哈欠，伸长脖子去看书房那边的情况。

傅云珩又接了个电话，就进了书房，之后再没有动静。

博慕迟坐在沙发上思考了三分钟，终究扛不住睡意，起身在书房门上叩了叩。

她推开门，傅云珩正在看病历，听到声响抬起头看向她："怎么了？"

博慕迟没和他客气，直接说："我准备睡觉了，你给我拿一床被子。"

傅云珩才想起这事，起身走近她："你等会儿。"

博慕迟点头，重新坐回沙发上。

等了大概十分钟，傅云珩才抱着被子和枕头从房间出来。

他刚把被子放下，博慕迟就准备去拿。

"你要睡沙发？"傅云珩诧异地看着她。

博慕迟想也没想就说："你这儿不就一个房间？"

"……"

傅云珩无奈地道："去房间睡。"怕博慕迟介意，他补充道，"床单被套都换过了，是干净的。"

博慕迟一愣："那你呢？"

傅云珩抬了抬下巴。

"你睡沙发？"博慕迟惊讶，"你明天不是还要去医院上班？"

她想的是医生需要好好休息，她这个在假期中的人睡哪儿并不重要。

傅云珩"嗯"了声："沙发够大。"

博慕迟一顿，还想再说点儿什么，傅云珩眼睫一抬："还不困？"

博慕迟微哽："困，可是……"

"没有可是。"傅云珩坚持，"我没有让女生睡沙发的习惯。"

不说是博慕迟，就算是普通的异性朋友，傅云珩也不会心安理得地自己睡房间，让女生睡沙发的。

当然，普通的异性同事、朋友也不会在他家留宿，他也不会答应。

博慕迟知道傅云珩性子虽冷，可骨子里的绅士风度一直都在。无论是小时候还是现在，都一样。

思及此，博慕迟不再纠结。

"那好吧，"她起身，"我睡房间。"她想了想，看向傅云珩，"你要是在沙发上睡得不舒服可以喊我，我也能睡沙发。"

闻言，傅云珩无奈一笑："知道，去睡吧。"

"嗯……晚安。"博慕迟说。

傅云珩："晚安。"

博慕迟进了房间，眼睛不受控地看了看房内摆设。

傅云珩房间东西不多，且都收拾得非常整洁。除了床和衣柜，便是一张放在窗下的大书桌和简易书柜，书桌旁边的墙柜上还摆放着几个相框。

博慕迟背着手走近，看到了她和傅云珩几年前的合照。她看了好一会儿才想起来，这是她初中毕业时拍的。

那会儿她已经进国家队了，而傅云珩也因学业繁忙，彼此很久没见过面，所以拍照的时候，两人有了陌生感。博慕迟不再像小时候那样挽着他的手。他们俩这张照片，中间隔的距离虽不能塞下一个人，但也有了明显的生疏感。

睡前，博慕迟收到和他们一起长大的星星姐的消息，说她明天出差回来，晚上一起吃饭。

博慕迟很喜欢她的星星姐，开心地答应下来。

答应后，她想起给自己让房间的人，连忙问："你喊傅云珩了吗？"

星星姐："你想喊就喊。"

博慕迟："……"

可能是陌生的空间和床，这一晚，博慕迟睡得并不怎么好。

六点不到，她便睁开了眼，挣扎了片刻，还是爬了起来。拉开房门，她一眼便看到了在沙发上睡觉的人。

冬日的清晨六点，光线还有些昏暗。

博慕迟看不太清楚傅云珩的面容，只能看到一个模糊的轮廓。她看了几秒，蹑手蹑脚地往浴室那边走。

从浴室出来的时候,博慕迟对上了一双还没完全清醒的眼睛。

莫名其妙地,她觉得刚睡醒的傅云珩有点儿萌,像她小时候一直喊的云珩哥哥。

思及此,博慕迟无声地翘了下唇角:"吵醒你了?"

"没有,"傅云珩刚睡醒,嗓音有些低沉,"不睡了?"

博慕迟点头:"我想出去跑会儿步。"

她现在虽是休息期间,但日常的体能训练不能少。

傅云珩并不意外,搓了搓头发:"先刷牙,我陪你一起去。"

博慕迟一愣:"啊?"

"啊什么?"傅云珩瞥她。

"哦。"博慕迟讪讪的,"那我先去换衣服。"

简单洗漱后,两人换上运动服出门,傅云珩住的小区还挺大,里面有塑胶跑道。

博慕迟是运动员,体能肯定厉害,她没想到的是傅云珩竟然也这么厉害。

五六千米跑下来,她没怎么累,傅云珩也神色依旧。

博慕迟挑眉看着他:"傅云珩。"

听到她直呼自己的名字,傅云珩不甚在意地"嗯"了一声。

"你平时经常……""锻炼"两个字还没说出口,一阵风吹来。

博慕迟下意识地低头,傅云珩的运动服不厚,风吹过后恰好勾勒出他的腹肌形状。

傅云珩没察觉到她的局促,接了话问:"经常什么?"

博慕迟惊讶地眨了下眼,又慢吞吞挪开:"经常锻炼……"

"嗯。"傅云珩应声。

博慕迟机械地点头,默默垂下眼睫,不太礼貌地在他腹肌位置多看了两眼。

回到家,傅云珩让汗涔涔的她先去洗澡。博慕迟洗完澡出来时,他已经将早餐做好了。

外面的天色已经明亮起来,虽依旧有点儿雾蒙蒙的,但比他们出门那会儿好了很多。

博慕迟知道北城的冬天大多是这样,倒也习以为常。

"趁热吃。"傅云珩随口道,"我去冲澡。"

博慕迟点头,走到餐桌旁看了一眼,傅云珩和她出门锻炼前便熬了小米粥,还有蒸鸡蛋、包子、馒头，清淡简单。

听着浴室那边传出的水声，博慕迟喝了两杯水，安静等人。她点开手机看了看，刚刚七点半。

博慕迟百无聊赖地玩着手机，有些心不在焉。

"不饿？"傅云珩快速冲了澡，出来看她在玩手机。

博慕迟："等你。"

虽说她不用跟傅云珩太客气，但她当客人的自觉性还是有的。主人都没来，她一个人提前吃，像什么话。

当然要换作她小时候和傅云珩的相处氛围来说，她可能不会这样，但现在他们都长大了，不一样了。

傅云珩看了她一眼。

那一眼怎么说呢，博慕迟觉得他好像很意外自己会等他。

想到这点，博慕迟没好气地睨了他一眼："很意外？"

傅云珩这个人向来实话实说："有点儿。"

博慕迟："……"

她轻哼，有点儿不讲理的傲娇："那是你对我认识还不够深。"她嘀咕，"我们都多久没见了，我又不是小时候那个抢着吃饭的博慕迟。"

听到这话，傅云珩很是怀疑："是吗？"

"……"博慕迟不想和他计较太多，"哼"了一声道，"是。"

傅云珩扬了扬眉，不置可否。

博慕迟低头喝粥，喝了两口她才想起昨晚陈星落和自己说的事。

"你今天要值班吗？"博慕迟抬眸，"星星姐想晚上聚一聚。"

傅云珩："有哪些人？"

博慕迟一愣，老实道："好像就我们仨……"

其他和他们一起长大的朋友要么不在家，要么就是在上课，根本没时间出来。

傅云珩应声，神色淡然："我不值班，但不一定能准时下班。"他还是个实习生，加上医院本来就忙，加班是常有的事。

博慕迟了然："那你能准时下班的话我们晚上就一起吃饭。"

傅云珩颔首。

两人安静地吃完早餐，傅云珩出门前问了她一声："你准备做什么？"

博慕迟："去滑雪场。"

傅云珩思忖了会儿，看着她说："我没办法送你，打车注意安全。"

"知道。"博慕迟朝他摆摆手,"你快走吧。"

考虑到是工作日,博慕迟也不着急出门。

吃完早餐,她躺回床上睡了个回笼觉,这才抱着自己的滑雪装备出门。

她是一天不滑雪就心痒痒的人,只要没有特殊情况,滑雪场每天都会有她的身影。

冬日的太阳穿破云层冒出了脑袋,温煦地照拂大地。

傅云珩住的地方离她偶尔会去的滑雪场有些距离,博慕迟坐了一个多小时出租车才到。

和她预想的差不多,今天的滑雪场人不多。换好滑雪服穿上装备,博慕迟坐缆车去高级道。

滑雪场一般都分初级、中级以及高级滑雪道,规模更大一些的,还分障碍道和U型池等。

抵达高级道,博慕迟做了几分钟拉伸运动,便踩着她的滑雪板从高级道滑了下去。

她到滑雪场训练,大多时候是从简单的开始,先简单玩一会儿,才会去练技巧。

高级道厉害的滑雪游客比较多,但像博慕迟这么轻松自在的少。

她滑雪时驾轻就熟的模样,跟走路一样轻松,夸张点儿说,她像是个赛车手。赛车手熟练地掌握方向盘和油门,而她掌握的是她的滑雪板,在雪场驰骋。

一阵风刮过,雪花飘扬。

隔壁初、中级跑道的新手们看着她滑雪时的姿态,不但控制不住惊呼声,连目光也舍不得从她身上挪开。

知道滑雪的人很酷,可在看到博慕迟一连串动作后,众人还是禁不住感慨,太帅了,真的太帅了!

傅云珩八点到了医院,和束师兄等几位医生一起查过房后,便开始了忙碌。

到了中午吃饭时间,他才得空休息。

傅云珩刚打好饭坐下,一侧传来两位同事的交谈声。

他和这两位同事都是同龄人,一位是他的同班同学赵航,和他在同一科室实习,另一位是他们的同校同学王明轩,现在在麻醉室实习。

"在看什么?"

听到王明轩的话,赵航笑道:"在看网友发的一个滑雪视频。"他直言,"这人看上去像是个女孩子,滑雪特别酷。"

"我看看。"王明轩接过他手机,"哎,你别说还真是,这人应该是专业的吧?"

赵航:"不清楚。"他也是休息间隙刷微博看到的。

王明轩看了一遍,有些意犹未尽地重看了一遍。

倏地,他喊傅云珩:"我们珩哥一点儿兴趣都没有吗?"

傅云珩的年龄其实比王明轩和赵航都要小,但因为他在同龄人中比较厉害,大家都喊他珩哥。

闻言,傅云珩垂睫扫了他推过来的手机一眼。

视频里的人恰好在旋转跳跃,将脚下的雪板运用到了极致。

他正欲收回目光,隐约觉得这人身上的滑雪服有点儿熟悉。他视线往上移,在她的雪镜上停滞片刻,确认了滑雪人的身份。

"看来视频里这人滑得是真不错,连我们云珩都多看了几眼。"王明轩揶揄。

傅云珩收回目光,顿了顿说:"是还可以。"

他难得夸人。

"啧,"赵航扬了扬眉,讶异道,"你这样说的话,那这人肯定不单单是滑得还可以。"

他知道傅云珩会滑雪。他记得很清楚,一次是他们班搞活动,周末去温泉山庄放松。那个温泉山庄除了有温泉,还有滑雪场。

大家对滑雪这种事都跃跃欲试,赵航也一样。

他会滑雪,而且也很喜欢看滑雪比赛,所以一到滑雪场,赵航便找到了自己的高光时刻。

他耍了会儿酷,吸引了大家的目光。

结果没过五分钟,班里同学的目光就从他身上转到了傅云珩那儿。

这人沉默不语,换上滑雪服后便默不作声地去了高级滑雪道。

班里暗恋他的女生目光紧紧跟随,在他从高级道滑出去的刹那,大家都尖叫起来。霎时间,所有人都以一种惊叹又艳羡的目光直勾勾地看着傅云珩。

赵航气得问他:"你会滑雪,之前怎么不说?"

傅云珩冷冷淡淡地反问他:"你什么时候问过这个问题……"

虽然赵航觉得这人腹黑,但还是不得不佩服他的滑雪技术,为了让自己的技术更进一步,他不得不在傅云珩的压迫下生活,时不时询问他一点儿滑雪方面的技巧性问题。

久而久之,他对傅云珩的嫉妒之情消失了,取而代之的是佩服,还是五体投地那种。

面对赵航的提问，傅云珩没理他。

赵航瞅他："问你呢，你觉得这人像不像专业的？不会是我们国家退役的运动员在那边玩吧？"

"不是。"傅云珩言简意赅。

赵航："这么确定？"

傅云珩"嗯"了一声。

赵航思考了会儿，点头说："我也觉得不像。"

王明轩看向两人："你们俩都会滑雪？"

"会。"说到这儿，赵航兴致勃勃地道，"我们休息的时候，一起组队去玩玩？很久没去滑雪了。"

王明轩没意见。

"珩哥呢？"

傅云珩："再看。"

换作之前，傅云珩会一口拒绝，但可能是昨晚看了博慕迟的比赛和刚刚的视频，还真有点儿想去滑雪了。

看傅云珩没拒绝，赵航就知道有戏。

他收起手机，边吃饭边说："那我找个大家都休息的周末，我们几个实习生一起去玩玩吧？"

医院实习生压力大，偶尔会凑在一起，放松放松。

与此同时，训练完的博慕迟收到教练岑青筠发来的消息，问微博上那个滑雪视频里的人是不是她。

岑青筠其实也看出来了是她，但还是找她确认一下。

这个视频其实是滑雪场内的一个男生拍的，本意也只是想说看到了一个滑雪很酷的女生，没有恶意。

只是他微博粉丝不少，冬季本就有很多人对滑雪跃跃欲试，话题热度高，再加上很多人转发评论，莫名就火了。

博慕迟看完，给教练回消息："是我。"

岑青筠："一个人去的滑雪场？"

博慕迟给她回了个自制的小女生点头表情包。

岑青筠了然，给她发了条语音："一个人在外面要注意安全，练完早点儿回家。"

博慕迟弯唇一笑，按下语音键："听青姐的，我待会儿就回家。"

岑青筠："好，注意劳逸结合，年后全国的U型池比赛给我再拿个冠军回来。"

"遵命。"博慕迟俏皮地回应道。

两人聊了几句，博慕迟换下滑雪服准备离开。

考虑到网上曝光的视频，她默默将口罩戴上。

从滑雪场出来后，博慕迟思忖了半晌，给谈书打了个电话，直奔她实习的地方。

她不想一个人吃午饭，在可选择范围内，只能去压榨谈书了。

"所以你又被人拍视频了？"两人找了家私厨餐厅坐下，谈书听她说完网上的事，掏出手机看了看，"你别说，这人拍的这个视频还蛮有感觉的。"

博慕迟喝了口水，扫了一眼道："还好吧。"

其实那人拍的视频不够专业。

谈书睇她一眼："已经拍得很好了，你还想要怎么好？"

博慕迟撑着脑袋想了想："还想要把我拍得更漂亮点儿。"

她和大多数女孩子一样，对自己的外表非常在意，特别爱美。

谈书给了她一个白眼："那我觉得你摘下口罩就好了。"

"那我不要。"博慕迟拒绝，"我会被青姐骂的。"

谈书笑道："你还怕她？"

"怕啊！"博慕迟在这种事情上很诚实，"我要是闯祸了，她会加大我的训练量。"

她喜欢滑雪，可也不想在日常训练的基础上再加大训练量，还是想要一点儿属于自己的空闲时间的。

谈书："在外面滑雪又不算闯祸。"

"确实不算。"博慕迟道，"我主要是不想被人讨论。"

谈书恍然，明白了博慕迟的困扰。

她清楚，从三年前博慕迟在冬奥会上拿下两块冬奥奖牌后，她的一举一动都会被很多人关注。

博慕迟刚开始参加的国际比赛还好，只有喜欢体育运动、喜欢滑雪的少部分人知道她，可冬奥会不一样，是受到举国关注的。

每一位运动员都在为国争光。

我们国家在冬奥会上的滑雪成绩说坏不坏，说好却也没有很好。在少许赛事上，还面临着突破的困难，而于众人而言，博慕迟确实是一个横空出世的天才。

　　她在冬奥会上的首次亮相，便凭借单板平行大回转和U型场地两个项目分别拿到了一枚金牌和一枚银牌，可以说惊艳了全世界。

　　因此，世人对博慕迟的关注比以往更甚、更夸张。

　　在了解到她从参加比赛开始就从未下过颁奖台的光荣事迹后，大家对她寄予的厚望更深。这种厚望正常来说是好的，可物极必反，太多的关注给她也造成了很多困扰。

　　偶尔，她在外跟朋友聚餐玩耍也会被拍，还会被拉着合影、签名。

　　这些都还好，最让人没办法接受的是，这一系列照片被网友们送上热搜时，话题下总有热评说她仗着天赋偷懒、不勤加练习，也不担心下回错失金牌，等等。

　　总而言之，现在网上对博慕迟的争议颇多。

　　这些困扰叠加在一起，让博慕迟减少了光明正大出现在外面的次数。

　　思及此，谈书给她倒了杯水，宽慰她道："不看不想，我们就当不知道。"

　　博慕迟弯唇笑了笑："嗯。"

　　吃过午饭，谈书还得回公司上班。

　　博慕迟不甚在意，摆摆手让她放心回去，自己一个人到周围转一转就回家。

　　她很久没逛街买东西了，附近恰好有商场，博慕迟没能按捺住内心的购物欲。

　　进了商场，戴着口罩的博慕迟又第一时间买了一顶帽子戴上。

　　买完单出来，她侧眸看向旁边镜子里包裹得只剩下一双眼睛的自己，无声地扬了扬唇。

　　晚上六点，陈星落顺利接到了博慕迟。

　　两人也许久没见，一上车，陈星落先将博慕迟打量了一番，宠溺地摸了摸她的脑袋："我们兜兜怎么又瘦了？"

　　"没有。"博慕迟抱着她的手臂撒娇，"我体重还跟以前一样。"

　　她常年锻炼的缘故，体脂率比较低，外形看上去很瘦罢了。

　　陈星落比博慕迟大五岁，是他们这一群朋友里最大的，再往下便是傅云珩。

　　她扬眉一笑，不讲理地说："我不管，我说你瘦了就是瘦了，今晚星星姐请客，你多吃点儿。"

　　博慕迟哭笑不得，嗓音柔软地答应着："好，星星姐让我吃什么我就吃什么，星星姐让我吃多少我就吃多少。"

陈星落："……"

陈星落心想，其实她也不用如此听话。

过来接博慕迟，陈星落没让公司司机接送，两人直奔以前常去的私房菜馆。

这家私房菜馆在小巷子里，地理位置虽属市中心，但因为巷子幽僻，头回过来的客人总要花些时间寻找。但博慕迟和陈星落常来，很快便到了菜馆附近的停车场。

下车往里走，博慕迟远远地便闻到了巷子深处飘来的味道。

她挽着陈星落的手臂，感慨道："果然是酒香不怕巷子深，还没到我就饿了。"

陈星落被她逗笑，勾了下唇角说："我也是，你不在家，我们也少来这边。"

和其他朋友聚餐，陈星落都是就近选择的。

和博慕迟之所以来这儿，是因为这家菜馆的老板娘和博慕迟父母认识，知道她是运动员，在做菜方面非常注意，不需要他们告知什么调味料不能放，什么菜她不能吃，老板娘自己就会叮嘱厨师。

博慕迟笑意盈盈地道："还是星星姐对我好。"

"你小时候也这么拍傅云珩马屁的。"陈星落觑她一眼。

陈星落提到他，想起博慕迟在微信上和她说的事："对了，你在傅云珩那儿住方便吗？要不要搬来和我一起？"

博慕迟思忖了会儿："我倒是还好，但傅云珩那儿不大，我住他那儿的话，他就得睡沙发。"

"他把床让给你睡了？"陈星落惊讶了一瞬，"算他是个男人。"

博慕迟"扑哧"一笑："他不让给我睡，我们也不能否认他是个男人吧？"

陈星落被噎住了，不讲道理地站在她这边："那我不管，他要是没把床让给你，他就不是个有绅士风度的男人。"

博慕迟听着，忍俊不禁。

两人慢慢悠悠地走到菜馆，和他们相熟的老板娘刘慧看到她们出现时，惊讶了片刻，然后热情地和两人打招呼。

"兜兜什么时候回来的，放假了？"

博慕迟含笑应着："是，我们放年假了。"

还有一个礼拜便是新年。她年后没有要参加的国际赛事，所以年假比往年放得更早，也更多了些。

刘慧惊喜不已："好好好，你们俩先去包间坐，我这就吩咐厨房去给你们弄吃的。"

"好。"博慕迟眉梢微抬，笑盈盈地道，"辛苦刘姨。"

"应该的。"

菜馆的包间是他们以前常去的那一间。

两人刚坐下，便有服务员过来给两人倒白开水。

博慕迟捧着杯子抿了几口润嗓，感觉干渴的喉咙舒服了些。

她四处看了看，发现这儿一如往常，没有任何变化。

陈星落看着她好奇的模样，弯了弯眉眼："看什么呢？"

"看我这么久没来，刘姨有没有给包间添置新物件。"博慕迟说着，郑重其事地点了点头，自己跟自己对话，"现在来看是没有。"

陈星落有些哭笑不得："休息会儿吧。"

她也喝了小半杯水，这才问："傅云珩是没办法准时下班吗？"

博慕迟点头："他四点多给我留了条语音，说是科室接了新病人，他要陪同上手术台，没那么快结束。"

再者，病人手术后还要观察一下术后反应，傅云珩作为实习生，即便天资聪颖，也得多花点儿时间留在医院，积累经验。

陈星落应声，托腮感慨："你说他怎么就学医去了？"

明明傅云珩很小那会儿，爱好是设计。

他母亲和奶奶都是设计师，家里也有设计公司。在他高考填志愿之前，所有人都以为他会选择设计或管理之类的专业，却没想到他直接填了八年制的本硕博医学专业，从此扎进医学世界里，再没办法抽身。

博慕迟想了想："可能是受傅叔叔影响？"

傅云珩的父亲傅言致是一名医生，还是极其忙碌的心外科医生。

"我觉得不像，"陈星落随口说，"他可能是觉得管理、设计太简单了，想挑战一下高难度、高强度的工作。"

这话说得也不是没有道理。

两人讨论了会儿傅云珩，话题逐渐歪到其他人身上。

她们无论多久没见，只要凑在一起就没隔阂。无论是工作上的还是生活上的事或人，她们都能聊。

从生活里遇到的人聊到娱乐论坛里的明星，陈星落给经常闭关的博慕迟分享各类八卦消息。

"对了，你知道最近影视圈在筹备和冬奥相关的影视剧吗？"陈星落爸妈之前是演员，息影后她妈妈开了个影视公司，也不知是运气好还是管理得当，在圈内也算有点儿名气。

陈星落研究生毕业后因对这个行业有兴趣,一头钻进了家里的影视公司,从基层做起,现在已经是小有名气的制片人了。

博慕迟还真不知道这事,来了兴趣。

"然后呢?"她好奇地问道,"有和滑雪有关的电视剧、电影吗?"

"当然有。"陈星落望着她,"我能不支持你的爱好?"

闻言,博慕迟眼睛晶亮:"所以滑雪题材的剧是你在筹备?"

陈星落点头:"剧本的初稿已经有了,我晚上回家发给你看看,你是专业的,帮我挑一挑剧本专业方面的问题。"

博慕迟毫不犹豫地答应:"没问题。"她直勾勾盯着陈星落,"演员定了吗?"

"男演员暂定了秦闻,你对他应该有印象吧?"陈星落看着她。

博慕迟愣了下,开始回忆。

秦闻是位爱好滑雪的演员,三年前博慕迟冬奥会夺冠时,很多圈内明星转发了她的微博,为她喝彩,秦闻便是其中之一。

在那之后,秦闻还去过其他滑雪现场看她的比赛。

他不是圈内第一个说喜欢博慕迟的演员,但他是网友公认的和博慕迟最般配的演员。两人年龄差别不大,再加上秦闻长相帅气,又拿过电视剧最佳男主角,大家自然地便嗑起了两人的CP(观众给自己喜欢的荧幕情侣的称号)。

博慕迟依稀记得她和秦闻有个CP名,好像叫"博闻多识"。

因为两人懂的东西多,特长多,见识也多。也因为,这个CP名听起来很有文化又很顺口。

"有一点儿,"博慕迟点头,"他已经接下了?"

陈星落颔首:"我这边刚找上他,他就同意了。"

博慕迟:"那女演员呢?"

"还没定。"陈星落有点儿头疼,"滑雪厉害的实力演员不多,而且还得符合年龄等各类设定的就更少了,难找。"

博慕迟了然:"再找找看。"她道,"不行的话只能让演员多去滑雪场找教练教。"

陈星落也是这样想的:"到时候你要有空,就来给我们的演员指点指点。"

博慕迟爽快答应:"好啊!"

吃过晚饭离开前,博慕迟想起还在医院上班的傅云珩,给他发了条消息,问他手术结束了没,吃没吃饭。

两人是变得有些陌生了,但小时候积攒下来的感情还在。

傅云珩刚结束手术回到科室,便看到了博慕迟一分钟前发来的消息。

他眉梢微抬,意外她还会记挂自己。

傅云珩:"结束了,还没有。"

博慕迟看他回复的消息,深谙这人是多打几个字都不愿意。

她挑了挑眉,低头回复:"那你有什么想吃的吗?我跟星星姐在刘姨这边,可以给你带份晚餐。"

傅云珩:"不用。"

博慕迟:"确定?"

她没记错的话,傅云珩也挺喜欢来刘慧这家菜馆吃饭的,对这儿的味道不排斥。

傅云珩:"嗯。"

他最近刚可以跟手术,虽早就模拟过,也解剖过动物,但目前来说,他在经历手术后还是会有些反胃,吃不下任何东西。

看傅云珩这冷淡的回复,博慕迟也不再执着于给他带饭。

反正她问了,是他不要的。

"傅云珩吃吗?"陈星落去了一趟洗手间回来问道。

"他说不需要。"博慕迟收起手机,"我们走吧。"

陈星落"喊"了声,吐槽他:"他现在是越来越酷了,连我们送东西都不要。"

博慕迟重重点头,附和道:"就是就是,一点儿都没小时候可爱。"

两人吐槽了傅云珩好一会儿,走到停车场时,博慕迟才后知后觉想起之前她干妈季清影和她说过的有关傅云珩的一件糗事。

那会儿,傅云珩刚上大学,博慕迟和他有了距离感,但还没现在这么生疏。

季清影和她妈妈迟女士经常给她打视频电话,和她分享一些傅云珩的事。

听说大一那会儿,傅云珩初次接触解剖学,一个月就瘦了好几斤,季清影心疼不已。

刚开始,她以为是学校食堂的饭菜不好吃,还问傅云珩要不要在学校附近给他租套房子,让阿姨给他做饭。

傅云珩说不是食堂问题,但具体是什么,他也没告诉他们。

后来他们才知道,他是因为在解剖课上看到的那些画面,恶心得吃不下饭。

到后面慢慢适应了,他才稍稍好那么一丁点儿。

想到这儿,博慕迟跟陈星落对视了一眼:"你说傅云珩是不是因为今天进了手术室，所以吃不下东西？"

"有可能。"陈星落琢磨了下，"那就让他饿着？"

博慕迟一哽，眨了眨眼道："不太好吧。"

再怎么说，傅云珩也收留了她，给了她宽敞的房间和大床。

陈星落耸了耸肩："那你记得他爱吃什么吗？给他送点儿他爱吃的东西过去？"

看博慕迟神色尴尬，陈星落讶异："你不知道？"

"他好像没有特别喜欢吃的东西，"博慕迟实话实说，"我只记得他小时候喜欢吃糖。"

因为傅云珩老是抢她的糖吃。

长大后两人见面的时间都少，她自然也不知道他现在喜欢吃什么。

两人沉默半晌，陈星落思忖了一下，提议道："那给他送点儿酸的开开胃？"

博慕迟眼睛一亮："我觉得可以。"

毕竟对一个工作繁忙的成年人来说，饿一晚太煎熬了。

手术结束后，傅云珩跟束正阳讨论了一下病人的情况。

讨论完，束正阳伸了个懒腰，揉了揉酸痛的肩颈："饿了吧，出去吃饭？"

科室里还有值班医生，没突发情况，他们是可以挤出时间去吃饭的。

"师兄，你去吧。"傅云珩道，"我留这儿，有事给你打电话。"

束正阳知道他吃不下，笑着拍了拍他的肩膀："那我给你带点儿？你也不能每回进过手术室就不吃东西吧，扛不住的。"

傅云珩明白这个道理，在慢慢适应，只是今天确实没什么胃口。

"我明白。"

束正阳知道他是聪明人，不再多言："行，那我跟其他人去了，这边有情况给我打电话。"

走出办公室，束正阳招呼和他们一起进手术室的护士出去吃饭，他请客。

束正阳边往外走，边跟护士叮嘱："待会儿别忘了给阿珩带点儿吃的。"

小护士点头："知道呢。"

束正阳："他没什么胃口，给他带点儿开胃的吧。"

"开胃的不就是酸的？"了解傅云珩的小护士回应，"可小傅医生最讨厌吃酸的东西啊。"

"这样啊。"束正阳没注意过他生活上的喜好，随口道，"那换他喜欢吃的。"

小护士："明白。"

接到博慕迟电话，傅云珩跟其他医生交代了声才出去。
深夜风大，医院门口的风吹得人心发慌，有种说不出的寂寥感。
博慕迟跟陈星落在车里等了几分钟，才看到傅云珩的身影。
她跟陈星落说了声，提着给他打包好的酸汤肥牛和酸菜鱼就下了车。
"傅云珩。"博慕迟朝他扬了扬手。
医院门口的路灯很亮，傅云珩看到了站在灯下的人。
大约是下车匆忙，她忘了戴口罩，傅云珩一抬眼便注意到了她明艳的脸庞。
她化了妆，五官显得更为立体精致。此刻眉眼弯弯的模样，让他不受控地多看了两眼。
"这么晚怎么还过来？"傅云珩走近了问道。
博慕迟往对面停着的车指了指："星星姐送我过来的，给你送吃的。"
傅云珩一怔，嗓音低沉道："谢谢。"
他不是不领情的人。
听到这话，博慕迟红唇微弯："客气。"
她把袋子递给他："知道你没胃口，特意给你买了开胃的饭菜，你多少吃点儿。"
傅云珩刚接过袋子，便闻到里面飘散出来的酸味。
他一顿，下意识地问："买的什么？"
"酸汤肥牛、酸菜鱼、清炒青菜、酸萝卜凉菜和醋炒蛋。"博慕迟一一报出菜名。
傅云珩："……"

得意地报完菜名，博慕迟才发觉傅云珩的脸色不太对劲。
她愣怔片刻，迟疑道："这些……你也不想吃吗？"
傅云珩瞥她，看她不明所以的神情，嗓音沉沉地道："没有不想吃，是有点儿多。"
"啊？这个没事……"博慕迟粲然一笑，"你跟同事一起吃也行啊，你们值班的医生护士应该不少吧。"
傅云珩"嗯"了声，又说了句："辛苦。"
博慕迟摆摆手："应该的。"
她背着手，又有点儿词穷了。

似乎察觉到她的局促，傅云珩看向马路对面的车，低声说："回去吧，陈星落自己开车送你？"

　　博慕迟顺着他的视线看去，点了点头："对啊。"

　　傅云珩颔首："我今晚应该不回去，你回家记得把门反锁。"

　　博慕迟应声，往一侧指了指："那我先回去了，你……"她抬眸看向傅云珩那双潋滟的桃花眼，温声说，"有空记得眯一会儿。"

　　听到这话，傅云珩神色柔和了几分，和他记忆里的那个人莫名重叠了。

　　"放心。"他一笑，"让陈星落开车慢点儿，到家了跟我说一声。"

　　"知道。"

　　看博慕迟走到对面坐车离开，傅云珩收回目光，转身回了医院。

　　一阵风吹来，手里提着的浓郁酸味扑鼻而来。

　　傅云珩敛睫看了眼，头有点儿疼。

　　他不知道博慕迟是真不记得自己最讨厌吃酸的东西，还是故意的。

　　后面这个念头在傅云珩脑海里一闪而过，很快便被他掐灭了。

　　他认识的博慕迟，是有点儿调皮傲娇，但不是会对他使坏的人。

　　即便两人变得生疏，她也不会这样对他。

　　束正阳一行人快速吃好回了医院，顺手给傅云珩带了份迟来的晚饭。

　　"吃过了。"傅云珩回答他。

　　束正阳睇他一眼，神色严肃："别强撑。"

　　束正阳没觉得傅云珩吃过了，坚定地认为他还是吃不下，所以才拒绝自己。

　　傅云珩无奈，低声道："你问问外边的值班护士。"

　　"问什么？"束正阳脑子一下没转过弯。

　　傅云珩补充道："我吃没吃饭的问题。"

　　束正阳微哽，看他神色认真的模样，意识到他不是在糊弄自己。

　　"真吃过了？"他还有些不确定，"什么时候吃的？"

　　傅云珩"嗯"了声："家里人来了一趟。"

　　在他这里，他把博慕迟归纳在了家人的范围。无论是以前还是现在，他们是变得生疏还是熟悉，这是从未改变的默认关系。

　　闻言，束正阳勾唇一笑："那行，这个就留着当夜宵吧。"

　　傅云珩："谢了。"

　　束正阳拍了拍傅云珩的肩膀："跟师兄客气什么。"他在办公室伸了个懒腰，困倦道，"你困吗？"

"还好。"傅云珩精力比一般人充沛。

束正阳颔首:"行,那我先去里边眯两小时。"

他们值班只要没什么突发情况,都能在办公室里的简易床上眯一会儿。

在束正阳打鼾的时候,博慕迟的消息正好进来。

傅云珩垂眸去看,她说自己已经到家了,还附赠了他一个表情包。

隔着屏幕,他都能感受到她敲下这句话时轻快的语调。

莫名其妙,傅云珩也有些被她感染。

他无意识地勾了下唇角,叮嘱她:"记得锁好门窗。"

博慕迟道:"知道知道,你在医院也要适当休息。"

对话安静片刻。

傅云珩正要放下手机,余光扫到聊天界面上方的"对方正在输入中"几个字,手上的动作停了下来。

一小时后,博慕迟洗完澡、吹干头发、护完肤、爬上床准备再玩半小时手机就睡觉时,看到了傅云珩半个小时前给她发的一条消息。

那是一个问号。

她看了问号三分钟,没太明白他想表达的意思,也跟着发了个问号回去。

傅云珩:"没事?"

博慕迟:"这话不应该我问你吗?你给我发问号是……?"

傅云珩:"没事。"

博慕迟:"哦……"

她瞅着两人的对话,怎么看怎么不对劲。

博慕迟一脸莫名,只觉得傅云珩长大后的心思比小时候复杂太多。她不仅不明白他为什么变得这么高冷,更猜不透他奇奇怪怪的想法。

花了一分钟没想出缘由,博慕迟索性将这个问题抛于脑后。

她打了个哈欠,拉了拉被子往里钻,舒服地唔叹。

傅云珩的房间干净,连被子也有淡淡的香味,特别好闻。

博慕迟察觉到这点时,还特意蹭着被子嗅了嗅。她明天要问问傅云珩用什么洗衣液,为什么味道如此特别,特别到,她也想拥有。

翌日一早,博慕迟锻炼结束后跑去了小区门口。

傅云珩的小区地理位置不错,房子看起来像是有些年头,隔音也不太好,但周围的商铺很齐全,一看就是生活类的住宅区。

博慕迟是厨房杀手,不会做任何东西,只会捣乱。

为防止她把傅云珩的厨房炸掉,还是到外面买早餐更靠谱。

小区斜对面就有两条商铺街,商铺门面不大,新旧都有。

博慕迟闻着香味往那边走,看到了很多人排队的包子铺。看着蒸笼里飘出的白气,她嘴馋地咽着口水。

博慕迟没半丝犹豫,接上排队的人群。

她抬头看了看,这家包子铺主打的是鲜肉小笼包。

遗憾的是,她不能吃外边的猪肉。

博慕迟盯着鲜肉包子的照片发了会儿呆,掏出手机给傅云珩发消息。

博慕迟:"你早上几点下班?吃包子吗?鲜肉的。"

消息发出去好一会儿,对方也没回复。

博慕迟幽幽地叹了口气,纠结了三秒给谈书发了条类似的消息。

谈书:"……"

博慕迟:"傅云珩家的小区门口有一家好多人排队的包子店,看上去很好吃,我不能吃鲜肉的,你帮我吃吧。"

她是那种自己吃不了的东西,看着身边人吃了就四舍五入约等于自己吃过的人。

谈书:"需要我提醒你一下,傅云珩住的位置离我公司有多远吗?"

博慕迟:"多远?"

谈书:"十二千米!"

博慕迟:"坐车都不要一小时,其实还好。"

谈书:"这大冬天的,半小时以后,包子凉透了。"

博慕迟有理有据:"微波炉热热。"

谈书崩溃:"那就不好吃了!"

博慕迟:"哦。"

看着博慕迟那有些丧气的"哦"字,谈书反思了一下自己是不是太过分了。

谈书想了想,给她发了条语音:"你要真想看着我吃也不是不行,明天周末,我牺牲一下睡懒觉的时间,过去傅云珩那边,陪你吃早餐?"

对博慕迟,谈书一直都是照顾的态度。

她各方面的限制太多,加上性格原因,让身边的人都下意识想多照顾她,多纵容她一些。

听完谈书的语音,博慕迟翘了翘唇,回道:"好呀。"

消息刚发出去,博慕迟鼻间除了有肉包子的香味源源不断钻进,还有一股熟悉的清冽疏离的味道袭来。

她愣怔了下，一回头便对上傅云珩那双漂亮的眼睛。

他熬了大夜，神色有了倦意，但瞳眸依旧深邃明亮，格外吸睛。

两人视线对上。

傅云珩晃了下手机："看到你的时候才看到消息。"

他刚才在开车，没注意手机信息。

路过扫到博慕迟的身影后，傅云珩将车开回小区，然后又过来的。

博慕迟恍然，收回落在他脸上的视线。

她轻眨了下眼，恰好要轮到自己了。

"你吃什么包子？"她多问了一遍。

傅云珩："鲜肉。"

博慕迟眼睛一弯，笑盈盈对着店家喊："两笼鲜肉，一笼素菜，再要……"她低头看了眼喝的，转头去看傅云珩。

傅云珩替她做了决定："两杯豆浆。"

回去的路上，傅云珩随口问道："怎么买两笼鲜肉？"

博慕迟"啊"了声，诧异地看着他："你吃一笼就能饱？"

她有时候吃一笼包子都不饱，傅云珩饭量这么小？博慕迟想不通。

傅云珩听出了她话外之音，噎了噎，哭笑不得地解释："熬了夜，胃口不是很好。"

"熬了夜才要多吃啊。"博慕迟认真教导他，"你是医生，你应该知道早餐多重要吧！"

她瞟了眼傅云珩，一本正经地道："你要多吃点儿。"

不然两人一对比，显得她很像饭桶。

虽然说当饭桶也没什么不好，但博慕迟还是不想在这种事情上赢过傅云珩。

傅云珩知道她心里的小九九，忽而生出了一种她跟小时候一模一样的感觉，幼稚，但可爱。

吃过早餐，考虑到傅云珩一晚上没怎么睡，博慕迟将房间还给了他。

"那你呢？"傅云珩看着她。

博慕迟吃饱喝足后也有点儿犯困，揉了揉眼睛说："我在沙发上休息会儿就去滑雪场了。"

今日的训练也不能落下。

傅云珩看她倦意满满的样子，沉吟半晌道："下午还有别的安排吗？"

"嗯？"博慕迟呆了一瞬，反应过来他是在问自己，"没有啊。"

她滑完雪就准备回来。

傅云珩了然，缄默须臾说："那下午再去滑雪场？"

博慕迟不解："为什么？"

"同事们过段时间要一起去滑雪场团建。"傅云珩淡淡地说，"我很久没滑，提前过去练练。"

闻言，博慕迟没多想，点头应下："好啊，但是……"

她看向傅云珩打量着，狐疑地道："你一晚上没睡，睡一上午就有精神和体力跟我一起去滑雪场了？"

这话乍一听像是在夸他，但细细想，又不太像。

傅云珩不知道自己什么时候给博慕迟留下了他精神和体力不太好的印象，还是在她的认知里，熬了夜的人白天必须睡一整天。

他顿了顿，低应道："我晚上也不用去医院，白天睡多了晚上会睡不着。"

博慕迟明白了，点点头，小声嘀咕："那就好。"

不然真搞得她像是一只猪，不单比他能吃，还比他能睡。

博慕迟只要熬了夜，第二天起码要睡十二小时才勉强有精神。

"什么？"傅云珩没听清她说的话。

博慕迟警觉，朝他露齿一笑："没什么。"

傅云珩："……"

他瞥到她狡黠灵动的眼睛，神色一顿，没再追问，但他猜，应该不是什么好话。

第二章
梦中男友

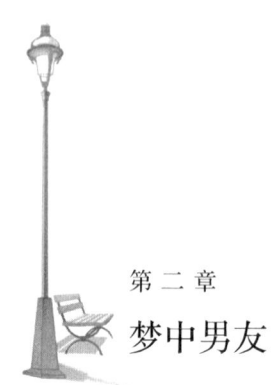

博慕迟在傅云珩这儿住了三个晚上,父母的度假终于结束。

跟上班的傅云珩说了声,她便和亲自过来接她的迟女士回家了。

一上车,迟绿便捧着她的脸端详:"让我看看你长胖没有。"

"……"博慕迟一噎,无语地看着她,"妈,没有你这样说自己女儿的吧?"

"怎么没有?"迟绿自信满满地道,"妈这是关心你。"

说实话,博慕迟可没看出她的关心,只觉得她是在挖苦自己。

好在她早就习惯了。博慕迟和迟绿,不单在外表上看着不像母女,连日常的相处也不像,倒更像姐妹。

逗了博慕迟一会儿,迟绿正色道:"在云宝那儿住得还舒服吧?"

博慕迟点头:"还可以。"

迟绿瞥她:"一起住了三天,有没有感觉又熟悉了点儿?"

这个问题,博慕迟沉思了好一会儿才回答:"有一点儿,但其实也还好。"她实话实说,"我总觉得傅云珩长大后变冷了。"

她一直都不是很喜欢冰块。

博慕迟更喜欢有意思、温柔有耐心、能接梗的类型。

迟绿一笑,低低地道:"那是因为他还没遇到能融化他的人。"

闻言,博慕迟好奇:"还有这样的人存在?"

"你干妈就是一个。"迟绿道,"你傅叔叔年轻时和云宝一模一样,甚至比云宝还冷。"

"真的吗?"博慕迟不太相信,记忆里的傅叔叔温柔又有耐心。她小时候闯了祸或是哭了,都是傅叔叔最有耐心哄她,带她出去玩。

"我还能骗你?"迟绿睨她一眼,懒洋洋地说,"你干妈当年追你傅叔叔那会儿,时不时就在'冰箱里'过日子。"

博慕迟忍俊不禁:"干妈不愧是干妈,真厉害。"

迟绿说着说着,也忍不住笑了起来。

"确实,不过是值得的。"她感慨,"你看你傅叔叔,是不是比你爸优秀多了。"

博慕迟噎住,反驳她:"哪儿有?我爸很好的,好不好?"

"你这是盲目护爹。"迟绿说她。

博慕迟无语,是真觉得她爸很好。只是相比较而言,她爸和傅叔叔不是同一个类型的人,在很多事情上就会有偏差。但在爱老婆这件事上,他们其实都一样。

安静了会儿,博慕迟好奇地问:"那你说,谁会在云宝自制的'冰箱里'过日子?"

"不知道。"迟绿笑了笑,"其实我也想看看到底谁能把我们云宝这朵'花'摘走。"

博慕迟弯唇:"我也想。"

傅云珩看完博慕迟的消息不过一会儿,便打了好几个喷嚏。

赵航恰好路过,瞅着他道:"你不会感冒了吧?"

傅云珩:"没有。"

赵航挑了挑唇:"但你打喷嚏就是感冒前兆。"他碎碎念,"去拿点儿药吧,别感冒了,你要是生病了,我遇到难题找谁?我们过几天还得去滑雪场,我还想让你教我点儿耍帅的技巧呢。"

"一年感冒一两次,身体会更好。"傅云珩面无表情地回答他。

科学研究表明,感冒容易让身体产生抗体,方便对抗下一次病毒的侵蚀。还有国外研究表明,每年感冒一两次的人,不容易患上癌症。

虽说这些研究都没经过权威认证,但傅云珩现在就想拿这个话堵赵航的嘴。

赵航噎了噎,吐槽他:"珩哥,你作为一个医生也信这些子虚乌有的东西,不太专业啊。"

"嗯，"傅云珩坦然应下，"你说得对。"

赵航："……"

他感觉出傅云珩不想和他在这个话题上浪费时间，无语道："行吧，我就随口一说。"

傅云珩瞥他，揉了揉眉骨说："这两天没睡好。"

"为什么没睡好？"赵航问，"想事还是想人？"

听到这话，傅云珩连个眼神都不想给他。

赵航趴在他的办公桌上，追问道："我就说你这两天精神看上去有些萎靡，不会真想人去了吧？是谁是谁？我认识吗？"

傅云珩这几天睡沙发上，沙发长度是两米的，正好能容下他。但对比来说，沙发肯定是没有床舒服，再加上他昨晚有些落枕，这会儿是真不太舒服。

此刻赵航的声音在耳朵边嗡嗡响，聒噪得让他更加头疼。

傅云珩撩起眼皮看着他，神色寡淡。

赵航正说着，猛地对上傅云珩冷漠的眉眼，默默闭了嘴。

"抱歉。"

傅云珩"嗯"了声，言简意赅地解释："落枕。"

赵航笑了。他了解傅云珩，知道这人属于外冷内热型，看上去不好接近，却不是会乱发脾气的人。

"行吧……"赵航同情地看着他，"那你休息会儿，实在不行就做做脖子运动，应该会舒服一些。"

傅云珩颔首应下。

赵航走后，傅云珩接到了他母亲季女士的电话，问他晚上有没有时间回家吃饭。

傅云珩依旧没办法给出确切答案。

"好吧。"季清影无奈，"能回来就回来，晚上我们到兜兜家吃饭，她难得休息回家。"

傅云珩应声："知道。"

挂了电话，傅云珩起身去病房那边查看情况。

这是他每天都会做的事，有些不是他负责的病人，他也尽可能多了解一些情况，以备不时之需。

晚饭时，傅云珩准时回了家。

看到他的出现，博慕迟下意识地看了时钟一眼。

"你今天竟然准时下班了？"

没记错的话，她住在傅云珩那的三天里，除了他值夜班的次日，其他白天时间，他就没有准时回去过。

他不是晚一小时，就是两个小时，忙碌程度不是她能想象的。

傅云珩"嗯"了声："今天不忙。"

"哦。"博慕迟点头，将注意力从他身上挪开，换到了电视上。

因为陈星落筹备的新剧男主是秦闻，博慕迟特意找出他最近两年的电影、电视剧观看。

她想看看他演技各方面的实力，也想了解了解这位男演员。万一她哪天真去剧组探班，也不至于连对方的作品和角色都说不出来。

傅云珩顺着她的视线扫了电视屏幕一眼，便收回了目光。

他跟迟绿几个人打了声招呼，往厨房那边走："要不要帮忙？"

博延一笑："不用，你到客厅休息就行。"

傅言致也是从实习生过来的，知道医院实习多辛苦。他看了傅云珩一眼："去吧。"

傅云珩没辙，只能折回客厅。他刚走近，便听到了博慕迟乐不可支的笑声。

傅云珩脚步一顿，下意识看了看她，又转头看向电视。

"兜兜笑什么？"季清影从楼上下来，正好也听到了。

博慕迟往电视一指，忍俊不禁道："这个男演员好帅。"

她是个颜控，只要看到帅哥就心情好。

季清影一看，附和道："长得是不错。"

她看着秦闻那张脸，总觉得在什么地方见过："不过我看这男演员还挺眼熟的，是不是你之前就看过他的剧？"

"没。"博慕迟休息时间比较少，所以得空时大多看的是更吸引人的电影。

当然，她不是觉得电视剧不吸引人，是电视剧集数太多，她没那么多时间一集一集追下去。

她强调："第一次看。"

季清影点头，嘀咕道："可干妈还是觉得他眼熟。"

"谁？"傅言致从厨房走出来，恰好听到这么一句。

"这位男演员。"季清影回头看着他，"我们是不是在什么地方见过？"

傅言致瞥向电视，告诉她："你上回和秋枳去剧组给小星星探班时见过一面。"

秋枳全名颜秋枳，是陈星落的妈妈。

她在上个剧组做制片人时，颜秋枳和季清影正好有空，便去给她探班。

两人到的时候，在附近拍戏的秦闻正好去剧组和她简单谈工作。

当下，傅言致便收到了傅太太的消息，说她看见了一个很帅的男演员。为表明秦闻真的很帅，她还给傅言致发了两张偷拍照。

因此，傅言致对这个男演员印象非常深刻。

"对。"季清影想起来了，"就是他。"

她笑看着傅言致，揶揄道："傅医生，你记性怎么那么好？"

傅言致目光幽深地看着她，没搭腔。

季清影乐了会儿，推着他往厨房走，哄着说："我给你打下手吧。"

傅言致："不用。"

"你需要。"季清影有理有据，"男女搭配，干活不累。"

在旁边默默吃完狗粮的傅云珩和博慕迟，默默对视了一眼，心照不宣地挪开目光。

两人对大人秀恩爱这件事已经习以为常，见怪不怪了。

只是这会儿博慕迟想到上午回家时迟绿和她说的话，忍不住好奇："傅云珩。"

傅云珩瞥她。

"你以后也会和傅叔叔一样吗？"

这话说得没头没脑，傅云珩一时没明白："什么？"

"就是……"博慕迟看看他，一本正经道，"我妈说你很像傅叔叔年轻的时候，我就想知道你要是结婚了也会像傅叔叔这样吗？"

傅云珩被她的话呛到，眉峰上扬："不会。"

他才不会像他爸那样，不仅总跟老婆秀恩爱，还爱吃醋，连个不重要的男演员也会记下人名和长相。

博慕迟点点头，附和说："我也觉得你不会。"

换作别的事，博慕迟肯定反驳他，但这事，她莫名觉得傅云珩说的是真的。因为她想象不出，傅云珩待人温柔宠溺的模样。

看博慕迟这么附和自己，傅云珩总觉得哪里不对劲。

吃过晚饭，博慕迟和傅云珩被很久没打麻将的迟绿、季清影扣下，两人在各自的眼睛里看到了无奈。

"先说好啊，"博慕迟坐到麻将桌旁，"不能耍赖的。"

她亲妈和干妈在麻将方面的造诣实在有限，每回玩都耍赖，博慕迟都不知道这是麻将还是扑克。

迟绿觑她："我们什么时候耍过赖？"

博慕迟撇嘴："你问傅云珩。"

瞬间，三个女人齐刷刷看向傅云珩。

"云珩，"迟绿微微一笑，温柔询问，"我和你妈打麻将耍过赖吗？"

傅云珩抬眼扫过三人，在注意到博慕迟给他使的眼色，让他站在她那边后，傅云珩顿了顿，面无表情地说："没有。"

话音刚落，他就被人狠狠地踩了一脚。

看傅云珩吃痛的表情，博慕迟一脸无语。她是用了点儿力，但也没那么夸张吧。

思及此，她身子往傅云珩这边倾斜，趁着麻将桌自动洗牌时，压着声音问："你是不是太夸张了点儿？"

听她咬牙切齿的声音，傅云珩少有地起了逗弄她的心思。

"有吗？"

"你有。"博慕迟剜他一眼，轻哼道，"你是碰瓷界的吧？"

傅云珩："……"

"哎哎哎，"看两人凑在一起嘀咕，迟绿连忙制止："说什么悄悄话呢，准备偷偷联手出老千？"

博慕迟哽了下，无奈道："妈，麻将怎么出老千？"

迟绿一脸无辜地看着她："难道麻将就不可以出老千？我们老年人反应迟钝，万一被你们两个年轻人诈了都不知道。"

听到这话，博慕迟真想告诉迟女士，你想多了。

她和傅云珩怎么可能搭档敲诈她们，她们不耍赖敲诈自己就已经不错了。再说，就她现在和傅云珩这关系，也没那个默契。

半小时后，惨输的季清影和迟绿眉头紧锁起来。

季清影："我觉得我和迟小绿坐的位置不太好，我们换个位置吧？"

博慕迟："……"

傅言致："……"

"换换换。"迟绿道，"风水总要轮流转吧。"

两位年轻的麻将高手没辙，只能起身换位置。他们刚换完，到外边买水果的傅言致和博延便回来了。

两人看了他们桌上的筹码一眼，眉梢扬了扬。

"傅云珩。"傅言致淡淡地喊了傅云珩一声。

父子俩对视了一眼，傅云珩颔首应下。

博延倒没给博慕迟什么暗示，只是拉了张椅子坐到博慕迟和迟绿中间，一会儿看看左边博慕迟的牌，一会儿帮迟绿打两张牌。

一小时后，博慕迟和傅云珩输得血本无归。

虽然早就料到是这个结果，但到了最后，博慕迟还是幽幽地叹了口气。

她不明白，自己为什么要浪费时间在这里陪她们不说，还要输钱。

傅云珩也一样。

他要早知道她们吃过饭想打麻将，今晚就该留在医院加班。

趁着四位长辈在聊天，博慕迟恨铁不成钢地瞪了傅云珩一眼："你刚刚那个麻将怎么出的？你是故意给干妈送牌吗？"

傅云珩没否认，默了默说："博叔坐你旁边，你怎么也不拦着点儿？"

博慕迟："我拦得住吗？"

她要是拦了，今晚准得被扫地出门。

傅云珩很明白她的处境，点点头道："说得也是。"

两人沉默半响，难得默契地对视一眼。

博慕迟叹气："我命真苦。"

听到这话，傅云珩忍不住勾了勾唇。

他敛睫看着她，脑海里忽然浮现出她前几天去医院给自己送晚饭的模样。

他后知后觉地想：博慕迟不单单是长大了，也长开了。

她比十几岁时，更明艳漂亮。

察觉到他落在自己脸上的目光，博慕迟狐疑地摸了摸脸："你这样看我做什么？我脸上有东西？"

"……"傅云珩回神，别开眼，"没有。"

"是吗？"博慕迟半信半疑地摸了摸，也确实没摸到什么才作罢。

麻将结束，傅云珩一家打道回府。

瞬间，客厅安静下来。

博慕迟重新打开电视，精神不振地看着。

迟绿看她这样，哭笑不得："去洗澡睡觉吧。"

"还不到十点。"博慕迟作息很规律，基本是十一点前睡觉。

迟绿看了眼，还真是。

她到博慕迟旁边坐下，溺爱地摸了摸她的脑袋："明天妈妈陪你去滑雪场？"

博慕迟"嗯"了声："都行。"

她索性躺在迟绿腿上,亲昵地道:"迟应什么时候回家?"

博慕迟有个亲弟弟叫迟应,正在念高三。因学习成绩一般,一放寒假就在补习功课,连手机也不能玩。

迟绿也不知道,看向博延:"迟应哪天回家?"

博延:"应该是大年三十前一天。"

博慕迟:"……"

挺好,他们家父母是真爱,孩子果真是意外。

为此,她同情迟应三秒。

过了会儿,迟绿正想和博慕迟说话,注意到她正直勾勾地看着电视。

她看了眼,不太确定地问:"你喜欢这样长相的?"

博慕迟"啊"了声:"他长得挺好看的呀,你不觉得吗?"

迟绿端详片刻,想了想说:"是还可以,但比云宝差了点儿。"

博慕迟挑眉:"有吗?"

"当然有。"迟绿睨她一眼,"云宝长得比百分之九十九的人都精致。"

这是实话。

傅云珩的长相结合了傅言致和季清影的优点,五官精致立体,轮廓分明,鼻梁挺拔,嘴唇不薄不厚,一双桃花眼更是勾人。

他刚出生没多久,迟绿就和季清影讨论过,傅云珩长大了一定是个大帅哥。

事实证明,也确实如此。

迟绿暗想,要不是他性子冷看着不太好接近的模样,季清影家应该有很多人排队报名当她儿媳妇。

思及此,迟绿看向博慕迟。

注意到她那不太对劲的目光,博慕迟不明白今晚她为什么这样看自己。

她皱了下眉:"妈,你这样看我做什么?"

"兜兜。"迟绿一脸严肃,"为了我们家的颜值考虑。"

博慕迟眨眼:"什么?"

迟绿摸了摸她的脑袋:"你要把眼光放的更高一点儿,以后男朋友要是没云宝那么帅,就别带回家。"

博慕迟:"……"

她沉默了会儿,忽然明白自己颜控的毛病是遗传谁的了。

迟女士比她还夸张!

"听到没有?"看她不说话,迟绿再次提醒她。

"听到了……"博慕迟无奈,"不过,妈,你想得有点儿远。"

"怎么远了?"迟绿捏了捏她的脸,"需要妈妈提醒你一下吗?你都已经到法定结婚年龄了。"

博慕迟满20岁,已经在吃21岁的饭了。

博慕迟一噎,哭笑不得。

哪儿有人这样说的?

她"哦"了声:"那我也还小,还不想谈恋爱。"

说实话,博慕迟目前还没考虑过找男朋友这件事。

迟绿"嗯"了声:"等你遇到喜欢的人就想了。"

博慕迟应声,倒没否认迟绿说的话。

只不过她想,她应该很难遇到喜欢的人,很难找到符合她标准的男朋友。

从小在父母恩爱的家庭长大,她找对象的标准其实还有点儿高。

可能是睡前和迟绿讨论了一下目前还不存在的男朋友,博慕迟这一晚竟然梦到自己带男朋友回家。

只是那个男朋友的脸她努力看呀看,就是看不清。

她唯一能确定的是,带回家的男朋友身材还不错,穿着长款风衣,腿特别长,人很高,身形也很板正。

她和他站在一起,正好到他下巴的位置。

博慕迟有一米六九的身高,由此可以得出她未来男友身高应该在一米八以上。

确定了这一点,博慕迟稍稍放心了些。

她就知道自己不可能找个身高低于一米八的男朋友,她不仅颜控,还是个身高控、体形控。

她不喜欢满是肌肉的异性,但一点儿肌肉没有的,也接受不了。她偏好"穿衣显瘦脱衣有肌肉"的类型。

谈书看完博慕迟大早上跟自己说的梦,给她回了一连串的"哈哈哈"。

谈书:"你这果然是梦。"

博慕迟:"怎么嘛,现实里,我肯定也能找到一个这样的男朋友。"

谈书:"就你的能力和颜值来说,不找个各方面都挑不出错的,我都不跟你做朋友了。"

瞅着谈书这句话,博慕迟觉得她说得非常有道理。

博慕迟:"你说得对。"

谈书:"不过……"

博慕迟趴在床上扬了扬眉："不过什么？"

谈书："我觉得就你刚刚给我说的那些，你身边其实有人挺符合的。"

博慕迟："啊？谁？"

她怎么不知道……

谈书："傅云珩和许鸣都符合你梦中男友的那些条件啊。"

在谈书这里，傅云珩是博慕迟的竹马，各方面条件都非常符合她的要求。虽然现在两人变得有些陌生，但小时候维系的感情一直都还在。不然的话，他也不会让博慕迟到自己那儿借住。

而许鸣，是博慕迟训练队的队友，长相身高这些各方面符合不说，能力也很强，博慕迟是世界冠军，他也是。

更重要的是，这两人经常在一起训练，朝夕相处，日久生情也不是没可能。

博慕迟："……"

谈书："怎么，难道我说得不对？"

博慕迟："确实不太对，他们只是外形符合好不好。"

谈书："那你梦里也没梦到你未来男朋友的内在个性啊……"

谈书这话说得博慕迟一时没法反驳。

她费力回想了一下梦中男友，眼睛亮了起来："我梦到了的。"

谈书："嗯？"

博慕迟："梦里我男朋友特别温柔，对我特别好，还喜欢摸我脑袋。"

谈书："……你这梦还挺具体。"

博慕迟："那当然。"

谈书："可换句话说，傅云珩和许鸣要当了你男朋友，也会对你温柔、对你好啊。"

博慕迟不知道该怎么跟谈书说，反正她就觉得这两人都不是她会选择的对象。

不说他们不喜欢自己，就算喜欢，她和他们也没可能。

博慕迟："不可能不可能。"

谈书："怎么没可能了，我觉得他们俩可能性最大。"

博慕迟："……"

博慕迟："你是想让我在傅云珩那儿冷死呢，还是在许鸣那儿冷死，你就直说吧。"

谈书："哈哈哈哈哈哈，我不知道。"

博慕迟轻哼一声。

两人聊了很久，博慕迟才慢吞吞爬了起来。

洗漱下楼，博慕迟看到穿着运动服坐在客厅的博延。

"爸？"博慕迟愣怔了下，"你今天跟我一起去锻炼？"

博延回头看着她，朝她招了招手："嗯，爸爸陪你。"

博慕迟粲然一笑："不陪妈妈？"

"你妈还在睡觉，爸爸总得分点儿时间给我们家的小宝贝呀。"博延实话实说。

博慕迟哭笑不得，挽着他的手撒娇："好的，那你的小宝贝就先谢过爸爸了。"

博延摸了摸她的脑袋。

不过博慕迟没想到，她和博延出门跑步，会碰上傅叔叔和傅云珩。

四个人面面相觑，须臾，博延轻笑："还挺有缘。"

傅言致："确实。"

他们住的是别墅区，各种锻炼设施很齐全。小区内便有可以跑步的操场，非常方便。

四个人刚开始速度差不多，渐渐地，跑前面的就只有博慕迟和傅云珩了。

他俩率先跑完五千米，动作一致地到旁边拉伸。

清晨时候的阳光很舒服，太阳还没冲出云层，只有微弱的光投射下来。

运动后身体跟着暖和起来，整个人都神清气爽。

博慕迟做着简单的拉伸运动，余光瞥到旁边手长腿长的人，脑海里不受控地蹦出早上和谈书的聊天内容。

她的目光从下而上，偷偷瞄他的那张脸。

刚运动结束，傅云珩额间有少许汗珠，他的喘气声也比寻常时候更重一些。

博慕迟莫名觉得他此刻荷尔蒙爆表。

风吹来，她隐约闻到了他身上的青草味。这味道虽没有之前闻到的清冽，却并不让她讨厌。

博慕迟正胡思乱想着，耳畔传来他低哑的声音："看什么？"

博慕迟神色一僵，目光缓慢地往上挪，和他的目光在空中碰上。

缄默半响，博慕迟装傻："啊？没看什么啊？"她心虚地摸了下有些发烫的耳朵，含糊不清地道，"我只是在发呆，你今天不上班吗？"

傅云珩："上。"

"哦，"博慕迟惊讶，"我们家这边离你医院不是很远吗？"

她没想到傅云珩昨晚会住家里。

傅云珩"嗯"了声,没解释自己为什么会留在家里睡,因为他自己也说不上来。

他只是在季清影询问说住家里还是回去他那边时,自然地选择了前者。

看他不乐意说,博慕迟也知趣地不再多问。

反正傅云珩不再问她刚刚在看什么就行,别的并没有那么重要。

运动结束回家,博慕迟躲到院子里给谈书打电话,义正词严地和她说,以后不要再开早上那样的玩笑。

谈书乐了好一会儿,调侃她道:"为什么?难不成你会因为我说的话爱上傅云珩?"

"怎么可能?"博慕迟拔高音量,一脸认真地说,"我就算是爱上一只狗也不会爱上他。"

她怕狗,喜欢猫。

话音刚落,谈书还没来得及出声,博慕迟耳朵边先传来了熟悉的声音。

"爱上谁?"傅云珩站在她身后,一脸莫名地问道。

听到傅云珩的声音,谈书迅速挂断博慕迟的电话。

博慕迟僵硬地回过头,再次装傻:"什么?"

傅云珩看她脸色奇怪,不甚在意地道:"你刚刚说什么?"

"没说什么啊……"博慕迟抿了抿唇,观察着傅云珩的神色,猜测他应该没听到谈书说的话。

她稍稍放心了点儿,随口道:"我在跟谈书讨论电视剧剧情。"

闻言,傅云珩点了点头。

"你怎么过来了?找我爸还是找我妈?"博慕迟飞速转开话题。

傅云珩:"找你。"

"嗯?"博慕迟眨眼,"找我做……"

后面的话还没说出,她已经看到傅云珩拿出的东西。

那是一条项链。

博慕迟看着,讶异地问道:"我的?"

傅云珩的回答很有意思:"在浴室发现的……"

他前天晚上洗澡时就看到了,但当时她已经睡下,傅云珩便想昨天早上拿给她。谁承想他早上收拾东西出门时将它塞进袋子带到了医院,刚刚出门收拾资料时才看到。

· 41 ·

博慕迟听出他的话外之音，好似在说除了是你的还能是谁的。

虽然说她是有点儿丢三落四，但博慕迟不允许他这么嫌弃自己。

想到这儿，她脑袋一蒙，不过脑地说："那也有可能是其他人的……"

闻言，傅云珩抬了下眼："不要？"

"要。"看他作势要收，博慕迟立马从他掌心抢了过来，"你说是我的就是我的。"

她认怂。

傅云珩一顿，敛眸看着被她指腹划过的掌心。她的手指有些凉，触碰过的地方却在发烫。

傅云珩皱了下眉，不太明白这是什么原因。

好在他也不是在这种小事上执着的人，想不明白就不想了。

他敛眸看了正捧着项链笑得开心的人一眼，微微走了下神。

"走了。"他跟博慕迟说了声。

博慕迟点头，眉眼笑盈盈地望着他："谢谢。"

她晃了晃项链示意，秉承着对他的感激之情，多说了句："开车注意安全。"

傅云珩："嗯。"

上午，在家无聊的迟绿陪着博慕迟去了趟滑雪场，到了中午，才去商场和季清影会合。

要过年了，博慕迟难得回家，迟绿和季清影都兴致勃勃地要给她买东西。

傅云珩有妹妹，但在国外留学，加上学业繁忙，没办法回家过年。因此，季清影将原本给女儿的那一份爱叠加给了博慕迟。

以往，她也都是每人一份。

博慕迟受宠若惊，幼稚地跟季云舒炫耀。

季云舒刚睡醒，便看到了博慕迟发来的消息。

她佯装生气地回了博慕迟一个可恶表情包。

博慕迟乐不可支："等你回国了，我给你买三套衣服怎么样？"

季云舒："我截图啦。"

博慕迟："不用截图也给你买。"

季云舒笑道："好啊，那你们现在开始逛街了吗？给我看看我妈还有迟姨都给你买了什么。"

博慕迟："还没开始，我们刚到餐厅。"

季云舒："呜呜呜……哪家餐厅，我想国内美食啦……"

对留学生来说，学习任务重，难以融入周围环境和人不是最难的，最难的是饮食。

大多数去国外的人，会极度想念国内美食。

博慕迟翘了下唇："待会儿上菜了，给你拍照片。"

季云舒："你做个人吧！"

季云舒生气，博慕迟笑着给她发了个红包。

"先在那边吃点儿自己想吃的，等你回来了，兜兜姐请你随便吃。"

季云舒也没和她客气，将红包领了。

"谢谢兜兜姐！永远爱你。"

博慕迟拆穿她："你以前还说你最爱你哥呢？"

季云舒："那是年少不懂事，再说你小时候不也说过这种话？"

看着她这话，博慕迟一愣："我有吗？"

季云舒："你有。"她配上一个官方的微笑表情包。

博慕迟："是吗？"她一点儿印象都没有了。

季云舒才懒得和博慕迟纠结有没有、是不是这些问题。她努力在手机相册里翻呀翻，还真翻到了博慕迟小时候歪歪扭扭写在院子墙上的一行字——兜兜 zui 喜欢云宝哥哥。

她那时候还不会写"最"这个字，还是用拼音代替的。

看到这张照片，博慕迟尴尬地不想和季云舒多聊了。

她给年少时过于天真的自己道歉。

她要是知道傅云珩会从她喜欢的温柔哥哥变成现在这般冷酷的模样，一定不会写下那行字。

"一会儿笑，一会儿耷拉嘴角的，在做什么？"迟绿看了她好一会儿，实在没忍住问道。

博慕迟幽幽地看着她："你不懂我的心思。"

迟绿一噎，没好气地瞪她："我就是不知道才问。"

博慕迟收起手机，"嘻嘻"一笑道："我跟舒宝聊天呢。"

闻言，季清影挑眉加入话题："聊什么？"季清影算了算时间，"她那边是早上，是不是刚醒？"

博慕迟点头："她说想吃家里的饭菜了。"

季清影笑道："她前几天给我们打电话也说了这事。"思及此，季清影看向两人，"说到这儿，我正好想起一件事要和你们说。"

迟绿："什么？"

季清影："我和傅言致新年打算去舒宝那边看看，她头一回离开家这么久，我们都不太放心。"

更重要的是，他们是真不忍心让季云舒孤零零一个人在国外过年。

听她这么一说，迟绿倒也理解。

换作博慕迟一个人在国外过年，自己和博延肯定也会过去陪她。

"那云宝呢？"迟绿想起来，"他的新年假期应该没那么多吧？"

大多数医生新年也是要轮流值班的，特别是傅云珩这样的实习生。

季清影："我昨晚和他提过这事，他说过年这七天都要值班，没办法和我们一起过去。"

"七天？"博慕迟瞪圆了眼，无比诧异，"其他医生呢？"

总不能傅云珩所在的医院只有他一个实习生吧。

季清影看着她震惊的小表情，解释说："他说他们科室好几个实习生都是外地的，想多两天假期回家过年。"

傅云珩是本地人，就算在医院值班，晚上也能回家吃饭、睡觉。

博慕迟无奈。

迟绿看着自己女儿护短的样子，眉梢扬了扬："你觉得云宝这样不好？"

"也不是。"博慕迟想了想，如果换作是她，或许也会这样做。她沉默了会儿，咕哝道："我就是觉得再怎么说也是过年，他好歹给自己争取一两天的休息时间吧。"

连上七天班，就算是陀螺也会累傻吧……

迟绿托腮望着她，脸上挂着神神秘秘的笑："可能云宝觉得你干妈他们都不在国内，他一个人在家也没什么意思，还不如去医院值班，把假期留给将来需要的时候。"

傅云珩过年值七天班，这七天的假期可以在以后的其他任意时候休掉的。

说着说着，博慕迟想到了一个很关键的问题。

"那云宝是回他爷爷奶奶那边还是自己在家？"

季清影："看他吧，大年三十应该会去爷爷奶奶那边吃团圆饭。"

迟绿点头："其他时候他要是不想过去，来我们家吃饭也是一样的。"

季清影应声："我跟他说一说。"

三人边讨论边吃饭，饭后毫不犹豫地转战商场。

相对同年龄段的女生来说，博慕迟已经是很能买的类型了。但只要和迟女士她们一起，她就会输得一塌糊涂。

在生活里，她就没见过比这两个妈妈还能买的女人。

与此同时，傅云珩趁着午休时间回了社交软件上同学和朋友给自己留的几条消息。

临近新年，医院比寻常时候要冷清一些。大多数人或多或少有些迷信，只要不是拖不得的重病，都会等几天，等到过完年再过来。

回完消息，他手指不经意点开"发现"，扫到了一张熟悉的头像。

傅云珩顺势点开，第一时间看到了季云舒发的朋友圈。

季云舒：我宣布，兜兜最爱我！配图是刚才两人的聊天记录。

傅云珩垂睫，看到两人的对话截图，再下面，有博慕迟他们的点赞和评论。

博慕迟：我不爱我们舒宝还能爱谁呢？［亲亲］

季云舒回复博慕迟：［亲亲］

陈星落：我难道不爱你？

季云舒回复陈星落：加上星星姐的，我今天可以吃两顿大餐啦！

除了这两人，连季女士等人也都纷纷给她留言。

傅云珩看了片刻，点开了和季云舒的聊天界面。

"给谁转账呢？"赵航正跟其他同事聊天，不经意转头时恰好看到他的手机界面。

傅云珩："我妹。"

赵航瞟了转账金额一眼，爆了句粗口。

他眼珠子转了转，直勾勾地盯着傅云珩，欲言又止。

最后，赵航还是鼓起勇气问他："珩哥，你还……""缺妹妹弟弟这句话"还没说出来，傅云珩冷漠地看赵航一眼，无情地道："不缺。"

赵航讪讪地沉默半响，不怕死地继续追问："那你缺妹夫吗？"

傅云珩收起手机，面无表情地说："我家缺打杂的。"

赵航噎住。

对面听两人对话的女护士忍俊不禁，偷偷瞄着傅云珩，红着脸说："小傅医生好幽默呀。"

赵航"嗨"了声，并不怎么赞同她的这个形容："那是你们这些女护士被他的外表骗了，他哪里幽默？他明明就是无情。"

傅云珩没理会他们的调侃，瞥了眼手机，是季云舒那边收款的提示音，她一点儿没客气。

季云舒：呜呜呜，世上还是哥哥好！

季云舒：哥，你需要我给你唱首歌表示感谢吗？

季云舒并不差钱，小金库也很充盈。但有人给，就代表有人爱她。她对亲人和好姐妹给的都不会太客气。

他们常常这样礼尚往来。

傅云珩："不用。"

季云舒："哦，好的。那就先谢过哥哥啦！爱你！"

傅云珩："嗯。"

看傅云珩这冷淡的回复，季云舒很知趣地不再打扰他。

一眨眼的工夫，博慕迟还没回过神，就到了大年三十。

前两天，他们一家和傅云珩一起去机场送干妈他们出国。

送他们离开后的隔天，博慕迟和迟绿去把迟应接了回来。

回来后，姐弟俩陪迟女士去了几趟超市。

他们刚把年货买好，新年就来了。

"兜兜。"迟绿喊她，"你跟迟应一起去把对联贴好。"

每年新年，只要博慕迟在家，对联都是她和迟应贴的。

博慕迟点头，将自家对联贴好后，瞟了隔壁紧闭的大门一眼。

看了半分钟，博慕迟还是掏出手机，给傅云珩发了条消息。

前两天他们在机场见过后，博慕迟就再没看到过他的人影，猜测傅云珩这两天应该还是住在他租的房子那边。

博慕迟："我和迟应在贴对联，你家里有买好的对联吗？需不需要我和迟应帮忙贴上？"

发出去后，博慕迟想了想又补充了一句："没有的话，小区门口还有卖的，我们可以出去买回来贴。"

傅云珩看到博慕迟的消息时，已经过去半小时了。

他刚给前一天做了手术的病人检查完伤口，回到科室。

傅云珩扫了眼时间，敛睫回她："不用，我晚点儿回去一趟。"

博慕迟："哦！你还没下班？"

傅云珩："嗯。"

博慕迟不由得感慨，医生果真是这个世界上最忙的职业之一，连大年三十也没空休息。

她顿了顿，想着迟绿之前说的话，多问了一句："那你今晚回傅爷爷他们那边吃饭吗？"

博慕迟："我妈说如果你觉得去那边太远的话，来我们家吃也是一样的。"

两家以前常常凑一起吃团圆饭，热闹非凡。

博慕迟妈妈和傅云珩妈妈年轻的时候就是闺密，父亲是好友，两家的关系早就超越朋友界限，跟家人一样。

傅云珩："不用。"

接二连三遭拒，博慕迟不再多问什么。

她给傅云珩回了个"哦"字，关了和他的聊天界面。

收拾好东西回屋，博慕迟口袋里的手机振动了一下。

她掏出来一看，是傅云珩主动发来的消息。

傅云珩："对联不用买，但我可能需要你帮忙一起贴，不知道你方不方便。"

看到傅云珩这条消息，博慕迟眉梢扬了扬。

她模仿他的冷酷，回了个问号给他。

隔着屏幕，傅云珩大概能感知她此刻的情绪。

她大概是有些摸不着头脑，又有点儿大小姐的傲娇，需要他再给个台阶才会愿意往下走，抑或需要他伸出手邀请她。而她，需要看自己的诚意再考虑答应还是拒绝。

也不知具体想到了什么，他勾了勾唇角。

傅云珩："不方便？"

博慕迟顿了顿："你不是不需要吗？"

傅云珩："没说不需要你帮忙，对联我爸他们出门前就买了。"他言简意赅地解释道。

博慕迟："哦。"

她看了半晌两人的聊天界面，有些摸不清傅云珩的脑回路，但还是模棱两可地回了他一句："你回来再说吧，看是我有时间还是迟应有时间。"

傅云珩："行。"

其实傅云珩没别的意思，并没觉得他对博慕迟提出一起贴对联的邀请有什么不对。

以前过年他们也都是会一起互相帮忙贴对联的。再者，他了解博慕迟。她是长大了，但性格和小时候一样。你要是拒绝她次数多了，她就暗暗给你记上一笔。

傅云珩并不担心她给自己记账，但就下意识地不想让她过分郁闷。

晚上六点，博慕迟家准备吃团圆饭了。

她家亲戚少，爷爷奶奶都在国外，鲜少回国，小姑新年一般去姑父家那边，不过来。

外公、外婆在迟女士大学时便去世了，据说当时其他亲戚欺负过迟女士，后来也不怎么来往了。因此，他们家的团圆饭向来人丁稀少。

以前她干妈在国内过年时，要么会是中午和他们在一起吃顿饭，要么是晚上。

这么多年，博慕迟还是头一回觉得新年好像没什么意思。

"过年叹什么气？"迟绿到厨房给博延打下手，出来便听到她悠长的叹息声。

博慕迟抬手抱着她的手臂："妈妈。"

迟绿看着她委屈的神色，略显意外："怎么了？"

她摸了摸博慕迟的脑袋："饿了？"

博慕迟无奈："我哪儿有那么快饿？"

迟绿笑道："那你为什么这么不开心？"

"也不是不开心。"博慕迟跟她说，"就是觉得干妈和舒宝她们都不在国内，好冷清的感觉。"

闻言，迟绿明白了。

她"嗯"了声，安慰博慕迟："他们过几天就回来了。"

博慕迟没吭声。

迟绿拍了拍她的脑袋，往大门口看去："虽然说你干妈他们都不在国内，但云宝还在。"迟绿看博慕迟，"你给云宝打个电话看看他下班没有，邀请他来家里吃饭。"

"邀请了。"博慕迟有气无力地道，"他说回傅爷爷那边吃。"

迟绿一愣："什么时候问的？"

"下午贴对联那会儿。"博慕迟如实回答。

迟绿狐疑地盯着她。

博慕迟弯腰去拿遥控准备看电视，一抬头便对上了迟绿打量自己的目光。

她顿了下，不太明白地问："我又漂亮了？"

迟绿噎了噎，也不知道她这自恋的毛病遗传了谁。迟绿捏了捏她白皙的脸颊，配合地夸她："是。"

博慕迟弯唇，拍着她的马屁："谢谢爸爸妈妈给我这么好的基因。"

被她一打岔，迟绿都忘了自己要说什么。迟绿跟博慕迟又闲扯了两句，再次钻进厨房帮忙。

他们家的团圆饭，很少让阿姨帮忙，都是自己动手。

博慕迟和迟应帮忙端菜。把全部菜都端上桌后，博慕迟兴奋地掏出手机拍了好些照片往他们一群同龄人的小群里发。

群里都是一起长大的小伙伴，他们的爸爸妈妈是朋友，他们的关系自然也比其他朋友更亲密一些。

博慕迟发出后往上翻了翻聊天记录，发现陈星落几个人已经发过照片了，还讨论了一下今年各位家长手艺的发挥是超出寻常，还是惨遭滑铁卢。

往上翻时，她看到迟应@傅云珩，问他下班没有，要不要来家里吃饭。

傅云珩回迟应说下班了，他去爷爷奶奶家吃，晚点儿回这边。

博慕迟扫了眼两人对话的时间，六点十几分，也就是她拍照那会儿。

蓦地，陈星落@她。

博慕迟往下一看，是问自己晚上还想不想去郊区。

市区不能放烟花、不能燃放爆竹，只有郊区可以。以往，他们每年都会在这一天去郊区放烟花，热热闹闹玩一玩，然后回家守夜。

博慕迟还没回她，迟应已经飞速答应。

迟应："要去要去！今年谁开车？@F 云珩哥去吗？去吗？去吗？你好久没参加我们的集体活动了！"

去年傅云珩因忙，没和他们一起去。前年他在国外做交换生，没能回国过年。

陈星落："我开一辆，傅云珩去的话，他也开一辆。"

迟应："那么问题现在到了云珩哥这里！云珩哥不会让我失望吧，你不去的话，星星姐得开商务车。"

陈星落："我开商务车怎么了？"

迟应："说实话，你去年开商务车时，我姐的小心脏都提到嗓子眼儿了。"

博慕迟："……"

她不明白，迟应为什么要拉自己出来挨骂。

虽然她去年好像确实是坐得不那么放心。

陈星落："有这回事？@D 你去年不是坐我副驾吗？"

迟应："就是因为副驾驶才更担心，危险。"

博慕迟："我没有这样说！都是迟应瞎猜的，@星 晚上见面了一起揍他。"

陈星落："确实有这个打算。"

几个人在群里斗着嘴。

倏地，傅云珩的消息弹出。

他非常简洁地发出一个"嗯"字。

博慕迟:"……"

陈星落:"……"

迟应:"'嗯'是去的意思吗?@F"

傅云珩:"嗯。"

"姐。"看着傅云珩在群里回的消息,迟应和博慕迟吐槽,"云珩哥现在真是越来越酷了,和我们多说一个字都不愿意。"

博慕迟同意。

"确实。"她放下手机,点评道,"他是增强版的傅叔叔。"

一家人凑在一起其乐融融吃过团圆饭,博慕迟和迟应收到了迟女士和博总,也就是博延的压岁红包。

知道他们要出去玩,也知道傅云珩是一个人回来这边接两人,迟绿顺便把给其他几位小伙伴的红包也都塞给了博慕迟:"给云宝他们的,你帮我转送。"

博慕迟接下这个重任。

她看了眼时间,问迟绿:"我们家这儿到舒宝爷爷家,开车要多久?"

迟绿看向博延,她不知道。

博延:"不堵车一小时。"

博慕迟"哦"了声,又问:"那现在会堵车吗?"

"不会。"迟应嚷嚷,"这个点大家都在家吃饭,马路上的人和车应该都不会很多。"

博慕迟点点头,没再多问。

半小时后,她手机振动了一下。

博慕迟漫不经心地点开扫了一眼,就从沙发上站了起来往外走。

"姐,去哪儿?"迟应像个跟屁虫。

博慕迟:"你云珩哥回来了,让我帮忙一起贴下对联。"

"哦。"迟应应了句,而后想起什么又问,"他家应该没买贴对联的胶水吧?"

博慕迟脚步一顿,扭头看着他:"你去拿,我们一起过去。"

迟应:"……"

看着姐弟俩一前一后地出门,迟绿转头看向博延。

夫妻俩这么多年,迟绿只要稍微有点儿想法,博延便能看透。

沉默半晌,博延率先出声:"打住。"

迟绿哑然失笑,靠在他身上道:"我暂时打住。"

"嗯。"博延道,"或许是你的错觉。"

50

迟绿挑眉轻哼:"这个可能性不大。"

迟绿比博慕迟更了解她自己,太清楚她细微的情绪变化。

"她从小就喜欢云宝,要不是后来进国家队两人联系少了,这会儿关系应该跟小时候差不多。"博延分析。

几岁大那会儿,博慕迟特别黏傅云珩。

每天赖在傅家不愿意走,喊着要跟傅云珩一起睡,吃饭要傅云珩喂,作业要傅云珩辅导。

傅云珩的妹妹季云舒出生后,她还闷闷不乐了好几天。

因为她担心傅云珩有了亲妹妹就不会喜欢她,不会陪她玩了。

博延记得很清楚,一次博慕迟过去找傅云珩玩,结果傅云珩一直守在季云舒的小床旁边逗她,还夸季云舒好漂亮,说他妹妹是世界第一漂亮。

听到这话,博慕迟立马问他说,那兜兜妹妹呢,兜兜妹妹不漂亮了吗?

傅云珩想了很久才回答她,是不一样的漂亮。

因为这件事,博慕迟觉得自己超级委屈,嘟囔着说不喜欢傅云珩了,要回家。

为了哄她开心,傅云珩背着他们给博慕迟送了一颗糖,才将她哄好。

从回忆里抽离,博延拍了拍迟绿的手宽慰道:"孩子的事交给他们自己解决。"

迟绿也是这样想的,不会插手。

"我知道。"

博延兀自笑笑,不希望她把所有注意力都放博慕迟身上:"去楼上吗?"

迟绿瞥他:"怎么?"

"看礼物。"博延是个很有仪式感的人,无论大小节日,都会给迟绿准备礼物。

闻言,迟绿粲然一笑,立马答应:"去。"

与此同时,博慕迟和迟应一出门便看到了刚进院子里的人。

可能是开车的缘故,傅云珩穿得有点儿单薄,一条深色牛仔裤搭配连帽卫衣,头发剪短了一些,看上去像个大学生,却又比百分之九十九的大学生气质更特别,模样更俊朗。

博慕迟看着他现在的模样,猜想他上大学时肯定是老师喜欢,同学追捧的人,耀眼到让身边的人都忽视不了。

"不冷吗?"博慕迟走了会儿神问。

傅云珩扭头看着她，倏地一怔。

注意到他的视线，一侧的迟应顺着去看，真心实意地说："云珩哥，我姐是不是超级适合红色？"

博慕迟今天穿的是迟绿给她选的一件红色斗篷衫，看上去洋气又喜庆，特别适合过年。为了搭配这件衣服，她还特意扎了个高高的半马尾，在马尾上别了个同色系的蝴蝶结发圈。

她的长相本就是张扬明艳的类型，这一身更是衬得肌肤白皙，像小时候路过橱窗时看到的洋娃娃。

听到迟应的话，博慕迟抬眼看向傅云珩。

两人视线在空中相接，察觉到他在认真打量自己后，博慕迟还有点儿不自在。

她别开眼，清了清嗓子，没好气地瞪了迟应一眼，自恋道："我什么颜色不适合？"

迟应："……"

"嗯。"傅云珩难得附和她，一致对"外"，"你姐说得对。"

迟应狐疑地看向两人，不懂这怎么还变成自己不对了。

他挠了挠头，没想明白。

好在另外的两人也没想让他想得多明白，岔开话题道："你去拿对联吧。"

博慕迟看傅云珩："我们拿了胶水过来。"

三人先将傅家院子里的大门两侧对联贴好，然后再贴房门两侧的。

博慕迟本想帮忙，但因为有迟应在，她只需要在旁边看两人忙前忙后就好，活脱脱一监督员，悠闲又自在。

贴好对联，傅云珩去博家给博延和迟绿拜了年，三人准备出门去郊区，博慕迟和傅云珩上车等着临出门要上洗手间的迟应。

她看了旁边人一眼，忽而想起迟绿交给自己的任务，从包里掏出红包递给傅云珩："我妈让我给你的。"

傅云珩垂下眼睫，目光在她脸颊上停留片刻，再往下落在她手里捧着的红包上。

"不要？"博慕迟看他迟迟不接。

傅云珩兀自一笑，抬手接过："我明天再过来给迟姨他们正式拜年。"

博慕迟点点头："你有空再说吧。"

车内安静了一瞬，博慕迟正低头拿手机准备给陈星落发消息，说他们准备出发了。

她刚碰到手机,眼前出现了一个同色系不同样式的红包。

博慕迟愣了下,狐疑地看向傅云珩:"这是……?"

"压岁包。"傅云珩眉目舒展望着她,嗓音清冽地喊她,"兜兜。"

他唇角浮起笑意,笑意渐显的模样倒映在她亮晶晶的瞳眸里:"新年快乐。"

第三章
给你加油

博慕迟有种时光倒流，回到了小时候的错觉。好像是傅云珩一喊她的这个称呼，两人之间因成长而产生的距离感就会消失殆尽。

博慕迟不知道该怎么去形容，但在当下，她恍惚觉得，傅云珩还是她小时候喜欢黏着的那个云宝哥哥，而不是有些陌生的傅云珩。

他们之间或许有"久别重逢"的陌生感存在，感情却没有。

他还记得他小时候答应过她的，每年的新年都要给她压岁包，都要和她说新年快乐。

傅云珩看她迟迟不接，反问："不要？"

"要。"博慕迟迅速接了过来，眉眼弯弯，眼眸晶亮，"谢谢——"

她故意停顿，抬睫看向他："云宝。"

这是两人这次再见以来，她头一次这样喊他。

傅云珩一笑。

博慕迟摸了摸他给的红包，忽然道："我没给你准备压岁包。"

"你还没毕业。"傅云珩瞥她，"不用准备。"

博慕迟目前还是个大学生，只是因为训练，很少回学校上课。

三年前备战冬奥会前，博慕迟就考上了一所非常不错的大学。

她的学校虽不是国内前几，但也是知名学府。更重要的是，她没靠运动特长加分，是实打实地考了六百多分。

只是考完后,她便扎进了训练队备战。

第一年就请了长假没去上课,后来偶尔会去,但学分一直没修满。

原本博慕迟是打算花两年时间将学分修满,明年顺利毕业的,但明年又有冬奥会,她挤不出太多时间学习,不得已推迟到后年。

她给自己定了目标,最迟后年或大后年,一定要拿到毕业证顺利毕业。

博慕迟一哽,深深地认为他是哪壶不开提哪壶。

她无语觑他,收敛起的大小姐脾气上来了,怼他道:"你也没有啊。"

她是四年制的大学,傅云珩八年的本硕博,也还没毕业。只是傅云珩专业特殊,第七年就得实习。

博慕迟算了算,今年其实是傅云珩实习的第一年。

傅云珩无奈:"我实习了。"

"我……"博慕迟还想和他争辩一下,懒人迟应已经拉开了后座车门。

一上车,他先看到了博慕迟没收起的红包,眼睛一亮:"姐,你手里拿着的红包是……?"

博慕迟还没出声,傅云珩已经拿出了和她手里一模一样的红包递给迟应:"新年快乐。"

迟应接过,狗腿子似的:"谢谢云珩哥!果然,云珩哥才是对我最好的。"

听到这话,博慕迟朝他翻了个白眼。

傅云珩一笑:"走吧。"

"嗯。"博慕迟应声,"我跟星星姐说一声。"

团圆饭过后,马路上出行的人变多了,有些拥堵。

博慕迟侧眸看向窗外,街道两侧的路灯挂上了红色的灯笼,树枝上也缠了各式各样的小灯,连在一起像垂下的银河,璀璨夺目。

看她津津有味地看着窗外,迟应也凑过来贴在车窗上。

他看了会儿,实在是没看出什么东西,只能带着疑惑询问博慕迟:"姐,你在看什么?"

博慕迟回他:"看祖国的大好河山。"

迟应噎住,傅云珩没忍住,轻笑一声。

博慕迟嫌弃地扫了两人一眼,深深觉得他们不懂欣赏,外面夜景这么美都没发现。

思及此,她掏出手机拍了几张照片。

拍完,她往两家的大群发。

她刚发出没几分钟,季清影他们便在群里夸她拍照技术好。

季云舒嚷嚷着想回国过年，在国外一点儿新年的氛围都没有，街上也不好看，让她一点儿拍照的欲望都没有。

博慕迟敛睫弯唇，专注地和她聊天。

两人幼稚地斗了会儿嘴，季清影忽然在群里给他们发红包。

博慕迟眼睛瞬间一亮，飞速点开。

结果红包被迟应抢了。

第二个红包她再点，还是被迟应抢了。

第三个红包被季云舒抢到了。

季清影接连发了十个，博慕迟不知是网络不好还是什么原因，一个没抢到。

她盯着群里的红包半响，侧头看向迟应，微微笑了笑。

迟应："姐，这是我凭本事抢到的……"

博慕迟点了点头："确实。"

"啊？"

迟应蒙了，有点儿摸不着头脑。

他姐竟然不让他全部交出来转给她？这不太合理啊。

"啊什么？"博慕迟轻飘飘地睨他一眼，"怎么，你打算把抢到的红包转给我？"

迟应想也没想，直接说："往年不都这样吗？"

博慕迟从小到大抢红包就不太行，无论是拼手速，还是拼运气，她都没赢过。

因此，迟应抢到的红包都会在她的"压迫"之下，心甘情愿地转给她，博慕迟也不会和他客气。

因为迟应清楚，只要他差钱了，或是想要什么东西，无论多贵多难买，博慕迟都会想办法买来送给他。

听到迟应这话，博慕迟无奈半响，自言自语地反省："我以前这么过分？"

"……"迟应愣了下，和借着后视镜看他的傅云珩对上视线。

他终于转过弯来，委婉说："其实也不算过分。"

博慕迟哽住，没好气地瞪他："你是不是想挨揍？"

"不想。"迟应厚脸皮地说，"过年呢姐，不可以揍小孩，你要是今天揍我，未来一年我都会挨揍。"

"谁说的？"博慕迟怎么不知道这事。

迟应机灵地回答："我说的。"

博慕迟不想和他说话。

两人在车里闹着，傅云珩冷淡的声音响起："到了。"

博慕迟扭头一看，还真是。

"其实今天也没有很堵。"她随口说道。

傅云珩"嗯"了声。

迟应："去年好像是星星姐开错路了吧？"

陈星落有点儿路痴，每回开车到岔路口时，就容易走错道。即便是导航提示得很明显，她还是会开错。

博慕迟点头："我待会儿就告诉星星姐，你嘲笑她。"

迟应："我没有。"

他立马举着手准备对天发誓："我绝对没有嘲……"

"嘲什么？"话还没说完，身后就出现了陈星落的声音。

姐弟俩齐刷刷扭头。

陈星落看到他们，有些困扰地咕哝："没想到我们会一起到。"

她明明早他们大半个小时就出门了。

刚听迟应点评完陈星落的车技，再听到这话，博慕迟有点儿没克制住，"扑哧"笑出了声。

迟应努力给她使眼色，然后仰头望天，当自己什么都不知道。

傅云珩看姐弟俩的互动，唇角微微勾了勾。

"你们笑什么？"和陈星落一起过来的另一个小伙伴程晚橙问道。

她是程叔叔的女儿，比博慕迟小三岁，还在上大学。

如果说博慕迟是橱窗里明艳的洋娃娃，那程晚橙就是橱窗里复古的洋娃娃，可能是学跳舞的缘故，她有种很特别的气质。

博慕迟扭头去看傅云珩，让他回答。

两人视线撞上，傅云珩看到她给自己使眼色，眸子里的笑意更深了些："没什么。"

他简洁地说："外面冷，先进去。"

郊区这边，陈星落的父母年轻时为了约会，在这边买了一栋别墅。

现在各家长辈偶尔还会来这边聚会放松，每年新年，博慕迟一群年轻人也会过来，因此别墅收拾得特别好，院子也整理得特别舒服。

一进院子，博慕迟便看到了满院子的蔷薇花。

蔷薇花是移植培育过后的四季蔷薇，一年四季都是姹紫嫣红的模样，观赏性极高。

"真好看。"程晚橙第一时间发出惊叹声。

博慕迟点头："这些花枝是不是修剪过？"

她看着有点儿像。

陈星落点头："我爸知道我们新年会过来玩，半个月前刚让人来修剪过。"

闻言，博慕迟夸道："陈叔叔果然细心。"

迟应回道："那我觉得更细心的其实是傅叔叔。"为了让自己说的这话有说服力，他还跟傅云珩确认，"是吧，云珩哥？"

瞬间，所有人齐刷刷地看向傅云珩。

傅云珩微顿，沉吟半晌说："他只是对我妈和病人比较细心。"

傅言致对他跟季云舒，相比较来说很一般。

几个人七嘴八舌地闲聊了一会儿，进屋暖了暖身体，而后开始行动。

知道他们会来，陈星落父母早就让人送了吃食和烟花。

博慕迟凑近杂物间去看了看，满满当当的一房间烟花。

她进去找了找，没找到自己喜欢的仙女棒。博慕迟对大烟花有心理阴影，只敢玩仙女棒。

蓦地，她面前有人递过来一把紫色仙女棒。

博慕迟愣住，视线从下往上挪，停在傅云珩那张英俊的脸庞，和他对视。

傅云珩看她傻愣愣地望着自己，眉头轻蹙："怎么？"

他声音清冽，语调温和地拂过她的耳朵，博慕迟莫名觉得耳朵有点儿痒。

"啊？"她轻眨了下眼，"没怎么。"

她佯装淡定地接过，问他："我刚怎么没找到，这东西放在哪儿了？"

傅云珩往上指了指。

博慕迟抬头一看，原来是在杂物间柜子的最上方。

她比画了一下高度发现，踮着脚才能碰到仙女棒露出的小半截边缘。

博慕迟看了半晌，自言自语："怎么放那么高？"

傅云珩瞥她："放地上容易被踩到。"

再者地上都是大筒的烟花，也没这些小仙女棒的容身之处。

博慕迟觑他："放这么高除了你和迟应几个男生能拿到，我们都要搬凳子。"

傅云珩也有点儿意外，不过他猜想帮忙采购、存放的人应该没想那么多。

他伸手将一大袋仙女棒拿下："我把它们放在门口的鞋柜上，待会儿玩完手上的到那儿拿。"

说话间，他顺势取下，要往外走的时候，傅云珩才发觉博慕迟根本没理他。

他脚步一滞，回头看着她："兜兜。"

博慕迟猛地回神，眼珠子转呀转，就是不太愿意看着他："什么？"

她望着天花板，收回视线时不小心往他身上扫了眼，像是在估量他的身高。

傅云珩没发觉她这点儿小心思，不明所以："出去了。"

博慕迟"哦"了声，抿着唇角跟着他出去。

两人并肩走到院子里时，博慕迟忽然转头问："云宝，你多高啊？"

傅云珩眉眼微动，虽不清楚她为什么问这个，但还是如实回答了："一米八七。"

博慕迟："哦。"

傅云珩："……"

他看着她，随口问道："问这个做什么？"

"随便问问。"博慕迟脑袋里有似曾相识的画面在打架，摸了下发烫的耳朵，含糊不清地说，"我算算我比你矮多少。"

傅云珩看她走远的背影，有些蒙。

他眯着眼观察了会儿，将迟应拽了过来："你姐去杂物间拿仙女棒时，你打击她身高了？"

迟应一脸蒙："没有啊。"

他姐又不矮，就算矮，他也不会拿这种事和她斗嘴，打击她。

他顺着去看博慕迟所在的地方，疑惑道："我姐不开心了？"

博慕迟手里拿着的仙女棒都没玩，往年她可是最喜欢玩仙女棒的。

傅云珩不知道，也没办法给他答案。

两人缄默片刻，迟应迟疑道："我过去看看？"

想到迟应的性格，傅云珩思考了会儿："我去吧。"

他估计迟应也问不出什么东西。

傅云珩抬脚走近，还没来得及说点儿什么，先闻到了一股淡淡的栀子花香，清甜回甘，闻起来特别舒服。

他没猜错的话，应该是博慕迟今天喷的香水。

还没等傅云珩出声，察觉到有人靠近的博慕迟已经抬起头，警惕地看向他这边。

两人目光相撞。

傅云珩抬脚想要继续往前走两步，博慕迟率先出声："你别往前走。"

傅云珩敛睫估量了下两人之间的距离，不远不近。

"为什么？"虽说他现在站的位置也不需要两人提高音量交流，但着实有些诡异。

"没有为什么。"博慕迟不讲理地说,"反正你停那儿就好。"

傅云珩无奈,目光灼灼地注视她半响,让自己的声音尽量温和:"怎么了?是不是遇到了什么事?"

他并不知道博慕迟情绪的转变来源在哪儿,只能瞎猜。

"没有。"博慕迟被他这样看着,不自在地摸了下耳朵,低头看着两人间的距离,"我只是想一个人静一静。"

傅云珩看她躲闪的神情,有些束手无策:"确定?"

博慕迟点头,重新抬眸:"确定,你们先去玩吧,我一会儿就好。"

傅云珩不太放心地多看了她几眼,在博慕迟的坚持下,不得已离开了。

看傅云珩走远,博慕迟暗自松了口气。

可这口气刚松,她的脑海里再次浮现刚刚在杂物间他帮忙拿仙女棒的画面。

在博慕迟这里,傅云珩给自己拿仙女棒不是什么了不起的大事。即便是他们对对方不再那么熟悉,就他们邻居兼青梅竹马的关系而言,那也是举手之劳不需要说感谢的事。

可问题出在,他去拿的时候两人站的位置。

他伸手去拿,博慕迟恰好抬头的瞬间,猛地发现和傅云珩站在一起,恰好到他下巴的位置。

那个画面像灵异事件一样,和她前几天做的梦高度重合。

博慕迟想不通,更想不明白为什么会这样。

她小心翼翼地往另一端看,看到侧对着自己靠墙站着的人,可能是最近上班太累,他懒散地找了个支撑点,和迟应他们几人说着话。

从博慕迟这个角度,她只能看到他的侧脸轮廓和高挺的鼻子。

看他跟迟应几个人交流了好一会儿,博慕迟才后知后觉地发现,其实无论是小时候的云宝还是现在的傅云珩,他在面对他们这一群人时,都不算冷漠。

话是少了点儿,偶尔也不爱吱声,可态度是好的。

就拿他忙得焦头烂额都挤时间去机场接自己,然后将房间让给她住这几件事情来说,他是将他们这一群人放在心上的,对他们也是细心的。

这一点,博慕迟一直都很清楚。

可是,就刚刚那个画面于现在的她而言,怎么想怎么尴尬。

她觉得自己未来的男朋友应该不会被谈书一语成谶地说中,不会是傅云珩。

博慕迟正胡思乱想着,远处就传来了陈星落和程晚橙的对话:"给你找秦闻要的签名照。"

程晚橙喜笑颜开地接过,惊呼道:"谢谢星星姐,我最想要的就是这张照片的签名。"

她捧着说："好帅好帅。"

迟应凑过去看了一眼，轻轻"啧"了声："我觉得一般吧。"

他瞅着说："还没我长得帅。"

程晚橙瞪他，想反驳说秦闻长得比他帅多了，可看着迟应和博延相像的眉眼，又不太能说出这种违心的话。

迟应和秦闻不是同一类型，要论五官比例各方面条件来说，迟应当然长得更好。但秦闻有包装，整个人就很有男明星气质。

"是不是觉得我说得很对？"迟应看她半天憋不出一个字，自恋地追问。

程晚橙轻哼："那又怎么样，我承认你长得很帅，但你要承认你没秦闻高。"

无论是男生还是女生，痛处通常都在身高上，迟应这种自恋的中二少年亦是如此。

他像布偶猫被踩了尾巴似的，强调道："我还没成年，我还会长高的，秦闻都老男人了。"

闻言，陈星落在旁边补充："他今年二十七岁，我只比他小一岁。"

迟应尴尬了，和陈星落对视一眼，底气不足地道："那不一样，星星姐在我这里永远十八岁。"

陈星落不想听他鬼扯。

程晚橙乐了会儿，轻哼道："反正你现在没秦闻高就行，他一米八七，你现在有一米八吗？"

"当然。"迟应昂首挺胸，底气十足，"前几天刚量的，我已经一米八二了。"

小学生幼稚的斗嘴源源不断地钻进博慕迟的耳朵里，但她只注意到了一个重点——秦闻也一米八七。

这就意味着，世界上一米八七的帅哥多的是。

刚刚她脑海里闪过的那些乱七八糟的念头，纯粹是自己多虑了。

想明白后，博慕迟抬脚走近那一群人，兴奋地喊道："小乖，过来玩仙女棒。"

小乖是程晚橙的小名，程晚橙高兴应着："兜兜姐，我来啦。"

博慕迟没注意到的是，傅云珩在她出声时将视线转到了她身上。

看着博慕迟脸上挂着明媚的笑意，他微微扬了下眉。此时此刻，傅云珩觉得他爸曾经说过的一句话挺对的，女人的心思你别猜。

他不是很明白博慕迟这跌宕起伏的情绪变化，当然，他目前也没有想去多了解。

漆黑的夜里有五颜六色的烟火绽放，照亮着这一片夜空。

"砰"的巨响钻进耳朵时，博慕迟手臂被程晚橙推了推，她嗓音柔软，含着笑喊博慕迟："兜兜姐我们一起许愿。"

对着烟花许愿，其实是件很幼稚的事，但博慕迟还是闭上了眼。

不单单是她，连傅云珩这个不那么迷信的人，也被迟应催促着闭了眼，许下自己的新年愿望。

博慕迟的愿望比较多，也比较大。但她从小就属于敢想、敢做的人。愿望大不要紧，只要有信念就行。

许完愿放完烟花，这群人准备打道回府。

他们得在十二点之前回到家，和父母一起跨年。

和来时候一样，博慕迟和迟应坐傅云珩的车，程晚橙和其他两人坐陈星落的车。

回去的路上，博慕迟和迟应都玩得有些累了，靠在椅背上打哈欠。

博慕迟和迟应换了位置，到后座半躺着，跟没骨头似的。

车子开进小区时，博慕迟才想起一件大事。

"傅……"她刚想喊傅云珩全名，不经意间先对上了后视镜里的眉眼。博慕迟一顿，生硬地改口："云宝。"

她问："马上要十二点了，你还要回去傅爷爷他们那边吗？"

"不回去了。"傅云珩淡淡地道，"我今晚住家里，明天要去医院上班。"

博慕迟怔了怔，有些意外。

"那云珩哥你今晚一个人在家住？"迟应眼睛一亮，毛遂自荐，"你需要人陪吗？我可以去你们家睡。"

他想熬夜打游戏，但在家会挨骂。

傅云珩一眼看穿他的心思："不用陪。"

博慕迟想了想："那你到我们家睡？"

他们两家都有给对方家小孩的专属客房，但傅云珩还是拒绝了。

博慕迟点点头，知道肯定是在自己家睡得更舒服，也不再多言。

车停进车库，三人下车。

博慕迟揉了揉酸涩的双眸，跟傅云珩说了两句便往自己家走。

走了一段，她才发觉哪里不对，回头看："你去给我爸妈拜年吗？"

傅云珩颔首。

迟应扬了扬眉，搂着他肩膀道："那云珩哥你跟我们一起守岁吧，然后再回去睡。"

傅云珩没拒绝。

他们踏进家门没过二十分钟,新的一年便来了。

一家人守完岁,迟绿和博延扛不住,朝三人摆摆手先回房休息了。

博慕迟也有些熬不住,她的作息比百分之九十的人规律,一年到头也熬不了几次夜。

她跟着打了个哈欠,眼泪不受控地流了出来。

看她这困倦的模样,迟应哭笑不得:"姐,你也快去睡吧。"

"嗯。"博慕迟瞥他,"别玩到太晚。"

她顿了下,看向傅云珩:"要送送你吗?"

傅云珩:"不用。"

拖着疲惫的身体洗漱完,博慕迟感觉自己躺在床上不出一分钟就会沉睡,但可惜的是,过了十分钟她也没能睡着。

她没辙,翻了个身拿起了床头柜上的手机。

新的一年到来,各个社交软件里都收到了大家的新年祝福。除了亲朋好友,她那个不怎么经营的微博也有很多人给她发私信,祝她新年快乐,期待她在各个比赛上拿更多的奖牌,为国争光。

当然,也有人催她更新微博。

博慕迟的微博,还是三年前拿奖时被自动认证的,在那之前,她微博粉丝也就几千个,除了陈星落和队友们,其他基本都是微博塞过来的僵尸粉。

但现在不一样了,博慕迟看了眼,她现在的微博粉丝都有一百多万了。

博慕迟托腮思考了片刻,在手机相册里翻了翻,找了张晚上拍的烟花照片,编辑"新年快乐"的配文,随后发出。

发完,博慕迟退出微博,手机一直在振动,是微信消息。

博慕迟点开,先给爷爷、奶奶、小姑、教练拜了年后,才慢吞吞地去回复其他人的消息。

回完队友的,博慕迟戳开谈书发来的消息。

不太意外,是新年祝福。

谈书除了祝她新年快乐,期待她今年的冬奥会拿好多好多金牌,最末尾还多加了一份往年没有的期许。

她希望博慕迟今年可以找个帅气的男朋友,然后请她吃饭。

博慕迟:"前面的祝福先收下,最后一条再说。"

谈书:"为什么?"

博慕迟:"因为我现在只想搞事业,还不想谈恋爱。"

谈书："碰到喜欢的人就想了，我也没让你放下事业去恋爱啊！我们事业排第一，男人排末位。我只是觉得你闲暇之余应该找个对象谈谈了，让自己更快乐一点儿。"

博慕迟被她的文字逗笑了，翘着唇角："我现在也挺快乐的。"

谈书："有男朋友会更快乐。"

博慕迟："真的吗？"

谈书："真的，你信我。要不是没人愿意和我谈，我早抛弃你加入恋爱队伍了。"

博慕迟："哦。"

其实谈书不是没有，只是不愿意。

博慕迟知道谈书高一那年喜欢上了一个很优秀的人，她刚鼓起勇气要跟人表白时，对方就出国了，到现在还没回来。

这些年，她就再也没遇到能让她心动的人，也不愿意跟其他异性接触。博慕迟猜，她应该还在执着于那个人，还没放下。

说着说着，博慕迟想起一件事。

博慕迟："谈书。"

谈书："您说。"

博慕迟："你多帮我找点儿单身的一米八七的帅哥吧。"

谈书："为什么？"

博慕迟："因为我发现一米八七这个身高跟我之前和你说的那个梦，身高差画面最符合。"

谈书："……"

博慕迟挑眉，正要回她，先收到谈书的新消息。

谈书："你找谁试验出来的？"

谈书："傅云珩？"

博慕迟："我身边除了他难道就没其他一米八七的男生了吗？"

谈书："果然是他！"

被谈书这么直白地戳穿，博慕迟有一瞬的心虚。可转念一想，她又觉得没必要，没什么可心虚的，又不是喜欢上傅云珩。

思及此，博慕迟捧着手机，一脸严肃地回她："对啊就是他，我们晚上去郊区玩，正好走在一起，然后我发现我们俩身高差还挺合适，所以想找个和他一样高的男朋友。"

她如此坦诚，谈书反而不好继续调侃。

两人对话框安静半响。

谈书："那你要这样说，也不是不行，我先给你物色着。"

博慕迟："行！"

扯了些有的没的，博慕迟再次感受到了倦意。

她握着手机，连晚安也没来得及和谈书说，便沉沉地睡了过去。

博慕迟是被窗外传来的鞭炮声吵醒的。市区大多数地方不让放鞭炮，不知道这是哪家在"知法犯法"。

博慕迟揉了揉眼睛，实在是被鞭炮声吵得有些郁闷。她翻了个身往被窝里躲，试图将声音从耳朵里驱逐。

她试了好几次，还是作罢。挣扎须臾，博慕迟索性爬了起来。

天色已经明亮起来，她看了眼时间，刚过六点。

博慕迟望着窗户发呆，在思考新年第一天要不要爬起来跑步。

如果是早睡的她，这会儿当然会毫不犹豫地起来。可她昨晚近凌晨两点才睡，到现在才睡了四小时，真有点儿精力不足。

倏地，耳边的声音消失。博慕迟仿佛看到希望一般，重新钻回被子，可半分钟后，她再次坐了起来。

鞭炮声是停下了，可"知法犯法"的人开始放烟花了。

博慕迟忍无可忍，眯着眼钻进浴室刷了牙，洗了脸，往脸上随便抹了点儿滋润面霜后，闭着眼走到衣帽间，换上运动服，准备出门。

屋子里静悄悄的，迟绿他们都还没起来。博慕迟轻手轻脚地下楼换鞋，便往外走。清晨的风有些凉，吹在脸上却意外舒服。不知是新年的缘故还是什么，博慕迟觉得此刻连空气也变得新鲜。她活动着筋骨走出院子，路过傅云珩家时，意外和他碰上。两人看到对方时都难掩诧异。

傅云珩率先回神，往她身后看了一眼："博叔不陪你？"

他回家住的次数少，上回在家住是碰到了博延陪博慕迟一起跑步，所以他并不知道大多数的清晨，博慕迟是一个人跑步。

博慕迟"嗯"了声，没觉得有什么伤心难过的，随口道："他们还在睡觉。"

傅云珩眉头微蹙："他放心你？"

博慕迟无奈："你是忘了我们小区物业有多尽职尽责了吗？"

她只是在小区里跑，又不出去。

傅云珩一顿，提醒她："早上人少，在哪儿都要提高警惕。"

前段时间新闻刚报道一起年轻女孩晨跑被杀害的案件。这种事不常见，但发生的概率也不低。这个社会上总有些丧心病狂的变态。

博慕迟点头，扬唇一笑："放心吧，我知道的。"

她看着他，礼尚往来地关心道："你今天不是要上班吗？起这么早？"

她在内心给傅云珩算了算，从他离开自己家，回家洗澡然后睡觉，速度就算最快，也得到十二点半才能躺上床。

这人一天睡五个多小时就够了？

傅云珩看她表情变化就知道她在想什么："被吵醒的。"

"难怪，"瞬间，博慕迟看他有种同病相怜的同情感，"那你几点去医院？"

两人并肩往操场那边走去。

傅云珩："七点左右过去。"

医院正常上班时间是九点，但傅云珩是实习生，基本每天八点就会到科室。他家距离医院比较远，开车要四十多分钟。好在是新年，医院人不多，他可以八点多再到也没关系。

听傅云珩说完，博慕迟对他产生了怜悯之心。她同情地望着他，蹦出一句："小傅医生，辛苦了。"

傅云珩瞥她："还好。"

他神色如常，云淡风轻地道："比不上为国争光的慕迟妹妹。"

从博慕迟在冬奥会上拿下金牌后，认识她的、不认识她的，都喊她"慕迟妹妹"。

博慕迟这几年听过很多声"慕迟妹妹"，早就习惯也喜欢上了这个称呼。可从傅云珩嘴里喊出来，她觉得奇怪又别扭。

原因她一时说不上来，但她就是有这样的感觉。

想到这儿，她觑他一眼："你别这样喊我。"

傅云珩挑眉，觉得她长大后的性格虽没小时候那么可爱呆萌，但还是蛮有意思的。

他逗她："为什么？"

"没有为什么，"博慕迟一脸严肃地看着他，"你又不是不知道我的小名。"

知道她小名的人都不会喊她慕迟妹妹。在博慕迟心里，"慕迟妹妹"其实是不那么熟悉、和她交往还不够深的人喊的。

她这个理由，倒是说服了傅云珩。

他立马改口："兜兜妹妹。"

博慕迟莫名觉得自己耳朵有点儿痒。

傅云珩的声音清冽，有一点点低音炮的感觉，却并不明显。这会儿可能是睡眠不够充足的原因，嗓音听上去有些沙哑，格外撩人。

博慕迟一直不觉得自己是个声控，她是那种听到好听的声音会多听两遍的人，但没到会去寻找，抑或被声音搞得心跳加快的地步。

可在傅云珩刚刚那声"兜兜妹妹"说出来时，她的眼睫毛不受控地动了动。

傅云珩正好在看着她，自然也发现了她这点儿细微变化。

他走了下神："不是你让我这么喊的？"

"可我也没让你没事喊我啊。"博慕迟抿了抿唇，"你喊我做什么？"

傅云珩一顿，低声道："没什么。"

博慕迟无语瞥他。

傅云珩一笑，转开话题："哪天回队里？"

"初五。"博慕迟说，"去崇礼。"

张家口崇礼是冬季滑雪胜地，那儿的滑雪场特别多。博慕迟他们接下来一段时间的训练就选在那儿。

傅云珩颔首："年后有比赛？"

博慕迟点头。

她三月份要去内蒙古参加全国性的U型场地比赛，对手大多的来自全国各地的滑雪运动员，有好些还是她的老熟人。

两人聊了几句便到了操场。

照旧拉伸，两人保持着同样的速度奔跑。每天五千米，是博慕迟这个运动员体能训练项目的其中之一。

跑完回家时，博慕迟询问旁边的人："你要过来吃早餐吗？我爸应该起来了。"

傅云珩正想拒绝，忽地想到今天是农历新年第一天，点头答应了。

他得去给博延他们拜早年。

之后几天，博慕迟和往常一样，保持基本的体能训练和滑雪训练。迟应每天陪她去雪场。偶尔他还会陪她早起跑步，虽然跑两圈就嚷嚷着跑不动了，但至少起早了。

让博慕迟有点儿奇怪的是，傅云珩这几天基本都回家住。

除了初二那天，她已经连续两天早晨在路上碰到他了，然后两人不怎么交流地跑完五千米。

初四这天他们跑完，回去的路上，傅云珩看向她："明天去崇礼？"

博慕迟点头。

傅云珩一顿："我明天要上班，就不和博叔他们一起去送你了。"

闻言,博慕迟笑盈盈地看着他:"有这个心就行了。"

刚跑完步,博慕迟面色红润透亮,看上去满满的胶原蛋白。

可能是常年运动的缘故,她的皮肤状态比大多数人要好。脸上没有任何瑕疵不说,连细小的毛孔也看不见。肌肤细腻,明艳却稚嫩,宛如高中生。

傅云珩多看了两眼,应声道:"一个人在那边多注意。"

他顿了顿,想到她十几岁时和季云舒窝在家里许下的愿望,嗓音含笑道:"我们期待你挂着能压弯腰的金牌回家。"

"挂着能压弯腰的金牌回家"这句话,是博慕迟当年加入国家队时说的豪言壮志。

刚开始学滑雪,她仅仅是因为喜欢,喜欢滑雪带给她的刺激感,喜欢漫天飞舞的雪尘,喜欢皑皑白雪装点的景色,银装素裹,分外漂亮。

直到被推荐去比赛,然后又加入国家队,她对滑雪的态度才开始有了改变。

她一如既往地喜欢滑雪,但她也想拿奖,想拿冠军。在了解我们国家的滑雪行业目前属于不好不坏的状况时,她的目标变得明确。

博慕迟想打破纪录。

打破运动员在冬奥会上拿最多金牌的纪录,打破其他国家对中国滑雪运动员成绩的细微偏见,甚至打破世界纪录。

她想让全世界的人知道,中国也有滑雪很厉害的人,也能挤进世界杯大跳台拿到冠军。

陡然听傅云珩提起自己年少轻狂时许下的愿望,博慕迟有点儿窘迫,可她还是应下了:"我努力。"

她是有点儿不好意思,但也确实从未改变过自己的目标。无论是大的还是小的,是努力就能完成,还是全力以赴也不一定能达到的,她都会朝着目标方向坚持。

没有任何人、任何事可以阻挡她前进的步伐。

傅云珩看她红了的耳廓,眉梢一挑,勾了勾唇角。

"我相信你可以。"他鼓励她说。

明明是寻常鼓励人的话,博慕迟身边的朋友和队友们甚至是教练也常常会这样说,但从傅云珩嘴里说出来,她就有种说不上来的感觉。

那种感觉很奇妙,让她不自觉沉醉其中,有种怪异的兴奋感。

她猜想,可能是因为傅云珩日常过于冷淡,让她潜移默化地认为,他不像是会跟人说加油之类俗话的人。

想明白这一点，博慕迟那颗自己也没察觉到提起的心，重新放了回去。

"我也觉得我可以。"她有点儿自恋地说。

傅云珩一笑，看她自信满满的脸庞，喉结滚了下。

两人慢悠悠地走回家。

到别墅门口时，博慕迟看了旁边要比自己先进屋的人一眼，顿了顿说："你着急去医院吗？要不要来吃早餐？"

除了初一那天傅云珩到他们家吃过早餐，其他时间两人锻炼结束，博慕迟就没再看到过他。

傅云珩垂眼看着她："我先回去洗澡。"

闻言，博慕迟略显意外："好。"

博慕迟往另一旁指了指："杨姨应该过来了，我跟她说一声，你有什么特别想吃的吗？"

杨姨是本地人，年假到初三结束。今天会来家里给他们收拾，顺便做饭。

"都可以。"傅云珩不怎么挑食。

博慕迟"哦"了声，朝他粲然一笑："那待会儿见。"

看她往前走的背影，傅云珩微微一顿，到她推开院子大门进去后，才收回目光。

"姐。"

吃过早餐，迟应挤着博慕迟坐在沙发上。

博慕迟给他一个眼神："怎么？"

"……"迟应是被拎起来吃早餐的，这会困倦得狂打哈欠，"云宝今天怎么愿意过来吃早餐了？"

被他传染，博慕迟也跟着打了个哈欠："不知道。"

她嗓音困意满满："可能是今天运动结束得比较早，也可能是医院食堂的早餐吃烦了？"

"是吗？"迟应自言自语嘀咕，"我怎么觉得不太像呢。"

博慕迟觑他一眼："那不然就是馋杨姨的手艺了。"

她没往更深层面去想，懒洋洋地靠在沙发上："你别吵我，我想再睡一会儿。"

迟应无语地看着她，一把将人拉起："回房间去睡吧，客厅吵。"

吃过早餐到外面散了会儿步回来的迟绿听到这话，深表认同："去睡个回笼觉，晚点儿我和你爸陪你去滑雪场训练。"

博慕迟一笑，知道迟绿为什么会这样说。她明天就去崇礼了，接下来一段时间，他们就算有时间想陪她，也陪不了。

每回都是这样，她要离开家的前几天，迟绿跟博延都会尽量多花时间陪她，让她感受家的温暖，感受他们的爱。

博慕迟没拒绝，抱着迟绿的手臂撒娇："那就先谢谢爸爸妈妈了。"

迟绿跟挠小猫似的挠了挠她的下巴："客气。"

博慕迟看她这娴熟的手法，一时不知道该说什么。

以前，他们家养过一只很漂亮的布偶猫，取名迟小迟。

博慕迟很喜欢那只猫，可惜她十岁那年，迟小迟因为身体不好，离开了他们。

那之后，博慕迟每回看到小猫都很喜欢，都会无比想念迟小迟。但她从没提过要再养一只猫这样的话，因为她知道，迟女士比她更难受。

短时间内，迟女士根本没办法接受家里出现一只新猫咪，她念旧。

不过此刻，博慕迟感受着客厅不算寂静的氛围，抬眸看向迟女士："妈？"

"嗯？"迟绿挠了挠她的下巴，又揉了揉她的脑袋，"怎么了？"

博慕迟眨了下眼，贴着她掌心蹭着："我们要不要再养一只猫？"

迟绿一怔，敛睫看着她："你想养？"

"一点点。"博慕迟如实回答。

她喜欢小猫。

当然更重要的一点是，她回训练队了，迟应去学校上课后，家里有小猫咪的话，迟绿和博延在家也不会过于孤单。再加上博延工作的缘故，一周起码五天是在公司。

迟绿年轻时是模特，这几年已经不再去秀场走秀了。她很享受她的"退休"生活，每天找小姐妹打打麻将、逛逛街、做做皮肤管理，飞到全世界度假，很是轻松自在。

博慕迟也很清楚这一点，但她就是觉得家里有一只猫的话，迟绿偶尔在家休息，也不会感觉过分孤单。

他们没办法时时刻刻陪伴在她左右，至少猫咪可以。

虽然这么说有点儿不负责，小猫咪也没办法代替人的存在，但猫咪于迟绿而言，有治愈的能力。

迟绿倒是没想博慕迟会提这个，沉吟了半晌道："你让我想想。"

博慕迟点头，看向博延："爸，你觉得呢？"

博延是个妻管严，没多想："听你妈妈的。"

迟应哽了下,把要举双手赞成养猫的话,默默吞了回去。

他投不投票,对旁边这三人作用不大。通常,他在这个家投的票数,基本是无效的。

想到这点,迟应不由得对自己产生了怀疑,到底是发生了什么,才会让他在这个家毫无存在感?

想着,迟应拉着博慕迟嘀咕:"姐,我有个问题想问你。"

"你说。"博慕迟看迟绿去厨房倒水,回头看向他。

迟应摸着下巴,看向厨房里的夫妻俩,疑惑道:"我真是爸妈亲生的吗?"

博慕迟一顿,上下端详他。

感受到她打量的目光,迟应有不太好的预感:"不会真……"

"确实不太像。"博慕迟道,"你长得没有爸帅,五官没有妈妈的漂亮,但我还是要告诉你,你出生的那天我是在医院的,看着护士姐姐把你抱出来,妈妈在床上躺了好多天。"

迟应:"哦。"

博慕迟看他傻乎乎的模样,没忍住抬手拍了下他的脑袋:"你每天都在想些什么?"

迟应不敢吭声。

博慕迟睇他一眼:"走吧,去睡个回笼觉,待会儿去滑雪场。"

迟应"嗯"了声,跟着起身:"走。"他是真的很困。

一家四口难得凑一起去滑雪场。

因为博慕迟喜欢滑雪,迟绿一行人的滑雪技术也都不差。换上滑雪服出去,迟绿手里拿着相机:"走吧。"

她笑盈盈地望着博慕迟:"妈妈给你拍照。"

博慕迟弯唇一笑:"那我也要给妈妈拍。"

"我来给你们拍。"迟应在旁边冒出来,"给我吧。"

对比来说,迟应的滑雪技术比迟绿和博延都要好一些。他很小的时候其实也产生过专注滑雪的念头,但后来放弃了。

博慕迟喜欢去高级道,一家人自然也往高级道那边走。

她滑雪的时候,所有人的目光都会下意识聚集在她身上。博慕迟跟迟绿说了声,把雪镜往下一拉,一副谁也不爱的酷飒神情,让迟绿都忍不住朝她吹口哨。

"不愧是我女儿,太帅了。"

博延在旁边听着,哭笑不得地揉了揉眉眼,好在他早就习惯了自己的太太和女儿语出惊人的行为,见怪不怪了。

"要滑一会儿吗?"博延问她,"我来给你拍照。"

"先不拍。"迟绿笑看着他,"我们一起滑一会儿?"

博延没拒绝。

"看到那个女生没?"看着博慕迟和迟应到速滑区飞驰而下,像脱缰野马在雪场驰骋后,其他游客惊呼,"太帅了吧。"

他们远远看着,博慕迟速滑、呲雪、旋转、跳跃,一连串的动作流畅又漂亮,吸引着大家的注意力。

赵航前段时间策划跟其他同事一起来滑雪场搞团建,因大家时间凑不上又都很忙,团建一直没组织起来。

想到明天就得回医院上班了,想滑雪的赵航一大早便来了滑雪场。他现在的滑雪技术还不错,中级滑道已经能轻而易举地拿下,因此今天将目光放到了高级滑道。

他没想到的是,他和朋友刚从缆车上下来,便看到了这么帅的一幕。听着旁人的点评,赵航深表认同。

"刚刚滑雪的那个是女生?"他问。

"是啊。"朋友说,"你没看出来?"

赵航:"没注意。"

他想到了他的偶像,望着那渐渐消失在他视野里的黑白身影,感慨道:"果然,女人帅起来就没男人什么事。"

朋友沉默半晌,瞥他道:"你是不是忘了自己的性别?"

赵航爽朗一笑:"我这不就是随便说说嘛。"

虽然他是男人,但他也得承认自己刚刚说的是实话。

女人不比男人差,无论是运动方面还是其他方面,只要她们想,她们就可以做得很好。

在性别这件事上,赵航没有偏见。

闻言,朋友觑他:"你以前可不是这样的,现在怎么意识这么强烈?"

"你还记得傅云珩吧?"赵航边卡雪板边和他闲聊。

"记得。"赵航朋友不是医学专业的,他是管理系,但也听过傅云珩的大名,还因为赵航的关系,跟傅云珩吃过几次饭。

赵航颔首:"这话,他常说。"

"他还会说这种话?"朋友诧异。

赵航回忆了下说:"类似,我是受他影响。"

赵航以前其实有点儿大男子主义,潜意识里觉得很多事女生没那么厉害,就拿高中时文科、理科举例,很多人觉得女生理科没有男生好,男生左脑发达,所以理科强是应该的,而女生右脑发达一些,应该是文科好。

赵航之前也这样认为。

大学一次考试,院里有个女生的成绩只比第一名的傅云珩差几分,排名第二。

赵航在宿舍正和室友讨论这个女生,说没想到一个女生竟然能考那么好,医学知识挺晦涩难懂的,而且还有各种实验,需要运用不少化学方面的知识。

另一个同学毫不犹豫地附和,说那个女生高考时也超常发挥,理科考了多少分。

两人其实也就随便讨论两句,没有歧视的意思。

他们正说得起劲时,不怎么爱说话的傅云珩说了两人。

他说,女生考高分并不是意外,不是说男生天生理科就比女生好,也没有男生比女生厉害这种说法。每个人努力的方向不一样而已。

女生考试成绩好,不是超常发挥,是人家本身就有那个能力。

男生考得差,也不是发挥失常,是个人能力问题。

没有女生天生比男生理科成绩差的说法,更不能有男生就一定比女生强的观念。

在赵航这里,傅云珩就是这么一个人。

话少,性子冷,看似不怎么爱搭理异性,但他骨子里最尊重异性。准确来说,他尊重所有人。

听赵航说完,朋友笑道:"傅云珩被那么多人喜欢,果然是有道理的。"

"那必须的。"赵航现在算是傅云珩的半个粉丝,对他佩服又崇拜。

想到这儿,他掏出口袋里的手机:"我待会儿要给傅云珩发个视频。"

"发谁的?"

"刚刚那个女生啊。"赵航笑道:"傅云珩滑雪也厉害,我让他见识下更厉害的。"

收到赵航视频时,傅云珩正在看病历。

大年初四,很多地方还没正式上班,医院也冷清。值班查完房后,只要不遇到突发情况,他是没有平日里那样忙碌的,能有时间多看看病历。

手机连续振动了好几次,傅云珩看完一份病历写完报告,神色淡淡地拿起手机,一点进和赵航的聊天对话,便看到他发来的好几条消息。

赵航:"珩哥,看看这个帅气的女生!她滑雪真强啊。"

赵航:"有点儿我偶像的感觉。"

他的偶像是博慕迟。

傅云珩还没点开视频,便注意到了视频里的人穿的滑雪服。

他手指微顿,挑了下眉将视频点开,不意外地看到了两位熟人。

傅云珩知道博慕迟滑雪厉害,以前两人还经常一起去滑雪。

前不久,他也在网上看到了旁人录下来的她滑雪的画面。但在当下这一刻,他还是不受控地将赵航发给他的三个视频全看完了。

可能是因为闲,他甚至在看完之后将视频进度条重新拉回到开始,多看了两遍。

"傅医生。"外面传来护士的叫喊,"上回手术的那个病人突然发烧了。"

傅云珩迅速将手机放进抽屉,起身阔步往病房走去。

"多少度?"

护士跟在他的身侧,低低地说:"37.8摄氏度。"

"他有没有说哪里不舒服?"傅云珩边看病人之前的手术情况记录边问。

"他说没什么胃口,全身乏力。"

傅云珩应声,这种情况不少见。

一般来说,病人术后一两天发烧是比较寻常的情况。但现在发烧的这个病人,已经做完手术一周了,再养两天便可以出院。

给病人重新做了检查,询问完具体情况,又了解了他这几天的用药剂量,傅云珩给今天正好休假的束正阳打了个电话,商议了下加药的情况。

这个病人是他们一起做的手术,傅云珩虽不是主刀医生,但也确实跟着上了手术台,对病人的情况还算比较了解。

处理完发烧情况,他再回到科室时,手机里又多了几条消息。

这次和前面发的没差别,只是这回赵航录到了博慕迟在雪场起跳、高空抓板、回转空翻的画面。

最后,他还发现了训练的人是博慕迟。

赵航:"你知道视频里的人是谁吗?是博慕迟,是我偶像!"

赵航:"她刚刚摘下雪镜和头盔跟人说话,我一眼就认出她了。她比镜头里看着更漂亮!怎么会有人长得这么好看呢?!"

赵航:"你说我上去要个签名或者合影,她会答应吗?"

赵航:"人呢……"

傅云珩看完他的消息，将手机音量调至最低，神情专注地将新视频看完。

全部看完，他才回复赵航。

傅云珩："你可以去试试，她应该不会拒绝你。"

虽然博慕迟不那么喜欢跟人合影，因为她觉得自己不是明星，也不是什么特别有名的人物。

无论是拿金牌前还是拿金牌后，她都说自己就是个普普通通的运动员，偶尔跟谈书或家里人自恋时，才会学着新闻媒体的口气，调侃自己是滑雪天才。但她本人，其实并不是很喜欢这个称呼。

傅云珩小时候和她去滑雪场次数多，知道她在滑雪上花的时间、摔的跤都比一般人多太多。

她是有点儿天赋，但比起她在滑雪上的勤勉和努力，天赋根本不值一提。这一点，和博慕迟朝夕相处的人都清楚。

看到傅云珩回过来的消息，赵航无语了半分钟。

赵航："小傅医生你可以回得再晚点儿。"

傅云珩："哦。"

看到傅云珩这冷淡消息，赵航无语地翻了个白眼。

朋友："怎么？跟谁发消息？"

"傅云珩。"赵航告诉他，手指飞动，没一会儿便将要说的话发出。

朋友扫了眼两人上面的聊天对话，再看了看赵航刚发出的信息，比他还无语。

"你是受虐狂还是平时被傅云珩的优秀搞得精神出问题了？"

赵航幽幽地叹了口气，挠了挠眉毛说："我也不想，这不是傅云珩牺牲了所有年假，七天都在医院值班嘛，忙不过来的话，我也不是不能提前过去。"

他问傅云珩医院是不是有什么突发情况，忙不忙，差不差人手，要不要他回去帮忙。

听他这么一说，朋友沉默了会儿，拍了拍他的肩膀表示理解。

蓦地，赵航手机振动了，是傅云珩回的及时消息。

言简意赅，冷淡依旧，就俩字儿："不用"。

跟赵航说了两句，傅云珩在放下手机前扫了微信的"发现"一眼，看到迟绿的头像在朋友圈那一栏有了显示。

他垂睫，手指不经意间碰到，点开一刷新，呈现在他面前的便是迟绿发的一个视频。

迟绿发的和赵航拍的差不多，是博慕迟滑雪的视频，但又不太一样，因为赵航那个是偷拍，人看得并不完整，而迟绿的这个是录完了全程的。

他看完视频时，这条朋友圈下边的点赞和评论已经很多了，全是熟人，其中还包括他那在国外刚起来的爸妈。

季女士：不愧是兜兜！干妈都要爱上她了。

博慕迟回复季女士：什么？干妈你之前不爱我？

季云舒：你干妈之前爱的是我！

陈星落：兜兜妹妹真帅！比完赛记得把时间留给我，来我们剧组指导演员滑雪啊！

博慕迟回复陈星落：一定一定，我要和小乖一起去看大帅哥。

迟应：哪个大帅哥？

程晚橙：就是比你高的大帅哥！

与此同时，博慕迟正捧着手机高高兴兴地在迟绿那条朋友圈下面跟熟人聊天。

迟绿自然也看到了。

她好奇地问："大帅哥是谁？"她怎么不知道。

博慕迟："就我最近在看的那部电视剧的男演员。"

"……"迟绿回忆了下，好像是长得还行，"多大了？"

博慕迟："……"

她不解地看向迟绿，表情微妙："问这个做什么？"

"我就随便问问。"迟绿不甚在意，"我女儿都要去看他，我总得知道一下他个人的一些情况吧？"

博慕迟无奈，还没回答，坐在副驾驶座上的迟应回了头，说："妈，那个人叫秦闻，今年二十七岁，比兜兜大六岁不说，长得也不符合我们家审美标准，没爸和我帅，我建议她不用去看，也不用去深入了解了。"

话音落下，车厢内安静了片刻，趁着等红灯时间，博延踩下刹车侧眸盯着他。

感受着博延带着点儿杀气的眼神，迟应不明所以，小心翼翼地道："我……我说错话了？"

迟绿微微一笑："你是不是忘了？你爸比我大六岁。"

迟应："……"

博慕迟没忍住，"扑哧"笑出了声："妈，我觉得他不是忘了，他就是故意提这个事，揭爸爸的伤疤。"

博延："……"

他回头，神情温和地瞟了博慕迟一眼："伤疤？"

博慕迟一噎，眨了眨眼装傻："啊？我说过这样的话吗？没有吧，爸爸的年龄怎么可能会是伤疤呢，在我心里爸爸永远年轻帅气，永远十八岁。"

迟应听她这胡扯，忍无可忍："十八岁的话，他敢生下我们？"

博延："……"

迟绿："……"

两人对视，深深觉得这个话题可以停下，不用继续深讨，没有意义。

离家的前一天，博慕迟感受到了加倍的温暖和爱。她一点儿都不想回训练队，却又不得不去。

初五这天吃过早餐后，博延便开车送她去崇礼。

每次都一样，只要博延他们没紧急的大事，都会送博慕迟回训练队。

崇礼比北城更冷一些，开车需要三四个小时的车程。

博慕迟和迟应上车斗了两句嘴便开始睡觉，一直到目的地，两人才悠悠转醒。

跟迟绿腻了一会儿，博慕迟往训练基地里指了指："爸妈，那我进去了。"

博延拍了拍她的脑袋："去吧，三月份我跟你妈会去内蒙古看你比赛。"

她的现场，博延和迟绿也都是能去必去，绝对不错过。

博慕迟弯唇一笑，轮流抱了抱他们："好，我努力，你们也注意身体，记得想我。"

迟绿捏了捏她的脸："训练适当，别给自己太大压力，我们家的兜兜只要健康快乐就行，其他的不是那么重要。"

"嗯嗯。"博慕迟知道。

最后，她看了看旁边没说话的迟应："好好学习。"

迟应："哦。"

他闷闷地看着博慕迟，小声问："我三月份能去看你比赛吗？"

博慕迟微微一笑："你月考考到班级前十，爸妈可能会同意。"

迟应："……"

这不是为难他吗？他哪儿有本事一下子从班级倒数到前十？

跟迟绿他们腻烦完，博慕迟进了训练基地。

虽然很不舍得，但她很清楚对现在的自己来说，什么才是最重要的。

刚进基地，博慕迟便跟单板滑雪训练队的队友许鸣碰上了。

她大大方方地和他打招呼，看他穿着一身滑雪服，抱着雪板，讶异道："你提前来了？"

他们都要在这边集训，但规定的归队时间是今天。

许鸣"嗯"了声，看她亮晶晶的一双眼，微微一顿："昨天来的。"

他嗓音低沉，比傅云珩还低。

闻言，博慕迟幽幽叹了口气，玩笑道："你这给我很大压力啊，许师兄。"

许鸣比博慕迟大三岁，但进队时间只比她早一年。

和博慕迟不太一样，在进队前许鸣几乎没参加过滑雪比赛，他是教练在野外滑雪时发掘的苗子。

许鸣轻笑："有吗？"他敛眸看着她，"你在家不是也一样在训练？"

"那还是有点儿不一样的。"博慕迟如实道。

许鸣失笑，看她狡黠灵动的眸子，温声说："你是正常时间归队，差不了多少。"

博慕迟点头。

"待会儿去找教练报到？"

许鸣看着她："今天还去滑雪场吗？"

"去。"博慕迟直接道，"我下午再去。"

现在已经中午了，博慕迟准备先去宿舍放好行李，然后找岑青筠报到，再去食堂吃饭，最后去滑雪场。

许鸣了然："今天打算练什么？"

"先从我拿手的练。"博慕迟比较厉害的是平行大回转和U型场地。

而许鸣更擅长障碍追逐，他在障碍追逐这个项目上，就像泥鳅钻进稻草田一样灵活迅猛。

许鸣笑笑："那下午见。"

博慕迟一愣，跟着笑了笑道："下午见。"

博慕迟一回到训练基地，日常生活就变成了四点一线。

跟上学时差不多，她在四个地方来回奔波，滑雪训练场、食堂、宿舍、健身房。

运动员专业、技能要好，体能训练也不能落下。

偶尔，博慕迟也会跟队友们出门转转，但崇礼这边除了滑雪，她还真没发现什么好玩的地方。

一晃眼的工夫，从冬末到了初春。全国U型场地比赛定在内蒙古，时间是三月十五日。

参加这项比赛的运动员们，都提前几天到了内蒙古。这里好似还是冬天，昼夜温差极大。

博慕迟到的当天，就被寒冷刺骨的风吹感冒了。

队医给她检查了一番，也没什么办法。他们运动员基本不允许吃感冒药，因为感冒药里含有咖啡因，会对他们的尿检结果有影响。没有兴奋剂含量的感冒药也有，但吃了又会有疲乏困倦的副作用，博慕迟也不愿意吃。

队医没辙，只能让她多喝热水，穿多点儿。

博慕迟欲哭无泪，觉得自己已经足够注意了，却没想到还是中招了。

她体质就这样，很容易水土不服。

之前到国外比赛也一样，不是落地就开始发烧，就是隔一两天就开始不舒服。有好几次，她都是拖着病痛上的赛场。

知道她又感冒了，迟绿也不是很意外。

她让博慕迟先好好休息一晚，问问傅言致有什么办法能让她不吃药就迅速好起来。

博慕迟："肯定没有。"

要是有的话，她之前就不会带病上赛场了。

"之前没有不代表现在没有。"迟绿反驳她，"说不定你傅叔叔发现了新的治疗感冒的方法呢？"

博慕迟一噎，知道她是关心则乱。

她"嗯"了声，没阻止迟绿："那妈妈你去问问吧，我先去洗澡然后喝点儿热水早点儿睡。"

她头有点儿痛，鼻子堵塞弄得她特别不舒服。挂了电话，博慕迟进宿舍洗澡。

这边的宿舍原本是两人一间的，但因为博慕迟感冒了，教练担心病毒传染，临时给她调了一间单人宿舍。

博慕迟没想到的是，洗完澡出来，手机里会有傅云珩的未接来电。

她怔了一下，很是意外。

博慕迟算了算，从初四那天清晨见过后，她再也没跟傅云珩碰面了。不说碰面，他们就连联系也没有。

她偶尔听到、看到和他有关的消息，不是在两家大群，就是迟绿他们给她打电话时会不经意地提到一两句，次数不频繁，说得也不多。

她盯着他的未接来电片刻，正想给他回过去，他电话先打进来了。

博慕迟清了下嗓接听："喂。"

傅云珩那边似乎是停顿了下，清冽的声音传来："迟姨说你又感冒了？"

他没问她刚刚为什么不接电话。

听到"又"这个字,博慕迟想反驳:"这又不是我想的。"她嘀咕。

听出她话语里的怨气,傅云珩不自觉地无奈一笑,也没避讳问的问题会让长大的博慕迟尴尬,直接问:"流鼻涕吗?"

博慕迟:"……"

等了会儿,傅云珩也没等到博慕迟的回答。

他拿下耳朵边的手机看了一眼,电话没断,信号也不错。他蹙眉,以为她没听清,又重新问了一遍。

博慕迟"啊"了一声,佯装自己刚刚是真没听到一样:"什么?"

傅云珩没去在意她是真没听清还是故意不听清,耐着性子说了第三遍:"我问你感冒的症状,流不流鼻涕?"

博慕迟不知道傅云珩是真当自己是他的病人,还是别的,他难道不觉得这个问题对女生来说很难回答吗?

流鼻涕这种事说出来,真的有点儿丢脸。

博慕迟挣扎了须臾,含糊不清地应了一声:"嗯。"

傅云珩没多想,继续问:"多吗?"

博慕迟沉默,甚至不想和他说话。

哪儿有人这样问的……

"嗯?"傅云珩没听到她说话,酥酥麻麻的声音从听筒那边传来。

恍惚间,博慕迟有种他好像就在自己身侧说话的错觉,因为她隐约感受到了他温热的气息落在她的耳边。

下意识地,博慕迟将举起的手机放在桌上,点开外放揉了揉发烫的耳朵:"有点儿多。"

还是自己流出来的那种。

傅云珩"嗯"了声:"头痛吗?"

"就是有点儿晕。"博慕迟如实告知,"昏昏沉沉,想睡觉,没什么精神。"

她一天到晚都在犯困。

"咳嗽吗?"

"不咳。"

她就单纯感冒。

傅云珩了解了,沉默须臾,低声问:"队医还在你那边吗?"

"不在。"博慕迟看了眼时间,"应该回去休息了。"

80

傅云珩"嗯"了声，忽然想起了点儿什么，低声问："你是不是会随身携带止痛药？"

博慕迟愣了下，不好意思地抿了抿唇："包里好像有，可以吃？"

傅云珩："可以吃，这个药有缓解作用，感冒也能吃。"

"好的。"博慕迟说，"那我待会儿吃一粒。"

莫名其妙地，两人都安静了下来。

博慕迟摸了下鼻尖，想了想问："我妈不是说去找傅叔叔吗？"

言下之意，她怎么找了你。

傅云珩听出了她的话外之音，淡淡地说："我爸他们医院接了个急症病人，现在还在手术室。"

博慕迟明白了。

她妈找不到傅言致，退而求其次，找了傅云珩。

思及此，她想也没想说："云宝，你有点儿像备胎。"

他噎住，被她气笑了："嗯，谁造成的？"

他心情还算愉快地和她交流。

博慕迟仰头望着天花板，并不承认是自己造成的："又不是我让我妈去的。"

傅云珩一笑："去吃药，吃完早点儿休息，晚上有条件的话多盖一床被子，闷一身汗出来，感冒会有所好转。"

"我知道。"博慕迟顿了下，低垂着眼睫盯着桌上的手机，磨磨蹭蹭，"那……晚安？"

傅云珩："晚安。"

挂了电话，博慕迟才看到迟绿给她留的消息，说傅叔叔没空，让云宝给她电话。

博慕迟扬了扬眉，捧着手机回她："他刚刚打了。"

迟绿："怎么说？"

博慕迟："让我吃一颗止痛药，然后早点儿睡觉，出出汗就好了。"

迟绿："那你快去，明天再看看情况。"

博慕迟："知道啦，妈妈晚安。"

迟绿："晚安。"

吃过药，博慕迟爬到床上休息。

她的眼皮有点儿发烫，也很重，全身有种说不上来的酸痛感。

博慕迟闭着眼，迷迷糊糊想，好像每次感冒都这样，她早该习惯的，但就是习惯不了。

不知是睡前吃了药，还是跟傅云珩打了电话，又或者是疲惫的原因，博慕迟这一晚竟然睡得还不错。

清晨醒来时，她的感冒也好了那么一点点。

"感冒怎么样了。"博慕迟去食堂吃早餐，刚坐下，和她关系很好的师姐谢晚秋便过来了。

博慕迟喝了大半杯热水，嗓子沙哑道："好了一点点。"她吸了吸鼻子，鼻音很重。

谢晚秋担忧地看着她："没发烧吧？

"没。"博慕迟耷拉着眼皮，食欲不振，"就是头还有点儿晕。"

谢晚秋理解，随口问道："那待会儿还去训练吗？"

"去。"在训练这件事上，博慕迟不会有任何犹豫。

不说她现在只是一点儿小感冒，就算是其他病痛，她也不会在比赛前几天放松的。

对运动员而言，一天不滑雪都会有生疏感。

谢晚秋无奈："那多穿点儿。"

"嗯。"博慕迟笑笑，"谢谢师姐。"

"说什么呢？"她话音刚落，和许鸣一起过来的男队友焦明诚便问道。

博慕迟看了顺势坐在旁边的两人一眼："说待会儿训练的事。"

焦明诚点点头，许鸣坐在博慕迟右侧，侧眸看着她："感冒怎么样？还撑得住吗？"

博慕迟点头："可以。"

闻言，许鸣蹙眉："你嗓子怎么这么哑？"

"感冒都这样。"博慕迟没太在意，"感冒好了嗓子就好了。"

许鸣盯着博慕迟，还想说点儿什么，可她已经在埋头喝粥了，一副着急的模样。

喝完粥，博慕迟跟他们说了声，便端着盘子离开了。

看着她和谢晚秋一前一后离开，焦明诚感慨："慕迟妹妹是不是太拼了？"

许鸣没理他，风云残卷地吃完早餐，也跟着离开。

焦明诚："……"

他看了眼自己没吃两口的早餐，很是无语，队友们就不给自己留条活路吗？一个个聪明有天赋还那么拼。

焦明诚气得将馒头塞进嘴里，鼓着一张脸走出了食堂。

其他队友看见，还以为他有什么急事连顿饭都不能好好吃完，得边走边吃。

为了感冒不再加重，博慕迟回宿舍换衣服的时候，特意多穿了一件高领打底，裹得她有点儿上气不接下气。

他们这回比赛只比U型场地技巧，训练相对也就专一很多。

不过博慕迟不确定是衣服穿多了还是怎么回事，感觉自己今天旋转有些费力，来回试了几次，都跳不到她想要的高度。

博慕迟没辙，只能退到旁边短暂休息。

岑青筠看到她摘下头盔红彤彤的脸，跟妈妈似的摸了摸她的双颊："是冷的还是感冒难受的？"

"都有？"博慕迟也不确定，紧盯着在U型池跳跃的许鸣，说了句，"不错。"

岑青筠一笑："他最近状态确实不错。"

博慕迟点点头："我继续了。"

岑青筠不解地看着她："你要和他竞争？"

他们比赛是分男子竞赛项目和女子竞赛项目的，一直都是如此。

"不能这样说吧。"博慕迟当然知道自己不是要和许鸣竞争，神色坚毅地望着那个比赛池，淡定地说，"我就是不想输。"

无论是男队员还是女队员，博慕迟都不想输给他们。她想突破，想创造更高的纪录。

岑青筠听着，鼓励道："那去吧，累了就休息。"

博慕迟点头。

三天的时间过得很快。

博慕迟其实很想早点儿比完赛然后回去，鼻塞对她来说，真的太痛苦了。

比赛前一天晚上，迟绿给博慕迟发了条消息，他们已经到酒店了，明天会去现场看她比赛，又关心了一下她的身体情况。

博慕迟也老老实实告诉她，感冒好多了。

她每天早上睡醒鼻子好像通了点儿，在U型池练了大半天后，又会恢复到睡前的状况，反反复复，就是好不利索。

迟绿哑然："明天比完比赛就好了。"

博慕迟吸了吸鼻子应着："嗯，你们也别太担心，就你和爸爸来了吗？"

"还有你干妈和……"她顿了下，"还有你干妈和神秘嘉宾。"

博慕迟一愣，扬了扬眉："神秘嘉宾？我认识的？"

"你当然认识。"迟绿说,"还挺熟。"

"小姑?"博慕迟猜测道。

刚猜完,博慕迟又觉得不太可能,今天是周五,作为一名律师,小姑应该很忙才对。

迟绿:"不是。"

"谈书?"博慕迟狐疑地道,"可她不是没请到假吗?"

谈书今年毕业,目前在实习阶段,请假相对来说没那么容易。

博慕迟猜了好几个人,都被迟绿否决,索性不猜了,反正明天就会知道。

跟迟绿说了会儿话,博慕迟早早洗漱休息。

与此同时,刚到酒店的傅云珩先接到了傅言致的电话。没什么重点内容,无非照顾好季女士,好好给博慕迟加油。

原本,是傅言致要和季清影一起过来看比赛的,但他一位参加医学交流会的同事临时有急事,傅言致只能帮忙去一趟。

他没办法来,季清影感觉自己和迟绿夫妻一起来,有点儿像闪闪发光的电灯泡。再加上她喊傅言致过来其实还想顺道让他看看博慕迟的感冒情况。

博慕迟他们有队医,但队医的水平,相比较来说,是不好不坏的那种。

思量之下,季清影和迟绿拍板给傅云珩打了个电话。

傅云珩昨晚刚值夜班,周五白天恰好休息,再加上周六他也是休班,季清影第一时间给他买了票,都没给他思考来不来的时间。

"挺好,我妈没任何不适应。"傅云珩单手插兜站在阳光下接电话,"她在洗手间了,待会儿出来我把手机给她。"

傅言致"嗯"了声,声音和他有点儿像:"明天看到兜兜,好好给她加油,还有你如果要让她吃药记得提前检查过,她不能吃含有任何兴奋剂的东西。"

傅云珩敛睫眺望着漆黑的夜空,懒散地应道:"知道。"

他很清楚这一点。

傅言致叮嘱了两句,在听傅云珩说他妈出来后,第一时间挂了电话,转而给季清影打了过去。

傅云珩在阳台吹了会儿风,才进去。

他习以为常地看了他妈一眼,跟季清影说了声便回了房间。为了方便和安全,他们订的两室的家庭套房。

内蒙古单板滑雪U型场地比赛是两天制的。

参加这次比赛的代表队有近十支,参赛运动员几十人。虽不是世界级别的比赛，但每一位选手的实力也不容小觑。这个比赛项目包括男、女自选动作和技术难度规定动作、技术种类规定动作以及男、女团体奖项。

"精神怎么样？"博慕迟等待时，旁边传来许鸣的声音。

博慕迟抬头，看了眼和自己穿着同样队服的人，点了点头："还不错，你呢？"

许鸣目光灼灼地注视她："我也不错。"

博慕迟："加油。"

"你也是。"许鸣道，"待会儿你先上场吧？"

博慕迟"嗯"了声："还有大半个小时才轮到我。"

许鸣点点头："期待你的表现。"

这话说得极其客套，博慕迟点头，不再多言。

没一会儿，岑青筠过来找她，说是时间差不多了，让她先过去。

博慕迟跟着岑青筠往等候区走，顺便活动活动筋骨。

她站的位置恰好能看到另一侧的观众席，博慕迟找了找，没看到迟绿他们的身影。

"找什么？"

"我妈他们。"博慕迟眉眼弯弯，心情愉快，"他们在现场。"

岑青筠挑眉，笑道："行，那中午允许你出去见见他们。"她顿了下，"但不能在外面吃任何东西。"

关键时候，岑青筠很怕出意外。

博慕迟点头："知道。"

没一会儿，博慕迟便听到了现场讲解员在介绍自己。

博慕迟排在另一位选手后边，等她表演结束就该自己上场了。

岑青筠拍了拍她的肩膀，鼓励道："加油。"

博慕迟翘了下唇，往速滑区那边走，将雪镜戴上，遮住刺目的阳光。

观众席上，迟绿一行人安静等待着，听到博慕迟名字时，几个人齐刷刷抬起了头。

"到兜兜了。"季清影激动地说，"她是站在最高的位置了吗？"

傅云珩视力比较好，一抬眼便看到了高处那抹身着红色滑雪服的人。

他"嗯"了声，紧盯着不远的地方，没再挪眼。

在所有人的注视下，博慕迟第一轮发挥便凭借稳健的表现，拿到了88.95的高分，让人惊叹。

第一轮和第二轮间隔三十分钟，博慕迟滑至等候区深呼吸，岑青筠朝她竖起大拇指:"放平心态,继续加油。"

博慕迟点头。

第二轮,博慕迟依旧不负众望,发挥稳定,拿到89.02的高分,成为女子U型场地当之无愧的冠军。

在赛场上的博慕迟,像一把挑不出任何错的弓箭。张弛都由自己把控,她想要快便可以快,她想飞便能飞,甚至她还能来去自如地在空中旋转。

稳健落地后,博慕迟摘下雪镜对着拍摄的镜头弯了弯眉眼。

那一刹那,太阳的光、现场人的目光,全投递到了她身上。她像一颗在白日里也能吸引人的夜明珠一般,璀璨夺目。

傅云珩看着远处笑容灿烂的人,视线从下而上,在她眉眼处停留许久。

大学以后,傅云珩就没怎么看过博慕迟的现场比赛了。

几年前的冬奥会,他在电视上看了,只是隔着电视屏幕的那种感受,远不如现场强烈。

他一直都知道博慕迟滑雪很厉害,技巧各方面也很强,但那种知道没有此刻她在自己面前完成一个精彩绝伦的动作表演来得震撼。

至少在当下,他是被她吸引住了。

比完上午的项目,博慕迟换下滑雪服,往迟绿他们那边跑。

在看到一侧的傅云珩时,博慕迟明显感觉意外。

昨晚临睡前,她还想了想其他神秘嘉宾的名字,想了很多朋友,却从没想过傅云珩。

两人视线撞上。傅云珩看她的眼神有点儿怪,但博慕迟又说不上具体是哪里不对劲。他眸眼漆黑深邃,犹如深潭,比寻常时候更吸引人。

博慕迟怔了怔,下意识问:"你怎么来了?"

傅云珩垂眼看着她,低低地道:"给你加油。"

第四章
吸引

听到这话，博慕迟愣了片刻，沉默几秒，忽而有点儿不好意思。

"哦。"她呆愣愣应着，"不用上班？"

傅云珩看着她被冻红的鼻子，视线往上落在她精致的眉眼上，缓了缓："休息。"

博慕迟恍然，别开眼看向迟绿他们。

迟绿朝她竖起大拇指："不愧是我迟绿的宝贝，真棒。"

博慕迟家从小到大采用的都是鼓励式的教育，做得好、表现好会夸，出现了失误，迟绿和博延也不会训他们，他们只会给予更多的鼓励。

当然，迟应除外。

因为无论是鼓励式还是打压式，迟应都顽固到让人头疼。哪种方式都对他没用，迟绿和博延只能将他丢给其他人管。

博慕迟笑了，伸手道："那抱抱。"

迟绿笑着抱了抱她，摸了摸她的脑袋："还难受吗？"

"一点点。"博慕迟松开她，又找季清影要了一个温暖的拥抱。

最后，才轮到博延。

博延鼓励她两句，关心她的身体情况。

"没什么事。"博慕迟不在意，"比赛的时候我都忘了感冒这件事。"

博延哭笑不得，捏了捏她的脸："下午还有比赛吗？"

博慕迟点头:"下午是男子的,我不比,但是要到场。"

博延扬了扬眉:"不能跟爸妈一起坐观众席?"

博慕迟想了想:"我问问教练可不可以。"其实正常来说,没什么大问题,毕竟博慕迟下午不用上场比赛。

博延温和一笑:"好。"

和迟绿他们在旁边说了会儿话,博慕迟得回去吃饭了。她谨记岑青筠的话,没敢跟迟绿他们到外面用餐。

中午,博慕迟和另外两位拿了第二名、第三名的女运动员上了热搜。

现在就是这样,无论大小事,无论是明星还是运动员,只要有事发生就有可能被人送上热搜。

博慕迟一点儿都不喜欢这种曝光。

她妈以前是模特,小时候博慕迟和他们出门玩,有过很多次被记者围堵、被狗仔捧着相机拍照的经历。

好在博延将她和迟应保护得不错,就算偶尔被拍,也会第一时间将热搜撤下。

这也是为什么,她成名至今,少有人知道她父亲是博汇集团总裁博延,母亲是知名模特迟绿。她不想用这些背景去引人眼球,她就是个运动员,不希望别人将注意力放在其他事情上。

她始终坚定地认为,好好比赛,大家喜欢她给她加油就好,其他的都不需要。她不需要什么特别的名气,更不需要人气。

"迟妹妹。"队友们凑在一起吃饭,焦明诚刷着手机告诉她,"你上热搜了。"

博慕迟:"……"

看她微妙的表情,许鸣安慰她:"不是什么坏事。"

谢晚秋也附和:"这种比赛你拿奖了,新闻总会报道的。"

博慕迟本身就比其他运动员更有话题度,因为她是滑雪天才。

最漂亮的滑雪天才,还是学霸。这些名号加在她身上,注定她没办法做个普通的运动员,享受无人打扰的运动员生活。

博慕迟"嗯"了声,决定一个礼拜不上微博。

她不看,就不知道。

思及此,她看向焦明诚:"焦师兄。"

焦明诚看着她:"怎么了迟妹妹,要给你看看吗?"

"不看。"博慕迟一本正经地道,"你把刚刚那句话撤回吧。"

· 88 ·

焦明诚不明所以："什么？"

博慕迟把嘴里的米饭咽下，神色认真："你撤回那句话，我就当不知道这件事。"

安静片刻，谢晚秋几个人反应过来她的意思后，忍俊不禁。

焦明诚更是哭笑不得："行。"

他们都很喜欢博慕迟，也愿意纵容她的天马行空的想法："焦师兄这就撤回。"说着，他还做了个紧闭嘴巴的动作。

博慕迟开心了："谢谢焦师兄。"

谢晚秋在旁边乐："就没见过比你烦上热搜的人。"

"不是烦，"博慕迟想了想，"我是讨厌。"

几个人对视须臾，大概知道她为什么如此讨厌。

"行，"谢晚秋哄着她，"以后都不跟你说热搜的事了。"

博慕迟弯唇："谢谢师姐。"

吃过饭，博慕迟回宿舍休息。

下午男子个人技巧比赛要两点半才开始，足够让他们休息一下，养好精神。

回床上躺下，博慕迟看到谈书、陈星落几个人发来的祝贺消息，陈星落还给她发了红包，说给她准备了拿冠军的礼物，等回家了给她。

博慕迟的唇角往上牵了牵，她开心地给他们回消息。

她刚给谈书回过去，这人便直接打了电话过来。

"喂？"博慕迟惊讶，"你不是在上班？"

"午间休息，我刚吃完饭。"谈书走在马路上，抬头望了望蓝天上的大太阳，一阵风吹来，有栀子花香。

她记得博慕迟很喜欢栀子花的味道，忍不住说："这次比赛结束，你是不是有几天休息时间？"

博慕迟："有，但没那么快。"

他们训练队一般是有比赛才会集合在一起，不是说一年四季都要在队里。

谈书"啊"了声："栀子花都开了，你什么时候回来，我们去一趟学校怎么样？"

她们俩大学是同一所学校，只不过博慕迟是特殊的"留级生"。

她当初报这所外国语学校，一是因为她确实没太多时间去上课学习，接触新的专业知识，所以就选了自己最擅长也最拿手的外语专业。还有一个原因便是这所学校种了很多花，各种品种都有，栀子花最多。

每年春天，她们学校的"花园"就特别漂亮，姹紫嫣红，吸引着大家去观赏。

博慕迟眼睛一亮，在床上翻了个身："好啊。"

她感慨："我也确实好久没回去了。"

谈书应着："那我等你。"

"嗯。"博慕迟蹭着枕头，安静了片刻说，"我爸妈他们来现场看我比赛了。"

谈书愣了下，没多想就回答："我知道啊。"

这事博慕迟之前就和她说过。

博慕迟含糊不清地说："她还给我带了神秘嘉宾。"

"谁？"谈书眼睛立马亮了起来，问，"男生女生？"

博慕迟："……"

她忽然有点儿后悔跟谈书说这个了。但除了谈书，博慕迟也不知道找谁说。她跟陈星落、程晚橙她们的关系也好，可和她们讨论傅云珩，总觉得怪怪的。

她不好意思。

谈书是个聪明人，察觉出博慕迟的扭捏，猜想一定是个意想不到的人。

她缄默两秒，小心翼翼地问："傅云珩？"

博慕迟不说话，谈书就当她默认了。

她扬了扬眉，惊讶不已："真是他啊？他不忙吗？竟然有时间去内蒙古看你比赛。"

博慕迟沉默了会儿，又翻了个身望着天花板，轻声说："医生也是可以正常休息的，好不好？"

"他过年连上七天班，你现在跟我说能正常休息？"谈书反驳她。

博慕迟一噎，一下不知道要说什么。

"然后呢？"谈书好奇，"你没问他吗？"

"问了啊。"博慕迟没瞒着她，"他说来给我加油。"

谈书道："傅云珩还挺会说话的！"

博慕迟沉默，其实当时她听到这句话时也很意外。

她没想到傅云珩会这样说，又或者是说，她根本没想过他会来现场看自己比赛。

两边皆安静下来。

过了好一会儿，谈书问她："没别的想说了？"

博慕迟缓了缓，慢吞吞道："好像是，暂时不知道要跟你说什么……"

谈书了解她，知道她是自己也还没想明白，兀自笑笑："就只想和我说这个事？"

"嗯。"博慕迟就是想找个人分享这件让她觉得奇怪的事。

"行吧。"谈书叹气，"那等你整理好思绪，想再跟我多说的时候，我们再讨论。"

从小到大她也习惯了博慕迟在某些方面的迟钝。准确来说，也不是迟钝，她就是脑子里没理顺一件事时，不会随意说出口。

博慕迟应声。

两人放下和傅云珩这个人相关的话题，说了说比赛方面的事，才结束对话。

挂了电话，博慕迟躺在床上发了几分钟呆。说服自己后，她钻进被子里，安心睡觉。

可能是中午跟谈书打了个电话，下午她看到傅云珩，甚至和他坐在一起时，博慕迟已经恢复如常了。

她甚至还给傅云珩介绍出场的是她哪个师兄，擅长什么。

中午吃过饭，博慕迟就找岑青筠说了这事，说她下午去观众席看比赛。岑青筠没拦着，只让她别乱吃乱喝。

正看着，迟绿忽然扭头问她："许鸣上场了，他擅长什么来着？"

他们都知道许鸣，也知道他是博慕迟的队友。

"障碍追逐。"博慕迟道，"不过他U型技巧各方面其实也很不错，我前两天看他练习，他还突破了自己之前的一个回转纪录。"

说起专业的东西，博慕迟总是头头是道，更何况是自己的队友，忍不住多夸了许鸣几句。

她自己没怎么察觉出来，坐在她两边的迟绿和傅云珩侧头看了她一眼。

博慕迟没太注意，还在喋喋不休地和迟绿讨论。

说着说着，博慕迟有点儿口渴。

她的水杯放在右侧，她正侧身要去拿水杯，刚准备拧开喝，一抬头便看到了傅云珩凸出的喉结，他喉结上下滚动着，看上去极其性感。

博慕迟一顿，目光不受控地往上看到他流畅的下颌线和精致到三百六十度无死角的脸庞。

她盯着看了会儿，正要收回目光，在看比赛的傅云珩忽然垂下眼。

像做了什么亏心事被抓包一样，博慕迟心虚到眼睫忽闪，吸着鼻子慢吞吞地、欲盖弥彰地收回目光。

他撩起眼皮看向博慕迟留给自己的侧脸，视线往后挪了挪，落在她自己都未曾察觉到的泛红的耳朵上。

博慕迟的耳朵外形很好看。

职业缘故，她比较少戴首饰，但有耳洞。

傅云珩没记错的话，她的耳洞还是初一那年和季云舒一起去打的。

打完后几个人又嘴馋得要命，一点儿都不怕发炎，还去吃了火锅。

结果没过两天，两个人的耳朵红肿到发炎，一碰就痛。

两人都是半大的姑娘，痛得难受了，就抱在一起哭鼻子。

那时候博慕迟还没进国家队，吃喝自由。

傅云珩之所以记得这件事，是因为当时两家大人都出国旅游了，剩下他们四个小孩，只有阿姨照顾他们。

她们哭得撕心裂肺，傅云珩没辙，只能自己上网搜，搜能让第一次打耳洞的女孩子消肿消痛的良方。

倏地，耳侧传来博慕迟兴奋的惊呼声。

"哇。"她激动不已，"许鸣好强！"

傅云珩神色一顿，抬头看向比赛场，许鸣刚做完一个外翻回转落地。

许鸣稳稳当当落地时，现场响起热烈的掌声，还有人站起来为他欢呼。

季清影虽然能看懂滑雪比赛的一些规则，但还不是很明白。

她看博慕迟这么高兴，直接问道："刚刚那个动作很厉害是吗？"

博慕迟点头："在国内，他应该是第一个做到这种连续空翻转体，高度还很高的男滑雪运动员。"

"多高？"

博慕迟："最后是外转900°连接反脚1080°，发挥非常完美。"

迟绿点点头，忽而想到："你是不是也靠这个外转连接反脚拿过一次奖？"

她记不太清了，但没记错的话应该是在美国还是瑞士的一场公开赛中，博慕迟发挥极其出色，拿到了冠军。

博慕迟正想纠正妈妈的话，说自己是两个1080°的反转连接时，还没出口，一道清冽的男声率先落下。

"她是两个1080°。"

比较来说，博慕迟那个难度更高一些。

话音一落，几个人齐刷刷转头看向傅云珩，目光灼灼。

每个人眼睛里闪烁的八卦的光芒，都不太一样。

对上面前这几个人视线，傅云珩神色自若地问："我说错了？"

他问的是博慕迟。

"没。"博慕迟眼眸闪了闪,"你看过我那场比赛?"

季清影也很诧异:"什么时候看的?"

傅云珩面不改色:"我大学室友是你的粉丝,经常看你比赛的视频。"

"啊?"这回博慕迟是真震惊了,"你的大学室友?"

傅云珩点头。

"谁呀,我见过吗?"季清影追问。

傅云珩:"赵航。"

听到这个名字,迟绿朝季清影抬了抬下巴,闺密俩对视一眼。

季清影微微点了下头,知道赵航这个人,也见过两次,只是她从不知道赵航竟然还有滑雪这方面的爱好,甚至喜欢博慕迟。

博慕迟没注意到两位长辈的互动,惊讶道:"真的呀?"

"嗯。"傅云珩垂睫看着她,"不相信?"

博慕迟想了想:"不是不信,我就是有点儿意外。"

她知道有很多未曾谋面的人喜欢她,但不知道傅云珩身边就有。

在知道这个消息后,博慕迟忽然产生了一种错觉,一种她这几年和傅云珩之间并不存在距离感的错觉。

蓦地,她想起了点儿什么,问:"你其他室友也会跟着看吗?"

傅云珩应声:"偶尔会。"

博慕迟点点头,好奇地道:"那他们都是怎么评价我的?"

傅云珩瞥了她那张将心思都写在脸上的漂亮脸蛋一眼,眼眸里闪过一丝笑意:"说你滑雪很厉害。"

博慕迟等了好一会儿,也没从傅云珩嘴里听到第二句评价。

她眨了眨眼,狐疑地道:"就没啦?"

傅云珩看着她一眼,似乎在问——你还想要有什么?

博慕迟抿了下唇,委婉地说:"他们没夸我的长相吗?"

傅云珩:"……"

偷听的三位长辈:"……"

说完,博慕迟明显注意到了傅云珩表情有些微妙。他垂下眼看着她,没吭声。

博慕迟轻轻眨了眨眼,有些失望:"真没有?"

不是博慕迟自恋,见过她的人都会夸她好看、漂亮。

她是运动员,但也是个二十一岁的普通女生,对身材外貌各方面都很在意。

更重要的是，她本身就有点儿自恋。

这种自恋，不是盲目的，因为她真的有值得别人艳羡的脸。

她的长相是明艳型的，精致到挑不出任何毛病，无论是眉眼还是鼻梁嘴唇，都组合得恰到好处。

她这张脸，就像是女娲捏人时精心雕刻打磨出品的。见过她的人，没有不夸她漂亮的。

博慕迟刚靠运动员身份上热搜那会儿，就有无数网友震惊，他们不敢相信有这样长相的美女不进娱乐圈供大家欣赏，反而去体育界做运动员。

还有人说，博慕迟哪天退役了可以去娱乐圈当明星，即便她不唱歌不演戏，当个花瓶走走红毯拍拍杂志，大家也愿意为她贡献流量，为她的美貌买单。

傅云珩看着她失望的神情，觉得有些好笑："这么在意？"

"在意啊。"博慕迟自言自语，"这还是头回有人不夸我长得好看的……"

话音落下，她转头盯着傅云珩："你什么时候跟你大学室友见面？"

傅云珩一愣："什么。"

"带上我可以吗？"博慕迟很有礼貌地询问，"我想见见他们。"

她想看看他们日常都是夸哪种长相的美女。

如果他们真是对自己的长相欣赏不来，那她也不会勉强他们。如果不是，那博慕迟想问问他们为什么不夸自己好看。

他们要知道，偶尔的一句夸赞，有可能鼓励人。虽然，有没有他们的鼓励，她都是这么自恋。

傅云珩："……"

看他蹙眉，博慕迟眉梢挑了挑："很为难？"

傅云珩顿了顿，没说为难，也没说不为难，给了博慕迟一个模糊不清的答案："到时候再说。"

博慕迟："哦。"

听完两人对话，迟绿扶额，一点儿也不想认博慕迟这个女儿了。

迟绿知道博慕迟遗传了自己的自恋，可没想到她遗传得这么彻底不说，还有种青出于蓝而胜于蓝的感觉。

这件事的重点明就不在傅云珩的室友有没有夸她好看上，而是在于傅云珩不仅和室友一起看她比赛，甚至还能记下她的比赛数据。

迟绿真地很想去摇晃博慕迟的脑袋，摇醒她，让她关注重点内容！

察觉到老婆的想法，博延拉着她的手，轻轻拍了拍。

这是他们家遗传下来的基因，迟绿年轻时也喜欢追问别人是喜欢自己的美貌还是她在T台上走秀的样子。

下午的U型场地男子个人技巧赛，毫无疑问，许鸣拿下了冠军。

看完许鸣的表演，博慕迟一行人也没先离开。

她专注地将其他选手的表演也全部看完，甚至做了笔记，方便日后做赛前分析。

傅云珩看她捧着手机在记录，看了看。

一侧的迟绿问："这不是男子的吗？"

博慕迟"嗯"了声，认真地道："给焦师兄他们写的。"

他们习惯分析每位对手的特长，总结每位对手的进步和技巧。

博慕迟比较厉害的一点是，看完一场比赛，她能分析出所有选手的优缺点。队里的人也都知道她有这个本事，虽不会主动让她帮忙，但她愿意帮忙。

他们是一个团队，自然要互帮互助。

迟绿拍了拍她的脑袋，夸道："我女儿真优秀。"

博慕迟朝她笑了下。

傅云珩听着，将视线从她身上转回赛场。

下午的比赛和上午一样激烈，男运动员这边竞争也很激烈。

许鸣今年在U型场地算是超常发挥了，坐上了冠军的宝座。另一个队伍擅长U型场地飞跃的选手也不甘示弱，分数紧追，拿到了亚军。

男女个人赛冠军都是博慕迟他们队的，几位教练喜形于色，对他们都比往常更温柔了一些。

"明天继续加油。"几位教练看着他们，叮嘱道，"团队赛讲究的是齐心协力和默契，一定要放松冷静，我们相信你们能做到。"

比完赛，博慕迟自觉归队。她听着教练的话，乖乖点头。

"慕迟。"谢晚秋转头看着她，小声问，"晚上去健身房吗？"

博慕迟想了想："去。"

还在比赛阶段，岑青筠让她别再往外跑。博慕迟晚上就不去找迟绿他们了，闲着也是闲着，倒不如去健身房练练体能。

谢晚秋弯唇一笑："那吃了饭一起？"

"好啊。"博慕迟抱了抱她，"师姐我们明天继续加油。"

今天个人技巧赛时，谢晚秋第一轮发挥失常，旋转没有到位，上半身的引领也不够，错失高分。第二轮她努力稳住，但相对其他队选手的发挥来说，还是差了那么一点儿。

吃过晚饭,博慕迟便跟谢晚秋几个人去了健身房。

她刚练完胸,准备休息几分钟时,收到迟绿发在群里@自己的消息。

她点开一看,是他们的晚餐照片。

照片里,有她以前很喜欢吃的红烧肉和红烧排骨,格外丰盛。

博慕迟:"妈,你是故意的吧。"

迟绿:"有那么一点点。"

博慕迟无奈半晌,向四周看了看,只有许鸣离她最近,也在休息。

"找谁?"许鸣喝了口水,一扭头便看到她的动作。

博慕迟:"没。"

她沉默两秒,看向许鸣:"你可以帮我录个视频吗?几秒就行。"

许鸣一怔,起身朝她走近:"把手机给我。"

博慕迟把手机递给他,往旁边指了指:"录我练这个的视频。"

"好。"许鸣看向她,顿了顿说,"是要发给教练?"

"不是。"博慕迟走到练背的地方,"给我爸妈。"

闻言,许鸣笑了笑。

一分钟后,两家的大群收到博慕迟发来的视频和控诉。

博慕迟:"对比一下,你们的良心过得去吗?"

她在健身房锻炼,他们在餐厅大吃大喝。

"兜兜竟然在健身房。"季清影和傅云珩坐在一边,她看着手机笑道,"满头大汗,你过分了啊,迟小绿。"

迟绿一脸无辜:"我以为她也在吃饭呢。"

博延哭笑不得,知道她是故意逗博慕迟的,也知道博慕迟不会将这种事放在心上。这是她们母女俩的互动。

季清影无奈,侧眸问傅云珩:"兜兜到健身房出汗,感冒应该能好得更快吧?"

傅云珩垂眼,看向视频里的人。

健身房有空调,博慕迟穿得比较单薄。修身的T恤和长裤,将她的马甲线和长直的腿勾勒出来,看上去又美又飒,格外漂亮。

"嗯。"傅云珩看完视频,缓声说,"她已经在适应了。"

今天听博慕迟说话的声音,已经不再像前几天那么沙哑。

闻言,季清影放心了,她笑着给博慕迟回了个点赞的表情包,这才放下手机。

吃过饭,迟绿他们想到四处转转,傅云珩还有点儿论文方面的事,提前回了酒店。

坐在电脑前，他顺手点开手机。

宿舍群有99+的消息，还有@自己的，两家的群消息他还没点。

鬼使神差地，傅云珩手指不受控地点开。

一低头，他便看到博慕迟发的那个视频。

傅云珩微顿，点开又看了一遍。

静谧的房间，有断断续续的杂音传出，结束时还有不太明显的对话声。

赵航电话打过来时，傅云珩正在写论文。

他滑过接听键，声音冷淡："什么事？"

赵航习惯了他的语调，心情愉悦地道："你休假休得怎么样？怎么都不出来聊会儿天？"

他刚下班回家，将自己偶像白天比赛的视频反复看了几遍，还有些意犹未尽，但其他两位室友对滑雪兴趣不是很大，也只会基本的，他找不到人讨论，只能过来找傅云珩。

"还好。"傅云珩淡淡地说，"你找我就为了说这个？"

"那也不是，"赵航笑道，"我是问你今天看滑雪比赛直播没？"

没等傅云珩吱声，赵航激动地道："博慕迟也太帅了吧！全国的赛事都这么厉害，之后国际性的世锦赛，盯着她的人应该会比之前更多吧？"

他喋喋不休："她那个起跳飞跃和回转，还有空中弯腰抓板太飒了，连几位男运动员都没她表现好。"

听到这话，傅云珩漠然提醒："男运动员表现没她好不是很正常？"

赵航一噎，知道自己又带入了大男子主义的观念，忙不迭地道歉："我的问题，一时口误。"

傅云珩没搭腔。

赵航又跟傅云珩夸了好一会儿博慕迟，说着说着，才隐约觉得有哪里不太对："你今天心情不好？"

傅云珩说："没有。"他看向电脑屏幕，神色如常，"在写论文。"

闻言，赵航懂了。

写论文这种事，换谁情绪都没办法高昂。

他"哎"了一声，想起重点："那你没看博慕迟他们的滑雪比赛？"

"看了。"傅云珩坦然，还是现场看的。

听到这话，赵航眼睛一亮："是不是很帅？"

傅云珩一顿，想到了上午的比赛画面，她飞至高空，连续翻身旋转，而后稳稳落地。

"嗯。"傅云珩喉结滚了下。

赵航:"不愧是我偶像。"

说着,他叹了口气:"要不是我的班早排好了,我今天肯定去现场看,我估计现场更精彩。"

傅云珩应声。

事实就是如此。

这种竞技类的比赛,现场观众的情绪会随着运动员的动作和讲解员的分析而波动,抵达某个高点时,自己的情绪还会受身边人感染,无法自控。心脏起伏跳动的频率,也会和寻常不太一样。

赵航自言自语了一会儿,发觉傅云珩一直没怎么说话。

他扬了扬眉,狐疑地喊道:"珩哥?"

傅云珩拿着手里的笔转了转,淡声问:"你真这么喜欢博慕迟?"

赵航无语:"你这说的什么话,难道我们住一个宿舍这么多年,你第一次知道?"

傅云珩提醒他:"我大三就出去住了。"

大二那年,傅云珩就在学校附近租了房。

他们学校宿舍环境还不错,但他并不是个喜欢群居生活的人,加上每个人作息也不太一样,他比较忙,所以在学校允许搬出去住后,第一时间就搬出去了。

赵航一噎:"那我不管,反正你知道。"

他像是跟傅云珩无理取闹,傅云珩没理他。

聊了会儿,赵航反应过来:"你突然问这个做什么?"

"没什么。"傅云珩回神,"还有别的事?"

赵航无语:"挂了。"

傅云珩看着暗下去的屏幕,敛了敛思绪,将注意力放在论文上。

半响,他又拿起手机,给博慕迟发了条消息。

看到傅云珩的消息时,博慕迟和谢晚秋几个人刚从健身房离开。

她点开一看,怔愣半响,给傅云珩回了个问号。

傅云珩:"没有?"

博慕迟:"不是,你要我的签名照做什么?"

傅云珩:"下午跟你说的那个室友,半个月后过生日。"

博慕迟明白了他的意思,他是想拿自己的签名照当作礼物送给赵航。

博慕迟正想说回宿舍找找看有没有打印出来的照片，字刚敲下，她灵光一闪，脑子里蹦出了另一个想法。

博慕迟想也没想，直接给傅云珩打了个电话。

"喂。"傅云珩很意外。

博慕迟听着他冷淡的声音，揉了揉耳朵，一本正经地道："我觉得你室友过生日，你只送一张签名照，诚意似乎有点儿不够。"

傅云珩一怔，隐约猜到了她想说什么。

他"嗯"了声："那你觉得我该送什么？"

博慕迟："你该给他送个真人啊。"

傅云珩被她的话呛住，猛地咳了两声，难以置信地道："你说什么？！"

博慕迟眨眼："啊？"

她不明白傅云珩为什么反应那么激烈，直白地道："我说，你可以带我这个真人过去参加生日聚会，他过生日你们总会一起吃饭吧？我正好也想见见他们。"

傅云珩沉默片刻，嗓音低沉，带着点儿警告的意味："以后说话说清楚。"

傅云珩一直都知道，博慕迟时不时会语出惊人，说出一些令人啼笑皆非的话，可他没预料自己也会中招。

按照常理来说，他应该第一时间就明白博慕迟那句话的意思，但他就是多想了。

博慕迟听着他呵斥的语调，怔了怔才反应过来自己刚刚那句话有歧义。

她无奈望天，咕哝道："你是不是想得有点儿多？"

傅云珩没搭腔。

博慕迟摸了摸鼻子，很是无语："我都没见过你室友，我难不成还会让你把我……"

后面的话还没说出口，就被傅云珩打断了："你真想去？"

博慕迟沉默了会儿："一点点。"

她说不上想去的原因，可能是真的想问问傅云珩的室友，自己长得如何，没有想夸或者点评的欲望吗？也可能是……她突然对傅云珩的室友有了好奇心。她想知道傅云珩和室友日常是怎么相处的，是不是也像跟他们这群人在一起时那样冷冷淡淡的。

这份好奇心，是无声无息冒出头的。

她不知道自己为什么会有这样的好奇心。博慕迟猜，应该是这段时间和傅云珩再次熟悉起来的缘故。

她不知道的是,好奇心这种东西,更多的是源于内心被点燃的兴趣。

你对一个人好奇,甚至想知道他和其他人的相处情况,想进一步了解时,往往是沦陷的开始。

说完好一会儿,博慕迟也没等到傅云珩的回答。

她想了想,打补丁一般说:"你要是觉得不方便,那就算了。"

"没有不方便,"傅云珩声音依旧冷淡,"他生日在愚人节那天,你有假?"

博慕迟回忆了下,底气不足:"不确定。"

傅云珩无奈:"那你确定好了告诉我。"

博慕迟眼睛一亮,忙不迭地答应:"好。"

她正想说那就挂了,猛地又想起:"那签名照……就不用了吧?"

傅云珩思忖了会儿,神色自若地反问:"如果你那天没时间呢?"

"也对。"博慕迟琢磨了下,"那我明天比完赛拿给你,万一我去不成,你还可以把签名照送给他。"

傅云珩应声。

挂了电话,和博慕迟并行的谢晚秋扭头看着她:"你要去哪儿?"

她前面没仔细听,就听到她后面说的两句。

博慕迟:"去参加我朋友室友的生日聚会。"

"啊?"谢晚秋诧异,"什么时候?"

"愚人节。"她看向谢晚秋,"我们那天应该放假了吧?"

上半年他们会轻松一点儿,滑雪的赛事大部分集中在冬季,春、夏、秋季很少,这些时间他们算是自由的,没有比赛的话,他们甚至不一定要回训练基地,自己在外训练也是一样。而且,就算在队里的训练基地训练,也可以在规定的时间内自由外出,不需要申请。

谢晚秋点头:"那肯定,我们三月就这一场赛事。"

四月到七月,他们都不会再有大型比赛,基本就是日常训练,八月才陆陆续续会有国际雪联世界杯之类的比赛。

博慕迟眼睛一弯:"好。"

谢晚秋看她高兴的样子,有些想笑:"男生还是女生?"

"什么?"

谢晚秋上下打量着她:"我说你朋友是男生还是女生,怎么这么高兴?"

"有吗?"博慕迟下意识摸了摸脸,完全没意识到自己唇角是上扬的状态。

谢晚秋:"你有。"

博慕迟怔了怔，兀自一笑。

谢晚秋瞅着她，挽着她的手道："嗯？所以答案呢？"

博慕迟反应过来，实话实说："男生，我之前跟你说过我有好几个一起长大的朋友，这个就是其中之一。"

在滑雪队，博慕迟跟谢晚秋关系比较好。

谢晚秋比她早两年进队，博慕迟十三岁懵懵懂懂加入训练队时，谢晚秋就像大姐姐一样，事无巨细地照顾她、关心她。

她的几个熟悉的朋友，谢晚秋也多多少少听博慕迟提过，只不过一直没找到机会认识。

闻言，谢晚秋了然："原来如此，就那个小竹马是吗？"

博慕迟："嗯。"

说到这儿，她问谢晚秋："你之前不是说想见他吗？他这回跟我爸妈一起来看我比赛了。"

以前博慕迟和谢晚秋说过傅云珩这个人，不过说的都是小时候的事。

小时候的傅云珩对她很好，照顾颇多，完全是把她当成亲妹妹在宠。

博慕迟每次说这样的故事，谢晚秋就发出羡慕的感慨——她也想要一个哥哥或一个竹马哥哥，这样成长也不会过于孤单。

谢晚秋还跟博慕迟开过好几次玩笑，说有机会一定要见见她的小竹马。因为博慕迟记忆里的小傅云珩长得很漂亮。

谢晚秋一愣，狐疑地看着她："你认真的？"

"对啊。"博慕迟不解，"你跟我开玩笑的？"

谢晚秋哭笑不得："那都是你十几岁时候的事了，现在嘛……"她思忖片刻，"这么突然去跟他见面也不合适，以后遇到了，你再介绍我们认识吧。"

博慕迟想想，也可以。

"好。"

两人慢悠悠地在外转了几圈才回到宿舍。

回宿舍后，博慕迟谨记小傅医生的叮嘱，又喝了两大杯热水。不过她想，自己就算不喝那么多，回到北城后，她的感冒也会自愈。

翌日的团体赛，博慕迟他们队的整体表现一般，不算好也不算差。

男子团体拿了第四名，女子团体拿了季军。和往年相比，今年名次是有进步的。

"慕迟。"岑青筠喊住要往另一边走的博慕迟，"过来一下。"

博慕迟抬脚走近。

岑青筠看她一眼，笑道："这是怎么了？没拿到冠军在难过？"

博慕迟："也不是。"

她抬眸看向岑青筠，叹了口气："我们跟亚军就差一分。"

她要是表现得再好点儿，这一分说不定就拿回来了。

岑青筠笑了笑，安慰她："已经很好了，我们之前连前五都进不了。"

博慕迟无奈。

岑青筠和她说了下比赛的事，话锋一转："你爸妈他们回去了？"

"回去了。"

迟绿一行人看完上午的女子团体赛后就走了，傅云珩有晚班，再不走可能会赶不上。

再加上他们本身就是来看博慕迟的，她的比赛看完了，其他人的并不是那么重要。

岑青筠点头："这两天感觉如何？"

"还行。"博慕迟眉眼弯弯笑道，"就是我们的团体还得加强。"

岑青筠哭笑不得，拍了拍她的脑袋："这是我们教练的任务，别跟我们抢工作。"

"哦。"博慕迟乖乖应下。

"我们过两天也回去了。"岑青筠问她，"你对接下来的训练有什么计划吗？"

博慕迟眨眼："有。"她心里是有规划的。

"那就行。"岑青筠也没在当下问她，"那我们回去详谈？我这边也给你做了一个规划。"

"好。"

两人边走边说，博慕迟跟岑青筠提了一下自己四月初要去参加生日聚会。

岑青筠管得很严，但也并不限制她交友。

"想去就去，你可以自由交朋友，但记得不能乱吃、乱碰外面的东西。"

博慕迟谨记于心。

跟岑青筠说完，博慕迟回到宿舍后看到迟绿他们发来的消息，说是到家了。

博慕迟："好的。"

迟绿："还是那句话，有事给我们打电话，照顾好自己。"

博慕迟给她回了个乖巧遵命的表情包，又刷了刷群消息，发现傅云珩从头到尾都没说话。

博慕迟看了右上角显示的时间一眼,发了会儿呆,点开傅云珩的头像,给他发了条微信消息。

她猜,傅云珩应该没回家,他下飞机后应该是回自己租的房子那边了。

博慕迟:"你到了吗?"

收到博慕迟消息时,傅云珩刚下车,还在小区门口没刷卡进去。

机场离他们家那边近一点儿。

他点开消息回复:"刚到。"

博慕迟:"哦。"

傅云珩:"比赛结束了?"

博慕迟:"嗯。我们团体表现不是很好,只拿了季军。"

傅云珩:"已经很好了。"

博慕迟:"还是差了点儿。"

她没和傅云珩在这件事上多说,懒洋洋地趴在桌上想了想,拿起手机给他发语音。

"对了,我刚刚问了教练,愚人节那天我可以去参加你室友的生日聚会。"

礼尚往来,傅云珩给博慕迟回了语音。

"好。"

博慕迟看着手机里收到的一秒语音,稍微动动脑子就知道傅云珩说的是什么。

她想了想,也言简意赅地回了他一个字:"嗯。"

隔着屏幕,傅云珩好似能感知到她这一秒语音是为了和自己的对应上。

想明白这点,傅云珩无奈一笑。

蓦地,一侧传来女声:"你好。"

傅云珩侧眸。

看到傅云珩的脸,女生有些不好意思,红着脸轻声细语地和他商量:"我要进去了,你可以让一让吗?"

傅云珩颔首:"抱歉。"

女生摇摇头,抿了抿唇说:"没事的。"

傅云珩侧身让位。

过了会儿,他才收起手机,刷卡进去。

他没料到的是,推着行李往自己那栋楼走时,刚刚跟自己说话的女生还在小区路口。

"帅哥。"邓采薇鼓起勇气再次喊他。

傅云珩垂眸看了眼，神色冷峻："有事？"

他冷淡的态度并没将人吓走，邓采薇深呼吸了下，鼓起勇气道："你是刚搬来这里的吗？之前都没见过你。"

傅云珩没搭腔。

邓采薇吞咽着口水，看他这张俊秀到让人心动的脸，询问道："方不方便交换个联系方式？我也住这里。"

傅云珩没任何迟疑，淡淡地说："抱歉，不方便。"说完，傅云珩没再看那人神色，大步离开。

看他离开的背影，邓采薇咬了下唇，掏出手机第一时间跟好友分享。

好友："多帅？"

邓采薇："就是很帅，比男明星还帅，说是神颜也不过分，而且身材特好，打扮也很清爽干净，冷冷淡淡的。"

好友："那一次拒绝怕什么，你给我上！"

好友："如果他真像你形容的这样，人家有骄傲的资本，指不定已经被无数异性要过联系方式，对这种人要做的就是死缠烂打，你和他住一个小区，有的是机会偶遇！"

邓采薇想了想，觉得好友说得非常有道理，于是她抬脚快步往傅云珩走的方向跟了过去，她可以装偶遇。

赛事结束后，博慕迟一行人也回了北城。

休息两天，她被拎着去和教练开了会，明年二月便是四年一次的冬奥会，他们所有人都不能放松，必须打起十二分精神，备战奥运。

博慕迟是大家最看好的新生代滑雪运动员，大家对她期盼很高，自然而然地，她也是教练们第一个"关注"对象。

开完会，大家制订了初版训练计划，博慕迟趴在桌子上看着计划表叹气。

岑青筠听着，哭笑不得："还叹气？"

博慕迟撇嘴："这训练强度也太大了吧。"

"嗯？"岑青筠挑眉，"你不想拿金牌了？"

博慕迟无奈："想。"她很诚实，野心也都写在脸上。

岑青筠笑道："想就对了，我这段时间可以给你放假，让你出去玩一玩，但六月开始……"她看着博慕迟，"我们要去国外做封闭集训，为国际雪联赛事做准备。"

博慕迟没意见。

104

她眼睛亮了起来:"那四月、五月,我真的可以放假吗?"

看她一脸兴奋,岑青筠补充:"基本的日常训练不能落下,我只是给你多点儿时间休息。"

休息好,运动员才有可能以最好的状态迎接新的比赛。

博慕迟噎住,很是勉强:"好吧。"

岑青筠瞥她:"不能得了便宜还卖乖哦。"

博慕迟翘了翘嘴角,朝她眨了眨眼,乖乖地道:"听青姐的。"

说是让博慕迟多点儿时间放松休息,但她还是在训练基地待了好些天,到三月底才离开。

博慕迟才回家住了一晚,就被陈星落的连环电话喊去她公寓住了。

陈星落他们的新剧即将开机,但剧本里有很多专业知识需要修改。正好博慕迟有空,她索性让博慕迟跟自己一起住,方便沟通。

迟绿和博延也不怎么管她,她是成年人,只要她是安全的,住外面还是家里,对他们来说都一样。

陈星落一工作就从家里搬了出来。

博慕迟到陈星落公寓后才想起来,她在这边好像也有一套房子。

"星星姐。"博慕迟问,"我是不是在这儿也有一套房子?"但她忘记是哪一栋、哪一层了。

陈星落瞥她:"就在我楼上,忘了?"

陈星落哭笑不得,抬了抬下巴说:"不过你和傅云珩住得更近。"

博慕迟愣了下,脑海里有一闪而过的诧异。

"傅叔叔他们给他安排的房子在我隔壁?"

他们几家关系好,知道孩子长大了都想要自由空间,所以在他们十八岁时就给他们买了新房。为了他们能相互有个照应,买的基本都是同一楼盘同一楼栋。

但这个地方因为距离傅云珩实习的医院比较远,加上各种原因,他一直都没搬过来住。

博慕迟估摸着,他实习以后如果是到附近的首京医院上班的话,应该会搬过来。

陈星落点头:"我遇到过他两次。"

"啊?"博慕迟惊讶,"他过来干吗?"

"装家具什么的吧。"陈星落也没仔细问,反正她知道的是傅云珩的那套房子年前就装好了，现在陆陆续续在往里装家具。

新房味道大，大多数不着急入住的人会通风一年左右。

博慕迟"哦"了一声，明白了。

她没太将这件事放心上，懒洋洋地倒在沙发上："星星姐。"

"嗯？"陈星落看着她。

博慕迟一脸乖巧地朝她眨眼："我饿了。"

陈星落："你想吃我做的还是酒店做的？"

"酒店做的。"博慕迟老实回答，因为陈星落的厨艺实属一般。

博慕迟沉吟了会儿，兴致勃勃地道："我们一起动手怎么样？"

说实话，陈星落觉得这个提议不怎么样，但看博慕迟如此跃跃欲试的神情，她同意了。

"那要不把小乖他们也都叫来，就当给你接风洗尘？"

博慕迟眼睛一亮："好啊。"

她立马去给程晚橙他们发消息，程晚橙第一时间回复，说马上来。

"姜既白和贺礼说有事，一个跟人约了球赛，一个要给同学过生日。"

贺礼是博慕迟小姑的儿子，和迟应年龄差不多，但他学习成绩比迟应好，所以时间自由。姜既白是博慕迟父母的朋友，但年龄和他们相仿，经常在一起玩。

他们八个人有一个群，收到回复后，博慕迟将群里人的回复一一转告。

陈星落挑眉："那傅云珩呢？"

博慕迟："他没理我。"

"给他打电话。"陈星落自言自语说，"傅云珩厨艺好，让他来当主厨。"

原本，博慕迟也没很想吃傅云珩做的东西，但被陈星落这么一说，肚子里的馋虫不自觉地开始回味傅云珩的手艺。

她没多犹豫，直接拨通了他的电话。

"喂。"傅云珩的白大褂还没脱下，就先接到了她的电话。

博慕迟摸了下鼻子，心虚地问："你下班了吗？"

傅云珩将白大褂脱下，淡淡地说："准备，怎么了？"

"就……我回家了……"博慕迟底气不太足，"星星姐说给我接风洗尘，让大家来她家里聚一聚。"

傅云珩听她这语调，敏锐地察觉出不对劲。他顿了顿，淡淡地问："确定只是让我过去吃饭？"

博慕迟沉默三秒，实话实说："先做饭，然后吃饭。"

华灯初上,星星点点的光接二连三地亮起,很是漂亮。

春天了,窗外吹进来的风都带着股说不出地温柔。

博慕迟半躺在懒人沙发上,一会儿看看外面的风景,一会儿看时间。

她忍不住哀号:"傅云珩怎么还没来?"

陈星落正在看剧本,听到这话将注意力分了点儿给她:"先吃点儿别的垫垫肚子?"

"不要。"博慕迟毫不犹豫地拒绝,"我要留着吃傅云珩做的饭菜。"

他不来还好,他说会来以后,博慕迟就真的一点儿都不想去吃别的东西了。因为她实在太喜欢傅云珩的厨艺了。

陈星落挑眉:"快了。"她估摸着可能是下班高峰期堵车。

博慕迟"嗯"了声,抓起手机给他发了条消息。

博慕迟:"你到哪儿了?"

手机振动时,傅云珩刚将车停好。

他瞥了消息内容一眼,回复:"停车场。"

博慕迟眼睛晶亮:"好的!小乖应该也要到了。"

傅云珩抬脚走进电梯,到了一楼,电梯门打开。他还没给博慕迟回复,便看到了门口站着的人。

两人对视一眼,程晚橙边往电梯里走边喊:"云珩哥。"

傅云珩颔首:"从学校过来的?"

今天是工作日。

程晚橙点头:"你刚下班吗?"

傅云珩应声。

瞬间,电梯里安静下来。

程晚橙挠了挠头,一时找不到话题和他聊天,只能尴尬地看手机。

她跟傅云珩没有跟博慕迟她们那么熟,所以碰了面也就是简单打个招呼。

好在电梯中途没有停,一下子便到了陈星落家门口。

两人出电梯时,博慕迟已经等在外边了。

"小乖!"她朝程晚橙扬手,"快来给兜兜姐看看,是不是又漂亮了?"

程晚橙笑了,直接朝她冲了过去,紧紧抱住她。

看两人抱在一起,傅云珩见怪不怪。

他垂眸看向博慕迟:"怎么出来了?"

"迎接你们呀。"博慕迟在熟人多的时候比单独和傅云珩相处时要活泼,话也更多,"不然多没诚意呀?"

听到这话,傅云珩还挺想告诉她——从你给我打电话让我来做饭开始,他就没感受到她的诚意。

但看两人兴奋的神情,他又觉得做饭而已,不是什么难事。

客厅里,博慕迟和程晚橙挤在一起玩手机,陈星落良心比两人多一点儿,跟着傅云珩进了厨房打下手。

厨房这一片小天地,和喧闹的客厅截然相反。

她们那边嬉笑声不断,他们这儿只有两人的呼吸声和水声。

在博慕迟和程晚橙尖叫声和笑声再一次传来时,陈星落瞥了旁边的人一眼:"最近如何?"

她和傅云珩站在一起,能聊的只有工作。

"还好。"傅云珩看着她,"你呢?"

"我也还不错。"陈星落说,"我新负责的一部剧四月份要开机了,你有时间的话可以和兜兜一起过来看看。"

她礼貌邀请,但她估计傅云珩对这个不感兴趣,应该不会去。

闻言,傅云珩侧眸看着她,不咸不淡地问:"兜兜会去现场指导?"

陈星落一愣,点头:"她这两个月正好休息,我让她过去玩一段时间。"

傅云珩颔首:"剧组没有专业教练?"

莫名其妙地,陈星落觉得他这话问得还蛮奇怪的。

她转头盯着他,试图看出些许猫腻。

"怎么?"傅云珩回看过来。

陈星落看他神色一如往常,琢磨了下:"也没什么。"

她没有太多隐瞒:"专业的教练当然有请,但兜兜能指导的话,当然会更好。"

更重要的是,博慕迟对这个还蛮有兴趣的。

听到这话,傅云珩没再吭声。

他转身到冰箱拿青椒时,不经意间瞟到客厅打闹的人。她的脸上挂着灿烂的笑容,无忧无虑。

"别让她挂名。"

陈星落正专注洗菜时,耳边突然传来这么一句。

她愣了下,忽然明白了傅云珩的担忧:"放心,不会。"

对其他人来说,可能想挂名,但博慕迟不想。

她不想在这种事情上出名,也怕引来争议。她不喜欢大家过分关注自己的私生活,只想大家关注比赛。

这一点,陈星落很清楚,当然不会特意给她在剧组里面安个名头。

她沉默片刻想了想:"这样说的话,我是不是应该跟导演沟通下,看看要不要在工作人员签的保密协议上加一条和兜兜有关的保密信息?"

傅云珩默了默:"这个没必要,剧组外面肯定会有媒体蹲守,总会拍到她的。"

陈星落了然,有些头疼:"那不让她去剧组?"

傅云珩无奈,淡淡地说:"她应该想去玩。"

其他剧组博慕迟可能没什么兴趣,但有滑雪的剧组,她一定想去。

博慕迟对事物的好奇心比一般人都大。

陈星落想了想,还真是。

思及此,她随口道:"说起来,我还是没你想得周到,也没你了解兜兜。"

傅云珩炒菜的动作一滞,他没搭腔。

两人在厨房忙碌了好一会儿,客厅没心没肺的两人才趴在厨房门口询问:"需要帮忙吗?"

陈星落摆摆手:"不用,你们只会帮倒忙。"

博慕迟噎住,反驳道:"哪儿有?我端菜摆碗还是可以的好吧……"

她骄傲地道:"不信你问傅云珩。"

傅云珩看了她一眼。

博慕迟不知道该如何形容他看的那一眼,他好像在说——这难道是什么值得骄傲的事?

想到他表露出的意思,博慕迟内心戏还蛮多的。

她站在原地沉思半晌,还是抬脚进了厨房,帮忙端菜、摆碗。

因为她觉得,这就是她值得骄傲的事。

博慕迟和程晚橙两个厨房杀手摆好碗筷后,安静地坐在餐桌边等待。

博慕迟时不时往厨房这边伸长脖子去看进度。

陈星落打完下手后到阳台接电话去了,厨房里只剩傅云珩一个人。

从博慕迟这个角度看过去,厨房里的他长身而立,头顶暖色调的灯光落下,衬得他冷峻精致的眉眼温和了几分。他身上还穿着白色衬衫,袖口往上折叠,露出一小截肌肉线条流畅的小臂。

看着看着,博慕迟不自觉地将视线往下挪,落在了他切菜的修长手指上。

傅云珩的手不愧是外科医生的手,瘦且长,骨节分明,拿着菜刀时,仿若是拿着手术刀一般,手法娴熟又漂亮,还有点儿说不出地温柔。

想到"温柔"这个词,博慕迟晃了晃脑袋。

她想什么呢?!

傅云珩那么冷淡的一个人,温柔是用在他身上最违和的一个词,更何况是用在做饭的他身上。

博慕迟直勾勾地盯着厨房想着。蓦地,傅云珩似察觉到她的目光,撩起眼皮朝她看了过来。

两人目光相撞。

傅云珩看着博慕迟傻愣愣的眼神怔了下,顺着她的视线往下,落在菜板上。

他一顿,忽而想明白了她这么盯着自己的原因,有点儿哭笑不得。

"快了。"傅云珩对她说了两个字。

博慕迟愣了下,知道他没多想,连忙回神"哦"了声,欲盖弥彰地补充道:"其实也没有很急。"

"什么?"坐她对面玩手机的程晚橙陡然听到她这么一句没头没尾的话,抬头看着她。

"没什么。"博慕迟指了指,"我跟云宝说话。"

程晚橙瞅着两人,没发觉什么问题,默默低下头继续玩手机。

晚饭极其丰盛。

有博慕迟爱吃的牛肉、鱼和虾,还有陈星落她们能吃的糖醋排骨。傅云珩做的菜,色泽鲜美,甚至还有耐心摆盘,光是看着就胃口大开,会产生想要尝一尝的冲动。

"哇!"程晚橙是第一次吃傅云珩做的菜,惊讶得眼睛眯了起来,"云珩哥,你厨艺也太好了吧?"

她含糊不清,立马夹了块排骨放嘴里,唯恐慢了就吃不到第二块。

博慕迟眼巴巴地望着,嘴馋到了极点。

傅云珩看她这样,一时有点儿后悔做排骨了。

"牛肉味道应该也不错。"他看博慕迟,"尝尝看?"

博慕迟委屈地点头:"我知道肯定不错。"可她就是想尝尝排骨的味道。

博慕迟是运动员,运动员一般不允许吃猪肉。因为猪肉饲料里含有兴奋剂之类的东西,会对他们的尿检有影响。

"兜兜姐,你别怕。"程晚橙喊她,"我跟星星姐一定会快速吃完,不让你多眼馋。"

110

说实话，她并没有被安慰到。

博慕迟化悲愤为食欲，埋头苦吃美味的牛肉和鱼。

她正吃着，一只被剥了壳的虾放进了她的碗里。

博慕迟抬头，对上陈星落的脸。

"谢谢星星姐。"博慕迟没和她客气，夹起吃说，"还是星星姐对我好。"

听到这话，程晚橙不甘示弱，也给她剥了两只虾，求夸道："我对你不好吗？兜兜姐……"

博慕迟被她逗笑了，眸光亮晶晶的："好，爱你。"

程晚橙"嘻嘻"一笑："应该的。"

她说着，跟陈星落争宠一样，又给博慕迟多剥了几只。

"好了好了。"博慕迟连忙阻止两人，"我吃不过来了，你们给自己剥吧，不用照顾我。"

陈星落："给你接风洗尘，当然要照顾你了。"

说到这儿，她瞟了坐在博慕迟旁边的傅云珩一眼，意思很明显。

博慕迟没想到，傅云珩也会给她剥虾。

小时候他给自己剥虾很常见，但长大后几乎没有，因为两人一起吃饭的次数少之又少。

看他推过来的一碗虾肉，博慕迟怔了好一会儿，反手指着自己问："给我的？"

傅云珩把手套摘下，修长的手指再次闯进她的瞳眸。

他"嗯"了声，不紧不慢地说了句："接风洗尘。"

博慕迟噎住。她瞅着面前的虾肉半响"勉为其难"地接受了："谢谢。"

傅云珩神色淡然："应该的。"

博慕迟："……"

吃过饭，傅云珩准备离开。

陈星落在接助理打来的电话，让博慕迟去送他。

博慕迟乖乖将人送到电梯口，望着他说了句："开车注意安全。"

傅云珩垂睫看着她，低声说："后天赵航生日，真打算跟我一起过去？"

博慕迟点了下头："如果不方便的话，我就不去。"

"没什么不方便。"傅云珩淡淡地说，"但他生日基本就是一起吃顿饭，在场的也都是你不认识的男生，怕你会不适应。"

博慕迟了然，想起了点儿什么，眉眼弯弯地看向他说："你也会去，不是吗?"

傅云珩微怔,喉结滚了下:"会。"

"那我有认识的人啊。"博慕迟笑容灿烂地望着他,"你不就是?"

话说到这份上,傅云珩自然不会再阻止她:"那我……下班了,过来接你。"

"会不会太辛苦了?"博慕迟算了算他今天过来的时间,差不多一小时。

她沉吟半响,主动说:"要不我五点去医院等你,然后一起过去?"

傅云珩意外她会这样说,沉吟片刻没拒绝:"来之前跟我说一声。"

博慕迟点头:"好。"

把傅云珩送走,博慕迟回了屋。

程晚橙探头探脑,小心翼翼地问:"云珩哥走了?"

"走了。"博慕迟看她松了口气的小表情,忍俊不禁,"你这么怕他?"

"你不觉得他冷酷又严肃吗?"程晚橙瘫在沙发上,"他在的时候,我觉得我懒洋洋地躺着不太好。"

这点,博慕迟倒觉得还好。

因为她之前在傅云珩那儿住的时候,就是坐没坐相站没站姿的。平日她训练够累了,放假的时候,就只想躺着。

"他又不会说你什么。"博慕迟到她旁边挤着瘫下,"他就是看起来冷吧?"

最近这段时间和傅云珩相处下来,博慕迟觉得他应该是个外冷内热的人。或许算不上热,但对身边的朋友其实不差。

就拿他找自己要签名照这事来说,博慕迟觉得他其实是个有心人,会记住其他人的喜好。

听博慕迟说完,程晚橙摆摆手:"那是对你。"

她拉着抱枕盖自己脸上,含糊不清地说:"云珩哥对你是比对我们好的。"

说者无心,听者有意。

博慕迟愣了半响,戳了戳程晚橙的手臂,小声问:"你真觉得他对我好?"

"是啊。"程晚橙拿开枕头,大眼睛直勾勾地盯着她,"你看他只给你剥虾,都不给我们剥的。"

博慕迟哭笑不得:"那不是你和星星姐都给我剥了,他不剥,显得格格不入。"

"哦。"程晚橙琢磨了下,她说得也有点儿道理。

她想了想,有些头疼:"反正我一直都觉得云珩哥对你比对我们好很多。"

愚人节这天，博慕迟一睡醒就看到了谈书发来的网络流行对话。

"什么爱你的话都在愚人节以玩笑的方式说出口，你不信的话，我也有用愚人节来掩饰的借口。"

博慕迟看了看，皱着眉头回她："什么乱七八糟的东西？"

谈书："不觉得中二吗？"

博慕迟："你都觉得中二了还给我发，是故意的吗？"

谈书坦坦荡荡："是啊。"

两人瞎扯几句，博慕迟打了个哈欠问她："今天准备忙什么呢？"

谈书："上班，下班，回家。"

说到这儿，她问博慕迟："今天周五，我明天不上班，晚上要不要约饭看电影？"

博慕迟："我晚上有事。"

谈书："展开说说，什么事？"

博慕迟哭笑不得，直接给她发了条长语音说自己要去参加傅云珩室友的生日聚餐。

她忘了自己没将这事告诉谈书。

消息发出去三分钟，她收到了谈书发来的十来个问号。

博慕迟不懂，跟着给她也发了几个问号。

半分钟后，谈书的电话来了。

她一开口就是："你认真的？"

博慕迟躺床上打了个哈欠，声音闷闷的："不太好吗？"

"不是……"谈书挠了挠头，也不知道要怎么说。

她想到博慕迟和自己说的，低声问："你是为什么会想去参加傅云珩室友的生日聚餐啊？只是因为那个人是你粉丝，喜欢看你滑雪吗？"

博慕迟："还有我跟你说的，我想知道他们到底喜欢什么样的美女？为什么不夸我长得漂亮？"

谈书无语凝噎："这真的是你的重点吗？"

博慕迟："啊？"

谈书深呼吸了下，温声道："要不要我提醒你一下，你其实很不喜欢跟陌生人认识吗？"

博慕迟是个熟人面前人来疯，陌生人面前安静乖巧，半天憋不出一句话的人。和当下很多年轻人的现状差不多，再加上她有滑雪天才运动员这个身份，更不喜欢认识陌生人，和陌生人交流。

博慕迟一愣，也不明白自己了。

察觉到她的沉默，谈书沉吟半晌道："还有，你刚刚说的他们，是指除了傅云珩的那些男生，还是包含傅云珩在内？"

瞬间，电话里的博慕迟更安静了。

时间流逝，谈书等了好一会儿也没等到她的答案，看时间差不多了，低低地说："我们明天约着吃饭说吧，我到公司了。"

博慕迟麻木地点了下头。

点完头，她才反应过来她们是在通电话，谈书根本看不见她的动作。

"好吧，"博慕迟苦恼地抓了下头发，"你让我想想。"

谈书："行。"

挂了电话，博慕迟躺在床上盯着天花板下的羽毛吊灯发了十分钟呆，至于在想什么，博慕迟自己也不知道。

和往常一样，博慕迟起床跑了五千米，然后打车去滑雪场。

考虑到晚上要在外面吃饭，博慕迟比往常的训练时间延长了一点儿。

傅云珩这一天都很忙，连午饭都只是匆匆忙忙塞了几口。

庆幸的是，到六点时，忙碌终于可以告一段落。

他和赵航从手术室出来回到科室，赵航揉了揉酸涩的脖颈："今天正常下班应该没问题。"

傅云珩颔首。

倏地，一侧路过的护士笑着说："航哥，生日快乐呀！"

一个科室的人都知道今天是赵航生日。

赵航一笑："谢谢。"

他钩着傅云珩肩膀，心情愉悦地问："对了，你待会儿要回去接人吗？"

前段时间傅云珩便在宿舍群里问过他们，问赵航介不介意他带个朋友来参加生日聚餐。

赵航毫不犹豫地说不介意。

他有什么可介意的，至于其他两位室友，也和赵航一样的想法。

能认识傅云珩的朋友，是他们的荣幸。

"不接。"傅云珩加快脚步往科室那边走，淡淡地说，"她应该往这边过来了。"

他手机放办公室了。

"那我们能一起走，"赵航点点头，"我蹭你车。"

他暂时还没买车，傅云珩是一直都有车。

傅云珩没意见，走过拐角，前面便是他们的办公室。

傅云珩低垂着眼，大步往前，也没注意到斜对面有人。

忽然间，赵航惊讶出声："哎。"

他拍了拍傅云珩的肩膀，示意道："那边有个美女，是病人家属吗？"

傅云珩头也没抬，声音冷淡："不知道。"

他一嘻，还想要说点儿什么，不远处的小护士先喊住了傅云珩："小傅医生，这位美女说她是你朋友，过来找你的。"

傅云珩第一时间抬眼，看到站在斜对面戴着口罩望向自己的人。

博慕迟今天穿了一套棕色格纹套装，衣服是小马甲款式，内搭一件很精致的长袖小衬衫，卷发披肩，侧边别了个造型可爱的发夹，看上去格外青春又有气质。

他微微顿了下，视线往下，落在她的格纹裙上。

裙子的长度非常有限，露出她纤细白皙的长腿，让人不由自主地多看两眼。

察觉到傅云珩打量自己的目光，博慕迟有些不适应。

她不自在地扯了扯裙子，疑惑地问："很违和？"

其实博慕迟穿裙子的次数不少，不训练的时候，她很喜欢买裙子，也爱打扮自己，少女的、温柔的、性感的，各种风格她都会尝试，只要好看就行。

只不过，她在傅云珩面前好像确实没怎么穿过裙子，就大年三十那天穿过一次。

所以她不知道，于傅云珩而言，她这样穿是比较突兀的。

傅云珩回神，将目光转回她的脸庞上。

她戴了口罩，傅云珩看不到她全脸，但就她露出的眉眼，他就知道她是化了妆的。眼眸澄澈，眼皮上方的眼影涂的不是夸张的颜色，但格外吸睛。

赵航呆若木鸡半晌，猛地回过神来："她就是你要带来跟我们一起吃饭的朋友？"

两人正式打招呼前，赵航反应过来问道。

傅云珩应声，走到博慕迟面前，低声问："不是说在门口等我？"

"来得有点儿早。"博慕迟双眸明亮地看着他，"问了干妈你的科室，我就自己上来了。"

傅云珩一顿，往旁边指了指："我去换衣服就可以走，想在外面等我还是里面？"

博慕迟正想说外面，忽而注意到周围有很多偷偷看自己的人，他们眸子里闪烁着八卦的光芒。

想到这点,博慕迟立马改口:"去里面等你。"

傅云珩没意见。

医生的办公室一般不让进,但也没有说禁止外人进入。

两人一前一后地进了科室,傅云珩还顺手将门掩上,赵航和另外两个小护士对看着,脑子里都冒出了一些不那么健康的画面。

半响,赵航搓了搓头,难以置信地自言自语:"傅云珩什么时候有女生朋友了?"

不是赵航夸张,实在是傅云珩这个人一点儿都不会利用他那张让女生前仆后继的脸。

刚上大学那会儿,学校女生排队来给傅云珩送情书表白,偶尔他们从食堂吃完饭出去,都能被拦住。

每一次,傅云珩都是拒绝的态度。

刚开始,赵航和其他两位室友都觉得是那些女生太普通,所以他不想谈恋爱。可是到后来,学校校花都来和他表白,他也拒绝人家以后,几个人才发觉,他这个人好像对谈恋爱真的没想法。

赵航还特意问过傅云珩,拒绝那么多美女,是不想谈恋爱呢,还是不喜欢女生?

听到他的问题,傅云珩很冷漠地扫了他一眼,冷酷无情地道:"不想。"

他根本没有谈恋爱的心思。

久而久之,跟傅云珩表白的人就少了。

以至于到现在,这人不但没脱单,身边连个异性朋友也没有。

所以,在傅云珩说要带个朋友一起来吃饭时,他和另外两位室友都没有问他对方是男是女,因为他们就没想过他会带女孩子过来。

回过神来,赵航第一时间想给两位室友发消息。

消息还没发出去,他又觉得不行。

他不能提前告诉他们,他要看他们傻眼的表情,最好再拍下来。

博慕迟第一次来傅云珩的科室,科室不大不小,也不是那种单独的办公室。她环视了一圈,有好几张桌子,电脑也有好几台。

"你是哪个位置?"博慕迟问。

傅云珩指了指旁边的位置:"坐会儿?"

博慕迟垂眸一看,他桌子收拾得最整洁。

她"嗯"了声,看着他此刻的模样。

除了是第一回来他的科室，博慕迟也是第一回看他穿白大褂。

小时候，博慕迟看傅云珩父亲傅言致穿过很多次白大褂，那时候在她心里，傅叔叔就是很神圣、很厉害的一个人。

当然他也很帅。

现在看傅云珩，她忽然产生了一种他好像比她记忆里的傅叔叔更帅的感觉。

傅云珩身形好，她一直都知道。可她并不知道，他穿白大褂时的样子会这么吸引人。

至少，是吸引她的。

她注意到他将白大褂脱下，露出里面的白衬衫和黑色长裤，衬衫塞进了长裤里，勾勒出他的窄腰。隔着不薄不厚的衬衫，博慕迟隐约觉得……他衣服下的腹肌也若隐若现。

她想到这一点，耳朵开始泛红。

傅云珩把白大褂挂好，翻折衬衫袖子时注意到了博慕迟看自己的眼神。

他动作一顿，目光深邃地看着她："兜兜。"

"啊？"博慕迟猛地回神，一脸心虚地看着他，"什么？"

他将袖子翻折至小臂位置，低声道："看什么？"

"没看什么啊。"博慕迟眼神飘忽地从他身上挪开，举起手扇了扇风，咕哝道，"你办公室有点儿热。"

傅云珩愣了下，回头看向墙上的空调温度，狐疑地说："你确定？"

"确定。"博慕迟点头，"你不觉得吗？"

傅云珩："还好。"

"哦。"博慕迟抿了下唇，语出惊人道，"那可能是你身体比较虚。"

这话出来，两人双双沉默。

博慕迟后知后觉地意识到自己说了什么，尴尬地想逃走。她嘴唇翕动，无辜地看向傅云珩："我……我不是那个意思。"

傅云珩看她红了的耳朵，起了逗弄她的心思。

他挑了挑眉，慢条斯理地道："那你是什么意思？"

博慕迟不知道，也不想回答。她挪开眼看向窗外，生硬地转移话题："刚刚跟你走一起的那个人，就是赵航吗？"

傅云珩不是那种打破砂锅问到底，会让人难堪的人。

他顺着她找的台阶往下："嗯。"

"长得还蛮帅的。"博慕迟笑着说，"不愧是喜欢我的人。"

傅云珩收拾着要带走的东西，撩了撩眼皮："他帅吗？"

"对啊。"博慕迟点头,"挺帅的,你不觉得吗?"

她看傅云珩表情不太对劲。

傅云珩轻扯了下唇,不咸不淡地说:"不觉得。"

去了趟洗手间回来的赵航,恰好听到这么两句对话。

他气得不想给两人单独相处的时间,直接将科室的门推开。

听到声音,两人动作一致地朝他看过来。这一瞬间,赵航后悔了三秒。

他好像当了个闪闪发光的电灯泡,正想着,博慕迟的眼睛弯了弯,朝他笑了。

"傅云珩。"她道,"你不给我们介绍一下吗?"

傅云珩瞥她:"先别摘口罩,晚点儿再介绍。"

博慕迟:"为什么?"

傅云珩很了解赵航,语气平静地道:"现在给你们介绍的话,我们今晚应该没办法顺利离开医院。"

赵航听着两人的对话,一头雾水。

"什么意思?"赵航没好气地剜了傅云珩一眼,很是无语地质问他,"什么叫我们没办法顺利离开医院,难不成你还怕我惦记你女朋友?"

第五章 心动

空气忽然安静。

听到他提的"女朋友"这三个字,博慕迟和傅云珩的视线莫名在空中相接三秒。

片刻,两人都默契地挪开。

赵航反应比较迟钝,并未察觉两人的不对劲,继续说:"'朋友妻不可欺'这个道理我很明白,行不行,我好歹也是个人。"

看他越说越离谱,傅云珩顺手将桌上不知道是谁剩下的馒头塞进了他的嘴里。

赵航瞪圆了眼看着傅云珩。

傅云珩冷冷地觑他一眼,平静地道:"你太吵。"

赵航破罐子破摔,狠狠咬了一口馒头,含糊不清地说:"你是不是有点儿过分了?调侃都不让调侃了?"

傅云珩睨他,转而看向博慕迟:"他不清楚情况,你别把他的话放在心上。"

其实傅云珩解释这么一句,是不想让博慕迟误以为自己之前和赵航等人开过她的玩笑。

但在博慕迟看来,傅云珩这么着急跟自己说明情况,是想和她撇清关系。

这人想澄清自己不是他女朋友,而且很着急。

想到这儿,博慕迟抿了下唇,神色淡淡地道:"不会放在心上。"

她只是对他的澄清有一点点不舒服。

"出去吧?"博慕迟不想在这个话题上和傅云珩多说,"我有点儿饿了。"

她饿了,是永远都好用的借口。

傅云珩应声,看向赵航:"到车里给你介绍她。"

赵航听着两人对话,反应过来道:"你们不是情侣?"

傅云珩还没出声,博慕迟率先回答:"不是。"

傅云珩看了她此刻的神色一眼,猜测她应该是因为赵航的话生气了。他揉了揉额角,低声说:"走吧。"

三人走出科室,走到停车场傅云珩的车旁。

博慕迟没等他们,直接打开后座车门,径直坐了上去。

看她钻进车内的背影,赵航转头看向旁边的人:"你朋友……是不是生气了?"

他有点儿头疼:"我刚刚口不择言地误会了你们,她不会跟你闹脾气吧?"

"会。"傅云珩说。

赵航:"啊?"

他没料到傅云珩会这么诚实地回答:"她真会闹脾气啊?那怎么办?"

傅云珩"嗯"了声,想了想说:"不用太担心,她就算闹脾气,也不会拒绝你今晚不太过分的请求。"

"什么意思?"赵航根本没懂他这句话的意思。

傅云珩拉开车门,侧了侧头跟后座摘下口罩的人对上视线。他手一顿,补充道:"你猜。"

赵航边拉开副驾驶座的门边嘀咕:"你今天说话怎么奇奇……"

忽然间,赵航像是被人掐住了喉咙,借着后视镜看向镜头里倒映出来的熟悉脸庞。

他嘴唇微张,扭头看向博慕迟,唯恐自己出现了幻觉。

"你……你……你……"他说了好几个"你",都没能说出一句完整的话。

博慕迟忍俊不禁,眉眼弯弯地看向他,明艳灼灼:"你好,我是博慕迟。"

她故意停顿了下,歪着头说:"就是你认识的那个博慕迟。"

车内安静几秒,赵航爆出惊呼声:"天啊!"

他瞪大眼睛直勾勾地看着博慕迟:"你是真人?"

博慕迟无奈,看向傅云珩。

傅云珩瞅着没见过世面的赵航,额角抽了抽:"真人。"

他冷漠地说:"把安全带系上。"

赵航猛地抬头看着他:"你什么时候认识博慕迟的?你之前为什么不告诉我们?你好过分啊,小傅医生。"

他忽然后悔答应带博慕迟和赵航认识了。

"安静点儿。"傅云珩冷眼觑他,"再不安静,我就带她回去了。"

赵航立马闭上嘴,目光灼灼地盯着博慕迟,委屈巴巴的模样。

博慕迟"扑哧"一笑:"你可以缓一缓。"

她温声道:"我暂时不会走,我要去蹭顿饭的,不知道你欢不欢迎?"

"欢迎欢迎。"赵航激动不已,"你蹭十顿都行。"

博慕迟一噎,心说倒也不必,她真不是饭桶。

一路上,赵航都在看博慕迟。

刚开始,博慕迟觉得还好,渐渐地也有点儿不适应。

傅云珩借着后视镜看了她一眼,接收到她求助目光后,轻咳了声:"赵航。"

"什么?"赵航根本没分给他眼神,随口应道,"你说。"

傅云珩盯着前方路况,和他说今天手术的那个病人情况。

赵航愣了下,不得不和他讨论起来。偶像很重要,但在医生面前,病人高于一切。

两人讨论的声音在车内响起,博慕迟看赵航收回了目光,微微松了口气。

只是这口气刚松完没多久,她就不自觉地去注意谈起病人情况的傅云珩。

傅云珩的声音好听,她一直都知道。可他在病人面前是什么样子,她是不知道的。

她抬起眼睫看向声音变得温和的他,在触及他柔和的眉眼时有片刻的恍惚。原来在谈起自己病人时的傅云珩,会这么温和。

他好像脱去了冷冰冰的外衣,让人看到炙热滚烫的内心。

似察觉到她的目光,在跟赵航说话的傅云珩分了个眼神给她。

他抬起眼,透过后视镜看着她。

傍晚时候的夕阳特别美,落日余晖透过车窗玻璃照进来,让车厢内更为明亮温暖。

博慕迟隐约发现,傅云珩的五官被衬得越发深邃,有橙红色落日拂过的缘故,他的眉眼都变得立体了很多。而他那双勾人的桃花眼,更是让人无法忽视。

走神间,博慕迟甚至忘了要去掩饰自己也不知道为什么要掩饰的情绪。

等她反应过来时,傅云珩已经出声。

"很饿?"

博慕迟无语,到底是什么时候给傅云珩留下了一顿不吃就饿得慌的印象?

博慕迟深深反省了一下，摇了摇头："还好，能撑住。"她顺势收回落在他身上的目光。

傅云珩颔首："马上到了。"

他们晚上订的餐厅离医院不远，开车二十分钟就到，只不过现在是下班高峰期，要比往常多花十几分钟。

餐厅是傅云珩订的，赵航之前并不知道他订的是这里。

跟着往包间那边走的时候，他才明白过来傅云珩之前为什么要跟自己说，让他来订餐厅。

这家餐厅，一看就很养生。

他看向旁边戴口罩的博慕迟，小声说："慕迟妹妹，你之前来这儿吃过饭吗？"

"没有。"博慕迟摇头，"第一次来。"

赵航点头，拍了拍傅云珩的肩膀："慕迟妹妹吃东西是不是有很多限制？"

"嗯。"傅云珩神色淡然，"这里的东西，她大部分能吃。"

订之前，傅云珩便打电话跟老板沟通过。

三人到包间坐下时，博慕迟摘下了口罩。

赵航第一时间坐在她旁边，谄媚地问："慕迟妹妹要喝茶吗？"

博慕迟一笑："我喝水就好。"

赵航立马给她倒了杯温水。

"谢谢。"博慕迟对上他的目光，哭笑不得，"傅云珩之前一点儿都没跟你们透露吗？"

说到这儿，赵航就来气，咬牙切齿地看向在看菜单的人，愤愤地道："没有。"

"对了。"赵航这才想起来，"你跟他什么关系？"赵航总觉得身边这两位好像很熟。

博慕迟实话实说："我们两家是邻居，他妈是我干妈。"

他惊讶不已："傅云珩，世界冠军是你的小青梅，你也不和我们说。"他指责傅云珩，"我在宿舍说过多少次我喜欢慕迟妹妹，你都装没听见吗？"

傅云珩撩起眼皮，冷冰冰地看他一眼："你也没问过。"

赵航噎住，不明白傅云珩的逻辑。他难不成要抓着室友，抓着全校同学问——你认不认识博慕迟？

他又不是有病！

博慕迟听两人斗嘴，有点儿想笑。

她没想到傅云珩在同学面前这么惹人烦，这么气人。虽然他在他们面前也挺气人的，但和赵航这一比较，博慕迟忽而觉得他对他们真的算温和的。

没一会儿，另外两个室友也来了。

在看到博慕迟时，和赵航差不多，他们惊呼了好一会儿才淡定下来。

紧跟着，三人开始轮番控诉傅云珩，骂他不是人，骂他一点儿同学之情都没有，认识博慕迟竟然从来不提，瞒得室友好苦。

傅云珩没搭理他们，点好菜后抿了口水，云淡风轻地道："哦，忘了。"

博慕迟在旁边听着，忍俊不禁。

她没忍住，扭头看向旁边的人说："我觉得你有点儿坏。"

博慕迟忽然靠近，说话流露出来的气息落在傅云珩的耳朵上，有种温热感。他稍稍侧了下眸，看她近在咫尺的眼睛、鼻子、嘴巴，喉结上下滚了滚。

"有吗？"他声音有点儿低。

"有。"博慕迟压着声，"你明知故问。"

傅云珩一笑，眉眼线条变得柔和："那是他们自找的。"

博慕迟无奈，正想再说他两句，忽然注意到他俩的距离很近很近。

为了听她说的悄悄话，傅云珩的身子往她这边倾斜了不少。

他说话时的温热气息落在她的脸颊上，有点儿痒。博慕迟怔了怔，耳廓和脸颊开始发烫。

她走了会儿神，等傅云珩将眼神落在她身上时，她放在大腿上的手不自觉地握紧了。

她不太对劲，非常不对劲。

这种不对劲，来源于她面对傅云珩的时候。察觉到这一点，博慕迟连吃饭也吃得心不在焉了。

她没注意到自己夹了什么，反正能吃的就往嘴巴里塞。

倏地，她筷子被人夹住。

博慕迟皱眉看向夹住自己筷子的人："你干吗？"

傅云珩示意她："这是排骨。"

博慕迟定睛一看，讪讪地道："我没注意。"

她顿了下，看已经夹起来的排骨再放回去也不合适。她正思考怎么处理的时候，旁边冒出一只白瓷碗。博慕迟缄默两秒，将排骨放在他的碗里。

傅云珩坦然接下，缓了缓问："多吃点儿鱼？"

博慕迟要多吃鱼，但她不是那么喜欢吃鱼，相比较来说，虾和牛肉才是她的最爱。

"刺太多了。"博慕迟找借口。

傅云珩瞥她，应了声："知道了。"

博慕迟还没明白他这一声"知道了"是什么意思的时候，傅云珩已经让服务员重新拿了个干净的碟子。

他夹起鱼肉，神色专注地将鱼刺挑出。

他反反复复弄了不知道多少次，博慕迟得到了大半碟子没有鱼刺的鲜嫩鱼肉。

博慕迟怔愣住，嘴唇翕动想说谢谢，又觉得过于生疏。

蓦地，傅云珩侧头问她："这样的话，还生气吗？"

博慕迟蒙了下才明白，他指的是在科室里发生的事。

她摇了摇头，将鱼肉送进嘴里，含糊不清地说："暂时不了。"

面对这样特别的傅云珩，她怎么可能会真生气？

吃过饭，服务员送上了蛋糕，是另一个室友订的。

赵航笑了笑，看向博慕迟："要不我把今年生日愿望给慕迟妹妹吧。"

"不用不用。"博慕迟连忙拒绝，笑道，"不过还是要谢谢你。"

赵航爽朗一笑，感慨道："说实话有生之年能见到你真人，还能一起吃饭，对我来说，一个大愿望已经实现了。"

他是真喜欢滑雪，也真心喜欢博慕迟，看好她。

博慕迟弯唇："谢谢。"

她也是认真地表示感谢。

听两人谢来谢去，傅云珩头疼，提议："拍个合照吧。"

他指的是博慕迟和赵航，赵航之前就一直念叨着如果能见到博慕迟，不仅想要她的签名照，还想和她合照。

当然如果博慕迟不愿意的话，他也不会生气。

闻言，赵航眼睛一亮。他用期盼的眼神看着博慕迟，听见她说："好啊。"

"我们也要跟慕迟妹妹合影。"另外两个室友出声。

博慕迟："好。"

这是她的荣幸。

除了跟傅云珩的三位室友单独都拍了合照，博慕迟还和他们四人一起拍了一张生日聚餐照。

照片是让服务员拍的，拍得非常不错。

"待会儿你发一份给我。"她跟傅云珩说。

傅云珩应声，顿了下问："我们要……"

他话还没说出口，赵航突然喊："慕迟妹妹，看我这边。"

博慕迟和傅云珩动作一致转头，"咔嚓"一声，赵航拍到了两人呆滞的模样。

赵航看着照片，爆笑："说实话，今晚这张照片拍得最生动。"

另一位室友凑过去看了看，点头附和："确实。"

看博慕迟不说话，傅云珩皱了下眉："赵航。"

傅云珩看着他，声音低沉："把刚刚的照片删了。"

赵航一愣："啊？"

傅云珩语气平静地道："你拍照前没有征求当事人同意，把照片删了。"

"我……"赵航无奈，去看博慕迟时才意识到自己这个行为确实不太好。他跟傅云珩几个大男生无所谓，各自手机相册里也都有对方的丑照，但博慕迟不同。

她是女孩子，和他们也没有很熟。

"抱歉。"赵航意识到自己刚刚的行为多少有些不尊重人，"我这就删。"

博慕迟忙不迭地说："不用删。"

她好奇地凑过去看："我想看看拍成什么样了。"

赵航给她看。

博慕迟扬了扬眉，自恋地道："我挺好看的呀。"

赵航："慕迟妹妹怎么都好看。"

博慕迟被他逗笑了，想了想说："不过我的表情有点儿傻。"

她沉吟了会儿，和赵航商量着："照片你想删就删，不删就留着，但是……"博慕迟弯唇道，"别传到外面去，不然就没人夸我漂亮了。"

"怎么会没有？"赵航反驳，但他还是点了点头，郑重承诺，"慕迟妹妹你放心，我绝对不会把照片传出去的，就算我爸妈都看不到这张照片。"

博慕迟笑道："一言为定。"

"一言为定。"

听着两人幼稚的约定，其余三人彻底无语。

傅云珩看了博慕迟柔和的眉眼一眼，眼眸中闪过一丝浅笑。他微微一顿，提醒说："吃蛋糕吧。"

蛋糕热量高，博慕迟一般不怎么吃，但她馋，喜欢吃甜食。

注意到她的目光，傅云珩微微一顿，压着声问："要不要尝一口？"

"不能吃。"博慕迟意志力很坚定，"吃了就不止一口。"

傅云珩哭笑不得："只是尝一尝。"

博慕迟摇头："不了吧。"

她努力将自己的目光从蛋糕上挪开，小声咕哝："你们快吃，我眼不见为净就好。"

傅云珩也不爱吃甜食，但赵航过生日，大家都得意思意思，吃了一小块。

好在蛋糕本来也不大，所以不算浪费。

"慕迟妹妹真不吃呀？"赵航看向坐在一旁玩手机的博慕迟。

傅云珩"嗯"了声："不太能吃。"

"一口也不行？"赵航叹了口气，"运动员也太难了吧。"

傅云珩抬眼去看侧坐着的人，正低垂着眉眼玩手机，屏幕的光亮折射到她的脸庞上，衬得她巴掌大的小脸精致无比。

她今天的妆是搭配服装的，没往张扬明艳的方向走，反而有点儿小女生的软糯，看上去很有邻家妹妹的感觉。但傅云珩知道，她其实什么风格都可以，也什么风格都喜欢尝试。

注意到她紧抿的嘴角，傅云珩微微怔了怔，用蛋糕勺子轻轻碰了碰边缘的奶油，朝她走近。

"兜兜。"他嗓音低沉，在有交谈声的包间里并不明显，可在博慕迟听来，却有种说不出的温柔。

她下意识抬头，嘴唇擦过冰冰凉凉的东西。

博慕迟一愣，错愕地看向傅云珩。

他们对视片刻，她垂下眼看他手里拿着的勺子，下意识地去摸嘴角："我……你……"

傅云珩看她紧张兮兮的模样，低缓地道："什么？"

"我刚刚碰到了你勺子上的奶油吗？"博慕迟紧张地问，"你帮我扯张纸。"

她要擦掉。

傅云珩"嗯"了声，看着她嫣红唇瓣上的白色奶油，神色有些不自然。

"只是一点点，"他说，"你抿一下就没有了。"

蛋糕里不会放含有兴奋剂的东西，至少正常人买的不会，除非有人恶意给博慕迟送蛋糕，那里面的用料含量就不清楚了。但今天这个蛋糕傅云珩很清楚，博慕迟能解解馋尝一口。

听傅云珩这么一说，博慕迟心动了。

她抬眸和他对视，迟疑道："真的？"

傅云珩应声："只是一点点。"

怕博慕迟有太大压力，傅云珩神色淡然地说："是你不小心碰到的，不是你想吃的。"

二人静默片刻。

博慕迟小心翼翼地伸出舌尖，正要碰到奶油时，又缩了回去。

"你还是帮我拿纸巾吧。"她看向傅云珩，"我一年只能吃一次蛋糕，我要把这个珍贵的机会留给自己的生日。"

将唇角的奶油擦完，博慕迟仰头看着他："还有吗？"

她擦奶油的时候，顺势将口红也擦去了大半。

傅云珩敛睫，看着她红润的唇瓣，喉结轻滚。

"还有一点儿。"

博慕迟一愣："哪儿？"

她今天没戴镜子，也不想摘下口罩去洗手间，生怕被人认出来。

傅云珩看她呆呆愣愣的模样，眸色沉了沉，微微弯了下腰。

蓦地，博慕迟眼睫轻颤。

傅云珩的指腹有茧，应该是去健身房锻炼的原因，他指腹没有想象中那么细腻。指腹擦过她的唇角时，博慕迟不仅听到了他落在自己双颊上的呼吸声，还听到了他和自己的心跳声。

两人靠得很近，近到心脏都在自觉回应对方。

在他们毫无察觉的时候，心脏好像给自己找了个伴，不再孤单。

从餐厅离开，博慕迟的耳朵还是红的。

她口红也没补，重新将口罩戴上后，便跟傅云珩回了车里。

其余两位室友也没开车过来，自然而然，五个人挤了一辆车。

博慕迟毫不意外，被安排到了副驾驶座上，后座三个大男生坐在一起。好在傅云珩这车不是紧凑型，他们坐下后也不会显得过分拥挤。

赵航他们还想再去酒吧转转，博慕迟不太能喝酒，没打算过去。

傅云珩思忖了一会儿，询问她的意见："我先把他们送去酒吧，再送你回陈星落那边？"

"我可以自己打车回去。"博慕迟道，"你跟他们一起好好玩吧。"

听到这话，傅云珩神色寡淡地扫了她一眼："还是你想让我先送你回陈星落那儿？"

这个选择题，博慕迟觉得没什么差别。

她无奈，知道傅云珩不放心她一个人打车回去，温声道："前者。"

傅云珩颔首。

把赵航三人送去酒吧，博慕迟跟他们道别，约好下次有时间再一起吃饭后，才跟傅云珩一起离开。

少了三个人，车内忽然安静了许多，博慕迟莫名有点儿不适应。

她看了旁边专注开车的人一眼，目光往上挪了挪，落在他英挺的侧脸上。路灯的光忽明忽暗地从车窗掠过，影影绰绰地照进车内，衬得他眉眼越发立体深邃。

鬼使神差地，博慕迟想到了在包间里他给自己擦嘴唇的那个瞬间，下意识地抬手，想去摸他碰过的地方，总觉得那个位置好烫。

手刚举起，傅云珩忽而转头朝她看了过来："你很喜欢赵航？"

博慕迟猛地回神，僵硬地把手举起顺了顺头发，"嗯"了声说："他挺可爱的呀。"

傅云珩挑眉："可爱？"

"对啊。"博慕迟瞥他，"难道你不觉得？"

傅云珩缄默片刻："我想没有哪个男人愿意被人夸可爱……"

博慕迟噎了片刻，说："那是你们跟不上潮流。"

她义正词严地告知："可爱是形容人的最高级词语。"

傅云珩确实跟不上潮流，也确实不知道，点点头："知道了。"

博慕迟看他不反驳自己，还稍微有点儿不适应。

她狐疑地看着他，眼神里全是打量的意思。

前方绿灯，傅云珩踩下油门，淡淡地问："怎么？"

"没。"博慕迟转头看向窗外夜景，想了想问，"你们去酒吧的次数多吗？"

"不多。"

傅云珩日常太忙，再加上担心各种突发情况，一般不去酒吧，就算是去了也不怎么喝酒。

今天是赵航生日，加上明天周末大家休息，这才有了后面这个安排。

博慕迟"哦"了声，没再吭声，没多久，车子停在陈星落的小区门口。

博慕迟推开车门，回头看向傅云珩："那我进去了。"她顿了顿，又补充了一句，"你……少喝点儿，注意安全。"

傅云珩跟着她下车，点点头说："走吧。"

"啊？"博慕迟愣住，"走去哪儿？"

傅云珩瞥她："小区。"

博慕迟看他往前走的背影，摸不着头脑，看向旁边的人："你不跟赵航他们去酒吧？"

傅云珩看她傻乎乎的样子，颇为无奈地说："等会儿去。"

博慕迟一怔，脑子灵光起来："哦。"她懂傅云珩意思了，他要把自己送到陈星落家门口。

他们这个小区很大，陈星落住的是楼王栋，在里面靠湖的位置，推开落地窗，一面临湖，一面街景，极美，是个日常居住会让人心情放松的地方。

博慕迟和傅云珩并排走了一小段路，她思忖了片刻，还是没忍住："这个小区的治安还不错。"

傅云珩："嗯。"

治安不好，他们几家父母也不会放心给他们在这儿订房。

博慕迟微哽，想着算了，傅云珩不把自己送到家门口是不会罢休的。

蓦地，她想到小时候的一些事。

傅云珩就是这样一个人，性子冷，可绅士、细心。博慕迟比他小两岁，上幼儿园的时候，他每天都会接送她。

这种接送，指的是被父母送到学校门口后，他会亲自送她到班级里，甚至看着她坐下，才会放心离开。每天放学，他也都是让博慕迟在教室里等他，不准乱跑，他会过来接她。

博慕迟走神地想，其实傅云珩好像一直对她都不错，就像那天程晚橙说的一样，他对她比对他们其他人好很多。

即便是这么久没见、没怎么联系，只要她要求的、想要的，他都会满足。虽然看上去不那么心甘情愿，但他还是照做了。

蓦地，手臂被人拉了下。博慕迟还没反应过来，耳畔传来他低低的训斥声："看路。"

博慕迟一顿，这才注意到自己快要撞树上了。

"哦，"她讪讪地说，"我没注意。"

傅云珩侧眸，看着她呆滞的神情："在想什么？"

"没想什么。"博慕迟莫名心虚，总不能告诉他，我在想自己和你小时候的事。

看她不想多说，傅云珩也不再多问。

两人安静地走到陈星落家门口，陈星落在公司加班，还没回来。

"你一个人在家会不会害怕？"傅云珩看了空荡荡的客厅一眼，转头问她。

"不会。"博慕迟哭笑不得，"我又不是小孩子。"

她抬眸看向傅云珩，目光澄澈："你快去吧，别让赵航他们等太久。"

傅云珩看了她一会儿，确定她是真的可以，这才离开。

"有事给我们打电话。"他说的我们包括其余小伙伴。

博慕迟点头："知道。"

傅云珩走后，屋子里确实静悄悄的，有些吓人。

博慕迟懒洋洋地躺在沙发上，揉了揉吃撑的肚子，掏出手机给陈星落发消息，问她几点回来。

陈星落消息回得很快。

"估计得十二点，我待会儿还得去酒吧见个投资商。"

博慕迟："这么晚去酒吧见投资商？会不会不安全？"

陈星落："应该还好，我跟那家酒吧的老板认识，安全有保障。"

博慕迟："好，那你去了给我发定位，我放心一些。"

陈星落："行，你早点儿休息。"

博慕迟给她回了个乖巧小女孩点头的表情包。

洗了澡，博慕迟接到了谈书的电话。

"喂。"她趴在床上接听。

谈书听她这有气无力的声音，轻轻"啧"了声："和傅云珩他们一起去吃饭，吃得不高兴？"

"没有呀。"博慕迟道，"还挺高兴的。"

"那你这个语气听起来，可不像高兴的样子。"谈书实话实说。

博慕迟一噎，撑着下巴看着手机，鼓了鼓脸："也不是不高兴。"她琢磨了下，"我就是有点儿事想不明白。"

"什么事？"谈书好奇。

博慕迟安静片刻，低声问道："你觉得傅云珩对我好吗？"

她沉默须臾，反问："这个问题你问我？你自己心里没有答案吗？"

"有……"博慕迟底气不足地道，"那我不就是想找旁观者询问一下嘛。"

她跟谈书撒娇："你帮我分析分析。"

谈书："停。"

她受不了博慕迟撒娇的声调，让她光是听着就开始起鸡皮疙瘩。

博慕迟"嘻嘻"一笑："好哦。"

谈书哭笑不得，好奇地问道："你为什么突然提这个事？"

"突然发现的。"博慕迟解释。

谈书"嗯"了声，沉默了好一会儿，说："以前傅云珩是对你非常好，但现在长大了，我也没怎么和你们俩见过面，所以还真有点儿不知道怎么回答你。"

这话说了跟没说似的。

博慕迟泄气。

"不过……"谈书一语点穿她,"你之前就特意跟我说过傅云珩去内蒙古看你比赛这件事,你是不是有什么发现?"

博慕迟沉默。

谈书挑眉:"真有还是假有?"

博慕迟其实也说不上来,就是最近脑袋里总冒出一些奇奇怪怪的想法。

思考了半天,博慕迟给了谈书答案:"不知道。"

谈书一噎,很是无语:"那你让我分析什么?"

博慕迟:"不知道。"

听到这话,谈书磨了磨牙。

她想,博慕迟这会儿如果在自己身边的话,她会毫不留情地揍博慕迟一顿,这人是故意来搞垮心态的吧。

察觉到谈书的怒气,博慕迟弯了弯唇:"算了,不提傅云珩了。"

她朝谈书发出邀请:"明天一起看电影?"

"可以。"谈书答应,"你请客。"

博慕迟:"好。还想要什么,我也请。"

谈书:"反正我明天一分钱都不打算花,至于还想要什么,明天才知道。"

博慕迟纵容着她的无理取闹,一一答应:"行,明天我就把咱们书姐当成祖宗伺候。"

谈书被她的话逗笑了:"你才是我祖宗。"

博慕迟:"我不是,我是十八岁的少女。"

她才不要当祖宗,年龄太大。

跟谈书斗了会儿嘴,博慕迟打着哈欠让她别挂电话。

谈书无语:"为什么?"

"星星姐还没回家。"博慕迟泪眼婆娑地道,"她说她要去酒吧见个投资商,我不放心。"

谈书了然,博慕迟看着像是不成熟的小女生,也是大家宠着长大的,但她在很多事情上想得很周全。

她是那种别人对她好一分,她能还人九分的人。

"那你给她打个电话问问?"

"我怕打扰她谈事。"博慕迟想了想,"我给她发条消息吧。"

谈书:"可以。"

给陈星落发完消息等了一会儿,博慕迟也没等到她的回复。

博慕迟皱了下眉，给姜既白发了条消息，问他知不知道陈星落在哪个酒吧谈事情，不知道的话，有没有她助理的联系方式。

姜既白："我问问看星星姐在哪儿。"

博慕迟："嗯嗯，问到了的话你过去看看，你今天有空吗？"

姜既白："我有饭局。"

博慕迟："那我去，你问到后把地址发我。"

姜既白："我找个人陪你？"

博慕迟没拒绝。

她对自己的个人安危很重视，不会一个人大晚上瞎跑。虽说她不是什么大明星，也不是公众人物，可不怕一万就怕万一，在自控范围内，她不允许自己出现意外。

任何可能会发生的意外，她都尽量避免。

不过，博慕迟没想到，姜既白找的人会是傅云珩。

她洗过澡，换了套衣服下楼到小区门口等了几分钟后，就看到了傅云珩的车。

博慕迟怔了下，抬脚走近。

她刚走到车旁，傅云珩便将车窗降了下来，两人隔着一个位置和一扇车门的距离对看。

"姜既白找的你？"博慕迟惊讶。

傅云珩颔首："上车。"

博慕迟拉开车门坐上去，车内一股浓郁的酒味。

她忐忑三秒，身体往傅云珩那边倾斜些许："你……"她抿了下唇，眼神茫然地看他，委婉地说，"我们要不要叫代驾？"

听出她话里的试探，他无奈地捏了捏眉骨，嗓音低沉地告知："我刚把赵航他们送回去，我没喝酒，身上也都是在酒吧里沾到的味道。"他顿了下，目光深邃地看着博慕迟，"不信的话……"

他想说"不信的话你闻闻"，可话到了嘴边又收了回去。

这话太轻佻了，不适合跟博慕迟说。

闻言，博慕迟眨了下眼："不信的话怎么？"

傅云珩无奈，正色道："没什么。"

他抬手，跟小时候一样揉了揉她柔软的乌发，低缓道："我不会酒驾。"

博慕迟其实也觉得他不会，但车内酒味真的太重，她不放心，所以多问一句。

"嗯。"她把安全带扣上,"那走吧。"

陈星落约了人谈事的酒吧距离住的地方不算远,开车二十多分钟就能到。

她和傅云珩刚到酒吧门口,就被震耳欲聋的音乐声震得脑仁疼。博慕迟揉了揉耳朵,望着不远处的酒吧开始头疼。

她不明白,为什么会有人喜欢来这种地方玩。

"你在车里等?"傅云珩侧眸看着她,"酒吧很乱。"

博慕迟不太放心:"你一个人可以吗?"

傅云珩应声:"她是跟人谈事,估计是忘了给你回消息。"

陈星落也不是什么都不懂的人,警惕性很高,应该不会有什么事。

博慕迟疑了一瞬,想着自己进去傅云珩还得看紧她,放弃了。

"那你找到星星姐跟我说一声。"博慕示意,"我等你们出来,她要是还没谈完,你就在里面等她吧,我怕她会喝醉。"

傅云珩颔首。

看傅云珩走进酒吧的背影,博慕迟出神地想:不愧是常锻炼的人,即便是背影,看上去也格外挺括,气质出尘。他的身形隐于夜色,酒吧门牌的光和路灯光影交错,拉长了他的影子。

路过的人都不忘朝他投去打量的目光。

博慕迟环视站在酒吧门口直勾勾看着傅云珩的人,那种不太舒服的感觉更明显了。

她轻轻眨了眨眼,等人消失在视野后,才收回视线。

过了会儿,博慕迟收到傅云珩发来的消息,说是陈星落正在酒吧跟投资商拼酒,让她等等,他们待会儿就出来。

陈星落其实并不想来见今天这个投资商,但没办法,他是新剧最大的投资商。

陈星落背景也并不弱,有的是人袒护,可她并不想借助家里的力量,她是个倔强也有点儿自我的人,刚进她妈影视公司的时候都是一步一步从底层做起的。

千辛万苦走到现在这一步,她自然更不想让父母或叔伯帮忙。

现在这个项目是她一直心心念念要做的,她更不想让他们插手,那样她会没有成就感。

为此,她不得不来酒吧见这个投资商。

她一直知道这人对自己有点儿意思,可惜的是她对他没任何意思。陈星落不是会妥协的人,两人僵持许久,谁也不愿意退后。

最后，对方提出拼酒。如果陈星落今晚能喝过他，他就答应她提出的条件。

喝酒不是什么难事，陈星落毫不犹豫地答应了。

只是她没想到对方要诈，她这边只有一个不怎么会喝酒的女助理，她自然也不会让女助理替自己喝，而对方派来和她拼酒的是身形高大的保镖。

傅云珩进来时，陈星落白的红的不知道喝了多少，脸颊坨红，已经有了醉意。

了解情况后，傅云珩抬眼看向斜对面的人，神色寡淡，语调疏冷："她还要喝多少？"

男人看向眉宇清俊，年龄看上去并不大的傅云珩，勾唇一笑道："那一排都得喝完。"

他示意道："如果你想英雄救美的话，喝完双倍，我就答应她的条件。"

傅云珩看了眼，声音冷淡："可以。"

他侧眸看向脑子还算清醒的陈星落："合同带了吗？"

陈星落一怔："什么？"

"把合同给我，"傅云珩淡淡地说，"我看看。"

陈星落助理立马将合同递给他，傅云珩翻看完，撩起眼皮看向对面的人："确定喝完就签？"

"是。"男人饶有兴致地看着他，"你想挑战？"

"有何不可？"

博慕迟在外面等了许久，才等到他们出来。

她原以为傅云珩会将陈星落搀扶出来，却没想过他们会互换……

她第一时间推开车门下去，忙不迭地朝他们跑近。

"怎么回事？"

陈星落摇了摇头："待会儿跟你解释。"

她看向博慕迟："搭把手。"

博慕迟力气比陈星落大，直接将傅云珩接了过去。

"要去……医院吗？"她看着傅云珩红红的双颊，有些不放心，"他这是喝了多少？"

"不用。"傅云珩听到她的声音出了声，嗓音低沉沙哑，在夜色下格外灼人。

博慕迟不放心："你确定？"

傅云珩难受地闭了闭眼，低低地说："确定。"

博慕迟和陈星落对看一眼，都有些没辙。

上了车，博慕迟把傅云珩留在车里的钥匙给陈星落助理："她没喝酒吧？"

134

陈星落："没有。"

她也有点儿晕,坐上副驾驶座回头看着他们:"你照顾傅云珩?"

博慕迟点头。

回去的路上,陈星落简单和博慕迟说了说酒吧里的情况。

听得博慕迟眉头紧皱,她无奈半晌,轻轻地说:"他酒量不是不好吗?"

她记得傅云珩并不怎么沾酒。

陈星落后悔不已:"我的错。"

"不是。"博慕迟安慰她,"是你合作的那个投资方有病。"

她咕哝:"神经病。"

蓦地,博慕迟肩膀一重。她身子一僵,低垂着眼看向倒在自己肩膀上的人。他呼吸绵长,可能是不舒服的缘故,眉头拧成了"川"字。

诡异地,博慕迟想为他抚平眉头。

她抬起手,又放下。

前面的小助理在专注开车,陈星落也不舒服地闭上了眼。

后座,傅云珩的滚烫呼吸因为换姿势,全落在她的耳后。当他柔软的唇擦过她的耳垂时,博慕迟听到了自己心脏跳动的声音。

心动总是这样不请自来。

在你没做好任何准备,毫无预兆时告诉你——你一直不想去深想的问题,答案水落石出。

两人的身体靠得很近。

近到博慕迟能清晰地感受到他肌肤源源不断传递过来的温度,炙热不已。

春天了,他们穿得都不算太多。

傅云珩依旧是在医院的那身衣服,白衬衫和黑色长裤,明明是很简单的装扮,可此刻在她看来,就是有种说不出的感觉。

他其实,是真的有点儿像傅叔叔。

博慕迟微微垂下眼看着他,他难受得睡着了,眼睛紧闭,根本不会发现她任何越界的行为。

她大胆地看着他,发现他的肤色是和自己很像的白色,晒不黑的那种。

出神地看了片刻,博慕迟顺着往上,掠过他清俊的眉眼,落在他英挺的鼻梁上,直至薄唇。

如果不是环境不允许,博慕迟还挺想碰一碰他的脸的。

车内寂静无声。

察觉到自己的冲动后，博慕迟强迫自己转头看向窗外。窗外路灯街景从她眼前飞速掠过，她的脑海里却不自觉地再次浮现自己之前和傅云珩相处的一些画面，小时候的、长大后的，很多很多……

　　博慕迟一直都觉得自己的记忆力不是很好，到当下这一刻她才恍惚察觉——记忆力不好的她，将自己和傅云珩在一起发生的所有事都记了下来。

　　这么多年，她也没忘记。

　　蓦地，她想到自己在内蒙古比赛场上看到他时的诧异和高兴。

　　原来很多事情，其实也不是毫无预兆。

　　至少，她是有感觉的。

　　可是，这是不是过于诡异了？

　　想到这儿，博慕迟默默地将视线又挪到旁边的人身上。

　　从她认识傅云珩的那天起，她就一直把他当成哥哥，邻家哥哥。

　　后来进国家队以后，两人联系逐渐减少，变得生疏后，博慕迟内心其实还是把他当作哥哥的。

　　不然，她也不会在迟绿一声令下就乖乖去和傅云珩挤出租屋。

　　虽说当时其他人都不在家，但她要真不放心傅云珩，不想去，她也可以去酒店。但她的潜意识里对傅云珩这个人是放心的，知道他不会对她做什么。

　　或许态度是会冷一点儿，但他性子如此，她也不会过分放在心上，和他计较。

　　只不过现在这个发展事态，是博慕迟未曾预料的。

　　好在她一向是个比较诚实的人，这点遗传迟绿。她喜欢一个人，不喜欢一个人，总能很坦然地承认。

　　或许刚开始不敢相信的时候会有所逃避，不愿面对，但现在她发现自己逃避不了。

　　她那颗怦怦怦跳动的心脏，迫使她不得不去面对她有点儿喜欢傅云珩这个事实。虽然她也觉得有点儿离谱。

　　博慕迟胡思乱想了会儿，幽幽地叹了口气。

　　这口气刚叹完，耳边传来低哑的男声："我身上的味道这么难闻？"

　　傅云珩刚清醒一点儿，听到的便是博慕迟的叹息声。

　　博慕迟一僵，察觉到他从自己肩上离开的动作。她耳朵微红，紧张兮兮地道："不是，我是在想事。"

　　傅云珩双眸有很强的醉意，整个人也不像寻常那般冷淡，沉沉应着，脸上挂着笑："是吗？"

他不太相信。

博慕迟转头："是啊。"

话音落下，她注意到傅云珩看自己的眼神。

他喝了酒，眼神不再清明澄澈，一双本就有些勾人的桃花眼，像蒙上了一层水雾，潋滟灼灼，勾人得厉害。

至少博慕迟被他勾住了。

窗外光影绰绰在他身后的车窗掠过，映衬出他此刻的神情。

博慕迟不知道自己的形容是否准确，但现在她脑海里就只有一个念头——傅云珩有点儿像妖精，摄人心魂的那种。

明明他是清俊的长相，可只要他那双桃花眼一弯，你就会不由自主地被他吸引。

博慕迟脑海里有两个人在打架，一个说傅云珩其实是唐僧，一个说他就是妖精，男妖精。

可无论像谁，这两者都是会"吃人"的。

一个什么也不做，却依旧能让女妖精为了吃到他而前赴后继，冒死一试；一个微笑或一个媚眼，就能让人为他鞍前马后，甘心赴死。

察觉到她在发呆，傅云珩眉梢扬了扬，靠着车窗闭眼，低声道："待会儿喊我。"

"嗯。"博慕迟回神，看他鸦羽般的眼睫毛，轻轻地说，"你安心睡吧。"

傅云珩喝醉了，博慕迟不太放心让他一个人住。

她想了想，和陈星落的意见不谋而合。

她留在傅云珩这边照顾他，助理跟陈星落回家，这样的话两边都有人照看，安心一些。

跟陈星落助理交代了几句，博慕迟叮嘱她把人送回家后一定要跟自己说一声，又让她记得给陈星落煮醒酒汤，才放心地搀扶着傅云珩进了小区。

博慕迟的力气很大，但在面对傅云珩这么一个身形高大的人来说，还是有点儿吃力。

走了一段，她嘀咕："云宝。"

"嗯？"傅云珩竟然应了她。

博慕迟一顿，侧头看着他："你有点儿重。"

傅云珩怔了怔，哑然失笑："不用扶我。"他往后退了步，身形一晃，"我可以自己走。"

如果没有他刚刚晃的那一下，博慕迟可能会相信，但现在，她觉得傅云珩在说酒话。

"你确定?"她问。

傅云珩:"嗯。"

博慕迟扬扬眉,眸子里有了笑意:"那你往前走几个正步试试。"

话音落下半分钟,傅云珩都没有动作。

博慕迟眉眼一弯:"走不了?"

傅云珩深呼吸了下,闭了闭眼说:"走得了。"

说话间,他就往前走了两步,然后还停下来回头看博慕迟。

博慕迟被他喝醉酒的模样逗笑了,唇角往上翘了翘:"小傅医生,"她揶揄,"怎么不走了?"

两人正磨蹭着,一侧忽然走出个漂亮女生。

邓采薇看了博慕迟一眼,又看向傅云珩,抿了下唇,问:"他是喝醉了吗?"

博慕迟看着忽然出现的人,微微怔了下:"你是……?"

"我是……"邓采薇对上女生的目光,眼神飘忽地说,"我是他邻居,你呢?"

博慕迟"哦"了声:"他邻居不是一家三口吗?"

邓采薇一顿,改口说:"我们一栋楼的。"

闻言,博慕迟微微笑了笑:"这样啊。"

她说:"你好。"

邓采薇看她这张有点儿熟悉的脸,低声问:"你应该不是他女朋友吧?"

"不是啊。"博慕迟坦坦荡荡,"你是?"

莫名其妙地,邓采薇觉得她这话带着些许嘲讽。

她警惕地看着博慕迟:"你是他同事?"

"也不是,"博慕迟弯唇,"我是他……"

她看着不远处傻站着也不催促自己的人,在心里骂了他十句,才说:"我是他女神。"

邓采薇不可置信地看着她,一点儿都不相信她说的。可看到她的这张脸和身材后又产生了些许怀疑。

这样的身材和长相,好像真的是所有男人都会喜欢的。

博慕迟没想和邓采薇多说,丢下这么一句,也没等她再说什么,直接将傅云珩拽走了。

她没再扶他,但也虚虚地抓着他的手臂,以防他摔跤。

看两人走远,邓采薇才反应过来自己可能被蒙了,站在原地狠狠跺了跺脚,气不打一处来。

博慕迟和她情绪相差无异，也是有点儿生气的。

她和傅云珩进了电梯，两人分别靠在电梯墙上休息。想到刚刚的人，博慕迟睁开眼看傅云珩，喊他。

傅云珩撩起眼皮看着她，瞳眸潋滟："嗯？"他的嗓音低哑，说不出地性感。

博慕迟揉了下耳朵，清了清嗓："刚刚那个是谁？"

"哪个？"傅云珩根本没注意。

博慕迟无奈，决定暂时不和酒鬼计较。

到屋门口，博慕迟举着傅云珩的手识别指纹，然后进屋。

博慕迟还没来得及反应，这人已经甩开她的手，往沙发上躺去了。

博慕迟嘴角抽了抽，有点儿想把他此刻的模样拍下来。

他反差真的太大太大了。

她站在鞋柜旁笑了会儿，才换鞋过去。

打开鞋柜看到里面放着一双奶白色毛茸茸的拖鞋时，博慕迟怔了怔。她拿起看了眼，是自己的鞋码。

没记错的话，上回她在傅云珩这儿住的那几天，傅云珩给她穿的还是他妈偶尔来时穿的一双拖鞋，款式非常普通。

博慕迟没嫌弃，但也和他提过，问他怎么可以买这么普通的，就算季清影是长辈，也可以拥有少女款毛茸茸的那种拖鞋。

她记得傅云珩当时很冷淡地看了她一眼："什么少女款？"

博慕迟掏出手机给他看照片，告诉他是什么款。

看完后，傅云珩沉默地看她半晌，什么话也没说就走了。

沙发上的人发出细微的动静，让博慕迟从思绪里抽离。

她扬了扬眉，趿拉上拖鞋，朝他走近。

"你难受吗？"博慕迟看着他，"我给你煮点儿醒酒茶？"

傅云珩沉沉地"嗯"了声。

可醒酒茶这种东西，根本不在博慕迟会的能力范围内。

她站在厨房发了半分钟呆，不得不给迟绿打电话。博延应酬比较多，经常会喝酒，每次喝酒回家后，迟绿都会忙前忙后地给他煮醒酒茶。

醒酒茶，迟绿很少让阿姨做。

"你说什么？"接到博慕迟电话，听到她问的问题后，迟绿惊讶地提高了音量，"你喝酒了？"

博慕迟:"不是我。"

她怎么可能喝酒,又不是不滑雪了。

闻言,迟绿稍稍放心了点儿:"星星喝酒了?"

博慕迟含糊应着:"她喝了,傅云珩也喝了。"

迟绿一愣,不明白地问:"什么?"

博慕迟简单把陈星落的事跟她说了说,强调道:"妈,你让爸和陈叔叔他们去收拾那个人吧,太过分了,他逼着云宝和星星姐喝了好多酒,现在两个人都不舒服。"

博慕迟和陈星落性格不太一样。

陈星落在工作和生活上比较独立,不喜欢找家里人帮忙,人比较倔强。

而博慕迟,可能是从小和家里人在一起的时间少,她在父母面前并不是个独立的人,只要能找爸妈帮忙的事,都不喜欢自己处理。

她在父母和亲朋好友面前,就是个除了滑雪厉害,其他事都不行的人。

听她这么一说,迟绿也跟着生气:"你放心,我晚点儿就把这事告诉你爸。"

"嗯嗯。"博慕迟沉默了一会儿,想到陈星落的个性,低声道,"不过你们要尊重星星姐的意见,先问过她想怎么处理再做决定。"

迟绿应声:"这点爸妈知道。"她话锋一转,"那你现在是要给谁煮醒酒茶?"

博慕迟:"云宝,星星姐有她的助理照顾。"

"哦。"迟绿眼珠子一转,挑了下眉,"那你找找他那儿有没有蜂蜜水,我教你怎么煮。"

博慕迟应下。

按照迟绿说的步骤,博慕迟在厨房磨蹭了十几分钟,终于把醒酒茶煮好了。

怕味不好,她还特意尝了口。

博慕迟没喝过,也不知道正常味道是什么样的。她看向在沙发上睡着的人,硬着头皮将醒酒茶端了过去。

"云宝,"博慕迟喊他,"你起来喝了醒酒茶再睡。"

傅云珩被她摇醒,双眼迷离地看着她:"什么?"

"醒酒茶。"博慕迟吹了吹,"现在可以喝了。"

傅云珩没拒绝,接过一口喝下,又躺了下去。

博慕迟无奈半响,想催他去房间睡,又催不动。

她蹲在沙发边端详他半响,起身回房给他拿了一床被子。她给傅云珩盖上时,他的脚动了下,博慕迟被他绊倒,扑进他的怀里。

猝不及防,博慕迟的鼻子撞到他坚硬的胸膛。

虽隔着被子,可还是撞得生疼。

她下意识地想凶他,可还没爬起来便对上了傅云珩那双茫然的桃花眼。他眼睛长得是真漂亮,多一分会显阴柔,少一分又会没有味道。鸦羽似的眼睫毛浓密卷翘,跟女孩子似的。

接近十二点了,周围住户都陆陆续续熄灯睡觉,没有太多喧闹的声音从窗外传来。

傅云珩白天出门时开了窗,此刻有风徐徐吹进,吹得人思绪混乱,头晕目眩。

两人无声地对视了半响。

博慕迟嘴唇动了动,在她以为傅云珩要说点儿什么的时候,他忽而闭上眼再次睡了过去。

半小时后,正在各个软件来回闲逛的谈书,收到了博慕迟发来的一连串笑里藏刀的表情包。

谈书看着,心里"咯噔"了下。

她努力回忆想了想,博慕迟这生气的对象应该不是自己。

思及此,她忐忑地回了个问号。

博慕迟:"以后谁再喊傅云珩喝酒,就是跟我势不两立。"

谈书:"怎么说,他喝酒对你动手动脚了?你等着,我这就帮你砍了他的手脚。"

博慕迟:"……"

谈书:"……"

两人的对话框安静半响。

博慕迟发了个无语的表情包给她。

谈书给她回了一句。

两人闹了会儿,谈书才正色问:"说吧,什么事,人还好吗?"

博慕迟:"还活着,就是生气。"

谈书:"怎么说?"

博慕迟:"我准备明天再跟你说。"

谈书:"那你今晚给我发消息是故意吊我胃口,让我睡不着,然后明天顶着两只熊猫眼去跟你约会吗?"

博慕迟:"是啊。"

她坦坦荡荡地承认。

谈书:"拉黑了。"

博慕迟："明天记得把我放出来就行。"

谈书："再见。"

谈书："真不说？"

博慕迟："见面说吧，我在傅云珩家，不好给你打电话。"

谈书想告诉她，不打电话你可以给我发文字，但想想还是算了。她怕自己听完后，会更睡不着。

最后，谈书被博慕迟吸引了注意力，又没得到她给出的任何重点消息，只能心不甘情不愿地去睡觉。

博慕迟其实只是有点儿睡不着，需要找个人一起分担睡不着的痛苦。

翌日。

晨曦从没有拉窗帘的窗外照进来，早早地刺醒了傅云珩。

他睁开眼看着天花板半晌，才反应过来自己在哪儿，低头看了看盖在身上的被子半晌，转头朝紧闭的房门看去。

他微微怔了下，缓慢起身朝房间那边走。

博慕迟睡前没锁门，只是虚虚掩上了。

傅云珩站在门口挣扎须臾，抬手推开。他一侧眸，便看到了蜷缩在床上，背对着自己的人。

博慕迟睡觉不算老实，被子踢了一半，上半身还在被子里，脚已经露了出来。

傅云珩看着她白皙的脚丫子片刻，深呼吸了下走近，把被子给她盖好，才蹑手蹑脚地走出来。

进浴室后，傅云珩看着镜子里略微憔悴的脸，头疼地揉了揉额角。

他酒量一般，昨晚那是超出原本可承受范围内的饮酒，所以一时间对昨晚的所有事都没了记忆。他只迷迷糊糊记得，是博慕迟送他回来的，还强行让他喝了醒酒茶。

蓦地，脑海里闪过一个片段。

傅云珩试图抓住，却失败了。

他皱了皱眉，掬着一捧冷水往脸上拍了拍，试图让自己彻底清醒。

博慕迟是被香味吸引醒来的，躺在床上嗅了嗅，肚子开始叫起来。

博慕迟掀开被子走出房间，一抬眼便看到狭小厨房里面的人。

傅云珩应该是已经洗过澡了，身上穿着家居服，整个人看上去柔和了很多，生活气息浓重。

博慕迟正看着，傅云珩扭头朝她看来。

两人视线相接。

傅云珩看了她片刻，率先出声："洗漱了？"

"还没……"博慕迟回神。

"去刷牙。"傅云珩说，"浴室里有干净的牙刷和毛巾，马上可以吃早餐了。"

博慕迟点点头，走进浴室后才察觉出不对劲。

她琢磨了下，举着牙刷看向傅云珩："你是不是断片了？"

傅云珩抬起眼睫："有一点儿。"

他问："我昨晚有做什么出格的事吗？"

博慕迟扬眉，正想说没有，话到嘴边，她改口说："有。"

傅云珩蹙眉，不记得自己喝醉酒会耍酒疯做出格的事。

"是什么？"他问。

博慕迟："等我刷完牙跟你说。"她需要时间好好想想怎么说，他才会相信。

傅云珩点头。

十分钟后，博慕迟和傅云珩坐在餐桌前。

她看了下，早餐是鸡蛋、豆浆和面包，简单又方便。

傅云珩撩起眼皮看着她："可以说了？"

博慕迟喝了大半杯热水，唇角上扬："可以啊，不过你要做好心理准备。"

傅云珩："你说。"

"你昨晚……"博慕迟直勾勾看着他，一脸真诚地道，"抬手打了我一巴掌。"

客厅忽然变得很静。

清晨时分，门外有邻居走动、说话的声音，时不时还夹杂着对面小孩看动画片的主题曲，生活气息浓厚。

博慕迟的耳朵动了动，她边注意到那些声音，边紧盯着面前的男人。

"哎，"她抬了抬下巴，眼睫毛微动，"你怎么不说话？"

"哎？"傅云珩重点歪了，敛眸看着她，"我没名字？"

博慕迟讪讪地说："有。那不是你一直不说话吗？"

傅云珩看着她，目光灼灼，让人无法忽视。博慕迟刚开始还能扛住，可他的眼睛跟会说话似的，让她难以招架。

想着，她抿了抿唇，含糊地问："你看什么？"

"看你，"他顿了下，撩起眼皮对上她眼睛，"被我打了的脸。"

博慕迟一噎，抬眸瞪他。

傅云珩神色淡然，认真端详着："我力度应该控制得还好？"

博慕迟上下唇动了下，还没说出话，他的低喃声就传来了："都没肿。"

"傅云珩！"博慕迟忍无可忍，气急败坏地喊他，"你还真想打我？"

傅云珩看她瞪圆眸子的模样，绷了绷，却没绷着。他轻勾了下唇角，把一侧的水推给她："嗯？"

他眉峰上扬："还记得我名字。"

博慕迟无奈，好笑又好气地咕哝："你明知道我骗你的。"

"是啊。"傅云珩回答。

明知道她是骗自己的，他为什么还要配合她演戏？傅云珩不知道答案，但就觉得看她现在灵动狡黠的模样，很有意思。

这回，博慕迟还真不知道说什么好了。她看了半晌对面清俊的脸庞，决定还是先吃早餐比较好。

吃完早餐，博慕迟看向傅云珩："你今天一天都休息吗？"

傅云珩："晚上要值班。"

博慕迟挑眉，点了点头说："那我先回星星姐那边了。"

她待会儿还要去滑雪场，下午才是自由玩乐的时间。

傅云珩了然，看她身上穿的衣服道："等我一会儿。"

看傅云珩进房间后，博慕迟掏出手机给担心自己的陈星落回了两条消息。

刚回完，傅云珩便换了套衣服出来。

温度渐渐回升，现在的天气是最舒服的。

傅云珩随手套了件黑色连帽卫衣，搭配深蓝色的牛仔裤，看上去干净利落又阳光，活脱脱一大学生。

博慕迟一直知道傅云珩其实挺会穿搭的，他母亲是旗袍设计师，懂得不单单是旗袍方面的知识，耳濡目染下，他比一般的男生会打扮。

至少在色彩方面，他有敏锐的直觉，虽不会刻意打扮，却也比旁人在穿衣上更让人觉得舒服。

不过博慕迟也得承认，就傅云珩这身高、外形，就算披个麻布，可能也是好看的。

注意到她打量的目光，傅云珩云淡风轻地看了她一眼："怎么？"

"没，"博慕迟看着他，"你要送我？"

傅云珩颔首。

闻言，博慕迟也没拒绝。

不过她没想到的是，傅云珩是打车送她。

坐上出租车，博慕迟狐疑地看着他："怎么不开车？"

问完这个傻问题,她才想起傅云珩的车还在陈星落那边。

看她反应过来的表情,傅云珩低声解释:"车在陈星落那边。"

"我想起来了。"博慕迟微窘,别开眼看向窗外,"所以你是去开车,然后顺便送我回去的,对吧?"

傅云珩理了理她这句话的思路,低缓地道:"有什么区别吗?"

"有啊?"博慕迟一本正经地说,"你是为了车顺便送我,反过来说车不在星星姐那边的话,你就不会送我,不是吗?"

傅云珩微哽,捏了捏眉骨:"不是。"

"怎么不是?"博慕迟凑到他面前。

傅云珩看她没有涂任何化妆品的脸庞,微微一怔:"车在不在那边,我都会把你送回去。"

他陈述事实。

博慕迟眉梢稍扬,不紧不慢地"哦"了声:"也是。"

她自言自语:"你总不放心我大早上一个人打车回去,万一遇到坏司机被拐走了呢……"

一直在听两人对话的出租车司机忍无可忍了,喊道:"小姑娘,我们没那么坏。"

博慕迟一愣。

她忘了控制音量,她尴尬一笑。温声道:"叔叔,我不是在说您,我是说少部分之前出现过的案例,而且……"她看了傅云珩一眼,让他帮自己说话。

接收到她求助的目光,傅云珩眼眸里闪过一丝笑意:"她不是那个意思。"他声音清冽低沉,语气平静,听上去特别有说服力,"她只是比较皮。"

这话说出来时,博慕迟耳朵又痒了一下。

她盯着傅云珩半晌,在他没注意的地方磨了磨牙。这人,怎么能无形撩她呢?

司机笑了笑:"不过防人之心不可无,这点我们都能理解的。"

傅云珩颔首,和司机聊了起来:"你们辛苦。"

莫名地,车内有了两人畅聊的声音。

博慕迟发现,傅云珩这人冷是冷,可他对什么职业、什么类型的人态度都差不多,不会看不起旁人,说话也一直温煦有理。

细听,你还会发现他什么都懂,什么都能聊。

在听到他跟司机聊超市米菜物价时,博慕迟蒙了须臾,朝他投去探究的目光。

傅云珩扫她一眼，面不改色地应着。

下车后，博慕迟在心里感慨完，好奇不已："你为什么还知道米菜物价？"

博慕迟想着她前段时间去他家看到的冰箱，咕哝着："你不是喝露水的吗？"

傅云珩忍无可忍，抬手敲了下她的额头："谁喝露水？"

他手指轻轻碰了下，博慕迟的额头就烫了起来。

她眼睫轻颤，掩饰性地挪开眼："你呀，小傅医生。"

她和他开玩笑。

傅云珩好气又好笑地解释："那段时间忙。"

傅云珩不是喜欢浪费的人，忙的时候就不会刻意去囤东西，怕坏掉。

博慕迟"哦"了声，神情生动："原来如此。"

傅云珩睇她一眼："陈星落在家吗？"

"在，"博慕迟说，"她昨晚喝多了酒不舒服。"

说到这儿，博慕迟扭头看着他，狐疑地道："我记得你酒量不是不好吗，你昨晚怎么……？"

傅云珩点了下头，坦然承认："是一般。"

他看博慕迟，淡淡地说："昨晚如果是你或者姜既白他们进去接她，你们也不会看着她一个人喝的。"

博慕迟微怔，深表认同。他们是一起长大的朋友，感情跟其他人终归不一样。

不说几家的父母亲如兄弟姐妹，就他们从小一起长大的深厚感情而言，他们怎么可能允许旁人欺负自己的朋友？

他们可以自己互怼，但绝不容许旁人欺负。

他们都有个共同特性——护短。

傅云珩和往常一样，将博慕迟送到陈星落屋门口。

陈星落昨晚一夜没睡好，这会儿脸色看上去格外憔悴。

博慕迟抬手摸了摸她的额头："发烧了？"

"没有吧，"陈星落眼皮很重，"就是有点儿不舒服。"

博慕迟听着，第一时间看向傅云珩："你给星星姐看看。"

傅云珩抬脚走近，询问完陈星落身体情况后，让博慕迟去找体温计给她量一量。

一点儿不意外，陈星落发起了低烧，好在她家一直都备着常用药，退烧药也有。

"吃多少？"博慕迟看傅云珩，"星星姐不用去医院吗？"

傅云珩"嗯"了声："昨晚酒喝太多的缘故，不是大问题。"他示意，"这个药一天吃两次，吃两天应该差不多了。"

博慕迟乖乖记下。

傅云珩说完，便准备离开。

博慕迟"哎"了声，在碰到傅云珩看过来的视线后，立马改口："我待会儿要去滑雪场，你没别的重要事情的话，留在这儿帮忙照顾星星姐？"

说完，博慕迟隐约觉得这话好像哪里不对。

两人无声对视半响，傅云珩淡淡地说："给颜姨打个电话，让她过来。"

他说的颜姨是陈星落妈妈颜秋枳。

傅云珩停顿了下，忽而问："你一个人去滑雪场？"

"对啊。"博慕迟道，"之前星星姐说要陪我一起去的，但现在她都生病了，肯定不能再去那儿吹风吧。"

傅云珩缄默片刻，敛着眼睫看了她须臾："先去给颜姨打电话。"

博慕迟轻眨了下眼，主动问："你要陪我去滑雪场？"

"正好有空。"傅云珩语气平静地陈述事实。

闻言，博慕迟挑了挑眉，拖着腔调"哦"了声。

他怎么觉得，她好像别有深意？

博慕迟给颜秋枳打完电话，颜秋枳过来后，她才跟傅云珩出发去滑雪场。

傅云珩没精力滑雪，博慕迟也不强求。

她早就习惯了一个人训练，也不会觉得有什么。

换上滑雪服抱着雪板准备去高级道时，她一眼便看到了站在门口等自己的人。

博慕迟怔了怔，有些许意外："你不是在车里休息？"

傅云珩看向人不多的滑雪场，又垂睫看她身上穿着的粉白滑雪服："等我一会儿？"

他说："我去租套衣服。"

他刚刚之所以不想过来，一是因为真的还有点儿不舒服，二是因为没带滑雪服。滑雪场的滑雪服，都是大家穿过的，傅云珩有轻微洁癖，不喜欢租衣服。

可刚刚看博慕迟背着包走进滑雪场的背影，他忽而又有些心疼。

他不忍心看博慕迟一个人训练。

博慕迟毫不犹豫地点头，语调欢快地说："那你去吧，别说一会儿，等小傅

147

医生半小时我也可以的。"

他无奈低笑，举止亲昵地拍了下她的脑袋："别在风口等。"

博慕迟翘了下嘴角，朝他眨了下眼，活力满满地说："好。"

傅云珩租的滑雪服，是一套黑色的，只有袖口位置有点儿白色料子。

他出来时，整个人感觉更加冷峻了，但又莫名有点儿吸引博慕迟。

看到傅云珩抬手弄衣服拉链的时候，博慕迟将"有点儿吸引自己"改成了"非常吸引自己"。

她以前怎么没发现，傅云珩穿滑雪服这么酷。

两人坐缆车去高级道。

午后的阳光刺目耀眼，博慕迟侧眸观察了下旁边的人，和他闲扯："你上回来滑雪场是什么时候？"

傅云珩："忘了。"

他是真记不清了。

本来年前赵航想组织大家来的，但时间一直凑不上，这个计划也就作罢。

博慕迟噎了片刻，别开眼不想再看他。她怕自己会被他说的话气到，然后减少对他的喜欢。

察觉到她的情绪变化，傅云珩有点儿无奈，低声说："没时间。"

他不是不喜欢滑雪，也不是不来，只不过对他这种刚上班半年的实习生来说，有一两天假期或半天假期，他们真的更愿意在家睡觉补充精力。

博慕迟懂他这话的意思，默了默，视线往下一垂："可你日常锻炼还挺多的。"

傅云珩瞥她："还好。"

他其实也就是一周四五天晨跑，有假的时候会抽两小时去健身房。

于医生而言，好的精力和体魄至关重要。

因为你不知道什么时候会有突发情况，需要熬夜，甚至需要连续十几小时待在手术室里。

不单是傅云珩，其他医生护士日常大多会坚持锻炼。

没一会儿，两人就抵达了高级道顶端。

博慕迟将雪镜从上拉下，看向傅云珩："你要不要先试试？"

"试什么？"傅云珩看着她。

博慕迟委婉地道："你不是很久没滑了吗？先试试感觉。"

她其实觉得，傅云珩应该先去中级道练练再过来。

傅云珩听出她的话外之音，失笑："不用。"

他说:"学会的东西忘不了。"

博慕迟扬了扬眉:"哦。"

她重重点头:"那比比?"

傅云珩看她狡黠明亮的眼睛,很是无奈。

"比什么?"他顺着问,也没提醒她,你是个专业的运动员,跟我比不觉得自己有点儿过分吗?

"速度。"博慕迟一本正经地道,"技巧太欺负你了。"

傅云珩抬了下眼,嗓音含笑:"我是不是该说声谢谢?"

谢谢她还记得他技巧比不过她这个专业运动员。

博慕迟微窘,听出他话语里的揶揄,瞪了他一眼:"比不比?"

"比。"傅云珩迫不得已纵容她,"赌注是什么?"

博慕迟边卡雪板边说:"我赢了你答应我一件事,你赢了我答应你一件事。至于什么事,我还没想好。"

傅云珩应声:"可以。"

两人站在同一起跑线上。

博慕迟扭头看着他:"公平起见,我让你五秒。"

"不用。"傅云珩没有半丝犹豫,直接拒绝。

似想到了什么,他忽然笑了下:"输也得输得坦荡。"

博慕迟一怔,看他眉目舒展的模样,心脏跳动好似漏了一拍。

她抿了下唇,轻轻应着:"那你不会说我欺负人吧?"

傅云珩瞥她,神情放松,翘了嘴角说:"岂敢?"

他说这话时,语调是正常的,和往常没太大区别。但在当下,博慕迟就觉得他心情应该还不错。

她耳朵微动,弯了弯唇,笑盈盈地看着他:"那开始?"

傅云珩颔首。

少顷,两道身影从高级滑道飞驰而出,速度快到让人难以捕捉。

他们的姿态洒脱又恣意,在日光下绽放光芒,他们追逐着,白茫茫的雪花飞出,让人迷了眼。

博慕迟喜欢滑雪,是因为滑雪能带她滑入云端,让她看到很多旁人看不到的美景。

她很喜欢白茫茫一片的景色,也喜欢掌握脚下的雪板。滑雪时,她总觉得自己掌握的不单单是雪板,还有自己的人生。

傅云珩注意到旁边人飞跃而出,看她消失在自己视野里的身影时,恍惚有种特别的感觉。

他忽而明白了，为什么赵航他们那么多人喜欢博慕迟。

因为滑雪时的她，不仅仅飒，还有种由内而外散发出的自信，这种自信是她的底气。

在滑雪这条路上，博慕迟一直心无杂念，勇往直前。

她不是没遇到过困难，也不是没遇到过挫折，可她一直在坚持，坚持常人半途而废的一条路，忍受一个人训练时的寂寞。

即便如此，她却永远活得像个小太阳，活力十足，狡黠灵动。

他和她在一起久了，情绪也会不自觉被她感染。

这一点，傅云珩早就有所察觉。

"你怎么这么慢？"博慕迟在终点等傅云珩，等了好一会儿他才过来。

傅云珩看着她明艳的脸，双眸在发光，犹如蓝天上挂着的太阳一般，耀眼夺目。

他应声："有点儿生疏。"

博慕迟瞥他，暂时相信他这个理由。

她揉了揉肩膀："继续吗？"

她说："我要练练技巧。"

傅云珩颔首。

两人在滑雪场待到中午才离开。

知道她跟谈书约了午饭，傅云珩也没什么特别情绪，将她放到约定地点的商场门口便离开了。

看着傅云珩的车驶入大马路，博慕迟挑了挑眉，自我感慨，不着急不着急，慢慢来。

蓦地，肩膀被人拍了下，她一回头便对上了谈书打量的目光。

谈书来来回回看了她好一会儿，轻轻"啧"了声："看谁呢？"

"傅云珩。"博慕迟没瞒她，"我们上午一起去滑雪场了。"

谈书挑眉，诧异地道："他竟然陪你去滑雪场？"

"不行吗？"博慕迟怼她。

"你求他了？"

博慕迟噎住，没好气地朝她翻了个白眼："我不求他，难道他就不会陪我去了吗？"

谈书沉默了会儿，实话实说："如果是小学，他肯定会陪你去，可现在吧，我觉得还真有点儿悬。"

博慕迟睨她一眼，钩着她的手臂轻哼："好好说话，今天我可是你的金主姐姐。"

谈书"哦"了声，立马改口："我觉得只要你想去，无论去哪里，傅云珩都会陪你，你觉得呢？"

博慕迟无语："有点儿假。"

谈书"嘻嘻"一笑，挽着她的手臂："这不是你强迫我说的嘛。"

博慕迟不理她，两人说说笑笑地往餐厅那边走。

到包间坐下后，谈书迫不及待地问她："快快快，你给我说昨晚要跟我说的事是什么？"

博慕迟看她着急的模样，示意道："渴了。"

谈书觑她一眼，给她倒了杯水。

博慕迟弯唇，抿了小半杯水后才说："我就是想跟你说，我发现我喜欢上了一个人。"

猝不及防，谈书一口水喷出。

博慕迟手疾眼快地躲开，没让水喷到自己身上。

谈书一边扯着纸巾擦嘴，一边着急地问："谁？！"

博慕迟朝她露出一个神秘的微笑："这人你也认识。"

谈书安静三秒："傅云珩？"

博慕迟点头："你怎么一点儿都不意外？"

"本来就不意外。"谈书诚恳地说，"要不是我心有所属了，我可能也会喜欢傅云珩。"

这回被呛住的是博慕迟，她不可置信看着谈书："为什么？"

"长得帅、优秀、身材好、声音好听，这难道不值得喜欢？"谈书给她列举傅云珩的优点。

博慕迟微哽，吐槽道："你有点儿肤浅……"

"你这个颜控有什么资格吐槽我肤浅？"谈书瞥她，"还有很重要的一点是，傅云珩这个人有种很特别的品质，你没发现吗？"

博慕迟眨眼："什么？"

"就是他这个人虽然很冷漠，看上去也不好相处，可实际上他骨子里很尊重女孩子，绅士又有风度，又是个全能型选手，我想熟悉他、了解他的人，很难不喜欢上他。"谈书从自己的角度出发分析傅云珩这个人。

博慕迟想了想，好像还真是这样。

"然后呢？"夸完傅云珩，谈书一脸八卦地看着她，"你要追他？"

"为什么是我追？"博慕迟反问。

谈书："你喜欢他呀，你不想让他当你男朋友？"

闻言，博慕迟微微一笑："那我可以让他也喜欢上我，然后追我呀。"

第六章
小套路

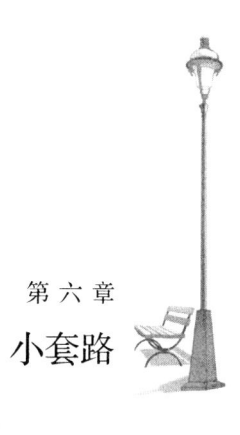

说实话,这话要其他人说出来,谈书一定会在心里唾弃或吐槽,想问问这人到底睡醒没有。

但博慕迟这样说,她既不惊讶,也不觉得离谱,好像事实就该如此。博慕迟喜欢一个人,不需要她去主动追。她能看上对方,是对方的殊荣。

当然,她这是闺密滤镜,但具体分析来看,也合情合理。

首先,博慕迟长得就比这个世界上百分之九十五甚至百分之九十九的人要漂亮。她天生就是耀眼的,滑雪厉害不说,学习成绩也不差,更重要的是,她在别的方面也有自己的兴趣爱好,会弹琴、会画画,还学过舞蹈。

因为她爸曾经做过编剧,她对写作兴趣浓厚,小学、初中那会儿还发表过好几篇文章呢。

虽说都是以前的荣耀,但谈书相信,只要她愿意,就可以在自己所选的领域内成为优秀人才。

她想了想,感慨道:"好奇怪,你说这话我竟然深表赞同。"

博慕迟"扑哧"一笑,眼睛弯成月牙看着她:"可能这就是你对我的爱吧。"

谈书"喊"了一声:"可能吧。"

她托腮望着博慕迟:"那么我能问问,你要怎么让他喜欢上你,然后来追你吗?"

博慕迟眉梢往上扬了扬,压着声道:"具体计划没有,但我能感觉出来,傅云珩对我不讨厌。"

"废话。"谈书睨她,"你是他的小青梅,他能讨厌你?"

博慕迟噎了噎:"别提醒我这个事。"

谈书无语。

博慕迟摆摆手:"反正就除了是小青梅这层关系,我觉得他对我不是没感觉。"怕被谈书反驳,她连忙补充,"就算没有,至少也不讨厌看到我这个人频频出现在他生活里。"

"嗯,"谈书点头,"确实如此。"

傅云珩都能允许博慕迟到他的私人住所里住了,对她的情感肯定是有些特别的。

"然后呢?"谈书好奇,"你准备怎么做?"

博慕迟耸耸肩,一脸无辜地说:"既然他不讨厌看到我,那我当然要让他多看看我啊。"

谈书缄默半晌,瞅着她问:"你意思是你要经常出现在他面前?"

"当然。"博慕迟认真道,"我要在他面前刷足存在感,让他注意到我,注意到我已经是个成年人,是个成熟的人了。"

听到这话,谈书表情微妙地看着她:"前面我都认可,但是'成熟的人'这个说法,我有点儿迷惑。"

"难道我不像成熟的人吗?"博慕迟瞪她。

谈书微哽,哭笑不得:"算算算,所以你还是没说清楚,是打算色诱令他对你心动呢,还是打算用你的特长让他注意你、喜欢你?"

听到"色诱"这两个字,博慕迟噎了噎:"你别说得这么猥琐。"

谈书"啊"了声,面无表情地道:"你直接告诉我你选择什么。"

"都选不行?"博慕迟瞥她,"双管齐下,才能更迅速地将傅云珩彻底征服,让他来追我。"

谈书沉默许久:"你在他面前这样,他难道不会察觉到你早就喜欢他了?"

"察觉又怎么样?"博慕迟满不在乎地说,"反正我不承认就好。"

谈书被她的无赖话语惊住,上下唇动了动,好半天才憋出一句:"你真不愧是迟姨的女儿。"

谈书以前听博慕迟说过她父母的爱情故事,当时听完震惊了一个礼拜。

她要有博慕迟妈妈的勇气,应该早就和男神早婚,甚至早育了吧。

博慕迟尴尬地摸了下鼻尖,底气不太足:"我就当你夸我和我妈了。"

谈书:"我就是在夸你们。"

这两人的勇气和自信,是大家该学习的。

从餐厅离开,博慕迟和谈书选了部最近比较火的爱情电影。

太久没发朋友圈,博慕迟拍了电影票、谈书吃的爆米花和可乐发出去,当然也有自己的保温杯对比。

博慕迟:和书姐看电影的凄惨对比。

三张图片的对比照在朋友圈发出去后,博慕迟便和谈书磨磨蹭蹭地进了影厅。

她去上洗手间回来后,电影正好开始了。

博慕迟在电影开场五分钟后才发现,在这部电影里有重要戏份的男演员是陈星落和她提过的秦闻。

而谈书,正在她耳边说这个男演员。

"呜呜呜……秦闻好帅呀!"谈书激动不已,"我听说他在这部电影里有湿身的戏份,粉丝在看到电影剧透时都疯了。"

听到这话,博慕迟默默喝了口水,侧眸问:"哪种程度的湿身?"

"你说哪种程度?"谈书觑她一眼,"就洗澡画面呗,尺度应该还蛮大的吧。"

"哦。"博慕迟扬扬眉,随口问,"他有腹肌吗?"

谈书被她的话噎住,回忆了下自己在网上看到的爆料,呆滞地摇了摇头:"好像没有。"

"那有什么好期待的?"博慕迟瞥她,"一个男演员连自己的身材都不练好,湿身戏份肯定也一般。"

谈书真心觉得博慕迟就是个挑刺的。

她被气得牙痒痒,忍不住抬手摸了下自己的肚子,愤愤地道:"怎么,没腹肌的人就不配在这个世界生活了吗?"

博慕迟讪讪地挽着她的手臂撒娇:"我没这个意思。"

她哄着谈书,声音含糊:"我就是自己喜欢有腹肌的异性。"

"呵。"谈书已经不相信她了,白了她一眼,"你直接说自己喜欢傅云珩不就好了?"

博慕迟哽了哽,发现这话无法反驳,默默闭上了嘴。

这是部爱情电影,男、女主先婚后爱题材的,尺度还蛮大的。

博慕迟有段时间没看电影了,还真不知道现在国内电影的尺度已经如此开放。她数了数,从开始到现在,男、女主演已经接了第五次吻,开始第二场床戏了。

说实话,博慕迟真心觉得现在的编剧不太行,又或者说,现在的导演不太行。

这种搬上大荧屏的电影戏份，拍得一点儿没有氛围感也就罢了，连色气都没有，就很麻木的几场床戏，然后有喘息声，有少部分脱衣服的镜头。

她面无表情地看着，猜想下一个镜头不意外的话就是让谈书激动的男主洗澡的湿身画面。

果不其然。

镜头一转，到了浴室。

电影男主角赤裸着上半身，将浴室花洒打开，水从上往下倾泻，镜头也从上而下地跟随，扫过男主的湿发、俊脸、喉结、胸膛，再到小腹。

"他有腹肌！"看到小腹，谈书激动地抓着博慕迟的手。

博慕迟眯了眼，总觉得那个腹肌看上去有点儿奇怪。

博慕迟在脑海里回想了下自己以前看电影时看到的演员腹肌，好像和面前大屏幕这儿呈现得并不一样。

蓦地，她想到了点儿什么，掏出手机，在微博搜"秦闻腹肌"。

她一搜，下面出来的不知是真的电影观众还是黑粉发的吐槽。

"第一百零一次无语！为什么现在的男演员都如此不注重自己的身材？女明星稍微吃胖一点儿就被骂得要死，男明星拍湿身戏份没有腹肌就后期加？这不是搞笑吗？你练个腹肌出来很难吗？"

"秦闻新电影最大败笔就是，他的腹肌是后期加的。"

博慕迟嘴角抽了抽，偷偷瞟了旁边位置上还在激动的谈书一眼，直接按熄了屏幕。

她眼不见为净。

她想了想，还是没将这件事告诉谈书。毕竟，有时候真相太残酷，不知道反而快乐很多。

博慕迟如是想。

看完电影出去，谈书还挽着博慕迟的手在和她讨论剧情，还说有时间要来二刷。

博慕迟眨了眨眼，一脸真诚地说："算了吧，下回有时间我们去玩点儿别的。"

"什么别的？"

"到时候再看，"博慕迟一本正经地道，"春天了，得出去走走，去看看祖国的大好河山。"

两人又饿了。

谈书本想找个甜品店坐会儿吃点儿东西的，考虑到博慕迟不能吃那些高热量的食物，又放弃了。最后，两人去吃了份水果沙拉，然后直奔书店。

博慕迟最近比较闲，想买几本书回家看看。

到书店选了两本书到旁边坐下后，博慕迟才注意到微信有好几条未读消息。

她点开一看，其中有陈星落发来的，告诉她，她在朋友圈发的那部电影不太好看，那是秦闻四年前拍的，那时候他演技不怎么好。

博慕迟翘了下唇回她："不单单演技不好，身材也不行。不过这电影怎么压这么久才上映啊？"

陈星落："尺度太大。"

尺度确实有点儿大，不仅大，还没有氛围感。

跟陈星落聊了两句，博慕迟点开自己的朋友圈。

她发现，傅云珩竟然给她的那条朋友圈点了个赞。

看了那个赞半晌，博慕迟扬了扬眉，这才往下看亲朋好友们的评论。

不是很意外，有陈星落给她的评论后，程晚橙几个人也跟着讨论了一下这部演技不太够、身材也不太够的狗血电影。

再往下，还有她爸这个久不动笔的编剧点评。

博延：这部电影不太好看，你是去看人的还是去看电影的？

迟绿：看人吧，她不是觉得这个男演员很帅？

博慕迟哭笑不得，一一给他们回复。

刚要退出时，她想起点儿什么，先给陈星落发了两条消息，得到回复后，又点开傅云珩的头像，发了条消息。

博慕迟消息发过来时，傅云珩正在改论文。

不是毕业论文，是发表到国际 SCI（《科学引文索引》）期刊上的论文。傅云珩对科研方面的兴趣还算浓厚，所以在大学对这方面的钻研比较多。他不是不喜欢临床，是都喜欢。

看到熟悉的头像弹出，傅云珩手指微微动了下，分了些注意力。

博慕迟："傅云珩，你明天什么班？"

傅云珩："晚班。"

博慕迟："连续两天晚班？"

傅云珩："嗯，怎么了？"

博慕迟摸了摸空落落的脖子，压着声音给他发了条语音消息。

"我项链好像落在你家了，你帮我找找看？"

听完她的消息，傅云珩走了会儿神。

他下意识侧头去看墙，试图穿越墙看到隔壁的主卧房间。

想到这一点，傅云珩有些恍惚。

他一定是前段时间加班加傻了。

思及此，傅云珩也跟着回了她语音。

"什么样的？"

博慕迟听到他低哑的声音，揉着耳朵给他发了张项链的照片。

看到照片，傅云珩起身往卧室走。

一进卧室，傅云珩明显察觉了些许不对劲。

早上换衣服时他还没太大感觉，这会不知道什么缘故，房间里飘散的淡淡的香味极其清晰，正源源不断地钻进他的鼻间。

他没记错的话，这有点儿像博慕迟身上的香味。

想到这点，傅云珩微蹙了下眉。

手机振动，又是博慕迟发来的消息："找到没？不是在沙发上就是在床上。"

她重点强调："我昨晚没去别的地方。"

傅云珩看着她的消息，眉心重重一跳，倏忽间，脑海里闪过不少未来得及捕捉的画面。

傅云珩强迫自己静心凝神，修长的手指动了动，给她回复："还在找。"

博慕迟："哦。我好喜欢那条项链，你找到第一时间跟我说。"

傅云珩："嗯。"

傅云珩放下手机，先掀开被子寻找。

一掀开，他之前闻到的淡淡的香味，较刚刚还明显。

傅云珩抿了下唇，绕到床头看了看，最后在枕头下找到了博慕迟的项链。

他看着那条静静躺在那里的项链，给博慕迟回消息："看到了。"

博慕迟："在哪儿找到的？"

傅云珩不紧不慢地敲下："枕头下。"

看到傅云珩的回复，博慕迟歪着头想象了一下他敲下这几个字的模样，应该是无可奈何。

不意外的话，他看得出项链是她摘下来塞在枕头下面的，至于能不能发现她是故意留在那儿的，有待考察。

思及此，博慕迟忍俊不禁，嘴角上扬，满眼笑意。

"在打什么坏主意？"谈书找了两本小说回来，一眼看到的便是她盈盈的笑脸，满目含春的模样。

她轻轻"啧"了声，压着声音在博慕迟旁边坐下："在计划套路傅云珩？"

博慕迟在谈书面前向来没什么秘密，给她看了两人的聊天界面。

看完，谈书沉默了，目光灼灼地看着面前的人，不知道该说点儿什么。

"你这样看我干吗？"博慕迟大大方方地接受她的打量。

谈书默了默，缓声说："傅云珩知道他的小青梅小心思这么多吗？项链是你故意留在那儿的吧？"

博慕迟扬眉，夸她："不愧是从小和我狼狈为奸的谈书，真了解我。"

谈书一噎："谁和你狼狈为奸了？"

她小时候明明也总是被博慕迟套路好不好，才不得不跟博慕迟走到一起。

博慕迟"扑哧"一笑，眉眼明艳耀眼："你呀。"

谈书没好气地睇了她一眼，把话题重新拉回到傅云珩身上，点了点她的手机示意："你不给他回消息？"

博慕迟："回。"

话虽如此，她却一点儿也不着急的模样。

谈书看她退出微信，到手机地图上输入两个小区的名字，搜索距离。

她瞥了眼："这是……？"

"一个是我现在住的小区，一个是傅云珩住的。"博慕迟道，"我看看要是晨跑的话，要跑多久能到。"

谈书瞄了眼，十二千米。

挺好，她觉得自己这辈子都没办法像博慕迟这样去套路人。

看完路线，博慕迟才慢吞吞地给傅云珩回："你几点去医院？我晚点儿过去，你还在家吗？"

傅云珩消息回得很快："你想几点过来？"

博慕迟："我跟谈书还在外面，还不确定几点回去。"

傅云珩："我五点去医院。"

医院晚班没那么早，但傅云珩习惯性提早一点儿到，了解白天医生负责的病人情况，方便晚上有突发情况时，好第一时间有应对方案。

当然，这也是在时间充裕的情况下，他会这样安排自己的工作。

博慕迟："……"

傅云珩回了个问号。

博慕迟无语，压着声音给他发了条调侃的语音："小傅医生，需要我提醒你一下吗？现在已经四点半了。"

听完博慕迟的语音，傅云珩礼尚往来。

"没注意。"他顿了下，嗓音低低地回应她，调侃地喊了她一句，"兜兜妹妹。"

博慕迟耳朵一麻，连喉咙都有点儿痒。

傅云珩是故意的吗？

他不知道自己的声音很好听？

在一侧听完全程的谈书大为震惊，她喝了大半杯水压惊，扭头看着博慕迟说："傅云珩以前跟你聊天也这样？"

博慕迟怔了下，茫然地点了点头。

谈书："你好强。"

"啊？"博慕迟不解，"怎么说？"

"他这声音，还有逗你的这个态度，你到现在才心动，还不够强吗？"要换作是她，早就沦陷了。

谈书对自己在美色和声音方面的抵御力，很有自知之明。

博慕迟无奈："我之前都好久没和他联系了。"

闻言，谈书拍了拍她的肩膀，叹了口气说："遗憾啊，你就应该抓着高中的傅云珩谈恋爱。"

博慕迟微哽，让谈书清醒点儿，傅云珩高中的时候，她才上初中。

他们俩要真早恋了，腿都会被两家家长打断。

谈书："那断腿的应该只有傅云珩，你的腿应该没人敢打断。"

博慕迟："……"

这也没太大差别。

最后，博慕迟想了两个方案让傅云珩选。一是傅云珩把项链带去医院，她晚上去医院找他拿；二是她有点儿想吃他家小区门口的素包子了，明天晨跑的时候过去拿。

傅云珩选了前者，但还是给她打了预防针。晚上如果有突发情况的话，她去医院可能也拿不到。

博慕迟对这个并不在意，悠闲自在地回："没事，你要是忙的话，我就当去医院散步。"

傅云珩："嗯。"

五点半，傅云珩准时出现在医院。

王明轩看到他时，还以为自己的钟表时间错乱了。

"你怎么这么早过来了？"他是白班，这会儿还不到下班时间，但因为科室里不算忙，所以相对轻松一点儿。

傅云珩"嗯"了声："闲着也是闲着。"

王明轩一噎。

傅云珩把手里的东西递给他，淡淡地说："你上回找我帮忙看的病历资料我看完了，我做了个简单的分析，不过具体情况还得让病人重新来医院拍片看过才知道。"

怕他不放心，傅云珩道："分析我也让束师兄帮忙看过了，大概就是那几种情况。"

前几天，王明轩找傅云珩帮忙看一份病历。

病历不是他们科室的，是他一个远房亲戚的，几年前做过一次肿瘤手术，恢复正常后，现在又出现了一些别的症状。

傅云珩的专业是神经外科，目前他也是在神经外科实习，虽比不上有经验的老医生，但他在这方面的研究并不比医生少，甚至他的想法和尝试也比一般人要大胆些。

王明轩当然也不是找他帮忙手术，就是先看看情况。

"行，"王明轩接过，撞了撞他的肩膀，"谢了。"

傅云珩："客气。"

他道："没什么事我先回去了。"

王明轩正要点头，忽然想起件事："对了，你下周六休息吗？"

傅云珩："有事？"

"也不是什么大事。"王明轩尴尬地笑笑，"我女朋友说最近工作太累，周六准备出去玩玩，让我把你叫上。"

王明轩的女朋友孟梦是他们学校的，不过不同系，是财会专业的。

傅云珩在校的时候虽算不上风云人物，但确实是个很多人都仰慕的优秀人才。惦记他的人很多，没办法要到联系方式的也很多，孟梦的室友便是其中之一。

偶然一次，几个人凑在一起吃饭，她第一眼便看上了傅云珩，对他发起猛烈追求，奈何高岭之花难摘，几年过去了也没任何进展。

周六是孟梦室友生日，孟梦问她要什么生日礼物时，她说就想和傅云珩一起吃顿饭，出去玩玩。

孟梦没辙，不忍心看室友伤心，只能托王明轩过来问问。

要是傅云珩拒绝，那她也无能为力。

"我去当电灯泡?"傅云珩不甚在意地问。

王明轩微哽:"肯定不止我们俩……"

他看向傅云珩,期待值升高:"周末出去放松放松,也没什么不好。"

傅云珩瞥他一眼,知道了他内心的想法。

他低缓地说:"你们去吧,我有事。"

王明轩正想问什么事,被傅云珩看了眼,将到嘴边的话压了下去,其实问之前,他就知道没多大希望。

傅云珩没将这件事放在心上,从王明轩科室回到神经外科后,便专注地坐在电脑前继续修改论文。

他今天有些静不下心来。

"医生哥哥。"倏地,耳边传来熟悉的声音。

傅云珩扭头一看,是病房里的小女孩跑了过来。

他一怔,笑着起身蹲在她面前:"怎么一个人跑出来了?"

小女孩是他们科室上周接的病人,目前还在观察期。

她天真又活泼,刚住进来三四天,便能将科室所有的医生、护士认全,在这些医生、护士里,她最喜欢傅云珩,第二喜欢赵航。

护士问过为什么这样排名,她给出的答案是傅云珩最帅、最温柔,而赵航最有趣,总是给她带吃的。

说傅云珩最好看,所有人都认可,但要说他最温柔,医生护士可不这样想。

这不,她又撒娇让护士姐姐带她来傅云珩的办公室了。

"我不是一个人跑出来的。"小女孩叫啾啾,长得非常可爱,一双大眼睛黑亮似葡萄,特别吸睛。

她往外指了指,奶声奶气地说:"是护士姐姐带我过来的。"

傅云珩了然,抬手摸了摸她的脑袋:"吃饭了吗?"

"还没有。"说到这儿,她动作明确地摸了摸肚子,眨巴着眼睛说,"饿了。"

看着她此刻的样子,傅云珩脑海里陡然出现了一张熟悉的脸,记得小时候的博慕迟也是这样。

她运动量大,也比一般人饿得快,一天除了早、中、晚餐,还得有上、下午加餐。只要有一顿饭晚了,她就会抱着肚子喊饿,夸张到极点。

倏地,傅云珩又纠正了下自己所想。不单单是小时候,现在的博慕迟,其实也没改变太多。

"哥哥。"啾啾扬起肉肉的小手在他面前晃了晃,"你在发呆吗?"

傅云珩哭笑不得,和她平视,捏了捏她的脸:"你知道发呆是什么意思?"

"知道呀，"她回答，"妈妈就经常看着我发呆。"

傅云珩一怔，有些说不出的难受。

他低头掩下眸子里波动的情绪，伸手摸了摸她的脑袋，语调柔和地说："想吃什么，哥哥给你买好不好？"

啾啾眼睛晶亮，灿若星辰："我想吃冰淇淋。"

看傅云珩不说话，啾啾嘴角抿成直线，小声问："哥哥，我不可以吃吗？"

她妈妈就不让她吃。

傅云珩"嗯"了声，柔声说："哥哥给你买糖吃，好不好？"

"那我想吃糖葫芦。"啾啾大声回应。

傅云珩脸色柔和了些许，应声："好，给你买糖葫芦。"

医院门口经常会有卖糖葫芦的大姐、大叔，傅云珩跟啾啾妈妈说了声，便牵着她出去了。

啾啾年龄太小，医生们目前制定的方案是保守治疗，她这个年纪的女孩，能不动手术就最好不要动。

因此，处于观察期的她，在医院是相对自由的。

傅云珩还不到上班时间，时间也是自由的。

束正阳来的时候，他正要和啾啾出去。

听到啾啾说傅云珩要给她买糖葫芦，束正阳扬了扬眉，从钱包里掏出二十块钱："多买两串，这是正阳哥哥请你吃的。"

傅云珩额角一抽，瞅着束正阳："师兄，这也要比？"

"那当然，"束正阳道，"我正在争取排第二呢。"

他指的是啾啾最喜欢的医生排名。

傅云珩觉得他还蛮幼稚的，但也没多说。

啾啾听着两人对话，把钱还给束正阳："妈妈说不可以随便要哥哥姐姐的钱。"

束正阳一笑，弯腰蹲下："这是正阳哥哥给我们啾啾买糖葫芦的，可以要。"

"不行不行。"啾啾背着手不愿意收。

束正阳没辙，只能求助傅云珩。

傅云珩接过："糖葫芦不能多吃，哥哥拿着你正阳哥哥的钱给你买玩具好不好？"

啾啾就是小女孩，听到"玩具"两个字，喜形于色："好！"

博慕迟"散步"到医院门口，还没进去，就看到了熟悉的背影。

她扬了扬眉，慢吞吞地踱步走近，也不出声打扰，走近了才注意到，傅云珩旁边还站着一个绑着两个小鬏鬏的女孩。

两人站在卖糖葫芦的大叔面前，傅云珩拿下一串糖葫芦，递给小女孩的时候顺势蹲了下去，和她交流。

博慕迟愣怔地看着，看到他侧对着小女孩露出的柔和的神情，很温柔很温柔。

这个词钻进她脑海里时，博慕迟对自己的认知产生了些许偏差。

傅云珩会有温柔的一面吗？

换作以前，她肯定说没有。可现在事实摆在她面前，她就算嘴硬不愿意承认也得承认——傅云珩对小女孩是温柔的。

此刻的他，唇角上扬，满眼笑意，是她很久没见到的他的另一面。

其实博慕迟依稀有点儿记忆，小时候的傅云珩是温柔的。

至少对她、对季云舒，他都是温柔有耐心的。

可是后来怎么"长歪"了，博慕迟就不得而知了。

随着年龄增长，人总会有改变的。这是自然现象。

她正胡思乱想着，傅云珩终于注意到了她。

两人视线相撞。

片刻后，没等博慕迟挪动身体，傅云珩已经抬脚朝她走了过来。

他今天穿得依旧清爽干净，上班期间永远不变的白衣黑裤搭配，和前两天不同的是，他今天上身穿的是一件圆领T恤搭配的白衬衫。

博慕迟猜，他可能是觉得穿一件还有点儿冷吧。

"发什么呆？"傅云珩走至她面前。

博慕迟眨了下眼，抬眸看着他，又看了看他手里牵着的漂亮女孩。看两人手指勾着，博慕迟小气地生出了点儿醋意，长大后的她都还没跟傅云珩牵过手呢！

内心想法很多，情绪波动很明显，但面上的她淡定如神："在想……"

她说："在想，我们小傅医生什么时候开始带小朋友玩了。"

傅云珩瞥她一眼，神色自若地道："我没记错的话，我五岁那年就开始带小朋友玩了。"

博慕迟愣住，反应过来他说的什么后，耳朵莫名发烫："哦。"她抿了下唇，佯装淡定，"可是你带的小朋友已经不记得了。"

"嗯。"傅云珩并不生气，点点头，陈述事实，"她记性是不太好。"

博慕迟噎住，瞅着面前的傅云珩，一时不知道他是在说自己记性真不好，还是调侃她？

164

她有点儿摸不着头脑,正想再说点儿什么时,小女孩先出声了。

"哥哥。"啾啾边舔着糖葫芦边扯着傅云珩衣服,"这个漂亮姐姐是谁呀?"

"就是漂亮姐姐。"博慕迟主动回答,蹲下和她说话,"你也好漂亮呀,你是漂亮妹妹对不对?"

听到有人夸自己,啾啾笑着眯起了眼:"姐姐,我叫啾啾。"

"你的名字真可爱。"博慕迟弯唇跟她介绍自己,"姐姐叫兜兜。"

"姐姐的名字也可爱。"啾啾礼尚往来。

博慕迟被她逗笑了,忍不住问:"姐姐能捏一捏你的脸吗?"

啾啾:"可以呀,哥哥刚刚也捏了我的脸呢。"

听到这话,博慕迟抬头看了傅云珩一眼。

这一眼怎么说呢,傅云珩总觉得她给出的信号,不是友好的。

跟啾啾聊了两句,博慕迟看向傅云珩:"你就是单纯带她出来买糖葫芦的?"

傅云珩应声:"还要再去那边给她买玩具。"

博慕迟狐疑地看着他。

傅云珩解释:"束正阳,另一个医生让买的。"

博慕迟"哦"了声,毛遂自荐:"那我帮你们选?"

傅云珩没有拒绝。

医院门口卖什么的都有,大超市、小店一应俱全。

问过啾啾的意见后,傅云珩和博慕迟给她挑了一个海豚小布偶,可以抱着睡觉的那种。

把啾啾送回病房,傅云珩才带着博慕迟去了自己科室。

站在门口,博慕迟迟疑了三秒:"可以进?"

傅云珩回头看着她,似乎在问——你之前没进来过?

博慕迟摸了摸鼻尖:"赵航今天不上班?"

傅云珩"嗯"了声:"他明天的白班。"

博慕迟点了下头。

科室里这会儿没人,医生要么还在手术室,要么还没来上班,来了的束正阳也不知道去了哪儿。

傅云珩让博慕迟随意坐,博慕迟依旧挑了他的椅子坐下。

安静片刻,傅云珩正想说去给她拿项链,博慕迟忽然问:"你这周还有哪天休息吗?"

傅云珩:"怎么了?"

"星星姐的新剧不是要开机了吗？"博慕迟如实回答，"剧本在做最后的修改，滑雪方面我给了不少意见。但她那个剧本还有个比较大的问题……"

说到这儿，博慕迟眼神坦荡地看着傅云珩："你知道的，电视剧都要制造点儿狗血剧情出来，她那个编剧写了个主角受伤的剧情，但编剧不是医学生，对这方面了解也不多，所以想请你发表一下专业意见，然后进行修改。"

听博慕迟说完，傅云珩淡淡地问了句："她这个剧组这么穷？"

博慕迟没懂他的意思。

傅云珩："一位专业的指导医生都请不起？"

博慕迟觉得傅云珩说话越来越毒舌了，一点儿都不可爱。可偏偏，她又喜欢他这点儿不可爱。

"不知道。"博慕迟瞅他，"所以你是不想帮忙还是没时间？"

傅云珩正想说两者都有，可一转头对上博慕迟那双皎洁似明月的双眸后，鬼使神差地说不出狠话。

他缄默片刻，敛睫道："她怎么不来找我？"

"怕被你拒绝呗。"博慕迟面不改色，"先让我过来试探试探。"

傅云珩无语，在她们心目中，他什么时候成这么不好沟通的人了？

傅云珩很是费解。

看傅云珩流畅的侧脸轮廓，博慕迟偷偷欣赏了一下，紧追不舍："傅云珩。"

傅云珩瞥她。

博慕迟抿了下唇，眨眨眼说："云宝，行吗？"

傅云珩缄默半响，随口问："你很关心这部剧？"

"关心啊。"博慕迟没多想，"毕竟是滑雪题材的，我们国家很少有这方面的电影、电视剧，好不容易有了，我当然希望他们能拍好一点儿，这也是对滑雪运动更好、更有利的宣传。"

她是个很喜欢滑雪的人，但很多人对滑雪的误解其实也挺深，还有少部分人想尝试，却总是害怕。

博慕迟真的很想告诉对滑雪有兴趣的人，放心来尝试，滑雪其实是可以帮助你忘记害怕，甚至忘记很多烦恼的。当你觉得所有事都不被自己掌控时，那就来滑雪，你一定可以重新找回自信。因为滑雪的你，可以将这个世界都掌握在脚下。

这样说或许有些夸张，但博慕迟是真心这样觉得的。

傅云珩大概明白她心中所想。

他"嗯"了声，给博慕迟倒了杯水，嗓音清冽地道："你让她发给我吧。"

博慕迟眼睛一亮："行。"

她说："那君子一言……"她眉梢染了笑，目光灼灼地看着傅云珩。

傅云珩没辙，无奈接下："驷马难追。"

博慕迟粲然一笑。蓦地，她想起自己过来的正事："项链你带了吗？"

傅云珩点头，转身给她拿，博慕迟接过就往脖子上戴。

只是她这条项链比较小巧精致，扣子一点儿也不好扣。试了好几次，博慕迟都没能将扣子扣上。

她有些生气地取下，转头看向傅云珩。

察觉到旁边看过来的目光，傅云珩眼眸动了动，顺着她示意的方向，看到她掌心放着的精致项链。

他安静片刻。

博慕迟说："帮我一下？"她神色坦荡，看不出任何端倪。

如果换作是别人提这个要求，傅云珩一定是一口拒绝。

他不会恶意去揣测旁人的用意，但也知道帮忙戴项链这种事，过于暧昧。可博慕迟和他本就有从小认识这层关系，加上她过于坦荡，傅云珩如果拒绝了，倒显得格局不够，可能还会被她吐槽小气。

两人僵持半晌，博慕迟问："不方便？"

傅云珩放下手里东西走近，指腹碰到她没什么温度的掌心，低声说："怕你不方便。"

博慕迟"哦"了声，不甚在意："你的话，没什么不方便。"她这话仿佛在说，我又没真的把你当成异性朋友。

傅云珩被她的话噎住，一时怀疑自己的性别。

傅云珩一直知道博慕迟皮肤白，但他并不知道给她戴项链会这么折磨人。

博慕迟晚上过来时换了套衣服，春日的夜晚还有丝丝凉意，她穿了条紫色碎花连衣裙，搭配同色系的针织毛衣小外套。毛衣是小 V 领的设计，很好地露出她精致的锁骨和修长的天鹅颈。

在医院门口的时候，傅云珩便有注意到她的打扮，倒也没放在心上。

此刻站在她身后，他一垂眼便能看到她颈后白皙的肌肤，在傍晚余晖和室内灯光的映衬下，她的肌肤更显白皙剔透，似美玉在发光。

傅云珩垂睫看了须臾，挪开目光，胡乱给她戴项链。

"哎？"博慕迟忽然出声，"傅云珩，你扯到我头发了。"

她不满地嚷嚷："你不会扣这个扣子吗？"

傅云珩微顿，声音沉沉地说："等等……"

他没辙，只能睁开眼去看那个链扣。

博慕迟"哦"了声，有些不安地挪了挪身体。

她觉得给自己挖了个坑，让傅云珩给她戴项链，煎熬的明明是自己。

后脖颈和耳朵本来就是博慕迟的敏感地方，有什么东西拂过她都会觉得痒，更别说此刻是傅云珩的温热呼吸在上面起伏。

好一会儿，傅云珩才将项链扣扣上，正要跟她说好了时，外面传来束正阳的声音。

"云珩，我跟你说……"他阔步走近推开门，一抬眼便看到科室内暧昧的这一幕。

束正阳呆了三秒，在看到转头朝自己看来的两张脸后，往后退了一步，看了看门上写着的科室号。

他没走错地方啊？

束正阳愣了愣，又顿了顿说："你们继续。"

他看向傅云珩："注意点儿，我待会儿过来找你。"

门被关上，室内静默无声。

好一会儿后，博慕迟才找回自己的声音，扭头看向傅云珩，愧疚不已："那位医生是不是误会了什么？"

傅云珩："应该。"

博慕迟看着他八风不动的模样，眨了眨眼说："那你找他解释一下？"

"不用。"傅云珩并不觉得这有什么可解释的，又没做什么。

"那你不怕他出去乱说？"博慕迟问。

傅云珩坦坦荡荡："怕什么？"

博慕迟忽然觉得自己要说不下去了。

看她噎住的表情，傅云珩大概能猜到她在想什么。

他淡然道："束师兄不是会乱说的人。"

他沉吟须臾，又补充："就算说了，也不会有什么影响。"

"为什么不会？"博慕迟好奇不已，眼睛里闪着八卦的光芒，"这要是传出去了，对你医生这个职业的影响不太好吧？"

傅云珩瞥她："病人来医院是看病的，又不是看我的私生活。"

博慕迟无奈，竟然觉得傅云珩说得很有道理。

她"哦"了声，胡搅蛮缠："可是还会有其他影响啊？"

"什么其他影响？"傅云珩没放在心上。

博慕迟："就……"她思忖了会儿，"影响你在医院找女朋友……"

这话一出，两人皆沉默下来。

傅云珩撩起眼皮看着她，那眼神看得博慕迟心惊胆战，唯恐他看出点儿什么。

就在她憋不住想岔开话题时，傅云珩慢悠悠地说："我不在医院找女朋友。"

博慕迟扬眉："那你想在哪里找？"

傅云珩这回沉默了许久，眼神直直地看着博慕迟。

在博慕迟燃起第二次担忧时，他出其不意地问："我妈让你来的？"

两人僵持半晌，博慕迟直勾勾地盯着傅云珩，语气不太愉快地问："你是指我这问题很像干妈她们才会问的？"

傅云珩看她鼓起的小脸，气呼呼的模样，竟觉得无比可爱。

他心中微动，别开眼："是有点儿像。"

博慕迟突然就不想和他说话了，没好气地瞪他一眼，轻哼道："走了。"

她才不会关心他到底想在哪儿找女朋友。

反正无论在哪儿找，他的女朋友都是她。这点儿自信，博慕迟还是有的。

如果真不是，那她……

博慕迟想了想，那她好像也没什么办法，总不能强迫傅云珩。

她思考时会有小表情，一会儿是自信的，一会儿又眉头紧锁，似乎在苦恼什么。

傅云珩看着，眸子里闪过一丝笑意。他虽不太清楚博慕迟这么刻意问的缘由，但大概能猜到她想做什么。

总而言之，那不会是什么好事。

跟傅云珩放完狠话，博慕迟还真拎着包准备走。

她出去前，傅云珩提醒她："把口罩戴上。"

戴好口罩，博慕迟往外走，一出科室，就看到了刚刚推门进去的那位医生。

束正阳还在科室门口当门神，手里捧着病历资料单。

听到声音，他第一时间抬头看向走出的两人。

博慕迟有点儿不好意思，朝他点了点头。

束正阳一笑，侧头看了眼后面："你好，束正阳。"他自我介绍道，"云珩的师兄。"

博慕迟一怔，眼睛弯了弯："傅云珩的邻居。"

对外，她现在都这样介绍自己。

闻言，束正阳扬了扬眉，揶揄着问傅云珩："云珩什么时候有个这么漂亮的邻居妹妹了,我们怎么一点儿都不知道?"

傅云珩"嗯"了声:"你们没问……"

他这话说得坦荡又理直气壮。

束正阳噎了噎,还想再说点儿什么,傅云珩先打断了他的话,侧头跟博慕迟说:"走吧。"

博慕迟愣住:"去哪儿?"

"不是要回去?"傅云珩瞥了她一眼,"送你到门口。"

博慕迟反应过来,拒绝道:"不用,我记得路,可以自己走。"

傅云珩没吭声,只是眼神在她身上转了一圈。

博慕迟没辙,委婉道:"你该上班了吧?"

傅云珩还没回答,还没离开的束正阳摆了摆手,笑道:"还不到时间,你让他送吧,不然他可能得坐立不安半小时。"

"走吧。"傅云珩淡淡地说。

两人坐电梯下楼,这会儿电梯里人多,还有很多下班的医生护士。看到傅云珩时,他们都热情地和他打招呼。

博慕迟站在角落里看着,后知后觉地发现,虽然傅云珩性子冷,可他在医院的同事朋友好像并不少,每个人看到他都是笑盈盈的,都会主动和他聊上几句。

他不爱说话,但擅长倾听,等人抱怨完,他才会给出自己觉得有效的建议,言简意赅,却又一针见血。

这个时候的他,在发光。

这个样子的他,她第一次见。

他们出了电梯,对方还想和他交流更多。

傅云珩微微顿了下,低声道:"林医生,"他嗓音温和,指了指一侧的博慕迟,"我还得送个朋友,晚点儿再找您聊?"

林医生愣了下,这才注意到跟在傅云珩旁边的博慕迟,他笑了笑,略带歉意说:"抱歉抱歉,没注意。"

他拍了拍傅云珩的肩膀:"那下回聊。"

"好。"傅云珩颔首,"您慢走。"

和傅云珩并肩走出医院,博慕迟瞅他:"小傅医生。"

傅云珩看她狡黠的双眸,轻轻挑了挑眉,心情愉悦地道:"兜兜妹妹。"

博慕迟耳朵一热,有点儿招架不住:"你喊我干吗?"

傅云珩一脸无辜地看着她,似乎在说,不是你先喊的?

博慕迟摸了摸鼻尖:"你在医院的人缘还挺好。"

"一般。"傅云珩回答。

博慕迟哽了下,决定结束和他的对话。

他们安静地走到医院门口,傅云珩给她拦了辆出租车,还顺便将车牌记了下来。

给博慕迟关车门前,他叮嘱了两句:"到家跟我说一声,陈星落的事,你让她把剧本里的那几段挑出来发给我,我有空看。"

博慕迟点头:"知道了。"

她抬眸,透着车窗望着他,看他隐于夜色之下的英俊面容,眼睫眨了眨:"你回去吧。"

傅云珩应声,看着她明亮的眸子,手指毫无意识地屈起,弹了下她的额头:"注意安全。"

看着傅云珩的身影消失在医院门口,博慕迟下意识地摸了摸额头。被他碰过的地方,在隐隐发烫。

她以前怎么没发现自己这么敏感?

博慕迟正胡思乱想着,司机借着车内后视镜看着她,笑呵呵道:"小姑娘,你男朋友真细心。"

博慕迟一愣,笑着说:"他还不是我男朋友。"

"不是?"司机诧异地道,"抱歉抱歉。"

"没事。"博慕迟口罩下的唇角上扬着,自信地道,"不过迟早会是。"

司机被她逗笑了:"那要好好把握。"他跟博慕迟闲聊,"现在这么细心的男孩子不多了。"

博慕迟"嗯"了声,想着傅云珩的叮嘱,含笑应下:"我一定好好把握。"

她揉了揉额头,掏出手机看了眼自己的神情。

嗯,她的神情说是满目含春也不为过了。

博慕迟被自己的想法逗乐了,自顾自地笑了起来。

之后几天,博慕迟也没进一步行动,每天上午锻炼,下午窝在陈星落家帮她看剧本,然后给出滑雪方面的专业意见。

她跟编剧也沟通得很顺畅,没几天时间,她负责的部分就全部搞定。

周五这天,从滑雪场离开,博慕迟决定去找谈书吃午饭。

谈书这几天被公司压榨得很辛苦,每天都在给博慕迟发愤怒的小表情,嚷嚷着不干了,谁爱干谁干。

她觉得自己需要去拯救下小姐妹。

看到她出现，谈书仿佛看到了救世主。

"兜兜……"她抓着博慕迟的手，一脸认真，"你愿意养我吗？"

博慕迟哭笑不得："你辞职吧。"她爽快地说，"我养你。"

听到这话，谈书感动得"痛哭"不止，只是好一会儿，也没能挤出一滴泪。

"唉，"谈书放弃挣扎，看着外面明媚的阳光艳羡不已，"如此好的天气，我却只能待在写字楼里被压榨，你说这是不是过分了？"

"是。"博慕迟附和着她的话，沉吟了一会儿，"那你有想去玩的地方吗？"

谈书眼睛一亮。

博慕迟笑道："之前不是说去春游？明天就是周末了，我们可以去走走。"

"可我明天还得去公司加半天班。"谈书委屈地说。

博慕迟一噎，托腮望着她："那下午呢？"

"下午去哪儿？"

博慕迟其实也不知道，哪儿都可以去，只要人不太多就行。当然人多的地方，也不是不行。

两人纠结了会儿，只能上某App（应用程序）找新鲜有趣的玩乐项目。

"这个这个。"谈书激动地指着"卡丁车公园"这个名字说，"我之前听公司同事说过这个，感觉很解压很放松，不用驾照也能玩。"

谈书有驾照，没有驾照的博慕迟沉默三秒："你确定？"

"确定啊。"谈书看着她，"你能玩吗？"

博慕迟点头："可以。"

"那我们俩去？"谈书琢磨了下，"就我们俩是不是有点儿孤单，你要不要问问陈星落他们？"

听到这话，博慕迟抬头看向她，瞳眸晶亮，像是在打什么坏主意。

谈书和她对视半响，大胆猜测："你想喊傅云珩？"

博慕迟："嗯，顺便再叫上他的一个同事。"她问谈书，"介意吗？就上回我跟你说的那个很喜欢看我滑雪的男医生。"

赵航是个爱玩的人，上回博慕迟和他交流了许久，大概了解过他这个人。

他是工作和生活分得很清的人，虽然选择了忙碌的医生职业，但该玩的还是要玩，一点儿不能落下。他上回甚至还给博慕迟推荐了好几家特色小店，说是每家都有不一样的味道。

谈书眼睛一亮："介意什么呀，我记得你说过他长得还可以，有帅哥一起，我就没有介意的意思。"

她很想吐槽谈书，过分真实了。但没办法，谁让她们都是颜控呢。

商量好后，博慕迟先给赵航发了条微信，问他明天休不休息。

得到他休息的回复后，博慕迟委婉地询问要不要一起去卡丁车公园放松放松。

赵航第一时间回她："可以啊，我明天正好休息，珩哥去吗？"

博慕迟反应了一下才明白："珩哥"指的是傅云珩。

她眼珠子转了转："他明天也休息？"

赵航："是啊。"

博慕迟："那你先问问他，我还没问他。"

看到博慕迟的消息，赵航心想你直接问不是更好？但他转念一想，又觉得他偶像脸皮薄，可能是怕被傅云珩一口拒绝。

他前两天才听科里一护士说，傅云珩拒绝了一位实习医生一起吃饭的邀请，他那冷冰冰的态度刺痛了对方的心。

赵航应下后，博慕迟放下手机，优哉游哉地和谈书安心吃饭。

谈书瞥着她脸上的笑，眉梢上挑："你这么有信心赵航能说服傅云珩？"

"没有呀。"博慕迟说。

谈书不解地看着她："那你在高兴什么？"

博慕迟"扑哧"一笑，唇角弯弯："他说服不了，不是还有我吗？"

谈书懂了她的意思，琢磨了下："那你为什么要让赵航再去多此一举？"

"哦，"博慕迟往嘴巴里塞了口米饭，"想看傅云珩被打脸。"

谈书真的要开始同情傅云珩了。

下午，傅云珩刚忙完回到科室，斜对面的赵航便拖着椅子滑到他的身侧。

"珩哥。"他一脸诌媚，还没出声，傅云珩就知道他想做什么。

傅云珩应声，拧开杯子盖抿了口水，润了润嗓，喉咙有些干："要说什么？"

"明天你不是也正常休息嘛，"赵航道，"一起去玩？"

闻言，傅云珩连个眼神也没给他，冷漠地拒绝："不去。"

赵航扬眉："真不去？"

傅云珩："嗯。"

他抽出病人的资料，准备开始写分析。

赵航瞅了几眼，轻轻"啧"了声："行吧，那明天只能我陪慕迟妹妹和朋友一起去卡丁车公园玩了。"

说到这儿，赵航推了下傅云珩的手臂："哎，你说我要不要顺便把潘文瑞叫上，上回和慕迟妹妹吃完饭，他就一直说很喜欢慕迟妹妹，就是感觉自己没什么希望。"

潘文瑞是他们上回聚餐的另一个室友。

傅云珩手指上转动的笔落在桌面，他神色自若地拿起，淡淡地说："潘文瑞想脚踏两条船？"

他记忆里，潘文瑞有女朋友。

赵航噎了片刻，眼神嫌弃地打量着傅云珩："他都和他女朋友分手三个月了。他还在群里说过，你不知道？"

"哦。"傅云珩淡淡地道，"没注意看。"

赵航无语，正想再吐槽傅云珩两句，傅云珩忽然侧头看向赵航，语气带着一丝微妙的不爽之意："他刚跟女朋友分手三个月就想追兜兜？"

傅云珩冷嗤一声："他把兜兜当替身还是当失恋转移对象？"

"兜兜是……？"赵航的关注点偏移。

傅云珩睨他一眼："你偶像的小名。"

说这话时，赵航莫名觉得他有点儿傲娇。

赵航点点头，念了下这个小名，自言自语地说："不愧是我偶像，连小名都这么可爱。"

傅云珩不想听赵航嘀咕，冷冷放下一句："你跟潘文瑞说一声，想追兜兜，重新投胎可能会有点儿希望。"

下午五点，博慕迟不意外地收到赵航发来邀请失败的信息。

博慕迟安慰了他几句，说没事，她也去问问。

赵航赞同她这个想法，但不忘提前给她打预防针。

"傅云珩这个人铁石心肠，慕迟妹妹你要是被他拒绝了也不用难过，他就这样。"

博慕迟："好，我不会难过的。"因为她没打算给傅云珩拒绝的机会，除非他真的有重要事情。

跟赵航聊了两句，博慕迟也没着急到立马去找傅云珩。

她先将陈星落给自己的剧本资料整理好，将和医学相关的内容全部标注出来。等六点过后，博慕迟才把文档发给傅云珩。

傅云珩第一时间给她回了个问号。

博慕迟："上回跟你说的那个剧本，需要用到你专业的地方，我都标红了，你看看。"

傅云珩："晚点儿看。"

博慕迟瞅着他言简意赅回过来的信息，一时还真不知道该如何开口。

她微忖片刻，正要打字，傅云珩的消息先过来了。

傅云珩："你明天要跟赵航他们出去玩？"

博慕迟轻眨了眨眼，狡黠灵动的眼眸转了转："是啊，你要一起去吗？"

傅云珩："……"

博慕迟："省略号是……？"

傅云珩："不怕被人认出来？"

他记得博慕迟不喜欢被人围观。

博慕迟："卡丁车公园那边人应该不会很多吧，而且都戴着头盔，注意点儿应该就不怕被发现。"

傅云珩："哦。"

博慕迟："……所以你去不去？"

傅云珩："我明天上午有事。"

博慕迟："我们下午才去，你上午能忙完吗？"

傅云珩："可能，晚上回家吃饭。"

博慕迟愣了下才反应过来，他说的回家吃饭是回哪个家。

她眨了眨眼，主动说："我晚上也回家吃饭。你上午忙完的话跟我说一声，然后和我们一起去玩玩？"

傅云珩："嗯。"

博慕迟懂了他意思。

她大胆猜测："那明天我们玩了卡丁车再回家？"

傅云珩刚到停车场准备回去，看到博慕迟发来的这条消息时，怔了须臾。

他盯着"我们"这两个字看了看，唇角无意识地勾了下。

"珩哥。"王明轩从另一侧走来，看他还没离开，做最后的挣扎，"你明天真不和我们一起吃饭？"

傅云珩边回博慕迟消息边应："嗯，我明天有事。"

这回他是上午、下午都有事。

闻言，王明轩不再强求："行吧。"

他笑道："那下回再一起聚。"

傅云珩颔首："好。"

翌日上午,博慕迟照旧去了趟滑雪场。谈书还得加班半天,他们约定的见面时间挪到了下午一点。

滑完雪,博慕迟手机里有傅云珩的未接电话。她扬了扬嘴角,第一时间回拨过去。

"结束了?"傅云珩清冽疏离的声音在耳朵边响起。

博慕迟"嗯"了声,边从柜子里拿出衣服边说:"刚滑完,怎么?"

傅云珩一顿,低声道:"一个人去的?"

傅云珩并不知道谈书今天要加班,以为博慕迟去滑雪场应该是谈书陪着的。刚刚赵航给他打电话说晚点儿在哪儿集合时,傅云珩才察觉出不对劲。

"不是。"博慕迟说,"谈书今天在公司加班,这会儿应该差不多忙完了。"她道,"我准备先回家洗澡,然后再会合。"

话音落下,博慕迟随口问:"你呢,我记得你昨天说上午有事,忙完了?"

"忙完了。"傅云珩顿了下,低声说,"你在上回我们去的那家滑雪场?"

博慕迟耳朵微动,眼珠子转了转,隐约明白了点儿什么:"是,你在附近?"

傅云珩应声:"到了给你电话。"

他顺便接她。

博慕迟眼睛一弯,愉快地道:"好呀。"

傅云珩没说谎,是真就在滑雪场附近。

他早上六点多便出来了,去了一趟郊区的公益养老院。从大学起,傅云珩只要有假期就会来这里做志愿者。

刚开始,他会做得不多,后来渐渐熟悉起来,自然也就熟练了。现在实习阶段比较忙,傅云珩去的次数就少了。

前两天养老院的院长给傅云珩打电话,说是一位爷爷的脚突然肿了。那位老爷爷性子比较倔强,想着去医院要花钱,怎么劝都不去,他觉得自己的脚是小问题,只是有些肿。

院长没辙,只能让傅云珩过去看看。

傅云珩的方向虽然是神经科,但对其他医学科目也有所了解,在学校也会旁听,懂得还算多。

他没多想就答应下来了,这也是他为什么会一口拒绝赵航的原因。

傅云珩对博慕迟常去的滑雪场很熟悉,小的时候,他们俩就是在这个滑雪场练习的。

那时年龄小,博慕迟不想一个人孤零零滑雪,季清影和傅言致二话没说,把他也拎来滑雪场,让他陪博慕迟一起练习。

之后很长一段时间,他们俩的周末和放学后的时光都是在这里度过的。

想到过去的这些事,傅云珩无意识地笑了下。他发现这么多年过去了,博慕迟还跟小时候一样,是只小狐狸。

"怎么出来了?"傅云珩将车停在滑雪场门口的马路边,看向准备上车的人。

他刚刚在道路另一头,便看到她站在外面。

博慕迟往窗外指了指:"天气好,外面等也是一样的。"

她闻着滑雪场门口小卖部那儿飘来的阵阵香味,饥肠辘辘地问:"你车里有吃的吗?"

傅云珩一怔,颇有些无奈:"有。"

他还真有。

博慕迟惊喜地看着他:"是什么?"

傅云珩往后座指了指:"那一袋子都是,你看看自己想吃什么。"

博慕迟扭头一看,看到一个大大的塑料袋,里面还套了很多不一样颜色的塑料袋。

她愣了好一会儿,不可置信地看向傅云珩:"你塞的?"

这不太符合傅云珩的洁癖人设啊。

"不是。"傅云珩言简意赅地说,"别人送的。"

博慕迟恍然:"病人?"

除了病人或病人家属,博慕迟还真想不到谁会送傅云珩这么接地气的东西。

她打开袋子看了看,里面有剥了壳的花生,还有新鲜的西红柿和黄瓜,还有油炸的糍粑,以及一些她不认识的腌菜、酱菜,瓶瓶罐罐的,有很多。

"不算病人,"傅云珩告诉她,"是养老院的爷爷奶奶送的。"

他们知道傅云珩周六会过去,提前准备了这些吃的东西。西红柿和黄瓜是距养老院不远的一块园子种出来的,其他的东西也是他们亲手准备的。

知道傅云珩现在实习比较忙,怕他吃不惯食堂,他们便给他准备腌菜、酱菜。

傅云珩没跟博慕迟多说什么,可博慕迟一听是养老院爷爷奶奶送的,就知道这人在养老院有多受欢迎,不过转念一想,她又觉得合情合理。

她记得很清楚,他们小时候也经常会一起去孤儿院、养老院那些地方做志愿者。

他们几家的父母,从不奢望他们能成为多么厉害的人物,取得多了不起的

· 177 ·

成就，他们最希望孩子们能有一颗真挚的心。

所以在他们明白些许事理，也听得懂道理后，大人们便会在每年的寒暑假带他们去养老院、孤儿院送爱心，陪同龄小朋友玩，逗年迈的爷爷奶奶开心。

不过长大以后，大家都忙了起来，这些活动也就渐渐不组织了。

思及此，博慕迟扭头看傅云珩："你下回什么时候去？"

傅云珩瞥她："不知道。"

"哦。"博慕迟表示，"那你下回找个我也有空的时间再去吧，我想跟你一起去。"

傅云珩应声："应该没那么快。"

博慕迟点头："没事，如果我还在休息的话，就可以去。"

她又在袋子里翻了翻，叹了口气说："我吃什么，你让我吃花生吗？"

傅云珩看她无奈的神情，也确实没想到都是些要洗的或者是搭配其他食物才能吃的东西。他眉眼舒展地笑了下："不介意的话。"

"不介意。"博慕迟没任何嫌弃，"爷爷奶奶对你真好，送给你的花生都是剥了壳的，他们是怕你没时间剥壳吗？"

傅云珩想了想："可能。"

回去的路上，博慕迟的腮帮子和太阳穴都在不停鼓动，她在努力吃花生。

吃着吃着，博慕迟竟然觉得花生也蛮好吃的，不知不觉就吃多了，等她反应过来停下时，嘴巴两边都嚼得没了知觉。

傅云珩刚把车停好，便对上博慕迟幽幽的目光。

他微怔，不解地看着她："怎么？"

"吃多了。"博慕迟指了指放在大腿上的花生，揉了揉脸，"腮帮子疼。"

傅云珩看着她此刻的模样，失笑："那怎么办？"

"不知道。"博慕迟把花生绑好，正要放回袋子里，傅云珩淡淡地说："拿上去吧？"

"啊？"博慕迟诧异，"我不吃了。"

"没让你一天吃完。"傅云珩有些无奈，绕到后座看了看，"西红柿和黄瓜这些，你和陈星落都能吃的，是爷爷奶奶自己种的。"

黄瓜和西红柿没打任何农药、化肥，还挺适合博慕迟这种在饮食上有很多忌讳的人。

"酱菜要不要？"傅云珩边拿边问。

博慕迟有点儿馋，但她其实不太能吃："可以给星星姐拿一罐……"

傅云珩颔首："她喜欢什么？"

博慕迟微哽，瞥他一眼："你连星星姐喜欢吃什么都不知道？"

好歹他们也是从小一起长大的啊。

傅云珩"嗯"了声，是真不知道。

博慕迟看了看他手里的东西："都有什么？"

"榨菜、香菇、竹笋，还有萝卜条。"

"竹笋。"博慕迟告诉他，"星星姐喜欢吃笋。"

陈星落今天出差，去即将开机剧组的片场了。博慕迟和她说了声，便大大方方地将傅云珩带进了屋。

她看了眼时间，这会儿刚十二点，洗澡、化妆，正好能出门。

傅云珩径直去了厨房，看了食材并不怎么多的冰箱一眼，眉头微蹙："阿姨今天不过来给你做饭？"

博慕迟"啊"了声算是回应："我打算到那边再吃。"

傅云珩冷冷淡淡地看了她一眼，没问她饿不饿，直接说："我做两个简单的，吃吗？"

"吃。"他话音刚落，博慕迟便答应了。

她喜形于色，没任何掩饰："小傅医生亲自下厨，煮什么我都吃。"

傅云珩没听她恭维的话，把人赶去洗澡。

博慕迟简单洗了澡，出来时傅云珩的午饭还没做好。

她索性先将妆化好，再出来时，傅云珩正好端菜上桌。

博慕迟闻着饭菜飘进鼻间的香味，肚子再次叫了起来。她真的饿得很快。

"好香。"博慕迟凑到桌前看了眼，一点儿也不吝啬地夸赞傅云珩，"云宝你厨艺好好啊，看起来就让人胃口大开。"

听到"云宝"这个称呼，傅云珩瞥她一眼，低声道："还好，你先喝碗汤。"

"哦。"博慕迟接过他给的勺子，笑盈盈地道，"第一碗应该给你。"

她舀好汤，将碗推到傅云珩面前："小傅医生辛苦啦。"

傅云珩看着她谄媚的小表情，唇角跟着往上扬了扬，笑意明显。

两人都没发现，再次熟悉起来后，他们因时间和成长而产生的距离感、陌生感，在不知不觉间已经被击散。恍惚间，两人有种重回幼年的错觉。

博慕迟为了要傅云珩陪自己，或者给自己点儿什么东西，嘴巴很甜地给他拍马屁。

而傅云珩，明明不是那么喜欢听人夸自己的人，却总是拿她没办法。

傅云珩做的午饭是真的简单，主要是陈星落家冰箱没太多食材。

他做了一份博慕迟每天必须补充到位的虾和牛肉，一碗西红柿鸡蛋汤，一盘白灼青菜。

这些菜分量不多不少,恰好够他们俩吃。

吃完午饭,博慕迟回房间换衣服。

傅云珩将餐桌和厨房简单收拾了下,刚从厨房出来,便看到了从房间出来的博慕迟。

两人视线撞上。

博慕迟眨了眨眼看着他,一本正经地说:"记住我现在的样子。"

傅云珩还没反应过来,她钻回房间重新把门关上。三分钟后,她又换了另一套衣服出来。

她眼睛亮亮地看向傅云珩:"哪套更好看?"

傅云珩走近,鼻间钻进丝丝缕缕的淡香,依旧是栀子花的味道。

他看着面前神采飞扬的人须臾,垂眼看着她裸露在外的白皙长腿,微微顿了下说:"玩卡丁车,穿裙子是不是不方便?"

博慕迟:"啊?"她低头看了眼,"到那边不是会换衣服的吗?"

"是吗?"傅云珩神色自若,"不一定吧?"

听傅云珩这样说,博慕迟也产生了些许怀疑。

她记得是会的,但看傅云珩此刻的模样,她又有点儿怀疑自己是不是记错了,还是说有的卡丁车基地可以换,有的不行。

她琢磨了下:"那我再换一套,还有时间吧?"

傅云珩:"嗯。"

博慕迟在衣帽间挑挑选选,来陈星落家住带的衣服不算多,虽说陈星落的也能穿,但她也没找到合适的。

最后,博慕迟换了条牛仔裤,搭了件一字肩的小毛衣,露出精致锁骨和天鹅颈。

她把头发扎成高马尾,整个人看上去就是一个阳光美少女。

"这样总行了吧?"

傅云珩的视线从上往下,又从下往上扫视,在她白皙的锁骨处停滞须臾:"不戴项链?"

博慕迟:"……"

博慕迟其实并没有戴饰品的习惯。

她爱买,但因为职业,戴的次数却不多,只偶尔出去玩想起时会戴一戴。

被傅云珩这么一问，博慕迟蒙了一瞬，脑海里冒出来的第一个念头——这人是不是发现上回自己干的"坏事"了？

可转念一想，她又觉得不至于。

上回她出门去接陈星落，之所以戴上那条项链，是因为正好在试戴。那条项链是博慕迟想要很久的，国内一直没买到，后来迟绿托人从国外带回来的。

她收拾行李来陈星落这边时，顺便塞进了行李箱。

那晚洗完澡出来，等陈星落等得实在太无聊，博慕迟这才去试了试项链和衣服，出门接她的时候又忘了摘下来。

博慕迟的脑袋瓜飞速转动，她边想自己是不是哪里露了马脚，边抬眸去看傅云珩，一脸茫然的样子："啊？"她装傻，"什么项链？"

傅云珩看她眼睫毛在颤动，心好似被什么东西挠了下。

他微微一顿，抬了抬下巴示意："脖子上，是不是有点儿空？"

博慕迟抬手摸了下，刚换的是一字肩小毛衣，把大片锁骨露了出来，脖子上没任何装饰，确实有点儿空。

思及此，博慕迟狐疑地看向傅云珩："好像是有点儿。"她自言自语，"那我去戴条项链吧。"

傅云珩应声。

在博慕迟转身走到房门口时，他淡淡地问："要不要帮忙？"

博慕迟脚步一滞，身形僵硬地回头看着他，眨了眨眼说："我先试试自己能不能戴好，不能再找你。"

傅云珩神色自若，看不出任何揶揄她的样子。

他淡淡定地点了下头，嗓音清冽："去吧。"

为了不让自己显得过于心虚，博慕迟这回连房门也没关。

一钻进衣帽间，她先给谈书发了十几个"啊啊啊"，又发了一行感叹号。发出去后，她才觉得自己提起来的心脏缓缓放下了。

故意的吧，傅云珩？

他一定是故意的！

博慕迟瞅着全身镜里的自己，无语凝噎。

她以前为什么没发现，傅云珩这么"坏"，这么"恶劣"。他的恶趣味好像比自己还严重。

博慕迟找了条玫瑰花吊坠的玫瑰金项链，样式有点儿特别，花蕊中间还镶嵌着一颗闪闪发光的小钻。

戴上后，她看了看镜子，非常满意，但博慕迟总觉得还缺了点儿什么。

她扭头往化妆桌望，眼睛忽地一亮。

刚上车，博慕迟就收到了谈书的亲切问候。

谈书："……"

谈书："傅云珩亲你了？"

谈书："他跟你表白了？"

谈书："今天还出得了门吗？"

博慕迟点开微信消息一看，差点儿晕倒。

她噎了噎，愤愤地打字："你在想什么呢？我们是那样的人吗？傅云珩是那样的人吗？"

谈书："哦。他不是，那肯定是你魅力还不够。"

博慕迟："……"

谈书："说吧，到底什么事？"

博慕迟："反正不是表白也不是亲我的事，具体到了跟你说。"

谈书："行，快来接我，我忙完工作了。"

博慕迟："马上。"

他们把谈书接上，三人出发。

赵航因住的位置离卡丁车公园那边近一些，便先自己过去了。

谈书一上车，寂静的车内瞬间变得热闹起来。

两人直接忽视傅云珩，叽叽喳喳地聊着一些他不是很能听懂的内容。

说着说着，谈书突然"哎"了声，伸手去摸博慕迟的锁骨："你这儿是不是涂了高光？"

博慕迟："嗯。"她侧身回头看谈书，"怎么样，是不是觉得我锁骨又好看了点儿。"

谈书撇嘴："自恋。"

博慕迟挑眉："你就说有没有。"

"有。"谈书"嘿嘿"一笑，猥琐地摸了一把，意犹未尽地感慨，"你的皮肤怎么可以这么嫩，摸起来也太舒服了吧。"

博慕迟无语："你以后跟着我每天锻炼，保证你皮肤也好。"

谈书哽了哽，双手合十，拜托她："放过我吧。"

她和爱运动的博慕迟截然相反，是能躺着绝不坐着，能不动就不动的人。大学体测都能要她半条命。

谈书唯一会一点儿的运动项目是滑雪，这还是看博慕迟滑雪实在太帅，蠢蠢欲动了很久，然后踏了半只脚进滑雪场，最后在她的监督之下，成了一个能在初级滑道滑得顺溜的人。

博慕迟无奈，拿她没办法。

两人什么都说，一点儿不在意车里还有个人，更没去想有些话题傅云珩能不能听。

到谈书吐槽上司和公司时，博慕迟帮她骂了几句才想起从上车后就一直安静如鸡的"司机"小傅医生。

"云宝。"博慕迟好奇，"你们医院的领导会这么过分吗？"

傅云珩将视线挪了挪，在她锁骨处扫了一眼，然后对上她的眉眼："还好。"

"哦。"博慕迟瞥他，"真的？"她有点儿不太信。

傅云珩"嗯"了声。

其实即便这么过分，傅云珩也不会说，不是喜欢在背后议论的人。

当然，更大的原因是他不会遇到谈书那样奇葩的领导。一份下周才会用到的资料，要求她周六中午十二点前就得交，还是无福利加班。

这换作是谁，都会生气。

博慕迟点点头，没再问他。

卡丁车公园离市中心有点儿远，是新开的一个场地，在城北郊区，开车过去需要一个多小时。

博慕迟刚开始还精神满满地和谈书八卦消息，说了半小时，两人都开始昏昏欲睡。

车厢内逐渐安静，借着红灯时间，傅云珩侧眸看向旁边歪着睡着的人。

此刻的博慕迟，看上去有种清丽俏佳人的感觉，那双狐狸眼一闭，整个人更显清纯，但无论是什么样子的她，都很难让人忽视。

鬼使神差地，傅云珩的目光从她脸上一寸寸往下，落在了被阳光照得闪闪发光的锁骨上。

她戴上项链出来时，傅云珩便察觉到了她锁骨上的东西。

到刚刚他才知道，原来她往自己身体上抹的是高光。

春日阳光洒进来，衬得她锁骨那一处格外耀眼，令人的目光不受控地在上面流连。

后面喇叭声响起，傅云珩微蹙了下眉，将目光从她身上挪开。

他似乎对自己刚刚的行为举止有些不适应、不理解。

两点半，博慕迟一行人抵达卡丁车公园。

刚下车,博慕迟便看到了不远处等待的赵航。

她唇角往上翘了翘,眉眼间的笑意明显,欢乐地和他打招呼。

"等很久了吗?"博慕迟喊他,"小赵医生。"

赵航摆摆手:"等偶像的话,等多久都不算久。"

博慕迟"扑哧"一笑,拉着一侧的谈书,给两人相互介绍。

赵航和谈书都不是过分内敛的人,认识没一会儿便能凑在一起闲聊,很是自在。

三人叽叽喳喳聊着,彻底将傅云珩给忽视了。走进室内,博慕迟才发现他掉队了。

"傅云珩呢?"

谈书一脸"你问我我问谁"的表情。

赵航往另一侧指了指,说:"他说去洗手间。"

博慕迟"哦"了声,想了想说:"我也去下洗手间。"

傅云珩从洗手间出来时,恰好碰到迎面过来的人。

他脚步微顿,博慕迟问他:"洗手间干净吗?"

"嗯。"傅云珩瞥她,"还好。"

博慕迟"哦"了声,想了想把手机递给他:"你帮我拿一下。"她做这些的时候,举止格外熟稔。

傅云珩脑子还没转过弯来,手却已经不自觉地将她的东西接了过来。

看人钻进洗手间,傅云珩低头看向手里握着的手机。

他敛眸看了须臾,才发现博慕迟手机屏上有一条裂痕。

博慕迟从洗手间出来时,发现这人正目不转睛盯着她的手机。

她好奇地低垂着脑袋凑过去,狐疑地道:"看什么?"

傅云珩撩起眼皮,声音淡淡的:"没什么。"

他把手机递给她,随口道:"手机膜碎了怎么不换一块?"

"忘记了。"博慕迟在这种小事上并不是那么在意。

傅云珩"嗯"了声,没再吭声。

倏地,旁边有手指戳了戳他的手臂。

他垂睫,博慕迟扬起笑脸看着他:"你会贴膜吗?"

傅云珩:"怎么?"

"我觉得到外面贴好麻烦。"博慕迟咕哝,"你要是会的话,我去网上买,然后你帮我贴,怎么样?"

说实话,傅云珩觉得不怎么样,但他还是答应了。

不知不觉，他好像又在无条件地纵容她。

博慕迟没想到，不过就是去了趟洗手间，回到挑选头盔和衣服的基地时，赵航、谈书已经跟好几个人和他们年龄差不多的朋友聊起来了。

她还没反应过来，耳朵里先钻进了一道悦耳的女声："傅学长。"

博慕迟眉梢一扬，抬眸去看说话的女生。

在触及她明显表露出的兴奋和激动后，博慕迟隐隐约约感觉到了点儿什么。

没一会儿，赵航便给他们简单地介绍了一番。

他们碰上的聊天朋友，其中一个男生是他们医院一起实习的医生，叫王明轩，和他手牵手的是他女朋友孟梦。另外一男一女，男生是傅云珩的校友，和他们不同专业，但一起打过球，也都认识，叫卫祺然，另一位女生是孟梦的室友，叫邱凝，刚刚喊傅云珩学长的就是她。

博慕迟和谈书站在一起，不太熟络地打完招呼后，便安静地站在一边听他们闲聊。

王明轩看向傅云珩，哭笑不得地说："没想到能在这儿碰见。"

傅云珩颔首。

赵航不知道事情经过，听到这话觉得诧异："什么叫没想到能在这儿碰见？"

王明轩也没瞒着赵航，直接说："我前几天就约他了，问周六有没有空，要不要一起聚聚，他说有事，拒绝我了。"话音落下，王明轩道，"我是没想到他说的有事也是来这边玩。"

赵航理了理这件事的经过，别有深意地看了傅云珩一眼，笑道："嗯，他之前答应我们了。"

王明轩了然，倒也没太将这件事放在心上。王明轩知道傅云珩的为人，再说他就算没事不想出来，也能理解。

他笑笑，看向一侧站着的谈书和博慕迟："不介意的话，大家一起玩？"

孟梦眼睛亮亮的，激动地道："好啊好啊，等下晚上一起吃饭怎么样？大家在这里遇到，也算有缘。"

赵航下意识点头。

傅云珩眉头微蹙，看向一直没怎么说话的博慕迟，抬脚朝她走了过去。

"要一起玩吗？"他问。

瞬间，所有人的注意力都到了博慕迟这边。

博慕迟还戴着口罩，接收着众人的打量目光，眉眼弯了弯："可以啊。"她看向谈书："你呢？"

谈书自然也没意见。

得到两人的肯定回复，傅云珩才点了头。

换好衣服拿上头盔，一行人往外走。

这家卡丁车公园很大，周末过来玩的人也不少。工作人员和他们说完注意事项，让一行人注意安全后，便退到了一侧。

他们人多，不可能一起出发。

博慕迟和谈书两人挤在一起，也不着急先上车。

蓦地，耳侧再次传来熟悉的女声："傅学长，你要最后走吗？"

傅云珩应声。

邱凝抬眸看着他，眼里满是惊喜之色。

她最开始听到孟梦说傅云珩拒绝和他们出来玩时，闷闷不乐了许久，但她完全没料到，能会和他偶遇。

这叫什么，这就叫缘分吧。

思及此，邱凝抿了抿唇："那我们一起走吧？"

她主动发出邀请。

"不了。"傅云珩直接拒绝，淡淡地说，"我和她俩走。"

外人多的地方，傅云珩不可能将博慕迟丢下，一是她的身份问题，二是习惯使然。

小时候养成的习惯，就算他长大了，也是不会改变的。

听到他这么说，邱凝这才抬眸看向安安静静的两人。

她的目光从谈书身上略过，落在博慕迟身上。

其实看到博慕迟的第一眼，邱凝就有了些许不安，介绍的时候赵航也只是说博慕迟是傅云珩的邻家妹妹，姓博。

可就算是没看到她全脸，邱凝从她精致的眉眼和饱满的额间也依稀察觉出，这是一个大美女。

她看博慕迟时，博慕迟朝她弯了下眼睛。

邱凝一顿，主动道："介意我和你们一起吗？"

这家卡丁车公园的赛道有六条，她加入也不会拥挤。

博慕迟："不介意。"她笑盈盈地道，"你随意。"

这又不是她家开的，大家都是来放松娱乐的，博慕迟能介意什么？

没一会儿，赵航他们就出发了。

博慕迟和傅云珩几个人也跟着上了卡丁车，博慕迟在第二条车道，谈书在她右侧，傅云珩在她左侧，邱凝在傅云珩的另一边。

"安全带系好。"一侧传来傅云珩叮嘱的声音,"别开太快。"

博慕迟瞥他:"我控制不了速度。"

傅云珩知道她会开这个车,也知道她从小到大都喜欢刺激的游玩项目。

他提醒她:"安全第一。"

博慕迟瞅他,哭笑不得:"知道啦,小傅医生。"她顿了顿,忽然提议,"比赛吗?"

傅云珩怀疑她是比赛上瘾了。

他沉思着,还没来得及回答,听到两人对话的邱凝弱弱地出声:"傅学长,这个看起来有些危险,我觉得比赛就不必了吧。"

傅云珩"嗯"了声,转头看向博慕迟:"跟上回一样?"

博慕迟挑眉,点头。

"可以。"傅云珩答应她,"但如果你速度太快的话,赌注取消。"

博慕迟:"那比起来还有什么意思……"

闻言,傅云珩眼眸闪过一丝笑意:"安全第一。"

博慕迟勉为其难地说:"行吧,我绝对不飙车。"

傅云珩应声。

两人让工作人员看时间,旁边的谈书见怪不怪,在旁边给傅云珩加油:"傅学长加油,碾压她一次,免得她老是这么嚣张。"

她和博慕迟的小学、初中和高中都跟傅云珩一个学校,喊一声学长合情合理。

傅云珩一笑。

博慕迟觑她:"你到底哪边的?"

谈书耸肩:"现在是傅学长这边的。"

听着三人的对话,邱凝嘴唇微张,好几次想插话也没能插进去。

蓦地,身侧一阵风刮过,两道熟悉的身影从她视野里飞驰而出,轰鸣声震天。

她愣怔着,等反应过来,博慕迟已经将傅云珩远远地甩在身后。

她像一名职业赛车手,在征服属于她的赛道。

第七章
靠近

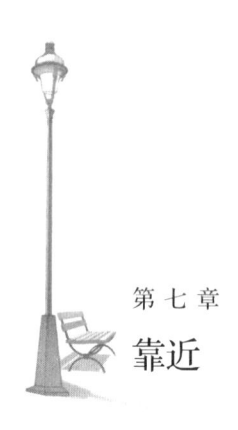

卡丁车赛道,两道疾驰的身影在互相追逐。

午后的阳光耀眼,狂风呼啸而过,卷起地上飘散的落叶。远处树枝摇摆,沙沙的声音随风一起钻入耳内。

博慕迟很喜欢各种刺激的运动项目。

她天生运动细胞就很发达,玩什么都能很快上手。她之前玩过卡丁车,对自己的"车技"还算有自信。

风从袖口钻进来时,她感受到了久违的酣畅淋漓感。

她很喜欢这种感觉。

博慕迟没去注意傅云珩到了哪里。

无论跟谁比赛,比什么,博慕迟都不会在意对手在哪里。比赛时候的她,脑海里只有一个信念,那就是尽己所能。

全力以赴就好,结果即便是不那么让她满意,她也无愧于心。

这家卡丁车公园的赛道比较长,也比较宽,博慕迟他们一局玩下来,需要好几分钟。

五分钟后,她踩下刹车,顺利停在起跑位置。

她停下时,在他们比赛之前已经感受过卡丁车的赵航几个人纷纷朝她竖起了大拇指。

赵航诧异不已,惊叹道:"你怎么玩这个也这么厉害?"

孟梦更是一脸崇拜地望着她:"天哪,你好帅!"

她还是头一回在生活里看女生开卡丁车开这么酷的。

博慕迟不好意思地笑了笑,摘下头盔说:"我以前玩过。"

"这不是玩过的问题。"赵航夸她,"你就是厉害。"

博慕迟笑道:"再夸就过了,小赵医生。"

赵航忍俊不禁,抬了抬下巴指向刚将车停好下来的傅云珩,调侃意思极其明显:"珩哥,没想到你也会有输的一天。"

在赵航的记忆里,傅云珩也是个全能选手,什么都会,还什么都很厉害。

王明轩没那么清楚傅云珩和博慕迟的关系,寻思着一个大男人输给女生自尊心应该很受挫,出声安慰:"可能是珩哥太久没开,生疏了吧?"

"不是。"傅云珩摘下头盔,神色自若,"我确实比不过她。"

他瞥了旁边朝自己自信扬眉的人一眼,无奈一笑:"我不是第一次输给她。"

无论是滑雪还是其他运动项目,傅云珩都输给博慕迟很多次,早习以为常。

他不知道的是,他的习以为常落在不知情人的眼里,有多让人意外,甚至震惊。

孟梦和王明轩听他这话,又看了看他跟博慕迟对视的神情,两人心思各异。

孟梦抬头看了还被远远甩在后面的邱凝一眼,心里"咯噔"了下。

如无意外,她姐妹是一点儿希望都没了。

而王明轩和她想的倒是不同,他卡丁车玩得也不错,听傅云珩这么一说,有些蠢蠢欲动:"这样?"他看向博慕迟,"有没有兴趣我们比一比?"

博慕迟一愣,笑道:"好啊。"

傅云珩皱了下眉:"还比?"

博慕迟一脸无辜地看着他,竖起一根手指说:"再玩一局。"

傅云珩没吭声,就这么看着她。

博慕迟大大方方地对上他目光,无声启唇,撒娇喊:"云宝。"

傅云珩缄默片刻,看向王明轩:"别开太快。"

王明轩笑笑:"放心吧,我们有分寸。"

"嗯。"傅云珩抬手,没避讳他们的存在,抬手弹了弹博慕迟的额头,"去吧,记住我说的。"

博慕迟粲然一笑,爽快答应:"好的,谢谢小傅医生恩准。"

他允许她再玩一局。

傅云珩噎住,不再搭腔。

邱凝没想到,自己慢了几分钟回到起点时,一抬眼看到的便是傅云珩和那

189

个女生如此亲昵的互动。她眼眸闪了闪,嘴角抿成了一条直线。

"你们说这回谁赢?"

孟梦看向坐上车的两人,有些好奇。她男朋友玩卡丁车的技术她很清楚,是个强者,博慕迟她刚刚其实没怎么注意,但依稀能感觉出很厉害。

话音一落,赵航想也不想地接话:"那当然是博妹妹。"

孟梦笑:"她这么厉害?"

赵航:"非常。"

孟梦点点头,看向邱凝:"你觉得呢?"

邱凝一愣,想了想说:"不知道。"邱凝微顿,看向傅云珩,"傅学长刚刚如果没让她的话,那应该是她赢吧。"

她记忆里傅云珩卡丁车很厉害。

听到这话,傅云珩言简意赅地说:"她不需要我让。"

邱凝神色一僵,干笑道:"这样啊,那她真的很厉害。"

谈书在旁边听着,唇角往上扬了扬,第一时间拿出手机给博慕迟发微信,一字不落地转达。

五分钟后,胜负分晓。

博慕迟比王明轩快了不止一点点,早早地将车停在起点,然后和谈书一行人等王明轩跑完最后一圈。

等王明轩回到这边,他对博慕迟由衷地表示钦佩。

"你常玩吗?"他好奇地问道,"速度太猛了。"

博慕迟笑笑:"还好,偶尔会玩一玩。"

"怎么样?"赵航骄傲得跟自己赢了似的,"博妹妹是不是很强?"

王明轩点头,输得心服口服。

卡丁车公园这边除了有卡丁车可以玩,其他可玩的项目也不少。几个人玩了一圈卡丁车,又转战其他项目。

玩了一圈,大家都有点儿累了。

博慕迟看了看时间,已经下午五点。谈书靠在她的肩上打哈欠,泪眼婆婆地说:"困了。"

她早上八点就起来到公司加班,连懒觉都没睡。

博慕迟一笑,扶着她的脑袋说:"待会儿就回去了,再撑撑。"

谈书闭着眼,哼哼唧唧:"不想撑了,该玩的都玩了,回去吧。"

博慕迟没什么意见。但是她抬眸看了斜对面正在说话的傅云珩几个人一眼,低声道:"傅云珩还在跟他同事说话呢,等他说完再走吧。"

谈书懒洋洋地应着："行吧。"

她顺着博慕迟的视线去看了眼，小声问："有危机感吗？"

博慕迟第一时间就听出了她问的是什么，挑了下眉，在邱凝和傅云珩身上转了一圈，摇了摇头："没有。"

谈书："这么自信？"

博慕迟："如果是其他女生，可能会有危机感，但她……"博慕迟想了想，"不会。"

在这方面，博慕迟很实诚，也有自己的估算。

她刚刚简单了解了一下，邱凝和傅云珩是大学校友，几个人还都是同年级的，但因为傅云珩他们是八年制，所以邱凝和孟梦早毕业了。

据悉，他们大一就认识了。

大一到现在都这么多年了，这么长时间他们都没可能，那未来更不会有可能。

听博慕迟这么一说，谈书打击她的自信："你跟傅云珩认识二十一年了。"

"那我十三岁之后就不怎么和他见面了好吧。"她有理有据地反驳，语出惊人，"要是我们和其他从小到大都没分开超过一个月的青梅竹马一样，说不定孩子都有了。"

谈书被她的话呛到，猛地开始咳嗽。

赵航被她们这边的动静吸引，边往这边走边问："怎么了？"

博慕迟面不改色："她被自己的口水呛到了。"

傅云珩跟着走近，把博慕迟的保温杯递过来："让她喝点儿水。"

博慕迟接过，拧开递给谈书："还好吗？"

谈书喝了两口水，没好气地瞪她，压着声音道："你不要说些我意想不到的话，我就一切都好。"

博慕迟觉得自己很无辜："那我不是实话实说吗？"

谈书瞪她。

博慕迟悻悻地摸了摸鼻尖，一脸无辜地望着她。

谈书无语，把保温杯还给她，看向另外两人："你们要去生日聚会吗？"

傅云珩："不去。"他看了眼时间，垂眸看向博慕迟，"还玩吗？"

博慕迟摇头。

傅云珩颔首："那回去吧。"

博慕迟了然，示意道："跟他们说一声再走吧。"

傅云珩应声。

跟王明轩一行人说过后,大家一起离开卡丁车公园。

不过,他们的目的地不太一样。

傅云珩依旧是司机,将赵航和谈书陆续送回他们住的小区,才载着博慕迟往他们家的方向走。

两人下车后,车内瞬间安静了很多。时间已过六点,路上正是晚高峰。

博慕迟坐副驾驶座上,打着哈欠看傍晚的夕阳,她惊喜地发现,今天的夕阳很漂亮。蓝天被渲染成了橙红色,色彩斑斓,看上去格外耀眼。

博慕迟没忍住,掏出手机拍了好几张照片,每一张都跟壁纸似的。

博慕迟被自己的摄影技术折服,自卖自夸地将手机举到傅云珩面前:"我拍的是不是很漂亮?"

堵车的时候,傅云珩抽空看了眼:"还不错。"

他说的是实话。

博慕迟翘了下唇,自恋地说:"那当然,也不看看是谁拍的。"

傅云珩侧眸一瞥,触及她脸上的笑容后,莫名跟着扬了扬唇。

"对了,"博慕迟将美美的夕阳照片发给谈书后,注意到她上面给自己转述的八卦消息,瞥向傅云珩,"你跟今天在卡丁车公园遇到的那几个人熟吗?"

傅云珩跟着前车一起踩下油门,神色自若:"跟王明轩熟一点儿。"

他们毕竟是一家医院实习的同事,也是医学专业学生。

博慕迟"哦"了声。

傅云珩瞥她:"怎么了?"

"没呀。"博慕迟挠了挠眉毛,"我听赵航说另外两位美女是财会专业的?"

傅云珩应声。

博慕迟眨了眨眼,好奇不已:"那你们是怎么认识的?"

这话出来,傅云珩认真地看了她一眼:"你怎么对这种事好奇?"

"好奇呀。"博慕迟坦然承认,"就想了解一下你们的大学生活是什么样的。"

这个理由非常有说服力。博慕迟没正经上过大学,好奇也是情有可原的。

傅云珩没多想,告诉她,他们和王明轩偶尔会一起上课,所以认识。

至于王明轩和孟梦怎么认识的,傅云珩并不知道。只是有一回赵航喊他出去吃饭,大家一起拼了桌,然后就认识了。

听傅云珩说完,博慕迟一脸茫然:"就这样?"

这认识的过程也太简单了吧。

傅云珩挑眉看着她,似有些不解。

博慕迟微哽,摆摆手说:"没事,我就是看你们关系匪浅,以为有什么曲折的故事。"

闻言，傅云珩茫然："你从哪儿看出我们关系匪浅的？"

博慕迟微窘，底气不太足："全方位……"

关于今天偶遇到王明轩几个人的事，博慕迟没再多问。

她看得出来，傅云珩除了跟赵航和王明轩熟络一些，和另外三个人基本不交流。

两人一路安静到家。博慕迟先跟季清影、傅言致打了声招呼，这才跟放飞的小鸟一样，飞奔回自己家。

"妈。"一进屋，她便大声嚷嚷，"你的宝贝兜兜回来啦！"

迟绿抬眸看向门口的小疯子，一脸"我不认识"的嫌弃表情。

博延倒是笑了声，起身往厨房那边走，去给她倒水。

"妈妈。"换好鞋，博慕迟蹭着迟绿在沙发上坐下，"你怎么不理我？是不是不欢迎我回家？"

迟绿戳了下她的额头："几点了？"

博慕迟眨眼，扭头看了眼墙上时钟："七点啊。"

"你之前跟我说几点回家吃饭的？"迟绿问她。

博慕迟反应过来，抱着她撒娇："路上堵车，云宝又先送了谈书和他的同事，所以就晚了。"

迟绿觑她。

博慕迟朝她"嘻嘻"一笑："我饿啦！"

话音落下，在厨房忙碌的杨姨正好端菜到餐厅，笑着喊她过去吃饭。

博慕迟拉着迟绿起来，笑盈盈地道："走吧，迟女士。"

迟绿睇她一眼，捏了捏她的鼻子说："鬼机灵。"

博慕迟灿烂地笑着。

吃饭时，迟绿随口问了问她最近的情况。

其实母女俩每天都会聊天，但很多事、很多话面对面说，好像更有意思一些。

"今天跟云宝他们去玩卡丁车，玩得怎么样？"

"还行。"博慕迟喝着汤说，"我还见到了云宝医院的其他同事。"

迟绿扬眉："男生女生？"

博慕迟："男生。"

"一个人？"亲妈不愧是亲妈，从博慕迟说话的语调中就能察觉出她的情绪不对。

博慕迟摇头:"不是,他们有四个人,两男两女,其中一对是情侣。他们都是云宝的校友。"

迟绿懂了。

她和博延对视一眼,随意地问道:"那女生长得漂亮吗?"

"漂亮。"博慕迟坦然告知。

迟绿看她淡定的模样,倒也没担心太多,"嗯"了声,又多问了博慕迟两句。

吃过饭,博慕迟被迟绿、博延拉着出门散步。

春日晚风已经极其舒服了,风拂过耳畔,有种说不出的舒适感。

博慕迟这一天运动量超标,困得要命。散完步回家,她便钻回了房间,准备洗澡睡觉。

傅云珩过来时,客厅只有迟绿在看电影。

"迟姨。"他跟迟绿打招呼,环视看了一圈,"兜兜呢?"

迟绿往楼上指了指,也没问他有什么事,直接道:"在房间,你去楼上找她吧。"

傅云珩一顿,思忖了片刻,还是往楼上走去。

博慕迟住在三楼,傅云珩还没走到她的房门口,就听到了里面传出震耳欲聋的音乐声。

傅云珩扬了扬眉,抬手敲门,里面无人应。

他正站在门口思考,是直接推门进去还是去楼下等时,门被人从里面拉开了。

博慕迟刚洗完澡,头发还没吹干便听到了敲门声。她没多想,拖着疲惫的身体走到门口,困倦地喊:"妈,你帮我吹下头发吧。"

喊完,博慕迟没听到迟绿发出的拒绝或答应声。她下意识抬头,对上了傅云珩费解的神情。

两人皆是一顿。

博慕迟眨了眨眼,脑子清醒了两分:"你……找我有事?"

傅云珩垂睫,目光在她白皙滑嫩的脸颊流连,微微顿了顿说:"不是要贴膜?"

"哦。"博慕迟想起来了,"可我还没买手机膜。"

傅云珩晃了下手里拿的手机膜:"我家里还有,拿过来了。"他声音有些低,尽量忽视掉她此刻的模样,"你把手机给我,我到楼下贴。"

博慕迟怔了下,正想转身去拿手机,忽地又想到了什么。

她背对着傅云珩,狐狸眼转了转,回头看着他:"就在这儿贴吧,我去吹

194

头发。"

博慕迟把手机递给他,便钻进了浴室。

吹风机的声音响起,傅云珩脚步一滞,抬脚往里走。

博慕迟的房间很大,连接着一个很大的衣帽间,另一侧是她日常用到的书桌和化妆桌,傅云珩看了看,在她的书桌前坐下。

傅云珩的贴膜技术其实还不错,他在这方面有点儿无师自通的本事。

可今天不知为何,他总感觉手感不太对。

可能是耳朵里总有吹风机嗡嗡嗡的声音在扰乱他的思绪,也可能是鼻间断断续续的淡淡香味钻进来,让他乱了心神。

博慕迟把头发吹得半干出来时,傅云珩正坐在她的书桌前发呆。

她偷偷瞄了眼,确定他是在走神,这才放轻脚步,悄悄走近。

鼻间香味更浓,傅云珩倏地回神,撩起眼皮看向她。

两人视线撞上,傅云珩目光从她身上很快挪开,嗓音低低地说:"好了。"

博慕迟"哦"了声,伸长脖子一看,似有些难以置信。

"你……第一次贴手机膜?"

傅云珩轻咳了声,有些许尴尬:"不是。"

博慕迟看着有明显小气泡的手机屏幕,沉思了三秒,一本正经地看着傅云珩说:"云宝,天桥贴膜这项业务,我觉得你可以丢掉了。"

她怕他被客人找碴儿。

晚风徐徐,从玻璃窗外吹进来,裹杂着阵阵花香。

傅云珩低垂着眼睫看着眼前的人,鼻间却再次被她身上飘散出来的香味占据。

和之前闻到的香水味不太一样,这次更多的是洗发水和沐浴露的香味,好像是小苍兰的甜香,恰到好处地描绘着她此刻明媚可爱的模样。

"云宝?"博慕迟说完好一会儿,也没听到他的回应。

她抬头,直接撞进了他深邃的眼眸里。

他的眼睛生得漂亮,瞳孔黑白分明,漆黑又明亮,像蕴了一捧银河。

博慕迟直勾勾看着,没忍住夸了句:"云宝,你眼睛长得真好看。"

傅云珩回神,看她白净细嫩的脸庞应了声。

他稍稍侧了下头,看她半干的头发:"怎么没把头发吹干?"

"太麻烦了。"博慕迟是个很讨厌吹头发的人,要不是为了美,她早把头发剪短了。

傅云珩无奈，低声说："我让迟姨上来给你吹干？"

博慕迟仰头看着他，想说，要不你帮我吹吧，想想觉得太冒进了，不太合适。她将到嘴边的话收了回去，摇头拒绝："我待会儿再吹一下就行。"

傅云珩"嗯"了声，示意道："那我先回去了。"

他顿了顿，低声道："下回给你重新贴。"

博慕迟愣了下才反应过来他说的是手机膜，扬了扬眉，笑容灿烂："下回是什么时候？"

傅云珩瞥她："我这几天都要上班。"

他的工作安排得比较满。

博慕迟遗憾地"啊"了声："那等我回来再找你吧。"

"回来？"傅云珩看着她，"要回队里了吗？"

"不是。"博慕迟实话实说，"你忘了，星星姐负责的新剧要开机了，我要过去当几天教练。"

说是教练，其实她就是过去玩一玩。

傅云珩当然没忘，只是他不知道这么快就到开机时间了。

他缄默须臾，点了点头说："知道了，去几天？"

博慕迟："不知道，可能一个礼拜，也可能更久。"

她得看剧组附近的滑雪场怎么样，如果不怎么样，那她可能待几天就走。如果剧组附近的滑雪场还不错，那她应该会待得比较久。

闻言，傅云珩不自觉地蹙了蹙眉："剧组很乱。"他提醒博慕迟，"到那边让陈星落给你安排个助理。"

博慕迟"扑哧"一笑，唇角弯弯地看着他："我又不是小孩子了，哪儿需要什么助理？"

她看着傅云珩，眼珠子转了转，直截了当地问："你不放心？"

这话一出，傅云珩明显怔愣了片刻。他看着博慕迟脸上的笑，慢条斯理地说："迟姨他们应该也不会放心。"

他没直接承认，反倒将迟绿他们拉了出来。

博慕迟挑眉，笑嘻嘻地道："我妈放心的。"

傅云珩瞥她，没忍住揉了揉她半干的一直散发着清香的头发，嗓音沉沉地说："多留个心眼。"

博慕迟身子一僵，感受他掌心的温度，抿了抿唇："知道了。"她眼神飘忽，生硬地岔开话题："你今晚还回那边吗？"

"不回。"傅云珩说。

博慕迟眼睛一亮，和他约定："那……"她歪着头，笑道，"六点见？"

傅云珩好笑地看着她："六点见。"

傅云珩走后，博慕迟在床上滚了两圈，伸手摸了摸发顶，自顾自地笑了起来。

迟绿一推开房门，便对上了她傻呵呵的笑容。

她哭笑不得，抬脚走近："遇到什么开心事了，跟妈妈分享分享？"

"还不能。"博慕迟也有自己的小秘密，拉着迟绿一起躺下，蹭着迟绿的手臂撒娇。

迟绿受不了她哼哼唧唧的小模样，抬手捏了捏她嫩滑的小脸蛋，又摸到了她没吹干的头发，无奈地道："头发还吹不吹？"

博慕迟闭着眼抱着她的手臂："吹，妈妈吹。"

迟绿没辙，只能起身到浴室拿出吹风机给她把头发全吹干。

头发被吹干后，博慕迟才想起问迟绿是不是有事才来找她。

迟绿瞥她："云宝说你头发没吹干，他估计也知道你的坏习惯，让我过来帮你吹吹头发。"

听到这话，博慕迟眉梢一扬，语调轻快地道："云宝还挺了解我。"

迟绿瞅着她脸上的笑，意味深长地说："确实，我看你们俩都越来越了解对方了。"

博慕迟一顿，总觉得她妈好像看出了点儿什么。

她缄默片刻，眨了眨眼说："又熟悉起来了嘛，肯定会越来越了解的。"

迟绿没拆穿她的掩饰："是这样，没错。"

没在这个话题上停留太久，迟绿把吹风机放回浴室，和博慕迟一起躺回床上，闲聊些日常小事。

"哪天跟你星星姐去剧组？"

"下周三。"博慕迟趴在她的身侧，"妈妈你要和我们一起去吗？"

迟绿拒绝："我等星星这个剧组进入正轨了再跟你颜姨一起过去。"

博慕迟点头："那也行。"

迟绿"嗯"了声，想了想说："你去之前问问你干妈。"

"啊？"博慕迟茫然，"问干妈什么？"

迟绿笑了笑，轻声道："你干妈不是挺喜欢那个叫秦闻的男演员？你问她要不要他的签名照？"

她想了想："等你到了那边跟秦闻认识了再问，现在不急。"

博慕迟想了想，觉得迟女士说得非常有道理。

现在她问干妈签名照的事，万一秦闻并不喜欢给别人签名照，那多尴尬。

迟绿没和她多说，母女俩聊了会儿，迟绿就被博延喊回去睡觉了。

博慕迟也没有吃她爸爸的醋，已经习以为常了。她趴在床上给傅云珩发了条消息，便早早睡了过去。

早上五点五十八分，博慕迟一迈出大门，便看到了站在围墙下等自己的人。

傅云珩一身浅白色运动服，看上去阳光又帅气，格外耀眼。

博慕迟上下打量了他会儿，诧异地道："不是说六点见吗？"

傅云珩"嗯"了声，淡淡地说："起早了。"

博慕迟挑眉，不经意似的问："几点起的？"

"五点多。"傅云珩没给她准确答案。

"哦。"博慕迟点点头，换了个问题，"那你几点到这里等我的？"

他看向眼里满是狡黠的人，很想拒绝回答这个问题。

但最后，他还是说了："你出来前十分钟左右。"

博慕迟恍然，拖着腔调道："那下回我也提前十分钟出来。"

傅云珩垂在两侧的手指动了动，跟幼稚的初中生似的，拉了下她的高马尾，不冷不热地落下两个字："随你。"

话音落下，没等博慕迟反应过来，傅云珩已经像风一样从她身侧跑出去了。

博慕迟不甘示弱，立马追了上去。

春日清晨的空气格外清新，小区静悄悄的，只有树叶被风吹动的沙沙声响和并肩奔跑两人的脚步声、呼吸声。

晨曦洒下，朦胧间似能看到两人被拉长的影子。

他们的影子时而交叠，时而分开，并没有一直重合在一起，他们一直在往前奔跑，均匀而有力量。

早上的风吹得很舒服。

博慕迟刚开始还觉得有点儿凉，跑了几圈后，身体渐渐热了起来。她速度均匀，傅云珩也一样。

两人在晨跑这件事情上，都不会过分追求速度，而是一直匀速前行。最后一圈慢下来时，她听到了旁边人的喘息声。

他的喘息声比刚开始的时候要重一点儿，听上去特别性感。

博慕迟的脑袋瓜子转呀转，她莫名有了点儿不健康的思想，偷偷地瞟向旁边，却没想到会被他逮住。

两人目光相接半秒。

博慕迟面不改色地收回，先声夺人："你看我干吗？"

她非常不讲理。

奇怪的是，傅云珩不单没否认，还顺着她的话往下说："不能看？"

博慕迟被他这话噎住，想了想自己也没什么不能被他看的，默默摇了摇头："能看。"

她笑眯眯地问："是不是发现我突然变漂亮了？"

傅云珩有点儿想笑，发现博慕迟是真有点儿像迟绿，在自恋这方面特别像。

"你笑什么？"注意到傅云珩勾起的嘴角，博慕迟警惕地道，"你不会是在笑我自恋吧？"

傅云珩无奈，刚跑过步，嗓音还有些低哑："不是。"

他坦然承认："一直很漂亮。"

她不是突然变漂亮，是一直都很漂亮。

听到他这么直白地夸自己，博慕迟反而不知道该怎么接了。

她安静三秒，礼尚往来地说："你也一直都很漂亮。"

看傅云珩一脸无奈以对的表情，博慕迟很是茫然："我夸错了？"

傅云珩："没有。"

他微忖须臾，低声道："只是我觉得漂亮这个词不适合用在我身上。"

"怎么不适合？"博慕迟有理有据地反驳，"你本来就长得很漂亮啊。"

这不是指长相偏阴柔，男生女相的那种漂亮。她是真心觉得傅云珩五官精致立体，面容英隽，就是很漂亮的类型。

博慕迟一直都觉得，漂亮这个词可以用来形容女孩子，也可以用来形容男孩子。

傅云珩想了想，竟然觉得博慕迟说得有点儿道理，是他带偏见了。

他点点头，一脸受教的表情："嗯，你说得对。"

博慕迟笑道："是吧。"

她目光大胆地打量着他，一寸一寸地侵占："你长得就是好看。"

傅云珩垂睫看着面前的人，跑了半个多小时，阳光渐渐冒出了头，柔和的光从头上倾斜下来，为她明艳的五官增添了自然色彩。

跑过步后，她肌肤白里透红，红润似苹果。

傅云珩没避开她的目光，甚至直直地回看了过去。

两人僵持了片刻。

傅云珩率先败下阵来，抬手轻轻弹了下她的额头，低低地道："去拉伸。"

博慕迟"哦"了声，歪着头朝他笑："云宝，你是不是被我夸得害羞了？"

傅云珩没理她，转身朝另一侧走去。但他步伐不快，似乎在等身后磨磨蹭蹭的"小蜗牛"。

晨跑过后的几天，博慕迟都没跟傅云珩见面。

她忙，他更忙。

周二晚上，博慕迟在家里收拾行李箱，让博延送她去陈星落家。

陈星落上周去片场后就没再回来，那边事情多，她让博慕迟明天和助理一起过去。

博慕迟没什么意见，就算是一个人过去其实也可以。

博慕迟给陈星落收拾了些她需要的东西，才懒散地趴在沙发上休息，跟谈书闲聊。

知道她要去的是秦闻的剧组片场，谈书已经给她发了十条消息叮嘱，拜托她一定要弄到秦闻的签名照，还得是帅气的那种。

要不是还得上班，她都想跟博慕迟一起去了。怕博慕迟不看她的消息，她直接打电话过来了。

"兜兜妹妹！记得你书姐要的签名照。"谈书千叮咛万嘱咐。

博慕迟无语，懒洋洋地躺在沙发上望着天花板下很有设计感的吊灯："记得呢。你要真怕我忘记，明天跟我一起去片场吧。"

"我也想啊。"谈书委屈巴巴地说，"可我不是还得打工嘛……"

打工人的时间哪儿有那么自由？

博慕迟笑道："那你别打工了。"

谈书哼哼，跟她开玩笑："不打工你养我吗？"

"也不是不行。"博慕迟挑眉，"我就当找了个小助理。"

谈书失笑，义正词严地说："不要诱惑我，我真的有可能会心动。"

博慕迟挑眉："我说的是真的。"

"不行。"谈书在某些事情上还是很有底线的，"虽然我知道你养得起我，但我不能把自己当成废物，我还是要自己赚钱自己花的。"

"哦？"博慕迟逗她，"不是赚钱给我花吗？"

谈书一噎，幽幽地说："那也不是不行。"

博慕迟"扑哧"一笑，沉吟了会儿，正色和她说："如果你真想见秦闻，那你周末可以过来，我跟星星姐说一声应该没太大问题，他们剧组虽不让粉丝探班，但没说不让朋友探班。"

更何况陈星落是制片人，导演和她也熟，邀请几个朋友到片场玩两天应该不是大问题。

谈书了然:"我看看这周要不要加班吧。"

"好。"博慕迟道,"要过来提前跟我说,我跟星星姐打声招呼。"

谈书应下,话锋一转:"你去剧组的话,那和傅云珩相处的时间不是更少了?"

作为第一知情人士,谈书觉得有必要关心一下自己好姐妹的感情进展。

博慕迟:"那有什么关系。"她并不是很担心,"反正人就在那里,跑不掉。"

谈书无语:"那你就不怕傅云珩被别人惦记上吗?"

博慕迟"啊"了声,想了想说:"不怕。"

这点儿自信,她还是有的。

谈书噎了噎,幽幽地叹了口气:"我要是有你这个自信就好了。"

博慕迟笑道:"不说我骄傲自大了?"

"那你也是有资本才这样的。"谈书愤愤地道,"我要是长成你这样,还是世界冠军,我早飞上天了。"

博慕迟微哽,温柔地劝她:"飞上天就不必了,好好活着不好吗?"

两人正胡扯着,博慕迟手机有电话进来。

她拿下一看,跟谈书说:"'曹操'给我打电话了,我先把你的电话挂了啊。"

谈书被挂断电话后好一会儿才反应过来她说的"曹操"是谁。

"喂。"博慕迟迅速接通,声音轻快,心情愉悦,"小傅医生?"

听到她悦耳的声音,傅云珩微微怔了下,眼前浮现她灿烂的笑容。

忽地,他觉得自己嗓子有点儿干。

"是我。"傅云珩低声说,"在哪儿?"

"星星姐家啊。"博慕迟不解,"怎么了?"

傅云珩"嗯"了声:"明天去冰城?"

冰城是陈星落他们电视剧拍摄取景最多的地方。

博慕迟:"对。"她扬了扬眉,好奇地问道,"你怎么知道?"

傅云珩如实告知:"刚看他们在群里说了。"

博慕迟一愣,好一会儿才想到是他们几个小伙伴的那个群。

她点开微信看了看,在她跟谈书打电话的时候,姜既白@她问明天去冰城需不需要他送,他正好在北城,明天上午也有空。

下面还有程晚橙几个人的哀号文字,说想逃课和她一起过去看帅哥、美女。

博慕迟看着,无声地翘了下唇:"看到了。"她好奇:"然后呢?"

傅云珩沉默了会儿，低声说："我明天晚班。"

"哦。"博慕迟领悟到了他的意思，沉吟片刻问，"你跟小白比较来看，谁的车技更好？"

小白指的是姜既白。

傅云珩一怔："什么？"他没懂她的意思。

博慕迟压着唇角的笑，慢吞吞地重复了一遍，故意说："我想选个车技更好的来送我。"

这话一出，电话那头安静了许久。

就在博慕迟以为傅云珩被她气得挂掉电话时，说话声不疾不徐地传来："提醒你一下。"

博慕迟眨眼："什么？"

傅云珩语调淡定："姜既白学车的时候把驾校的车开进过菜园子。"

他们几个人学车的地方都是同一个驾校，在很偏僻的地方，练车也是在人烟稀少的郊区，周围还有附近住户种的蔬菜水果。

她沉默了会儿，没有任何迟疑地说："我明天早上十点的飞机。"

傅云珩："知道了。"他一顿，缓声问，"明早想吃什么？"

博慕迟想了想说："我想看你吃肉包子。"

她不能吃猪肉，每回馋了只能看身边朋友吃。

傅云珩轻笑了声，似乎是拿她没什么办法："我七点到？"

博慕迟抿了下唇，得寸进尺地说："明天早上也想跑步。"

傅云珩没半分犹豫，直接说："六点给你电话。"

博慕迟扬眉，笑得像个小狐狸，甜滋滋地应道："明天见。"

"明天见。"挂电话前，傅云珩又多叮嘱了她两句，反锁好门窗。

次日，两人准时在六点前碰了面。

傅云珩穿着一套黑色运动服，整个人看上去略微有点儿冷峻，感觉又帅了点儿。

博慕迟偷偷瞄了好几眼，在心中确认了这个想法。

傅云珩比她前几天看到时，变得更沉稳、更帅了。

跑完步，博慕迟回陈星落家洗了澡，才跟傅云珩离开。

两人到傅云珩的小区门口要了三份小笼包，一份素的，两份肉的。

这个点吃早餐的人比较多，两人随意找个角落的位置坐下。为防止博慕迟被人认出，傅云珩特意让她背对着人来人往的路口。

这家包子店的小笼包味道非常不错，皮薄馅多，皮软糯又有嚼劲，馅料饱满有味，特别好吃。

博慕迟在傅云珩把包子端过来时，第一时间低头去看肉包子，甚至还特别可爱地闻了闻。

"好香啊。"她忍不住感慨。

傅云珩看到她这一举动，有点儿想笑，更多的是心酸。

和博慕迟的职业比起来，他们医生好歹在饮食上没那么多限制。而博慕迟不一样，运动员虽然允许在外用餐，但禁忌很多，猪肉不能吃，她小时候喜欢的热狗肠不能吃，以及她喜欢的很多饮品更是一口都不能碰。

思及此，傅云珩心思微动。

他看着面前嘴馋却努力克制自己的人，低低地道："想吃猪肉了？"

博慕迟老实承认："想啊，一直都想。"她叹了口气，"但我也只能想着吧！"

她在训练队都不能乱吃猪肉，更别说在外面了。

傅云珩微怔，轻声说："队里是不是偶尔也能吃到？"

博慕迟点头，他们队里偶尔能吃到猪肉，都是教练他们找来的。

因运动员需求，会有专门的养殖场，养少部分不吃含兴奋剂饲料的猪，但这种比较麻烦，且价格昂贵，不吃饲料的猪也很难养大、养肥，所以在他们队里，有猪肉时，食堂像过年。

说真的，在进国家队之前，博慕迟从没想过，有一天她会沦落到想吃猪肉都不能吃的地步。

想到这儿，她就很委屈。

"云宝。"她撇着嘴看着傅云珩，"我好惨。"

傅云珩哭笑不得，低声问："怎么惨？"

"猪肉都不能吃。"博慕迟边说，边往嘴里塞了个素包子。

她吃得双颊鼓鼓的，跟小仓鼠一样。

傅云珩想到这个动物，眼里闪过一丝笑意。

博慕迟抬头瞬间，恰好抓到了他微妙的神情。她将嘴里的东西咽下，狐疑地摸了摸脸："你笑什么？我脸上有东西？"

傅云珩："没有。"

博慕迟不太相信："真的？"

傅云珩敛睫，目光灼灼地盯着她。

接触到他的视线，博慕迟眼睫一颤，心跳莫名加快。

她抿了抿唇，迟疑道："你在看什么？"

"看你……"傅云珩稍顿片刻，慢条斯理，"脸上有没有东西……"

博慕迟噎住半晌，抬眸瞪他："你要看这么久吗？"

她借此来掩饰自己的心虚和心跳。

傅云珩扬了下眉峰，坦然应下。

他就是要看这么久。

博慕迟无奈，佯装淡定："好吧，那你看出没有？"

傅云珩："有。"

"啊？"博慕迟非常注意自己的形象，紧张兮兮地道，"哪儿？"

傅云珩看她唇边沾到的豆浆，稍稍顿了顿，扯过一侧的纸巾贴近她的嘴角。

或许是下意识的反应，博慕迟抬手握住了他的手腕。

她的手很小，还有点儿凉，但傅云珩的手臂很烫，和她截然相反。

她握上去时，自己也后知后觉地愣了一下，傅云珩亦是如此，手臂肌肉线条明显紧绷起来，有些灼人。

博慕迟怔了怔，倏地反应过来，第一时间松了手。

傅云珩也迅速帮她擦了下嘴角，告诉她："有豆浆。"

博慕迟觉得被他手指碰过的嘴角还有些烫，抿着唇角，点头应道："哦。"

她顿了下，又觉得自己不能表现得过于惊慌失措，连忙问："现在还有吗？"

傅云珩看她因吃了热食而格外红润的唇，喉结不受控地滚了下："没有。"

他收回目光："有再告诉你。"

博慕迟："好。"

二人安静地吃完早餐，时间还早。

博慕迟自觉地跟着傅云珩回了他的住处。

进屋时，傅云珩弯腰给她拿了双拖鞋，示意道："你坐会儿，我去洗澡。"

他跑完步后都会洗澡。

博慕迟摆摆手："去吧去吧。"她心情很是愉悦，看中了傅云珩的沙发，"我去沙发上躺会儿。"

傅云珩洗完澡出来时，博慕迟已经在沙发上睡着了。

早晨八点的阳光已经有些许耀眼，傅云珩估算了一下时间，走到窗边将窗帘拉上。

顷刻间，被阳光洒满的客厅瞬时陷入黑暗。

博慕迟被阳光刺得紧皱的眉头和眼皮跟着放松，像被人用手抚平了一般。

漆黑寂静的客厅，听不到多余的声音，只有两人此起彼伏的呼吸声。

傅云珩也不知道自己在想什么，在客厅静站了好一会儿，才进卧室拿了一条毯子出来。

傅云珩走到沙发旁，将毯子给博慕迟盖上。

他刚盖好，博慕迟翻了个身。

傅云珩没辙，只能再次倾身靠近她。

蓦地，博慕迟睁开了眼。

黑暗中，人的感官和视觉都会被自然放大。

他们靠得很近，近到能听见对方的呼吸声，近到气息被对方占据，让大脑短暂地失去了思考能力。

少顷，傅云珩率先回过神来，声音沉沉地道："冷吗？"

博慕迟怔了下，答非所问："你应该不冷。"

博慕迟常常会有语出惊人的时刻，傅云珩也不一定能跟上她的思路。

但在当下这一刻，在她那亮晶晶的双眼落在他的手腕处时，他想起了早餐店的那一幕，她冰冰凉手指握住他手腕的那个时候，两人的体温有明显的对比，一冷一热。

此刻的两人靠得很近，近到呼吸交错。

他肌肤上有她的温热气息，而她双颊也有他落下的滚烫呼吸，微微有些发痒。

安静半晌，傅云珩坦然道："我是不冷。"

博慕迟没想他会直接承认，眨了下眼，刚睡醒时脑袋还有点儿蒙。她点了点头，温声说："我也还好。"

身边有他这样一个暖炉，她能有多冷？

没和她在这个话题上多说，傅云珩将毯子递给她："还睡吗？"

"几点了？"博慕迟揉了揉眼，揉完才想起幸好今天没化妆。

傅云珩拿过桌上放着的手机看了一眼，刚到八点。

"不了，"博慕迟指了指，"我去趟洗手间，我们就出发了吧。"

傅云珩应声。

大概因为是工作日，八点的道路正拥堵。

好在傅云珩住的地方离博慕迟要去的机场不是很远，她目光呆滞地望着拥挤的道路，默默发呆。

她不经意地扭头去看旁边的人时，他目光沉静地望着前方。

博慕迟发现一个以前没发现的傅云珩的优点——这个人开车，很静、很稳。

205

无论道路是顺畅还是拥堵，抑或是有人插队，他都不会发脾气，冷静得像入佛似的。

想到这一点，博慕迟有些忍俊不禁："云宝。"

她喊他。

傅云珩瞥她。

博慕迟指了指："旁边那辆车想插队，你要让它吗？"

傅云珩早就注意到了隔壁车道蠢蠢欲动想过来的车，淡淡地说："他赶时间的话可以。"

博慕迟微窘，哭笑不得："你怎么判断他赶不赶时间？"

傅云珩踩下油门，语气平静地道："感觉。"

说真的，博慕迟不知道傅云珩还有点儿冷幽默。

她眼睛弯成月牙，笑盈盈地道："那你现在感觉一下，他赶时间吗？"

傅云珩借着后视镜看了插到自己车后的那辆车一眼："不赶。"

博慕迟一哽，明目张胆地笑了起来。她没想到傅云珩会这么一本正经地回答自己。

傅云珩侧头时，恰好看到她明媚惹眼的笑。

一刹那像春日到来，满园姹紫嫣红的花都开了的景象，让人惊艳，更让他挪不开眼。

傅云珩的目光在她脸上停滞须臾才挪开。

他一直都知道博慕迟长得很漂亮，不需要任何外在东西修饰的纯天然漂亮。这也是为什么她粉丝多的一个原因，没有人不喜欢长得好看又有实力的人。

博慕迟自顾自地乐了一会儿，注意力转到了后面的车上，也没注意到傅云珩看她的眼神。

她翘着唇角，心情颇好。

蓦地，手机振动起来。

博慕迟点开一看，是姜既白几个人在群里聊天，顺便问她为什么不要他送，反而选傅云珩。

博慕迟忍着笑，想起傅云珩说的话，慢悠悠地回他："你车技一般。"

姜既白："谁说的？我车技明明很好！"

博慕迟一点儿也没有出卖傅云珩的心虚感，直接说："云宝。"

姜既白："我告他诽谤。"

程晚橙："难道你车技很好？"

陈星落："哪种车技？"

博慕迟看到"哪种车技"这几个字的时候，脑袋蒙了好一会儿才反应过来陈星落在说什么。

她猛地咳了两声，耳朵都红了。

而群里，姜既白和程晚橙几个人已经开始在指责她了。

程晚橙："星星姐！我们群里还有未成年人。"

陈星落："哦？"

博慕迟："迟应没手机，放心说。"

姜既白："兜兜，小乖说的是你……"

陈星落恍然："说得也是，还有我们什么都不懂的兜兜妹妹在，我立刻撤回。"

下一秒，博慕迟就看到陈星落刚才发出的消息被撤回了。

博慕迟哽了哽，还是没想通自己在他们眼里怎么就是个未成年人了。

博慕迟在群里问了好几声，都没得到回复。她拧眉，只能求助傅云珩："云宝，为什么星星姐他们说我是个未成年人？"

傅云珩根本不知道发生了什么，诧异地说道："什么？"

博慕迟重复了一遍自己的问题。

傅云珩缄默须臾，看她拿着的手机，稍顿片刻问："在聊什么？"

"聊车……"对上傅云珩看过来的疑惑目光，博慕迟后知后觉地顿住，干笑一声，含糊不清地说，"没聊什么。"

她总不能告诉傅云珩，陈星落在群里开黄腔吧……

傅云珩看着博慕迟心虚又染上了红晕的双颊，大概猜到了他们的聊天内容。

思及此，他微微顿了下说："别理陈星落和姜既白说的。"

博慕迟悻悻地点点头，一脸乖巧的模样。

但实际上，博慕迟觉得自己懂得并不比其他几位少，只是通常和她聊这种话题的只有谈书，所以她刚刚才会反应慢半拍。

想到这儿，博慕迟抬手扇了扇风，有点儿热，感觉自己的脸在发烫。

注意到她的小动作，傅云珩眸子里浮现笑意，看着前方路段，唇角不明显地上扬。

到了机场，傅云珩送她跟陈星落的助理会合。

他顺便跟陈星落的助理叮嘱了几句，让她照顾好博慕迟。

博慕迟在旁边听着，口罩下的唇弯了弯。

傅云珩跟助理叮嘱完，不意外地转头看向她。

二人安静了几秒。

傅云珩率先出声:"到了跟我说一声。"他顿了顿,又说,"去人多的地方注意安全。"

博慕迟扬眉,眼睛亮亮地道:"好的,听小傅医生的。"

她笑盈盈地道:"你回去也注意安全。"博慕迟抿了下唇,想了想,"我会给你发剧组照片的。"

傅云珩"嗯"了声:"去吧。"

博慕迟应声,本来想跟傅云珩再多说两句的,但又觉得可以了。

她不能太着急,很多事得慢慢来,循序渐进才好。

傅云珩看她过了安检通道,收到她说到候机室坐下后,才放心离开。

回去的路上,傅云珩收到姜既白打来的控诉电话,质问傅云珩为什么说他车技不好,还把自己的糗事告诉博慕迟。

傅云珩听他说完,才不紧不慢地出声:"她迟早会知道。"

姜既白一噎,冷哼道:"我不管,反正这事是你过分了。"

傅云珩坦然应下他的控诉。

姜既白损了他几句,话锋一转:"不过你最近不是忙吗?怎么还有时间送兜兜去机场?"

他前两天喊傅云珩出去玩,傅云珩拒绝了,说是工作太忙,还得写论文,根本没时间、没精力。

傅云珩一顿,淡淡地说:"今天晚班。"

姜既白哽了下,瞪圆了眼:"晚班你白天不睡觉?"

傅云珩:"回去睡。"

姜既白很是无语:"怎么,你不会真觉得我车技不好,送兜兜不放心吧?"

"不是。"傅云珩当然知道姜既白车技如何。他缄默须臾,也不知道想到了什么,语气平静地道:"其他因素。"

闻言,姜既白好奇:"什么因素?"

傅云珩:"以后你会知道。"

姜既白:"……"

他以后才不会想知道。

"你怎么还卖关子了?"姜既白吐槽他,"这一点儿都不像小傅医生。"

傅云珩也觉得自己最近的种种行径不像以前的他,但他也不是傻子,自然知道让他有奇怪行径的人是谁。

他轻笑了声,坦然地说:"是有点儿不像。"

姜既白听着这话,更觉得傅云珩奇怪了。他搓了搓手臂,感觉自己被傅云珩的笑弄得起了鸡皮疙瘩。

他无奈地道:"那行吧,等你想说再说,哪天你休息聚聚。"

傅云珩应声。

挂了电话没多久,傅云珩回了小区。

下车前,他下意识地看了眼副驾驶座的位置。隐隐约约间,那边还有淡淡的香味传来,牵引着他的思绪。

傅云珩微顿,忽地注意到座椅底下一个闪闪发光的东西。

他抬了下眼,绕到另一端打开车门,看清楚落下的东西是什么后,傅云珩眸子里的笑意加深。

博慕迟是上了飞机后才发现自己的耳环掉了的。

她今天打扮低调,为了让自己看上去不那么素净,特意找了对镶满小钻的耳环戴上,用来修饰脸型。

看博慕迟低头寻找,陈星落助理丹丹第一时间追问:"慕迟妹妹。"她比博慕迟年龄大,"你在找什么?"

"我耳环掉了。"博慕迟摸了摸空落落的耳朵,皱了皱眉,"有一只不见了。"

"啊?"丹丹看她一只耳朵上挂着不大不小星星形状的耳环,另一只已经空了。

看清楚她的耳环形状后,丹丹帮她一起找,但在座位周围找了一圈也没找到。

丹丹问她:"上飞机前还有吗?"

博慕迟和她对视半响,摇了摇头:"不记得了。"

丹丹也没注意。

"算了。"博慕迟猜应该是走路的时候不小心掉了,"估计上飞机前就不见了。"

只是她没发现罢了。

丹丹一笑,安慰她:"没事的,旧的不去新的不来。"

博慕迟笑道:"说得是,下飞机就让星星姐给我买新的。"

被博慕迟点名的陈星落打了个喷嚏,收到了傅云珩发来的消息。

她和傅云珩一直以来联系都很少,虽是一起长大的,但两人都属于那种没事不联系,有事别联系的类型。

陈星落陡然看到他的消息,眉梢往上扬了扬。

她点开一看,果然不出她所料,他问的不是自己的事,而是叮嘱和博慕迟相关的事。

陈星落比他们都大一点儿，看的、听的也多，第一时间便察觉到些许不对劲的地方。

想了想，陈星落回复他："知道，我会给兜兜安排一个专门的助理照顾她的生活起居。饮食方面也会注意，不会让人给她乱吃东西。"

陈星落边回复，边觉得傅云珩真是多虑了，博慕迟又不是小孩子，会不知道自己什么能吃什么不能吃？

不过，她换位思考了下。

换作是博慕迟跟姜既白他们几个不靠谱的出去玩，她也会对他们千叮咛万嘱咐，一定照顾好博慕迟。

这好像是他们从小到大养成的习惯。

博慕迟受到的限制多，在家时间短，即便她的年龄在他们这群人里不是最小的，可所有人就是习惯了照顾她，把她当最小的妹妹宠着。

傅云珩："剧组人多眼杂，以防万一。"

陈星落挑眉："我知道。不过你好像很久不管兜兜这些生活上的事了，怎么又开始管了？迟姨让你跟我说的？"

傅云珩佯装没看出陈星落在调侃自己："你记得就行。"

傅云珩："还有事，她到了跟我说一声。"

陈星落无语："你让她自己跟你说！"

傅云珩："她有可能会忘记。"

陈星落："再见……"

陈星落退出和傅云珩的聊天界面，吐槽了他两句。

说着说着，她敏锐地察觉到了点儿什么，默默打开聊天界面又发了会儿呆，再关上时，脸上挂着神秘微笑。

另一个助理不经意看到时，茫然地问："星落姐，是女二那边搞定了吗？"

这部剧，除了男一和女一是她坚持定下来的，其他几个还算出彩的角色都是资本方找的。

她和导演看着条件不错，演技也不算拉胯后，也就勉强答应了。但没想到的是，女二前两天刚到酒店入住，就开始给他们发消息说剧本哪里哪里不太好，要进行修改，甚至还自带了编剧。

陈星落看她在群里发的消息，笑了两声。

修改？

梦里自己改去吧。

她没理会，对方便开始对工作人员不满，各种挑刺。女二一会儿说酒店卫生做得不好，一会儿说定妆的衣服不好看。换了衣服，女二又开始说妆容不喜欢。

整个剧组的人求爷爷告奶奶地哄着她定完妆，她还发了一通大小姐脾气。

临走前她还不忘跟陈星落叫嚣，说希望正式开机的时候，剧本已经调整过来了。

"没搞定。"陈星落懒散地道，"搞定什么呀？"

助理微哽，小声问："那就不管了吗？我们明天就开机了，她要是不配合怎么办？"

"不配合？"陈星落扬了扬眉，笑容灿烂，"那就请她回家。"

助理瞅着陈星落的神色，知道她是真不打算伺候这飞扬跋扈又无脑的小演员了。助理跟陈星落有两三年了，自然熟悉陈星落的性格。

陈星落本身脾气算不上好，也很少将人放在眼里。她现在之所以伺候着这位小演员，无非是因为想将自己的工作做好，想将这部电视剧更好地呈现出来。

但小演员要是还这样嚣张，一直闹下去，陈星落也不会考虑她是谁找的人，想请人回家就请人回家，没人能改变。

看助理一副想明白了的表情，陈星落起身拍了拍助理的肩膀："她再提什么过分要求你来找我，我去休息会儿，等下去机场接人。"

博慕迟过来，她得亲自去接才放心。

博慕迟下飞机后便看到了陈星落发来的消息，说她到机场了，让博慕迟戴好口罩跟着丹丹去找她。

她笑了笑，给陈星落回了个亲亲的表情包。

"慕迟妹妹。"丹丹小声喊她，"我们先去等行李，待会儿去找星落姐。"

博慕迟颔首。

等行李的人多，博慕迟懒散地环顾了下周围。

其实她来冰城的次数很多，以前在这边训练过，也在这边比过赛。她有好些队友好像还是冰城的，但一下子博慕迟又想不起具体都是谁了。

拿好行李，两人走出机场便看到了停在路边等她们的陈星落。

"兜兜，"陈星落朝两人扬了扬手，"这儿。"

博慕迟粲然一笑，立马朝她走了过去。

"先上车。"陈星落赶忙说，"这儿不能停太久。"

三人上车。

博慕迟扣好安全带打量她，笑盈盈地道："星星姐，我怎么感觉你憔悴了？"

陈星落觑她一眼："被气的。"

"真的？"博慕迟惊讶，"谁气你，我帮你气回去。"

陈星落哭笑不得，垂眸望着她说："等到了酒店再告诉你。"

"好。"

不过陈星落没想到，还没来得及告诉博慕迟，她们就跟小演员在酒店大堂碰上了。

看到陈星落，邢璐先跟她阴阳怪气地打了声招呼。

"陈制片人，"她看着陈星落推着的行李，再看一眼博慕迟，"这是谁呀？这么大牌，能劳烦我们陈制片亲自去接？"

陈星落皮笑肉不笑地说："美女。"

邢璐被她的话一噎，正要说话，先对上了博慕迟露出的眉眼。

邢璐怔了下，恍然明白过来陈星落说的"美女"二字并非调侃，就她这灿若星辰的眉眼，好像真担得起这个称呼。

思及此，邢璐主动问："是剧组的演员吗？我之前怎么没见过？"

陈星落："邢小姐没见过的人，应该还挺多的。"她语气平静，"你剧本看完了？"

邢璐一顿。

陈星落撩起眼皮看着她，眼神里警告意味十足："明天开机，我希望邢小姐把开机要拍的第一场戏准备好。如果开机就NG（指演员在拍摄的时候出现失误或者效果不好的镜头）的话，我想微博网友对你应该也不会太友好。"

本身网上就对邢璐出演这部剧的女二颇有微词。

邢璐被她的话一噎，还想要再说点儿什么，被身侧的助理拉住。

她面色不虞，知道陈星落不是她能得罪得起的，丢下一句"不劳陈制片人费心"，便气鼓鼓地走了。

进了电梯，博慕迟将脑袋靠在陈星落的肩膀上："就是她吗？"

陈星落点头："嗯。"

博慕迟感慨："现在演员脾气都这么大？"

陈星落好笑地看着她："少部分吧，各行各业都有奇葩存在。"

闻言，博慕迟深表赞同。两人也没在邢璐这个话题上多聊，很快便说别的去了。

陈星落订的是套房，特意为博慕迟准备的，不放心博慕迟一个人住。

房间很大，床也很柔软、很舒服，像棉花堡一般。

博慕迟在床上滚了两圈，扬唇望着陈星落："舒服。"

陈星落抬手戳了戳她的额头："坐了几小时飞机，累不累？"

"不累。"博慕迟眨了下眼，一脸认真地说，"但我有点儿饿了。"

说到饿，陈星落想起一件"大事"。

她直勾勾地看着博慕迟，戳了戳她的脸颊问："你跟傅云珩说落地了吗？"

看她的表情，陈星落就知道她忘了。

"跟他说一声。"陈星落道，"免得他担心。"

博慕迟"嗯"了声，掏出手机给傅云珩发消息。

陈星落趴在旁边瞅了眼，好奇地问："你有没有觉得云宝现在对你又跟小时候一样了。"

博慕迟一愣，眼珠子转了转看向她："有吗？"

陈星落看她飘忽的小眼神就知道她在想什么，轻哼道："我们兜兜妹妹都瞒着星星姐有小秘密了。"

博慕迟微窘，抱着她撒娇："哪儿有……"

她哼哼唧唧，小声说："就是一切还没有尘埃落定，等定下来了我一定第一个告诉你。"

陈星落挑了挑眉，爽快地道："行。"她勾了勾嘴角，"你加油。"

她怎么感觉陈星落什么都知道的呢。

博慕迟乖乖地点头："好的。"

博慕迟消息过来时，傅云珩恰好睡醒。

房间里的窗帘被全部拉上，漆黑一片。手机在床头柜振动，他抓起看了眼，不意外是博慕迟的消息。

傅云珩看了眼时间，估摸着她是到酒店才想起来给自己发消息的。

微忖片刻，傅云珩给她回了句"知道了"。

博慕迟："就这样？"

傅云珩："嗯？"

博慕迟："没事，你吃饭了吗？还是刚睡醒？"

傅云珩："刚睡醒。"

看到傅云珩回复过来的消息，博慕迟脑海里莫名浮现他刚睡醒时的样子。

她猜，他此刻的嗓音一定是沙哑的，听起来特别性感。

想到这一点，博慕迟给他回了条语音。

"哦，那你要起来吃午饭吗？还是打算继续睡？你这才睡了四个多小时，应该不够吧……"

傅云珩礼尚往来，嗓音低低地道："晚点儿再睡。你吃饭了吗？还是刚到酒店？"

听到他的声音，博慕迟高兴地在床上又滚了一圈，捧着手机按下说话键："我刚到酒店，星星姐说她让酒店送餐上来，我们就在房间里吃。"

傅云珩："嗯。"

博慕迟扬了扬眉，跟着回了个"嗯"过去。

蓦地，手机铃声响起。

博慕迟定睛一看，是傅云珩打来的电话。

她扬了扬眉，动作缓慢地接通，然后拖长腔调喊了声："小傅医生。"

傅云珩一怔，失笑："是我。"

他道："陈星落还没点好餐？"

"还在点吧，"博慕迟不是很在意地说，"反正待会儿有饭吃就行。"

傅云珩揉了揉酸涩的眼皮："让她按时安排你吃饭。"

博慕迟笑了，正想说好，外面传来门铃声。

"可能是送餐的人来了。"博慕迟拿着手机往外走："星星姐，你在哪儿？"

陈星落的声音从对面房间传出："我在洗手间，你开下门。"

博慕迟应下，将房门打开，对上了一张熟悉的脸。

两人对视半响，博慕迟还没来得及出声，秦闻惊讶地望着她："慕迟妹妹？"

他瞪圆了眼："你不会就是星落找来的另一个指导教练吧？"

博慕迟怔了下，干笑道："好像是我。"

博慕迟顿了顿，侧身问："你是过来找星星姐的吗？"

秦闻颔首："我找她聊聊剧本的事。"

他垂睫看着博慕迟，脸上满是惊喜和意外之色。陡然间这么近距离见到自己的偶像，他还有点儿喜不自胜，有点儿小粉丝一样的激动："我能跟你握个手吗？我很喜欢你。"

博慕迟知道他曾公开表露过说最喜欢的运动员就是自己。

她没拒绝，温声道："我的荣幸。"

秦闻握着她的手，笑道："是我们的荣幸，你跟星落是……本来就认识吗？"

博慕迟点了下头。两人正说着，陈星落出来了。

博慕迟自觉钻回了房间，看了眼手机，跟傅云珩的电话还没挂断。

"云宝？"博慕迟疑须臾，喊了对面的人一声。

傅云珩平静的声调传来："在。"

博慕迟"哦"了声："我还以为你把电话挂了。"

傅云珩："没有。"他稍顿片刻，不经意地问，"刚刚那是秦闻？"

博慕迟："对啊。"

她没多想："你不是听见了？"

傅云珩被她的话噎了片刻："是听见了。"

博慕迟扬眉："怎么，你对他也好奇吗？"

傅云珩："不好奇。"

说这话时，博慕迟莫名觉得他的声音冷了几分。

她点点头，听到了秦闻和陈星落的交谈声，两人默契地安静了片刻。

听着对方的呼吸声，博慕迟仰头看着天花板发了会儿呆，话题一转："云宝，我今天掉了只耳环。"

傅云珩："在哪儿掉的？"

"不知道。"博慕迟很是委屈，"那是我前段时间新买的，第一回戴就掉了。"

傅云珩一顿，想了想说："还有十多天是劳动节。"

博慕迟眨眼："啊？"

傅云珩道："你这段时间好好训练，劳动节那天，我帮你把耳环补上怎么样？"

博慕迟茫然了须臾："那这算劳动节奖吗？"

傅云珩："算。"

博慕迟"哦"了声，得寸进尺地说："可我掉了的耳环是镶了小钻石的。"

傅云珩一顿，失笑道："知道了，给你买有小钻石的。"

闻言，博慕迟扬了扬眉，委婉地提醒道："小钻石很贵哦……"说这话时，她觉得自己越来越过分了。

傅云珩微怔，很意外她还担心这个。

他沉吟片刻，慢条斯理地说："我工作了大半年，应该能买得起一对小钻石耳环吧？"

"那要是买不起呢？"博慕迟脑袋一蒙，想也没想地接话。

"买不起？"傅云珩重复她这句话，嗓音含笑，"那你说怎么办？"他故意逗她。

她怎么知道怎么办，有点儿为难，纠结了好一会儿才说："那没有小钻石的也不是……"

"不行"两个字还没说出口,就被傅云珩打断了。

"那我就再努努力,多接点儿工作赚钱。"傅云珩勾了勾唇角说,"总不能让我们兜兜妹妹将就。"

博慕迟耳廓一热,隔着电流,似乎能感知到他说这句话时候的模样,还有他看向自己的眼神。

恍惚间,她甚至能感觉到傅云珩温热的气息席卷到她的耳朵上,让她心跳加剧,让她耳朵发烫,甚至泛红。

思及此,博慕迟抬手揉了揉耳朵:"哦。"她没忍住翘了翘唇,"那你努力。"

傅云珩低应:"好。"

两人不约而同地再次安静下来。

博慕迟提着口气还想再说点儿什么,外面传来陈星落的声音:"兜兜,吃饭了。"

"好。"博慕迟张了张嘴,"那我去吃饭了。"

"去吧。"傅云珩稍顿,低声说,"跟剧组的人玩,注意着点儿。"

他不会阻止博慕迟去认识新的朋友,无论是哪个圈子的,只要她喜欢就好。傅云珩对她的唯一叮嘱就是将安全放在首位。她跟人玩可以,但要留心眼,要警惕。

博慕迟明白他话里的意思,乖乖地答应着:"知道啦,小傅医生也去吃饭吧。"

"嗯。"

陈星落和送餐过来的客房服务人员在交流。

看到博慕迟脸上的笑,她扬了扬眉,心知肚明地问:"傅云珩跟你说什么了,这么开心?"

博慕迟倒也没瞒着她,直接道:"我说我一只耳环今天过来时掉了,他说他给我补上。"

闻言,陈星落瞥她,心情愉悦地逗她:"怎么不让星星姐给你补上?"

"要啊。"博慕迟面不改色,"云宝给我补一对,你给我补一对,不是更好吗?"

陈星落一噎,没忍住揉了揉她刚在床上蹭乱的头发,哭笑不得:"行。"

陈星落也宠着她:"星星姐给你补,喜欢哪款发给我,我让助理给你安排。"

博慕迟粲然一笑,嘴甜道:"星星姐真好。"

陈星落看她狗腿的模样,睇她一眼:"傅云珩对你不好?"

博慕迟眨眼装傻:"好呀,你们都对我好。"

陈星落了然,点了点她的额头:"吃饭。"

"遵命。"博慕迟笑道,第一时间给她夹菜,笑容可掬的模样,"星星姐多吃点儿。"

吃饭间隙,博慕迟问了一下秦闻过来找她的事。

陈星落:"就剧本上的一点儿小问题。"

她看博慕迟:"下午要不要去滑雪场?"

博慕迟一愣,明白她的意思:"剧组演员也会去?"

陈星落颔首:"我们租了一个滑雪场让演员练习,毕竟是滑雪题材的电视剧,总不能什么都用特效。"

他们剧组有演员会滑,也有演员不会。

博慕迟点头:"好啊,正好我今天也没训练。"

虽说休息一天也没事,但能训练,博慕迟还是想训练的。在滑雪这件事情上,她的干劲和精力总比做其他事要更充足、更有热情一些。

"那行,吃过饭你去睡午觉,睡醒我们再过去。"陈星落知道她的作息习惯,每天中午都要睡一小时左右才会更有精神。

博慕迟应声。

到滑雪场后,博慕迟才知道陈星落他们剧组其实只是租了一小片场地,并不是将整个滑雪场都包了下来。

这个滑雪场在冰城属于很有名气的那种,不少滑雪运动员都会来这边训练,不管是退役的还是没退役的,而且这里还有一个很吸引人的滑雪项目,那就是障碍追逐。

障碍追逐属于户外比较刺激的滑雪项目,就在这家滑雪场的后山那一处。

博慕迟其实还挺喜欢障碍追逐的,但她在这方面水平一般。主要原因是她练得比较少,她平行大回转和U型场地技巧比较厉害,教练自然希望她先将这两块最有希望拿到金牌的握在手里,至于其他的,能拿奖最好,不能也没太大关系。

注意到博慕迟发亮的眼睛,陈星落大概猜到了她在想什么。

她低声说:"想玩可以,晚点儿去。"

博慕迟忙不迭地点头。

"其他演员已经过来了吗?"博慕迟和她一起往练习场地那边走。

陈星落点头:"秦闻和另一个女演员于倩应该在,其他几位戏份少的演员估计你也记不住,你主要是给这两个人说点儿技巧方面的东西。"

博慕迟微窘:"其实教学这件事,专业教练更好。"

"放心。"陈星落告诉她,"请了专业教练,你在旁边偶尔指导一下就行。"

博慕迟了然。

两人抵达练习场地时,那边人很多。

博慕迟看了眼,他们选的是初级滑道学习,大家穿着雪板,正扶着两侧的栏杆前行。

秦闻第一时间朝她招了招手:"慕迟妹妹。"他小声而又激动地和她打招呼。

博慕迟弯唇笑了笑,将口罩摘了下来:"秦闻老师。"

秦闻被她喊得还有点儿不好意思,摆摆手道:"喊我秦闻就行,要觉得这样不好,喊我秦闻哥也行。"

听到这个称呼,博慕迟还没说话,陈星落在旁边觑他一眼,一本正经地说:"别想占我妹妹便宜。"

一侧的女演员于倩"扑哧"一笑:"这就是星落姐你找来的专业老师吗?"她看着博慕迟,"我知道你,冬奥会的世界冠军是不是?"

她看滑雪比赛比较少,也就对冬奥会关注会多一点儿,再加上博慕迟经常上热搜,才有一点儿印象。

博慕迟不太好意思地笑了下:"好像是我。"

于倩莞尔,看她那张明艳的脸,感慨道:"你长得也太好看了吧,有没有想进娱乐圈?"

博慕迟一愣,失笑道:"暂时没有。"

于倩点点头,看向陈星落:"她长这么漂亮,你为什么不劝她来娱乐圈?这样大家就有美人看了。"

陈星落和于倩开玩笑:"我要是劝她进娱乐圈了,全国人民都会追杀我的。"

秦闻插嘴:"我第一个追杀。"

博慕迟被这几个人逗笑了,没一会儿那种刚认识的陌生感和距离感便消失了。

陈星落没让她多去认识其他人。她让博慕迟过来,说是指导,其实也是想让她出来玩一玩,多认识几个朋友。

博慕迟认识的朋友有限,每年的假期也有限,好不容易有时间,陈星落当然希望她能多出来走走,多跟外面的人接触接触。当然更重要的一点是,他们这个剧恰好和她专业相关,算是双赢。

博慕迟不用教太多人,只负责指导一下秦闻和于倩就好,他们俩有滑雪基础,只是技巧动作不行。

这部电视剧的剧本其实很简单,就是两位运动员互相鼓励,渐生情愫,为国争光的故事。

在他们的成长道路上,有挫折,有失败,有成功,有喜欢,有争吵,有妥协,但更多的是他们对滑雪的爱,对队友的爱,对对方的爱。

剧组请了专业指导教练,所以博慕迟的工作更轻松。

她给秦闻和于倩说了会儿,跟陈星落打了声招呼,就去换滑雪服了。

看到她换了滑雪服出来,秦闻第一个夸她:"太帅了。"

秦闻朝她竖起大拇指,笑道:"你穿上这身衣服,给人的感觉都不一样了。"

他不是夸张,说的是实话。

穿上滑雪服的博慕迟,即便不是去赛场,也像穿上盔甲的将军。她由内而外散发出的气质格外不一样。

私服像明艳却活力满满的大小姐,滑雪服让她看起来又美又飒,有种肆意张扬的美感。

午后的阳光落在她的身上。她抱着雪板,笑意铺满眼睛,耀眼夺目,让周围原本没注意到她的人,也纷纷投来注视的目光。

连带着在酒店磨磨蹭蹭许久才过来的邢璐也注意到了她的存在。

看到她,邢璐皱了下眉,询问旁边的助理:"她是谁?"

助理仔细打量了下不远处的博慕迟,轻轻摇了摇头:"不知道。"

她也不认识。

毕竟,不是所有人都会关注滑雪比赛,就算关注了,也少有人会去记得运动员长什么样。

邢璐看着博慕迟那张比在场所有演员都要漂亮精致的脸,微眯了眯眼。她看向一侧正在交流的陈星落,蹙起眉头,隐约有不太好的预感。

博慕迟没有在意周围人的目光,跟陈星落打了声招呼,便带着助理丹丹去了缆车那边。

两人过去时,秦闻也跟了过来,激动地道:"慕迟妹妹,我也想去高级滑道玩一玩,带带我呗?"

博慕迟看着他亮起来的眼睛,知道他是真喜欢滑雪。

她点头说:"好。"

秦闻一笑:"谢谢。"

他带着助理一起上了缆车,跟博慕迟交流:"我之前就一直想来高级滑道,但没敢尝试。"

博慕迟翘了下唇,看着脚下的皑皑白雪:"中级滑道滑过吗?"

秦闻颔首："滑过。"

博慕迟心里有数了："那高级滑道练两天也不是问题。"

"我相信慕迟妹妹。"秦闻含笑望着她说，"你能指导一二的话，我肯定没什么问题。"

博慕迟看他期盼的小眼神，其实挺想告诉他一个真相，滑雪运动员自己滑雪厉害，但不一定会教人。

教人这种事，专业的教练更合适，不过对秦闻这种会滑雪的人来说，她教也没问题。新手的话，最好找专业教练。

他们运动员和教练比较的话，还真是各有所长，术业有专攻。

抵达高级滑道，博慕迟本想跟秦闻说点儿技巧方面的事，没想到秦闻一脸兴奋地望着她说："慕迟妹妹，你要给我们表演一下吗？"

博慕迟哭笑不得："我是要训练。"

秦闻："那你去训练，我自己先找找感觉。"

"你确定？"博慕迟不太放心地看着他，叮嘱道，"这边的滑道比较高、比较陡，要注意安全。"

秦闻一笑，丝毫没有大明星的架子，笑盈盈地道："知道，你去吧。"

博慕迟确实得训练了，把自己的手机给了丹丹，让她待会儿随便给自己拍几个视频。博慕迟每隔一两天就会给教练他们发自己训练的视频。

虽然队里并不强制他们发视频，但她习惯了，也喜欢跟教练分享自己在训练中遇到的困难和收获的心得。

博慕迟说不管秦闻，便真的没再管他了。

她简单拉伸了下，踩着雪板从顶端往下滑。这种简单的高级滑道对她来说，没什么挑战，也没什么困难可言。

滑雪场的滑道不会插三角旗门，更不会有两条只相隔几米的对手赛道，博慕迟只能在脑海里想象哪里会插下三角旗门，三角旗门间隔的距离有多少。她在自己脑海里刻画了一个赛道，用来保证速度，控制身体。

听到声音，秦闻和助理一起抬头。

他们抬头的瞬间，博慕迟从滑道滑出，自由得像在海里遨游的鱼，身姿灵活地在滑雪道上来回穿梭，侧身、后仰、呲雪、换刃……所有对其他人而言困难的东西对她来说如鱼得水一般自在。

她速度很快，"嗖"的一下便没了影子。阳光随着她的身影而移动，一直未曾挪开。

秦闻和助理，乃至于初级道那边注意到她的选手也都齐刷刷地看呆了。

"天哪,"丹丹惊呼,"慕迟妹妹也太帅了吧。"

秦闻挑眉,一脸骄傲:"她还有更帅的。"

秦闻助理略微嫌弃地看了自家艺人一眼,博慕迟又不是他什么人,他这骄傲的语气好像被夸的是自己一样。

丹丹后知后觉地拿起手机想要给她录视频,发现晚了。

秦闻不紧不慢地道:"别着急,她肯定不止滑这一次。"

这还真被秦闻说中了,博慕迟确实不止练习一次,在高级道练了几次平行大回转,才转到U型池那边。

U型池是她擅长的,也是她最想突破的。

U型池需要技巧和力量,博慕迟可以,但高度一直摆在那里,难以突破。

今天也一样,博慕迟跳了几个反脚回转连接1450°后,一直没办法再往上跳。

落地后,博慕迟望着天空幽幽地叹了口气,有些烦恼地将头盔摘下,揉了揉眼睛。

与此同时,傅云珩第一时间知道了她去滑雪场的消息。

陈星落拍了一张两人合照发在群里,还邀请他们一群人去剧组玩。

傅云珩点开照片看了片刻,看着博慕迟脸上灿烂的笑容,手指动了动,魔怔似的将照片保存到了相册。

做完这一系列动作,他才往下翻他们的聊天记录。

姜既白最近有时间,还真可以去剧组转转,而程晚橙是大学生,时间也相对自由。至于迟应和贺礼两个高中生,要去也不是不行,只是得找个不补习的周末。

迟应:"我们这个周末就不学习!我想去!我都多久没见到我姐了!"

程晚橙:"这个话,你要和迟姨说,看她信不信。"

迟应:"云珩哥,救救我。"

贺礼:"你喊云珩哥也没用,他工作忙,又不和我们一起去。"

陈星落:"那可不一定……@F你周末要上班?"

姜既白:"不上班他也要写论文。"

傅云珩看到这儿,还真不知道自己要不要回复。

什么都让他们说了,他说什么好像都不太对。

几个人在群里正嚷着,陈星落忽然又往群里发了一个视频。

傅云珩点开一看,博慕迟飞跃在皑皑白雪的上空,身形矫健,像有轻功一样，在空中回转，整套动作流畅得让人惊叹。

看完，傅云珩又重新看了一遍。

等他退出视频回到聊天界面时，迟应已经注意到了视频里说话的男声。男声混在风声里，听起来其实并不那么清楚。

迟应："星星姐！我姐滑雪那里为什么有男人的声音？！"

迟应："还好我今天偷偷带了手机到教室，不然就错过这惊天动地的消息了。"

贺礼："我现在去告诉老师你又带了几个手机来学校。"

他们学校不让带手机，从入校以来到现在迟应已经被收缴好几部手机了。

迟应："是不是兄弟，你不也带了？"

程晚橙："贺礼是年级第一，老师允许带的，你是偷摸带的。"

迟应："你们都欺负我！"

陈星落："啊？刚刚的男声是秦闻的，就我们剧组男一号，他跟兜兜在 U 型池那边，视频也是他帮忙录的。"

秦闻这个名字一出来，程晚橙高兴了。

她 @ 姜既白几个人，说这周末就去剧组探班，一刻也不能再等。

瞬间，剧组探班小分队便成立了。

傅云珩抬了下眼，在他们说得正起劲的时候发了条消息。

他消息发出后，群里安静了大概半分钟，才再次有了接踵而至的信息。

姜既白："你不加班？"

迟应："云珩哥，你真和我们一起去啊？"

贺礼："云珩哥，你最近是不是工作压力太大，需要出去散散心。"

程晚橙："云珩哥你真和我们一起去探班啊？"

傅云珩："嗯。"

只有陈星落，像是意料之中似的 @ 傅云珩叮嘱，让他给几个人买票，买好把航班信息发过来，她安排人到机场接他们。

傅云珩接下了这个重任。

在滑雪场练到五点半，博慕迟一行人才离开。

晚上剧组导演订饭店，博慕迟作为陈星落"家属"，自然跟了过去。

去的路上，她才看到群里那几位说要来剧组的消息。

博慕迟眼睛一亮，第一时间去找傅云珩聊天。

博慕迟："云宝！"

收到博慕迟消息时，傅云珩刚到医院。

隔着屏幕，他都能感受到博慕迟此时此刻的心情，耳畔甚至还回响着她的腔调。她声音不软糯，但听起来让人觉得很舒服。

傅云珩勾了下唇，回了她一句："在。"

博慕迟："你们周末一起来剧组？订票了吗？"

傅云珩："待会儿看看。"

博慕迟："哦！那订了跟我说呀，我去机场接你们，反正我在剧组也没什么事。"

傅云珩："行。吃饭了吗？"

博慕迟："正在去饭店的路上，导演请客，我蹭饭，你吃了吗？"

傅云珩："还没有。"

博慕迟："你今晚吃什么？在家吃还是医院？"

傅云珩："医院。"

博慕迟扬了扬眉，琢磨了下回他："医院的饭菜好吃吗？"

傅云珩一顿，心领神会地告诉她："下回带你来试试。"

博慕迟眉眼弯弯，毫不犹豫地答应："好呀，说话算话。"

傅云珩："放心。"

博慕迟和傅云珩聊了会儿，心情有所好转。

怕耽误傅云珩时间，她很自觉地早早结束了和他的对话，转头看车窗外的街景。

冰城是座大城市，各方面建筑其实和北城都不太一样，楼房看上去大多是欧式风格，博慕迟还挺喜欢的。

毕竟，没有人不喜欢城堡。

她知道这座城市下雪的时候有多美，也知道这儿的人有多爽朗。正想着，她放在膝盖上的手机振动了一下。

博慕迟点开一看，竟然是许鸣发来的消息。

许鸣："你在冰城？"

博慕迟一愣，丢掉的记忆短暂性回来了。她想起来了，许鸣好像就是冰城的，训练队最近不集训，不出意外他应该是回冰城自己训练。

想到这儿，博慕迟回他："对啊。你怎么知道？"

她应该没在任何群和社交平台上曝光过自己在哪儿……

许鸣告诉她是在一个朋友的朋友圈里看到她在滑雪的视频。

博慕迟："啊？"

223

许鸣:"你今天去的那个滑雪场,专业和不专业的游客都不少。"

看到博慕迟这么厉害的表演,大家在震惊之余,当然不会忘记拍视频。她不摘头盔,很少有人能认出她,但许鸣不一样。

许鸣和她是这么多年的队友,知道她滑雪时的一些个人习惯,也知道她做的那些动作,一般人是做不到的。当然,他确实也能一眼将包得严严实实的博慕迟认出。

听许鸣解释完,博慕迟明白了。

她言简意赅地说:"是在这边,跟我家里一个姐姐在这边有点儿事。"

许鸣:"待多久?"

博慕迟:"一周左右吧。"

许鸣:"你住哪儿?"

博慕迟:"怎么?"

许鸣:"你都来冰城了,我怎么也得尽地主之谊请你吃饭不是?焦明诚也和我在一起,我们什么时候有空聚聚?"

怕博慕迟拒绝,许鸣还提起了她最心动的雪山追逐项目。

许鸣:"你之前不是一直想去玩障碍追逐吗?我们可以组队。"

看着许鸣发过来的"障碍追逐"这几个字,博慕迟是真心动了。

她扭头问陈星落:"星星姐,我有队友在这边,我出去和他们玩两天应该没事吧?"

陈星落警觉地问道:"哪个队友?"

"许鸣啊,"博慕迟没瞒着她,"他是本地人,他们玩户外滑雪很厉害,我想去试试。"

闻言,陈星落在脑海里寻找了下和许鸣有关的记忆。

她扬了扬眉,看了博慕迟片刻,鼓励道:"我觉得可以,不过你得把丹丹带上。"

看博慕迟拒绝的神色,陈星落一本正经地说:"你不带个我安排的助理,我不放心。"

博慕迟没辙:"好。那我回许鸣了。"

"嗯。"

博慕迟:"可以呀,晚秋姐家是不是也在这儿附近?把她也叫上吧。"

许鸣:"嗯。那时间定了告诉你。"

博慕迟:"可以,不过这周末不行,我有事。"

许鸣本来还想问你有什么事,但字敲出来后,他还是删了。

第八章

喜欢的人

周末很快便到了。

博慕迟提前收到了傅云珩发来的航班信息,陈星落安排保姆车去机场接他们。

陈星落看她高兴的模样,捏了捏她的鼻子,自言自语:"傅云珩命怎么那么好?"

博慕迟没听清:"你说什么?"

陈星落瞥她:"没什么,注意安全,接到人跟我说一声。"

博慕迟弯唇:"知道啦。"

到机场没一会儿,博慕迟便在出口处看到了朝自己走来的人。

傅云珩走在最前边,天气越来越热,他只穿了一件蓝色竖条纹衬衫,清清爽爽的,少了分冷峻,多了丝阳光。

博慕迟的视线从上而下,在他笔直的长腿处停留片刻,又挪回到他的脸上。

她的目光挪回去时,恰好对上他看过来的深邃目光。

上午时阳光炙热刺眼,机场出口人来人往。但一切都没有面前的他更引人注目。

两人视线在空中相接,还没来得及说话,程晚橙率先朝她飞扑过来,把博慕迟撞得往后退了两步:"兜兜姐。"

程晚橙蹭着她,嗅了嗅说:"你今天是不是喷香水了?好香啊。"

听到这话,其余几人齐刷刷地盯着她。

迟应走近,扯着博慕迟的衣服嗅了嗅,嘀咕道:"真的呀……"

他抬头,更是发现惊喜似的:"姐,你还化妆了,你来接我们化什么妆?"

博慕迟懒得理他,抬手推开他的脑袋:"你管我?"她瞪了他一眼,"小乖也化妆了。"

程晚橙:"就是,女生化妆是为了美,还能为什么?"

贺礼认同地点了点头:"我妈也这样说的。"

姜既白笑道:"先上车。"

只有傅云珩,目光在她双颊停留片刻,和她并肩走的时候,低声说了句:"很漂亮。"

博慕迟一怔,唇角往上牵了牵。

"小傅医生。"她和他一起往车旁走,小声说,"你今天也挺帅呀!"

傅云珩脚步一顿,敛睫看着她:"只有今天?"

博慕迟微哽:"你什么时候开始自恋了?"

他们不过几天没见而已。

傅云珩"嗯"了了声:"刚刚。"

上了车,姜既白坐上副驾驶座。

贺礼和迟应坐中间两个位置,博慕迟、程晚橙还有傅云珩三人,挤在最后一排。

博慕迟坐在中间的位置,一边是程晚橙,一边是傅云珩。

她跟程晚橙叽叽喳喳聊了好一会儿,才去注意身侧的人。

博慕迟偷偷地瞄了傅云珩的侧脸轮廓一眼,垂下眼看他局促的两条大长腿,产生了些许冲动。

傅云珩的腿被人撞了下。

第一下时,他以为是博慕迟不小心。第二下,他撩起眼皮看向旁边朝自己笑的人。

傅云珩侧头看着她,眼眸在午间阳光正耀眼时,也变得格外晶亮:"怎么了?"

博慕迟抿了下唇,没事找事:"没事呀,我不小心的。"

听到这话,傅云珩挑了挑眉:"不小心的?"

博慕迟"嗯"了声,让自己看起来无比真诚。

傅云珩眼神平静地看了她须臾,点了点头。

博慕迟没太明白他点头是什么意思。她瞅着傅云珩,正想多问,耳朵忽然被他粗粝的指腹捏住。

顷刻间，博慕迟的大脑一片空白。她一口气提到了嗓子眼，耳朵和脸颊同时变得滚烫。

她嘴唇翕动，错愕地看向傅云珩："你干吗？"她压着声问。

"兜兜。"傅云珩喊她，声音沉沉，"你知不知道你从小就有个习惯？"

博慕迟眨眼："啊？"

傅云珩戳了下她柔软的耳垂，凑到她的耳朵边告诉她："你每次一说谎，耳朵就会红。"

博慕迟一愣，是真不知道自己有这个习惯。

她瞪圆了眼看向傅云珩："我哪儿有……"

"你有。"傅云珩目光沉静地看着她，抬了抬下巴示意，"你耳朵现在就……"他不紧不慢地说，"很红。"

博慕迟的上下唇动了动，她还想狡辩，傅云珩忽地再次上手，手背蹭过她的脸颊，她的眼睫不受控地颤动。

他的目光一寸寸扫过她的脸颊，慢条斯理地点评："脸颊也很红。"

听到傅云珩这话，博慕迟很想狡辩说自己没有。

可被他触碰过的脸颊和耳朵都在用逐渐升高的温度告诉自己——这是真的，他说的是真的。

她微忖三秒，放弃挣扎。

"哦。"博慕迟佯装淡定地转头看向他，"那你让我看看。"

傅云珩愣了下："看什么？"

博慕迟直接侧着脑袋到他面前，双眸直直地盯着他的眼睛。

顷刻间，他的瞳孔被她占据，眸子里倒映出她的样子。

在傅云珩想明白时，博慕迟已经开口："看看我的脸红成了什么样。"她一本正经地解释，"我没带镜子，借你的眼睛用一用。"

傅云珩被她的举动弄得一时也有些蒙。但很快，他也反应了过来。他看着面前化过妆的精致小脸，眼睫微动，从她眼睛往下，视线停留在她柔软似果冻的唇上。

博慕迟今天涂的是嘟嘟唇，水水润润的，看上去格外弹，让人很想伸手摸一摸，甚至……咬一口。

少顷，傅云珩喉结滚了下，强迫自己将视线从她嘴唇上挪开："看清楚了吗？"

博慕迟看着他滚动的喉结，鬼迷心窍地想碰一碰。

这个念头刚出，耳朵边便有了傅云珩的声音。她一顿，控制住自己的冲动，轻眨了眨眼说："没有。"

傅云珩敛睫："还看吗？"

"不看了。"博慕迟坐直身体，慢吞吞地将视线挪回，若无其事地看着回头看戏的其他人："回去再看。"

傅云珩顺着她的视线去看，恰好对上迟应和贺礼那略微不寻常的打量目光。

四个人对视须臾，迟应率先问："看什么？"

他们没听清楚他们之前在说什么，只是在博慕迟弓腰侧对着傅云珩的时候才注意到两人有交流。

博慕迟："看我脸上是不是有东西。"

贺礼茫然："有吗？"

刚刚塞了耳机在看舞蹈视频的程晚橙一摘下耳机便听到了这个对话，想也没想说："有。"

瞬间，四个人齐刷刷看向她。

只是每个人看她的眼神都不太一样。

程晚橙对着四个人的打探目光，想也没想地说："兜兜姐脸上有……"她故意停顿了下，卖了个关子，"美貌。"

迟应噎了噎，拉回贺礼："我们继续玩游戏吧。"

程晚橙扭头看向博慕迟，一脸茫然："我说错了吗？"

"没有。"博慕迟钩着她的手臂，"是他们这些直男不懂我们的梗。"

"就是。"程晚橙很是骄傲，和博慕迟笑嘻嘻地聊天，"兜兜姐我给你看一个舞蹈视频，这个人跳舞好厉害。"

博慕迟点头："来让兜兜姐看看到底是何方神圣，能让我们小乖这样夸她。"

傅云珩看着两颗凑在一起叽叽喳喳的小脑袋，微微抬了抬眼。

想到她刚刚凑过来的举动，傅云珩怔忪片刻，垂下眼将注意力放在自己那尚未恢复正常的心脏跳动频率上，无奈地笑了笑。

到酒店办好入住手续，迟应这边已经嚷嚷着饿了。

几个人也懒得出门，索性在酒店餐厅用餐。陈星落在剧组忙，中午就不过来和他们吃饭了，让博慕迟直接带他们去剧组就行。

吃过饭，几个人都打算回房间补补觉。

程晚橙跟博慕迟一起住，四个男生订了两间双人房。毫不意外，姜既白和傅云珩一间，迟应跟贺礼住一起。

博慕迟看了看他们的房卡，因为剧组包了酒店两层楼房，他们四个男生的房间都在楼上。

傅云珩看她认真的模样，笑了下："看什么？"

博慕迟也不扭捏，直接说："看你们的房间号。"

傅云珩微顿，低声问："记下了？"

博慕迟仰头看着他，眨了下眼问："你知道我住哪间房？"

"1112。"傅云珩很快报出房间号。

博慕迟扬眉，眸眼晶亮地说："记性不错。"

听着两人的对话，迟应总觉得哪里怪怪的。

他用手肘推了推旁边的贺礼，压着声问："你有没有觉得我姐跟云宝最近奇奇怪怪的？"

贺礼连个眼神都没给他，心不在焉地道："哪儿怪？"

"就……"迟应一时也说不上来，就是觉得这两人亲密得似乎有点儿过分。莫非博慕迟真的想把弟弟换成哥哥？

这不能怪迟应多想，实在是很小那会儿，博慕迟就说过这样的话。

每次迟应一惹她生气，她就哭着喊着说要跟季云舒换哥哥，把弟弟送去傅家，把傅云珩要来自己家。

思及此，迟应内心警铃大响。

他冲到两人中间，两只手分别搭在两人肩膀上，强行插入："姐，你跟云珩哥在聊什么呢？"

没等两人回答，他自顾自地说："我们下午就只有去剧组的行程吗？晚上吃点儿什么啊？我听说这边的烧烤非常不错，我们什么时候去吃？"

博慕迟和傅云珩隔着中间的电灯泡对视，双双在对方的眼中看到了无语二字。

她蹙起眉头，扭头看向迟应："你干吗？"

迟应眨眼："啊？"

博慕迟微微一笑提醒他："我能吃外面的烧烤吗？"

迟应愣了下，悻悻地摸了摸鼻尖："忘了。"

博慕迟不能吃外面的烧烤。

她可以吃少量的烧烤类食物，但她绝不在外面吃，这是她一直以来的习惯。

博慕迟轻哼，没忍住揉了揉他利落的短发："你脑袋瓜里一天到晚在想什么？"

她睨他一眼："上回月考考多少分？"

迟应噎了片刻，对上博慕迟逼问的眼眸，默默往后退了两步："就……两位数。"

博慕迟蒙了蒙，格外不可思议："莫非你还真想考一位数？"

迟应倒是没这样想过，但他的成绩也就那样。

博慕迟一脸无语："我一定要跟爸妈说，让他们给你安排补习。你就算再不喜欢读书，好歹也考个像样的成绩出来吧。"

说真的，不单博慕迟没想到，连迟绿和博延也想不通，他们家其他人在学习各方面都很不错，唯独迟应与众不同。

他们偶尔想对他严厉一点儿，又觉得只要他开心就行。毕竟人各有志，每个人想走的路也不同，享受当下的生活最重要。可有时候他们又觉得，确实也不能让他一直这样放纵下去。

回了房间，博慕迟特意和迟绿提了这事。

迟绿叹了口气："随他去吧。"她说，"他开心就行。"

博慕迟无奈："他每天在学校都不听课吗？"

"也不是。"迟绿其实也问过老师，老师只是说迟应的注意力不在学习上，但他上课也不捣乱，就每天看着窗外不知道想些什么，活脱脱一个忧郁少年。

博慕迟"扑哧"一笑，翘着唇角："不会是在想女孩子吧。"

迟绿："真的假的？"

博慕迟："我随口说的……"

"哦。"迟绿兴奋的语气骤减，"我还以为我能当个年轻的奶奶呢。"

博慕迟哽了哽，很是无奈地提醒："妈妈，迟应他现在都还是个未成年人。"

迟绿"哦"了声："说得也是。"她委屈地嘀咕，"那我还不是担心他以后会找不到女朋友嘛！"

博慕迟哭笑不得："就迟应那张脸来说，应该不至于。"

"希望吧。"迟绿想了想，这些事都太遥远了，"不说迟应了，说说你，在剧组那边玩得怎么样？"

"还可以，"博慕迟很开心地和迟绿分享，"待会儿和云宝他们一起去片场，晚上大家一起吃饭。"

闻言，迟绿眉梢上扬："那好好玩，云宝他们难得有时间过去。"

母女俩简单聊了会儿，迟绿想让她好好睡午觉，早早挂了电话。

博慕迟放下手机在床上闭着眼，发现自己竟然睡不着。她侧头盯着床头柜的手机，然后拿起给傅云珩发了条消息。

博慕迟："云宝，你睡了吗？"

消息刚发出，傅云珩便回了她："没有。睡不着？"

博慕迟："有一点点。"

傅云珩："程晚橙呢？"

博慕迟："她在星星姐房间睡。"

傅云珩："想不想出门？"

博慕迟眼睛一亮："去哪儿？"

傅云珩其实也不知道去哪儿，刚落地并不清楚这边有什么是博慕迟喜欢的。

微忖片刻，他给博慕迟发了条语音："先看看你有没有想去的地方，没有的话就随便走走？"

博慕迟："好。"

出门前，博慕迟去陈星落的房间看了一眼，程晚橙已经睡着了。

她蹑手蹑脚地带上房门，又将房卡放在门口鞋柜上，这才走了出去。

她出去时，傅云珩正好从电梯那边过来。

博慕迟看着他颀长的身影，走到他面前，略微有些惊讶地道："你怎么在这层下了？"

她以为他们在一楼大厅见就行。傅云珩垂睫看着她，还是上午那套简单的搭配。

他"嗯"了声，淡淡地说："没太大差别。"

博慕迟："哦。"

她也觉得没多大差别。

傅云珩和她并肩去等电梯，随口问："程晚橙睡着了？"

"睡了。"博慕迟点头，"姜既白呢？他知道你出来吗？"

傅云珩瞥她："知道。"

博慕迟扬眉，好奇不已："他没问你出来做什么？"

"问了。"傅云珩有问有答，态度非常好。

博慕迟诧异："那你怎么说？"

"我说，"傅云珩抬手，将她粘在唇上的头发别在耳后，嗓音含笑，"陪漂亮的天才少女闲逛。"

听他再次提起自卖自夸的这个称呼，博慕迟有些不好意思地睇了他一眼："你别这样喊我。"

"嗯？"傅云珩看着她，慢条斯理地问，"那怎么喊你？"

"就跟以前一样就好。"博慕迟要求。

傅云珩兀自笑笑，从善如流："行。"

他答应得过于爽快，对她所求似乎都有点儿纵容的意味。

一时间，博慕迟还有点儿诧异，狐疑地打量着傅云珩，被他恰好逮住。

"怎么了？"

博慕迟看着他眉目舒展的脸庞，琢磨一下问："你今天心情很好？"

傅云珩稍顿，垂睫看着她："只想问这个？"

博慕迟呆愣愣地点头，不然她要问什么……

傅云珩无奈，拽着她的手腕一起进电梯，缓了缓说："还行。"

博慕迟扬眉，在心里思考，他都这么喜形于色了，只是还行吗？

当然，这话她只敢在心里想，没敢说出口。

傅云珩看她小表情就知道她在想什么，有些无奈。

"以后你就知道了。"他告诉博慕迟。

博慕迟默了默，略微迟疑："为什么我现在不能知道？"

傅云珩睇了她一眼，似有些无法忍耐，抬手捏了捏她白皙滑嫩的脸颊，嗓音沉沉："因为你现在傻。"

博慕迟噎住，嗔怒瞪他，启唇反击："你才傻。"

两人幼稚得像小学生斗嘴，好在考虑到是在电梯里，两个来回以后，都稍稍收敛起来。

博慕迟没在这个问题上多纠结，因为走出大厅，就看到了自己想去的地方。

陈星落他们剧组订的这个酒店，不算偏僻，周围环境很好，商业气息也浓，四面八方都有很多可以逛街的小街小巷，还有少许网红打卡点。

博慕迟入住的第一天就注意到酒店斜对面有家很有名的甜品店，总店在巴黎，冰城这边也是前不久刚入驻。

她对这家甜品店向往许久。

一个是他们家甜品设计确实漂亮，另一个是网上所有人都说好吃，味道不错，再加上店面装潢是法式风格，她非常非常喜欢。

但博慕迟不能吃过量的甜食，外食更要相对忌口，所以即使内心想去，却一直没进去过。

傅云珩顺着她指的方向去看，看到了一栋法式风格的白色小屋。

他微顿，敛眸看着她："想去那家店？"

博慕迟点头，眼睛闪烁着光芒："之前就想去，本来说等星星姐忙完和她一起去的，但你陪我去也行。"

傅云珩应声，没半丝犹豫："走吧。"

"啊?"博慕迟一愣,"你不问那是家什么店吗?"

傅云珩:"你不是想去吗?"

对他而言,什么店并不重要,重要的是博慕迟想去。

博慕迟微怔,觉得傅云珩这话说得非常有道理。可是,她有点儿心虚。

对上傅云珩投递过来的怀疑目光,博慕迟觉得自己有必要提前跟他说一声:"那是一家甜品店。"

傅云珩反应过来:"你要吃?"

"我就吃一口。"博慕迟舔了下唇,渴望道,"我主要是想进去看看,拍拍照。"

傅云珩抬了下眼:"不买能拍照?"

"不行……"博慕迟告诉他,"他们家还不让外带。"

傅云珩的脑袋跟着她的思绪转了好几个弯,他大概明白了她的意思。

"你的意思是,我们买一款,你负责拍照,我负责吃?"他不紧不慢地将她想做的事说了出来。

博慕迟眨眼:"差不多吧。"

"差不多?"傅云珩不解地看着她。

博慕迟吞咽了下口水,小声道:"我想买好几款,然后每款尝一点点,其他的留给你,你觉得怎么样?"

她真的馋很久了。

说实话,他不觉得这个主意很好,但看到博慕迟那双渴望的大眼睛,傅云珩又说不出拒绝的话。

没辙,他抬手弹了弹她的额头,无奈地道:"先去看看。"

闻言,博慕迟眼睛立马亮了:"好。"

她拽着傅云珩的衣服,谄媚地夸他:"我就知道云宝对我最好。"

傅云珩垂下眼看着她攥着自己衣服的白皙手指,唇角莫名地跟着往上牵了牵。

下午甜品店人不少,大多是打扮漂亮的女生和一对对情侣。

博慕迟和傅云珩进去,熟悉地报出了店内招牌产品。下单前,她想了想询问:"如果吃不完,可以打包吗?"

店员含笑应下:"当然可以。"

他们店是不外送,但不代表吃不完不能打包。

听到这话,博慕迟第一时间去找傅云珩,兴奋不已。

傅云珩缄默片刻，委婉地道："迟应他们也不是很爱吃甜食。"

"那不管。"博慕迟任性地说，"我买了他们就得吃完，不然浪费。"

傅云珩点点头，不再劝她少买。他担心自己多劝两句，博慕迟可能会让他把她买的所有甜品都吃完。

为避免这样的事发生，他觉得迟应他们多吃点儿也没事。

博慕迟兴致勃勃地选了五六款甜品，这家店的甜品都是小巧精致型，对于爱吃甜食的人来说，一个人吃两款也没什么问题。

她选好后，傅云珩自觉去买单。

"云宝。"博慕迟拦下他，"我来买。"

傅云珩有些哭笑不得："为什么？"

"这是我要买的啊，"博慕迟和他讲道理，"当然应该我来买单。"

傅云珩总觉得她并不单纯是这个意思。

"你确定？"傅云珩倒没有真的要和她抢的意思。

博慕迟郑重其事地点头："非常确定。"

傅云珩看了她片刻，点点头说："行。"

买完单，博慕迟觉得店员看她和傅云珩的眼神怪怪的，想了下原因，没想出来。

两人找了个靠窗边的位置坐下。

坐下后，博慕迟兴奋地开始拍照。

傅云珩坐在对面看着，真心觉得她就是个小孩子。

"云宝。"拍好蛋糕的照片，博慕迟喊他，"你给我拍几张跟蛋糕的合影吧。"

她把手机递给他。

傅云珩看她举起的手机，淡淡地说："我拿我手机给你拍。"

"啊？"博慕迟愣了下，沉吟三秒拒绝，"不要。"

傅云珩不解："为什么？"

博慕迟想也没想："你不知道女孩子拍照都用美颜相机的吗？你手机里有？"

傅云珩："……"他手机里还真没有。

两人僵持半响，最后傅云珩接过她的手机。

博慕迟"嘻嘻"一笑，朝他比着手势："你这样举着拍我，角度会好看一点儿。"

五分钟后，博慕迟拿回了自己的手机。她满心欢喜地点开相册一看，笑意僵在了嘴角。

傅云珩撩起眼皮看向她，跟着皱了皱眉："拍得不好吗？"

他觉得挺好的……

博慕迟第一时间将手机放到他面前，小声问："你觉得这张漂亮吗？"

傅云珩看她翻出来的，是一张眉眼弯弯对着自己比了个"V"形手势的照片。照片里，她笑得很甜，眼眸澄澈干净，像琉璃珠一样漂亮。

"漂亮啊。"傅云珩实话实说。

博慕迟一噎，又换了一张："那这张，你也觉得漂亮？"

傅云珩看了眼，点头。

来来回回好几次，博慕迟彻底放弃了，觉得自己和傅云珩的审美就不在一条线上。

"算了，我还是自拍吧。"博慕迟有点儿嫌弃。

闻言，傅云珩抬了下眼喊她："兜兜。"

"嗯？"博慕迟看着他。

"你觉不觉得……"傅云珩停顿了下，"你有点儿不讲理。"

博慕迟眨眼，没太明白。

傅云珩的身体往她这边倾了些许，目光灼热地紧锁她的脸庞，看得博慕迟有点儿不好意思。

她嘴唇微动，正想说点儿什么，傅云珩忽然开口："你可以觉得不漂亮，但你不能否认我的审美。"

博慕迟哽住："我没……"

她想说她没有，可对上傅云珩那双勾人，却在此刻透着点儿小委屈的眼睛，博慕迟到嘴边的话说不出来了。

她沉默了好一会儿，默默将这个罪名认下。

"我的错。"博慕迟讷讷地道，"我没有否认你的审美。"

傅云珩"嗯"了声，在她没注意时，眼里划过一丝笑意："真的？"

博慕迟重重点头："真的。"

"行。"傅云珩慢条斯理地道，"你要真觉得那几张照片不好看，不想留着，就发给我。"

"啊？"博慕迟呆住，"为什么？"

这是什么操作，她为什么一点儿都没明白。

傅云珩神色淡然，语气平静："我帮你存着，万一哪天你想看了，还能有个对比。"

博慕迟想了想，竟然觉得傅云珩说得很有道理。

她忍着笑，爽快答应："行，那我现在就发给你。"
她弯了弯唇："你要一直留着，不能删。"
傅云珩应下。
他们走出甜品店，博慕迟的心情比进去那会儿还要好。她甚至哼起了小曲，眼珠子转呀转，趁傅云珩没注意，还给谈书发了个放鞭炮的表情包。
谈书："拿下傅云珩了？"
博慕迟："差不多吧。"
谈书："此话怎讲？"
博慕迟瞥了旁边在接电话的人一眼，勾了勾唇角。
"晚上跟你说，我现在跟他在一起，不好暴露太多。"
两人到甜品店转了一圈回到酒店，程晚橙他们正好午睡醒了。
博慕迟让傅云珩喊迟应他们过来她的房间，把甜品吃完再去片场。
毫不意外，几位男士对甜品都敬而远之。
最后，在博慕迟和程晚橙的压迫下，他们像吃毒药似的，一脸嫌弃地吃完了。
"哎，"博慕迟想起一件事，"我们这么多人去剧组，是不是要给工作人员带点儿下午茶？"
傅云珩应声："我安排了。"
瞬间，所有人齐刷刷扭头看着他。
博慕迟也有点儿惊讶："你什么时候安排的？"
她怎么一点儿都不知道。
傅云珩还没说话，姜既白便先开了口："中午吃完饭回酒店那会儿吗？"
他听到傅云珩给陈星落打了个电话。
傅云珩点头。
众人恍然大悟，迟应夸赞道："还是云珩哥想得周到。"
博慕迟觑他一眼："他想得周到你那么骄傲干吗？"
迟应想也没想，脱口而出："一家人，与有荣焉啊！"
这话一出，其余几人都没觉得哪里不对劲，因为从小长辈也是这么和他们说的，他们是一家人。
但对此刻的博慕迟和傅云珩来说，这话有那么一丁点儿的不一样。
两人下意识地对视了一眼，又默契地挪开。
安静片刻，博慕迟红着脸训迟应："好好说话，不要学会个词就乱用。"
话音落下，迟应还没反驳她，傅云珩先侧了侧头，凑到她耳边说："他好像也没用错。"

博慕迟一顿，错愕地看着他。

同一时间，前边传来迟应扬得意的声音："就是就是，姐，你小时候还说要当云珩哥的童养媳呢，本来就是……"

后面的话还没说出口，迟应先遭到了他亲姐的"暗杀"。

博慕迟力气比一般女孩子要大，身手也极为敏捷，即便是迟应这么一个活力四射的高中生也逃不出她的追逐。

"闭嘴。"博慕迟红着脸，没好气地扣住他的脖子，捂住他的嘴。

迟应一口气差点儿没喘上来，在博慕迟的压迫下，憋屈地点头，一定管住自己的嘴。

博慕迟看他老实了，松开他，加快脚步往前走。

迟应深呼吸了一口气，察觉到她这个举动时，挠了挠头，有些蒙："我姐生气了？"

他是无心的，就随口一说。贺礼给他一个自求多福的眼神。

其实童养媳这件事，是小时候博慕迟太黏傅云珩，大人们说的玩笑话。等他们长大一点儿后，大人们也没再说这话来打趣她了。到现在，除了迟应偶尔不过脑地提那么一两次，谁都不会说。

迟应后悔不已，连忙道："我去跟她道歉。"

"我去。"傅云珩看了他一眼，顿了顿，"你姐没生气。"

说完，他没再看迟应，跟着博慕迟先离开了房间。

看两人一前一后消失的背影，姜既白慢悠悠地挑了下眉。

"我姐没生气？"迟应嘀咕，"那她跑那么快做什么？"

察觉到了什么的姜既白瞥他一眼，漫不经心地说："害羞了。"

"啊？"迟应大为震惊，他姐还会害羞？他不信。

姜既白噎了噎，跟看傻子似的看他一眼，不愿多说。

博慕迟刚钻进电梯，傅云珩就进来了。

这个时候电梯里就他们俩，连对方的呼吸声都能听见。

他们对视须臾，博慕迟动了动唇："要等他们吗？"

迟应他们应该刚出门。

"不等。"傅云珩抬手按下关门键，"他们等下一趟。"

博慕迟："哦。"

二人缄默片刻。

傅云珩看向低着头站在角落的人，轻笑了一声："刚刚跑什么？"

博慕迟真心觉得他明知故问，剜了他一眼，不想说话。

傅云珩勾了下嘴角："生气了？"

"没有。"她还不至于因为这点儿小事生气。

傅云珩了然，点了点头："那就是害羞了。"

听到这话，博慕迟抬起头，瞪圆了眼睛看着他，欲言又止。

"也不是？"傅云珩故意逗她。

博慕迟不想和他说话，上下唇动了动，憋了好一会儿才憋出一句："都不是，你不要乱猜。"

傅云珩一笑："我没有乱猜。"

他看着博慕迟，歪着头想了想，少年气十足："不然……就是恼羞成怒？"

博慕迟瞪他，听出了他话里的揶揄，轻哼道："你故意的是不是？"

傅云珩笑了下，否认道："我没有。"

"你有。"博慕迟这会儿很生气，"我看你就是迟应派来气我的。"

傅云珩真觉得自己挺冤的。

电梯恰好到一楼了，傅云珩边拉着博慕迟往外走边说："他还派不了我。"傅云珩顿了下，目光幽深地看着她说，"但你可以。"

博慕迟一怔，心跳再次加快。

傅云珩直白地问："需要我帮你训迟应吗？"

"不要。"博慕迟沉默了好一会儿，小声嘟囔，"他还不值得你浪费时间。"

莫名地，两人的周身都萦绕着一种暧昧不清的氛围。察觉到傅云珩的视线还落在自己身上，博慕迟还有点儿不好意思。

她抬起头，含糊不清地道："你别这样看我。"

傅云珩挑眉。

博慕迟别开眼，小声说："我说的是实话。"

她自己都不想多教训迟应，当然就更不能浪费傅云珩的时间了。

傅云珩唇角的弧度加大，嗓音含笑："好。"傅云珩道，"听你的，不在他身上浪费时间了。"

博慕迟抿唇，轻轻"嗯"了声。

傅云珩看她颤动的眼睫毛，觉得有些好笑，但为了不让她继续不好意思下去，他没再逼近。

"我们先走。"

博慕迟怔了怔，回头看着在下降的电梯："不等他们吗？"

"不等。"傅云珩道，"我们打车过去。"

博慕迟眨眼："为什么？"

傅云珩沉吟片刻，给出答案："他们太吵。"

两人坐上出租车不过两分钟，博慕迟便收到了迟应发来的控诉消息，问为什么不等他们一起走。

博慕迟底气十足地告诉他，傅云珩嫌弃他太吵。

迟应："云珩哥竟然这样说我？"

迟应："我以后再也不说他最帅了。"

博慕迟："不用你说，他也是最帅的。"

现在的她，非常护短。

毕竟博慕迟明白"情人眼里出西施"的道理。

虽然她现在还不是傅云珩的"情人"，傅云珩也不是她的"情人"，但她觉得这是迟早的事。

迟应受伤了，想找其他几个人求安慰，谁知道他们见怪不怪似的："谁让你说兜兜姐以前的事。"

程晚橙瞥他："他们先走也正常。"

贺礼应声："你待会儿跟表姐好好道歉。"

姜既白："不道歉也行，以后长点儿眼力见就好。"

迟应："……"

他哪里没有眼力见了？这个问题，姜既白不想回答他。

几个人闹哄哄地到片场门口时，博慕迟和傅云珩正站在门口等他们。

迟应诧异地扬了扬眉，瞬间把博慕迟抛弃他先走的事忘了个干净。

"姐。"他兴奋地喊，"你们等多久了？"

博慕迟瞅着他神采飞扬，和自己有点儿类似的脸半响，将训他的话咽了回去："没多久。"

几个人会合，这才一起往里走。

剧组的安检还蛮严格的，为了防止粉丝混进去，博慕迟还是打电话让陈星落的助理出来接的他们。

因为季节原因，陈星落他们剧组先拍的是滑雪场练习的部分。

博慕迟几个人一进去，便看到不远处站了一圈人。她抬眸往上看，剧组专用摄影机正在调配旋转。

"来了。"陈星落抽空过来找他们。

大家都不是生疏的朋友，陈星落跟他们简单聊了两句，便将博慕迟给拉走了。

"过来给我帮个忙。"

博慕迟被她拉着往前走,狐疑地道:"帮什么忙?"

陈星落抬了抬下巴指着不远的两位女演员,压着声说:"现在我们剧组请的教练没空,那两位是新手,你能不能找个地把她们教会?"

博慕迟无奈:"给我多长时间?"

陈星落:"今天她们肯定是学不会了,明天行吗?"

博慕迟微忖片刻,想了想:"如果她们不怕摔跤的话,今天就能学会。"

陈星落哽了下,默了默道:"只要不摔伤,就没多大事。"她看向博慕迟,"没问题吧?"

博慕迟点头。

陈星落一笑:"那我把她们叫过来,辛苦啦。"

她回头看了看:"你要觉得不想教,让迟应他们教也行,我相信他们的本事。"

博慕迟莞尔,翘了翘唇:"好。"

她觉得这是个好主意。

等陈星落跟演员交涉的间隙,傅云珩走到她身侧:"陈星落让你教人滑雪?"

博慕迟扭头看着他:"嗯,你说我能教会他们吗?"

傅云珩:"不知道。"

博慕迟哭笑不得,睨了他一眼:"你就不能说可以吗?"

他鼓励她都不会?

傅云珩依旧淡然:"不能。"

博慕迟:"为什么?"

傅云珩没告诉她答案,只抬眸看了看不远朝这边看过来的两个人,淡淡地说:"她们看起来不像愿意认真学滑雪的学生。"

不得不说,傅云珩还真是一语成谶。

博慕迟带着两人去不会被拍摄到的初级滑道,两人磨磨蹭蹭的,说雪地不好走,让助理帮忙抱着雪板走过去后,也仍旧是心不在焉的模样。

博慕迟其实不怎么会教人,从小到大唯一教过且教成功的滑雪者,就是傅云珩。

当然,傅云珩会滑雪的功劳也不能全落在她的头上,但她确确实实教过他。

她比傅云珩学得早,等他进滑雪场的时候,博慕迟已经能够在中级滑道叱咤风云了。

后来谈书、迟应他们滑雪，博慕迟也教过几次，但这几个人纷纷嫌弃她教得太快，他们吸收不了，最后抛下她，找了专业的滑雪场教练。

为此，博慕迟在教人这件事上，还挺受挫的。

只是受挫归受挫，她觉得在没有别的教练的情况下，自己也还是够用的。

"之前接触过滑雪吗？"博慕迟跟面前一直在小声交流的两个演员聊天。

"没有。"听到她的问题，其中一位回答说，"接触了我们也不至于让你教呀。"

她们不认识博慕迟，也不知道她的真实身份，只当她是陈星落的一位会滑雪的朋友。

博慕迟微微一笑："那我先教你们怎么穿雪板吧。"

"这还用教？"另一位说，"让助理给我们穿好就行。"

等她们穿好鞋，博慕迟继续和她们说滑雪的一些基本事项，怎么换刃，如何在雪地里让自己站得更稳，在滑行前行时怎么避免摔跤，摔跤时怎么急刹等。

她正说着，另一位长得很漂亮的女演员打断博慕迟的话："那么麻烦做什么……"她撩了撩头发，"反正能做后期，我们不穿雪鞋直接从上面跑下去都行，又没人知道我怎么下去的。"

博慕迟安静三秒，看向两人："确定？"

"对啊。"另一位娇俏可爱点儿的演员接话，"拍戏而已，别当真。"

"就是，我就算台词背不好，也有后期的配音演员来配，而且滑雪这么枯燥，我才不想学呢，还容易摔跤。"

闻言，博慕迟微微一笑道："行。"

她脸上看不出任何不愉快的情绪，依旧是之前的语调："那你们在这儿玩会儿吧，我过去跟制片人说一声。"

"哎？"听到这话，一人蹙眉，"你跟制片人说什么？"

那人看着博慕迟露出的眉眼，好笑道："你不会是要去跟星落姐告状吧，你第一次跟组？"

对于他们这种被人塞进来的演员来说，她们刚刚说的话是每个剧组时常都有发生的，并不是她们故意刁难博慕迟。

现在拍戏就这样，有些人台词只会说ABCD却依旧能拿奖……

博慕迟眉眼沉静："不算告状吧。"她淡淡地说，"我只是将你们的话如实转述一下。"

"你……"听到她这话，女演员脸色不虞，"你威胁我们？"

"有吗？"博慕迟抬了下眉毛，笑意满满，"我这样的行为应该还谈不上威胁。"

她没和两人多说，扭头喊道："星星姐，你过来一下。"

"你别太过分。"另一位说，"你以为陈星落过来会只听你的片面之词吗？"

博慕迟笑着上下打量她："你要是觉得星星姐不会听我的片面之词，你现在紧张什么？"

陈星落第一时间朝这边走了过来："怎么了？"她抬手帮博慕迟撩开落在头发上的雪花，"不好教？"

博慕迟"嗯"了声，一字不落地将她们说过的话转述给陈星落。

转述完，她没去看那两人，压着声音跟陈星落说："我去那边休息，你让其他人教她们。"

"行。"陈星落摸了摸她的脑袋，温声道，"抱歉，是星星姐考虑不周。"

她要早知道这两个演员是这样的脾性，就不会让博慕迟过来。

不说滑雪是她最喜欢、最放在心上的运动项目，就是换了其他滑雪爱好者听到这样一番话，心里也会不舒服。

博慕迟："没事。"她对事不对人。

"我去那边滑会儿雪。"她今天还没练习。

"去吧。"陈星落笑道，"让傅云珩陪你。"

博慕迟一愣，对上陈星落心知肚明的神色后，悻悻地摸了摸鼻尖："好。"

看博慕迟走开，两个演员看着陈星落，抱怨道："星落姐，你该不会只听她一个人说的吧，我们之所以不学是因为她根本就不会教。"

"对呀，"另一位说，"而且我们根本没说过那样的话，我们只是说想换个人教而已。"

听两人七嘴八舌地说着，陈星落脸上依旧挂着淡淡的笑。

"可以啊。"她说，"想换人教是吧？"

陈星落点头："这个没问题，你们先到旁边等等，等教练给秦闻他们讲完就来教你们。"

看陈星落没生气，两人对视一眼，格外惊喜："好呀，还是星落姐考虑周到。"

"就是就是，刚刚那位是谁呀，星落姐？"另一人想着博慕迟那么傲，忍不住好奇。

"她呀，"陈星落边往另一边走，边回头看向远处的高级滑道，眉眼间满是自豪感，笑盈盈地道，"是你们老板想约出来吃饭却约不到的偶像。"

· 242 ·

博慕迟教人时不喜欢有人打扰，所以傅云珩一直在另一侧等她。

看她气鼓鼓地下来，傅云珩把拧松瓶盖的保温杯递给她："喝点儿水。"

博慕迟一顿，娇气道："手冷，拧不开。"

傅云珩看了拧开的盖子一眼，在她发现之前将杯盖拿开，递到她的唇边："喝吧。"

注意到他的动作，博慕迟眼睫一颤："你已经拧开了啊？"

她觉得自己有点儿过分了。

"考虑不周到。"傅云珩嗓音裹着笑，"忘了把杯盖拿开了。"

博慕迟微怔，小口小口地喝了大半杯热水后才出声："哪儿有？是我太过分了。"

"谁说我们兜兜过分了？"傅云珩逗她，"我可没这样说。"

博慕迟愣了下，莫名被他逗笑。

她翘了下唇，眉眼松动，眼睛弯弯地望着他："真的？"

傅云珩瞥她，没搭腔，但他默认了。

"那我再过分一点儿可不可以？"博慕迟得寸进尺地提着要求。

傅云珩抬眼："想做什么？"

博慕迟把保温杯递给他："我想你陪我去洗手间，然后我们去高级道那边滑雪？"

她遇到不开心的事，或听到让自己不高兴的话时，都习惯在雪场将情绪发泄出来。

傅云珩自然没意见，看了另一侧还在玩游戏的迟应几个人一眼："把他们叫上，你应该很久没和迟应比赛了。"

博慕迟听到这话，眼睛亮了。

"迟应。"她立马喊人，"跟我去换滑雪服，我们去高级道比赛。"

迟应还没说话，程晚橙第一个表示支持，积极道："走走走，我们也去，我要看迟应被兜兜姐狠虐。"

迟应不知道，也不明白自己老老实实在这边玩游戏，到底又做错了什么……

十几分钟后，一行人换上滑雪服抵达高级滑道，这群人的滑雪水平都不差。

博慕迟兴致勃勃地看向迟应："怎么比？"

迟应完全是被赶鸭子上架，这会儿还是蒙的："姐。"他不明白，"不比可以吗？"

博慕迟看着他:"真不想比?"

迟应愣了下:"一点点。"

"那就不比。"博慕迟也没勉强他,戴上帽子,扭头想跟傅云珩说自己先练习一会儿。

谁料,她话还没说,傅云珩先出了声:"我和你比?"

他目光沉静地看着博慕迟:"嫌弃我这个对手吗?"

博慕迟怔了下,看刺目的阳光落在他的头顶,衬得他发丝也变得柔软,五官更为柔和。

"真嫌弃?"傅云珩等了一会儿没等到她的回答。

"怎么会?"博慕迟轻声道,"求之不得。"

傅云珩兀自笑笑,把手机给一侧站着的姜既白:"行,那我们依旧比速度?"

"嗯。"

两分钟后,迟应看着"嗖"一下就不见的人影,茫然了。

他怔愣了好一会儿,看着博慕迟飞快消失在视野范围内的身影,眉头轻蹙:"既白哥。"

姜既白:"什么?"

迟应挠了挠头:"我姐心情不好?"

贺礼在旁边点头:"我看是。"

他们和博慕迟一起长大,自然知道她一些习惯做的事。

每回她心情不好,就喜欢在滑雪场找刺激。

除了正常训速和比赛,在其他时候她滑雪速度要是特别快,大多是她心情差劲的时候,更何况她现在是在跟傅云珩比赛。往常来说,她会因为自己运动员的身份,故意放点儿水,但今天她不仅没有放水,还滑得比日常训练快。

雪尘飞扬,白茫茫的雪花让高空有了不一样的色彩。

两道人影飞跃的速度,更让人惊叹。

"天啊!"另一侧拍摄片场有人惊呼,"那是谁在滑雪?看那个雪花呲的,这不就是我们剧里想要的自然特效吗?"

秦闻和于倩也跟着抬起了头看了过去。

于倩看了两眼,压着声问:"是慕迟妹妹吗?"

秦闻点头。

"星落。"导演也注意到了博慕迟他们,喊陈星落,"那是过来玩的游客吗?要不去问问能不能来客串?"

陈星落下意识地想拒绝，倏地想到了点儿什么。

陈星落扫了站在不远处同样也看呆了的两位女演员一眼，琢磨了下说："她应该不会答应。"

导演："有酬劳的。"

"她不差钱。"陈星落淡淡地说，"导演你见过她。"

导演和她对视一眼，猛地反应过来："那个偶尔会跟在你旁边的妹妹？就前两天还教了秦闻和于倩的那个漂亮女生？"

陈星落点头："是她。"

秦闻也跟着出声："导演，我觉得我们请不动她，别挣扎了。"

导演觑他："还没请，你怎么知道请不动？"

秦闻："她不喜欢上电视。"

陈星落莞尔："也不是这样说。"她道，"主要是刚刚我们有两位演员惹她生气了，现在再请应该很难。"

"谁？"导演诧异地道。

陈星落往后指了指："刚刚我们剧组的教练在给秦闻他们指导，我让慕迟去教她们俩滑雪，被拒绝了，嫌弃慕迟不够专业。"她托腮，慢条斯理地道，"要换作是我被这样拒绝，我肯定不会再答应过来帮忙的。"

陈星落耸肩，一本正经的模样："我妹妹也是有傲骨的。"

听着他们的对话，两位女演员脸色煞白。

"星落姐……"其中一人鼓起勇气说，"我们不知道她的身份，不是故意的。"

"确实，"陈星落看着她们，"不知者无罪，你放心吧，我也只是实话实说，跟导演转述一下，没别的意思。"

导演瞥了陈星落一眼，大概知道她心里的主意。

两人不是刚认识，自然清楚对方心里想什么。一个剧组，即便制片人、导演的背景再强大，也不能把投资商找的人都拒绝。

而那两位演员，就是他们没拒绝掉的。

陈星落对这种事，只要对方演的角色不是特别重要，都是睁一只眼闭一只眼，懒得多管。

但现在，她想管了。

那两人的角色确实不那么重要，可她就是不想给她们了。

片场安静片刻。

导演往陈星落这边倾斜，压着声音问："想怎么处理？"

陈星落琢磨了下，博慕迟应该也不需要她们道歉，应该也不想再看见这俩人。

"换人，"她直截了当地说，"我不出面，你帮我交涉一下？"

导演觑她："让我当坏人有什么好处？"

陈星落扬眉一笑："好处就是我们这部剧一定会效果更好。"

导演噎住，默了默说："成交。"

"谢啦！"陈星落爽快地道，"杀青了我请您吃饭。"

博慕迟并不知道陈星落已经帮她解决了让她生气的根源人物。

心情不好时，滑雪真的会让她忘掉一切烦恼，整个人变得放松愉快。她很喜欢滑雪场里狂风呼啸而过的感觉，很喜欢看见雪尘飘扬，甚至落在她身上的场景。

当然更重要的是，旁边还有人陪她。

她没回头，但她能感觉到傅云珩的存在。他就在不远处，朝她所在的位置飞驰。

两个人一前一后，像空中飞翔的雄鹰，在追逐，在奋力往前飞。

没有任何人、任何事，可以阻挡他们前进的步伐。

博慕迟停下，在终点等傅云珩。

少顷，傅云珩停在她的身侧。

漫天飞雪纷飞，博慕迟正抬眸去看他时，耳畔先有了他的声音："等很久了吗？"

博慕迟一怔，摇了摇头："没有。"

傅云珩一笑，抬手摘下她帽子上落下的雪花："我下次争取再快点儿。"

明明是很正常的两句话，可不知为何，博慕迟就是听出了别的意思。

她嘴唇翕动，沉默了片刻还是没忍住："你是单纯说滑雪吗？"

傅云珩的眉峰往上扬了扬，他有些许诧异："嗯？"他明知故问，"什么？"

博慕迟抬头，正想解释，忽地对上他满是笑意的瞳眸，里面映着她此刻的模样。

"你……"博慕迟反应过来，没好气瞪他，"故意的，是不是？"

她小声咕哝。

傅云珩一笑："我哪儿敢？"

他语调散漫，和往日冷淡的态度格外不同。

他拉着博慕迟往另一侧走，低声道："上去吗？"

他问的是去高级道出发点，博慕迟点头。

这会儿滑雪场去高级道的人不多，两人一过去便坐上了缆车。

缆车载着两人慢悠悠往上爬。博慕迟把自己身上的雪尘拍了拍，这才看向旁边的人："云宝。"

傅云珩看着她："心情好点儿了吗？"

博慕迟点了点头，没问他怎么知道自己心情不好。

他们从小一起长大，这点儿默契还是有的。

傅云珩拍了拍她的脑袋："别让自己委屈。"

"那我不会的，"博慕迟笑得像只狐狸，"我跟星星姐告状了的。"

傅云珩忍笑："怎么告的？"

"就实话实说。"博慕迟诚恳地道，"一字不落地实话实说。"

看傅云珩不说话，博慕迟凑到他面前："怎么？你是觉得我过分了吗？"

"没有。"傅云珩第一时间回答，看着她晶亮的眸子，"我觉得还可以更过分一点儿。"

有时候添油加醋，也不是不可以。

博慕迟笑道："你怎么比我还过分？"

傅云珩坦然应下，确实想更过分一点儿。

博慕迟笑了会儿，心情好了很多，抬眸看向另一侧，叹了口气说："云宝。"

"你说。"

博慕迟撇嘴："我的 U 型回转高度一直没办法突破。"

傅云珩怔了下："今天练练？"

"你陪我？"博慕迟眼睛一亮。

她当然想再多练练，但 U 型滑道的练习比高级滑道的平行大回转枯燥。

傅云珩低声道："我陪你。"

有傅云珩陪着，博慕迟练习的兴致又浓了很多。两人直接抛下其余人，走到了 U 型池练习处。

去速滑区之前，傅云珩抬手给博慕迟整理了一下她的头盔。

"不要勉强。"手搭在博慕迟头盔两侧，他垂下眼睑看着她，"慢慢来。"

博慕迟轻眨了眨眼，乖乖点头。

她有分寸。

在安全这件事上，博慕迟比一般人都更有分寸一些。她很清楚自己什么该做，什么不该做。

危险系数高的东西，她不会勉强自己去尝试。

傅云珩在旁边等着，看她在空中飞跃、旋转。他的视线，从始至终都没从她身上挪开。

她在哪儿,他的视野便在哪儿。

她来回练了几次,姜既白一群人也过来了。

"姐,加油。"迟应举起双手为她呐喊,"你是全世界最棒的。"

程晚橙也在旁边喊:"兜兜姐加油,练完我请你喝奶茶。"

贺礼:"兜兜姐不能喝奶茶。"

几个人说说笑笑,氛围格外融洽。

过了会儿,姜既白扭头想和傅云珩说点儿正事,余光瞟到他看的地方和他脸上的微妙神情,稍稍一顿。

"什么时候的事?"他压着声音问。

傅云珩瞥他,第一时间听出他这没头没尾的几个字指的是什么。

"不知道。"

姜既白被他的答案噎了片刻,有些难以置信:"不知道?"

他无奈:"你该不会以前就……"

后面的话不说,傅云珩也懂。

他缄默须臾,问姜既白:"我看起来像变态?"

他以前和博慕迟朝夕相处时,都是她初中、自己高中的时候。

博慕迟十三岁进国家队后,回家的时间就越来越少,他们俩见面的机会更少。后来他上大学,两人甚至过年也不一定能碰到。

姜既白也没那样说,就是觉得有点儿诡异和惊讶。

安静了会儿,姜既白挠了挠头说:"那你和兜兜现在是什么情况?"

傅云珩:"你看到什么情况就是什么情况。"

姜既白再次噎住,无语半响:"那你们打算什么时候在一起?"

说到这儿,姜既白想起一个他忽视的问题:"兜兜喜欢你吗?或者说,兜兜知道你对她有意思吗?"

听到这两个问题,傅云珩沉吟半响:"不知道,应该知道。"

要不是姜既白聪明,差点儿被傅云珩绕进去:"应该知道又是什么意思?"

傅云珩看向空中那抹白色的身影,轻笑了声说:"她那么聪明,应该看出来了。"

姜既白"哦"了声:"那前面的不知道是……你也不知道兜兜喜不喜欢你?"

"嗯。"傅云珩顿了顿,看向落地后朝自己这边看过来的人,淡淡地说:"总归应该是不讨厌。"

她不讨厌他,好像也不讨厌他和她有身体接触。

既然这样，那他就有信心让她喜欢上他。

姜既白看他如此自信，忍不住打击他："那你就不怕兜兜不讨厌你是因为一直把你当哥哥？"

闻言，傅云珩勾了勾唇角，说："哥哥也可以。"

她愿意喊就喊。

姜既白听出他的话外之音，无语道："脸皮真厚。"

傅云珩淡淡地看他一眼。

"唉。"姜既白叹了口气，"说实话，你对兜兜确定不是兄妹之情？"他怎么想都觉得有点儿难以接受。

这两人知根知底，怎么就忽然喜欢上了？

傅云珩面无表情地告知："我不是小学生。"他不至于连自己的感情状况也不清楚。

姜既白想了想，也是，就是纯粹觉得有点儿魔幻。

"那你跟我说说，你怎么发现自己对兜兜妹妹……"他用眼神示意，"你懂我意思吧。"

傅云珩："懂，但不想和你说。"

听到他不留情面的回答，姜既白非常受伤："为什么不能和我说？"

"因为要和她说。"他侧眸看向跑过来的博慕迟："还练吗？"

"不练了。"博慕迟跟姜既白打招呼："你们刚刚在说什么？"

姜既白："在说云宝喜……"

话还没说完，姜既白就被傅云珩狠狠踩了一脚，他的话卡在喉咙里，不上不下地出不来。

博慕迟看着两人，眼珠子转了转："喜什么？"

姜既白咳嗽了一声："没什么，你问云宝。"他往另一侧走，"我去厕所。"

人一走，他们这边明显安静了些。

博慕迟瞅着傅云珩，接过他给的水杯喝了两口水，好奇不已："云宝。"

傅云珩耳朵有点儿红，低声问："回去？"

博慕迟点头："可以。"她张望了下，"迟应他们先走了？"

傅云珩点头："去厕所了。"

他们刚过来没一会儿，程晚橙就想去洗手间，迟应和贺礼自然陪着她一起去。

博慕迟了然："难怪。"

她跟傅云珩在雪地慢吞吞走着，余光瞟到了点儿什么，博慕迟抬手拽住他

249

的滑雪服。

傅云珩脚步一滞，敛了敛眸："怎么了？"

"你还没告诉我，你刚刚和姜既白在说什么。"

"这么好奇？"傅云珩问她。

博慕迟眨眼："有点儿。"

傅云珩"嗯"了声，目光沉沉地看着她，意思很明显："说我喜欢的人。"

博慕迟错愕，下意识"啊"了声。

傅云珩看她呆滞的神情，俯身靠近，低声道："能听懂吗？"

博慕迟怔了怔，鬼使神差地回答："要是听不懂呢？"

"听不懂？"傅云珩笑了笑，也不生气，"那我说得再直白一点儿。"

他没给博慕迟反应的时间，直接说："你。"

博慕迟彻底呆住了。

其实她有感觉，也有过预料。但她一直以为傅云珩不会这么快说出口，也不会这么直接。

傅云珩观察着她的神情，缓声道："这件事对你来说可能有些突然，也有点儿快。"他脸上挂着笑，坦坦荡荡，"但我还是想告诉你。"

我喜欢的人是你。

博慕迟感觉自己的心跳慢了半拍，仰头看着他："我……"

"你不用着急回答我。"傅云珩抬手压住她柔软的唇瓣，对上她澄澈的双眸，莫名也有些紧张，"我就是想问问，我可以追你吗？"

第九章
怀抱

  细细碎碎的雪花还在滑雪场飞扬,正午的阳光格外明亮,还在蓝天白云下耀武扬威地闪烁,耀眼的光落在他的头顶上,形成一个细小的光圈,衬得他的五官更为立体深邃。

  他看着博慕迟时,眉眼认真且专注,眼眸里的思绪一览无遗,让她一眼就能看透。

  说完这句话,他也不催促她回答。

  他安静地敛睫看着她,鸦羽般的眼睫毛格外惹人注意。

  博慕迟怔松片刻,目光从他眉眼处挪开,又往下,落在他看上去格外柔软的唇上。

  她顿了顿,重新将注意力拉回到他的眼睛上,和他对视。

  在当下这一刻,博慕迟其实是有点儿蒙的。

  她预料过,甚至期待过傅云珩对自己表白这件事,但她没想到会这么快,甚至他会这么直白。

  蓦地,傅云珩再次弯了弯腰,温热的气息贴近她的双颊。

  博慕迟眼睫一颤,心脏好像要冲出身体。

  她回过神,眼睫微动:"你不怕……"她沉吟了片刻,"自己感觉错了吗?"

  其实博慕迟并不是想问这一句,他们都是成年人,又怎么会不清楚自己的感情到底是亲情、友情还是爱情。但她是个谨慎的人,还是想多问一句。

听到这话，傅云珩抬了下眼，嗓音沉沉的："要我重复一遍吗？"

"啊？"博慕迟诧异。

傅云珩抬手，把风吹到她脸颊的头发撩开，别在耳后："表白。"

他问的是，需要他再重复一遍自己的表白吗？是不是只有这样，她才会相信自己的感觉没有错。

博慕迟微顿，双颊开始发热。她抿了下唇，对上他炙热滚烫的视线，眼神飘忽地咕哝："你想的话我也不会拦着。"

傅云珩好笑地看着她，抬手捏了捏她的鼻子："故意的？"

"是你自己问的。"博慕迟压着自己怦怦跳动的心脏，佯装淡定，"又不是我逼你的。"

傅云珩偏头笑了下。

他重新拉回注意力，正想要再表白一次时，博慕迟忽然说："你想追就追，但是……"对上傅云珩那双漂亮的眼睛，她默默将到嘴边的"我不是你追了就能追到的"这句话改成了"你多久能追到，我就不保证了。"

傅云珩低低一笑，勾了勾唇角："行。"他拍了拍博慕迟的脑袋，"慢点儿答应也没有关系。"

博慕迟一怔："啊？"现在追求者还有这种要求？

傅云珩一眼看穿她在想什么，敛了敛眸子里的笑，缓声道："我们兜兜妹妹，值得被追久一点儿。"

从滑雪场回到酒店，博慕迟觉得自己还有点儿轻飘飘的感觉。要不是踩在结实的地板上，她可能还会生出一种自己要起飞的错觉。

察觉到这个傻乎乎的想法后，她立马掐断。

程晚橙偷偷瞅了她好几眼，又看了看时不时望着她露出宠溺笑意的傅云珩，隐约察觉到了点儿什么。

她思忖了会儿，摸出手机给博慕迟发消息。

程晚橙："兜兜姐。"

手机的振动把博慕迟从思绪中拉回，她点开一看，转头看向旁边看过来的程晚橙。

两人眨了下眼，博慕迟回了她一个问号。

程晚橙："你在滑雪场捡到宝啦？"

博慕迟第一时间反应过来她是在说自己脸上挂着的笑，微微收敛了些许，将唇角抿成一条直线，垂眼回："差不多吧。"

程晚橙："……"

博慕迟："以后告诉你。"

程晚橙挑了挑眉，目光在两人身上转了转，爽快答应："好。"

反正迟早知道，她也不急于这一时。

四位男士都非常绅士，把博慕迟和程晚橙送回房间后才离开。

临走前，傅云珩看了博慕迟一眼，倒也没说什么特别的话。但姜既白总觉得这两人之间有特殊情况。可具体是什么，他一下子也说不上来。

总归是好的就行。

回房间后，博慕迟第一时间点开了谈书的微信，发了十几个表情包过去。

谈书："傅云珩跟你表白了？"

博慕迟躺在床上打滚，唇角翘了起来："你好聪明啊。"

下一秒，博慕迟手机里有了她的来电。

她忍着笑躲在被子里接听，故意道："干吗呢，书姐，上班也不认真。"

谈书："你是被傅云珩的表白冲昏了头脑吗？我提醒你一下啊，今天周六。"

博慕迟噎住，是真忘记了。

谈书没想和她在这件事上多费口舌，催促道："快跟我说说，傅云珩怎么跟你表白的？他怎么这么快就表白了？这一点儿都不像他冷淡的个性啊。"

她相信博慕迟的魅力，可还是感觉很意外。

她原本以为这两人怎么也得磨磨蹭蹭半年，才会有明显的进展。

博慕迟微忖片刻："我也觉得有点儿突然。"她安静半晌，又说，"不过这确实是他的性格。"

谈书不懂："怎么说？"

"就……"博慕迟回忆了下，"他其实是个有想法就会表达出来的人，有些时候挺像我干妈的。"

傅云珩是个话少，性子冷，但很直接的人。

这一点，博慕迟一直都知道。

他会很明确地表达自己的喜欢和不喜欢。如果他的不喜欢会让人不舒服，那他可能不会说出来，但喜欢，他一定会说。

这是季清影从小教他的。喜欢的东西要表达，只有你直接表露出来了，对方才会知道，你才有可能争取到。你喜欢却不说，那没人知道你内心的真实想法。

即便最了解你的人，也有可能因为犹疑和猜测而错过。

谈书是跟季清影接触过，知道她是多么通透的人。

她恍然:"难怪。"她好奇,"那你怎么回答他的?"

"他问我说能不能追我。"博慕迟也没瞒着她,"我就说看他表现。"

谈书"扑哧"一笑:"还看表现?你们就不能直接在一起吗?"

"那不行。"博慕迟傲娇地说,"我都没被人追过,怎么也得享受一下被追求的感觉吧。"

谈书想了想,这话说得也没毛病。

"那你好好刁难一下傅云珩。"她自顾自地乐了起来,"我还挺想看看像傅云珩这样的高岭之花怎么追人。"

说实话,博慕迟也很好奇。但她觉得就傅云珩在感情方面的零经验来说,不能抱太大希望。

谈书笑了好一会儿才说:"恭喜你呀。"

博慕迟:"嗯?"

"得偿所愿。"谈书逗她,"你说要是傅云珩知道你早就喜欢他,还给他挖了坑让他往里跳,他会怎么想?"

博慕迟微窘,竟认真思考起来。

"应该也不会怎么样吧。"她底气不是很足,"管他怎么样呢,等他知道的时候,他也不敢拿我怎么样了。"

其实就算现在,傅云珩也不会把她怎么样。

谈书嘘了嘘,竟然觉得她说得有道理。

"那你问傅云珩没有。"

博慕迟:"什么?"

"他什么时候喜欢上你的?他怎么喜欢上你的啊?"谈书感觉自己像操心的长辈。

博慕迟安静三秒,神情呆滞:"忘了。"

在傅云珩表白的那会儿,她已经被兴奋和激动冲昏了头脑,根本想不起来问任何事情。

谈书:"我就知道。"

博慕迟蹭了蹭枕头说:"我现在去问问?"

谈书思忖三秒:"也不是不行。"

博慕迟:"那挂了。"

几分钟后,傅云珩收到博慕迟发来的试探消息。

博慕迟:"问你一个问题。"

隔着屏幕,傅云珩大概能猜到博慕迟想问的是什么。

傅云珩："你问。"

博慕迟："就……什么时候开始的？"

傅云珩装傻："什么'什么时候开始的'？"

看着他这条消息，博慕迟深深怀疑他是故意的。

她捧着手机，直截了当地打字："喜欢我！什么时候开始的？"

傅云珩："忘了。"

博慕迟："这也能忘？"

一天被两个人问同样的问题，傅云珩还真不知道要如何回答。

其实他想，只要和博慕迟接触过的人，大概都会难以自控地喜欢她。她漂亮、自信，有种与生俱来的魅力。

当然，他喜欢她不仅仅是因为这些，但一定要说出理由，他其实也说不上来。他就是不知不觉地被她吸引，无论是在人多还是人少的地方，只要她在，他的目光好像就很难从她身上挪开。

喜欢一个人不需要理由，什么时候开始喜欢也不用找到答案。

他下意识觉得能见到她的每一天，天气都格外晴朗，内心也充满了欢喜之意。

傅云珩一笑，回她："嗯。"

博慕迟无奈半响，想了想要问她什么时候喜欢上傅云珩的，好像她也没答案。

思及此，她不再追问。

博慕迟："那好吧。"

傅云珩："会扣分吗？"

博慕迟愣了会儿才反应过来他问这话的意思，唇角的弧度不自觉加大，扬着眉梢，慢吞吞地回："暂时不，但下回就不一定了。"

傅云珩："行。我一定好好表现。"

博慕迟忍俊不禁，放下手机趴在床上晃悠着脚丫子，感觉自己的那种兴奋感还是没办法压下去。

想了想，她问在客厅看电视的程晚橙："小乖。"

程晚橙："啊？怎么啦？"

博慕迟起身，扶着门框问："去逛街吗？兜兜姐买单。"

程晚橙眼睛一亮："去！就我们俩？"

博慕迟点头："带上他们太引人注意了，而且迟应他们没耐心，我们买好了喊他们过来提就行。"

· 255 ·

酒店离商场不远，他们走路十几分钟就能到。

程晚橙真心觉得这是个好主意，立马关掉电视和博慕迟出门，两人直奔商场。

刚到傍晚，商场人还有点儿多，熙熙攘攘，略微拥挤。博慕迟和程晚橙进的两家店都需要排队。

逛了会儿，两人才看到迟应在群里发的消息，问她们晚饭想吃什么。

博慕迟和程晚橙商量了下，把商场定位发了过去。

博慕迟："到这儿吃吧，有家不错的餐厅。"

迟应："你们不在酒店？"

程晚橙："逛街。"

迟应："逛街为什么不叫我，你们不差保镖吗？"

博慕迟看到这儿，深深觉得迟应自觉性还挺高，知道自己跟过来是当保镖的。

博慕迟："你现在过来还不算晚。"

傅云珩："嗯。"

博慕迟一愣，眉梢往上扬了扬："那我和小乖等你们。"

不过博慕迟没想到，在等傅云珩他们过来的间隙，会先碰到许鸣。

她和程晚橙逛得有些累了，索性将东西全放在一家店里，然后去屋顶花园吃饭。

这家商场的屋顶花园有好几家非常不错的餐厅，博慕迟看了看，有少量她能吃的东西。

几家餐厅客流量都大，两人索性排队拿了号，坐到一旁的长椅上等待。

博慕迟刚坐下不到三分钟，一侧传来了熟悉的声音："博慕迟？"

她循着声音抬头，看到站在侧边的许鸣。

看到她的眉眼，许鸣微微松了口气："还真是你。"

博慕迟拉了拉口罩："你怎么也在这儿？"

许鸣颔首，往后示意："跟朋友出来吃饭。"

博慕迟顺着他的目光去看，对上了好几双探究的目光。

她一顿，微微收回自己的视线："好巧。"

许鸣应声："你一个人？"

"不是。"博慕迟道，"朋友去洗手间了。"

许鸣点了下头，神色有点儿不自然："那要不要……"他看着博慕迟温声道，"拼个桌？"

博慕迟一笑，摇头拒绝："下回吧，我们这边人还挺多的。"

许鸣微怔。

博慕迟正想解释，远处传来迟应的声音："姐！"

两人侧眸，博慕迟朝他们扬了扬手。

许鸣抬眸，在看到朝这边走过来的几个人后，眉头轻蹙："他们都是你朋友？"他下意识问了句。

"是家人。"博慕迟回道。

许鸣走神间隙，几个人已经过来了。

"他是……？"迟应第一个发问。

"许鸣。"博慕迟给双方介绍，"我队友。"

迟应恍然："我有印象。"他笑容灿烂地道："你好，我是博慕迟的弟弟迟应。"

许鸣："你好。"

几个人简单介绍了一番，许鸣自知在这儿有些格格不入，跟博慕迟说了声，先行离开。

看他离开的背影，迟应好奇："姐，许鸣怎么也在这儿？"

"碰巧遇见的。"博慕迟没将碰到许鸣的事放在心上，随口道，"他是本地人。"

迟应："难怪。"

倏地，傅云珩走近，看她两手空空："逛街没买东西？"

"买了。"博慕迟仰头看着他，往下指了指，"放在店里了，待会儿吃完饭去拿。"

傅云珩颔首，拉着她继续坐下："那先休息会儿。"

博慕迟眼珠子转了转，看着他沉静的侧脸轮廓，趁着迟应几个人没注意，轻轻用手肘碰了碰他的手臂。

察觉到她的动作，傅云珩敛了敛眼睫看着她，并不言语。

博慕迟挑眉，想再靠近他一点点，又觉得自己这样太主动了。

她跟着安静了会儿，看向别处："你们刚刚在酒店做什么？"

傅云珩："写论文。"

博慕迟一脸无语地看着他："放假不是来放松的吗？你论文着急交？"

"不着急。"傅云珩顿了顿，握住她乱动的手。

博慕迟好奇："那为什么……写？"她想着就这么一点儿时间，没必要吧。

傅云珩看她那双好奇的眸子，缄默须臾道："我需要冷静冷静。"

他看论文、写论文，能让他躁动的情绪缓和一些。至于为什么需要冷静，博慕迟想她应该知道答案。

她还不至于那么傻，更何况傅云珩看她的眼神表露出来的意思实在太浓了。

想着，她没忍住笑了下："那你是紧张还是激动？"

"都有。"傅云珩想了想，告诉她答案。

博慕迟"扑哧"一笑，正要说话，迟应注意到她的笑容，狐疑地道："姐，你和云珩哥说什么呢？笑得这么开心，给我们分享分享？"

博慕迟和傅云珩对视一眼，磨了磨牙嘟囔："我想揍他。"

傅云珩扬眉："忍忍。"

博慕迟扶额，没好气地瞪他一眼："不能跟你分享。"

"为什么？"迟应表示非常受伤，"姐，你跟我都有小秘密了。"

博慕迟点头，神色冷静："一直都有。"

几个人说笑着，时间过得很快，没一会儿便轮到他们用餐了。

看几个人进了餐厅，许鸣才收回自己时不时往另一侧看的目光。

"许鸣。"朋友喊他，揶揄道，"看什么呢？"

许鸣瞥他一眼："没什么。"

"哎？"朋友的手搭在他的肩膀，朋友好奇地扬了扬下巴，指着博慕迟他们刚刚站的位置，"你对博慕迟有意思？"

刚许鸣和博慕迟打招呼回去后，他随口问了句那边是谁，许鸣没搭腔。

朋友看他表情就知道是这么回事，想了想，低声问："刚刚那里有她男朋友？"

"没有。"许鸣回答，但总有种不太好的预感。

"那你还不赶紧把握住机会？"朋友鼓励，"喜欢就上，扭扭捏捏的像什么样？"

他爽快地继续道："再说了，你们一个队的，每天朝夕相处又有共同话题，挺好的。"

许鸣神色微动，似有些被他说服。

"再说了，"朋友感慨，"你要不抓紧，她身边优秀人士那么多，说不定就被人捷足先登了。"

许鸣缄默片刻，缓声道："再看吧。"

朋友笑笑，拍了拍他的肩膀："最差的结果无非被拒绝，不是什么大不了的事。"

吃过东西，一群人继续逛街。

迟应和贺礼都没什么耐心，走了一会儿便说要去楼上的电玩城玩游戏。

博慕迟朝两人摆手："你们去吧。"

两人走后，六人队变成了四人队。

程晚橙和姜既白对视一眼，琢磨了一下："兜兜姐，我想去看电影。"

博慕迟一愣："那一起？再问问迟应他们？"

"让他们玩游戏吧。"姜既白说，"我们自己去看就行。"

博慕迟点头，看向傅云珩："你着急回去写论文吗？"

傅云珩听出她话里的揶揄，无奈一笑："不着急，去看电影吧。"

"好！"

将东西寄存好，四人直接去了电影院。

现在不是热门电影的上映期，所以电影院里正在放映的也都是一些故事情节一般的电影。倏地，博慕迟眼尖地注意到了一张海报上写的名字："看这个看这个。"

她激动地说："有我男神。"

傅云珩定睛一看，那上面有周砚的名字。周砚是他们小时候那会儿几个小女生特别喜欢的演员，傅云珩和博慕迟还见过他本人和他妻子好几次。

因为博延曾经写过一个以他和迟绿的故事为蓝本的电影剧本，当时挑中的男演员就是周砚，女演员是周砚现在的太太许稚意。

两人因戏结缘，到现在都恩爱如初。但最近这些年，两人产出都极少，渐渐退居幕后，享受起自己的小生活。

许稚意还好，偶尔还是会演电影，周砚算是隐退，偶尔有消息也还是因为他太太许稚意的热度带出来的。

所以突然看到有他客串的电影，博慕迟和程晚橙连电影类型都没看，直接定了。

傅云珩和姜既白没什么意见，他们向来以女生的喜好为准。

进到电影院坐下，博慕迟还拿出手机兴致勃勃地搜这部电影的影评，看到有人夸周砚，她高兴得像对方在夸自己一样。

傅云珩本不想让自己表现得过于小气，奈何旁边的人时不时蹦出的笑声，着实让他有些忽视不了。

在博慕迟不知道第几次跟程晚橙感慨周砚真帅的时候，他侧了侧头，垂眸看着她亮起的手机屏幕，神色淡然地道："真有这么帅？"

博慕迟动作一顿，撩起眼皮看着他。

"有啊。"她不紧不慢地说。

看傅云珩憋屈的神色，博慕迟压了压上翘的嘴角，眼睛亮亮地看着他："小傅医生。"

她身体也往傅云珩这边倾斜，凑到他耳边说："你是吃醋了吗？"

傅云珩一顿，看她贴近自己的眉眼，眼眸里的狡黠，让他心念微动。

他低了低头，鼻尖蹭过她小巧精致的鼻子，感受她鼻尖带来的不一样的触感，坦坦荡荡地承认："才发现吗？"

认真来说，博慕迟觉得他这个醋吃得不是那么明显。所以她现在才发现，也是合情合理的。

她看着近在咫尺的人，感受着他鼻尖蹭来时吐出的温热气息，脸微微有点儿痒。

影厅内的大屏幕时暗时亮，影影绰绰地落在他们身上，勾出他们此刻的模样。

傅云珩瞳眸的颜色比较深，眸子里的情绪表露明显，她一览无遗。

她微微顿了顿，怕旁边的程晚橙他们发现，身体微微往后退了些许。

"那我不看了？"她试探着哄他。

傅云珩一怔，眼尾下垂着，看她不知何时已经暗下去的手机屏幕，缓了缓说："想看就看。"

博慕迟眨眼，小声说："可你不是……吃醋吗？"

"是有点儿，"傅云珩在这种事上格外坦荡，"但没关系。"

对他来说，她的喜欢更重要。更何况，她喜欢周砚只是她的兴趣爱好，傅云珩不会做那个让她丢掉兴趣爱好的人。

博慕迟知道他这话的意思，收起手机，眉梢漫上笑意："我知道。"她顿了顿，抬了抬眉眼往正中间的大屏幕示意，"但是，该看电影了。"

她更想看电影里的周砚。

话音落下的瞬间，电影名字呈现在大屏幕上。

傅云珩顺着她的视线去看，抬手捏了下她的鼻子，以示惩罚。

博慕迟他们选的这部电影不算热门题材的电影，有点儿悬疑色彩。故事线比她想象中更精彩，人物关系错综复杂，还反映社会现状，挺值得观众反思的。

周砚在电影里的戏份并不多，但也是个重要的配角。

电影时长接近一百五十分钟，周砚出场的时间不到二十分钟，不多不少。每次他一出来，博慕迟和程晚橙都会握着对方的手激动半天，一直在小声呼喊：

"好帅好帅。"

再有文化的人，面对自己偶像的时候，好像都只剩下这么几句普通常见的词。

"太帅了吧。"博慕迟惊叹，"不愧是我偶像。"

程晚橙："天哪，他刚刚那个眼神变化，太厉害了！"

他们订的影厅是VIP（重要客户）包间，只有他们四个人，所以也不用担心吵到其他人。

在不知道第几次听到两人这样的对话后，傅云珩和姜既白隔着两位美女远远地对视了一眼，都在各自的眼中看到了无可奈何这四个字。

虽无奈，但他们也没阻止两人继续夸赞。

傅云珩侧眸看向旁边专注看电影的人，没出声扰乱她的思绪。看完整场电影出来以后，博慕迟还有点儿意犹未尽。

"好精彩。"她挽着程晚橙的手臂道，"等我晚上回去给这部电影写影评。"

博慕迟有个微博小号，分享她的日常生活，也会写影评，什么乱七八糟的都有。这个小号才是程晚橙他们所有人关注的。她那个滑雪冠军的账号，反而不怎么看。

程晚橙点头："那我期待一下。"她感慨，"回学校了，我要跟室友们去二刷。"

博慕迟瞥她："怎么不和我一起二刷？"

她吃醋。

程晚橙提醒她："我们明天就回去了，等你回来再二刷？"

博慕迟伤心了，蹭着程晚橙的手臂："那还是算了，你先跟室友们去吧，我到时候再说。"

"行。"

从电影院出来，迟应和贺礼在电玩城也玩累了。

六个人回了酒店。

博慕迟一路都在跟程晚橙讨论电影，把傅云珩忽视得彻底，回到酒店房间时，才察觉到这一点。

博慕迟看了躺在沙发上的程晚橙一眼，掏出手机给傅云珩发消息。

博慕迟："小傅医生，回房间了吗？"

傅云珩回得很快："在门口。"

博慕迟："这么快？"

他都不用等电梯的吗？

261

傅云珩直接给她拍了张照片,博慕迟点开一看,是在她的房间门口。

她微怔,迟疑地回道:"你们都还没上去吗?"

傅云珩:"他们上去了。"

博慕迟瞬间反应过来,侧眸看向紧闭的房门,跟程晚橙说了声,便打开了房门。

开门的瞬间,她看到了在墙边懒散靠着的人,姿态随意,两腿交叠。他一手插兜,一手还握着手机在和自己聊天。

听到声音,傅云珩侧头看着她,安静三秒。

博慕迟眨眼,主动说:"今天还没跑步。"

傅云珩微顿:"然后呢?"

博慕迟微忖片刻:"但我不想跑步,你说散步一小时是不是也可以?"

傅云珩低低一笑,将手机收回,柔声说:"应该可以。"

博慕迟点头,理直气壮地提出要求:"那你陪我。"

好像所有城市的春天差别都不大,风温柔,花香浓郁。

两人出了酒店,沿着人行道往前走,参天大树在春日里发了芽,冒出嫩绿的枝叶,遮挡了大半个漆黑的夜空。

路灯齐刷刷亮起,连成一排,看上去格外漂亮。

博慕迟和傅云珩慢吞吞走着,两人的影子时而分开,时而靠在一起,时而交叠,就像他们的人生轨迹一样,有相遇,也有交错分离。

他们最终停下时,影子是叠合在一起的。

博慕迟看着远处亮起的五颜六色的灯,踮了踮脚往那边看,惊喜不已:"那边是有灯光秀吗?"

傅云珩看了眼:"好像是,去看看?"

"去。"博慕迟眼睛一亮,"我之前就听说有,不过没想到能碰上。"

傅云珩上网搜了搜发现,冰城这边的灯光秀只在每个周六晚上才会有。

他们运气还不错。

两人走过斑马线才发现,灯光秀是在一个湖上举行的。

湖心周围都是游客,全趴在栏杆上遥望湖中央的灯光秀,颜色变幻,各种形状的都有。

博慕迟这会儿看得津津有味。

傅云珩看她跟小孩子一样兴奋的神情,有点儿想笑:"这么高兴?"

博慕迟狐疑地看着他:"你不高兴吗?"

"没有。"傅云珩站在她的身侧,护着她不让路人撞到,嗓音很低,"还不错。"

有她在身边，即便是看自己不那么喜欢的，有点儿幼稚的灯光秀，傅云珩也觉得心情不错。

看着傅云珩脸上的笑，博慕迟一脸莫名，但看着看着，跟鬼迷心窍似的，眼睛也弯成了月牙。

灯光秀持续的时间不长，两人到得也比较晚，十几分钟后，大家便都离开了。

博慕迟倒还好，觉得看到就行。

两人随着人流慢吞吞离场，走回熟悉的街道。

"饿了吗？"傅云珩看了眼时间。

博慕迟摇头："还好。"

安静了会儿，博慕迟扭头看着他："你们明天几点的飞机？"

傅云珩垂睫："吃了午饭就走。"

博慕迟"哦"了声，忽而心生不舍之意。

傅云珩看她此刻的神情，故意逗她："不想我们回去？"

博慕迟扬眉，嘴硬道："那也没有。"她佯装不在意，"我就随便问问。"

傅云珩挑眉，目光灼灼地看着她。

他的眼神过于灼热，像是隔着距离燃烧她，让她脸颊发烫，心也跟着不受控地乱跳。

"看什么？"博慕迟睨他一眼。

"看你的鼻子……"傅云珩说得慢条斯理，"有没有变长。"

小时候，大人常说，说谎的小孩鼻子会变长，变得跟大象一样。

听到这话，博慕迟微窘，眼神飘忽道："你鼻子才变长了呢。"

傅云珩一笑："我没有说谎。"

"我也没……"博慕迟下意识反驳，可对上傅云珩的那双眼睛，又默默地将到嘴边的话给咽了回去。

"好吧。"她勉强说，"是有点儿不想你们回去。"

傅云珩了然："你准备哪天回来？"

两人还没分开，就已经在思考还有多久可以再见面了。

博慕迟算了算，忽然想起一件事："对了，我过几天还要跟许鸣他们去户外滑雪。"

傅云珩一怔："定时间了？"

博慕迟点头："周三或周四吧。"她看傅云珩，"许鸣他们障碍追逐比较厉害，户外也很强,我一直都想尝试尝试。"

傅云珩看她认真的样子:"不用解释。"他看着她,"想尝试就去,但有一点你要记住。"

"什么?"博慕迟好奇。

"平安回来。"傅云珩对她没过多要求,只希望她每次出去都能平安归来。

她这个行业,有太多不安全因素。他知道她心里有数,但还是会提醒她。

他想让她知道,有人等她平安回家。

看到他眼中的认真,博慕迟也认真地点了点头:"我知道的。"她笑容灿烂,"等我和他们感受完户外追逐,然后再看星星姐剧组的拍摄进度,顺利的话,我也早点儿回去。"

傅云珩:"好。"

两人慢悠悠地散步回酒店,把博慕迟送回房间,傅云珩才回了楼上。

翌日,一群人陪博慕迟在滑雪场又训练了一上午,才凑在一起吃了顿午饭。

考虑到他们下午就得回去,陈星落也在百忙之中抽空过来陪他们吃午饭。

和来时一样,博慕迟跟司机送他们去机场。下车时,程晚橙和姜既白非常有眼力见地把还想跟博慕迟说两句话的迟应和贺礼拉走了。

看几个人匆匆忙忙往入口走,博慕迟目瞪口呆。

"他们走那么急做什么?"

傅云珩心知肚明,捏了捏眉骨说:"为了让我跟你多说两句话?"

博慕迟哭笑不得,忽然又有点儿不好意思:"又不是要很久不见……"

傅云珩沉沉应着,敛睫看着她:"回去了。"他顿了顿,"去滑雪要注意安全。"

博慕迟笑道:"知道。"

傅云珩颔首,往前走了两步,又倏地回头看着她。

博慕迟眨眼:"落东西了?"

"落了。"傅云珩看着她说。

博慕迟怔了须臾才反应过来他说落的东西是什么。

她娇嗔地觑他一眼,小声咕哝:"我可不是什么'东西'。"

傅云珩勾了下唇:"我知道。"

"那你还……"博慕迟瞥他,意思很明显。

傅云珩叹了口气:"如果你真是'东西'的话,那我就能把你随身携带了。"

博慕迟被他的话噎住:"你最近看电视剧了?"他怎么说话一股偶像剧

风格……

傅云珩听出她话语里的嫌弃之意，很是无奈："没有。"

他看时间差不多了，也不再和博慕迟多说。

"兜兜。"

"啊？"听傅云珩这么郑重其事地喊自己，博慕迟抬头看着他，目光澄澈透亮，跟玻璃球似的，惹人注意。

傅云珩低着头，嗓音低低的："能抱一下吗？"

博慕迟愣了下，莫名有点儿不好意思。她抿了下唇，摸了摸耳朵说："你才表白不到二十四小时……"

哪儿有人那么快就要抱抱的？

傅云珩一想，她说得也是。

"我的错，"他说，"回去了，你到酒店跟我说一声。"

博慕迟"哦了"声，不敢相信他这就不要抱了。

"就这样？"这一点儿都不像傅云珩的行事作风啊？他就不能再坚持坚持，或者多说两句说服自己？

博慕迟在心里想。

傅云珩拍了拍她的脑袋，弯腰和她平视："就这样。"他看着她说，"其他的，回来再说。"

博慕迟有点儿失落，勉强道："哦。"她打起精神，"那你们落地了也跟我说一声。"

"知道。"傅云珩手机振动了，是姜既白他们发来的催促消息。

他扫了一眼，看着博慕迟说："昨天跟你说的那些话，是认真的。"他重点强调，"不是做梦。"

博慕迟眼睫一颤，没想到他还看穿了自己的所思所想。

她抿了下嘴角，重重点头，拖着腔调说："知道啦，小傅医生。"她点了点他的手机示意，"你还是快回去吧，不然要赶不上飞机了。"

傅云珩一笑："走了。"

"嗯。"博慕迟朝他挥了挥手，笑得格外灿烂。

傅云珩看她半晌，还是抬脚进了安检口。

看他进去片刻，博慕迟忽然有点儿后悔没答应和他拥抱一下，其实她还挺想感受一下傅云珩温暖的怀抱的。但后悔也没用，人已经走了。

博慕迟把这事跟谈书说了，谈书对她很是鄙夷。

"你就不能主动点儿？"她吐槽博慕迟，"反正你也喜欢他。"

博慕迟："那我不是想着女孩子要矜持一点儿嘛。"她小声嘀咕，"太主动了不太好吧。"

谈书无奈地道："都什么年代了，主动有什么不好的？"

"也是。"博慕迟深表认可，自言自语，"那我就稍微矜持了一下，谁知道他就真不抱了。"

其实傅云珩不是真的不抱，主要是那句话说出来的时候，他发觉自己好像过于着急了。

他刚表白就想得寸进尺，都还没认认真真追她，让她享受自己该享受的权利就动手动脚，确实不太像话。

回去的路上，傅云珩也一直在思考，到底要怎么追人。

几天时间一眨眼就过去了，博慕迟和许鸣他们约好户外滑雪的这天是周三。

陈星落不放心她一个人跟朋友出去，让助理丹丹跟着，方便照顾她，博慕迟没拒绝。

看到她带着助理，许鸣和焦明诚几人明显有些意外。

"迟妹妹，怎么还带助理来了？"

博慕迟不好意思地笑了笑："家里人不放心。"

焦明诚了然，热情地和丹丹打招呼。

丹丹也是第一回看到这么多运动员，眼眸里写满了兴奋之意。

大家简单认识之后，他们就从市区出发去户外能滑雪的地方。

"慕迟妹妹，"丹丹拉着博慕迟，小声问，"我可以和他们要签名吗？"

博慕迟一愣，笑着说："你想要谁的，我帮你要。"

丹丹指了指："许鸣，"她小声说，"我最近才了解你们滑雪比赛，我看了好多你和他参加的比赛。"

丹丹现在完全是两人的小粉丝，没好意思告诉博慕迟，觉得博慕迟和许鸣在一起，比网友瞎嗑的"博闻多识"更靠谱。

要不是知道乱嗑CP不好，她都想组织大家嗑许鸣和博慕迟了。两人都是运动员，十几岁就认识，四舍五入就算青梅竹马，又每天在一起训练，这样的糖比秦闻那种公开表白说喜欢博慕迟的要好嗑多了。

博慕迟自然不知道丹丹内心深处的想法，要是知道的话，估计就不好意思去帮她要签名了，准备晚点儿跟许鸣说一声。

跟丹丹说了会儿话，博慕迟跟谢晚秋坐在一块看国外的比赛，谢晚秋顺便问了问她出现在冰城的事。

听博慕迟说完,谢晚秋也有点儿印象:"我好像听谁说过,说他们最后还会去我们之前的训练基地取景拍摄。"

博慕迟扬眉:"这我没听说。"她也不是那么关心。

谢晚秋点头:"不过不用管,这些反正是教练他们要操心的。"她看着博慕迟,"第一回参加户外追逐,心情怎么样?"

"还没开始。"博慕迟提醒她,"目前还没什么特别的心情。"

谢晚秋弯唇一笑:"说得也是。"

两人说话时,她注意到许鸣时不时回头看向这边。

谢晚秋在很多事情上比博慕迟反应更敏锐。当然也可能是旁观者清的缘故,她隐约觉得许鸣这次约博慕迟出来,不单单是为了滑雪。

思及此,谢晚秋忍不住问:"慕迟。"

"嗯?"博慕迟还在看她手机里的比赛,"怎么了?"

谢晚秋小声问道:"你有喜欢的人吗?"

博慕迟一愣,意外她怎么忽然问这样的问题。

她沉默半响,没瞒着谢晚秋:"有的。"

这回诧异的人变成了谢晚秋。

"啊?"她惊讶不已,"谁呀,队里的吗?"她直勾勾地盯着博慕迟,"之前怎么没听你说过。"

博慕迟"嗯"了声:"我也是前不久才发现自己喜欢他的。"她继续说,"不是队里的。"

谢晚秋心里一"咯噔",突然有点儿担心许鸣。她缄默片刻,低声问:"那你跟喜欢的人在一起了吗?"

"还没有。"博慕迟扬唇一笑,"但应该快了。"

谢晚秋点点头,摸了摸她的脑袋:"你喜欢的男生,师姐认识吗?靠不靠谱?"

"师姐你知道,但没见过。"博慕迟不好意思地说,"我那个邻居哥哥,你还记得吗?"

谢晚秋怎么可能不记得?

博慕迟刚入队那几年,嘴里一直念叨的都是她的邻居哥哥,后来长大一点儿,两人联系减少后,她才不怎么提起他。

知道是这个人后,谢晚秋想:许鸣应该是一点儿机会都没了。

她思忖了会儿,还是没把这事告诉许鸣。这毕竟是博慕迟的小秘密,她就算知道，也不好跟旁人说。

抵达户外滑雪的山头，装备齐全的一行人准备从山顶往山下滑。

这是一座真实的雪山，白雪茫茫，山里有参差不齐的干枯大树，树叶到春天也没茂盛起来，依旧光秃秃的。树枝看上去极为单薄，好像风一吹就能倒。

许鸣是户外滑雪爱好者，这种地方他常来。但他不太放心博慕迟，特意走到她身边说了会儿注意事项。

户外滑雪是没有规定路径的，你想往哪儿滑就往哪儿滑，但要注意脚下的障碍，以及路途中可能会出现的大小树，甚至可能是路人丢下的垃圾。

博慕迟安静听着，一一记下。

"谢谢。"她看向许鸣，"我知道了。"

许鸣"嗯"了声，顿了顿说："我会跟在你身后，有事喊我。"

博慕迟微怔，想也没想就拒绝了："不用，你玩你的，我一个新手，慢慢来。"

被她毫不犹豫地拒绝，许鸣沉默了片刻说："我今天也不是为了来寻找刺激的。"他想到了朋友说的话，敛眸看着博慕迟半晌，"晚点儿结束了能分点儿时间给我吗？"

博慕迟总觉得他这话说得很奇怪，下意识抬头，看到了许鸣的眼睛。

少顷，博慕迟佯装淡定地挪开视线："先滑雪吧。"

如果换作之前，博慕迟不会往另一个方向想。可现在，她好像不得不去想许鸣和自己要时间想做什么了。

博慕迟边把头盔戴上边胡思乱想着，自己应该没那么大魅力吧？这应该是自己想多了。

"慕迟。"谢晚秋的声音传来，"好了吗？"

博慕迟回神，点了点头："我好了。"

谢晚秋笑道："那走吧。"

"好。"

一群人从山顶往下滑，姿态随性洒脱，格外帅气。

他们所经过的地方，都渐渐飘起白茫茫的雪尘，一触即化。

山里风很大，耳侧呼啸的风声和队友们的尖叫声，让博慕迟暂时把许鸣这个人抛到了脑后。

她没再去想晚点儿许鸣要和自己说什么，专注地享受着难得的户外高山滑雪。

当然她更没注意到，许鸣一直在她的另一侧，在注意她的一举一动。

博慕迟不是最快抵达终点的，但成绩还不错。

对她这种第一回来体验高山滑雪的人而言，这个成绩已经值得好好夸一夸了。

滑完雪，一群人直接到山下唯有的一家店去吃东西。

博慕迟跟着进去，要了杯热水暖暖身体，丹丹提前过来，正在这边等她。

她正想和博慕迟说会儿话时，许鸣率先朝博慕迟走了过去。

看到站在自己面前的人，博慕迟把嘴巴里的水吞下，仰头道："现在？"

许鸣点头。博慕迟没拒绝，跟他走出小店。

这儿一年四季的雪都难以融化，干枯的树枝上挂着雪花。

博慕迟张望着，外面的风还有点儿大。

许鸣看着她一脸好奇的模样，低低地问："你很喜欢这里？"

"还不错。"博慕迟认真地说，"我们滑雪的，应该没有人不喜欢这样的地方吧？"

许鸣想，她说得很有道理。他顿了顿，低声道："你要是喜欢，以后可以常来。"

博慕迟微怔，心里"咯噔"了下。

她抬眸去看许鸣，嘴唇微动："许鸣。"

许鸣看着她："你是不是知道我想要说什么？"

博慕迟沉默了会儿，点了头："大概能猜到一点点。"她抿了下唇，"我有喜欢的人了。"

许鸣怔了片刻，下意识地问："去内蒙古看你比赛的那个？"

博慕迟一愣，讶异他会记得那么清楚。可她转念一想，又觉得他记得是正常的。

她应声："是他。"

"你们在一起了？"许鸣问。

博慕迟摇头："还没有。"

闻言，许鸣倏地松了口气，低声道："既然没有……"他望着博慕迟，突然自信地道，"那我也还有希望，不是吗？"

博慕迟错愕，根本没想到许鸣会这样说。

她瞪圆了眼："不是，我们没在一起是因为……"她话还没说完，就被许鸣打断了。

"你现在单身，那我就有追求的权利。"他说，"你最后选择谁我无权干涉，但我要追你,你好像也没权阻止。"说完,许鸣没给博慕迟再拒绝的机会,往里抬了抬下巴示意,"进去吧,外面冷。"

要问博慕迟几天内连续被两位优秀男士表白是何感想,她一定会说,不敢想!她也根本不想去想。

博慕迟是个从小就有点儿认死理的人,喜欢就是喜欢,不喜欢就是不喜欢,不爱拖泥带水。可许鸣根本不给她说清楚的机会。

回去时,博慕迟好几次想认真告诉他,想说自己和他真的没可能,她喜欢谁了就是谁,偏偏许鸣不听。为了避开她,许鸣还坐副驾驶座去了。

博慕迟呆了半分钟,努力在脑海里回想,许鸣以前就是这样的人吗?

她得到了否定的答案。

蓦地,手机铃声响起。

博慕迟拉回思绪,低头一看,是傅云珩打来的电话。

瞬间,她的眼睛明亮起来。

"喂。"博慕迟翘唇,"小傅医生。"

听到她悦耳的声音,傅云珩微微顿了下,低声道:"回来了吗?"

"在路上了。"博慕迟打了个哈欠,"你昨天不是晚班吗?这会儿就睡醒了?"

傅云珩"嗯"了声:"还有多久到?"

博慕迟问了下丹丹,实话实说:"估计还得一个多小时。"

傅云珩了然:"那你在车里睡会儿,到了跟我说。"

"好。"

挂了电话,博慕迟也不再纠结许鸣表白的事,闭眼休息,快到酒店时,博慕迟才睡醒。

车里其他几个人都陆陆续续下车回家了,车里这会儿只剩下许鸣、博慕迟,还有丹丹。

"我送你。"许鸣主动说。

博慕迟:"不用。"

她走下车,往旁边指了指,说:"我酒店就……"

话还没说完,博慕迟就看到了站在酒店门口的人。

已经是傍晚,路上行人很多,酒店门口也吵吵闹闹的。可博慕迟一抬眼,还是看到了站在侧边看手机的傅云珩。他微微低着头,站姿有点儿懒散,不像往日那么挺括。

夕阳落在他身上,拉长他的影子。似察觉到她的目光,傅云珩撩起眼皮朝他们这边看过来。

两人视线相接。傅云珩抬脚朝这边走了过来。

"云宝。"博慕迟回过神来,格外惊喜,"你怎么在这儿?"

他不应该在家休息吗?

傅云珩"嗯"了声,接过丹丹手里的书包,说了声"谢谢",这才回答她的问题:"不放心,过来看看你。"

博慕迟眼睛晶亮,主动靠近他:"几点到的?"

"待会儿告诉你。"傅云珩抬眸看向许鸣,颔首致意:"麻烦你们照顾她了。"

许鸣神色一僵,扯了下唇:"我们是队友。"他顿了下,看向博慕迟:"回去了。"

博慕迟点头:"谢谢。"

许鸣没理傅云珩,博慕迟也没将这事放在心上,跟傅云珩一起往酒店里走。

听到车声,她又回头看了眼。她收回目光时,好巧不巧地对上了傅云珩看过来的视线。

博慕迟眨了眨眼,一脸乖巧:"他就是单纯不放心,然后送我回来的……"

傅云珩:"我知道。"

他说:"我也是单纯不放心,所以过来看看你。"

博慕迟微窘,小声说:"我拒绝了的,小傅医生。"

她都没答应让许鸣追自己。

傅云珩知道她的意思,看着她明艳的脸,叹了口气说:"怎么这么招人喜欢?"

博慕迟觉得自己很无辜。

倏地,傅云珩看她不安分地扯着衣服的手,缓声道:"把手给我。"

博慕迟不明所以,下意识抬手:"要干吗?"

傅云珩修长的手指环住她的手腕,他牵住她,将她拉近身侧,说:"不做什么。"

第 十 章
想见你

手腕被他扣住的一刹那,博慕迟心跳如擂鼓。

傅云珩手掌宽大,骨节分明有力量。博慕迟稍稍垂眼,去看被他握住的、滚烫的手。

她轻轻地动了下,没能挣脱开。

傅云珩侧眸问道:"不舒服?"

博慕迟微哽,想提醒他,你还没追到我,怎么就先牵手了?但她想了想,又作罢。

他们又不是第一次牵手。

"一点点。"博慕迟说,

傅云珩微怔,兀自笑笑,自然而然地松了些力道,但没将她的手腕放开。

丹丹在一侧偷瞄着,脸偷偷红了。

她改主意了,发现博慕迟和眼前这个小傅医生站在一起,好像比跟许鸣在一起更好嗑。

博慕迟并不知道丹丹的内心戏会如此多,这会儿被傅云珩牵着,也注意不到其他人,思绪也不受控地跟着跑了。

他们进了电梯,丹丹跟博慕迟说了声:"慕迟妹妹,我就不跟你上去了,我直接回房间了。"

博慕迟点头:"今天辛苦啦!"

"应该的。"丹丹高兴地道,"我还是第一次去雪山,很漂亮。"

对丹丹来说,这是很新奇的体验。她住七楼,早早地离开了。

人走后,博慕迟才想起问傅云珩:"你明天不上班?"

"上。"傅云珩回答她。

博慕迟一愣:"那你怎么还过来?"她算了算,从北城过来到酒店,需要好几小时。

傅云珩看她担忧的神情,笑道:"不是告诉你了?"

博慕迟怔了怔,想到他刚刚跟自己说的,不放心她,所以过来看看。

"那明天是晚班?"

傅云珩微顿:"白班。"

博慕迟安静三秒,瞪大眼睛看着他:"那你今晚还回去?"

"明早。"傅云珩告诉她,订了房间,明早五点多有冰城飞北城的航班,不晚点的话,他甚至可以在八点回到医院。

他们医院正常的上班时间是九点,之前一直八点左右到,是为了做些上班前的准备工作。

傅云珩虽还在实习期,但偶尔不早到,也没什么影响。

博慕迟拉了下他的手嘀咕:"你对我就这么不放心吗?"

她一点儿都不想傅云珩这么辛苦地来回跑。

傅云珩一笑,目光柔和地看着她,嗓音温柔:"不是不放心。"他顿了顿说,"你就不能往另一个方向想?"

博慕迟傻愣愣地问:"哪个方向?"

电梯恰好到了她所在的楼层,傅云珩牵着她的手走出去,沿着长长的廊道往最深处那边走,淡淡地说:"我想你了。"

我想你,所以我来见你。

傅云珩对博慕迟去玩户外高山滑雪,是有不放心的因素,但他之所以千里迢迢跑来,主要还是因为想她了。

明明以前大半年不见,甚至一年不见也不会想念的人,现在只是三两天不见,想念就像翻涌的浪花一样,需要更大的浪花才能压住。

博慕迟心脏重重一跳,忽而说不出任何话。

"怎么不说话?"

两个人走到了房门口。

博慕迟抬眸看着他,缄默片刻:"你住哪个房间?"

傅云珩:"1506。"

博慕迟点头:"那我先回房间洗澡,然后去找你?"

傅云珩一怔,看她正经的表情,故意逗她:"找我做什么?"

听出他话语里的揶揄,博慕迟觑他一眼:"吃饭!"

傅云珩失笑:"不想吃饭。"

博慕迟微哽,心软道:"那你想做什么。"

"有点儿累,"他说,"想睡会儿。"

傅云珩没说谎。他没告诉博慕迟,中午才从医院离开的。

他早上要下班时接了个急诊病人,正好在换班时,其他两位医生有些忙不过来,傅云珩便和熬了一个夜班的束正阳一起上了手术台。

手术结束,已经十一点多了。

傅云珩原本买的机票是早上九点多的,本想赶过来去看博慕迟户外滑雪,最后那张机票只能作废,他重新买了一张下午的。

博慕迟这才注意到,他黑眼圈明显,神色也略带倦意,较之往常的他看来,很没精神。

博慕迟心软得一塌糊涂,主动说:"那我陪你?"

闻言,傅云珩抬眼:"嗯?"他捏了捏她的掌心,逗着她,"陪我?"

博慕迟没理会他的调侃,一本正经地道:"我指的是我可以去你房间陪你,但我不想睡觉。你睡,我到旁边看会儿电视什么的。"

她睨了傅云珩一眼,嘟囔道:"云宝,你变了……"

傅云珩哭笑不得,偏头看着她,笑而不语。

他们走到房门口,他抬了下下巴示意:"进去吧,洗完澡跟我说。"

博慕迟一愣:"跟你说?"

傅云珩应声:"我下来接你上去。"

博慕迟无奈:"不用接。"她哭笑不得,"我又不是小孩子,我找得到1506在哪里。"

博慕迟重点强调。

傅云珩"嗯"了声:"我知道。"但他就是想下来接她。

博慕迟义正词严地拒绝:"你还是赶紧上去休息吧。"她神色严肃,"我半小时后就上来。"

傅云珩看她正经的神色,从胸腔里溢出笑声:"好。"他妥协,"但上来前还是要跟我说一声。"

博慕迟没拒绝。

看博慕迟进了房间,傅云珩把门给她带上,这才转身往楼上走。

其实也不是不放心,他就是单纯地想多和她待一会儿。

回了房间,傅云珩接到赵航打来的电话。

"喂。"他声音一如既往地清冽,但能听出心情还不错。

赵航扬了扬眉:"休息好了?"

他今天白班,到医院时傅云珩他们已经进了手术室,没来得及关心他们病人的事,自己也忙了起来。到这会儿刚刚忙完,他才想起跟傅云珩说说他们早上手术的病人情况。

傅云珩揉了揉酸涩的眼睛,淡淡地说:"还好。"

赵航挑眉:"那你今晚再好好睡个觉。"

"嗯。"傅云珩问,"情况怎么样?"

一般来说,病人术后二十四小时的情况极为重要。

赵航如实告知:"情况还不错,没出现任何不良反应,也没高烧,就是麻药过后,意识还没彻底清醒,等醒了我告诉你。"

"谢了。"傅云珩又交代了下需要注意的几个小问题。

赵航:"客气。"

他们聊了会儿病人情况,赵航忽然想起自己昨晚刷微博看到的消息。

"对了,问你一件事。"

傅云珩:"说。"

赵航:"慕迟妹妹是不是去剧组客串了?"他道,"我看网上有曝光她在剧组的照片,说她是在为退役做准备。"

这话赵航当然不信,不说他见过博慕迟,还一起玩过,就算没有,他也不信博慕迟会在这个时候为退役做打算。

傅云珩很少看网络新闻,偶尔看的也大多是体育界相关的,所以赵航说的这件事,他一无所知。

"什么时候?"他眉头轻蹙,"你把链接发我。"

赵航:"行。"

挂了电话,傅云珩收到赵航发来的微博爆料。

这些照片应该是剧组工作人员发出去的,因为爆料的那几张照片,清清楚楚地拍到了博慕迟的正脸,有她滑雪的,也有她跟陈星落站在一起的,还有她跟秦闻几位演员一块的。

他扫了这条微博内容下的评论一眼,有人说她深谋远虑,毕竟进娱乐圈的运动员确实不少。也有人重点偏移,看到她和秦闻站在一起后,开始说两人般配，一个娱乐圈影帝，一个是世界冠军，真的很搭。当然更多的人是在夸她和陈星落的颜值，甚至还有人对陈星落的身份表示好奇。

两人站在一起过于赏心悦目，让人难以忽视。

博慕迟洗完澡，简单收拾了一下自己，才去等电梯上楼。

等电梯间隙，她给傅云珩发了条消息。

消息刚发出，电梯就到了，几层楼的电梯，她很快便到了。

电梯门一开，博慕迟便看到在外边走廊等自己的人。

酒店走廊的灯光是暖色调的，稍稍有点儿暗，营造出一种说不清道不明的暧昧氛围。

听到声音，傅云珩撩起眼皮看向她。

少顷，他率先出声："跟我说的时候已经到电梯了？"

博慕迟："门口。"她看傅云珩，眉眼弯弯地道，"小傅医生，你不怎么听话。"

傅云珩："嗯？"

博慕迟和他一起往他房间走，抱怨似的说："都让你好好休息了，你怎么还出来？"她佯装生气，"你对我就这么不放心吗？"

傅云珩："没有。"他看着博慕迟，很是坦诚，"想早点儿看见你。"

瞬间，博慕迟再也找不出碴了，即便瞎找，她也找不出。

她看着傅云珩，憋了好一会儿才憋出一句："你别这么肉麻……"

傅云珩微哽，还有些不明白："这就肉麻了？"

他第一次喜欢人，也第一次说这种话，确实不太明白肉麻的界线在哪里。

博慕迟沉默了会儿，不知道该如何回答。

因为她发现，她也不清楚。她就是觉得，傅云珩不像是会说这种情话的人。

但看傅云珩也不是很懂，博慕迟先坚定地点了点头："是吧。"

傅云珩颔首，又问："你不喜欢？"

博慕迟无奈，对上他的眼睛。

两人走到了房门口，房门两侧的墙上挂着昏黄的小灯，温柔的光覆在他们上方，让他们的五官变得柔和，眼神也变得温柔。

"没有不喜欢，"她耳廓泛着红晕，看不知何时被他牵住的手指，小声道，"就是还有点儿不适应。"

傅云珩表白前，她真的不知道他在感情这方面表露出来的情感会和之前的他有这么强烈的反差。

傅云珩低低一笑，答应着："我知道了。"

他看着博慕迟，缓声道："我稍微控制一下节奏。"

博慕迟："好……好的。"

她还能说什么呢。

傅云珩这回订的房间是普通的大床标间，不是轻奢套房。进门右手边是浴室和洗手间，再往里走是一张大床和一张不大不小的小桌子，当然还有一张大概一米二的沙发。

这家酒店整体感觉是不错的，这种标间一个人住甚至是两个人住也绰绰有余。但莫名地，博慕迟跟他进来后就觉得有点儿拥挤，房间也有点儿热。

傅云珩注意到她的眼睛在房内转了一圈，然后一动不动地站在小桌子旁。

他压了压眼眸里的笑意，侧头问："不想坐？"

"坐哪儿？"博慕迟下意识回复。

傅云珩目光缱绻地看着她："沙发或者……"他顿了顿，往一侧的大床示意，"你想坐床上也可以。"

博慕迟："我不想！"说完，她立马到沙发上坐下，一脸紧张。

傅云珩觉得有趣，唇角勾了勾，却没再逗她："兜兜。"

"什么？"博慕迟看着他。

傅云珩揉了揉太阳穴说："我现在除了是你的追求者傅云珩，也是你熟悉的云宝。"他望着她，"不用那么紧张。"

他不是陌生人，更不会对她做现在不该做的事。

"我知道。"博慕迟别别扭扭地说，"就是一下子没反应过来。"

明明距离他表白的事已经过去好几天了，可她还是觉得自己没做好心理准备。

要做好了，她肯定不至于这样。

傅云珩"嗯"了声："饿吗？"

"一点点，"博慕迟看着他，"你不休息？"

"晚点儿。"

傅云珩问："想吃什么？"

"都行。"博慕迟拿出手机，一脸严肃地看着他，"你去睡觉，我来点餐。"

酒店的餐还算清淡，适合他们。

傅云珩哭笑不得："不差这点儿时间。"

"差。"博慕迟很认真，"你快点儿躺下，你不躺下我就走了。"

她威胁他。傅云珩没辙，只能到床上躺下。

茶几和沙发就在床边,他躺着的位置靠近博慕迟这边,距离她很近。

她盘腿坐在沙发上,碎碎念:"我想吃铁锅炖鱼。"她扭头看傅云珩,"你想吃什么?"

傅云珩:"点你想吃的。"

"都点。"博慕迟认真道,"你是不是喜欢吃排骨?"她依稀记得,"吃个红烧排骨吧。"

"不点。"傅云珩回答她,"没有很喜欢。"

博慕迟不能吃,他怕她眼巴巴地看着自己吃,会馋。在这些小事上,傅云珩考虑得很周到。

他是一个会照顾身边人喜好和情绪的人,博慕迟很清楚。正因为清楚,她才想给他点。

"我想看你吃。"她和傅云珩对视着,"吃吗?"

傅云珩知道她在想什么:"点吧。"

得到他的回复,博慕迟翘了下唇,立马下单。

点好餐,博慕迟才发现房间的灯光有点儿亮,对躺下休息的人来说,有点儿刺眼。

她盘腿坐在沙发上思考了半分钟,出了声:"我把大灯关了,"她指了指床头小灯,"只开这个怎么样?"

傅云珩微顿片刻,答应了。

大灯熄灭,看东西便不再那么清楚了。当光线减弱时,听觉和触觉就会变得敏锐。

博慕迟后知后觉地发现,灯关了后,能很清楚地听见自己的心跳声,听见傅云珩的呼吸声,甚至还有他的心跳声。

"咚咚咚",像是有人在撞击一样,两人的心跳在留有一盏小灯的房间里,起起伏伏。

也是在当下这一刻,博慕迟才明白,心跳真的有回响。

不是自己给自己的,是喜欢的人给的。

暧昧的气氛说来就来,空气里飘浮着一丝微妙的气息。

博慕迟一偏头便对上了傅云珩的眼睛。

两人无声对视半响,她嘴唇动了动:"你还不困吗?"

傅云珩:"还好。"

其实是,她在自己这儿,他怎么可能抛下她一个人去睡觉?

他舍不得,也不愿意。

博慕迟"哦"了声，想了想说："我有点儿冷。"

傅云珩一怔，顺着她的话往下："然后呢？"

博慕迟脑海里全是谈书和她说的，没必要矜持，有喜欢的人矜持什么，直接一点儿就好，更何况她和傅云珩是青梅竹马，知根知底，也不用担心被骗。

她琢磨了下傅云珩不睡觉的因素，声音很轻地说："我也想躺着。"

傅云珩其实早就猜到了她心里的想法，一笑："你是真放心我。"

博慕迟没敢说话。

少顷，傅云珩往另一侧挪了挪，掀开靠近她这边的被子看向她，嗓音沉沉地说："上来。"

博慕迟没再迟疑，跟着躺了上去。

酒店的床有点儿大，也可能是因为两人都比较瘦，所以躺下后，博慕迟能明显感觉到，她和傅云珩的中间空出了很大一片位置，再躺一个人感觉也绰绰有余。

两人的距离更近了，近到博慕迟脸颊上偶尔会有傅云珩拂过的气息，有点儿痒。

她平躺着，没敢乱动，但躺了会儿，博慕迟就耐不住了。她是睡觉并不安分的人。

博慕迟侧了下身，对着傅云珩那边，却没想他也正好翻身，朝她这边看过来。

二人安静半晌。

博慕迟拉了拉被子，有一点儿不好意思，闷在被子里说："你怎么还不睡？"

他再不睡她都要睡着了。

傅云珩知道她不好意思，但就现在这种情况而言，换谁应该也睡不着。

微忖片刻，傅云珩回答："吃了饭再睡也不迟。"

博慕迟"哦"了声，想了想也不是不可以。

她看着他："那我明天早上去机场送你？"

"不用。"傅云珩道，"太早了。"

"我本来起得也很早。"博慕迟告诉他，"五点起来总可以了吧。"

她平日里一般也五点半六点起床，明天不过是提前半小时，没太大问题。

傅云珩抬手，捏了下她的脸："真不用。"

博慕迟瞪他。

傅云珩无奈，想了想没再拒绝她："这个事晚点儿说。"

博慕迟瞥他，小声咕哝："你是不是真觉得我起不来？"

"没这个意思，"傅云珩岔开话题，"今天滑雪玩得怎么样？"

说到滑雪，博慕迟的注意力果然被转移了。

她兴致勃勃地和傅云珩分享雪山滑雪带来的刺激和新鲜，她是个喜欢尝试新鲜事物的人，也是个爱冒险的人。对博慕迟来说，陌生的高山滑雪让她很开心。

房间里响起她喋喋不休的声音，清脆悦耳。

傅云珩听着，唇角不自觉地上扬。他看着博慕迟喜笑颜开的模样，沉沉地道："还想再玩吗？"

"想。"博慕迟老实说。

傅云珩了然："那下回一起。"

博慕迟眼睛晶亮，点头道："好啊。"

她喜欢和傅云珩一起滑雪，说话的间隙，她的身体也不受控地往傅云珩那边挪了些许。

她絮絮叨叨说着，越说越激动。

渐渐地，博慕迟注意到傅云珩回应自己的声音越来越轻。她偷偷看了一眼，他好像累得睡着了。

博慕迟动作一顿，慢慢地将张开的嘴抿成一条直线，不再出声。

她观察着傅云珩的睡颜，内心涌起一种奇妙的感觉。她恍惚发现，他们认识这么多年，她到现在才仔细去看他睡着时的模样。

睡着的傅云珩，身上的冷淡好像散了很多，整个人被暖色的灯光照着，五官线条柔和了很多。

昏黄的台灯诉说着暧昧。

窗户好似没关紧，不知道哪个房间的歌声钻了进来，钻到两人的耳朵里。博慕迟细细听了听，是一首她听过但记不起名字的粤语情歌。

歌词露骨，歌手像在诉说着某个爱情故事。

听着听着，博慕迟也不知不觉睡了过去。

她是被门铃声吵醒的。

博慕迟睡眼惺忪地动了动，身侧传来傅云珩有些沙哑的声音："我去开门。"

"……"

博慕迟蒙了好一会儿才反应过来，应该是酒店来送餐了。

她行动缓慢地坐了起来，刚坐起，便看到傅云珩提着晚餐进来了。

傅云珩将房间内的大灯打开，侧眸看向她，嗓音低低地说："去洗脸。"

"嗯。"博慕迟应着,人却没动。

傅云珩把东西放下,摆出来后,她还保持着原来的姿势坐在那儿,头发看上去有些乱。

傅云珩强迫自己把目光从她身上挪开,走近道:"不想动?"

博慕迟每回睡醒,反应都会慢几拍。

她下意识接了一句:"有点儿……"

傅云珩稍顿,亲昵地捏了捏她睡得发红、发烫的耳朵,声音低哑:"我抱你去?"

博慕迟眼睫一抬,在傅云珩以为她会拒绝时,蹦出一句:"你方便的话。"

房内忽然寂静。

少顷,傅云珩垂下头看着她:"我有什么不方便的?"

博慕迟安静了会儿,犹疑地道:"没力气。"

傅云珩抬手捏了捏酸涩的眼皮,没再征求博慕迟的意见,直接抱起她。可是手刚碰到她,博慕迟却立马认怂。

"不用不用。"她回了神,眼神飘忽,"我自己去。"说完,她速度飞快地从另一边下了床,钻进浴室。

傅云珩听着关门声,抬了抬眼,意味不明地笑着。

房间隔音效果一般,更何况他们就在一个房间里。

博慕迟自然听见了傅云珩的笑声,微窘,揉了揉发痒的耳朵,抬眸看洗漱台,镜子里的她耳朵脸颊都很红。

博慕迟看了半分钟,弯腰拧开水龙头,掬着一捧水拍脸,试图给自己降温。

明明还是春天,她怎么感觉房间内温度热得让她想爆炸。

在浴室磨蹭了好一会儿,博慕迟才出去。

傅云珩不仅把餐全摆放整齐了,还把房间的电视打开了,是自己之前的比赛视频。

"你怎么看这个?"博慕迟问。

傅云珩看着她:"不想我看?"

"没有。"博慕迟在这种事情上还好,不会有不好意思。

她看着镜头里的自己,又看了看不远处的傅云珩,眼珠子转了转:"云宝。"

傅云珩:"嗯?"

博慕迟走近,和他坐在一起,提醒他:"你还记不记得年前你接我去你那儿住的那次?"

那天，他们也是要吃饭，然后是她先开了电视，看到了自己的比赛视频。

刚开始，博慕迟因为和他太久没见，有些不好意思把自己的自恋表露出来，却没想他会和自己说就看这个。

博慕迟有种旧事重演的感觉，只不过两人的角色有了细微变化。

傅云珩当然记得。

他一笑："想看那天看的视频？"

博慕迟扬了扬眉，拒绝："不要，你都看过那个了。"她要求，"就这个吧，这个你肯定还没看过。"

傅云珩应声，没换台，但也没告诉她，他其实看过她的每一场比赛。但这些无足轻重的小事，他不会拿到博慕迟这儿"邀功"。

桌子有点儿小，博慕迟点的东西不少。

在点单这件事上，她觉得自己非常公平、公正，有她能吃的、喜欢吃的，也有傅云珩喜欢吃的。

博慕迟每次看比赛都比较专注，无论是自己的还是对手的。她边吃边看，伸出筷子夹菜没夹到都没发现，只顾着收回往嘴里塞。

傅云珩看了她好一会儿，开始往她碗里夹菜。

"想吃什么跟我说。"他低声道，"我给你夹。"

博慕迟的视线没从电视上挪开，她也没和他客气地答应着。

等博慕迟看完一段精彩的比赛回过神来时，碗里的菜已经堆成小山，一侧还放着挑完鱼刺的鱼肉。

博慕迟看着眼前的画面，微微怔了怔，忍俊不禁："云宝。"她说，"你吃自己的，不用管我。"

傅云珩瞥她，挑了下眉，问："不想吃？"

博慕迟和他对视三秒，挤出两个字："想吃。"

她怎么可能不想吃，就是不想傅云珩太照顾自己，想他多考虑他自己。

他们吃过饭，博慕迟看着傅云珩将桌面收拾得一尘不染。她安静地看了几秒，后知后觉地想起一件事："你要现在睡觉吗？"

傅云珩哑然，不知道她为什么这么着急催自己睡觉。

他压着眸子里的笑，低声问："怎么一直让我睡觉？"

"你今天都没怎么睡呀！"博慕迟轻声道，"网上不是经常有熬夜猝死的新闻……"

说实话，她有点儿担心。

傅云珩怎么也没想到，博慕迟一个劲催自己睡觉的原因竟然是这个。

他有些哭笑不得，敛睫看着她："担心我猝死？"

听到这话，博慕迟坦然地道："是啊。"她小声嘀咕，"你追我还没几天呢，万一……"她没敢把不吉利的话说出口，含糊不清地说，"我这是为了你着想。"

傅云珩安静片刻，缓声问："确定是为我着想？"

他怎么听着，像是她还没被追几天，还没享受够被追求的快乐和权利，所以不想自己有意外？

傅云珩这样想着，又觉得自己想法也挺幼稚。

"当然了。"博慕迟觑他。

傅云珩看她气鼓鼓的脸，抬手戳了戳："知道了。"

他思忖了会儿："但现在还早，也刚吃饱，我们出去转转再回来休息？"

博慕迟沉吟半晌，点了头："走个半小时吧。"刚吃饱睡觉确实也不太好。

傅云珩："行。"

逛了大半个小时，博慕迟被傅云珩送回了房间。

她催促他赶紧回房睡觉，傅云珩失笑了好一会儿，叮嘱她也早点儿休息。

博慕迟乖乖应下，抬眸看着他："你早上起来给我打电话。"她神色坚定，"我去送你。"

傅云珩讶然，有些意外她还想着这件事。对上她坚定的眼神，他点了点头："好。"

他伸手，本想抱一抱她，手刚抬起又放下。

慢慢来，他还不着急。

博慕迟没注意到他这些细微的举动，叮嘱完自己想要说的，然后才赶他上楼。

傅云珩拗不过她，加上也确实是有些疲惫，便早早地回房休息了。

傅云珩这个点能睡着，博慕迟却睡不着。

她看了眼时间，还不到九点。

考虑了会儿，博慕迟开着客厅电视，决定去骚扰陈星落和谈书。

陈星落剧组今晚有几场夜戏，没那么快回来，她问问看陈星落这会儿忙不忙。

消息发出好一会儿，陈星落才回她说有点儿忙，问她是不是有什么事。

博慕迟也不知道丹丹有没有和她说傅云珩来了，想了想也暂时没提，只让她忙也要注意休息，别太拼。

两人简短地聊了两句，博慕迟收到谈书发来的感叹号。

谈书："傅云珩这算不算为爱千里奔赴？"

博慕迟："也没你说得这么夸张吧……"

谈书："怎么没有？说实话你告诉我傅云珩在这么忙碌的情况下还过去找你之前，我根本没想过他喜欢上你后会是这个样子。"

博慕迟很想告诉谈书，不单她没想过，连自己也觉得意外。

博慕迟一直觉得傅云珩应该是那种无论何时何地都很冷静理智的人，却没想他也会有这么冲动的时候。

他因为想她，不放心她，所以挤出时间飞过来，只为了看她、陪她。

博慕迟："好像确实和他在大家心中的印象有些不符。"

谈书："岂止是有些？"

博慕迟："……"

谈书："不过你别说，傅云珩这种反差，还挺可爱的。"

博慕迟翘了下唇，非常认可"可爱"一词，也觉得傅云珩非常可爱。

虽然他好像不喜欢用可爱来形容他，但她就是这样想的。

博慕迟："是有点儿，还有点儿黏人。"

谈书感叹："还没开始恋爱就黏人了，那以后谈恋爱还得了？我以后要找你玩，是不是还得提前预约？"

谈书想事情，想得非常遥远。

博慕迟噎了片刻，无奈地回复："应该……不需要。"

傅云珩不是大男子主义的人。

谈书："希望如此。"

两人东扯西扯，又聊了些没什么营养的话题。

聊着聊着，博慕迟顺便把许鸣和自己表白的事跟她提了提。

消息发出不到半分钟，谈书电话就打来了。

博慕迟接听："怎么？"

"我就知道！"耳边响起谈书惊讶却并不意外的声音，"我之前就觉得许鸣对你好得有点儿过分。"她急地追问，"然后呢？"

"还有什么然后？"

谈书："他表白了，你怎么说？"

"拒绝啊。"博慕迟实话实说，"我又不喜欢他。"

"哦。"谈书叹了口气，"世界冠军跟你表白，你都能这么迅速拒绝，是不是有点儿恃宠而骄了？"

博慕迟噎住，启唇反驳："我也是世界冠军好不好？"

她找男朋友又不是按这个标准找的。

谈书轻笑道："好！我知道。"她有些好奇，"不过我还想采访你一下，如果不是傅云珩跟你表白了，你会考虑许鸣吗？"

"不会。"博慕迟依旧没有犹豫。

听到她如此果决的回答，谈书略显意外："为什么？"

博慕迟蹙眉，懒洋洋地瘫在沙发上："哪儿有什么为什么，不喜欢所以就不考虑呀。"

谈书微哽："那再假设一下，你要是没发现自己喜欢上傅云珩，也不会考虑他？"

"嗯。"博慕迟诚恳地道，"我确定自己和许鸣没有爱情，只有队友之情。"

谈书想也没想直接道："那你之前还说你就算喜欢狗也不喜欢傅云珩呢。"

博慕迟噎了噎，沉默片刻："八月份我要参加国际雪联的单板滑雪世界杯，是新西兰站的比赛，我要是拿了冠军，你给我送个礼物吧。"

谈书莫名，博慕迟怎么一下子就聊到礼物了。她愣了下，但还是爽快答应："好啊，你想要什么？"

"狗。"博慕迟说。

谈书被她的话噎住，猛地咳了会儿，难以置信地问："你要什么？"

博慕迟重复了一遍："狗，我想要狗。"她一本正经地告诉谈书，"我现在喜欢狗了。"

谈书的思绪跟她转了好几圈，她大概明白了她要狗的原因。博慕迟是在告诉谈书，就是打自己脸了。博慕迟现在喜欢上狗了，也喜欢上傅云珩了。

思及此，谈书幽幽地道："我知道你是想告诉我你是真喜欢傅云珩，但是也没必要勉强自己去喜欢狗。"

博慕迟小时候被狗吓过，对狗一直都心存恐惧。

博慕迟讪讪地道："其实我发现，狗狗也蛮可爱的。"

只要不是自己养。

谈书笑道："那当然，不过我觉得你和傅云珩都没时间养狗。"她提议，"你要是拿冠军了，我给你送只猫吧。"

闻言，博慕迟眼睛亮了，自信满满地道："那为了我可以拥有小猫咪，就算拼了老命，我也得拿下冠军。"

谈书："你还年轻。"

"哦，也对，"博慕迟改口，"那我拼了这条嫩命，我也得拿下冠军。"

谈书："……"

其实她没必要说得如此悲壮。

谈书对博慕迟拿冠军这件事，向来有信心，相信她可以。

和谈书聊了好一会儿才挂了电话，博慕迟一个人窝在沙发上着实有点儿无聊，索性去看书。

博延从小给她培养的习惯，没事做的时候就看书，书本可以给她枯燥的生活、闲暇的时间带来快乐。

临睡前，博慕迟还不忘给傅云珩留了条消息，让他醒了给自己打电话。消息发出去后，她又设了闹钟才安心睡觉。

早上四点，傅云珩准时醒来。

他拿起手机，看到博慕迟给他留的消息，无奈一笑，掀开被子下床。

他洗漱收拾好，时间还太早。天色还未亮起，灰蒙蒙的，汽车鸣笛声几近没有，清晨打扫的清洁工人也还没上班。

傅云珩看了手机片刻，给博慕迟发了条消息。

她还没睡醒。

傅云珩往楼下走，在睡眼惺忪的前台服务员那边问了问，然后被带去了后厨。

他从酒店退房离开时，时钟刚越过"5"的字眼。

闹钟铃声响起，博慕迟第一时间睁开眼，直接从床上爬了起来。

她拿起床头柜上的手机一看，五点二十分，手机里有未读的微信消息，直觉是傅云珩给她发的。

她点开一看，果然是他。

博慕迟盯着傅云珩给她留的消息半晌，给他回了个句号，然后骂了一句"骗子"。

骂完，她又不忘问："到机场了？"

傅云珩的消息回复很快："马上。"

博慕迟知道这会儿追也追不上了，叹息着重新躺回床上，捧着手机和他聊天。

博慕迟："你几点起来的？"

傅云珩："好像是四点多。"

博慕迟："小傅医生……"

傅云珩："嗯？"

博慕迟盘腿坐在床上，神色认真："你能不能多睡一会儿？"

四点起来，他不要命了啊。

傅云珩再次被她逗笑："今晚一定多睡。"

博慕迟："你再骗我，我就……"

傅云珩："你就什么？"

博慕迟想说"我就让你追得更久一点儿"，可这行字敲出来，她又不忍心发出去。

她把这行字删除，重新输入："我就回去监督你睡觉。"

傅云珩："认真的？"

博慕迟看着他发来的消息半响，后知后觉地意识到这话说得有歧义。

她微窘，强调道："我意思是，每天催你睡觉。"

隔着屏幕，傅云珩大概能想象出她此刻的神情。

他轻勾了下唇，敲字回复："这样也行。"

博慕迟微哽，深深觉得自己无论怎么回复，好像都会掉进傅云珩给她挖的坑里。

想到这儿，她索性给他回了一个句号。

几分钟后，傅云珩告诉她，到机场了，博慕迟催他去安检。

傅云珩了然，让她再睡一会儿，落地了跟她说。

博慕迟："醒了就不想睡了，我去跑步。"

傅云珩："到酒店健身房跑，现在时间太早，一个人出去不安全。"

博慕迟："知道。"

博慕迟锻炼结束，回房间洗完澡去酒店餐厅吃早餐时，收到了一份营养滋补的特别早餐。

看着服务员送过来的早餐，她怔了须臾，掏出手机拍了张照片发给傅云珩，并认真询问他："小傅医生，你老实说，你早上到底几点起来的？"

消息发出去后，博慕迟安心享用着傅云珩给自己做的早餐，他给博慕迟炖了鸡汤。

傅云珩之前就知道这家酒店的后厨是可以借用的，所以早上他在询问过前台服务员后，便去了后厨。

四点多，恰好是厨师们忙碌早餐的时候，很多食材也正好刚采购回来。傅云珩本想给博慕迟炖鱼汤的，但转念一想，她不喜欢挑鱼刺，所以改成了更营养一些的鸡汤。

他把所有材料准备好、炖好，让酒店的厨师帮忙做后续工作。

临走前，傅云珩特意告知，让他们几点送给博慕迟。

博慕迟是个生活作息很规律的人,每天早上都会早起运动,然后吃早餐。酒店工作人员对她也有印象,所以把餐送到她手里,并不是困难的事。

吃过早餐,博慕迟给陈星落打包了一份带回房间。她昨晚一点多才回来,这会儿还在睡。

她进房间时,陈星落正睡眼惺忪地刷牙。

博慕迟趴在浴室门口看着她,笑盈盈地道:"星星姐。"

"嗯?"陈星落看着她,"心情怎么这么好?"

博慕迟挑眉:"因为我昨晚睡得好呀。"

陈星落失笑,抬手弹了弹她的额头:"今天跟我一起去剧组?"

"去。"博慕迟点头,"我要训练。"

等陈星落洗漱好,她把早餐推给陈星落:"尝尝看,今日份特别早餐。"

陈星落扬眉,随口问道:"有多特别?"

"你吃了就知道。"

陈星落垂眼,在看到鸡汤后,先笑了起来。

"不吃我也觉得很特别了。"她问,"怎么想到给我打包鸡汤的,怕我营养不够?"

博慕迟托腮坐在她的对面,点点头说:"云宝炖的。"

陈星落一愣,诧异地道:"傅云珩过来了?什么时候?"

听到这话,博慕迟知道丹丹没将傅云珩来的事告诉她。

她"嗯"了了声,趴在桌上道:"昨天下午来的,早上已经走了。我看你一直在忙,就没跟你说。"

陈星落了然,抬手揉了揉她乌黑柔顺的头发,笑道:"傅云珩还挺贴心。"

博慕迟有点儿不好意思地捧着脸,眼眸亮亮的:"还行,星星姐你快尝尝,看看他的手艺退步没有。"

闻言,陈星落想也不想说:"他就算手艺退步了,给你炖的汤肯定也是好喝的。"

博慕迟嘴唇动了动,竟说不出反驳的话。

她们心照不宣地默认,傅云珩不会给她难以入口的东西,无论是买的,还是自己做的。

之后几天,博慕迟依旧留在剧组帮忙。她给秦闻一行人说了不少技巧问题,也给导演提供了一些拍摄方向的建议。

竞技题材的电视剧不好拍,太假的话会浇灭大家看剧的欲望,增加大家吐槽的功力。虽说现在的剧有吐槽才会有热度，但有些不必要的热度，还是能避免就避免。

要回去的前两天，博慕迟还收到了许鸣发来的消息，问她要不要再去玩高山滑雪。

博慕迟是想，但在问过只有她和许鸣后就拒绝了。

她清楚地知道，自己和许鸣没可能。既然他们没可能，她就不想给他希望。至于高山滑雪，等人多了再一起玩也可以，她并不着急。

不过在回北城之前，博慕迟跟教练碰了面，岑青筠是来这边选人的，他们每年都会选有潜力的小朋友参加训练，合格的可以进国家队。

"让我也去看看？"博慕迟反手指了指自己。

岑青筠点头，瞥她："不愿意？"

博慕迟摇头："没有不愿意。"她坦然，"我没选过人。"

"我知道。"岑青筠并不介意这个，看着博慕迟说，"但我相信你的眼光。"

再者，他们选人肯定也不是博慕迟说可以就可以的，还得看对方的成绩，综合判断各方面的潜力。

博慕迟自然也清楚这一点，想了想，便没再拒绝。

在去的路上，岑青筠问了问她最近的训练情况。

博慕迟虽每天都会给岑青筠发视频，但视频里看到的只是一部分。平行大回转她没任何问题，速度各方面都有进步，U型池偶尔有一点儿突破，但并不大。

"别着急。"岑青筠安慰她，"还有时间，下个月我给你重新调整一下训练计划。"

博慕迟点头应下。

两人去的地方是冰城这边一所初中学校，里面有很多滑雪的孩子。

博慕迟跟着岑青筠进去后，慢慢感受到了久违的校园氛围。

她算了算，已经很久没有回过学校，没有感受过这么朝气蓬勃的校园生活了。

想到这儿，她给傅云珩发了一条消息。

傅云珩看到博慕迟的消息时，正好午间休息。他刚忙完，回科室拿出手机点开，兀自笑了笑。

"等你回来带你去。"他迅速回复她的提议。

博慕迟："真的？你有假？"

傅云珩："医生一周也只是上五天班的。"

博慕迟撇嘴："可我觉得你七天都在医院。"

傅云珩："最近是。"

博慕迟："忙？"

傅云珩："不是。"

博慕迟发了个问号。

傅云珩："想把假期攒起来。"

他在攒假。

博慕迟微怔，忽然明白他攒假想做什么。

她笑了下，没忍住给他回了条语音，嗓音轻快地道："小傅医生，攒假是准备到时候去看我比赛吗？"

傅云珩很实诚地告诉她："是。顺便带你回学校，帮你找找青春。"

博慕迟往前翻了翻她最开始给傅云珩发的消息，说的是她跟岑青筠来学校的事，感慨自己的青春远去，想回他们念过书的学校感受感受，不知道傅云珩愿不愿意和她一起去。

傅云珩："不想去了？"

博慕迟："想。"

她思忖了会儿，正想收起手机，忽然听到面前的老师和岑青筠的交流。

他们在说一个优秀的孩子。

那老师叹了口气，跟岑青筠实话实说："这个学生什么都好，有天赋也愿意努力，唯独一点儿……"老师无奈地道，"他太早熟。"

岑青筠笑了笑："确实有点儿早熟。"

老师应着，头疼不已。

博慕迟在旁边听着，眼珠子转了转，拿着这个问题去问傅云珩。

博慕迟："小傅医生。"

傅云珩："嗯？"

他给她回的语音，声音低低的，听起来有点儿撩人。

博慕迟揉了揉耳朵，压着声音问："你早恋过吗？"

博慕迟知道他初中没有，高中三年她不是很清楚，但应该也没有，毕竟她没听干妈他们提过。

可现在她就想逗逗傅云珩。

傅云珩："好奇？"他发的依旧是语音。

博慕迟："一点点。"

傅云珩："你早点儿回来。"
博慕迟："啊？"
傅云珩不急不忙地说："我当面告诉你。"

听到他这条语音时，博慕迟想告诉他，现在又不是那么想知道了，但她没这样说。
因为她发现，她其实也蛮想回去的。
她想去傅云珩上班的医院转一转，想看看他，甚至想和他一起在阳光下晨跑，都是和他有关的事。
"笑什么呢？"她正想着，跟老师短暂交流完的岑青筠看着她，问，"跟谁聊天这么开心？"
博慕迟扬唇，给傅云珩回了个表情包，这才回答："傅云珩。"
岑青筠是知道傅云珩的。
她挑眉，看博慕迟笑意都要从眼睛里跑出来的模样，隐约有了猜测："谈恋爱了？"
"暂时还没有。"博慕迟也没瞒着她，"但是快了。"
岑青筠扬了扬眉，笑道："我不拦着你恋爱，但恋爱不能影响训练。"
她是看着博慕迟从十几岁长大到二十岁的，这些年都是她在带博慕迟，在陪伴博慕迟成长。她对博慕迟没太多要求，甚至比对其他队员更宽容一些。
博慕迟点头："我知道的。"
她必然不会让恋爱影响她的训练。
再者，即便她想，傅云珩都不会允许。
岑青筠正经地和她聊了两句，忍不住道："什么时候正式在一起了，带来见见我？"
博慕迟不好意思地笑道："好。"
和岑青筠在这所学校转了转，才前往下一个目的地。

傅云珩跟博慕迟聊天时，赵航恰好进科室。
他喊了傅云珩一声，问他吃饭没有，要不要一起。
傅云珩在看手机，没理他。
赵航原以为他是在跟病人或病人家属聊天，神情如此专注，便打算等会儿再问问。
直到听到傅云珩说出口那几句话，赵航感觉自己的世界出现了幻觉。他不可置信地看着傅云珩，目光直直地："你在跟谁聊天？"

他实在有些憋不住。

傅云珩冷漠地看了他一眼，没搭腔。

下一秒，赵航听到了他手机响了，又看到了他脸上挂着的笑容。

那个笑容，和他往日里看到的格外不同。

他狐疑地盯着，蓦地想到了点儿什么，一脸惊悚："你不会……"赵航不敢相信地问，"你谈恋爱了？"

听到这话，傅云珩总算给了他一个眼神："还没有。"

那就是快了！

赵航呆若木鸡地看着他，有些接受不了："你什么时候有要谈恋爱的人了？"

他们不是每天在医院忙吗？他没听说傅云珩跟医院的医生护士有情况啊！

他都还没找到女朋友，傅云珩怎么可以比自己快？

赵航不明白这到底是哪里出错了，这大中午的，傅云珩怎么就给他丢了个重磅炸弹。

傅云珩冷淡地看他一眼，看着博慕迟回的表情包，收起了手机，实话实说："很早。"

赵航："谁？"

他追问："我们医院的，还是大学同学？还是邱凝？还是之前跟你表白然后被你拒绝的现在有几百万粉丝的网红？"

傅云珩噎了片刻，面无表情地道："都不是。"

"那是谁？"

这才是赵航的重点。

傅云珩觉得他过于聒噪，抬头问："去食堂？"

赵航："去外面。"

他知道再问也问不出什么，索性宰傅云珩一顿："你都要脱单了，得大方些请我吃顿好的。"

两人去了医院外一家还不错的餐厅。

赵航来过几次，其实味道他觉得一般，没到不错的地步，但价格比较贵。他宰傅云珩，价格自然是最重要的。

傅云珩也知道他这点儿心思，虽觉得没必要，但也没小气地拦着。毕竟只有饭能堵住赵航的嘴，让他暂时忘记追问自己的恋爱对象是谁。

博慕迟回去的这天，傅云珩忽然被安排和束正阳一起去邻市做学术交流。

当然，交流的人是束正阳，他目前还在学习阶段，但因为他是束正阳带的实习生，所以得一起过去。

两人就错开了。

知道这个消息，博慕迟倒也没多难过。在她这儿，今天回家不能见，那就过两天。她跟傅云珩能在一起的时间多的是，也不急于一时。

傅云珩出去了，接机的任务自然落在谈书肩上。

博慕迟回来的这天是周日，谈书正好休息。

两人一碰面，谈书就忍不住吐槽："傅云珩怎么可以在你回来的这天出去？他到底还想不想要女朋友了？"

博慕迟哭笑不得，系上安全带："医院又不是他家的，领导让他去他就得去呀。"

谈书沉默了会儿，一本正经地说："那他可以让医院变成他家的呀。"

博慕迟哽了下，一脸无语："你什么时候变得这么财大气粗？"

"嗯？"谈书笑道，"跟你学的呀！"

博慕迟不承认她自己曾经这么财大气粗过。

她轻哼："你变了，不要把锅甩到我身上。"

两人斗着嘴，氛围极其欢乐。

看着窗外熟悉的街景，博慕迟感慨："还是熟悉的城市舒服。"

谈书瞥她一眼："再过几个月你又得满世界跑了吧？"

"是啊，六月我就得回队里了。"她说。

谈书诧异："这么快？"她算了算，"那你在家的时间不就只剩一个月了？"

博慕迟点头。

谈书轻轻"啧"了声，十分惋惜："那你跟傅云珩可抓紧吧。"

"抓紧什么？"博慕迟随口问道。

谈书："抓紧谈恋爱啊。"她看着前方路况，分析道，"别一恋爱就异地了，那多惨……"

博慕迟微窘，细细想了想又觉得她说得非常有道理。

思及此，她幽幽地叹了口气："可我都还没好好享受傅云珩追我的快乐呢。"

谈书："你真想要？"她一眼看穿博慕迟的心思，"我觉得你并不是真想让他追你，你就是还没做好和他谈恋爱的心理准备，是不是？"

不得不说，谈书才是最了解博慕迟的人。

她沉吟半晌，虚虚地点了下头："有一点点吧。"

谈书挑眉:"你担心什么?"她道,"方便的话,可以跟我说说……"

博慕迟也不知道怎么说,觉得自己可能考虑得有点儿多。明明是自己先喜欢上傅云珩的,却矫情地不主动,还故意让他也喜欢上自己,然后来追自己。

想到这儿,她问谈书,这样做是不是不太好……

谈书:"这有什么,很多人这样的,好不好?"

她斜睨了博慕迟一眼:"本来就应该他来追你,你可是世界冠军。"

博慕迟被她逗笑:"世界冠军也是普通人,不是什么了不起的人物。"

"那我不管,"谈书有理有据,"你在我这儿就是个了不起的人物。"

闺密滤镜,不是说说而已。

博慕迟翘了下唇,歪头看着她:"谈书。"

"干吗?"谈书抽空给她一个眼神。

博慕迟托腮,玩笑道:"要不,我别和傅云珩谈恋爱了,跟你谈吧?"

闻言,谈书微微一笑:"你是觉得我最近过得太快乐了,要给我找点事儿,是吗?"

博慕迟忍俊不禁,否认道:"哪儿有?我绝对没有这样的想法。"

谈书睇她一眼,琢磨了下问:"还是说,你担心你跟傅云珩恋爱了发现不合适,然后分手会很尴尬?"

"我没有想过分手的。"博慕迟义正词严,"我觉得我俩应该挺合适的。"

"那你还在纠结什么?"谈书问。

博慕迟也不知道,扭头看向窗外,也跟着问了句自己,"你到底还在纠结什么"。

她想了好半天,也没想出答案。

当然,博慕迟觉得自己可能也不是纠结,就是不知道该怎么和傅云珩说开了。

他问她可以追她吗?她默许了,然后两人就变成了现在这样,但怎么确定关系好像没有机会开口。

她其实有好几次都很想和傅云珩说——要不我们现在就在一起吧。可她又觉得,这样突然提会有点儿怪,显得她很着急似的。

这几天她和傅云珩的交流,基本上是询问对方的日常情况。

她陡然提起这个,是真的会显得过于突然。

安静片刻,在谈书以为她不会再说什么时,博慕迟忽然蹦出一句:"谈书。"

"嗯?"谈书跟着前车想踩刹车,下意识应了句,"什么?"

博慕迟:"我问你啊,我跟傅云珩这么熟,从小知根知底,你要是突然撞到我们接吻，会有什么想法？"

听到这话，谈书走了下神，刹车一下没来得及踩，跟前车有了亲密接触。

两人错愕片刻，谈书深抬眸去看两辆车的情况，额角抽了抽："……"

车子追尾不算严重，但因为是谈书追尾的，责任她承担。

两人也是下车后才发现，她们撞到的是一辆豪车，车里下来一男一女。

博慕迟看了眼，两人她都不认识，但周围停下来对着他们这边拍照的人蛮多。

她皱了下眉，扯着谈书的衣服问："她是明星吗？"

谈书："网红。"

她们撞到的是这两年小有名气的女网红和她的朋友，谈书刷娱乐新闻比博慕迟多，认识的人自然也就比她多了。

博慕迟看向同样戴着口罩的女人，难怪她觉得这个女人看起来有点儿眼熟。

这种事博慕迟处理不来，问谈书要不要喊博延过来处理，在被拒绝后，便安安静静地站在旁边等待了。

她们正等着，对方身边跟着的男人突然说了句："真是晦气。"

他指着博慕迟和谈书，嘲讽道："眼睛是瞎了吗？这都能撞上？"他吐槽，"我就知道后面跟着的肯定是女司机。"

谈书顿了下，想要回话，博慕迟拉住她，朝她摇摇头。

这件事责任确实在她们，对方说两句就说两句。只是博慕迟没想到，对方会纠缠不休。

他嘲讽她们两句也就罢了，还掏出手机说要拍两张谈书和博慕迟的照片，免得她们"肇事逃逸"。

听到这话，谈书一脸无语："大哥？！"

她忍无可忍："我已经打电话让交警过来处理了，也说过责任全担，你说我们逃逸是什么意思？还有，女司机怎么了？我承认我车技不好，但你不能因为我一个人车技不好，就把责任推到所有女司机的头上，可以吗？不要以偏概全。"

"大哥？"男人嗤了声，上下打量着她，"你喊谁大哥呢？别乱认亲戚。"

他举着手机，将镜头都快挨着谈书的脸了，讥讽道："怎么？我不能曝光一下你们两位车技烂到爆炸的女司机吗？我要提醒网友都避开你们，免得遭受无妄之灾。"

拍完谈书，他转头对着博慕迟嚷嚷："哟，这位还戴着口罩呢。怎么？怕被人认出来？"说着，他伸手就要去扯博慕迟的口罩。

下一秒，发生事故的车道响起了杀猪般的惨叫声，交警鸣笛声随之响起，现场一片混乱。

傅云珩是在学术交流会的休息间隙知道这事的，赵航抽空给他发了无数个问号，问他知不知道博慕迟在马路上跟人起冲突的事。

赵航觉得傅云珩肯定还不知情，便直接把网上曝光的微博链接发给他了。

看完后，傅云珩第一时间给博慕迟打电话。

她没接。

傅云珩蹙眉，跟束正阳说了声，开始给博延打电话。

"云珩，"博延这会儿正在去警局的路上，嗓音沉沉，透露着一股说不出地沉稳，"怎么了？因为兜兜的事？"

傅云珩应声："她现在情况怎么样？跟人起冲突，受伤了吗？"

博延笑了笑，低声说："没有。她把人打了，自己没事。"

听到这话，傅云珩稍稍放心了些："她现在在哪儿？"

"在警局。"博延如实告知，"我现在在去警局的路上，有消息跟你说。"

傅云珩了然，默了默说："网上那些爆料，博叔你准备怎么处理？"

博延思忖了会儿，问他："你觉得怎么处理更合适？"

傅云珩："不撤热搜。"

他虽还不了解具体情况，但也知道博慕迟不是冲动的个性。她动手打人，那一定是忍无可忍，抑或对方侵犯到她了。

他沉吟半晌，缓声道："暂时控制一下舆论方向，至于别的，您见到兜兜先问问具体情况，我们再商量。"

博延也是这个想法："行。"

挂电话前，他想起一件事："前几天星星找了我，说兜兜在她剧组帮忙的事。"

傅云珩稍顿："嗯。"

博延："辛苦了，我们在有些事情上也确实没太注意。"

剧组的爆料，傅云珩跟陈星落说过后，陈星落找博延商量了下解决方案，澄清了一些泼在博慕迟身上的脏水，还顺便将剧组爆料的人揪了出来。

傅云珩："应该的。"

博延笑笑："行，我这边有情况跟你说，你先忙自己的，不用担心，兜兜不会有事。"

话虽如此，傅云珩却并没很放心，挂了电话，又给姜既白打了个电话，交代完要处理的事情后，才折返回交流会。

博慕迟是真的没想过，自己有一天会和谈书一起进在警察局。

当然，谈书也没想过。

两人面面相觑半晌。

谈书蹭了蹭她的手臂："你教练不会骂你吧？"

博慕迟："应该不至于吧……"

她属于正当防卫，其实在对方拿着手机拍谈书的时候，就很想制止了，但她想着不能惹事，所以忍了，直到对方的手碰到她的口罩，博慕迟深觉得忍不下了。

谈书回忆了下刚刚马路上的情况："我也觉得还好……"

其实最开始，博慕迟只是往后躲了下，然后避开了那个男人的手，却没想那个男人被她激怒，直接抓住了她的手臂，博慕迟这才反击。

博慕迟在打架方面，其实还蛮厉害的。

一个是因为她是滑雪运动员，之前练体力时练过拳击，也玩过别的运动项目。还有一个是她小时候跟傅云珩他们一群人特意学过一些自卫招数。

她不说能打赢一群人，但打赢一个普通男人是没太大问题的。

两人蹲在角落里，等着双方协商。

被打的那个男人还在骂骂咧咧，那个一直没怎么出声的女网红脸色也不太好，愤愤地瞪着博慕迟。

他骂得过于难听，警察训了两句，那人停了会儿又继续骂。

博延赶到时，恰好听到对方正在辱骂博慕迟。

男人忍着疼痛，指着博慕迟说："我一定要去举报你，你的冠军是跟裁判睡……啊……"

他话还没说完，肚子忽然就被人狠狠踹了一脚。这一脚的速度非常快，以至于在场没一个人反应过来。

男人被博延踹得往后跟跄了好几步，然后摔在地上。他捂着肚子，不可置信地看向来人。

博延侧了侧头，示意助理出面处理。

他跟赶过来的局长打了声招呼，抬脚往博慕迟那边走。

父女俩对视一眼，博慕迟委屈巴巴地告状："他还骂了谈书。"

博延抬手，揉了揉她的头发："那待会儿爸爸再给他补一脚？"

博慕迟想了想："可以。"

另一侧的几个人听着这段对话，不可置信地瞪圆了眼。

他们没有王法吗？他们竟敢在警察局说打人的事。

博延根本没去管其他人，捏了捏博慕迟的脸问："有没有哪里受伤？"

看两人确实没受伤，博延稍稍放心了一些，弹了下博慕迟的额头："你们先回车里休息，这事爸爸来处理。"

博慕迟点头，言简意赅地把马路上发生的事跟博延说了说。

"他的手先碰到我的，我躲开，他又抓了我的手臂，"博慕迟看向斜对面还躺在地上的人冷笑道，"如果要验伤，我也可以验。"

博延了然："爸爸知道了，你妈妈在赶来的路上，待会儿她到了，你们跟她先回家。"

博慕迟："好。"

博延跟警局局长做了简单的交涉，暂时让博慕迟和谈书离开。人走后，他眉眼间的戾气渐显，冷意让周围的人都产生了畏惧感。

博延很多年不生气了，外表看起来也不如其他几人冷淡，反而有种温润的感觉。可熟悉的人都知道，他要真动了怒，比其他几位看起来冷冷淡淡的更可怕。

迟绿和季清影过来的时候，博慕迟和谈书刚出警局不过五分钟。

"确定没事？"迟绿和季清影不放心两人，重复问了好几遍。

博慕迟哭笑不得："妈，我和谈书真的没受伤。"她嘀咕，"就是被骂了几句难听的话。"

闻言，迟绿拧眉："什么难听的话？"

季清影拉了拉迟绿："这个不是重点，这些事让博老师处理就好。"她摸了摸谈书和博慕迟的脑袋，"被吓坏了吧？我们先回家。"

博慕迟和谈书对视一眼，乖乖跟两人先走。

反正追尾和警局的事都有人处理，两人也不用考虑太多。回去的路上，博慕迟看了眼手机，才知道自己上了热搜。

她先给岑青筠回了个电话，事无巨细地说明了自己这边的情况。

听她说完，岑青筠不仅没骂她，反而蹦出一句，"你怎么不打狠一点儿？"

博慕迟沉默片刻，小声道："我怕把人打伤了，我八月份就不能参加比赛了。"

岑青筠："谁敢不让你参加？"她厉声道，"这个社会怎么还有这种败类存在？他好像还是个网红？"

博慕迟应声："好像是，有几十万粉丝吧。"

岑青筠冷笑："几十万粉丝也敢这么嚣张？"她都不知道到底是谁给他的勇气。

她安慰博慕迟："没被吓坏就行，回家好好休息，上面问了我会帮你解决，不是什么大事，你这属于正当防卫。至于网上的那些污言秽语，不看就好，你本来也不喜欢上网。"

博慕迟乖乖应着："好的，谢谢青姐。"她悻悻地摸了下鼻尖，"给你添麻烦了。"

"这算什么麻烦。"岑青筠训她，"虽然追尾的责任在你们，但其他事并不是你们的错，别把这事放在心上。"

博慕迟笑了笑，知道她是怕自己多想，是在安慰自己。

她轻声应着："我知道的。"

岑青筠"嗯"了声，又宽慰了她几句才挂断电话。

回了家，迟绿让博慕迟和谈书去房间洗漱，去去晦气。至于网上那些乱七八糟的爆料，尽量别看，不给自己找气受。

博慕迟说不看就真的没看，让谈书先去洗了澡，自己窝在沙发上给傅云珩还有知道这件事以后过来关心的朋友、队友回消息。

一一回复后，博慕迟收到了傅云珩打来的电话。

"喂。"她侧身躺在沙发上，捂着手机问，"云宝，你学术交流会结束了？"

傅云珩："结束了。"

他嗓音有些低："到家了？"

"到了。"博慕迟如实告知。

傅云珩缄默片刻，低声问："吓到了吗？"

"没有。"博慕迟哭笑不得，"那个人怎么可能吓得到我。"她还没那么娇弱。

傅云珩没出声。

博慕迟隐约觉得他情绪不太对，迟疑地喊："你怎么不说话了？"

"抱歉。"傅云珩沙哑的声音传来。

他要是没去交流会，就不会让谈书去机场接她，没让谈书去，两人也不至于遇到这事。

闻言，博慕迟无奈："抱歉什么？"她摸了摸鼻子，"其实这事主要还是怪我。"

要是她没在车里胡说八道，谈书也不至于被她惊住，然后踩慢了刹车。

"怪你什么？"傅云珩道，"你没错。"

听到这话，博慕迟"扑哧"一笑："你们怎么都这样？"

在她犯了错的时候他们都告诉她，错不在她，错的是其他人。

傅云珩挑眉："我们说的是实话。"

299

这件事责任本就不在博慕迟，其实追尾这种小事，协商处理责任在谁就可以结束的，是对方过分了。

博慕迟笑道："好吧。"

她故意说："我也觉得自己没有错。"她轻哼，"那个人满嘴脏话，就该被打。"

傅云珩低低一笑："打得不错。"

博慕迟跟着翘了下唇，侧了侧身："你明天回来吗？"

"正常来说是的。"傅云珩告诉她。

博慕迟诧异，下意识回了句："那不正常的话呢？"

"不正常的话……"傅云珩顿了顿，坦然告知，"我在高铁站。"

知道博慕迟在警局，傅云珩便和束正阳提出准备今晚回去一趟。

他们交流会活动为期两天，比上班要轻松一些，正式学习的时间也不算长，早上九点半到下午四点。

束正阳没问他什么事情，看他半晌，笑着说："谁让我们的小傅医生这么着急？"

傅云珩稍顿，正想说话，束正阳道："去吧，本来也不是什么重要活动。"他想了想，"明天不过来也没事。"

"我会回来的。"傅云珩说，"不过晚上就不和大家一起吃饭了。"

束正阳觑他一眼，摆摆手道："去吧去吧，我看你对要认识的那些教授也不是很感兴趣。"

傅云珩不是个喜欢阿谀奉承的人，有自己的底气和傲气，不需要旁人替他铺路，替他疏通关系。

当然他也知道束正阳的好意，是想让他多认识一些人，以后办事或转正什么的也更方便。

如果今天没有博慕迟的事，他晚上会去的，但现在她遇到事了，那两者之间，他一定是毫不犹豫地选择回家去看她、陪她。

除去拯救危急病人，于傅云珩而言，博慕迟永远在首位。

跟束正阳说完后，他便打车直奔高铁站。值得庆幸的是，交流会所在的邻市距离北城很近，高铁只需要一个多小时就能到。

博慕迟怔了怔，想问他工作忙完了吗，可话到嘴边，又默默收了回去，换成一句："那我去高铁站接你？"

傅云珩一笑："不用，你在家好好休息，我到了找你。"

博慕迟想了想，也没驾照，让司机送她过去确实有点儿麻烦。

"好吧，那我……"她抿了下唇，轻声道，"等你回来。"

傅云珩哑声："好。"

挂电话前，博慕迟不忘补充道："我真没事，你别急。"

谈书洗完澡出来便看到博慕迟窝在沙发上傻笑，挑了挑眉，玩笑道："还笑呢？"她哼哼，"捡到宝了？"

博慕迟瞥她："捡到了。"

谈书无语："最好是。"她擦着头发，催促博慕迟，"你也赶紧去洗澡吧，我给谈经理打个电话。"

她说的谈经理是指她爸，她开的车也是她爸给她练手的二手车。车追尾了，她怎么也得跟谈经理报备一声。

博慕迟"扑哧"一笑，凑在她旁边道："谈叔叔要是骂你，你就说是我开的。"

谈书沉默了会儿，一脸严肃地告诉她："那他会骂得更惨。"

要知道，谈书爸爸的偶像可是博慕迟。她爸特别喜欢滑雪，每回博慕迟去她家，都能被她爸拉着说几小时的滑雪话题。

因为这个，博慕迟都有点儿害怕去她家。因为她不想自己本来是去找谈书放松的，结果还得打起十二分精神和谈叔叔讨论滑雪比赛。

博慕迟微哽，想了想也是，没有驾照绝对不能开车。

"那算了。"博慕迟摆摆手，"我去洗澡，你跟谈叔叔好好解释解释。"

谈书："去吧。"

洗过澡，两人被迟绿喊下楼吃东西。

季清影也在。

博慕迟一看到她，率先朝她扑了过来，这会儿博慕迟惊魂已定，反倒是想起来找干妈撒娇了。

"干妈。"

迟绿在旁边看着自己女儿抱住季清影，额角抽了抽，表情稍稍有点儿微妙。

当然博慕迟一点儿没发现，正跟季清影腻烦。

季清影也是一把抱住她，摸了摸她的脑袋："还害怕吗？"

"也不是害怕。"博慕迟笑嘻嘻地说，"就是好久没见到你，想你啦。"

听到这话，迟绿在后面咳了声，酸溜溜地问："只想你干妈，不想你亲妈吗？"

博慕迟微窘，身体僵硬地扭头看向她："啊？我什么时候说不想我亲妈了。"

301

她装傻,"我没说过这话吧,谈书?"

谈书心想:你别拉我出来帮忙呀,我只想看戏。但对上三个人的眼睛,谈书沉默了会儿还是帮了她:"嗯,没说。"

迟绿觑了博慕迟一眼:"喝点儿热水。"

她起身给两人去厨房端水,温声问:"谈书,真没被吓到?"

谈书:"没有。"她有点儿不好意思,"我就是走了会儿神,所以不小心撞上了。"

车撞得也不是很严重,只是轻微擦痕。

听两人这么肯定,迟绿和季清影才放下心来。

时间不早了,杨姨正在厨房忙碌晚饭,季清影和迟绿跟两人聊了会儿天,也跟着进了厨房。他们两家时常凑在一起吃饭,人多才热闹,更何况今天博慕迟回家。

博慕迟和谈书在沙发上坐着,闻着厨房飘散出的香味。

忽然间,谈书感慨了一声:"我感觉你妈和清影阿姨,这么多年一点儿都没有变。"

博慕迟一愣,下意识地抬头看向厨房里忙碌的两人,看了会儿,点头承认:"是有点儿。"

岁月对美人总是温柔的,它不仅没在两人身上留下太多痕迹,甚至于让美人比年轻那会儿更有韵味。

季清影和迟绿身上都有一种说不出的风情。

谈书压着声音说:"我发现傅云珩有点儿像清影阿姨。"

博慕迟挑眉:"现在才发现?"她自信地道,"我早就发现了。"

谈书也不知道她在骄傲什么,无语了小半天:"你也不怕我现在就把你跟傅云珩暗度陈仓的事说出来。"

博慕迟噎了会儿,嫌弃地看着她:"幼稚!"

谈书笑了,凑在她耳边小声咕哝:"你们俩要真谈恋爱了,你会瞒着你爸妈他们吗?"

对着她八卦的眼神,博慕迟思忖许久,憋出三个字:"不知道。"

她是真的不知道。目前来说,她还没去想这方面的事。

听到她这话,谈书扬了扬眉,叹了口气:"同情傅云珩。"

博慕迟没理谈书,只是说不知道,又不是说不告诉父母。博慕迟想的其实是顺其自然,不刻意隐瞒,但让她和傅云珩在两家父母面前腻烦,一时间确实也有点儿难。

302

他们如果发现了，那就承认，没有的话，就再说。

想到傅云珩，博慕迟点开微信给他发了条消息，问他到哪里了，能不能赶回来吃晚饭。

傅云珩："你们先吃，我没那么快。"

从邻市坐高铁是只有一小时，但傅云珩的高铁票是六点多的，所以到家最快也得八点。

博慕迟盯着两人的聊天界面发了会儿呆，问道："你买的哪趟车次？"

傅云珩直接给她发了张截图。

好似知道她想做什么，傅云珩继续叮嘱："在家好好休息，我很快到。"

博慕迟无奈，认真回他："知道了。"

两人正聊着，博延回来了。

"爸。"博慕迟立马从沙发上站了起来，看向他，"事情解决了吗？"

博延跟谈书打了声招呼，拍了拍她的脑袋："解决了。"

迟绿从厨房探出头："怎么解决的？"

其实博慕迟这件事，想解决并不难。

谈书撞了车，他们负责维修便好。至于博慕迟打人的事，行车记录仪恰好完整地拍到了他们争执的那一段。

视频里可以明显看出，是对方先拿着手机拍谈书，又去扯博慕迟的口罩，她才反击的。

看完整个视频，对方脸色铁青，愤愤地指责博延，说他踹人的事。

踹人这事，博延很坦然地承认下来。

最后的结果自然是私了，他会支付对方索要的医药费和精神损失费。

听完，博慕迟瞪圆了眼，不讲道理地说："凭什么呀？"

迟绿往她嘴里塞了块水果，瞥了丈夫一眼："还有呢？"她了解博延，他怎么可能就这么放过欺负博慕迟的人。

博延一笑，低低地道："他辱骂兜兜，就得为付出辱骂的代价。"博延可不是吃素的，身后的博汇集团更不是。

没过多久，正当网友们在微博吃瓜吃得正热闹时，博汇集团和博慕迟所在的训练队几乎在同一时间发表声明。

博汇发出的除了有一段完整的能听到对话也能看到画面的视频，还有一段在警局的视频，当然最后，还有一封律师函。

这封律师函针对的不单单是被他们撞车的网红，还有跟风辱骂博慕迟，在网上各种造谣她的网友。博慕迟不爱上网，不关心这些事没关系，但爱她的人会管。

博延和迟绿捧在手心里长大的人，什么时候都轮不到不知名的网友指手画脚。

训练队那边的声明和博汇集团无异，无非还原事情真相，顺便解释了博慕迟目前在休息期，运动员也可以自由休息。他们是国家队运动员，但不是卖身，休息期里他们可以有自己的生活。

训练队发出的声明里，还把博慕迟猛夸了一通。她是滑雪天才，他们以她为荣。

也是这次事情，很多网友才知道，原来这几年大家狂夸的滑雪天才，是博汇集团的大小姐。

难怪陈星落会说这是她的好朋友。更有年龄稍微大一点儿的人现身说，除了是博汇集团大小姐，博慕迟还是国际名模迟绿的女儿。

她爸妈之前上过一档恋爱综艺，不少人是他们的CP粉。

为此，博慕迟微博粉丝暴涨，很多刚知道她名字，知道她过往荣誉的人纷纷到她微博下面闲逛。众人看完后不由得感慨，不愧是博老师和迟绿的女儿，不单有让人惊艳的外表，连微博也是可爱又通透。

博慕迟官方人证的微博发的内容不多，一年也就十条左右。但她发的每一条内容都很有生活气息。

她偶尔会和大家说新年快乐，会在六一儿童节的时候晒出给自己的儿童节礼物，然后祝所有人儿童节快乐。

偶尔，她还会分享自己觉得特别不错的电影，还会在生日的时候发给自己弹奏的生日快乐钢琴曲。

空闲的时候，她也会回复一下网友询问的和滑雪相关的内容。她回答的次数不多，但每一个回复都是触眼可见地认真，甚至会事无巨细地叮嘱准备滑雪的网友。

她微博的内容，呈现出的就是一个特别明媚开朗的二十岁小女生。

莫名其妙，博慕迟又上热搜了。

这回，热搜挂的不再是"滑雪天才博慕迟撞车事故"，而是"宝藏女孩博慕迟"之类的夸赞话题。

吃饭的间隙，博慕迟抽空用大号上微博看了看。

谈书采访博慕迟："有什么感想吗？"她示意，"你这一两个小时，涨了几十万粉。"

博慕迟沉默了会儿："没什么感想。"

她其实不喜欢别人把她捧得太高。她就是一名滑雪运动员，不需要大家夸她漂亮，也不需要网友夸她性格有趣，生活有趣。

因为她很清楚，如果未来犯了错，这些夸她的言论，很可能会成为一把利剑，然后指着她。

说博慕迟杞人忧天也好，别的也罢，她确实是想得比较多的人。

谈书知道她的想法，拍了拍她的肩膀道："别多想，反正你这个号上得少。"

博慕迟点头，退出微博："我也是这样想的。"她扭头看了看墙上的时钟，压着声音说，"你今晚住我家还是回去？"

谈书："回去啊。"她看着博慕迟，"你晚上一个人睡觉害怕？"

博慕迟无奈："不害怕。"

她沉默了三秒，小声说："傅云珩这会儿在高铁上。"

谈书怔了怔，猛地反应过来。

"你想做什么？"她小声问。

博慕迟看了不远处在说话的迟绿几人一眼，和她说悄悄话："你待会儿走，把我也带走吧。"

她刚刚设想了一下，如果傅云珩回家里这边，那他们俩今晚最多就是说两句话。她都好久没见傅云珩了，不想他赶回来了就只能和他说两句话。

怎么说，他们也得说上十句话才划算吧。

谈书微哽，看了看时间："我现在走？"

博慕迟："可以……"

现在七点，谈书这会儿走，她还能打车去高铁站接傅云珩。

谈书也就随口一提，看她毫不犹豫点头的模样，有些无语。

"重色轻友。"

博慕迟耸肩："我就是。"

谈书没辙，和博慕迟商议了一下，找了个两人一起走的借口。

"去看电影？"迟绿诧异地问道，"这个点？"

谈书："嗯，我有一部很喜欢的电影，本来就说等兜兜回来一起看的。"

博慕迟在旁边狂点头："我看完就回来。"

博延："我送你们？"

"不用不用。"博慕迟连忙拒绝，"爸，我跟谈书打车过去就行，我会戴好口罩，不被人认出来的。"

听到她如此激动的言论，博延和迟绿对视一眼，有些无奈。

"去吧。"迟绿没拦着她，"看完电影给你爸打电话，让他去接你。"

博慕迟眨眨眼，乖巧应下："好的。"

出了家门，两人面面相觑。

谈书："先打车？"

博慕迟点头："去小区门口。"

"那分开打。"谈书道，"我怕你来不及去高铁站。"说着，她问博慕迟，"还是我陪你去了高铁站再回家？"

在生活上，谈书习惯照顾她。

博慕迟哭笑不得，连忙拒绝："不用不用，我自己去，你待会儿到家了要马上告诉我。"

谈书失笑道："行。"

打到车，两人向着不同的目的地出发，去高铁站的路上，两人一直在用微信聊天。

谈书这会儿才忍不住问她："待会儿接到傅云珩了，准备做什么？"

博慕迟："回家啊。"

谈书："就这样？"

博慕迟："不然呢？"

谈书："他为了你挤出时间跑回来，你就接他回家，是不是有点儿过于浪费了？"

博慕迟随意地问道："那换作是你，你准备做什么？"

谈书："那我可不得扑过去表达一下我的感动？"

博慕迟："你好野……"

谈书发了一张微笑的表情包。

博慕迟："我们都还没说开呢。"

谈书："那你们就给我说开！"

博慕迟真心觉得，谈书此刻就像操心的老妈子。

思及此，博慕迟忍俊不禁，给她回了一条语音："再说吧。"

两人东扯西扯，等谈书到家，博慕迟到高铁站后，对话才结束。

博慕迟伸长脖子看了看，傅云珩坐的那趟高铁晚点五分钟，这会儿还没到。她到出口处的角落里边等边和他聊天。

博慕迟："小傅医生，你在高铁上吃东西了吗？"

傅云珩消息回得很快："还没有，不饿。"

博慕迟："哦，那你有没有什么特别想吃的？"

傅云珩："没有。"

博慕迟看着他的回答，噎了片刻。她正想给他丢个可恶的表情包，傅云珩的消息又来了。

他问她想吃什么。

博慕迟："我吃过饭啦。"

傅云珩："我知道。"

他顿了下，眼眸含笑地敲下："想吃点儿你想吃的。"

这样的话，让他们好像又亲密了一点儿。

收到这条消息，博慕迟翘了翘唇。她四处张望，捧着手机往旁边的一家店走去。

她排队给傅云珩买完晚餐出来，他所乘坐的高铁也正好抵达。

博慕迟收到他发的"到了"二字，点开了微信的位置共享。

片刻后，她的手机铃声响起了。

"找个位置坐着。"傅云珩低沉的声音传来，"我应该还要十分钟才会出来。"

博慕迟失笑："知道，我不急。"

傅云珩"嗯"了声，没问她为什么还是来了高铁站。答案就在心里，再问就显多余。

傅云珩出站，一抬头便看到了不远处在等自己的人。

这个点高铁站人还很多，熙熙攘攘，人潮拥挤，环境嘈杂。

可他还是一眼找到了她，就像她也在顷刻间将目光放在了他身上。

隔着不远的距离，两人目光短暂相接。

博慕迟戴着口罩，眼睛闪闪发亮。

少顷，傅云珩抬脚朝她走近。两人站得很近，近到能听见对方的呼吸声。

他们有段时间没见，突然之间再见，忽然有点儿不知道该说什么。

就在博慕迟思考开场白的时候，傅云珩忽然问了声："洗澡了？"

他闻到了她身上淡淡的花香味。

博慕迟一愣，耳廓微微发烫："嗯。"她应着，忍不住问，"这就是你看到我想说的第一句话？"

"不是。"傅云珩诚实地说，"想说的有很多，待会儿再告诉你。"

博慕迟"哦"了声，也没问他为什么现在不说。

想来，他应该是不方便。

傅云珩看她手里提的东西，笑了下，问："想吃麦当劳？"

博慕迟点头，笑眯眯地看着他："吃吗？"

"吃。"她都买了，傅云珩哪儿有拒绝的道理。

博慕迟弯唇:"那待会儿上车了吃。"

两人打了辆出租车,报地址时,傅云珩迟疑了片刻,最后报的还是他租的房子那边。

博慕迟并不意外,其实就算傅云珩想回家,她也会拦着。

因为她暂时还没想好怎么跟迟绿解释自己去看电影,然后会碰到傅云珩,最后还和他一起回家。

车内安静了一瞬。

博慕迟扭头看着他,恰好对上他看过来的目光。

"你看我干吗?"她率先出声。

傅云珩抬了下眼,不疾不徐地说:"想看。"

博慕迟没想到他会这么实诚,感觉耳朵有点儿热,口罩下的唇角往上牵了牵,眼睛里也有笑意跑了出来。

"那好吧,"她大方说,"那给你看。"

"怎么还是来了?"傅云珩这才问她。

博慕迟微忖片刻,想了想说:"想来。"

她想来接他,所以来了。

两人说话跟打哑谜似的,司机听得云里雾里,只觉得现在的小情侣还蛮有意思的。他借着车内后视镜看了看两人,想插句话,又觉得他们之间的氛围太好,自己出声会显得过分突兀。

蓦地,他看到英俊的男人握住了女人的手。司机扬了扬眉,收回了目光。

手被傅云珩握住,博慕迟真真切切地感受着他掌心的温度。那一瞬间,她感觉自己的手指也跟着热了起来。

博慕迟垂眼看两人握在一起的手,侧头看向傅云珩,小声咕哝:"你现在牵我的手都不打招呼了吗?"

傅云珩一顿,敛睫道:"那我现在问?"

博慕迟无奈:"算了。"她别扭扭地说,"这回就原谅你了。"

听到这话,傅云珩把她的手握得更紧了一些。

"怎么出来的?"他问。

博慕迟微窘:"你怎么知道我是找借口出来的?"

他怎么知道?

傅云珩笑了下。他了解博延和迟绿,在当下,他们其实是不放心博慕迟出门的,除非她有伴,或者有能说服他们的理由。

博慕迟看着他脸上的笑:"我让谈书帮我说的。"

"嗯？"

博慕迟："我们说去看电影，我爸妈叮嘱了两句就让我们出门了。"

傅云珩看她越来越红的脸，轻声说："我住的那里，好像没什么好看的影片。"

博慕迟沉默了会儿，用另一只手摸了下耳朵，扭头看向窗外："不看……也可以。"

她只是想和他多待一会儿。

傅云珩知道她的意思，握着她的手指微微用了点儿力，在到达目的地之前，问了问她下午那件事的情况。

博慕迟如实告知。

两人聊着，没一会儿车子便停在了小区门口。

司机回头看向两人，笑道："是这儿吧？"

傅云珩颔首，扫码付款："谢谢。"

司机笑笑："应该的。"他看了博慕迟一眼，夸道，"美女，你男朋友长得很帅。"

博慕迟愣了下，含糊地应了声："是有点儿。"

听到她这个回答，傅云珩诧然地看了她一眼，眉梢微微往上扬了扬，牵着她往小区里走。

这个点儿，小区正是热闹的时候。

门口的空地有跳广场舞的，走进小区，两人除了闻到草木清香和春日里特有的花香，还有住户家飘散出来的饭菜香味。其中还裹杂着小孩的哭声，以及父母教孩子写作业的声音，生活气息很浓。

他们进电梯时，电梯里已经有不少人了。傅云珩牵着她进去，一直都没松开她的手。

两人安安静静，没有过多交流。

跟着傅云珩进了屋，博慕迟才说话："云宝。"

傅云珩弯腰把她换下的鞋摆放整齐，低低应道："嗯？"他带着她往浴室走，"先洗手。"

博慕迟无奈，只得先洗手。她洗手时，傅云珩就在旁边看着。

两人对上视线，博慕迟反应迟钝地说："你不洗？"

傅云珩："洗。"

博慕迟看着他那双有点儿漂亮的手，眼神在浴室里转了好几圈。

在傅云珩关掉水龙头时，博慕迟忽然听到隔壁传来的说话声，是一男一女在说话。

她听了一下，没多想地说："云宝，你住的这儿隔音不太好。"

上回她就发现了，客厅也能听见邻居家的声音。

听到这话，傅云珩擦手的动作一顿："还有一年的租期。"

博慕迟蒙了下："啊？"他跟她说这个做什么。

傅云珩看着她，低低地道："你要是觉得不好，我找时间跟房东提一提。"

对上他幽深的眸子，博慕迟忽然明白了点儿什么。

她微窘，耳朵、双颊开始染上红晕："听不懂你在说什么。"她装傻，"再说我也没说不好。"

傅云珩一笑，靠近她："不是说不好。"他微顿，敛眸盯着她说，"但好像是会有点儿不方便。"

博慕迟想避开他的目光，被他抓住，让她无处可躲。

"你干……"

话还没说完，傅云珩忽然问她："刚刚为什么不否认？"

"什么？"博慕迟没反应过来。

傅云珩言简意赅地说："司机。"

博慕迟倏地明白过来。她怔了怔，看着近在咫尺，神色还有些倦意，但眼神异常深邃的人。

"就……不想否认了。"她直直地望着傅云珩问，"你难道不想早点儿有个女朋友吗？"

傅云珩垂眸，好一会儿都没说话。

博慕迟抬手，扯了下他的衣服，诧异地道："你不会真的不……""想"这个字她还没说出口，傅云珩抬手捏住她的耳垂，嗓音低低："想好了？"

"嗯。"博慕迟回答，早就想好了，只是之前羞于说出口罢了，也没找到合适的时机。

她抬睫，盯着他此刻的神情，犹疑地道："你是觉得太快了吗？"

难道她需要再拖一段时间？

傅云珩目光灼灼地望着她："我没有这样觉得。"

博慕迟被他看得有点儿不好意思，抿了抿唇："那你这个反应看起来……好像也不是很高兴的样子。"

她不知道别人突然有对象是什么模样，但她想应该没有像傅云珩这么冷静的吧。

听到她这话，傅云珩抬了抬眼："这个我不承认。"

博慕迟看着他："嗯？"

傅云珩抬手，将她拉到自己身前，低垂着头，说话的气息拂过她的脸颊和嘴唇："我说，我没有不高兴。"

博慕迟："可你……"

"我怕我把高兴表现出来了，会吓到你。"傅云珩诚恳地说。

闻言，博慕迟瞥他："这还能吓到人？"

她才不信："我又不是三岁……""小孩"这两个字她还没说出口，傅云珩忽地再次靠近，这回他不再是将呼吸吐露在她的脸颊上，而是将鼻尖蹭到了她脸上，甚至还有往下的趋势。

博慕迟眼睫一颤，心提到了喉咙眼。

寂静的客厅，她听见了冲出身体的心跳声。在当下这个慌乱的时刻，她又有些分不清这个心跳声是自己的还是傅云珩的。

"你……"博慕迟嘴唇微微动了下，看着傅云珩动作，"是不是想亲我？"她直接问。

傅云珩"嗯"了声："会吓到吗？"

博慕迟脑袋一蒙，下意识地说："不……"

话音还没落下，最后一个字被傅云珩吞下，消失得无影无踪。

滚烫的气息落下时，博慕迟的唇角有温热的濡湿感，傅云珩亲了下来。

[下册]

再靠近一点

——时星草 著——

华龄出版社
HUALING PRESS

第十一章
心跳失控

唇上一软，博慕迟眼睫轻颤了下，但没躲。

刚开始，傅云珩还比较克制，只是亲着她的嘴唇，没有太过分的举动。可渐渐地，他好像有些不满足。

博慕迟的唇被他的舌尖顶开，她微张着嘴，潜意识里给他铺了路。

博慕迟的心在一刹那像被提到了嗓子眼，下一秒就要不受控地蹦出来。

门外还有住户走动、说话的声音，声音很大，可她听不清对方在说什么。她所有的注意力、所有的思绪都被面前的人占据。

鼻间是他身上清冽好闻的气息，让她下意识地想靠近，想多闻一闻。

她身体不再受自己控制，手指紧紧攥住傅云珩的衣服，甚至配合他，仰起了头，让他更方便亲自己。

两人亲吻时，博慕迟是睁着眼睛的，直勾勾看着面前的人，看着他垂下来的眼睛，看着他鸦羽般的眼睫毛。

忽地，她的舌尖被他的牙齿磕了下。博慕迟吃痛，委屈地瞪着他。

傅云珩含着她的唇轻轻地往后撤了撤，盯着她被自己亲得红艳的嘴唇，接受她的控诉，嗓子有点儿哑："咬到你了？"

他明知故问！

博慕迟不想理他。

傅云珩嗓音沉沉地笑了起来，听上去心情很是愉悦。他微顿，再次低头靠近她，态度很好地询问："我们多练练？"

博慕迟不敢相信地看着他："你……"

傅云珩碰了下她的唇，诱惑她："不想？"

博慕迟不知道事情为什么会变成现在这样，明明觉得傅云珩提出的那个问题有点儿过分，也不符合他平常的行事作风，可她鬼使神差地答应了。

两人的衣服摩擦着，在春日里也有了静电。

她的脸被他用双手捧住，唇被他撷取，思绪被他"控制"。不知过了多久，在博慕迟要站不稳的时候，傅云珩终于放过她了。

两人大口喘着气，额头相抵。

外面还有陌生的窸窣声，朦朦胧胧的，博慕迟耳畔全是自己和傅云珩的喘息声。

她耳朵滚烫，身体滚烫，面前的人亦是如此。隔着衣料，她都能感受到他肌肤传递过来的滚烫温度。

室内随着两人的体温变化，也变得潮热。

两人安静片刻，呼吸声也渐渐平静。

为防止傅云珩再来，博慕迟别开眼，提醒他："你还不饿吗？"

傅云珩一顿，蹭过她的鼻尖："嗯？"

博慕迟微哽，后知后觉地发现自己这句话有点儿歧义。她没忍住，抬眸瞪他："别浪费了我给你买的晚餐。"

傅云珩看她此刻的模样，心已经被挠得发痒，抬手捏了捏她的脸，喉结轻滚："知道了。"

他往后退了两步，看着她嫣红的唇瓣，低低地道："我去热一热，你有没有想吃的？"

"不要。"博慕迟连忙拒绝，指了指说，"我去洗脸。"

她能感觉到自己脸颊的温度，得想办法给自己降降温。

看她钻进浴室，傅云珩眸子里闪过一丝笑意，垂眸看了看左侧胸口那依旧跳动得让他有些无法控制的心脏，自言自语低喃："也不用如此兴奋。"

钻进浴室，博慕迟一抬眼便看到了镜子里的自己。

她盯着自己布满红晕的耳朵、脸颊、脖子，有些无语。

他们不就是接吻了吗？她有什么好激动的。

今天虽然是第一次，但以后还有很多次，她不能跟没见过世面似的。但想到傅云珩亲她的模样，想到和喜欢人接吻时身体的战栗、激动、兴奋，博慕迟还是忍不住捂着脸笑了起来。

她总算知道，为什么大家都想谈恋爱了。

因为恋爱的感觉真的很好。

博慕迟在浴室磨蹭了好一会儿出去时，傅云珩已经把吃的重新热了热，端上了桌，还顺便给博慕迟热了一杯牛奶。

两人对视一眼，博慕迟觉得自己脸颊刚消下去的热度又上来了。

无声半响，博慕迟盯着傅云珩的唇，没头没脑地说了句："我跟我妈说我是出来看电影的。"

傅云珩没跟上她的思维，神色诧异的看着她。

博慕迟嘴唇动了动，轻声喃喃："我晚点儿回家是不是得说，我们看完电影又去吃了火锅？"

不然她要怎么解释自己嘴巴这么红？

傅云珩缄默片刻，提醒她："你不能吃火锅。"

博慕迟眨了下眼，恍然道："对哦，那我吃什么？"博慕迟看着傅云珩那变得红润的唇，喃喃地道，"买支口红？"

傅云珩被她的想法逗笑，盯着她柔软而饱满的唇，喉结上下滚了滚，缓声说："应该也不行。"

博慕迟瞥他，眼神充满了怨气。

傅云珩微顿，沉沉地笑了起来："待会儿再看。"他猜再过会儿应该能消下去吧。

博慕迟舔了下有些发麻的唇"哦"了声。

她是真怕迟绿看出来，她妈在这种事情上极其敏感。虽说和傅云珩谈恋爱不是什么见不得家长的事，但她出门时说谎了，回家就得圆谎。

想到这儿，博慕迟幽幽地看向傅云珩。

换作以前，她肯定不干这种事。

"想说什么？"傅云珩接收到她充满怨念的眼神。

博慕迟沉默了会儿，小声说："我还是头一回骗我爸妈呢。"

闻言，傅云珩抬了下眼："你确定？"

博慕迟不解地看着他，这还有什么不确定的。

傅云珩顿了顿，声音温和地提醒她："你初一那年，为了看一个男生打篮球，跟迟姨说我作业没写完被老师留下来了，你要等我一起回家。"

黑历史忽然被翻出来，博慕迟恼羞成怒地在桌子下踩了他一脚，凶巴巴地问："你是不是不想要女朋友了？"

傅云珩勾了下唇，没躲开。

"不是。"他慢条斯理地道，"我就是想说，不是第一回。"

博慕迟剜他一眼，小口小口地喝着牛奶，努力回想了一下好像是有这事。

她没多想，问道："那个男生好像是你们班的转学生，是不是？"

当时她初一，傅云珩初三。

傅云珩："嗯。"

博慕迟眼睛一亮："叫什么名字来着？"

她那会儿和谈书头回见到那人时，就惊为天人。两人都想怎么会有这么斯文博学的男孩子，笑起来还有两个小小的梨涡，未免太可爱了一点儿。

傅云珩："张翊。"

听到这个久远的熟悉的名字，博慕迟扬了扬眉："对对对，是他。"她瞅着傅云珩，忍俊不禁，"你们毕业后还有联系吗？"

傅云珩面无表情："没有。"

"那你怎么记得那么清楚？"很多同学的名字她其实记不清了，瞅着傅云珩，惊讶地道，"你该不会记得从幼儿园到现在的所有同学的名字吧？"

傅云珩看着她好奇的模样，忍不住抬手敲了下她的额头，低低地道："不是。"

但很奇怪，傅云珩就是记得张翊这个人，记得这个名字。明明他和傅云珩在学校交集并不多，也不算熟。

可能是因为博慕迟。

潜意识里，他把和博慕迟有关的人和事都清清楚楚地记下了。

是命运的羁绊，让他们从过去到现在，再到未来，都始终紧紧牵连在一起。

她以前是他妹妹，现在是他女朋友。

博慕迟"哦"了声，没在这个问题上多纠结。

她看傅云珩吃麦当劳吃得比较艰难，忍俊不禁道："要不要换个外卖？这个别吃了吧，我看你好像不是很喜欢。"

傅云珩把她说的话丢给她："不要浪费。"

博慕迟微窘，想了想说："那好吧。"

她有点儿懊恼，早知道不给傅云珩买自己想吃的了。

麦当劳这种快餐食品吃多了，并不是很好。

简单地吃过东西，傅云珩起身到电视柜下翻找东西。

博慕迟看着他的背脊，跟着蹲了过去："找什么？"

傅云珩："影碟。"

博慕迟一愣，失笑道："你还想看电影？"

她揶揄他："知道现在几点了吗？小傅医生。"

傅云珩明知故问："几点？"

"十点。"博慕迟小声，"我七点就出门了。"

一部电影再长，也不会超过三小时。

傅云珩挑眉，扫了眼抽屉里仅有的几张影碟："下回看？"

"嗯。"博慕迟瞅了眼，"而且你现在这些，我都看过了。"她起身，"我回去了，你早点儿休息。"

听到她这话，傅云珩抬了抬眼："不要我送？"

博慕迟想也没想地点头："不要。"她看着他，"你明天不是还要回邻市的交流会。"

傅云珩应声，抬手揉了揉她的头发："等我两分钟，我送你。"

博慕迟还想拒绝，傅云珩再次出声："我不放心。"

他怎么可能放心她深夜一个人回家？她在他这里还只是兜兜妹妹的时候，他都不会让她一个人回家，更何况两人现在的关系已经有了变化。

博慕迟后知后觉地反应过来以后，便没再拒绝。

她唇角往上牵了牵，眉梢染上笑意："好吧，那打车吧。"她琢磨，"开车还得全神贯注。"

傅云珩："好。"

打车能让两人都休息，但也有点儿不好。

譬如不是自己的车里，做点儿亲密举动都觉得有人盯着，这让博慕迟格外不适应。

到小区门口时，她本想跟傅云珩腻一下的，可一对上司机看过来的目光，博慕迟便在内心掐灭了自己的冲动。

跟傅云珩摆摆手，叮嘱他到家了跟自己说一声，她便飞快地跑了。

看她跑走的背影，傅云珩无奈一笑。

他让司机回自己住的地方，随后掏出手机给她发消息。

傅云珩："跑那么快做什么？"

博慕迟很实诚："再不跑，我担心我会对你做点儿什么。"

傅云珩："做什么？"

博慕迟："就谈恋爱会做的事。"

傅云珩循循善诱："想亲我？"

博慕迟："一点点。"

看到她这个话，傅云珩有种想让司机掉头的冲动。

庆幸的是，理智还在。

他手指顿了顿，敲下两个字："下回。"

博慕迟："哦。"

两人闲聊了会儿，博慕迟告诉他，到家了，还非常顺利地回了房间。

因为博延在书房，迟绿在厨房喝水，她心虚地说了声"我回来了"，便跑上了楼。

她绘声绘色地说着，傅云珩能想象出她飞奔的画面，高马尾一甩一甩的，慌乱，却能让人感觉到她的活力和兴奋。

想着，傅云珩不自觉地笑了笑。

博慕迟洗漱完躺在床上，跟吃了兴奋剂似的，格外亢奋。

她在床上翻滚了好几圈，依旧睡不着。没办法，博慕迟只能重新拿起床头柜上的手机。

她看了看一小时前傅云珩发来的消息，思忖了会儿，试探地拍了拍他的头像。

不知道他这个点，睡着没有。

拍完他的头像，博慕迟又去骚扰了一下谈书。

她还没来得及和谈书多聊两句，傅云珩的消息就过来了。

傅云珩："睡不着？"

博慕迟："有那么一点点，你也是？"

傅云珩："嗯。"

他和她一样，此时此刻大脑也是亢奋激动的。

瞬间，博慕迟开心了。她翻了个身，任由笑意爬上脸颊，钻进被子里和他聊天。

"为什么？"

没等博慕迟问第二遍，傅云珩便回答了她。

"可能是因为有了个漂亮又聪明的女朋友。"

这回，博慕迟是真的被他逗开心了。

她躲在被子里笑了好一会儿，暗下去的手机屏幕倒映出她眉眼弯弯的模样，她是真的有点儿开心。

她抿着唇角，喜笑颜开地给他回："哦。"

博慕迟："我也是。"

博慕迟："忽然有了个英俊帅气的男朋友，总觉得有点儿不真实，害怕明天早上醒来男朋友就不见了。"

这条消息发过去后,博慕迟的电话响了,她一愣,迅速接通。

"喂。"博慕迟倒也不需要克制音量,这层楼现在就她一个人住,声音大一点儿也没有关系,"你怎么忽然给我打电话了?"

"让你感受一下,"傅云珩清冽低沉的嗓音从听筒里传出,"是真的。"

博慕迟怔了下,兀自笑了起来:"我知道。我说的是明早。"

傅云珩"嗯"了声:"明早起来也是真的。我保证。"

博慕迟扬眉,故意为难他:"你怎么保证?"

傅云珩沉吟了会儿,回答她:"明早你就知道了。"

博慕迟拖着腔调,勉为其难地说:"那好吧。"她压着上扬的唇角,轻声问,"你明天几点去高铁站?"

"六点过去。"傅云珩顿了下,"不用来送我。"

博慕迟悻悻地摸了摸鼻尖,从被子里钻了出去,大口呼吸着新鲜空气:"就算我想,我可能也起不来。"

她到现在都还没睡着。

傅云珩放心了:"还是不困?"

博慕迟应着:"困,但是睡不着。"

她一闭上眼,脑海里全是和他在浴室门口接吻的画面。想着想着,她身体就热了起来,心也跟着发痒,甚至产生了想立马见到他的冲动。

傅云珩一笑:"要怎么才能睡着?"

"嗯……"博慕迟认真想了想,"你给我唱首歌?"

傅云珩微顿,低低地说:"有点儿为难。"

因为他唱歌并不怎么好听。

博慕迟想了想,好像也是。从小到大,她都没怎么听傅云珩唱过歌。

安静半响,博慕迟说:"那跟我说一下你们医院的趣事吧。"她忍不住好奇,"我听人说,医院八卦消息其实超级多。"

傅云珩:"好……"

他无奈答应。

医院里八卦消息确实不少,病人之间的,病人和医生、护士的,等等,都难以避免。

虽说医院并不怎么允许医生和病人谈恋爱,但只要不在医院里乱来,很多事其实也是不受控制的。

傅云珩很少会去刻意打听八卦消息,也不会特意去听,但晚上值班不忙的时候，护士站总有各种小道消息飘进他的耳朵。

当然除了护士站，偶尔在食堂，或电梯里，也总能听到一些乱七八糟的事。时不时地，赵航还会找他感慨两句。

傅云珩刚开始是真的很认真在给博慕迟说八卦消息，但他说了两句发现，和她聊八卦消息不仅没办法让她早点儿睡觉，甚至还可能让博慕迟更兴奋。

想到这一点，傅云珩改了注意，换个话题和她聊天。

话题过于枯燥，聊得博慕迟昏昏欲睡，她好几次想打断傅云珩，却因为他声音好听，忍住了。

没一会儿，傅云珩便听到了听筒里传来均匀的呼吸声。

他笑了笑，缓声喊："兜兜？"

没人说话。

傅云珩将手机拿下，看着屏幕上的备注，轻声说："晚安。"

睡梦中的博慕迟好似听见了一般，无意识地翻了个身，唇角跟着往上牵了牵。

这天，博慕迟睡到九点多才醒。

她很少熬夜，偶然一次，整个人变得浑浑噩噩的，一点儿精神都没有。

她睡眼惺忪地下楼时，迟绿正在慢悠悠地吃早餐。

"醒了？"迟绿看她，让厨房忙碌的杨姨给她倒了杯温水。

博慕迟接过道了声谢，一口一口地喝着："爸爸呢？"

"去打球了。"迟绿说。

博慕迟愣了下，扭头看向墙上时钟："九点多去打什么球？"

迟绿笑着和她解释："公司有个合作商过来了，对方没什么爱好，就喜欢打网球，所以你爸大早上去尽地主之谊了。"

闻言，博慕迟了然地点点头，感慨道："我爸也不容易。"

迟绿噎住，看着她的黑眼圈："昨晚怎么失眠了？"

一般来说，博慕迟都是十点半左右睡觉六点前起床然后晨跑的。

生理期她不会那么早起来，其他时间是风雨无阻的。当然，失眠也是例外。但她失眠的次数并不多，她是个睡眠质量、生活质量都非常不错的人。

"可能是……"博慕迟想了想，"一直在想电影剧情。"

闻言，迟绿眉梢往上挑了挑："什么电影这么好看？"

她怎么不知道？

瞬间，博慕迟语塞了，眨了下眼，正思考要怎么搪塞过去时，门铃声响了起来。

没等杨姨说去开门，博慕迟一溜烟往外跑："我看看是谁。"

门打开，外面站着外卖员。

看到她，外卖员问："请问这里是博小兜家吗？"

听到这个名字，博慕迟笑了下："是。"

她点外卖，都是用小名。

外卖员把东西递给她："您的外卖。"

"谢谢。"博慕迟接过打开看了眼，大概能猜到是谁给她点的。

她提着回屋，迟绿扫了眼："大早上的，买的什么？"

博慕迟眨了下眼说："素包子。"

迟绿狐疑地看她，正要说话，杨姨从厨房走了出来："什么素包子？"她道，"兜兜你想吃包子跟杨姨说呀，杨姨给你做，怎么还在外面买？是不是杨姨做的你不喜欢？"

看杨姨激动的神色，博慕迟忽然有点儿不好意思。

"杨姨。"她道，"不是的。"

博慕迟解释："这个是我之前吃过觉得还不错的，特意买回来给大家尝尝，然后杨姨你吃过后下次肯定能给我做比它味道还好的包子。"

杨姨半信半疑："真的？"

博慕迟一脸认真地点头："真的。"

杨姨信了。

最后，傅云珩让人给博慕迟送的素包子，被三人分完。吃完，她还有点儿意犹未尽，趁着迟绿和杨姨在说话，给傅云珩发了条消息控诉。

博慕迟："没吃饱……"

傅云珩看到她的消息时，已经十点多了。

他一笑，很认真地回她："下回多买一笼。"

博慕迟："可以，但是别送家里了。杨姨看到我点外卖，直问我是不是不喜欢她做的饭菜，嫌弃她了。"

杨姨在博家工作了很多年，对博慕迟就跟对自己的孩子一样，从小宠着她长大，她想吃什么，杨姨都会变着法地给她做。

傅云珩："是我考虑不周。"

博慕迟弯了下唇："那也不能这样说。"

傅云珩："嗯，那么现在还觉得不真实吗？"

博慕迟怔了下，明白过来他为什么会给自己点早餐了。

她笑："现在还好，我知道我男朋友是真实存在的。"

傅云珩："好。"

博慕迟瘫在沙发上，继续和他聊天："你们交流会是今天结束吗？"

傅云珩心领神会地回她："今晚回来，但应该比较晚。"

博慕迟："哦。明天上班吗？"

傅云珩："看女朋友让不让我上班。"

博慕迟："让。"

过了会儿，傅云珩给她发来一张图，让她在几个地方做选择，看明天想去哪儿玩。

博慕迟点开看着，发现他列出来的地方，都是自己喜欢且曾经想去没来得及去的。

博慕迟："都想去怎么办？"

傅云珩："那就都去。"

博慕迟："好。"

她又看了看，说道："明天先回我们母校转转吧。"

傅云珩说好。

两人聊了会儿，傅云珩忙去了。

博慕迟也回房间收拾行李，准备吃过午饭去滑雪场训练。

窗外的天空很蓝，天气格外晴朗。

博慕迟趴在阳台吹了会儿风，忽然觉得今年院子里开的花味道特别好闻，也格外漂亮。

她把这事跟谈书提了提，问她昨天来自己家发现没有。

谈书："不是今年的花开得漂亮，是你今年心里的那朵花开了。"

博慕迟："你说得好有道理。"

谈书无语。

看着博慕迟的消息，谈书气得牙痒痒。

要不是她现在不在面前，谈书真想揍她一顿了。

她怎么可以谈恋爱就这么嚣张，欺负自己没谈过恋爱……

谈书生气。

博慕迟看她发来的表情包，笑道："为了让我们书姐高兴，我决定请她下午去滑雪，不知道她愿不愿意和我一起去？"

谈书："去可以，但是没车了。"

她的车昨天就进了4S店。

博慕迟:"我和司机一起过去接你。"

谈书:"行。我找找我的滑雪服。"

跟谈书约好,博慕迟又在阳台吹了会儿风,把身体照得暖乎乎的,才转身回房,下楼去找迟绿黏糊,增进一下母女情。

与此同时,傅云珩却过着和她截然不同的生活。

她悠闲,傅云珩忙碌。

正式的交流会告一段落后,下午的非正式场合,大家随意发表看法。

傅云珩作为热门人物,想和他交流的人非常多。不少人知道傅云珩,和他同龄的想多交涉、互相学习,年长的想见一见席教授也就是傅云珩导师口中一直夸的学生到底什么样,想摸摸他的底,看一看他的能力。

和别人交流完,傅云珩到旁边喝了口水休息。

束正阳找过来,看他这样,有些忍俊不禁:"累?"

"不能说是累,"傅云珩抬了下眉眼,笑了笑,"是有些应付不过来。"

人太多,他都记不清对方的名字。

束正阳很理解他,玩笑道:"谁让你是我们院的香饽饽。"

傅云珩瞥他一眼:"师兄你也开我玩笑。"

束正阳摇头,笑着拍了拍他的肩膀说:"走,带你去见见另一位和你齐名的厉害人物。"

傅云珩挑眉,想了想,说出一个名字:"江宴舟?"

束正阳扬了扬眉,略显意外:"你认识他?"

傅云珩颔首:"我们当过一段时间的室友。"

束正阳没想到两人还有这样的缘分,好奇道:"什么时候?"

"在国外留学的时候。"傅云珩没隐瞒。

听到这话,束正阳狐疑地看着他:"你们还合租?"

傅云珩听出他话语里的诧异,应了声。

束正阳:"体验生活?"

傅云珩无奈:"算是吧。"

他和江宴舟的家世与能力,不需要跟人合租的地步。

但傅云珩大学后,其实就不怎么用季清影和傅言致的钱了。他从小攒了不少钱,再拿奖学金,加上乱七八糟赚到的钱,生活绰绰有余。

也没有说一定不用父母给的,他没这样的想法,但如果可以的话,傅云珩是想好好体验生活的。

他要去国外留学时，季女士就问他要不要在学校附近给他租房子。

傅云珩拒绝了，说自己可以搞定。

看了一圈，傅云珩看到有一栋地理位置非常不错的小洋房招合租，看上去非常不错，更重要的是，他发现对方也是医科学生。

没多考虑，傅云珩就联系上了，对方就是江宴舟。

不过在束正阳介绍之前，傅云珩并不知道江宴舟也来交流会了。

他们俩不是一个专业的，不在同一个会议室，不知道对方来了也很正常。

和束正阳下了楼，傅云珩就看到了被好几个人围着的江宴舟。

他眉峰往上扬了扬，没抬脚走近。倒是束正阳看了眼，感慨道："怪不得大家都说，我们这次交流会上有两朵花。"

这个花指的自然就是傅云珩和江宴舟。

傅云珩笑了下，示意道："师兄先去那边待会儿吧，他应该没那么快结束。"

束正阳应声，瞥了他一眼："你跟江宴舟关系还不错？"

他们俩这个关系，其实傅云珩有点儿难回答。

要说不好，那怎么说也是合租很长时间的室友。但要说很好，事实也没多好。他们俩属于没事绝不联系对方的个性，不然也不至于连对方和自己来了同一个交流会都不知道。

闻言，束正阳又看了看另一边笑起来格外惹眼的人，压着声音问："他有女朋友吗？"

傅云珩："不知道。"

他和江宴舟从不过问对方的私生活。

两人正聊着，江宴舟不知何时走到了他们这边。

他是典型的剑眉星目，和傅云珩有点儿类似，但他没傅云珩冷，笑眼弯弯的模样，加上清瘦的身形，会给人一种斯斯文文的错觉。

这是束正阳对江宴舟的第一印象。

三人打过招呼没一会儿，束正阳就被人喊走了。

傅云珩和江宴舟这边安静了会儿，江宴舟才出声，唇角上挑着问："小傅医生昨晚不在酒店？"

傅云珩神色很淡："找我有事？"

江宴舟勾唇一笑，淡淡地说："没什么事，这不是很久没见，想找你联络联络感情嘛。"

傅云珩无奈，没搭理他这个话。

少顷，傅云珩看着他："实习的感觉如何？"

江宴舟琢磨了下："还好。"

他是北城人，但他在江城实习。

他笑笑道："等我回去了一起聚聚。"

傅云珩没拒绝。

两人都不是话多的人，有的只有惺惺相惜，一些不必要的话也懒得说，倒不如享受一下此刻安静的时光。

没一会儿，江宴舟他们医院的一位女医生过来找他。

傅云珩了然一笑，示意道："去吧，江医生。"他揶揄，"别让人久等。"

江宴舟瞥了傅云珩脸上挂着的笑一眼，深深怀疑，他是报复自己。

但看了眼朝这边羞怯笑着的同事，江宴舟也没办法不过去。他稍顿，跟傅云珩简单道别了一下，便抬脚走了。

取笑江宴舟的时候，傅云珩忘了乐极生悲这个成语。

他正欲回楼上，后面传来了有点熟悉的女声："傅云珩？"

下午，博慕迟和谈书在滑雪场待了三个多小时，实在滑不动了，两人才搀扶着离开滑雪场。

时间还早，两人一拍即合，决定找地方去按摩。

谈书揉着自己酸痛的肩膀，兴致勃勃地道："一定要好好按一按，再泡个脚，我实在是太累了。"

博慕迟失笑，抬手给她按了按："我给你按？"

谈书："那不用，我觉得你按摩手法一般。"

博慕迟觑她一眼，没理她。两人到市中心，找了家网上好评如潮的按摩店。

进去后，博慕迟不由得感慨，现在的按摩店内卷未免太严重了些，这不单单有按摩，还有餐食供应，甚至还能在单独的按摩室看电影。

以前博慕迟训练后，大多是队里的按摩师给她按摩，外面的按摩店她来的很少，所以并不知道现在的按摩店已经是这个样子了。

谈书看着她吃惊的小表情，乐不可支："怎么样，我选的还不错吧？"

博慕迟点头："非常不错。"她问，"不过你确定这儿按摩好吗？"

谈书瞥她："确定。"

她以前常来这儿按摩，技师手法精湛，绝对舒服。

有了谈书这话，博慕迟稍稍放心了点儿。

泡脚的时候，她掏出手机联系远在他乡的男朋友，关心他此刻的情况。

博慕迟："云宝。"

博慕迟："请问小傅医生忙完没有，现在在做什么呢？"

博慕迟："我跟谈书从滑雪场离开了，现在进了按摩店，准备泡脚、按摩。"

博慕迟是个喜欢跟家人朋友分享自己生活的人。

她吃了什么好吃的、玩了什么好玩的都习惯告诉大家。

手机振动了好几次，傅云珩掏出看了一眼，看向面前还在说话的人，不太礼貌地打断她："张妍。"

他神色淡漠，看不出多余的情绪："还有别的事吗？"

张妍一愣，脸色微僵，顺着去看了眼他手里拿着的手机，低低地道："有人找你？"

她声音很轻，轻飘飘地问："是……女朋友吗？"

傅云珩没正面回答她这个问题，淡淡地说："交流会那边还有事，我先上去了。"

张妍怔了怔，抿了下唇道："我想问你一个问题。"

傅云珩看着她。

"你说我如果现在申请调去你们医院实习，有希望吗？"张妍问。

张妍和傅云珩不是大学同学，但两人是高中同学。高考时因为成绩限制，她只能去另一所分数线低的学校念书。但张妍和傅云珩一样，选的都是医学专业。

但她学的是心理学。

听到这话，傅云珩神色未改："这个问题我没办法回答你。"他公事公办的态度，"你可以咨询一下。"

张妍观察他的微表情，兀自笑了笑："你很着急回消息？"

傅云珩顿了顿，正欲说话，江宴舟再次走过来。

有陌生人在，张妍稍稍收敛了些。

"还没聊完？"江宴舟将手搭在傅云珩的肩膀上，笑眼弯弯地看向张妍，"张医生，把云珩借我一会儿？"

闻言，张妍心情格外愉悦，弯了下唇："江医生说的什么话？"她笑盈盈地道，"我跟傅医生就是简单聊两句，你们随意。"

说完，张妍就转身离开了。

看她走远的背影，江宴舟瞥向傅云珩："你应付不了她？"

刚刚他是收到傅云珩的求救信息才过来的。

傅云珩沉吟了会儿，言简意赅："嗯。"

他没告诉江宴舟，张妍是他的高中同学，还是一位有心理问题的高中同学。

她比傅云珩见过的所有人都要偏执。

因为他救过她一次，所以两人的关系看上去比其他同学好一些。至少傅云珩的少部分高中同学是这样认为的。

傅云珩电话来的时候，博慕迟正躺在床上被按摩师捏着小腿，痛得死去活来。

电话一接通，傅云珩没听见他女朋友的欢乐笑声，而是先听到一阵哀号。

他把手机从耳朵边拿下来，认真确认了一下电话号码是博慕迟的，才稍稍放下心来。

等博慕迟喊完，傅云珩忍着笑，道："这么痛？"

听出他话语里的揶揄，博慕迟抹掉流出的泪水，狂点头："痛。"

她跟傅云珩撒娇："不然你来体验一下。"

傅云珩失笑："下回陪你去。"

"说话算数。"博慕迟翘了下唇，"你忙完了吗？"

傅云珩："差不多，刚刚在跟张妍说话。"

博慕迟愣了愣："张妍？"她总觉得这个名字有点儿耳熟，"女同事吗？"

说着，博慕迟轻哼："小傅医生，你知道自己是名草有主的人了吧，不要在外面跟异性来往过深，知不知道？"

她傲娇地补充了一句："不然，你马上就没主了。"

傅云珩被她的话逗笑，神色轻松地道："听兜兜妹妹的。"他说，"没有来往过深。"

他提醒博慕迟："你见过她，高中同学。"

博慕迟诧异，努力搜索着和张妍有关的东西。

好一会儿，她才犹疑地出声："是那个……跟人表白被拒绝，然后去跳河，最后被你救上来的那个女同学吗？"

博慕迟之所以对她有印象，是因为傅云珩救了人上来后生了一场大病，请了好些天假。

那时候，博慕迟正好在外比赛。她比完赛回家时，傅云珩的病还没好。

博慕迟那会儿和他还不算生疏，自然每天跑去房间看他，还笑话过他是娇弱美人，怎么发烧要这么多天。

傅云珩当时身体状况特别差，可能真是冻傻了，也可能是自己被吓到了，病了大半个月才有所好转。

傅云珩"嗯"了声："是她。"

博慕迟了然，好奇地道："她现在也是医生吗？"

"心理医生。"傅云珩告诉她。

博慕迟讶然:"可我记得之前干妈说过她好像有点儿心理问题,是吗?"

"嗯。"傅云珩道,"可能是想自救吧。"

博慕迟懂了。

"那她找你说什么啦?"她好奇。

傅云珩:"没说什么,问我我们医院的门槛要求。"

博慕迟微哽,扬了扬眉,随口猜道:"她想来你们医院,不会是想近水楼台先得月吧?"

不得不说,女人的直觉总是准确得不讲道理。

傅云珩噎了片刻,问:"谁是月?"

"傅月。"博慕迟一本正经地给他改名,"你以后就叫这个吧……你要是不满意,那就傅月珩?反正云月差不多。"

安静半晌,傅云珩问:"我有拒绝的权利吗?"

"有。"博慕迟忍着笑,"不然我把那个改了也行。"

傅云珩一下没跟上她古灵精怪的思维,挑了下眉问:"哪个?"

"近水楼台先得云啊。"

在博慕迟这儿,云和月亮都一样漂亮,一样让人喜欢。它们是所有人想触摸,想摘却摘不下来的。

不过比较起来,博慕迟觉得月亮更孤单一点儿。

她依稀记得,现在网上有一句很流行的话,是奥黛丽赫本曾说过的,"我当然不会试图摘月,我要月亮奔我而来"。

很多人用这句话,来表露自己的感情,但他们好像都忽视了,这句话后面一段才是重点:

"可是月亮奔我而来的话,那还算什么月亮。我不要,我要让它永远清冷皎洁,永远都在天穹高悬,我会变得足够好,直到能触碰它。"

博慕迟一直觉得这才是最正确的想法。

当你足够好、足够厉害的时候,你一定可以触碰到月亮。当然,如果你想触碰云朵,那你也一定可以。

云朵、月亮、星星、太阳,看似离我们很远,可只要你努力,你就一定可以和他们牵手比肩。

思及此,博慕迟忍不住问:"云宝。"

"嗯?"傅云珩沉声应着。

"如果是你，你想当月亮还是云朵？"博慕迟突发奇想。

傅云珩安静须臾，回答她："想当云宝。"

他不想做不好接近的清冷皎月，也不想成为蓝天下柔软如棉花糖的云朵，只想是傅云珩，是博慕迟单独拥有的云宝。

博慕迟一怔，忍不住笑了出来。

她眼睛弯了弯，唇角往上牵了牵："我也觉得你当云宝就好。"

傅云珩低低笑道："还生气吗？"

"本来也没生气。"博慕迟说，"她心理有问题的话，你以后跟她说话稍微注意一下。"

博慕迟认真道："别太直接了。"

她不是想让傅云珩变得优柔寡断，实则是她不想傅云珩出事。少许心理有问题的人，情绪很容易激动，人也很偏执。

博慕迟虽觉得张妍不至于这样，但以防万一，觉得还是注意点儿比较好。

当然，是在不触碰她底线的前提下，对张妍客气。

傅云珩知道她的意思："放心。"

他晚上就回去了，短时间内也不可能和张妍再碰面。即便他们碰面了，傅云珩也会尽量避开。

两人聊了会儿，按摩师和博慕迟说要给她按摩肩膀。

为了不让傅云珩再听见她的鬼哭狼嚎，博慕迟挂断了电话。

翌日早上，迟绿刚睡醒就被博慕迟拽着衣服上了楼。

博延在她们后面走出房间，看博慕迟的架势也没多问，只额角抽了抽提醒她："兜兜，晚点儿记得把你妈妈还给我。"

博慕迟："知道了。"

迟绿无语，她是物品吗？

"找我做什么？"她拍了拍博慕迟的手问。

博慕迟眼睛亮亮地看着她："妈，给我挑一套衣服呗。"

迟绿跟着她进了房间，看床上和沙发上摊开的衣服，扬了扬眉："要跟人相亲？"

博慕迟噎住，一脸严肃地看着迟绿："什么相亲？"她无奈，"就你女儿这个条件，你觉得需要相亲吗？"

"我觉得不需要，但你要告诉我你今天要去见谁，搞这么大阵仗……"迟绿抱着手臂打量着她。

博慕迟眨了眨眼，把早就准备好的理由用上："我决定回学校转一转，约了朋友。"

闻言，迟绿拖着腔调"哦"了声："哪个朋友？"

"就朋友。"博慕迟鼓着脸看着她，"给我挑吗？"

迟绿以前是模特，在搭配方面超级厉害。博慕迟在穿衣搭配上遇到困难，难以抉择的时候，都是找她出主意。

迟绿看了她半晌，没再继续追问下去。

她看了看博慕迟摆出来的衣服，指了指说："那件衣服搭配这条裙子，去试试。"

博慕迟眼睛一亮，立马答应："马上。"

早上九点，傅云珩在自己家小区门口看到走出的博慕迟时，愣了愣。

对上他灼灼的视线，博慕迟有点儿不自然："不好看？"

傅云珩稍顿，目光灼灼地看着她，从上而下，又从下而上，最后落在她裸露的一字肩上。

博慕迟皮肤很白，身材线条属于有肌肉但又不夸张的那种，练得非常完美。

她各方面条件都不错，今天特意打扮过后，就更惹眼了。迟绿今天给她选的是不夸张但又有点儿小心机的裙装。

仙气飘飘的一字肩短上衣，搭配简简单单的百褶裙，露出线条流畅的天鹅颈，精致性感的锁骨和一双修长笔直的大长腿。

傅云珩垂着眸子看了看着她的腿，将视线挪回她的脸颊上，嗓音低哑："很好看。"他强调，"很漂亮。"

听到他这话，博慕迟开心了。她笑盈盈地道："我妈给我搭的。"

傅云珩一顿，狐疑地看着她："迟姨知道你跟我出去玩？"

"不知道啊。"博慕迟说，"我跟她说我跟朋友回学校。"

傅云珩"嗯"了声，正想说话，一侧忽然传来了喇叭声。

两人下意识侧头，看到旁边有辆熟悉的轿车从小区驶出。在博慕迟反应过来之前，车已经开出去了。

两人看着那消失的尾气，缄默半晌。

好一会儿，博慕迟嘴唇微动，有一丝丝疑惑："刚刚那辆车……是我爸最喜欢的吧？"

傅云珩："好像是。"

博慕迟："副驾驶不意外应该是我妈吧？"她自言自语，"我爸都按喇叭了，为什么不降下车窗跟我们说话？"

他沉默须臾，迟疑道："可能是不想给我们压力？"

博慕迟噎住。

既然她不想给他们压力，那就装作什么都不知道才是啊！按喇叭这种欲盖弥彰的事，果然是她妈做得出来的。

另一边的车里，博延无奈地看向迟绿："你玩兜兜心态？"

"哪儿有？"迟绿才不承认，"我这不是想告诉她，恋爱随便谈，跟云宝谈我更开心嘛，我又不拦着她谈恋爱，她干吗不告诉我？"

博延思忖了会儿："可能是不好意思。"

迟绿"喊"了一声："你女儿肯定不是不好意思，她随我，脸皮很厚的。"

她觉得博慕迟不告诉他们，一定有别的原因。

听到这话，博延掩唇咳了声："别这样说自己。"她说自己也就罢了，怎么还带上他们的女儿呢。

迟绿觑他一眼："我知道你心里在想什么。"她好奇，"你说兜兜他们会去哪儿约会？"

博延："不知道。"

为了让女儿约会能放松一点儿，他决定牺牲自己："不管他们，我们去玩我们的。"

他道："你上回不是说想去迪士尼，我们今天去玩一玩。"

瞬间，迟绿的注意力被转移了。

她惊喜道："买机票了？"

博延："嗯，晚上到那边住一晚。"

闻言，迟绿立马道："那让兜兜今晚到清影家住一晚。"

博慕迟并不知道自己已经被父母安排得明明白白。

跟傅云珩上了车，她一直捧着手机纠结，到底要不要给迟绿发消息，告诉她自己跟傅云珩在谈恋爱这件事。

说吧，她不知道怎么说。不说吧，他们好像已经知道了。

正当她纠结之际，她手机振动了，是迟绿给她发的消息。

迟女士："我和你爸去迪士尼了，你今晚在云宝家吃饭，睡觉的话随你，自己家、云宝家都行。"

博慕迟："……"

迟绿发了个问号。

博慕迟:"我可以两者都不选吗?"
迟女士:"你们俩打算住酒店?"
博慕迟:"……"
博慕迟:"也不是不行……如果你觉得可以的话。"
迟女士:"我可以,我就是有点儿担心云宝。"
看到迟绿这话,博慕迟一时间不知道怎么回复。
她委屈巴巴地看向傅云珩:"我妈在调侃我。"
傅云珩敛眸笑道:"她怎么说?"
博慕迟趁着红灯时间,举着手机给他看。
傅云珩看完,好一会儿都没说话。
博慕迟狐疑地看着他,戳了戳他的手臂:"你怎么不说话?"
傅云珩侧眸看着她,手指轻敲方向盘,一副认真思考的模样:"在想。"
"想什么?"博慕迟接话。
傅云珩:"想你今晚想住哪儿。"
博慕迟被他的话呛住,瞪圆了眼看着他:"我住自己家。"
她耳廓微红,重点强调:"我那是跟我妈开玩笑的。"
"这样?"傅云珩目光含笑看着她,"不是真想住酒店?"他说,"不用担心我,我可以陪你住酒店。"

对上他促狭的目光,博慕迟有口难辩。
她思忖少顷,神色淡定地道:"酒店太脏了,我不喜欢。"
这话一出口,歧义更是不少。
傅云珩压着唇角的笑,眉眼舒展,缓声说:"知道了。"
博慕迟偏头去看他留给自己的侧脸,很想问问他,我说什么了你就知道了。她总觉得傅云珩这句"知道了"含着些说不清道不明的意思。
她琢磨了会儿,没琢磨出来,索性不问了,避免刹不住车。
傅云珩用余光注意着她的动作和细微的表情,眸子里闪过一丝笑意。
他没再出声逗她,怕逗得太过,她会恼羞成怒。
博慕迟也没再和迟绿聊天,觉得她妈的思想过于开放,开放到让她有些猝不及防。
她坐在副驾驶座上冥思苦想,到底是什么时候露馅的。可想了好半天,博慕迟也没想出所以然,索性作罢。
反正都被发现了,就这样吧,她爸妈也不会拦着她谈恋爱。

想到这点,博慕迟还觉得挺轻松。这样的话,她以后去找傅云珩,不需要想那些乱七八糟的借口,对她而言,非常完美。

博慕迟和傅云珩的初、高中是一体的,初中部一边高中部一边,算不上贵族学校,但能考上这所学校的学生,学习成绩各方面都不差。

当然,也有疏通关系进来的,但这种相对较少。

他们的学校很漂亮,建筑风格独具一格。

教学楼的外墙是红色的,红砖堆砌而成,色彩明艳,让人看着心情就非常愉悦。整栋教学楼其实有点儿偏欧式教堂风格,但又不那么明显。

除了建筑特别,博慕迟他们学校的景观设计也不错。

人工湖、各式各样的小凉亭,还有长得极为茂盛的银杏树。每年秋天,银杏叶变黄,那条被银杏树叶遮挡的过道,便布满了"黄金",金灿灿的,格外引人注意。

因为这儿很容易出片,建筑特别,景色优美,所以很多别校学生,甚至来这边游玩的人会过来拍照。

博慕迟和傅云珩进校登记时,门卫大叔还记得两人。

傅云珩是他们那年的高考状元,而博慕迟在学校也是名人,是很多人崇拜的滑雪冠军。

大叔笑着和博慕迟说:"我看过你的比赛。"他忍不住问,"你现在还没去备战吗?"

博慕迟点头:"快了,再过一段时间就去训练了。"

再过两个多月,她就得封闭训练了,到冬奥会结束前,博慕迟都不会再有这么长的假期和这么悠闲的小日子。

大叔应声,鼓励道:"加油,给我们国家争光。"

"一定。"博慕迟浅笑盈盈地答应,"到时候您记得看。"

门卫大叔答应着:"一定一定。"

走进学校,傅云珩看她脸上挂着的笑容,低问:"会有压力吗?"

博慕迟仰头看着她,歪着头说:"有压力才有动力,不是吗?"

有人对她寄予厚望,这代表他们看好她,对她抱有希望。博慕迟觉得这样挺好的。

傅云珩抬手拍了下她的脑袋:"扛不住压力的时候跟我说。"

"啊……"听到这话,博慕迟故意给他挖坑,"那我扛得住的时候,就不能和你说了吗?"

傅云珩并不是这个意思,但看博慕迟狡黠灵动的眸子,没拆穿她,反倒是认真地回答她的问题:"也可以。"

博慕迟戳了戳他的手臂:"你这个也可以说得好勉强啊。"

傅云珩无奈,一把将她的手握住,温热的掌心贴合她的脉搏,顺着她的手腕往下,和她十指相扣。

他用力地捏了捏她的指骨,嗓音低沉:"怎么这么皮?"

他刻意压低的声音,有种别样的性感味道。

博慕迟耳朵动了动,抬眸睇他一眼:"皮你就不喜欢了吗?"

明知她是故意的,傅云珩笑道:"喜欢。"

"真的?"博慕迟扬眉,"可以喜欢多久?"

谈恋爱的人,好像都喜欢问这种傻问题。

傅云珩微忖片刻,给出答案:"你希望多久,那就多久。"

听到他这个回答,博慕迟蛮想说他的答案不诚心,可细细一想,又觉得傅云珩在某些时候给足了她选择的权利。

博慕迟眨了眨眼,好奇地问道:"那我现在让你不喜欢我了呢?"

傅云珩脚步一滞,垂眸看着她,略显委屈地说:"那你有点儿过分。"

博慕迟忍笑:"怎么过分了?你自己说的呀,我希望多久就多久。"

"那是喜欢。"傅云珩纠正她的说辞,"不喜欢的话,不想听你的。"

博慕迟挑眉,少有听他说这么孩子气的话:"为什么?"

她忍不住追问。

"做不到。"傅云珩捏着她的手,压着声音道,"做不到不喜欢你。"

无论是现在,还是未来,这件事于他而言,和让他看见一条活生生的生命消逝而不去拯救一样难。

很久以后,博慕迟才知道,傅云珩将对自己的喜欢视作了生命。

两人就喜欢这个话题聊了好一会儿,发现感情这种事,其实完全不受人控制。

因为你的心脏跳动频率,在面对你喜欢人的时候,根本就是不听话的。它有自己的主观意识,有自己的想法。

两人慢悠悠地聊着、逛着。

这个点,学生都在上课,博慕迟和傅云珩秉承着不去打扰学生的想法,没去教学楼那边,只在人工湖周边转了转,吹了会儿风。

有点儿累了,两人到凉亭里休息。

博慕迟刚坐下,便发现一侧有学校的小野猫在草丛里蹲着,瘦巴巴的,看上去尤为可怜。

她直勾勾地盯着，舍不得挪开眼："云宝，它好可爱呀。"

博慕迟忍不住道："好乖好乖，你说我可以去抱抱它吗？"

傅云珩："应该可以，我给你抱过来？"

博慕迟拒绝："我自己来。"

她起身走出凉亭，蹲在草丛边朝小猫咪伸出手。小猫咪怯生生地看了她一眼，叫了声，却没敢迈出爪子。

博慕迟耐心和它交流了好一会儿，它才伸出爪子朝她这边走来。只是走了没两步，它又停下来警惕地看着博慕迟。

博慕迟被它看着，心软得一塌糊涂。

她锲而不舍地举着手，招呼它到自己身边。

可好一会儿它都没反应，博慕迟有点儿累了，扭头看向傅云珩，小可怜似的："云宝，它不过来。"

傅云珩"嗯"了声，蓦地问："饿不饿？"

博慕迟一愣，想说自己不饿，可一想到学校小超市卖的小零食，又立马改口："饿，我想吃蜂蜜小面包。"

傅云珩失笑："我去给你买。"

"一起去吧。"博慕迟说。

"不用。"傅云珩示意，"你在这儿休息，顺便陪小猫咪一会儿。"

博慕迟想了想，点头道："也行。"

上午时的阳光尤为明媚，裹着温煦的春风，拂过脸时无比舒适。

下课铃声响起，博慕迟听到了不远处传来的喧闹声，热热闹闹的，隔着距离也能让人感受到热烈。

博慕迟抬眸望着从教学楼跑出的少男少女，有些许羡慕。

她突然也有点儿想回学校上课了。

她想感受一下课堂，想和同学们嬉笑打闹，想为了一道解不出的题抓耳挠腮，想获得解出题目的成就感……还有很多很多。

傅云珩从小卖部回来时，看到的便是她那双充满了渴望的眼睛。

他顺着她的目光侧头，盯着教学楼拥出的学弟学妹半响，猜到了她此刻的想法。

蓦地，一侧传来陌生的男声。

"妹妹。"松松垮垮穿着校服，留着寸头的男生走到博慕迟身侧，直勾勾盯着她喊。

博慕迟怔松片刻，反手指了指自己："你喊我？"

男生点头，在看清她的长相后，迟疑道："莫非是姐姐？"他咕哝，"我怎么没在学校见过你？"

博慕迟缄默片刻，用余光瞟了站在不远处的傅云珩一眼，清了清嗓说："姐姐妹妹都行，你找我有事？"

男生大胆道："要加个微信吗？"

他刚从教学楼出来便注意到了她，打扮很漂亮，更重要的是，她也一直在盯着自己。男生想，她一定是对自己有意思，但又不好意思说。

那没关系，他可以主动过来。

博慕迟眨了下眼，看着面前有些桀骜的少年。

"要加个微信吗？"她重复他的话，发现他问的竟然不是能不能加个微信，而是要不要。

男生点头："要吗？"

博慕迟正想说可以啊，可感受到后面紧盯着自己的目光，觉得自己还是不能在这个时候太皮。她含笑拒绝："不了。"

对上男生错愕的神情，博慕迟微微一笑道："我男朋友在看着呢。"

男生一愣，这才注意到她后边的傅云珩。

两人视线相接片刻，男生嘀咕道："那你用那样的眼神看我干吗？"

看男生走远的背影，博慕迟茫然片刻。

她回头看向傅云珩，犹疑地道："你听到他刚刚说什么了吗？"她蹙眉，"我用什么眼神看着他了呀？"

博慕迟有些不明白，现在的小男生都这么自恋的吗？

傅云珩勾了下唇，慢悠悠走近："可能是爱慕的眼神。"

博慕迟噎住，看他神色淡然的模样，挑了挑眉问："我用那样的眼神看着他，你不紧张不吃醋？"

"紧张什么？"傅云珩把小面包递给她，"他有我帅吗？"

博慕迟想了想，摇摇头。

傅云珩"嗯"了声，从容地道："那我有什么可紧张的。"

这话说得太有道理，导致博慕迟想反驳他："你别把我说得那么肤浅。"

她咬了口小面包："万一我就喜欢他那样的呢？"

"你不喜欢。"傅云珩低垂着眼睑拆自己买回来的另一包东西，侧眸看着她说。

博慕迟一笑，在看到他手里拿着的东西后，眼睛亮了起来。她惊喜不已："你怎么还买了猫粮？"

她惊讶:"学校超市卖的东西已经这么齐全了吗?"

傅云珩倒出少部分猫粮放入她的掌心,低低地道:"你忘了?小超市是副校长家亲戚开的,副校长和校长家都有猫。"

为了方便,学校小超市一直都有存几包猫粮。

她眉眼弯弯地看向傅云珩,突然说:"你刚刚有句话说得对。"

傅云珩瞥她。

博慕迟眼睛里布满了笑意,盈盈道:"我就喜欢你这样的。"

除了傅云珩,她谁也不喜欢了。

博慕迟想,这个世界上不会有比傅云珩更懂自己的人。

他的外冷内热且细心,总会让她不自觉地沦陷,然后越来越喜欢。但她不知道,他的细心其实只在面对她的时候才会超常发挥。

傅云珩抬手拍了下她的脑袋:"小猫走了吗?"

"没呢。"博慕迟示意,"刚刚那个男生过来,它就躲里面去了。"

说话间,她再次蹲在旁边,摊开掌心的猫粮,想吸引小猫过来。

没一会儿,小猫还真蹑手蹑脚地走近,到了她面前。

它警惕地低头嗅了嗅她手中的猫粮,抬头观察了片刻,又默默低下头嗅着。

博慕迟看着,温声和它交流,努力让它感受到温暖,卸下防备。

她耐着性子和它聊了许久,小猫才伸出舌尖,舔了舔她的手掌,顺势卷走少许猫粮。

博慕迟被它的举动逗笑,看它小心翼翼的模样,又觉得有点儿心酸。

她思忖了会儿,扭头看向傅云珩:"云宝?"

她还没说话,傅云珩便知道了她的想法。

"待会儿去问问?"

博慕迟猛地点头:"好,如果是流浪猫的话,我们就抱回去养?"

话音落下,她又有点儿头疼:"就是不知道迟女士会不会同意。"

傅云珩兀自笑笑,安慰她:"迟姨不同意的话,我来养。"

"啊?"博慕迟看着他,"你有时间吗?"

傅云珩沉默了会儿:"忙的时候交给我妈,应该没问题。"

博慕迟觉得这个提议不错。

两人抱着小猫咪问了问学校的老师,又询问了下具体情况,确定这是一只流浪猫,于是他们便带着小猫离开了学校。

坐在副驾驶座上,博慕迟抱着小猫咪碎碎念:"带它回家的话,要先去洗澡,然后我们去趟宠物店?"

傅云珩没有异议。

等两人抱着小猫咪洗完澡，又做了全身检查，之后两人转去宠物超市。

博慕迟和傅云珩都有养小猫咪的经验，所以抱一只小猫咪回家，不至于手忙脚乱。但因为小猫咪有点儿怕生，在外面也被人欺负过，所以被两人抱回家的时候，直接躲进了傅云珩房间的床底下。

博慕迟去洗手间回来，它就不见了。

"小猫咪呢？"

傅云珩正在厨房给小猫咪洗碗具，侧了侧头："不在客厅？"

博慕迟点头："我再去找找。"

他们刚刚进屋后就把门窗都关严实了，房间窗户的纱窗也关着的，它不可能溜走。

博慕迟在屋子里找了一圈，最后还是在床底下找到了乖巧的小猫咪。

她趴在地上，哄了小半天，小猫咪才走到她的身侧。

小猫咪带回家了，博慕迟有了新的问题。

"云宝。"她看着在不远处喝水的小猫咪，用膝盖碰了碰他的腿，"我们给小猫取个名吧？"

傅云珩："想叫它什么？"

博慕迟想了好一会儿，迟疑说："云朵？"

傅云珩微怔："好。"

博慕迟粲然一笑："你真觉得好？"

"嗯。"傅云珩看着她，"对自己取名没信心？"

博慕迟实话实说："是有点儿。"

但她念了好几遍云朵这个名字，发现取得真不错，光是听着，就让人觉得柔软温暖。

傅云珩笑了笑："很好听。"

博慕迟弯唇，看着不远处的小猫咪："我现在也这样觉得。"

她还有点儿取名天赋的嘛。

时间不早了，问过博慕迟想吃什么后，傅云珩进了厨房。

博慕迟在客厅陪云朵玩了会儿，探着脑袋问他要不要帮忙。

傅云珩："想帮什么忙？"

博慕迟示意："想给你洗青菜。"

傅云珩一笑："过来。"

博慕迟是真的不怎么进厨房，属于菜都认不全的人。

不过常吃的她还是认识的。博慕迟很喜欢吃娃娃菜,现在洗的也是娃娃菜。

洗着洗着,博慕迟忽然转头看向他:"云宝。"

傅云珩应声:"你说。"

博慕迟看着窗外暗下来的天色,心痒痒道:"我好久没去超市了。"

傅云珩心领神会:"待会儿吃过饭去?"

博慕迟毫不犹豫地答应。

小时候,她很喜欢跟迟绿他们去超市、水果店那些地方,总觉得那些地方烟火气息很浓,让人感觉心安。

她以前和谈书说这个想法的时候,谈书还取笑她说她就不该当运动员,这么心系社会安康,她就得从政为民,就得去当领导。

如果重来一回,说不定她还真能考一所更厉害的大学,然后走另一条路,另一条能让少部分人生活得越来越好的路。

超市灯火通明,八点左右,恰好是大家吃过晚饭的休闲时光。

外面散步的人也比其他时间多一点儿。

博慕迟跟在傅云珩身侧,对超市里的很多东西好奇。

两人走进水果区,傅云珩侧眸看着她:"想吃什么?"

博慕迟扫视一圈:"苹果、葡萄。"

除了这两种,傅云珩还给她买了她爱吃的橘子和李子。

从水果区离开,两人往里走。

路过超市试吃的地方,博慕迟脸上写满了想吃两个字。

傅云珩看着,有点儿想笑,更多的是心疼。

他思忖片刻,想了想:"兜兜。"

博慕迟的视线从方便面试吃上挪开:"啊?"

傅云珩抬了抬眼:"想不想吃山楂糖雪球?"

这是博慕迟小时候很喜欢吃的小零食,但她只喜欢吃杨姨做的,不吃外面的。

博慕迟诧然,惊喜地看着他:"你会做?"

傅云珩看她惊讶的小表情,抬手弹了下她的额头:"不会可以学呀。"

博慕迟眼睛弯了弯,兴奋地道:"想吃。"

话音落下,博慕迟又想起了一个重点:"现在也有山楂卖吗?"

两人对视半响。

傅云珩沉吟道:"我问问看。"

"好。"

最后，两人没在超市买到山楂，但傅云珩问到了超市附近的一条小巷子有很多水果摊，那边可能会有。

出了超市，两人到巷子里转了一圈，终于买到了新鲜的山楂。

回到家后，博慕迟找杨姨要来了配方，然后发给傅云珩。

她趴在流理台看着他，真觉得他做什么都赏心悦目。即便是第一次做山楂糖雪球，他好像也透露着一种信手拈来的自信。

博慕迟看了会儿，怕自己馋，默默地往外挪："我陪云朵玩一会儿。"

傅云珩："好。"

博慕迟在客厅陪云朵玩，好半晌后，傅云珩喊她，说山楂糖雪球好了。

她眼睛晶亮，抱着云朵往厨房走："我看看我看看。"

傅云珩看她心急的模样，勾了勾唇："还有点儿烫，晚点儿吃。"

博慕迟点头，低头嗅了嗅说："是我熟悉的味道。"

傅云珩想提醒她，这东西谁做味道应该都差不多，但看她此刻笑盈盈的模样，又觉得还是不把这个事实告诉她比较好。

他低头看她漂亮的眼睛，喉结轻滚："要先尝一尝吗？"

博慕迟愣了下，眼睫毛眨了眨："可你不是说还有点儿烫嘛。"

"我给你吹吹。"傅云珩夹起一颗，放在嘴边给她吹了吹，不那么烫嘴的时候，他将糖雪球递到博慕迟唇边。

博慕迟笑眼一弯，张嘴咬住。

她没一口吞下，咬了一小半让雪球在嘴里融化，一入口，她便忍不住夸傅云珩："好吃。"

那是她熟悉喜欢的味道。

傅云珩兀自笑笑："真的？"

"真的。"博慕迟抬手，把另一半送到他的嘴边，高兴地道，"不信你尝尝。"

傅云珩稍顿，垂眸看着被她送到自己嘴边的山楂糖雪球，沉吟了一会儿才说："我其实不喜欢吃酸的。"

"啊？"博慕迟愕然，"你不喜欢吃酸的？"

她忽然想起自己之前去医院给他送的晚餐："那……那回我给你送饭，你怎么不说？"

听她这么一说，傅云珩也想起了那回的套餐。

他"嗯"了声，抬手擦了擦她嘴角残留的糖渣："总不能辜负我们兜兜妹妹的心意。"

博慕迟无奈："可是你不喜欢就得说啊。"她有一丝丝的愧疚感，"你不说，我有时候会注意不到。"

傅云珩一笑："好。"他答应着，"以后要有不喜欢的，一定跟你说。"

博慕迟点头，看了看还剩一半的山楂糖雪球，默默地收回手："那这个还是我……"

她话还没说完，傅云珩忽地张嘴咬住。

博慕迟瞪圆了眼看着他："你怎么吃了？"

"想尝一尝。"他将山楂吃下，蹭着她的鼻尖，"尝尝看你喜欢的东西的味道。"

他的呼吸落在她脸颊，让她下意识地屏住呼吸，有点儿不敢喘气。

博慕迟身子一僵，眼睫轻颤着，结结巴巴地道："那你……感觉怎么样？"

傅云珩皱着眉头回忆了一下味道，迟疑地说："有点儿甜，也有点儿酸。"

博慕迟"扑哧"一笑："本来就是这两种味道。"她仰头看着他，"我意思是，很难接受吗？"

"有一点儿，"傅云珩说，"酸占比过重。"

博慕迟了然："那你快喝点儿水。"

"不想喝水。"傅云珩垂眸看着她。

博慕迟微顿，对上他深邃眼睛时，嘴唇翕动。

脑袋瓜子转了转，她小声说："那我亲你一下会好一点儿吗？"

傅云珩："应该会……"

话音落下，两人嘴唇贴在了一起。

博慕迟尝到了他嘴唇上甜滋滋的糖，正苦恼着不知道该怎么继续往下亲时，傅云珩低哑的声音在她耳畔响起："张嘴。"

博慕迟听话地张嘴，傅云珩的舌尖探入，他尝到了她嘴巴里残留的酸味。

博慕迟也是第二次接吻，原本以为自己做好了准备，可当他吮着她的唇舌，一点点侵占时，还是控制不住地腿软了。

幸好，她背靠着厨台，有支撑物。

头顶的灯光有些刺眼，博慕迟眼睫轻颤了颤，不自觉地闭上了眼。

傅云珩含着她的下唇吮了下，继续深入。

气温逐渐升高。

厨房里能闻到甜滋滋的山楂糖雪球的味道，也能闻到他们彼此身上的味道。冷杉的清冽和栀子花香混在一起，让人沉沦。

时间在流逝，厨房外的云朵好像在叫，但声音很小，他们听得不那么真切。

不知过了多久，在博慕迟真要站不稳的时候，嘴巴酥麻到好像没有什么感觉的时候，傅云珩往后撤开了些许。

两人呼吸萦绕在身周，他没退开太远，低垂着眼睫看着她喘气的模样，蹭了蹭她的鼻尖，再次靠近她，有一下没一下地轻啄着她的唇角，让她能从"窒息"中缓过来。

博慕迟抬起眼睫看着他，感觉自己的嘴巴有点儿没知觉了。

她舔了下唇，对上他幽深的眸子，小声说："有点儿痛。"

"咬到你了？"傅云珩蹙眉，仔细去看。

"没。"博慕迟看着他伸过来的手，讷讷地说，"就是你亲得有点儿用力。"

傅云珩一怔，倏地一笑："不喜欢？"

博慕迟认真想了想，其实没有不喜欢，还挺喜欢霸道的傅云珩。

她摇了摇头："也没有不喜欢。"

傅云珩懂了。

他低头，用自己的唇和她的碰了碰，嗓音低低地道："知道了，下回继续改进。"

博慕迟微窘，莫名有种他把接吻这件事，说得跟做学术研究似的。

思及此，她把想法和他实话实说。

听博慕迟说完，傅云珩错愕片刻，没忍住低笑出声。

"我有吗？"他的鼻尖还蹭着她的脸颊，唇偶尔会擦过她的双颊，留下让博慕迟心跳加速的触感。

脸颊有点儿痒，博慕迟克制住自己想去摸一摸的冲动："一点点。"

傅云珩一笑："这个也改正。"

博慕迟哑然，仰头望他："是不是我说什么你都可以改？"

傅云珩挑眉："差不多吧。"他一本正经地说，"你让我不喜欢你，这个不改，其他的应该都没问题。"

博慕迟忍笑："那这个无理的要求我不会提。"她朝他眨了下眼，粲然笑着，"因为我也做不到。"

于他们而言，不喜欢对方是完全做不到的事。他们的心根本不受自己控制，心有自己的意识，懂得找与自己契合的另一颗心脏，得到回响。

说完这话，两个人都安静了下来。

博慕迟对上他的眼睛，莫名有种说不出的羞赧感。

她下意识抿了下唇，听见傅云珩说："现在想吃糖雪球吗？"

博慕迟愣了下，莫名接了句："还有别的选择吗？"

"有。"傅云珩再次贴近她，在找她的唇，"还不想吃的话，我们再亲一会儿。"

话音落下，没等傅云珩主动，博慕迟已经抬手钩住了他脖颈，贴上了他的唇。

从厨房出去的时候，博慕迟的嘴唇像涂了市面上很火的水蜜桃口红一样，嫣红得让人想上前咬一口。

趁着傅云珩没注意，她偷偷摸了下麻麻的嘴唇，却又不自觉地笑了起来。

痛和麻都是真实存在的，但她感觉还不错。

博慕迟也是这会儿才知道，原来接吻跟滑雪一样，是容易上瘾的事。

傅云珩把厨房收拾好，帮她把山楂糖雪球端了出来。

博慕迟尝了几颗，忽然发现山楂一点儿都不酸了，满是甜滋滋的糖味。

她吃的时候，云朵在脚边仰头望着她，看上去还有点儿可怜。

博慕迟一笑，蹲在它面前逗它："想吃是不是？"

她咬了口，含糊不清地说："你不能吃哦。"

云朵喵了声。

博慕迟被它逗笑，翘了翘唇："嗯？你朝我喵是什么意思，生气啦？"

云朵别开眼不理她。

傅云珩从房间出来时，便听到她跟猫咪的幼稚对话，有些哭笑不得，抬手揉了揉博慕迟的脑袋："恶趣味？"

博慕迟瞥他："哪儿有？我这不是实话实说嘛。"

她可没故意逗云朵。

傅云珩笑而不语，看博慕迟跟云朵玩得开心，低低地道："我去一下书房，你有事喊我？"

博慕迟点头："有工作没做完？"

傅云珩应声："席教授让我分析两份病历。"

博慕迟了然，摆摆手道："去吧小傅医生，不用管我。"

傅云珩进了书房，博慕迟陪云朵玩了会儿，躺在沙发上玩手机。

一点开微信，她便看到迟女士在家族群里发的几十张照片。

博慕迟一张张点开看完，保存下来，然后在群里控诉迟绿。

博慕迟："妈，你去迪士尼玩不带我就算了，还在这里诱惑我。"

博慕迟："我是你亲生的吗？"

迟女士："我这不是为了给你和云宝腾时间和空间嘛，怎么还指控我来了？"

迟女士："没话说了吧？"

晚自习偷偷摸摸带了手机的迟应看到这段对话时，发出了他不理解的问号。

迟应："为什么要给我姐和云宝腾时间啊？"

博慕迟："别问。"

迟女士："别问。"

迟应："我不是这个家亲生的吗？你们都排挤我！"

博延："我也不知道。"

迟应："爸，连你也骗我？！"

博延要是不知道，那是谁给迟绿拍的照片。迟应在心里想。

迟应这个话一出，博慕迟和迟绿还真不知道该怎么回他。

候地，博延问他："你今天不是在上课？手机哪儿来的？"

下一秒，博慕迟看见迟应发出的几条消息被全数撤回，他也没再出现。

博慕迟："我弟这个智商……"

迟女士："随你爸。"

博延："你妈说随我就随我。"

在这种小事上，他向来不做无谓的挣扎。

老婆说的话，总没错。

为此，迟应在这种事情上很是瞧不起他。

他爸在外面厉害，怎么在家就怕老婆呢？他想自己以后绝不能这样。

好在博慕迟几个人都不知道他内心深处的想法，不然他们一定会说，你能不能娶到老婆都不一定，没必要做这么长远的打算。

迟应消失后，博慕迟和迟绿聊了两句，说自己也想去迪士尼玩，但又没时间。

迟女士："明天就来，我陪你玩。"

博慕迟："不要。"

迟女士："你就是不想和爸妈一起来迪士尼，云宝明天是不是要上班了？"

博慕迟："嗯……"

迟女士："等他下回休假吧。"

博慕迟答应下来。

她回看自己和迟绿的对话，发现她们都没纠结她为什么会和傅云珩谈恋爱，她也没问迟绿到底是怎么发现两个人有猫腻的。

母女俩聊了好一会儿，迟绿问她现在在哪儿。

博慕迟："云宝租的房子这边。"

迟女士："今晚还回家吗？"

博慕迟："当然回！"

她摸了摸自己发烫的耳朵，义正词严："我待会儿就回去。"

迟女士："哦。"

迟女士："回去就回去，我又不是催你，我们家没门禁，你想几点回家都行。"

博慕迟："……"

为防止被迟绿继续调侃，博慕迟机智地提前结束和她的对话。

刚退出家族群，博慕迟看到焦明诚给她发来的微信消息。

她点开一看，是焦明诚回北城这边了，问她最近都在哪儿训练，明天要不要一起。

博慕迟思忖了会儿，问他："你们怎么这么早回来了？"

焦明诚："八月不是要到国外比赛吗？提前回来做准备。"

博慕迟："哦。"

她八月也有比赛。

焦明诚："一起训练？"

博慕迟："好。师姐回来了吗？"

焦明诚："她有点儿事耽误了，要下周才回来。"

博慕迟诧异："不是什么大事吧？"

焦明诚："好像是家里长辈去世了，具体的我也不清楚。"

博慕迟了然："好的，我晚点儿把训练场地址发给你。"

焦明诚："行。"

队友们在一起训练，比一个人单独训练更方便看出问题。

和焦明诚约好后，博慕迟忽然发现自己忘了问许鸣是不是也会去。

要换作以前，她肯定不至于这么敏感，但现在确实不太一样。

博慕迟纠结了会儿，问了问谈书自己要不要去问问。

谈书："如果许鸣去的话，你就不去训练了吗？"

博慕迟："那肯定不会。"

谈书："那问不问意义其实不大。"

博慕迟想了想，觉得谈书说得非常有道理。

无论明天许鸣会不会和他们一起去滑雪场训练，她都会去滑雪场。再者，就算许鸣明天不加入他们，之后也会加入的。他们是一个训练队的，朝夕相处这一点，谁也无法避免。

这样一想，博慕迟忽然也没什么压力了。

她拒绝过许鸣，如果他还执着，那她也没有办法。

她只能做好自己该做的。

不过，博慕迟在有些方面还是比较敏感的，想到上回傅云珩和许鸣碰面时的火药味，觉得自己有必要提前和他提一下。

博慕迟敲门时，傅云珩的分析报告刚写一半。

他抬眸看着她。博慕迟趴在门边问："小傅医生，我可以进来吗？"

傅云珩瞥她："你觉得呢？"

博慕迟无奈，抬脚朝他走近："还没弄完？"

傅云珩应声："在外面无聊了？"

"其实也还好。"博慕迟琢磨了下，"我就是想进来看看你的书房。"

她注意到一侧有个小沙发，指了指说："你继续忙你的，我在这儿看会儿书。"

不然显得她不上进。

傅云珩哭笑不得："是不是有事要跟我说？"

"不着急。"博慕迟站在他书房的书柜前寻找自己能看的书，"你先把分析报告写完再说。"

傅云珩看她确实也不着急，不再勉强。他瞥了眼，云朵也跟着博慕迟进来了。

博慕迟在他书柜前看了看，惊讶地道："云宝，你怎么还有骨科方面的医学书？"

她看到一整套骨科方面的书整整齐齐地塞在柜子里。

傅云珩微顿，低低地道："偶尔会看看。"

博慕迟没多想，点了点头嘀咕："果然，医科学生就是活到老学到老。"

一时间，她对傅云珩产生了点儿同情。

博慕迟随便找了本书到沙发上看着，云朵在陌生的书房张望了会，在她脚边躺下，黏着她，像是找到了归属地。

书房也静了下来。

窗外偶尔会有邻居家的声音传来，断断续续的，并不怎么清晰。

博慕迟刚开始只是为了打发时间，但看着看着，还真看进去了。

等傅云珩忙完时，她书刚看了一半，有些不忍心放下。

傅云珩看她这样，失笑道："带回去看。"

博慕迟觉得可行。

她回去前,傅云珩把给她做的山楂糖雪球装好,两人才出了门。

博慕迟跟云朵腻了一会儿,表示自己明天一定还会过来看它,这才跟着傅云珩出门。

"刚刚要跟我说什么事?"

两人上车后,傅云珩问她。

"那个。"博慕迟想起来了,"我队友他们回来了,我明天开始应该就和他们一起训练了。"

傅云珩颔首,倏地想到了点儿什么:"许鸣也回来了?"

对上他探究的目光,博慕迟无辜地眨了下眼睛:"应该是。"

傅云珩稍顿,没搭腔。

博慕迟观察着他的细微表情,戳了戳他的手臂问:"你怎么不说话?"

傅云珩抬手捏了捏她的脸颊,嗓音沉沉地道:"你之前进书房就是为了跟我说这个?"

博慕迟点头。

她小声嘀咕:"我先说好哦,我和许鸣什么事都没有。"

傅云珩哑然:"我知道。"

"那你还……"博慕迟犹疑地道,"这个表情。"

听到这话,傅云珩抬眼:"我不能吃醋?"

"不是,"博慕迟有口难言,"我和他又没什么特别的关系,有什么好吃醋的。"

"嗯。"傅云珩实话实说,"也有。"

博慕迟不知道,他其实还挺羡慕他忙着学业的那几年,是许鸣看着她成长的。

不知不觉中,傅云珩其实缺失了一部分陪她成长的岁月。

以前不觉得遗憾,但现在来看,傅云珩其实是有点儿后悔的。如果之前他能把博慕迟的事多放在心上一些,也不至于此。

听他这么一说,博慕迟好笑道:"放心吧,小傅医生。"她哄着他,"兜兜妹妹只喜欢云宝哥哥。"

和小时候一样,她还是最喜欢傅云珩。

以前是兄妹情,现在是男女之情。

闻言,傅云珩勾了勾唇角,眼眸含笑地望着她,低问:"我是不是要礼尚往来地回你一句?"

博慕迟沉默了会儿，幽幽地道："勉强的话，就不必说。"她也不是非得听情话。

傅云珩兀自笑笑，从善如流："一点儿都不勉强。"

他侧眸看着博慕迟。就在博慕迟以为他要说点什么时，傅云珩忽然笑了："以后给你说行吗？"

博慕迟很是大方："行啊。"她眼睛亮亮，唇角上扬，"我期待一下看你以后要跟我说的话。"

傅云珩："好。"

到了小区门口，博慕迟原以为傅云珩会把她放下，谁料他直接开了进去。

博慕迟诧异："你开进去，干妈他们不就知道是你送我回来的了？"

傅云珩："知道也没事。"他一顿，看向博慕迟，"还是说要瞒着他们？"

博慕迟本想说瞒着，可一想到迟绿他们都知道了，瞒着季清影也着实在没必要。

她摇了摇头："他们问了就说吧。"

把车停家门口，傅云珩先陪她回了自己家。

"晚上一个人睡会不会害怕？"傅云珩把客厅的灯给她打开。

博慕迟摇头："不会。"

她经常一个人在家的。

听她如此果断的回答，傅云珩一时不知该说点儿什么。

安静片刻，傅云珩看向她："明天几点去滑雪场？"

博慕迟想了想："九点多吧，早点儿去，我八月有比赛，训练强度得大一些了。"

傅云珩了然，抬手揉了揉她的头发："那去洗澡？"

博慕迟望着他，有些舍不得他走："你要回去了吗？"

"等你洗完澡再走。"傅云珩垂眸，低低地问，"你觉得怎么样？"

博慕迟一顿，眨了眨眼说："我觉得挺好。"

上楼前，她忽地回头看向他："你不要回去打声招呼吗？"

"不打了。"傅云珩起身陪她一起上楼，"等会儿我就回去陪云朵，我爸妈在家，不需要我陪。"

博慕迟莫名觉得他说得很有道理，他回去了还是个闪闪发光的电灯泡，意义不大。

傅云珩不是第一次进博慕迟房间，来过很多次，但每一回好像都有不一样的感觉。这次，他是第一回以男朋友的身份进来的。

博慕迟让他自便，自己拿着睡衣钻进了浴室。

浴室水声响起之前，傅云珩觉得自己还是个正人君子，但当水声响起时，他忽然发现自己其实也做不到清心寡欲。

脑海里总莫名有些画面蹦出来，傅云珩敛了敛眸，强迫自己做个人，拿起她带回来的那本书翻动着，企图分散注意力。

博慕迟也是进浴室后才觉得，让傅云珩在房间外等她洗澡，好像有点儿过分了。

洗着洗着，她才发现皮肤被洗红了。

博慕迟穿衣服时才发现，忘了拿内衣。

只要在家洗澡，她就不会拿内衣进浴室。毕竟她大多时候，是洗完澡吹干头发就睡觉的。

把睡衣套上，博慕迟低头看了眼，有些懊悔。

她怎么这么粗心大意？

站在原地思考了半分钟，博慕迟找谈书救急。

谈书："没穿就没穿，你们现在是男女朋友，难道还怕这个？"

博慕迟："那他万一以为我故意的呢？"

谈书："你不是故意的？"

博慕迟噎住："我在你心里到底是个什么样的人！"

谈书："哈哈哈哈哈……开玩笑开玩笑！没事，你要真觉得不好意思，就先钻进衣帽间把内衣穿上，然后再跟傅云珩说话。"

博慕迟："唉。"

其实她也不是说多不好意思，就是后知后觉地发现，自己胸好像……不是很大。

虽说她觉得傅云珩不是那样的人，但她自己感觉有些自卑。

毕竟，她是个俗人，很喜欢看美女，还很喜欢身材好的漂亮姐姐。

思及此，博慕迟实话实说："其实也不是不好意思，就是你觉得我身材是不是不太好？"

谈书："……"

谈书："傅云珩说你身材不好？"

博慕迟："我自己这样觉得。"

谈书："天哪！博兜兜你为什么会有这样的想法，你知道你那身材是多少人羡慕都羡慕不来的吗？"

博慕迟很委屈："可我的胸……不是很大。"

谈书被她的话呛住，努力回忆了一下：""其实也不小，再说了，傅云珩说不定就喜欢你这样的呢。"

博慕迟："再见。"

她刚退出微信，便听见了敲门声，随之钻进耳朵的是傅云珩的声音："兜兜，还没好？"

他早就注意到水声停了。

博慕迟微窘，自暴自弃地想，就这样吧。

"好了。"她应着，拿着毛巾擦了擦湿漉漉的头发，打开门看向他。

浴室氤氲气十足，傅云珩一低头便看到了她红彤彤的脸。

刚洗过澡，她全身都散发着好闻的果香味，是洗发水的味道。

傅云珩微顿，目光在她脸上停滞片刻，强迫自己将注意力落在她湿漉漉的头发上。

他喉结轻滚，摸了摸她的头发，低低地问："我给你吹头发？"

"好。"博慕迟眨眼，"到浴室还是外面？"

傅云珩看了眼："外面。"

在浴室外吹头发，博慕迟可以坐着。

将吹风机的插头插上，傅云珩站在她的身后，接过她浅色系的毛巾将她滴水的头发轻轻擦拭了会儿。

他擦好后，吹风机"嗡嗡嗡"的声音在静谧的房间响起。

博慕迟低垂着脑袋坐在椅子上，能感受到傅云珩的手指在自己发间穿梭。

时不时地，他的指腹会触碰到她的头皮。她能感觉到他指腹的温度。

两人都没说话，室内格外安静。

好一会儿，吹风机的声音停下，博慕迟下意识抬头："好了？"

傅云珩收起吹风机，摸了摸她柔软的发丝，感受着发丝带来的触感，低低地说："好了。"

博慕迟的注意力在他的手上。

她盯着他，看着他将乱糟糟的线缠整齐。

傅云珩刚收拾好，便对上了她看过来的眼神。

他稍顿，别开眼的时候，倏地注意到她露出的精致锁骨，睡衣的扣子不小心松了两颗，让人可以窥探到外人从未见过的旖旎风光。

傅云珩神色一僵，略微有些狼狈地挪开眼："兜兜……"

"啊？"博慕迟应，"怎么了？"

傅云珩抬脚往浴室那边走，嗓音低沉："你衣服扣子松了。"

博慕迟低头一看,再看他大步流星的背影,窘迫到想找个地洞钻进去。

她手忙脚乱地把扣子扣好,趁着傅云珩进浴室,直接钻进了被子。

傅云珩从浴室出来时,发现博慕迟已经躺在床上了。

他脚步一滞,对上她略显无辜的眸子,有一丁点儿想笑:"准备睡了?"

博慕迟点头。

蓦地,她注意到自己的手机还在另一侧,小声问:"你要走了吗?"

傅云珩"嗯"了声:"舍不得我走?"

博慕迟安静三秒:"也不是。"

她眨巴着大眼睛,很是正直:"我就是想说,你能不能帮我拿下手机?"

傅云珩顺着她的目光去看,眉峰稍扬。

他看博慕迟一脸无辜的模样,给她拿了手机。

递给她时,他顺势用了点儿力,没让她一下子拿走。

博慕迟蹙眉:"你干吗?"

傅云珩低低一笑,捏了捏她的脸颊,说:"你没良心。"

博慕迟不解,她哪里没良心了?

"还记得你上回说的话吗?"傅云珩问她。

博慕迟怔了怔,不知道他说的上次是哪次。

"不记得了?"傅云珩压着声音问。

博慕迟鬼使神差地点了下头。

傅云珩了然,低下头靠近她,嗓音低哑:"那我帮你回忆一下。"

话音落下,他没给博慕迟反应的时间,寻着她的唇亲了下去。

他亲下来时,博慕迟下意识地松手,手机滑落在两人身侧,她拽住了傅云珩的衣服。他顺势而下,双手撑在她的两侧,含着她的唇亲吻着。

博慕迟心跳加剧,总觉得这个吻和之前的有些不一样。

可能是因为在家里,也可能是傅云珩亲得比之前凶。

博慕迟的手不知何时搭在了他的脖颈上,她回应着他。

两人亲得难舍难分。

在博慕迟再次喘不过气来时,傅云珩张嘴咬了下她的耳垂,嗓音沙哑地问:"想起来了吗?"

第十二章
晚安

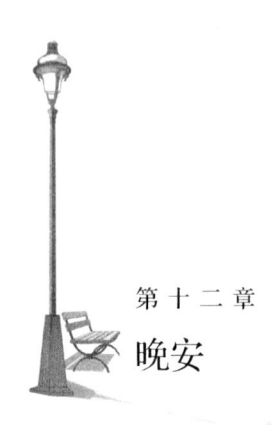

博慕迟用自己混乱的脑子想了半分钟,才想起他说的是什么。

上回他送自己回来,她说要是没有出租车司机,可能会亲他。当时傅云珩给她的回复是下回。

而今天,恰好是下回。

看着她的表情变化,傅云珩轻啄着她的唇角,滚烫的呼吸落在脸颊上:"想起来了?"

博慕迟轻轻"嗯"了声,抬起眼睫看着他:"你怎么记那么清楚?"

傅云珩没解释,轻笑了下,嘴唇再次贴近:"我得走了。"

他怕再不走,就真不想走了。

博慕迟微怔,手往上抬了抬,对上他深邃的眼眸半晌,红着脸喃喃地说:"可是刚刚……都不是我主动的。"

"嗯?"傅云珩敛睫看着她。

博慕迟没再出声,仰头主动亲上他的唇。

她学着傅云珩的动作,描绘着他的唇形,然后试探性地伸出舌尖,触碰到他的牙齿时,他紧闭的牙齿自动松开,为她开路。

两人舌尖相撞的刹那,一种酥麻的触感传遍全身。

博慕迟努力回想着傅云珩亲自己时的姿态,在他的注视下,含着他的舌尖轻吮。

傅云珩喉结滚动，眼中幽深，仿似浓浓夜色。

"不会了？"感觉博慕迟停了下来，他哑着嗓音问。

博慕迟皱了下眉，有些苦恼地应了声。

傅云珩一笑，隔着被子覆在她的身上，低低地说："我教你。"

这个亲吻教学，让两人都有种飘飘然的感觉。

博慕迟不知要怎么形容，但她想说，虽然被亲得嘴巴发麻红肿，但她是真喜欢上了和傅云珩接吻的感觉。

人走后，她还躺在床上回味了小半天。

等她反应过来时，羞得直接躲进了被子里，在床上翻滚了好几圈，才让躁动的心渐渐平静下来。

她慢吞吞地掀开被子，盯着天花板下的吊灯须臾，缓慢地眨了下眼，又莫名笑了起来。

起床到浴室重新洗了脸涂了护肤品，博慕迟才躺回被窝。

她在被子里找到手机，估算着傅云珩此刻到了哪里。

二十分钟后，她收到傅云珩发来的消息，说他到家了。

博慕迟翘了下唇，和他道了一声晚安，才拥着被子入眠。

傅云珩看她发来的晚安表情包，敛睫笑了笑。

他把手机放在一侧，进浴室洗了澡出来，在书房和卧室中间纠结了片刻，走进了书房。

他猜想，自己今晚应该没那么容易睡着。

翌日上午，博慕迟在滑雪场和焦明诚几人会合。

看到她面色红润的模样，焦明诚犹疑地多看了几眼："迟妹妹。"

博慕迟侧眸看着他："焦师兄。"

焦明诚笑了笑，玩笑道："最近在家休息得不错呀。"

博慕迟诧异地问："怎么这么说？"

焦明诚笑道："气色看起来不错，是吧，许鸣？"

听到这话，许鸣目光直直地看向博慕迟。

两人视线相接，他紧盯着她："是。"

博慕迟微顿，尽量让他们队友之间的关系自然一些。

她点头："那肯定比在队里要好一点儿的。"

毕竟在她家吃得好、睡得好、玩得好。

许鸣看着她，缓声道："最近训练怎么样？"

· 353 ·

"还可以。"博慕迟实话实说,"有点儿小突破。"

许鸣颔首:"加油。"

博慕迟粲然一笑,看向他说:"许师兄也加油。"

他们都要突破,都要往前走。

除了博慕迟、焦明诚、许鸣,一起来的还有另外两位师兄,几个人抵达了训练道。

博慕迟穿着黑白相间的滑雪服,色调看上去有些酷。

她专注训练,一次次纵身往高处跳,锲而不舍。

他们队里的成员训练时都有点儿类似,只要进入训练状态,就不怎么说话了。

博慕迟在滑雪场,傅云珩也早早到了医院,进入繁忙的工作状态。

忙到中午休息间隙,他才看到博慕迟给他发来的几个滑雪视频。

傅云珩点开时忘了调小手机音量,赵航耳朵灵敏地听见了,第一时间探着脑袋过来:"慕迟妹妹的滑雪视频?"

这不能怪赵航敏感,主要是他先听到了博慕迟的声音。

傅云珩撩起眼皮看他一眼,没搭腔。

注意到他的眼神变化,赵航不明所以:"我说错话了?"

"没有。"傅云珩把手机音量调小,"是她。"

赵航眼睛一亮,凑过来想看,被傅云珩避开了。

他满脑子问号,犹疑地看向他:"你干吗不看了?"

傅云珩纠正他的说辞:"不是不看,是晚点儿再看。"

"那你现在先给我看看。"赵航提出,"慕迟妹妹这段时间没比赛,我都要忘记她滑雪时的样子了。"

"不给。"傅云珩收起手机,声音冷冷的,"你别想。"

赵航不解地看向傅云珩,很是不明白:"为什么?"

傅云珩什么时候变得这么小气了?

傅云珩没搭腔。

赵航看了半响他,拿出手机嘀咕着:"你最近有点儿小气。"他点开博慕迟的微信,"我一定要好好和慕迟妹妹探讨一下,你到底是遇到了什么事,变成现在这样。"

收到赵航消息时,博慕迟正和焦明诚一行人在吃午饭。

他们就近找了家还不错的餐厅,跟厨师叮嘱过后,几个人坐在包间里等着。

看完赵航发来的消息时,博慕迟无声地弯了弯唇,安慰他:"可能是工作上遇到了烦恼？"

赵航："工作烦恼天天有，也没见他这样过。"赵航控诉，"我就是让他给我看看你发给他的视频，他都藏着掖着，感觉像是在生我的气。"

博慕迟忍笑，想说你不用想太多。她觉得傅云珩不给他看，纯粹是占有欲作祟。

嗯，那就是云宝的占有欲。

想着，博慕迟继续道："其实我滑雪的视频也没什么好看的。"

赵航："慕迟妹妹！所以你也不想给我看你滑雪的视频，是吗？"

他原以为，自己都来找博慕迟告状了，博慕迟应该就会给他发视频。

谁能想到，她竟然说自己滑雪视频没什么好看的。

赵航觉得很受伤。

博慕迟的文字透露着一丝丝的心虚："上午的视频没录好。"她尽量不让赵航心碎，"你要是想看，我下午让我师兄给我重新录两个发给你怎么样？"

赵航："也行，勉强的话也可以不发的。"

博慕迟："不勉强的。"

赵航："还是慕迟妹妹好，不像傅云珩那么小气。"

博慕迟笑着给他回了两个点头的表情包。

回完赵航的消息，博慕迟截图去找傅云珩，逗着他玩似的："云宝。"

傅云珩："跟赵航聊完了？"

博慕迟："你们在一起？"

傅云珩："在科室。"

博慕迟想起来了，这两人的科室挨着。

博慕迟："聊完了。你怎么不给赵航看视频？"

傅云珩："不想给他看。"

博慕迟："这不像你啊，小傅医生。"

傅云珩："嗯。"

博慕迟诧异，没想到他会这么坦然承认。

她不知道的是在她面前的傅云珩时常会不那么像傅云珩，因为他只想当她专属的云宝。

博慕迟惊讶了好一会儿，在她正要给傅云珩回消息时，许鸣喊她："吃饭了。"

博慕迟一顿，跟傅云珩说了声，便先放下了手机。

"跟谁聊天呢，迟妹妹？"焦明诚随口问，"这么开心。"

博慕迟笑了，坦坦荡荡地说："男朋友。"

话音落下，包间里几人齐刷刷地用讶然的眼神看着她。

好半晌，才有人出声："慕迟妹妹你什么时候谈男朋友了？"

焦明诚惊讶地看了许鸣一眼，又抬起眼看向她："男朋友？什么时候的事情？"

对上几个人的视线，博慕迟笑盈盈地道："前段时间。"

"我们认识吗？是国家队的吗？"

"是谁把我们队的队花抢走了，慕迟妹妹你跟我说，我帮你鉴别一下看看对方够不够格。"

博慕迟知道他们都是开玩笑的，笑着回："你们不认识。"她坦然，"男朋友是和我一起长大的邻居哥哥。"

闻言，焦明诚倒是有了点儿印象："就是你刚入队那会儿，经常跟晚秋说的哥哥？"

博慕迟点头。

焦明诚道："防火防盗没防住邻居啊。"

博慕迟噎了片刻："为什么要防邻居？"

焦明诚偷偷地瞟了许鸣的神色一眼，含糊地道："焦师兄就是随口一说。"

"那慕迟妹妹你什么时候带你男朋友给师兄们看看？"

博慕迟想了想说："冬奥会吧。"她道，"他很忙，最近都没时间。"

"那你去国外比赛他不去看啊？"其中一个师兄问，"这男朋友不太行啊。"

听到这话，博慕迟挑了挑眉："师兄，如果你要比赛，你女朋友也要比赛，你会丢下比赛去看你女朋友的比赛吗？"

师兄被她的话噎住，好半天憋不出一个字。

许鸣："你男朋友又不是国家队的。"

"他确实不是，但他做的事比我们做的更重要，比我们的职业更神圣呀。"博慕迟认真说，"他是医生，拯救生命高于一切，不是吗？"

博慕迟虽算不上什么懂事的女朋友，但她从小就能分辨出，什么是重要的，什么是次要的。

可能是从小看过傅叔叔因为一个电话深夜往医院赶的画面，也可能是经常听她干妈提起傅叔叔的"英雄事迹"，所以在她内心深处，她觉得医生这个职业比大多数职业更神圣，他们忙的事，也比所有事更重要。

她甚至不会因为傅云珩把救人放在首位，看自己比赛放在第二位而生气。

因为她觉得就该如此，不然，傅云珩当什么医生！

难得看她这么认真地说一件事，焦明诚也知道大家的玩笑开得有点儿过了。

他点点头说："慕迟妹妹说得对，医生比我们更伟大、更厉害。"

刚开始逗她的师兄也和她道歉："是师兄玩笑过了。"他笑着说，"师兄这不是生气嘛，生气我们慕迟妹妹就这样被人抢走了。"

博慕迟笑道："师兄。"她看向那位师兄，"你要是见过他，肯定也会很欣赏他的。"

"真的？"师兄点头，"那期待冬奥会的时候能和他见上一面。"

博慕迟爽快地答应："好呀，到时候一定让他提前把假期空出来，来看我们比赛。"

焦明诚："那我可得好好表现表现。"

几个人说说笑笑，许鸣看着博慕迟脸上的笑意，神色微敛。

许鸣其实想问那个人有什么好的，值得你说起他就喜笑颜开，心情愉悦，可这话问出来感觉又不太对。

如果说，之前他还觉得自己有希望，那么现在，许鸣知道自己没什么胜算。

察觉到许鸣失落的情绪，吃过饭后，焦明诚特意找他聊天："心情不好？"

许鸣瞥他一眼。

焦明诚苦涩一笑，拍了拍他的肩膀，"之前让你跟慕迟妹妹直接点儿，你偏不。"

"你是来看我笑话的？"许鸣淡声问。

焦明诚真觉得自己冤枉："我这不是来安慰你的嘛……"

"没必要。"许鸣看向另一侧和师兄聊得很开心的博慕迟，缓声说，"你有句话说得很对。"

焦明诚："啊？"

许鸣："是我自己没把握住机会。"

之前不怎么从博慕迟嘴里听到傅云珩这个名字时，他不去表白，不去争取，一直瞻前顾后，才有了这样的结果。

许鸣到现在才明白，人不会在原地等你。喜欢如果不说出来，对方永远也不会知道。

他虽然说了，但说得太迟。

焦明诚看他这样，忽然也不知道该说点儿什么好。

焦明诚拍了拍他的肩膀："滑雪去？"

他们情绪低落时，没办法像其他人一样借酒消愁，只有滑雪能让他们忘却烦恼。

357

许鸣挑眉，神色变得明媚："走吧。"

他说："今天练久点儿。"

焦明诚："奉陪到底。"

吃过午饭休息了会儿，几个人又回到了滑雪场。

过几个月得参加雪联世界杯比赛，大家都渐渐进入训练状态。

博慕迟也一样。

这一天，他们都待在滑雪场。

她在渐渐加大自己的训练强度，争取不掉链子，找回自己之前参加比赛时的状态。

到下午五点，博慕迟才从雪场离开。

"慕迟妹妹，你去哪儿？"焦明诚问，"要不要我们送你？"

"不用。"博慕迟朝几人摆摆手，"你们回去休息吧，我去找我男朋友。"

焦明诚哽了下："行吧，到了在群里说一声。"

"好。"

看着博慕迟打车离开，焦明诚嘀咕一句："看不出，慕迟妹妹还挺黏她男朋友，看来是很喜欢她的邻居男朋友。"

许鸣一时不知道他这话是真在说博慕迟，还是在扎自己的心。

出租车堵堵停停，终于在六点时将博慕迟送到医院门口。

博慕迟看着人民医院的大门，摸出手机给傅云珩发消息。

博慕迟："小傅医生，下班了吗？"

消息发出去好一会儿，傅云珩都没回复。

博慕迟猜测他应该还在忙，四处张望了会儿，便往傅云珩所在的科室楼栋走。

他们这边的人民医院很大，傅云珩实习的地方是主院，自然比其他几个院区还大。正好到下班时间，不少人从里面走出。

博慕迟慢悠悠地抵达傅云珩所在科室时，跟护士说明了来意。

看到她，缪丹丹狐疑地多看了几眼，小声问："你之前是不是来找过小傅医生？"

博慕迟一愣，点了下头："来过。"

缪丹丹笑了笑："难怪，我说你有点儿眼熟。"想着，她问博慕迟，"你要不要去小傅医生的办公室等啊，刚刚送了个急诊病人过来，他和束医生一起进手术室了，应该没那么快出来。"

358

"这样啊。"博慕迟还真没想到会这么凑巧,思忖了会儿,跟面前的人道谢,"谢谢,那我就不等他了。"

手术不知道要多久,她还是先回家吧。

缪丹丹:"应该的。"

"嗯。"博慕迟笑道,"你们辛苦。"

她想了想,柔声说:"你别和他说我来过啊。"

缪丹丹微怔,但还是答应了下来:"好。"

从傅云珩科室出来时,博慕迟直接回了家。

她到家时,迟绿和博延已经从迪士尼回来,还给她带了不少礼物。

母女俩腻了会儿,迟绿瞥她:"今天怎么在滑雪场练那么久?"

"没练很久啊。"博慕迟接受着她投喂的水果,咬着有点儿酸的草莓,含混地说:"我去了趟云宝医院。"

迟绿一愣,立马猜了出来:"云宝在忙?"

"嗯。"博慕迟点头,"护士说他们接了个急诊病人,五点的时候刚进手术室。"

迟绿莞尔,垂眸观察着她的小表情,感慨道:"云宝这个职业注定会很忙。"

博慕迟反应过来她妈是什么意思后,倏地笑了起来:"我知道呀。"她蹭着迟绿,撒娇说,"我也很忙的。"

迟绿听懂了她话里的意思,抬手摸了摸她的脑袋,感慨道:"这倒是,你忙起来还有可能几个月都不回家,对比起来,好像更可怜的是云宝。"

博慕迟微哽。

蓦地,她想到了重点:"完了,云宝加班的话,云朵怎么办?"

迟绿看向博慕迟,视线往下:"云朵是谁?"

顺着迟绿的视线,博慕迟噎了噎,哭笑不得:"妈,你想什么呢?"她脸色涨红,"你看我肚子干吗?"

迟绿眨眼,又往她嘴里投喂了一颗草莓:"我这不是做合理猜测嘛!"

"一点儿都不合理!"博慕迟说。

迟绿想了想,也是。

"你说得对,这毕竟不是电视剧,总不至于我和你爸一天不在家,你就有宝宝了。"

博慕迟差点儿放弃和迟绿交流。

安静了会儿,迟绿问:"云朵是谁?"

"我们去学校捡回来的流浪猫。"博慕迟老实告诉她。

迟绿怔了怔，兀自笑笑："有照片吗？给我看看可不可爱。"

"可爱，但是瘦巴巴的。"博慕迟掏出手机翻照片，"耳朵上还有伤。"

迟绿接过她的手机看了看，哎哟了一声："怎么这么瘦？你们带它看医生了吗？"

"看了。"博慕迟就知道她会喜欢，"医生说没什么大问题，就是得慢慢养。"

迟绿点了点头："那你今晚过去照顾云朵吧。"她直接说，"吃完饭我和你爸送你过去。"

博慕迟沉默了会儿，迟疑道："你的意思是让我睡云宝那边？"

"不然呢？"迟绿说，"反正你也在那边睡过，多一晚少一晚，对我和你爸来说没影响。"

她轻咳了声，压着声音在她耳边嘀咕，"不过有一点要注意。"

博慕迟："什么？"

迟绿："你明年年初还得参加冬奥会，记得做好措施。"

博慕迟被她的话呛住，猛地咳嗽："妈你说什么呢？"她不可置信地瞪大眼睛。

迟绿耸肩摊手："我又没说错，你们都是成年人了，我和你爸可以理解。"

博慕迟无话可说，想反驳点儿什么，又觉得反驳其实也没什么意义。

迟绿根本不听她的。

"不过今晚应该不至于。"迟绿自言自语，"云宝跟一台手术下来，应该没什么精力了。"

博慕迟闭上了嘴，之前就不该接她妈妈的话。

等这个话题过去，她才问："我要不把云朵带回来吧，我感觉云宝太忙了，没时间照顾它。"

"过段时间吧。"迟绿说，"小猫咪好不容易有个家，你第二天就让它换新家，它会觉得自己又被抛弃了。"

小猫咪也是敏感的，特别是流浪猫，更敏感。

博慕迟没迟绿心细，忽视了这一点。

她觉得迟绿说得非常有道理："那待会儿吃了饭我洗完澡就过去吧。"

迟绿："行。"

吃过饭，博慕迟都没来得及出门散步，就被迟绿赶去浴室洗澡，催她早点儿过去傅云珩那边照顾云朵。

博慕迟无语半晌，忽然生出一种云朵比她还有家庭地位的感觉，尤其在迟绿这儿。

360

虽然，她也不至于和一只猫争宠，但怎么想都觉得心酸。

心酸归心酸，博慕迟还是迅速洗完澡，然后让博延和迟绿送她去傅云珩那边。

傅云珩这边是密码锁，博慕迟看向送自己到门口的人，询问道："不进来吗？"

迟绿很尊重傅云珩的隐私："云宝没邀请我们，我和你爸就不进去了。"她道，"你抱着云朵到门口给我摸一摸。"

博延："嗯，下回跟云珩打了招呼，我们再进来。"

博慕迟失笑，在屋子里找到云朵，抱到门口给迟绿摸了摸。

迟绿看着瘦巴巴、眼神可怜兮兮的小猫咪，握着它的小爪子自我介绍："小云朵你好呀，我是你迟姨。"

博慕迟缄默两秒，问："为什么是迟姨。"

"它难道不是云宝的弟弟？"迟绿反问。

博慕迟："好像是。"

它都叫云朵了，总不能是傅云珩儿子，所以算下来，只能是弟弟。傅云珩喊迟绿迟姨，那她自然就是云朵的迟姨。

理明白关系后，博慕迟觉得她妈脑子转得真快。

迟绿和博延没待多久，摸了摸云朵跟它说了两句话，又叮嘱博慕迟有事给他们打电话，要锁好门窗之类的，便离开了。

他们走后，屋子里忽然安静下来。

博慕迟给云朵铲了屎，给它换了水和猫粮，陪她玩了会儿，时钟不知不觉就转到了十点。

她看了眼手机，傅云珩还没给她回消息。

博慕迟摸了摸云朵的小脑袋，哄着说："你哥还没给我回消息，我们先去睡觉吧？"

云朵像是听明白了一样，小脑袋拱着她的手掌蹭呀蹭，喵喵叫着。

博慕迟粲然一笑，进浴室刷了牙，光明正大地进了卧室，霸占傅云珩的床。

这时，傅云珩刚走出医院。

手机没电自动关机了，他把手机充上电，驱车回家。

到家门口时，屋子里有微弱的光亮从门缝投射出来，心中已经猜到是她。

开门时，傅云珩特意放轻了动作。

看到门口的鞋，他无声翘了下唇，弯腰把她的鞋摆放整齐，径直往卧室那边走。房门没关严实，借着窗外透进来的月色，傅云珩一眼便看到了床上的人。

博慕迟背对着门口这一侧，但被子下的形状很清晰。

他看了须臾，本想走近去抱一抱她，又闻了闻自己一身的消毒水味，掐灭了这个念头。

云朵发现他回来了，从床上跳下来，走到他脚边，仰头望着他。

傅云珩弯腰将它抱起，退出房间才压着声音说："不闹。"

云朵能听懂他说的话，小声地喵了一声。

傅云珩去浴室洗完澡出来，准备回房间拿一床被子时，注意到了博慕迟动作。

借着月光，两人看清对方的神情。

"吵醒了？"傅云珩走近她。

博慕迟看了他片刻，迷迷瞪瞪地应了声："嗯。"

傅云珩一笑，敛睫看着她："继续睡。"

"几点了呀？"博慕迟揉了揉眼睛，"你怎么这么晚才回来。"她问，"今天的手术很复杂吗？"

傅云珩"嗯"了一声："有点儿。"

听出他语调里的低落情绪，博慕迟怔了怔，下意识地将床头柜的灯打开，轻声问："你心情不好？"

"有点儿。"傅云珩忽地低下头，将滚烫气息全数吐在她的脸颊上，"我这么久没回来，在家是不是很无聊？"

"我还好。"博慕迟指了指旁边跳上床的云朵，"我和它玩了好一会儿，倒也不怎么无聊。"

傅云珩应声，鼻尖压着她的脸颊："今天训练得怎么样？"

"也还不错。"博慕迟戳了戳他滚动的喉结，小心翼翼地问，"你心情怎么这么差，是不是手术……"

她没把后面的话说出。

傅云珩摇头："手术是顺利的。"

他就是觉得，人心复杂。

今天接手的急诊病人，是上了年纪的，今年六十岁。

病人被送到医院时，情况就已然很紧急了，但在手术前，她的孩子纠结了许久，几个孩子互相推脱着责任，试探着手术费用，如果不做手术，还能活多久……

在医院久了，傅云珩其实看到过很多次这样的事情，但每次碰到还是不可避免地会觉得难受。

最后,还是束正阳出面说,不手术病人可能熬不过今晚,几个孩子才勉强答应,签字同意手术。

却没想手术结束后,儿女们又开始为谁守夜,谁责任比较大,谁支付多少费用再次争吵。

博慕迟没问他手术顺利为什么心情还这么差,大概能猜出一两分。

思及此,她仰头望着他说:"云宝。"

"嗯?"傅云珩借着暖橘色的光看着她。

博慕迟拉着他的睡衣,小声说:"你身上好香啊。"

他看她跟云朵似的在自己胸口乱蹭,嗓音低哑:"然后呢?"

对上他幽深如潭的目光,博慕迟犹疑道:"我想抱一抱你,可以吗?"

傅云珩一顿:"只想抱一抱?"

博慕迟缄默片刻,慢吞吞地说:"你愿意给我亲一亲的话,也可以。"

傅云珩:"求之不得。"

拥抱能给人力量。

两个人紧贴在一起,汲取对方身上的力量。

此时,已是深夜。

没关紧的窗户外,小区嬉闹声、喧嚣声逐渐减弱,似被一阵清风带走,给相拥的两人留下静谧温存的空间。

傅云珩没做什么过分举动,他们隔着被子拥抱在一起,但可能博慕迟是个小太阳,所以让今夜看到世间冷情的他,冷却的心渐渐温暖起来。

他低垂着眼看着怀里的人,想说点儿什么,却又觉得说话破坏氛围。

两人不知抱了多久,闷在傅云珩身下的博慕迟忍不住出声:"小傅医生。"

"嗯?"傅云珩看着她。

博慕迟眨巴着大眼睛望着他:"你能松点儿力道吗?"她有点儿小委屈,"我喘不过气了。"

傅云珩失笑,身体往后稍稍撤了一些。他抬手将她脸颊的头发别在耳后,看着她没什么精神气的眼睛:"是不是困了?"

"有一点儿。"博慕迟点头。

傅云珩"嗯"了声:"那睡觉。"他起身离开她,摸了摸她的脑袋,"我就在外面。"

博慕迟微怔,讶异地看着他:"你是进来拿被子的?"

傅云珩颔首："怎么？"

两人对视半晌，博慕迟对上他眸子，紧张地抿了下唇，然后在他的注视下往一侧挪了挪，将自己刚刚躺过的地方空了出来。

做完这一系列动作，她抬眸看着他，傅云珩怔了片刻，立在床侧紧盯着她。

如果眼神有温度，能隔空灼热人的话，博慕迟怀疑自己这会儿已经被烫伤了。

她抿了下唇，有点儿害羞："不睡？"

傅云珩微顿，低声问："你让我睡床？"

博慕迟一哽，含混地嘀咕："不明显？"

她做得很明显了吧。

傅云珩的重点并不是明不明显。他抬手重重地捏了捏她双颊："就这么放心我？"

听到这个话，博慕迟脑海里蹦出迟绿晚上跟自己说的话。她脑子一下没转过弯，脱口而出："我觉得你应该也没什么精力吧。"

话音落下，博慕迟对上他促狭的目光。

她神色微僵，张嘴想解释，先听到了傅云珩的声音："我在你眼里体力这么差？"傅云珩眸子里浮现笑意，压低音量，"我是不是应该证明一下自己？"

"别。"博慕迟裹紧被子，心虚不已，"我就是随口一说。"

怕傅云珩再往下说，她急忙催促："你到底睡不睡？我真困了。"她咕哝，"不想和你说了。"

傅云珩看她留给自己的后脑勺，忍不住笑出声。

刚开始，笑声比较小，博慕迟还能忽视，但他笑了好一会儿都没停，甚至笑声还有点儿大。她觉得羞辱性太强，没忍住回头瞪了他一眼，威胁道："你再笑就去睡沙发吧。"

傅云珩立马停住。

他看着近在咫尺的床和女朋友，深呼吸："不笑了。"

少顷，博慕迟听到了身后传来的动静。

傅云珩上了床。

顷刻间，她感觉宽大的床变得窄小，男人滚烫的气息也越发近了。

她紧绷着身体，没敢乱动，傅云珩也没动。

二人安静片刻，还是博慕迟没忍住，侧身回了头。

一回头，她便看到他直勾勾盯着自己。

博慕迟微怔,垂眼看了下别处,让他把床头灯关了。

"你怎么不说话?"

"说什么?"傅云珩看着她,"怕你紧张。"

博慕迟"哦"了声,主动朝他靠近,闷闷地道:"其实也不会很紧张。"

傅云珩一顿,伸手将她拥入怀里,埋头在她脖颈处,闻着她身上飘散出来的熟悉香味。

很奇怪,明明博慕迟睡觉的时候不喷香水,可傅云珩就是觉得她身上有淡淡的香味。

或许,是他的基因在不知不觉中选择了她,所以总觉得只要看见她,就能闻到她身上飘散出来的熟悉味道。

察觉到他的动作,博慕迟伸手回抱着他。

"云宝。"

傅云珩应声:"在。"

博慕迟一笑,仰头亲了下他的侧脸,笑眼弯弯:"晚安。"

傅云珩走了下神,拥抱她的手收紧,回应着她:"晚安。"

这一晚,谁也没什么过分举动,他们就只是盖着棉被,睡了一觉。

博慕迟原以为,身侧有人自己会睡不好,却没想这一觉比寻常时候睡得更沉,睡得更香。

早上六点,博慕迟准时清醒,睁开眼时,傅云珩也恰好睁开了眼。

他一睁眼,博慕迟便抬起了手,捂住了他的眼睛。

"你再睡会儿。"她语速飞快地道,"我先去洗漱。"

傅云珩哭笑不得:"要去跑步吗?"

博慕迟:"要。"回答完,她又想起了一件事,"但我没带运动服。"

傅云珩怔了下,这个点也买不到新的运动服,他撩起眼皮看着她:"出去走走?"

博慕迟点头答应。

六点多这会儿,小区还静悄悄的。

博慕迟和傅云珩洗漱好出门,到小区里转了一圈,又转到了外面。

早餐店这会儿人还挺多,博慕迟和傅云珩找了个角落坐下,等着热腾腾的早餐被送上桌。

走了一圈,她精神恢复了不少。她看向对面的人,托腮观察着:"云宝。"

傅云珩:"要说什么?"

"你待会儿就去医院了吗?"博慕迟接过他给的温水抿了两口。

傅云珩"嗯"了声:"把你送回家再去。"

博慕迟愣了下,连忙拒绝:"不要。"她瞅着傅云珩,"你是不知道早上有多堵吗?"

她担心他迟到。

傅云珩:"不会,九点前到就行。"

"那也不行。"博慕迟道,"我让司机或者我妈过来接我,顺便给我把滑雪服带过来,就直接去滑雪场了。"

怕傅云珩反驳自己的决定,博慕迟当机立断:"我不久后得去参加比赛,你总不会限制我的训练时间吧?"

什么话都让博慕迟说了,傅云珩还真说不出一句反驳的话。

他默了默,往博慕迟嘴里塞了个素包子:"不用这么善解人意。"

"我就要。"博慕迟咬着包子,眼睛弯成月牙形状,"不善解人意怎么当小傅医生的女朋友?"

傅云珩一笑:"我女朋友不需要善解人意。"他说,"骄纵点儿,自私点儿都可以。"

"哦。"博慕迟沉吟似的点头,"你放心,我肯定不会经常这么善解人意的。"她挑衅地给了傅云珩一个眼神,"你就等着吧,到时候我过分起来,肯定让你头疼。"

傅云珩一笑,配合她说:"那我期待一下。"

博慕迟"嗯嗯"了两声:"好啊。"

吃过早餐,傅云珩回家换了衣服便出发去医院。博慕迟在沙发上陪云朵玩了会儿,才去书房找书,顺便等迟绿过来接她去滑雪场。

迟绿不喜欢早高峰出门,所以等她到傅云珩这边时,已经十点,母女俩直奔滑雪场。

看到迟绿,许鸣几个人熟络地和她打招呼,他们都见过。

"迟姨你越来越漂亮了。"

"迟姨一直都漂亮,迟姨是越来越年轻了。"

博慕迟听着几位师兄吹嘘迟女士,无言以对。

"师兄们,"她提醒,"该去滑雪了。"

迟绿在旁边笑道:"你们好好练习,我今天代你们教练监督你们。"

众人齐声应着:"好。"

迟绿也换了衣服,和他们一起到练习的滑道那边。

她站在旁边吹着风，看着他们来来回回，锲而不舍地练习。看他们飞跃高空，看着他们叱咤雪场，看着他们的进步和成长，迟绿忽然生出一种博慕迟真的长大了的感慨。

"妈。"博慕迟练了一圈回来，发现迟绿在发呆。她举起手在迟绿面前晃了晃："你在发什么呆呢？"

迟绿回神看着她："在想你是真长大了呀！"

博慕迟一愣："啊？"她不懂迟绿这突然的情绪来源于哪儿，琢磨了一下，犹疑地道，"我爸惹你生气了？"

迟绿无奈："我是认真的。"

"哦。"博慕迟笑了，蹭着她的手臂说，"那当然，我还不长大，那以后谁照顾你呀？"

闻言，迟绿瞥她一眼，玩笑道："有你爸在，我哪儿需要你照顾？"

博慕迟噎住，傲娇地轻哼："行吧，你说不要我就不要我，反正我就是博家的小白菜。"

"确实。"迟绿点头，"现在小白菜都被拱了。"

说到这儿，她好奇地看向博慕迟："今晚住哪儿？"

对上迟绿试探性的目光，博慕迟坦坦荡荡："反正不回家住。"

迟绿"哦"了声，本想说点儿什么，可想到她不久就得回训练队待着，然后满世界去比赛后，又将到嘴边的话收了回去。

作为开明的妈妈，得给这对忙碌的小情侣多制造点儿机会。

"随你。"迟绿道，"反正你在外面多注意点儿就行。"

博慕迟"嗯"了声："明天回家住。"

迟绿弹了下她的额头，抬了抬下巴示意："继续训练吧。"

之后好些天，博慕迟都和焦明诚他们一起从早到晚地训练。

六月下旬，所有队员归队，开始按照教练给出的计划训练。博慕迟和傅云珩这对刚恋爱不久的小情侣，开始了异地恋。

虽然，博慕迟觉得在家的时候，她和傅云珩也算异地。

当然她这个说法，谈书是不赞同的。

"那你要这样说的话，只要不在一家公司上班的小情侣，那不都是异地？"谈书反驳她。

博慕迟归队后，每天晚上睡前都会跟傅云珩打电话，但今天傅云珩在医院值班，这会儿也在忙，所以为了让等待显得不那么漫长，她先和谈书聊着。

听到谈书这话，博慕迟沉吟一会儿："那不一样。"

谈书："差不多。"

博慕迟强词夺理："反正我就觉得不一样。"

谈书噎了噎："那你一定要这样说的话，也不是没道理。"

博慕迟："我想表达的是云宝和我都太忙了。"

谈书："这确实。"她非常认可，"你之后几个月还有时间回家吗？"

博慕迟算了算："不知道……"

谈书"扑哧"一笑，突然有点儿同情傅云珩："谁能想到傅云珩脱单了，却得过和单身没区别的日子呢。"

博慕迟哭笑不得："那也没有。"

"怎么没有？"

博慕迟有理有据地反驳："单身的人没有女朋友晚上打电话查岗。"

谈书被她逗笑，扬了扬眉："你还会查岗呢？"

"会啊。"博慕迟哼哼唧唧地道，"我每天都会问他在做什么。"

谈书不想理博慕迟，如果这种算查岗的话，那她也想要这样的查岗。

"你这明明就是关心他。"

"一半一半吧。"博慕迟和她说着玩笑话。

两人你来我往地斗了会儿嘴，谈书叹了口气："什么时候去新西兰？"

"八月初吧。"博慕迟道，"还不急。"

谈书"嗯"了声，翻了翻自己的假期："我估计没办法去现场给你加油了。"

博慕迟笑道："不用，冬奥会的时候记得加油就好！"

谈书爽快答应："那你放心，我年假都留在那儿，就为了去现场给你加油。"

"好。"

聊了会儿，博慕迟手机里有了傅云珩的信息。

她重色轻友得极其明显："云宝给我发消息了，挂了。"

看着被挂断的电话，谈书深深觉得自己就是备胎，是消遣工具。

她戳开微信，正想给博慕迟发几个表情包，忽而看到高中时一个玩得还不错的女同学发来的消息："谈书，你知不知道谢回回国了呀？"

谈书怔怔地看着这条消息，直到手机再次振动时，她才回过神来。

还是那位女同学发来的消息。

"我看有同学说他们前两天见到他了，他还说以后可能会常在国内。"

谈书看了面前这两条消息许久许久，到她眼睛有些疲惫时，才回了一句："我刚知道。"

回完，谈书把手机静音退出微信，钻进房间开始睡觉。

她有个习惯，一旦遇到不开心或想不明白的事，就会去睡觉。睡一觉醒来，她就能把所有都"忘记"。

与此同时，博慕迟刚给傅云珩回了消息，他的电话便过来了。

两人晚上只要没什么特别要紧的事，都会通电话。

人看不见，但有声音在，他们就会有对方还在身边的感觉。

"忙完了？"博慕迟嗓音软软的，"小傅医生辛苦。"

傅云珩笑道："比不上兜兜妹妹。"

博慕迟眉梢染上笑，喜形于色："彼此彼此。"她问，"晚上值班会比白天轻松点儿吗？"

傅云珩"嗯"了声："没有突发情况的话是相对轻松一些。"

博慕迟了然："但是熬夜对身体不好。"

傅云珩哭笑不得，他们医生自然知道熬夜对身体的危害有多大，但比起病人深夜来医院找不到医生来说，熬夜这点儿危害在他们这儿就微不足道了。

只要能及时救人，其他的于他们来说，都不是那么重要。

两人聊着，博慕迟用余光瞟到一侧的平板电脑有微信消息。

她把手机搁在旁边开了外放，点开一看竟然是谈书发来的消息，问她和傅云珩的电话打完没。

博慕迟轻眨了下眼，回复过去："你想我打完的话，我现在就可以打完。"

谈书："那你打完吧。陪我打会儿游戏。"

博慕迟："行，等我两分钟。"

回完谈书的消息，博慕迟没多犹豫地喊傅云珩："云宝。"

傅云珩挑眉："嗯？"

博慕迟挠了挠头，小声说："谈书好像心情不太好，她找我打游戏。"

傅云珩了然："要抛弃我了？"

博慕迟被他的话噎住，心虚地为自己辩护："什么叫抛弃，她难得心情不好，我肯定得陪她的。"

话音落下，博慕迟后知后觉地问："你应该不会问我，在我心里你更重要还是谈书更重要吧？"

傅云珩："不会……"他揉了揉发疼的太阳穴，"去吧，别打太晚，你明天还有训练，早点儿休息。"

"知道。"

挂了电话，博慕迟喊谈书上号，和她一起飞奔海岛杀人。两人唯一能玩也有时间玩的游戏就是《和平精英》。

"怎么了？"一上游戏，博慕迟便问，"心情不好？"

谈书："嗯。"

博慕迟知道她这是不想说的意思，也不再刨根究底，语调轻快地道："那行，待会儿我们在海岛遇到敌人，就把对方当作让你心情不好的那个人，把他们杀了祭天。"

谈书忍了忍，还是没忍住，被她逗笑了。

"你好狂。"她说。

博慕迟哼哼："那必须的，有我书姐在，我能不狂嘛……"

谈书心情好转了些许，带她跳伞。

博慕迟看了看："有两队。"

谈书："拿枪。"

"好的。"博慕迟应道。

两人打了两局，酣畅淋漓。

博慕迟才慢悠悠地问："心情好点儿了吗？"

"嗯。"谈书顿了顿，"谢回回国了。"

博慕迟愣住，错愕地道："他不是在国外定居了吗？"

她也是后来才知道，谈书高中喜欢的人是谢回。

谢回比他们高两个年级，她们高一的时候，谢回高三。谈书高一就喜欢他，本想等他毕业再表白，却没想他连高考都没参加直接出了国。

后来她们才收到消息，说是他全家一起移民了，以后很少回国。

谈书的暗恋也在他出国那一天落幕。但博慕迟想，可能那并不是落幕，她只是将对谢回的喜欢藏了起来，藏在了云端。那朵藏着她暗恋的云朵，随着谢回出国的飞机又飘到了国外，却一直未曾找到机会穿出云层。

谈书专注地捡枪，含混地应了声："是啊。"

她也不知道他怎么忽然回来了。

博慕迟抿了下唇："同学跟你说的吗？"

"李苑说的。"

李苑是她们班的，但因为博慕迟回学校时间少，跟李苑并不怎么熟，不过谈书和她挺熟悉的。

"那……"她思忖了会儿，小声问，"他回来是因为工作，还是别的？"

"不知道。"

谈书一问三不知，博慕迟也不再问了。

两人安静地打了好几局游戏，谈书说不玩了。

博慕迟："就不玩了啊？"她还有点儿遗憾。

谈书无奈地提醒她："大小姐，你看看几点了？"

博慕迟："十一点半。"

"嗯，你明天六点还得起来吧？"谈书无奈，"不用陪我了，你去睡觉吧。"

博慕迟问道："真不用？"她强撑着困意，"其实我还可以陪你半小时。"

"不用。"谈书认真地道，"我也有点儿累了。"

博慕迟妥协："行吧。"她想了想，叮嘱道，"我手机二十四小时为你开机啊，你要是睡不着，给我发消息打电话都行，我一定第一时间接。"

谈书失笑："行。"她心情是真好了不少，"你赶紧睡去吧，不然我良心不安。"

"好。"博慕迟也没再和她啰唆，叮嘱了两句便退出了游戏。

洗漱完给傅云珩发了条晚安的消息，博慕迟没等到他的回复，便沉沉地睡了过去。

之后几天，博慕迟把自己晚上的时间都留给了谈书，陪她打游戏。

为此，傅云珩还有点儿吃醋。

这日，傅云珩恰好休息，过来看她。博慕迟跟岑青筠请了假，便出队了。

她日常训练的时间很满，也认真，所以偶尔请次假，岑青筠很爽快地批了。

"云宝。"博慕迟刚走出大门，便看到了立在车旁等自己的人。

天气越来越热了，傅云珩穿得也越发单薄。他今天穿着一条简单的深色牛仔裤配T恤，头发剪短了些许，看上去就是大学生，格外阳光。

听到博慕迟的声音时，他扭头朝她看来，任由笑意爬上脸颊。

"怎么这么高兴？"他抬脚走近她。

闻言，博慕迟歪着头朝他眨了下眼睛："你看到我不高兴？"

没等傅云珩回答，她佯装生气地转身："那我回去了。"

手被人拉住，一把拽入了温暖的怀抱。

傅云珩垂眸看着她，捏了捏她的手腕："说什么呢？"

博慕迟挑眉："说我男朋友看到我不高兴。"

傅云珩哑然："没有不高兴。"

"哦。"博慕迟挑刺，"可我也没感觉出你高兴。"

听到这话，傅云珩勾了勾嘴角，弯腰贴近她的耳侧，出其不意地亲了下她的耳垂，意有所指地道："你现在没感受到的话，待会儿上车，我让你感受一下？"

听到傅云珩这话，博慕迟好半响没能找回自己的语言功能。

她怎么觉得只小半个月没见，傅云珩变了呢？他之前明明都是暗示自己的。还是说，谈恋爱久了，人都会改变。

博慕迟思忖着，正想说点儿什么，一侧忽然传来了咳嗽声。

她身子一僵，一扭头便对上了好几张熟悉的、神色各异的脸。

博慕迟呆了半分钟，反应过来才从傅云珩怀里抽身，往后退了两步。

察觉到她的动作，傅云珩侧睨看了她一眼，才撩起眼皮看向斜对面站着的几个人。

谢晚秋忍着笑，低声道："慕迟，不给我们介绍介绍吗？"

博慕迟微窘，摸了摸鼻尖道："师姐，你们怎么在这儿？"

焦明诚第一个没忍住，"扑哧"笑出声："迟妹妹。"他揶揄，"我们中午要出来吃饭呀？"

这会儿恰好是中午休息时间，他们偶尔不在食堂吃饭，出来开小灶。

博慕迟刚刚脑子像是被什么东西卡住了一样，没能想起这事。

她"哦"了声，悻悻地给几个人介绍："傅云珩，我男朋友。"她转头看向旁边的人，小声说："我师姐师兄们，晚秋师姐，许鸣你见过的，还有焦师兄。"

傅云珩颔首。

几个人简单打了声招呼，谢晚秋知道她这会儿正在尴尬，缓和着气氛："我们去吃饭了，你玩得开心。"她笑着朝两人摆摆手，像家里人一样叮嘱傅云珩："照顾好我们的慕迟妹妹。"

"一定。"傅云珩答应下来。

几个人转身离开，许鸣看了两人半响，被焦明诚给拽走了。

他们走后，博慕迟抬睫看向傅云珩，催促道："我们快走吧。"

傅云珩没动。

博慕迟费解地看着他："云宝？"

"嗯。"傅云珩看着她，"刚刚为什么突然松开。"他有点儿秋后算账的意思。

博慕迟眨了眨眼："什么？"她没听懂。

傅云珩抬手捏住她的脸颊："看到他们，怎么那么心虚？"

"不是心虚，"博慕迟神色讷讷，"就是有点儿不好意思。"

"真是这样？"傅云珩吃味地问。

博慕迟瞅着他此刻的神情，忍着笑问："你知道你现在像什么吗？"

372

"像什么?"

"像乱吃飞醋的人。"博慕迟评价他,"我跟许鸣什么都没有,我心虚什么呀。"她睇了傅云珩一眼,"云宝,你再无理取闹,我可就生气了啊。"

傅云珩抬手扯了下她的高马尾:"这就是无理取闹了?"

他第一次听说。

博慕迟点头:"是的。"她问,"你还要继续这样下去吗?"

对上她澄澈漂亮的眼眸,傅云珩很认真地思考了半分钟:"不了。"

"那走吧。"博慕迟指了指,"上车,我饿了。"

傅云珩拿她没辙,低低地道:"但有句话还是要说。"

"什么?"

傅云珩提醒她:"我们是光明正大交往的男女朋友,看到人不用躲,也没什么不好意思的。"

他们又不是地下恋情,没必要看到人来了,牵住的手就得松开,抱在一起的身体就得分开。

在傅云珩这儿,他们既然是情侣,那无论做什么亲密的举动都是合情合理的。

博慕迟想了想,觉得他这话说得也有点儿道理,点点头:"下回注意。"

傅云珩应声。

只是他没想到,博慕迟这么快就会举一反三,把他今天说的话还给他。

带博慕迟去私厨那边吃过饭,傅云珩便准备带她去附近玩一玩。

还没从餐厅离开,他先接到了赵航的电话,说是有个病人的情况想和他讨论一下,问他方不方便去一趟医院。

傅云珩正想拒绝,博慕迟先替他答应了:"方便方便,赵医生你们吃饭没有?我可以和小傅医生一起过来。"

听到博慕迟的声音,赵航无比诧异:"慕迟妹妹,你怎么和傅云珩在一起?你们两家聚餐?"

他还不知道傅云珩和博慕迟在谈恋爱,以为这俩家可能是聚餐,不然怎么解释他们俩在一起。

当然更重要的是,赵航根本就没往两人谈恋爱的方向去想。

博慕迟扬眉,转头无声地追问傅云珩:"他不知道我们在一起了?"

傅云珩点了下头。

闻言,博慕迟眼珠子转了转,笑盈盈地道:"对啊,我们俩在聚餐,你没吃饭的话我们给你带点儿吃的过来?"

373

赵航："行啊。"他也没跟两人客气，"慕迟妹妹带的，味道肯定不一般。"

博慕迟和傅云珩到的时候，值班的医生和护士和往常无异。

她戴着口罩跟着傅云珩出现，没见过她的人不免多看几眼，想要探究。

对上探究的目光，博慕迟总是回以微笑。

直到她和傅云珩进了办公室，还依稀能听到外面的护士在问她是谁。

"慕迟妹妹。"赵航热情地和她打招呼，"一段时间没见，我怎么感觉你又漂亮了。"

傅云珩略微嫌弃地看了赵航一眼，把博慕迟让他带的午餐放在桌上，冷漠地道："午饭。"

博慕迟笑道："小赵医生也越来越帅了。"她夸道，"特别是穿上白大褂的时候，魅力无限。"

听到偶像夸自己，赵航嘿嘿地笑了起来："那还是比不过小傅医生的。"

"你和他比什么呀。"博慕迟直接说，"你性格比他讨喜的。"

赵航："真的吗？"

博慕迟点头："对啊。"

傅云珩瞥向她，眉峰往上扬了扬，没搭腔。

博慕迟夸了赵航好一会儿，才低调退场，把这儿交给两人。

边吃饭，赵航边把自己要和傅云珩讨论的病人情况给傅云珩看。傅云珩在这方面研究比他多一点儿，也研究得更深一些，他喜欢和傅云珩讨论。

博慕迟在旁边安静地坐着，也没出声打扰两人。

她听着两人嘴里蹦出的词汇，全是自己听不懂的专业名词。

午后的阳光格外耀眼，从外面穿过百叶窗照进办公室。博慕迟看了会儿太阳，默默地再次把目光转到傅云珩身上。

认真的男人最帅，她的脑海里突然蹦出这句话。

他微敛着眼眸，神色专注地和赵航分析情况，认真负责的模样，有种由内而外散发出的魅力。有一束耀眼的光落在他细软的黑发上，形成一个细小的光圈，像给他镀上一层金环，闪闪发光。

博慕迟天马行空地想着，傅云珩忽而抬眸看了她一眼。

两人视线相接，他兀自笑了下，收回视线。

赵航没注意到两人的互动，自顾自地说着，只是说着说着，他忽然发觉傅云珩脸上挂了笑意，情绪看上去非常不错。

所以说完正事，他下意识地说了句："你今天心情不错。"

按道理来说，休息日被喊到医院，心情不应该如此好才对。

傅云珩："还行。"他难得应了赵航,"这个这样处理应该没问题。还有别的事吗?"

赵航摇了摇头。

傅云珩颔首："那我和兜兜先走了。"他想了想说,"你有事给我电话。"

赵航呆呆地点了点头,正要再说点儿什么,傅云珩忽而放下笔朝博慕迟那边走去,然后在他注视下朝博慕迟伸出了手。

赵航立马抬手揉了揉眼睛,唯恐自己出现了幻觉。

他揉完,这两人已经十指相扣了。

赵航呆若木鸡,一脸错愕地望着,上下唇动了动:"你……你们……"

"我们什么?"傅云珩神色寡淡地看他一眼,把博慕迟拉到自己身侧,"忘了给你介绍她的另一个身份。"傅云珩字正腔圆地说,"我女朋友。"

博慕迟在旁边忍着笑,举起另一只手在赵航跟前晃了晃:"小赵医生,我们先走了啊,下回再来看你。"

到两人走出科室,赵航还没从这个"打击"中回过神来。

傅云珩谈的女朋友是他的偶像博慕迟?

他们刚进电梯,傅云珩的手机铃声响起。

"应该是赵航。"他和博慕迟说。

博慕迟压着唇角的笑,蹭着他的手臂问:"你刚刚是不是故意的?"

"是。"傅云珩坦然承认,"不想我告诉他我们现在的关系?"他顿了顿道,"我看你都和你师兄师姐说了,觉得自己也应该礼尚往来才对。"

博慕迟深深怀疑他在狡辩,他明明就是暗暗在吃醋,然后报复赵航。但这种吃醋,她觉得还挺可爱的,只是有点儿心疼赵航。

"什么叫礼尚往来?"博慕迟觑他一眼,揶揄道,"小傅医生,不要为你的吃醋找借口。"

听到这话,傅云珩沉吟了会儿,点了点头:"嗯。"

"嗯什么?"博慕迟笑道。

傅云珩捏了捏她的脸:"不为我的吃醋找借口。"他对上博慕迟眼睛,如实告知,"我刚刚确实在吃醋。"

他这么诚实,反而让博慕迟语塞,逗不下去了。

她"哦"了声,忽地想到了点儿什么:"小傅医生。"

傅云珩看着她。

周末缘故,他们乘坐的是住院部的电梯,此刻只有他们俩。

博慕迟用余光瞟着快要到一楼了,想了想,看着傅云珩:"其实我还没认真参观过你们医院，带我转转？"

傅云珩一怔："想看？"

"想啊。"博慕迟说，"你待得最多的地方，我当然想熟悉一下这里的花草树木。"

他偶尔会路过的地方，日常会待的地方，她都想看一看，熟悉熟悉，那会让她有种她也融入了他日常生活里的感觉。

她想看，傅云珩自然会带她看。

傅云珩上班的医院还挺大，转一圈下来，得花费小半个小时。最后他们要出去时，傅云珩还给她说了个地方，是自己偶尔遇到烦心事或疑难杂症时会去的地方——天台。

博慕迟点了点头，跟着他一起爬上天台，望着挂在蓝天白云下的大太阳，扭头看着他："你亲我一下。"

这个要求来得突然，傅云珩有点儿猝不及防："什么？"

因为他这句反问，博慕迟立马揪住了他的小辫子："你不想亲是不是？你果然是个渣男，只许官兵放火，不许百姓点灯。"

没给傅云珩说话的机会，她继续逼问："追到我就不想珍惜了是不是，让你在医院亲我一下都不行，我这么见不得人吗？"她顿了下，把他之前给自己的话堵回去，"好歹我们也是光明正大交往的男女朋友啊，让你亲我一下你都不愿意？"

傅云珩本想直接堵住她的嘴，但看她说得这么起劲，觉得还蛮有意思。

缄默片刻，他配合地问："不亲你就是不珍惜你？"

博慕迟眨眼，奇怪他怎么不按套路出牌。

电视剧里，这种时候男主不应该已经搂着女主角的腰肢强吻一下，来证明自己的吗？

莫非是因为傅云珩不是男主，她不是女主……

纠结了会儿，博慕迟没能纠结出结果，继续道："对啊。"

傅云珩看着她，琢磨了下说："那行吧。"

他这话说得有种大义凛然的感觉。

她瞅着傅云珩，戏精上身："你这搞得好像是我强迫你一样，不亲了。"

说话间，她转身想走。

傅云珩一把拽住她的手腕，闷声笑了出来，他的笑声从胸腔传出，让人听得耳热。

博慕迟被他拽回怀里，隔着单薄的衣物，能感受到他身体的震颤，是因为笑而引起的。

博慕迟开始忍着没和他"同流合污",但实在没忍住,也跟着笑了起来。

她在傅云珩的怀抱里蹭着,将下巴搭在他的肩上,忍俊不禁:"你刚刚是真不想亲我,还是没反应过来?"

"没反应过来……"傅云珩回答。

博慕迟听到他这么实诚的回答,唇角往上牵了牵:"那好吧,那我就原谅你。"

傅云珩一笑,挑了下眉:"这么轻易原谅我?"

博慕迟微哽,往后退了一步:"那你想我怎么刁难你?"

傅云珩想了想,低头靠近她说:"起码得罚我……"他张嘴碰了下她的唇,哑哑地说,"在这儿亲你十分钟。"

话音一落,他便堵住了博慕迟的唇。

两人双唇相贴,傅云珩含着她的下唇重重吮了下,顶开她的贝齿,舌尖扫过她的口腔,缠绵亲吻。

阳光落在两人身上,地上的倒影紧密重叠,任谁也不能将他们分开。

假期总是过得很快。

博慕迟感觉自己都没和傅云珩待几小时,就得回训练队了。到基地门口,她跟傅云珩又腻了会儿,才依依不舍地进去。

看着她进去,傅云珩在门口吹了会儿风,确定她已经回到宿舍了才驱车离开。

眨眼的工夫,就到了七月底。

国内天气越来越热,但新西兰不同,新西兰正好是最适合滑雪的季节。

出于多方考虑,博慕迟一行人要启程去新西兰参加国际雪联的单板滑雪世界杯比赛了。

她出发前一晚,傅云珩照常给她打电话。

"云宝。"博慕迟分别的情绪没有想象中那么浓。她在外面跑惯了,即便多有不舍,也不太习惯表露出来。

傅云珩应声:"东西都收拾好了?"

"嗯,"博慕迟躺在沙发上看着不远的行李箱,"都收拾好了。"

傅云珩:"带羽绒服了吗?"

"带啦。"博慕迟笑,"放心吧,我知道那边的大气。"

傅云珩也想放心,可就是放心不下来。

除了羽绒服，他又问了别的日常用品等，知道博慕迟都准备了后，才稍微松了口气。

两人安静地听着对方的呼吸声。

好一会儿，博慕迟才说："你要记得看我比赛，等我拿冠军回来。"

傅云珩哑然："好。"他说，"抱歉，我没办法飞过去。"

博慕迟失笑："这有什么好抱歉的。就是一个小比赛，不用太放在心上。"

她都习惯了，其实她去很多地方比赛，迟绿和博延也不一定能到现场观看。

傅云珩喉结微滚，想说这不是小比赛，但话到了嘴边，终归还是没说出口。

两人聊了会儿天，傅云珩知道她容易水土不服，特意叮嘱了她一些注意事项。看着时间不早了，两人才依依不舍地挂了电话。

抵达新西兰后，博慕迟和傅云珩联系的时间就少了。

两人有了时间差，晚上电话没办法打。通常是傅云珩给她留消息，她隔几小时后看到了再回。

毫不意外，博慕迟抵达新西兰的次日，便又开始感冒。

好在她都习惯了，也有心理准备，老老实实喝了三天热水，睡觉时闷一身汗，渐渐地有所好转。

"身体好点儿了吗？"许鸣在训练场碰到博慕迟，特意问了声。

博慕迟点头："好些了。"

许鸣点了点头，顿了顿道："过几天就正式比赛了，你男朋友会过来吗？"

博慕迟一愣，看向他说："你忘了？"

许鸣微怔："什么？"

"我男朋友是医生。"博慕迟边调整自己的雪板边说，"他没那么多假期的，再说了就算有假期，我也不忍心让他千里迢迢飞过来看自己比赛，然后又飞回去，我会心疼的。"

听到她这话，许鸣噎了噎，无奈半晌，嘀咕道："你也不用那么理解他吧？"

"你们男人不都喜欢善解人意的女朋友吗？"博慕迟反问。

许鸣缄默片刻："这个问题我回答不上来。"

博慕迟挑眉。

许鸣看着她说："我还没有女朋友。"

"哦。"博慕迟没怎么放在心上,摆摆手说,"那你快去找一个。"

许鸣觉得好笑,无奈地看着她:"你还真是……"

"真是什么?"博慕迟睇他一眼,"许师兄,我有说错话吗?"

"没有。"许鸣回答,"训练吧,这回有信心吗?"

听到这话,博慕迟自信地扬了扬眉,看向不远处的跳台:"多的是。"

许鸣一笑:"加油。"

"加油。"博慕迟认真地说。

八月下旬,国际雪联自由式滑雪U型场地世界杯新西兰站正式拉开帷幕。

中国队派出十名参赛选手,五男五女。

预赛这天,备受期待的中国队选手不负众望,分别拿到第一名、第二名、第五名、第六名,顺利进入决赛。

博慕迟和许鸣是男女队的第一名。

决赛这日,比赛氛围很浓。

国内国外有不少人关注这场比赛,博慕迟的比赛在上午,她到休息室时,时间还早。

谢晚秋是以第二名的成绩进入决赛的,两人这会儿正在一起听歌。

"我有点儿紧张。"谢晚秋说。

她比博慕迟年龄要大好几岁,所以更为焦虑一些。毕竟运动员其实算得上是吃年轻饭的职业,年龄大了,想拿奖会越来越难。

博慕迟知道她的紧张来源,没说什么,只是笑着和她分享有趣的事情,试图转移她紧张的情绪。

两人正说着,博慕迟忽然听到了教练的声音。

"慕迟。"

博慕迟扭头:"怎么了?"

岑青筠朝她招了招手:"过来一下。"

博慕迟起身,跟着岑青筠往外走。

"青姐。"她诧异,"你有事跟我说?"

岑青筠"嗯"了声,卖着关子:"带你见个人。"

博慕迟:"啊?"

她惊讶,犹疑地道:"不能比完赛再见吗?"她还想酝酿一下比赛情绪呢。

岑青筠微哽,有点儿被博慕迟问住。她摸了摸鼻尖,想了想说:"我觉得见完这个人，你比赛会更有力量一点儿。"

"啊？"

话音刚落，博慕迟就看到了不远处站着的人。

那是应该在国内看自己比赛直播的人，此刻正出现在自己眼前，正对着自己笑。

博慕迟脚步一滞，有点儿不敢相信。

岑青筠咳了声："人带来了，待会儿就要比赛了，别聊太久。"

傅云珩领首："谢谢青姐。"

岑青筠："应该的。"

她把这片小天地留给有段时间没见面的小情侣。

两人隔着三两步距离，无声对望着。

在博慕迟的注视下，傅云珩朝她张开手，目光柔和："不想抱一抱？"

"想。"

博慕迟正要往前走，傅云珩已经两步并作一步，跨到她跟前，将她拥入怀里。

闻着他身上熟悉的清冽味道，博慕迟埋头在他的肩膀处蹭了蹭："你怎么来了？不是说没假期吗？"

"是没有。"傅云珩低低地说，"但女朋友的比赛，总要来看一看的。"

博慕迟"哦"了声，忽然涌上了一股委屈的小情绪。

"我还以为，大家都不来这边看我比赛了。"前两天迟绿才给她打了电话，原本他们是要来现场的，但她爸的公司临时有点儿事，他们没办法过来了。

博慕迟本来也没太在意，毕竟这种事常发生。可这会儿看到傅云珩出现，她还是控制不住地觉得委屈，想要说出来。

傅云珩明白她的心思，轻拍着她的后背说："迟姨没来，我妈来了。"

博慕迟一愣，猛地抬头看着他："真的？"

"嗯。"傅云珩点头，"她说怕影响你比赛，去观众席那边了。"

博慕迟没忍住，笑了起来："还是干妈对我好。"

傅云珩抬眼："我对你不好吗？"

"也好。"博慕迟看着他，"云宝，我怎么感觉你瘦了……"

"没瘦。"傅云珩在比赛前没对她做什么过分举动，知道这是什么样的比赛，他和博慕迟一样，对比赛有敬畏之心。

他捏了捏她的脸，温声说："别的晚点儿告诉你，我过来就是想跟你说一声，安心比赛。我和你干妈都在陪着你。"

他之所以赶过来，就是因为不想让博慕迟觉得孤单。

虽说不来也可以，但傅云珩还是来了，即便他只有两天假期。

她重重点头："我知道。"博慕迟眼眶莫名热了起来，嗓子有点儿哑，笑望着他说，"你等我，拿冠军就来找你。"

傅云珩："好。"他拍了拍她的脑袋，眉梢染上笑，轻声说，"我会在原地等兜兜妹妹。"

无论她拿不拿冠军，他都会在原地等她。

岑青筠一直在不远处等她，看到她从拐角处走出，笑着说："情绪整理好了吗？"

博慕迟一笑："整理好了。"

岑青筠"嗯"了声，看着她说："加油，青姐等你拿奖。"

博慕迟："谢谢青姐。"

"谢什么？"岑青筠看着她，玩笑道，"等你拿奖了，青姐谢谢你。"

博慕迟忍俊不禁："为了青姐这声谢，我也一定拿奖。"

回到休息室，博慕迟拿出手机才发现迟绿给她发了消息，说季清影要来看她比赛。

她怕自己比赛受到外界影响，所以在比赛前，很少看手机。

给迟绿还有谈书几个人回了消息，博慕迟正要退出微信，又收到了傅云珩发来的消息，是一张照片。

他告诉她，他和季清影所在的位置，免得她待会儿还要花时间找他们。

他太了解博慕迟，知道她一定会寻找他们。

博慕迟："收到。"

傅云珩："专心比赛。"

博慕迟："嗯。"

新西兰这场比赛，被大家誉为滑雪天才的博慕迟依旧不负众望，取得了非常好的成绩。

她凭借两个1080°倒滑转体的高难度动作拿到了92.6的高分，获得冠军。

在U型赛场上的她，只要站在了速滑区，就有种将一切全部握在自己手中的自信。

这是讲解员和其他国家选手对她给予的高度评价。

雪场上的博慕迟，和她的雪板是融为一体的，而且她从不露怯。

在面对镜头、面对对手、面对一切的时候，她永远都是云淡风轻、胜券在握的样子。

她的心理素质就注定她能赢过一部分人。

傅云珩和季清影在观众席看着,他们原本也不懂滑雪规则,更不懂技巧,什么样的姿势是高难度,能拿分的,但因为有博慕迟,他们基本都懂。

季清影不是第一回来现场看博慕迟比赛,但每回来看都不可避免地紧张。

看着博慕迟走上高台,她深呼吸了一下:"我有点儿紧张。"

傅云珩笑着说:"妈,你要相信兜兜。"

季清影觑他一眼:"你不紧张?"

"紧张……"傅云珩实话实说,"但我更怕她紧张。"

所以即便是在观众席,在博慕迟看不见的地方,他也不愿意暴露自己的紧张,怕会影响她。

听到这话,季清影倏地一笑:"也是。"她镇定地道,"那我也不能紧张。"

傅云珩弯了下唇。

母子俩安静地等待着博慕迟出现,期待她带给大家的精彩表演。

在博慕迟跳跃到高空旋转的时候,傅云珩一直搭在膝盖上的手渐渐收紧。他手背青筋凸起,有那么半分钟,他所有的注意力都被空中的那抹穿着红白相间,右侧肩上印着五星红旗标志的人吸引。

她的一举一动都牵引着他,让他在一刹那,忘却所有,甚至忘记呼吸。

看到博慕迟稳稳落地,听到现场响起热烈的掌声,傅云珩才逐渐找回自己的呼吸。

如果问他此刻有什么心愿,那他想,他未来很多年的心愿,大抵都是一样的。他愿她——雪场叱咤,平安落地。

"恭喜中国队选手博慕迟以 92.6 的高分获得冠军。"

当这个声音出来时,博慕迟不意外地笑了起来,大大方方地对着镜头,笑弯了眼睛。

站上领奖台的时候,她一直在张望着。

傅云珩和她距离太远,可冥冥中,两人的视线却在空中相接。

博慕迟朝他露出笑容。因为她知道他一定在看自己,且一定能看到自己。

镜头记录着她的转身,记录着她的一切,同样也记录了她在面对某个方向微笑,是大家少见的笑容,有点儿像是拿了冠军的喜悦,又像是别的。

总而言之,她就是笑得让所有人都无法忽视,都舍不得将目光从她身上挪开。

比赛结束,博慕迟跟岑青筠说了声,便戴着奖牌去找傅云珩。

傅云珩早早地便到入口等她。

一看到她,他先张开了双手。

博慕迟也没扭捏,直接撞进了他的怀里。

"云宝,我拿冠军了。"她高兴地和他分享这个好消息。

傅云珩勾了下唇,闻着她身上裹杂的皑皑白雪的清冷味道:"我知道。"他紧紧地拥着她,重复了一遍,"我知道。"

博慕迟从他怀里抽身,仰头望着他:"你去年生日的时候,我是不是忘了送你生日礼物?"

当时她在国外训练,没回国过生日。

他们俩的生日特别近,一个六号,一个七号。小时候,两人的生日都是一起过。长大后,两人也不热衷于过生日了。

傅云珩一顿,垂眸看着她,笑而不语。

博慕迟直接将脖子上挂的金牌取下,双手递给他:"这个作为弥补怎么样?"她眉眼弯弯的,"你要吗?"

傅云珩怎么敢要。

这是她拼尽全力赢回来的,是她全力以赴,把身家性命都赌上了才拿回来的金牌。

他没伸手。

博慕迟扬眉看着他,大概明白了他的意思。

"你不要?"

傅云珩:"真舍得给我?"

博慕迟眨眼,俏皮地说:"怎么不舍得?我又不是只有这一块。"

傅云珩微顿,没搭腔。

博慕迟笑了,扯着傅云珩的衣服让他配合地弯下腰,将金牌挂在他的脖子上,红着脸和他说悄悄话。

"但你是我第一个,也是唯一一个让我主动送金牌的人。"她愿意将所有的东西和他分享。

傅云珩握着她曾戴过的金牌,看着她的眼睛,心念微动。

他想做点儿什么,却又怕对她造成不好的影响,于是便克制住自己的冲动,嗓音有些低,也有些沉:"我也是头一回收到金牌这样的礼物。"

博慕迟笑道:"那你喜欢吗?"

"喜欢。"傅云珩回答。

她将自己的成就,将今天这场比赛付出的所有努力都送给了他,他怎么可能不喜欢？他就是太喜欢，以至于一时忘了要说什么。

博慕迟看他此刻的模样，忍俊不禁："云宝。"

傅云珩敛睫。

"你现在有点儿傻。"博慕迟没忍住，学他捏了捏他的脸，小声说，"你等我冬奥会再拿金牌送给你。"

傅云珩一怔："好。"他说，"我等你。"

两人说了会儿悄悄话，博慕迟忽然问："干妈呢？"

"她在另一边等我。"傅云珩告诉博慕迟。

季清影的原话是，她不想当电灯泡，在外面等两人说完话再过去，这样谁都不会尴尬。

博慕迟"哦"了声，有点儿不好意思："那我先去跟教练他们说一声，晚点儿再过来找你们。"

她问："你们住哪儿？"

傅云珩他们住的酒店，就在博慕迟他们住的不远处，走路不超过五分钟。

和教练大部队会合后，博慕迟跟谢晚秋在角落里小声交流。

"找男朋友去了？"

博慕迟点头。

谢晚秋正要再说儿点什么，忽然注意到她的金牌不见了。

"你金牌收起来了？"

"没。"博慕迟倒也没瞒着她，直接道，"送我男朋友了。"

谢晚秋怔愣须臾，一时不知该说她心大还是什么："你怎么把金牌送给他了？"

博慕迟想了想："想送，所以就送了。"

"因为感动？"她知道傅云珩过来看博慕迟了。

"不是。"博慕迟实话实说，"因为喜欢。"

喜欢一个人，你就会想和他分享自己所拥有的一切。

博慕迟的生活其实算得上是无趣的，她每天周而复始地训练，然后参加各种比赛。

她在别的方面虽然也算得上是小有成就，但比较起来，博慕迟这个名字的成就全来源于滑雪。

所以在拿奖后，她想和傅云珩分享自己的快乐，而金牌就是她今天想和傅云珩分享的快乐。

听到她的解释，谢晚秋无奈半响："你应该是头一人。"

博慕迟笑道:"那应该也不至于。"她小声道,"我之前看哪位师兄还用金牌跟女朋友求婚的呢。"

谢晚秋警觉看着她:"你不会也有这个想法吧?"

"那没有,"博慕迟迟疑了两秒,"云宝应该会主动跟我求婚吧。"

新西兰站比赛落下帷幕后,博慕迟一行人暂时还不能回国。

现在这边正好是适合训练的好季节,他们得在这边训练一个多月再回国。离开赛场回到住所后,博慕迟跟岑青筠请了几小时的假。

傅云珩和季清影都来了,她怎么也要花几小时陪一下他们。

从大门出来,博慕迟一抬眼便看到了不远处站着的两人。

她朝两人飞奔过去,先钻进了季清影的怀抱。

"干妈。"她激动不已,"想我了吗?"

季清影"扑哧"一笑,摸了摸她的脑袋说:"想,非常想。"

博慕迟笑道:"真的呀?"

"真的。"季清影垂眸看着她,"怎么感觉你又瘦了?"

博慕迟眨眼,总觉得这话很耳熟,自己什么时候听到过。她看向一侧的傅云珩,忽然想起这话是自己说的。

她摇头:"其实没瘦多少。"

她就是训练加重了,会不受控制地瘦两三斤,但她的体形和体重控制得都非常不错。

季清影摸了摸博慕迟的脑袋:"今天表现非常棒。"她夸博慕迟,"干妈看得紧张死了。"

这是真话。

看博慕迟飞至高空,在高空中做那些高难度的动作,季清影特别担心她会摔下去,特别害怕,整颗心都被她的动作拉扯着,七上八下的。直到她稳稳落地,那颗悬在高空的心才跟着落地。

博慕迟了解,抱着季清影安慰道:"现在没事啦,你看我不仅完成了高难度动作,还拿奖了。"

季清影:"是,我们兜兜真厉害。"她摸着博慕迟的脑袋,"等你回家了,干妈给你做一桌子好吃的。"

博慕迟:"好呀。"她撒娇,"我还想干妈给我做旗袍呢。"

"这是一定的。"季清影含笑答应,"做多少件都行。"

博慕迟:"好。"

两人腻了好一会儿,傅云珩插不上一句嘴,好在他已经习惯了。

三人聊了两句,博慕迟问他们什么时候回去。

季清影一愣,看向傅云珩:"让云宝跟你说。"

博慕迟"啊"了声,看向傅云珩。

傅云珩掩唇咳了声,低低地道:"一小时后我们去机场。"

从北城过来,因为时间问题,他们没能买到直飞的航班,傅云珩和季清影是转机过来的,花了十几小时,回去照旧。

傅云珩只有四十八小时的休息时间,所以待会儿他就不得不飞回国。

博慕迟愣住,有些意外,却又不是那么惊讶。她抿了下唇,看他略显疲惫的神色,小声问:"饿吗?"

傅云珩:"想吃什么?"

博慕迟看了看,指着一家店说:"干妈,那家店的东西还可以,要不要买点儿吃的?"

季清影:"好啊。"

三人进店,找了个角落边的位置坐下。

季清影让两人去排队买,自己没起身当电灯泡。

店里这会儿人流量不少,博慕迟和傅云珩并肩排着。

安静了会儿,她侧眸看向旁边的人:"累吗?"

"不累。"傅云珩听懂她话里意思,温声道,"来看你比赛怎么会累?"

博慕迟撇着嘴:"你不累,我替你累。"

她这会儿也没有什么不好意思的了,直接环着他的腰,埋头在他的怀里蹭着:"是不是落地后就得回医院上班?"

傅云珩算了算:"不延误的话,应该还能回家洗澡。"

博慕迟微哽,拍了下他的手:"你故意的吗?"

"嗯?"傅云珩不懂她这话什么意思。

博慕迟觑他,一字一句地强调:"故意让我心疼。"

傅云珩失笑,玩笑地说:"是。"他低头亲了下她的额头。

博慕迟感受额间传来的温度,情绪复杂地看了他一眼。

"不想我回去?"他故意逗她。

博慕迟:"不想。"

说话间,她抱着他的手收紧,有种不让傅云珩正常呼吸的感觉。

傅云珩哑然:"那我辞职吧。"

"什么?"博慕迟呆住。

傅云珩："既然女朋友这么舍不得我，那我就不上班了，以后每天跟在女朋友身边怎么样？"

博慕迟无奈半晌，瞅着他问："你要当小白脸吗？"

"你的小白脸吗？"傅云珩说。

博慕迟点头。

"可以的。"傅云珩道。

是博慕迟的小白脸的话，那傅云珩一点儿都不抗拒。

博慕迟噎了片刻："那你是想吃软饭？"

"我确实不喜欢吃硬饭。"傅云珩如是说。

闻言，博慕迟"扑哧"一笑，拍了他的手一下："认真的。"

傅云珩跟着笑了起来，深呼吸道："我也是认真的。"

说到这儿，博慕迟忽然想起他小时候为了哄自己开心，说要入赘到他们家。

"你还记不记得有回我们俩吵架……"她看着傅云珩，"就上回迟应说的那个。"

傅云珩第一时间想了起来，滚烫的气息吐在她地脸颊上，声音非常低："记得。"他捏了捏她手，"你当时让我进你家门了吗？"

博慕迟歪着头想了想："没有？"

当时傅云珩说他来入赘的时候，博慕迟其实有被他说得脸红。

傅云珩："嗯。"他说着，"下回记得让我进。"

博慕迟愣了下，脑瓜子转得格外快，想也没想就问："你这意思是还要惹我生气？"

傅云珩哽住，他女朋友的思维逻辑为什么会如此让人招架不住？

两人说了会儿话，总算排到他们了。

博慕迟在这个关键时候是不能吃外面的所有东西的，所以只给季清影和傅云珩买了东西。她没和傅云珩抢着买单，也没那个必要。

三人坐在一起，她闻着他们面前食物散发出来的香味，默默地喝热水。

他们吃过东西，时间就已经差不多了。

博慕迟本想说她送他们去机场，但这话还没提，就被傅云珩给噎了回去。

他先将她送回了住的地方，叮嘱她："一个人别往外面乱跑，这边温度低，出门要多穿点儿。"

博慕迟："我还不想回去。"她仰头看着傅云珩这张熟悉的脸庞，神色讷讷，"我跟青姐请了三小时的假。"

傅云珩知道她想说什么，伸手弹了下她的额头："听话。"

博慕迟悻悻地说："那我就回去了？"

"嗯。"傅云珩顿了顿，趁着季清影没注意，弯腰在她耳边说，"等你回来，我去机场接你。"

博慕迟眼睛一亮，想到回国的时间，眼睛里的光又忽然暗了下来。

她嘟囔："还有一个多月。"他们估计要九月底才回去。

傅云珩："很快。"他说，"我给你倒数。"

博慕迟一怔："每天给我倒数吗？"

傅云珩点头，承诺着："每天。"

时间来不及了，两人也没再拖延。

看着博慕迟进去后，傅云珩和季清影才回到酒店前台拿上东西，然后去机场。

上车后，傅云珩收到博慕迟发来的消息。

博慕迟："你们早上几点到的？"她刚想起来。

傅云珩："六点多。"

博慕迟："你们有在酒店睡一会儿吗？"

傅云珩："有，放心吧。"

其实他订酒店，就是为了能让季清影小憩一会儿。

博慕迟："你也有睡吗？"

傅云珩："睡了，放心吧。"

博慕迟其实并不怎么放心，要是放心就不会问。

她估摸着傅云珩根本没睡。

盯着手机发了会儿呆，博慕迟垂下眼继续和他聊天："我们聊到机场吧，还是你现在要睡一会儿？"

傅云珩："不睡，陪你聊天。"

博慕迟："好。"

博慕迟："我想回家了，想吃你做的山楂糖雪球，还想吃杨姨给我炖的鸡汤。"

傅云珩："等你回来给你做。"

博慕迟："你这样说，我更想回去了。"

傅云珩眉梢一抬，压着唇角的笑："没看出来？"

博慕迟："嗯？"

傅云珩："我也想你早点儿回来。"

两人聊了许久，到傅云珩抵达机场，博慕迟才依依不舍地放下手机。

吃过晚饭，岑青筠找她去开会，商量接下来的训练计划。

后面的一个多月，博慕迟比之前训练更狠，收了心以后，每天都待在训练场。

但新西兰这边的天气状况不如预想中好。有时候风雪太大，他们也没办法照常训练。每当这个时候，博慕迟就只能找谈书聊天。

她为什么不找傅云珩，那当然是因为傅云珩太忙。每每这个时候，谈书就有种自己是备胎的感觉。

听她的抗议，博慕迟觑着她，理直气壮地反问："当我的备胎不好吗？不值得高兴吗？"

谈书噎了噎："你这就是渣女发言。"

博慕迟嘻嘻笑道："那我这个渣女只对你有这样的发言。"

谈书大多数时候懒得和她计较。

因为她觉得博慕迟有些话说得还挺对的，觉得当博慕迟的备胎也蛮好的。博慕迟不在国内，她都要无聊死了。

闻言，博慕迟剜她一眼："你哪里无聊了？"

谈书："哪里都无聊。"

"哦。"博慕迟安静两秒，点点头说，"谢回不在国内？"

谈书噎住，没好气地瞪她："说什么呢。"

"说实话。"博慕迟托腮望着她，"你别以为我不知道，你跟谢回已经暗度陈仓了吧？"

谈书："没有……"

博慕迟还想逼问，手机里有了傅云珩的消息，她想也不想，立马抛弃谈书。

"云宝找我了，你去找谢回吧，拜拜。"

挂了视频电话，博慕迟立马给傅云珩回了个表情包。

博慕迟："小傅医生忙完了？有空宠幸女朋友了？"

傅云珩："宠幸？"

微信界面显示"兜兜撤回一条消息"。

博慕迟："我意思是，你终于想起你女朋友了。"

傅云珩还在医院，忍着笑回复她："一直都在想。"

博慕迟："那我怎么不知道？"

傅云珩："你回来，我让你知道。"

博慕迟:"还要训练。"
傅云珩:"嗯,还有十二天。"
还有十二天,博慕迟就要回国了。
博慕迟惊讶,笑着给他发语音:"云宝,你记得也太清楚了吧。"
傅云珩听着她雀跃的语调,笑着回:"嗯。"
因为他真的很想她。

第十三章
沉沦

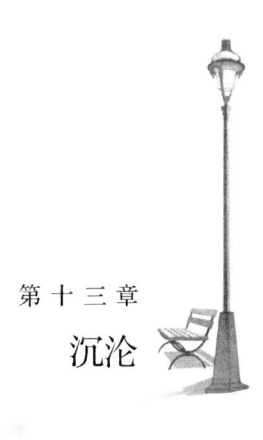

两人照常聊天,听着对方的声音,就感觉在彼此身边。

偶尔,博慕迟会产生他们一直没有异地的错觉。因为她无论有什么事,傅云珩都会替她解决,即使分隔两地。

她给他发信息,给他打电话,就算半夜三更,傅云珩也总会第一时间回复,第一时间接通。

她睡不着的时候,傅云珩除非在手术室或给病人看病,其他时间,博慕迟的需求永远占据首位。他是真的把她和她的所有事都放在了首位。

十二天过得说快不快,说慢也算不上慢。

博慕迟的生活好似和往常没太大区别,但身边的人能感觉到她由内而外的改变。

回国倒数第三天,博慕迟和谢晚秋训练结束后,在房间里喝热水,眺望着窗外的街景和皑皑白雪。

雪花飘落,细细碎碎地堆在外面茂盛的枝叶上,给它们鲜活的色彩里添加点缀。

博慕迟看了会儿,忽然想到了个重要问题。

"我们过几天回国,应该不会下大雪吧?"

下雪的话,航班很有可能延误。

谢晚秋抿了口热水，掏出手机点开："我看看天气预报。"

博慕迟："天气预报都不太准。"话虽如此，博慕迟还是凑在谢晚秋旁边，盯着她的手机。

她扫了一圈下来，费解地问："明天不下雪，后天不下雪，为什么大后天又开始下雪了。"

这不是存心不让她准时坐上飞机回国吗？

谢晚秋失笑，把她刚刚说过的话安慰她："你都说天气预报不太准了，那大后天也不一定会下雪。"

闻言，博慕迟略显失望地撇了撇嘴。

谢晚秋看她此刻的模样，忍俊不禁："这么着急回国？"

"嗯。"虽然有点儿不好意思承认，但博慕迟还是坦然告知，"想早点儿回家。"

谢晚秋笑："早点儿回家干吗？是跟爸妈团聚呢，还是跟男朋友见面？"

"那当然是都想。"博慕迟诚恳地说。

谢晚秋觑她一眼："选一个。"

博慕迟没半点儿犹豫地选择了后者。

谢晚秋一脸我就知道的表情，笑了笑道："我发现你谈恋爱之后，整个人都有种由内而外散发出的开心。"

"有吗？"博慕迟有些惊讶，自己倒没这个感觉。

"有。"谢晚秋靠在她的肩膀上，温声道，"我之前还觉得你有点儿孤单，但现在完全没有那种感觉了。"

博慕迟微怔，低低一笑道："可能是我觉得孤单的时间都被男朋友填满了？"

谢晚秋被迫吃了一嘴狗粮，却还是和她认真地讨论起来。

"可能是？"她其实也有这样的感觉。

博慕迟看上去很开朗，还是个小话痨，对谁都笑盈盈的，阳光又明媚，但早早离家进训练队的人，大多数内心深处会有一片孤独的空地。

那片空地，是从小离家留下来的，他们把那片空地留给了熟悉的家人和朋友，只有见到他们，空地才会开满鲜花。

博慕迟一笑："我也不知道。"

谢晚秋了然，笑了笑道："现在这样就很好。"

人们常说，天才的路是孤独的。

博慕迟刚到训练队的时候，其实也是这样。所以谢晚秋想，她孤独的这条路有人能陪她一直走，真的挺好。

至少她是给予无限祝福的。

博慕迟点头，将想要上翘的唇角压成直线，不让自己过分开心："师姐肯定也会遇到让你不再孤单的人的。"

谢晚秋扬了扬眉，自信道："我也觉得。"她在等待，也在期待。

两人说了会儿话，又开始蹲在茶几旁研究之后一段时间可能会参赛的选手资料了。

知己知彼百战百胜，这句话在任何时候都适用。

两人观看对手的滑雪视频，研究小半天，直到困了才回床上休息。

睡觉时，博慕迟脑海里全是那些滑雪画面，翻来覆去，有点儿睡不着。

思忖半晌，她拿起手机给谈书和傅云珩各发了一条消息。

她的消息刚发出不过三分钟，傅云珩就给她回了消息。

傅云珩："睡不着？"

博慕迟："睡前跟师姐看了对手滑雪的视频，大脑有些亢奋。"

傅云珩了然一笑，垂眸给她发消息："方便接电话吗？"

博慕迟："方便。"

消息刚回过去，她微信里就来了一个视频电话。

博慕迟顺手将床头柜的小灯打开，接通视频。

"云宝。"她看向镜头里那张清晰的脸庞，眼睛弯成月牙，"你怎么也还没睡？"

晚上傅云珩要给她打电话时，博慕迟说在跟师姐看视频，他就没吵她。

傅云珩看着她这边模糊的镜头，笑了笑："在看书。"

博慕迟挑眉："你这么努力，很容易让我自卑的。"

"自卑什么？"傅云珩逗她，"自卑的应该是我。"

博慕迟："怎么说？"

傅云珩看着她，幽幽地叹了口气说："女朋友是世界冠军。"

博慕迟笑道："那有什么了不起的？"她夸他，"我男朋友还是最帅医生呢。"

傅云珩眸子里压着笑，有些贪恋地望着她眉眼，忽而说："还有三天。"

博慕迟立马反应过来，歪头看着他："还有三天就可以看到你的世界冠军女朋友，高兴吗？"

傅云珩："高兴。"

听着他这情绪表露不明显的两个字，博慕迟眉梢稍扬："你这话说得情感不充足。"

傅云珩瞥她："那等你回来。"

两人谈恋爱这么久，博慕迟已经能听懂傅云珩说得一些话外之音了。

她摸了摸耳朵，舔了下唇回："好啊。"

两人聊了会儿，傅云珩怕博慕迟第二天训练会没精神，没敢和她多说。他嗓音温柔，轻声哄着她："我哄你睡觉？"

博慕迟眼皮有点儿重，但大脑过于亢奋，她乖乖点头："好啊。"

"把手机放在耳边。"傅云珩循循善诱道，"闭上眼睛。"

博慕迟照做。

和小时候一样，傅云珩给她念故事。

博慕迟有段时间没来傅云珩这边，并不知道他的书房，除了有前段时间她发现的新添置的骨科方面的专业书籍，还多了一整套童话故事书。《安徒生童话》《一千零一夜》等，全是她小时候爱看的。

傅云珩的声音透着电流传到耳畔，有种低音调的性感，沙沙哑哑的，格外撩人。

博慕迟每次听他有感情地给自己念童话故事时，总会不自觉地沉浸进去，然后睡着。

有傅云珩的声音为伴，她的情绪和活跃的大脑，总算慢慢平静下来。

她说不上这是什么原因，但傅云珩之于她，就是有这样的魔力。

对面只有均匀的呼吸声，傅云珩侧耳倾听了一会儿，才将手机搁在书桌上。

他没把电话挂断，怕她还没睡沉，会忽然惊醒。

惊醒的话，他能第一时间发现，第一时间安抚她的情绪。

夜色越发浓郁，书房亮起的灯持续了许久，视频通话也持续了好几小时。

到书房灯光熄灭，手机电量耗尽，月光也隐于黑夜中，他们的通话才结束。

翌日博慕迟醒来时，手机已经没电，自动关机了。

她把手机充上电，才匆忙洗漱前往训练场跑。

还有两天，再训练两天，她就可以回国，可以见到傅云珩了。

有这个信念支撑，博慕迟训练就跟吃了兴奋剂似的，格外有干劲。

偶尔焦明诚看到，都忍不住摇头感慨，和许鸣探讨——这就是爱情的力量吗？

每每这时，许鸣都想把他的嘴巴堵住，真是哪壶不开提哪壶！

两天的训练一眨眼就过去了，中国队整装回国这天，天气预报难得准了。

博慕迟和大伙一起抵达机场，望着窗外飘落的雪花，一时心情复杂难言。

焦明诚注意到她的微表情，压着声音问："迟妹妹，你在想什么呢？"

"我在想……"博慕迟有点儿委屈地说，"这个雪会让我们航班会延误很久吗？"

焦明诚微怔，安慰她说："着急回家？"

"嗯。"博慕迟点头。

其实也不能说着急回家，她就是怕傅云珩会早早去机场等她。她之前就把自己的航班信息发给他了，说想下飞机后第一个想看到的人是他。

而傅云珩，也正好在她落地这天休息。

虽说两人还能联系，她也可以告诉傅云珩自己航班延误的消息，但延误久了，就意味着她回国后和傅云珩待在一起的时间会减少。

博慕迟不愿意。她本身休息时间也不多，回国休息一段时间后，还得飞国外继续备战。

听到她直接承认，焦明诚反而不知道要说点儿什么好了。

他挠了挠头，朝许鸣投去求助的目光。许鸣站在原地半晌，没往这边走近。他比焦明诚要稍微了解一点儿博慕迟，知道她这个时候更想自己安静一会儿。

毫不意外，因大雪，航班延误了三个多小时。

飞机要起飞前，她给傅云珩和迟绿他们都发了消息，告诉他们自己上飞机了。

迟绿很快给她回了消息，但傅云珩没有。

博慕迟算了算，估摸着他应该还在医院忙着，所以也并不着急他的回复。

在飞机上的十几小时，博慕迟睡了两觉，看了会儿书，看了会儿下载的电影。

在晨光微露的时候，博慕迟趴在窗边盯着日出从海平线升起，看橙红色的太阳浮现，有种看到了希望的感觉。

"看什么？"谢晚秋和她坐在一起。

博慕迟指着："日出。"

谢晚秋侧眸一看，惊喜地道："好漂亮啊。"

博慕迟点头："是吧。"

蓦地，她给傅云珩发了条消息："云宝，我想去山顶看日出。"

这个点，她记得傅云珩是夜班，应该有点儿空闲时间。

只是，傅云珩还是没给她回消息。

博慕迟皱了下眉，隐约觉得哪里不太对，可想半天也没想出个所以然来，索性作罢。

因为航班延误,原定早上七点多落地的一行人,近十一点才落地。

落地时,北城是阴天。

博慕迟不太喜欢阴天,喜欢晴天或雪天。

当然,雪天导致飞机延误的话,她也不喜欢。

下飞机时,博慕迟手机里有傅云珩的消息进来。

傅云珩:"我在这儿等你。"

博慕迟眼睛一亮,立马高兴起来:"你已经到了吗?"

她点开看傅云珩给自己发来的照片。

傅云珩:"到了,你慢点儿,不用着急。"

博慕迟:"好。"

博慕迟提前和岑青筠打过招呼,他们也不用再回队里集合,想回队里的继续回队里,要回家的也可以直接回家。

拿上行李后,博慕迟就和队友们分开了。

她远远就看到五号出口站在侧边等自己的人。

初秋时节,傅云珩身上套了件款式简单的薄夹克,里面搭着同色系黑色T恤,整个人看上去格外冷峻。

察觉到她的视线,傅云珩撩起眼皮朝她这边看过来。

两人视线相撞。

博慕迟脚步一滞,傅云珩抬脚朝她走近,顺势接过她的行李,神色自若,敛睫看着她:"累吗?"

博慕迟微顿,觉得他这个话问得过于自然,好像两人都没有异地一样。

"有点儿。"

傅云珩"嗯"了声:"回家?"

博慕迟眨了下眼,点头说:"好啊。"

跟着傅云珩去打车时,博慕迟才反应过来:"你怎么没开车?"

傅云珩瞥她:"有点儿累。"

博慕迟想了想,他值晚班,累也是正常的。

她扭头看向他,总觉得他有点儿奇怪,但具体哪里奇怪,又有点儿说不上来。

直到两人上了出租车,博慕迟听傅云珩报出地址时,才后知后觉地反应过来:"你说的回家……是指回我家?"

傅云珩垂眸一笑,逗她:"不想回家?"

博慕迟:"不是。"她对上他促狭的目光,无奈半响,"我只是没想到你会送我回家。"

莫非,傅云珩在电话里说的想自己都是假的,都是哄自己开心的?

博慕迟胡思乱想着。

傅云珩知道她在想什么,但他暂时没办法解释。

他稍顿,低声问:"我现在改地址?"

"不要。"博慕迟瞪了他一眼,有些闷闷不乐,"你都不想我去你那儿,有什么好改的?"

傅云珩有口难辩。

他嘴唇动了动,终归没说什么。

博慕迟更生气了。

她看了傅云珩侧脸片刻,不打算理他了,掏出手机准备听歌。

她刚把耳机塞在耳朵里,就被傅云珩抢了一只过去:"听什么歌,我可以听吗?"

博慕迟没好气觑他一眼:"你拿都拿了才问。"

傅云珩笑着抬手捏了捏她的脸颊:"生气了?"

博慕迟不想理他,播放音乐,给谈书发了条消息,问她在哪儿。

谈书消息回得非常快。

谈书:"在上班啊,还能在哪儿,回来了?"

博慕迟:"回来了。"

谈书:"那你明天晚上的时间给我?好久没和你一起吃饭了。"

博慕迟:"今晚就可以给你。"

谈书:"不跟傅云珩一起吃饭?"

博慕迟:"不和他吃。"

隔着屏幕,谈书能感受到她的情绪。

她看了看两人的对话,隐约觉得哪儿不太对劲。

她琢磨了下,犹疑地问:"吵架了?"

这不太合理啊?这俩人异地都能腻歪,没道理回国一见面就吵架的。这种时候,他们不更应该腻歪,然后没空理她吗?

按照她对男人的了解,此时此刻,博慕迟该被傅云珩压在车里或家里亲才对。

想到这儿,谈书不自觉地咳嗽了一声,一定是被谢回影响了,以前不这样的。

她刚想到这人，他的消息也过来了。

谢回："晚上要一起吃饭吗？"

谈书："不要。"

谢回："还在生气？"

谈书："没有。"

谢回："那明天？"

谈书："我要陪兜兜，这几天你都别找我。"

谢回："行，你什么时候需要我喊我。"

没再理会谢回的调侃，谈书揉了揉耳朵，继续和博慕迟聊天。

博慕迟："没吵架。"

博慕迟："他莫名其妙，竟然送我回家，你觉得合理吗？"

谈书："不合理。"

谈书："他还有工作要忙？"

博慕迟："不知道。"

两人聊了一路，到小区门口时，博慕迟才给了傅云珩一个眼神。

她的行李箱很大，博慕迟没注意到，傅云珩去后备厢给她拿行李的时候，有些吃力。

两人默不作声地往房子那边走。

走到博慕迟家院子门口时，她扭头看向傅云珩："我到了。"

傅云珩看她气鼓鼓的样子，叹息了声："兜兜。"

"干吗？"博慕迟没好气地应着，"我进去了。"

傅云珩微怔，抬手揉了揉她的头发："先睡觉，我晚点儿过来找你。"

博慕迟紧抿着唇角，低低应了声。

恰好这会儿迟绿从屋子里走了出来："兜兜。"

博慕迟眼睛晶亮："妈。"她格外委屈，"我回来了。"

迟绿笑着从屋子里走出来，傅云珩和她打招呼。

她瞅着博慕迟的神色，眼珠子转了转，笑着说："云珩辛苦了。"

傅云珩："应该的。"他微顿，"迟姨，那我先回去了，你们好好休息。"

迟绿点点头："行啊。晚上你要去医院吗？不去的话过来吃饭？"

"好。"傅云珩答应，"我等下过来。"

看傅云珩转身走后，博慕迟气得冷哼了声。

"妈，你喊他来家里吃饭做什么？他明显就不想来。"

迟绿给她推行李，好笑地问："跟我说说，闹什么别扭了？"

398

"没有……"博慕迟觉得自己很委屈,"我们这么久不见,云宝都不抱我。"

迟绿一愣,"扑哧"笑道:"那妈妈抱抱你?"

说话间,她抱住博慕迟:"感受到妈妈的爱了没有?"

博慕迟没忍住,"扑哧"笑出声来。

博慕迟蹭着迟绿,闻着她身上的熟悉味道,小声说:"感受到了。"

迟绿笑了,拍了拍她的脑袋:"那就先不想那么多,你坐那么久飞机,先去洗澡然后下来吃饭,我让杨姨做你喜欢吃的,至于云宝为什么不抱你,等你休息好了你自己去问问他。"

"那我这么直接问……"博慕迟有点儿郁闷,"显得我好想他抱我似的。"

闻言,迟绿扬眉:"你本来就想啊。"

博慕迟噎住。

迟绿失笑,以过来人的姿态道:"我想,他不抱你一定是有原因的,问问就知道了。"

"好吧。"博慕迟其实也不是感受不到傅云珩对她的喜欢,正是因为感受到了,才觉得奇怪。

洗了澡,博慕迟吃了饭,在回房间睡觉和去隔壁找傅云珩之间纠结了一下,便出门了。

不问清楚,她觉得自己睡不着。

博慕迟到的时候,季清影正在客厅画图。

"干妈。"

季清影抬眸看向她:"兜兜。"

"云宝呢?"博慕迟直入主题。

季清影微怔,示意道:"在房间,你去找他吧。"

博慕迟"嗯"了声:"那我去啦。"

季清影点头,想了想还是喊住了她:"兜兜。"

"嗯?"博慕迟回头看着她。

季清影有点儿头疼,沉吟片刻还是没说什么,孩子们感情的事,他们也不好插手。

"没事,你上去吧,干妈给你做了旗袍,待会儿还有精力的话来试穿一下。"

闻言,博慕迟爽快地答应:"好啊。"

博慕迟到傅云珩房间门口,抬手敲了敲门。

门没关紧,她正要推开进去,听到了他的声音。

"妈,我可以自己换药,不用……"傅云珩的话还没说完,博慕迟已经把门给推开了。

两人一站一坐地对视着。

博慕迟垂眸看向他的动作,脸色瞬间冷了下去。

她盯着傅云珩腰侧的伤口须臾,唇角抿成了一条直线,冷冷地问:"你的伤怎么回事?"

傅云珩看她这样,知道瞒不下去了。

他起身朝博慕迟走近,想去牵她的手,被她甩开。

傅云珩哑然:"真生气了?"

"你解释一下。"博慕迟还盯着他腰侧的位置。

傅云珩微顿,知道自己今天不说出理由,博慕迟不会罢休。他轻轻叹了口气,有些无奈:"病人家属闹事。"

这种事在医院并不少见,只是傅云珩也没料到自己会遇上。

博慕迟刚看到就已经猜到了,但还是想听傅云珩说。

"哪家家属闹事?"她慢慢地抬起头,眼眶发红,"他们有病吧。"

傅云珩一怔,笑着将她揽入怀里:"是脑子有些不清醒。"他拍着她的后背安抚着,"我没事,伤到的也不是手。"

博慕迟被他禁锢在怀里,想将他推开,又怕弄疼他。

她深呼吸了一下,把自己的怒火往下压:"昨晚刚伤到的吗?"

傅云珩点头。

博慕迟:"有病人闹事,保安都不出现吗?"她皱眉,忍不住吐槽,"你们那什么破医院,连医生的安危都不能保证。"

傅云珩拍了拍她的脑袋,温声道:"他们也不容易。"

听到这话,博慕迟瞪他一眼,有点儿想哭:"那你们就容易吗?"

傅云珩哑然,抬手压着她的眼睑,轻轻地说:"别哭,我会心疼。"

"你以为我看到你受伤就不心疼吗?"博慕迟很生气,拍开他的手,"你是不是就因为这个才送我回家的?"

傅云珩:"嗯。"

他怕带她回自己那边,会让她发现自己受伤这件事,也怕自己克制不住,会想对她做点儿什么。

傅云珩不想让博慕迟担心,她的精神压力已经够大了,他不想她分神,更不想她为自己担忧。当然,他也知道自己不解释这个做法不对,但没办法。

他原本想的就是能瞒住就瞒住。

听到他这么直接承认，博慕迟更气了。她瞪了他一眼："那你有本事就瞒住我啊。"

傅云珩苦笑："没本事。"他低头，用鼻尖蹭了蹭她的鼻尖，"我没想到这么快就被你发现了。"

博慕迟瞪他："我没有和你开玩笑。"她瞥了他的伤口一眼，"你再这样我就……"

她话还没说完，傅云珩忽然亲了下她的唇角："就什么？"他嗓音哑哑地问。

博慕迟眼眸闪了闪，正色道："就不让你亲我。"她威胁他，"你最好一五一十地给我交代清楚，不然……"她思考了下，蹦出一句狠话，"我让你二十多岁就失恋。"

安静半晌，看博慕迟一脸认真的模样，傅云珩也跟着正色起来。

他点点头说："好的，要怎么交代？"

博慕迟微哽，瞅着面前这张俊脸，严肃道："就从医院怎么会混进这样的疯子开始。"

傅云珩哑然，缄默了片刻："还记得我上回跟你说的那个急诊病人吗？"

博慕迟一怔，搜寻了片刻才隐约有点儿印象："是那个……家里人嫌手术费贵，孩子们互相说谁责任更大，需要支付更多费用那个吗？"

傅云珩点了下头。

上回手术后，他和束正阳便跟病人家属千叮咛万嘱咐过，要留院观察一段时间。他们做的手术都不是小手术。

但家属觉得，手术了没什么问题，那你们还让住院不是明摆着讹钱？

他们并不知道，如果病人可以出院，医护人员其实巴不得早早地让病人出院回家休养。毕竟，没有一家医院的床位是不紧张的。

那个病人还没达到可出院的时间，两人也都了解过，她回家后的休养是什么情况。傅云珩和束正阳的意见也一直都是再坚持住几天，以便观察和恢复。

但病人家属不听，辱骂他们医护人员，说医院就是吃人的坑，逼迫他们在出院书上签了字。

签字的是他们院的一位主任，他没任何办法，也看多了类似的事情，很清楚对方属于不出院就不会善罢甘休的，也不想影响医护人员和其他病人休息，便批准他们出了院。

他们却没想到，出院后一段时间，病人再次突发紧急情况。这回，他们甚至没将人送到医院，病人就去世了。

病人家属跟疯了似的，说医院宰人不说，还治死了人，需要赔偿。

昨晚是傅云珩和束正阳在医院值班，晚上是没什么事，但半夜，病人家属到了医院。

看到他们俩，对方直接举着水果刀威胁他们，不让任何人靠近，颇有种"你不给赔偿，我们就不走"的意思。

那个点，医院本身人便比平日里少，他们担心影响病人正常休息，便想着出去商量。

束正阳刚走过去，对方便举着刀要刺他。

傅云珩当时就在身侧，将他的手往后拽的时候，腰侧被划了一刀。再之后，发疯的人被控制住送去警局，傅云珩被束正阳亲自缝了几针。

也正是因为这件事情，他才没来得及给博慕迟回消息。

傅言致和季清影在他受伤的第一时间便收到了消息，傅言致和他实习医院的院长是熟人，院长知道他受伤，第一时间给傅言致打了道歉电话，简单说明了情况。

原本，两人是不想让他去机场接博慕迟的，但他就是要去，还让两人瞒着这事，他们也没办法。

这也是为什么刚刚季清影看见博慕迟，一副欲言又止的样子。

博慕迟听傅云珩用云淡风轻的话讲述着，眼泪已经"啪嗒啪嗒"往下掉。

她眼眶红红的，跟受了委屈似的。

傅云珩低头一看，瞬间着急了。

"不哭了。"他抬手给她擦眼泪，轻声哄着，"我真没事。"

博慕迟泪眼婆娑地瞪他："没事为什么会缝针？"

傅云珩噎了噎，底气不足地说："是束师兄小题大做了。"

博慕迟瞪他。

傅云珩没辙，换了个方式安慰她："你有多久的假？"

"干吗？"博慕迟没好气地应着。

傅云珩捏了捏她的耳朵，温声说："我因祸得福，有了小半个月的假期。"他顿了顿，看着博慕迟，"你看看有没有什么想去的地方，带你出去玩。"

博慕迟无奈半响，直勾勾地盯着他的腰部位置，抽抽噎噎地说："你都这个样子了，还想出去玩？"没等傅云珩说话，她直接下了命令，"老老实实在家养伤！"

傅云珩无奈地揉了揉眉骨，低声问："真不想去？"

"不想去。"博慕迟冷着脸拒绝,"给我看看你伤口,刚刚的药上好了吗?"

傅云珩一顿:"没有……"

两人一坐一蹲。

博慕迟小心翼翼地掀开傅云珩的 T 恤,看到他腰侧的伤口。

她来得突然,傅云珩刚刚没来得及用纱布包好。

博慕迟看到的时候才发现,伤口比她想象中还要深,还要严重。

看着他缝针的伤口,她又忍不住想哭。明明她觉得自己很坚强的,滑雪摔跤受伤也不会哭,可现在就是看不得傅云珩受这种委屈。

他做的明明是为病人解除病痛、救死扶伤的事。最后却要因为自己的职责而承担疼痛。

换作是她,她可能早就心寒了。

博慕迟忽然想到之前在网上看到的一些讨论。

千万不要给医护人员当家属,不然你受委屈了都无法发泄。医护人员是对方捅了他们一刀,他们还需要担心对方是不是受伤,还得拯救对方的神圣职业。

傅云珩垂眸看她给自己上药时紧绷的神色,轻笑了声:"兜兜。"

博慕迟抿着唇给了他一个眼神,但没搭理他。

傅云珩苦涩一笑,低低地道:"太用力了,我疼。"

博慕迟手一顿,用棉签蘸着药水涂在他的伤口上,凶巴巴地放着狠话:"现在知道疼了?人家拿着刀的时候你怎么不知道躲开?"

傅云珩有口难辩。

他当然也想过躲开,但人一旦发疯又举着刀的时候,是没人敢靠近的,总有人要出面结束这出闹剧,再者他不拉束正阳一把,束正阳受伤的地方很可能是手。

对医生来说,手比什么都重要。

当然傅云珩也不会觉得自己多伟大,博慕迟有句话说得很对,他当时要是再注意一点儿,或许也不会受这么严重的伤。

这事是他考虑不周。

博慕迟并不知道他在想什么,放着狠话,但给他上药的动作却不自觉地轻了很多。

慢吞吞给傅云珩上完药,又给他把纱布包好,博慕迟才正眼看着他:"这个线什么时候拆?"

傅云珩一顿,想了想说:"应该不拆。"

博慕迟："啊？"

傅云珩解释："现在医学比较发达，缝线大多是不用拆的。等伤口愈合后，便和肌肤融为一体，不会有任何影响。"

博慕迟"哦"了声，看着他伤口位置半响，蹦出一句："好丑。"

傅云珩失笑："什么？"他微微低着头，滚烫的呼吸落在她脸颊，"兜兜妹妹。"

博慕迟抬眼。

傅云珩眼眸里有了笑："你不会因为我有了这个很丑的伤疤，就让我二十多岁失恋吧？"

博慕迟噎了须臾，面不改色地说："有可能。"她停顿了下，补充道，"所以你最好给我好好养着，伤口好了后让傅叔叔给你弄点儿祛疤药膏，不然……"

"不然就让我没有女朋友？"博慕迟后面的话还没说出口，傅云珩已经很自觉地接上了。

博慕迟默了默，点了下头："对。"

傅云珩轻笑，捏了捏她的耳朵："知道了。"他说，"我一定让这个伤口不那么丑，免得吓坏兜兜妹妹。"

博慕迟横了他一眼："别跟我皮，我跟你说认真的。"她有点儿怄气，"你以后要是有事不第一时间跟我说，我真的会让你失恋。"

傅云珩一笑，忙不迭答应下来："好。"

他说："下次改正。"

博慕迟安静片刻，又蹦出一句："还是别了。"她嘟囔，"我也不需要你改进什么，别受伤就好。"

傅云珩知道她的担忧，轻轻地拍了拍她的脑袋，柔声答应："一定，你也是。"

博慕迟轻轻地"嗯"了声。

两人在房间里待了会儿，博慕迟看着他："那你吃午饭了吗？"

傅云珩："没什么胃口。"

博慕迟觑他一眼，傅云珩立马改口："如果女朋友要陪我吃点儿的话，那我应该会比较有胃口。"

博慕迟："下楼吧。"

下楼时，她才想起一件事。

"傅云珩。"

听到她喊自己全名，傅云珩意外地抬了下眉梢："嗯？"

博慕迟回头看着他，眉头紧锁："你受伤了，下车的时候不知道让司机帮我搬行李吗？"

她才想起来，"你伤口刚刚渗出来的血，是不是因为帮我搬行李弄的？"

傅云珩对上她澄澈的眸子，没敢应声。

博慕迟瞬间更生气了，但她不对傅云珩，是气自己，为什么没发现他受伤了。

她要是细心一点儿，或者多问傅云珩两句，就不至于到现在才知道他受伤的事。

早知道的话，她不可能让傅云珩给自己搬行李。

看她再次冷下来的神色，傅云珩温声说："我想给你搬行李。"

"那你就不考虑自己身体吗？"博慕迟凶他。

傅云珩敛睫，正要说点儿什么，季清影已经注意到两人了。

"兜兜。"

博慕迟回头应声："干妈。"

季清朝她招手："站楼梯上做什么？快下来。"

"好。"博慕迟喜笑颜开，"干妈，还有饭吗？云宝还没吃东西。"

季清影一笑，示意道："阿姨在做，待会儿就能吃了。"她问博慕迟，"你吃了吗？"

"吃了。"博慕迟顿了下，忽然想到自己答应傅云珩的，不好意思地摸了摸鼻尖说，"但我可以再吃点儿。"

季清影弯唇："好，有煮你爱吃的。"

博慕迟眉眼一弯，抱着季清影的手臂撒娇："还是干妈对我好。"

季清影睇了旁边的傅云珩一眼："是吧，比云宝对你还好吗？"

博慕迟毫不犹豫地点头："有的。"

季清影乐了起来。

她跟博慕迟说了两句，让两人到沙发休息，马上就可以吃饭了。

陪傅云珩吃了点儿东西，博慕迟才觉得困倦。

看她强撑的眼皮，傅云珩低低地道："要不要回去睡觉？"

博慕迟是想睡觉了，但她又想盯着傅云珩，免得他又做什么会让自己受伤的事。

她安静地看了他半响："我回去换睡衣。"

傅云珩一愣："什么？"

博慕迟直接道："我要在你房间睡觉。"她说，"你也跟我一起休息，别再想去忙工作或者论文什么的，你这个受伤的位置，应该要多躺着休息才好得快。"

405

傅云珩微怔，不可置信地看着她："你确定？"

博慕迟重重地点头："确定啊。"

反正傅云珩都受伤了，她过来肯定是很单纯地睡觉，应该没有人会多想。

傅云珩一时不知道该说博慕迟太放心自己，还是太看不起自己。

她或许不知道自己的吸引力有多大。更何况，他们已经有近两个月的时间没有好好在一起了。

博慕迟观察着傅云珩神色，想了想问："你不想我过来？"

"没有不想。"傅云珩缄默须臾，妥协说，"我过去陪你。"

博慕迟眨了下眼，没理清这有什么区别，但也没拒绝："也行。"

两人回去时，迟绿已经不在家了。

博慕迟看了眼手机，迟绿有给自己留消息，说去她爸公司了，晚上再回来吃饭。

博慕迟看向跟在后面的傅云珩，说："我妈去公司了。"

傅云珩笑了笑："好。"

跟博慕迟进了房间，傅云珩还没来得及做什么，就被博慕迟指挥到床上躺着，不准乱动。

他哭笑不得，根本无法拒绝。

他躺下没一会儿，博慕迟就换好睡衣过来了。

两人再次同床共枕。

闻着旁边人身上的熟悉味道，傅云珩才深感后悔。

如果没受伤，他们俩现在也不至于此。

房间内静悄悄的，博慕迟眼皮很重，但还在顾及着身边人的感受："伤口会很痛吗？"

"有一点儿。"傅云珩诚实回答。

博慕迟不太相信："只有一点儿吗？"

傅云珩失笑，垂眸看着她："比一点儿多一点儿吧。"

听到这话，博慕迟产生了一种不想理他的冲动。唇角抿成一条直线，她心疼地道："没有别的办法缓解吗？有没有止疼的药？"

傅云珩一笑，一把将人拉入怀里，将她圈在自己的胸口："给我抱抱就好。"

博慕迟身子一僵，感受着他源源不断传递过来的温热，感受着他落在自己头顶的呼吸。她微微走了下神，正想调整一下姿势，傅云珩忽而按住她的身体，嗓音哑哑地道："别乱动。"

静谧少顷，博慕迟缓慢地抬起头看向他："你……"她嘴唇翕动，对上傅云珩幽深如潭目光时,又默默地将到嘴边的话换成了,"哦。可我这样睡有点儿不舒服。"

傅云珩:"调整一下?"

"嗯。"博慕迟动作缓慢地换了个姿势趴在他的怀里,闭着眼说,"现在可以了。"

傅云珩一笑,目光灼灼地盯着她红了的双颊和耳朵,贪恋地看着她的眉眼,没忍住低低笑了起来:"兜兜。"

"什么?"博慕迟忍着羞耻感闭着眼。

傅云珩:"你是不是很热?"

博慕迟噎了噎,抬眸瞪他,启唇反问:"我热吗?"她伸手摸他的手臂,佯装淡定地道,"到底谁比较热?"

两人僵持半晌,傅云珩率先败下阵来。

"我热。"他说。

听到他这么坦然承认,博慕迟其实也没有胜者的高兴。她抿了下唇,含混地说:"我也是这样觉得。"

他身体跟发高烧似的。

傅云珩垂眸:"你知道我为什么这么热?"

"我又不是傻子。"博慕迟埋头在他怀里,凶巴巴地说:"你别说话了,静心凝神,待会儿就不热了。"

傅云珩哭笑不得:"那要是待会儿静心凝神不了呢?"

这个问题,博慕迟有点儿难回答。

她睁开眼,看着面前这张精致到让她心动的脸,视线从他饱满的额头往下,掠过他的眉眼、高挺的鼻梁,落在他的薄唇上。

他唇形很漂亮,也很柔软,像她小时候爱吃的果冻。

博慕迟尝过,也知道味道。

看了片刻,她鬼迷心窍地说:"那我亲你一会儿?"

傅云珩一怔:"想亲我?"

"是你想亲我。"博慕迟纠正他的话。

傅云珩被她拆穿了想法,也不恼怒,坦坦荡荡地承认,目光紧锁在她漂亮的唇瓣上,喉结滚了滚:"是想亲。"

博慕迟一脸我就知道的表情,小声说:"那我亲你,你不能乱动。"

傅云珩头一回听到这样的话,爽快地答应:"好。"他承诺,"我保证不乱动。"

博慕迟含混地应着，撑起身体去亲他。

有很长一段时间没和傅云珩接吻，她还有点儿生疏。

博慕迟轻轻地碰了碰他的唇，不碰没感觉，碰到了她才发觉，其实自己很想念和他接吻时全身酥麻的感觉，很渴望和他唇舌缠绵时的悸动，很想看见他亲吻自己时的沉沦表情。

刚开始，确确实实是博慕迟主动的。但她亲着亲着就有点儿累，正要往后倒的时候，傅云珩托住她的腰肢，趁机含住她的下唇，咬住。

贝齿被人顶开，博慕迟眼睫一颤，心跳加剧。

她还没来得及提醒傅云珩注意伤口，他浓烈的气息、滚烫的温度便已经占据了她所有的思绪，让她暂时想不起任何事。她的大脑被他侵占，一切都在跟着他往前走。

他钩住了她的舌尖，和她缠绵亲吻着。他们两个月没亲近，想念似潮水一般涌来。

两人的身体贴在一起，单薄的衣服根本遮挡不住他们内心那颗为对方跳跃的心脏频率。它们跳得很快，在互相回应。

只有经历过异地恋的人才知道，异地恋有多难熬。

博慕迟走神地想着，一段时间没接吻，傅云珩的吻技好像退步了。

她不知道的是，傅云珩的吻技不是退步了，而是他不敢亲得太过，怕控制不住。

到此刻，傅云珩再次深感后悔。如果不是受伤，这会儿两人也不至于是现在这样。

两人亲了不知道多久，傅云珩的手安安分分地撑在博慕迟的身体两侧，没敢乱动。

他低着头亲吻着她的唇角，又往旁边挪，密密麻麻的吻落在她的脸颊、耳垂上。

很久之后，他低垂着眉眼，蹭着她的鼻尖，嗓音哑哑地询问："困了吗？"

"有点儿……"博慕迟猛地回神，"你伤口没扯到吧？"

傅云珩："没有。"他深呼吸了下，将身体的躁动压下，声音格外低沉，"那睡会儿？"

博慕迟眨了下眼，望着他幽深的瞳孔，轻轻地应了声："睡。"

傅云珩："好……"

博慕迟老老实实地被傅云珩抱着，在贴着他心口的位置闭眼休息。傅云珩在她睡着后，也不知不觉睡了过去。

午后刺目的阳光被窗帘隔绝在外，没人打扰的温存，让他们都睡了个好觉。

之后几天，博慕迟和傅云珩哪儿也没去。

傅云珩因为受伤，在家休息。

两人不是在傅家就是在博家，偶尔出门散步。

博慕迟去做日常训练时，傅云珩陪着，但她一点儿重物也不让他拿，只允许他牵自己的手。

一晃眼，一周便过去了。

傅云珩伤口好了很多，也能正常活动了。

他不打算休息半个月，再陪博慕迟两天，他就想回医院上班了。

听到他这个决定，博慕迟沉默了好一会儿，直接掀开他的衣服："你真觉得自己好了？"

傅云珩根本来不及阻止她。

他哭笑不得，垂眸看着她："真的好了。"

博慕迟看了看他的伤口，确实没有之前那么严重了。

她抿了抿唇："可是你有半个月的假……"

傅云珩弹了下她的额头："总不能真休息半个月吧，我不在，束师兄和赵航他们很忙。"

博慕迟撇嘴："可是……"

"还不放心？"傅云珩低头，出其不意地亲了下她的唇，"你要是不放心的话，跟我一起去医院？"

博慕迟冷静思考了一下，点头道："可以啊。"她算了算，"不过上午肯定不行，我上午去训练，训练完了可以去医院盯着你。"

看傅云珩不说话，博慕迟眨了眨眼，小白兔一样："你又不愿意我去医院盯着你了？"

"没有。"傅云珩揉了揉太阳穴，对上她狡黠的眸子，无奈又纵容地答应着，"想去就去，不过回医院上班前你先告诉我，最近有没有什么想去的地方。"没等博慕迟回答，傅云珩想起她之前说的，"要不要去爬山看日出？"

博慕迟其实是有点儿想，还想露营。但是，她将目光放在傅云珩的腰侧，伸出手指戳了戳："我想是想，但你可以吗？"

傅云珩抓住她乱动的手指，深觉要好好让自己女朋友知道一下，他是受伤了，但养了一周后，腰和伤口真的没什么问题了。他顿了顿问："就这么不相信我？"

"也不是不相信。"博慕迟有点儿为难，瞟着他的腰，"那不是你腰不行吗？"

傅云珩额角一抽，怀疑自己耳朵出现了幻觉："谁腰不行？"

博慕迟迟疑地说："你啊。"

两人无声对视。

半晌后，傅云珩忽然开口问："要试试吗？"

"试什么？"博慕迟脑子一下没转过弯来。

傅云珩将人拽入怀里，扣着她的腰肢咬住她唇瓣时，含混地说："试试看，到底是谁的腰不行。"

在被傅云珩亲得晕头转向时，博慕迟本想抬手推开他，却又顾及他的伤口没敢用力。

她往后躲，想让他冷静一点儿，嘴巴刚张开，就被他捕捉。喉咙里有声音溢出，却不是清晰的字眼，而是含混的低吟。

博慕迟的腰肢被他扣住，她动弹不得半分。

在失控边缘时，两人的耳侧传来"砰"的一声，是什么东西落地了。

傅云珩走了下神，博慕迟顺势从他的吻下逃开。

她顺着去看，是傅云珩受伤回家住后，两人带回来的云朵打碎了一个玻璃杯。

这会儿玻璃杯碎片在地板上格外显眼，水顺势往他们这边流，而始作俑者正两脚并拢，看着他们俩。

它那双漂亮的眼睛仿佛在说——人类，你们到底在做什么？

静谧半响，傅云珩无可奈何地叹息了声，垂眸看向博慕迟："别乱动，我去收拾。"

"你别乱动。"博慕迟回过神来，"你别弯腰，我去收拾。"

傅云珩听到"腰"这个字，眼皮不自觉地跳了下。

他用力地揉了揉她红透的耳朵，低声笑着："不影响。"

博慕迟正想反驳说有影响，可对上他那带着点儿警告意味的眼神，默默将话吞了回去。

"那你小心点儿。"她提醒。

傅云珩"嗯"了声。

博慕迟怕云朵往有玻璃碎片的地方跑，特意将它抱到了一侧的沙发上，不让它乱动。

她捏着它的小脑袋，笑呵呵地训它："知不知道自己干坏事了？"

云朵一脸无辜地看着她。

博慕迟捏着它的小脸蛋，忍俊不禁："你把你云宝哥哥的杯子打碎了，打算怎么赔他？"

云朵："喵……"

傅云珩听她跟猫咪的对话，格外想笑。

傍晚时候的夕阳从窗棂斜斜落进来，地板上有一人一猫的影子。他们是动态的，是鲜活的。

傅云珩看了一会儿，眉目舒展，唇角也跟着往上牵了牵。他很喜欢这样无波无澜的生活状态。

"试腰"运动被云朵给打断，博慕迟暂时逃过一劫。

把房间收拾好，博慕迟带着云朵回家给迟绿玩。

傅云珩有事要处理，现在腰伤好了很多，正常生活已经没大影响了。

迟绿很喜欢云朵，一看见就抱着它狂亲，看得一侧的博慕迟目瞪口呆。

她无奈地揉了揉眉骨，瘫在沙发上对云朵表示同情："妈，你能对它温柔一点儿吗？"

迟绿瞥博慕迟："我对它哪里不温柔了？"她理直气壮，"我这是爱它的表现。"

博慕迟无奈，想了想，好像确实是这样，迟绿小时候也是这样对她的。

"对了，云宝什么时候回医院上班？"

"下周一吧。"博慕迟打了个哈欠，"还有两天休息时间。"

今天已经周五了。

"怎么就两天了？"迟绿愣了下，诧异地道，"今天周五？"

博慕迟："对啊。"

迟绿："哎哟，完了，我说要去接迟应的，忘记了。"

迟应真心觉得自己是被家人忽视的小白菜。

前两天，迟绿就和他说周五放学过来接他。他读的高中学校是住宿的，每周五放学回家，周日回校。

一放学，室友便问他："迟应，要不要打会儿球再回去？"

"不了。"迟应道，"我妈要来接我，估计已经到校门口了。"

室友扬了扬眉，应了声："行啊，那周日见。"

迟应点头，回宿舍路上，还碰到了贺礼。

两人是同年级的同学，只是他们俩成绩差距过大，并不同班。

"一起回去？"

贺礼问他："我妈过来接我。"

迟应听到这话，胜负欲莫名出来了，他昂首挺胸，底气十足地说："巧了，今天我妈也来接我。"

闻言，贺礼略显诧异："她们俩不会是约好的吧？"

迟应一顿，琢磨了下："也不是没这个可能。"

"那一起出去吧。"

迟应点头："我回宿舍拿点儿东西。"

两人回各自宿舍拿上东西后，便往校门口走。

每逢周五，校门口总是堵的。过来接孩子放学回家的家长不少，毕竟也一周没见了，都想跟孩子多一点儿相处时间。

迟应和贺礼看着拥堵的马路，神色淡定。

"周末去打球吗？"贺礼问他。

迟应懒洋洋地应着："可以啊。"

两人正说着话，不远处有了熟悉的声音。

"贺礼。"

两人下意识抬头，看向不远处朝两人扬手的博盈，是贺礼的母亲，也是迟应的小姑。

"小应。"博盈注意到他，朝他也摆了摆手。

"小姑。"迟应嘴甜地道，"一段时间没见，您又漂亮了。"

博盈笑了，圆圆的大眼睛又黑又亮，看上去格外灵动："比你妈还漂亮吗？"

迟应眨了眨眼，淡定地回答："你们在我心里都一样漂亮。"

博盈笑道："一起走吗？"

"啊？"迟应一愣，探着脑袋往她车里看了看，"我妈不是跟你一起来接我啊？"

博盈诧异："你妈今天来接你？"

迟应点头。

博盈反应过来，道："她没跟我说啊。"

迟应恍然："那应该还堵在路上，小姑你们先回去吧，我等我妈。"

博盈："要不你打电话让她别来了？"博盈嘀咕，"说不定是忘了，我送你回去也一样的。"

"应该不至于吧。"迟应猜想他妈记忆力不至于这么差，摇头拒绝，"小姑你们先回去，我等等她。"

博盈没再坚持："那行，你给她打个电话试试。"

"好。"迟应笑道,"小姑注意安全,我明天去你们家吃饭。"

博盈:"行,让你姑父给你做好吃的。"

两人走后不久,迟应怀疑着拿出手机看了眼时间。

六点半了,他妈再怎么堵车也该到了。

他正想着,打完球要回家的室友注意到他,犹疑地喊了声:"迟应,你怎么还没回家?"

迟应:"等我妈……"

室友"扑哧"一笑:"我们迟姨不会又忘记接你了吧?"

迟应的室友都见过迟绿,她和他们这群年轻有活力的高中生很熟,还请大家吃过饭。大家也都很喜欢她,觉得她一点儿都不像长辈,反而是大家的平辈,思想开明。

迟应无奈,勉强扯出一个笑容:"貌似是这样。"

"那你给她打个电话啊。"

迟应傲娇地说:"我就不,我要看看她几点才能想起这事。"

等室友走后,学校门口已经不堵车了。

迟应往车辆驶入口那边瞅了眼,没看到一辆熟悉的车。他扬了扬眉,索性掏出耳机听歌。

迟绿和博慕迟到的时候,只看到校门口懒洋洋地站着一个人。他身上还穿着深蓝色的校服,身形颀长,低垂着眉眼玩手机,姿态慵懒。

迟绿挑了下眉:"你弟弟还挺随遇而安。"

博慕迟:"我觉得他生气了。"

迟绿微窘,悻悻地摸了摸鼻尖说:"我不是故意的,我记得要接他,但我忘了今天是周五。"

博慕迟点头:"我知道,待会儿跟他道歉吧,他戴着耳机,我下去喊他。"

"去吧。"

面前有阴影覆下,挡住大片的光。

迟应一抬眼,便对上了博慕迟灿烂的笑脸。

他微顿,皱了下眉:"你怎么来了?"

"接你回家呀。"博慕迟瞥他,轻哼道,"你看到我好像一点儿都不高兴啊?"

迟应没吭声。

博慕迟也没和他计较,示意道:"先上车吧,校门口不能多停。"

迟应"嗯"了声,和她一起往熟悉的车那边走。

走到车旁,迟应自觉上了后座。

看到他这个选择，博慕迟微不可见地抬了抬眼，给迟绿丢了个自求多福的眼神。

从迟应选位置就能看出，他是真的在生气了。

因为副驾驶这个位置相比较来说，并不怎么安全。所以迟应一般都不会让博慕迟去副驾驶座，通常都让博慕迟坐最安全又宽敞的后座。

接收到她给出的信息，迟绿回头看向还戴着耳机的人："迟应？"

迟应"嗯"了声。

迟绿笑了笑，温声道："对不起啊，妈妈忘了今天是周五。"

迟应抬眸看着她："哦。"

迟绿笑道："生气了？"

迟应硬邦邦地回："没有。"

"真没有？"她挑眉，"那你给妈妈笑一个。"

迟应不想理她。

迟绿也不勉强他，岔开话题问："晚上想吃什么？"

迟应："回家吃。"

"哦。"迟绿点点头，"也行吧。"

三人回家。

车上无比安静，安静到博慕迟有点儿受不了。在她印象里的迟应，是阳光傲娇小少年。

但在当下这个时候，博慕迟也不知道该说点儿什么。

她没办法，只能向傅云珩求助。

博慕迟："小傅医生，你们男生生气了要怎么哄？"

傅云珩："我没有生气。"

博慕迟："不是你！"

傅云珩发了个问号。

隔着屏幕，博慕迟都能感知到傅云珩下一句话是什么。

她哭笑不得地解释："是迟应，我妈忘了今天是周五要去学校接他。我们足足晚了一个半小时才到，然后他生气了。"

傅云珩："不用哄。"

博慕迟："……"

傅云珩："吃了饭就好了，他不会跟你们真生气。"

博慕迟："那不行，真生气和哄不哄是两回事。"

博慕迟和迟应从小到大在一起的时间不算多，但她很了解迟应，他是个不争宠的弟弟,也不会因为迟绿和博延偏爱她而吃醋,因为他也很偏爱博慕迟。

当然,迟绿和博延给他的爱也不少。

他们家也不是那种重女轻男的家庭,只是她离家和职业的缘故,他们习惯性给她很多宠爱和关照。而迟应,也不是敏感少年。

但博慕迟觉得,不是敏感少年归不是敏感少年,就今天这件事来说,她和迟绿还是得好好哄他和他解释清楚,至少不能让他觉得,她们没有把他的事放在心上。

迟绿本身就忘性有点儿大,博慕迟也一样,就算是她自己的事,也忘过好几回。

也是因为这个,博慕迟知道迟应不是真生气,主要是有点儿郁闷。但郁闷少年,她也得哄。

谁让他是自己的弟弟呢。

想着,博慕迟回头看向迟应:"你这周末作业多吗?"

迟应看着她:"怎么?"

博慕迟笑眯眯地说:"我跟你云珩哥准备去露营看日出,你要不要和我们一起去?"

听到这个,迟应眼睛一亮:"去哪儿?"

博慕迟看向迟绿。

她猜,迟绿肯定知道迟应想去哪里看日出。

迟绿清了清嗓,淡定地说:"去雾岛。"

雾岛是一座孤岛,一年四季都被云雾遮挡着,仿若仙境一般。去过的人,也如是说。那儿很漂亮,是最佳的小众旅游胜地。

雾岛离他们这儿不远,自驾两三个小时就能到,再乘船便可抵达。

那儿地方也不大,基本上一天半就能游览结束。很多人去雾岛的山顶露营,看月亮、看星星、看日出。

雾岛在海中间,特别适合看日出,看日出浮现海平线,看落日沉入海域。

博慕迟之前听说过这个地方,但一直没去过,也是迟绿说了,才知道迟应想去那儿。

她忙不迭地点头:"对,你要和我们俩一起去吗?"

迟应皱眉,有些不解:"就你们俩吗?"

"把贺礼和小乖也喊上?"博慕迟说,"星星姐还在外地,回不来呢。"

迟应想了想:"我问问。"

"行。"

博慕迟松了口气，乘机给傅云珩发消息。

博慕迟："云宝，我们明天去雾岛吧。"

傅云珩："想去那儿？"

博慕迟："想，不过现在还有个问题。"

傅云珩："什么？"

博慕迟委婉地说："我听说雾岛那边早上天亮得比较晚，露营的话灯光也不是很好，我觉得我们需要备几个大灯泡，你觉得呢？"

傅云珩："迟应想去？"

博慕迟："可能还有贺礼和小乖……"

怕傅云珩生气，博慕迟哄他："这回我们一起去玩，等下次我休息，我们再去约会好不好？就我们俩的约会。"

傅云珩知道她在担心什么，失笑，无奈地答应着："好，你觉得他们不刺眼就行。"

博慕迟喜笑颜开："好……"

去雾岛的事，就这么定了下来。

不过程晚橙这周有事，没办法和他们一起去，所以最后去雾岛的只有博慕迟他们四个人。

他们要去露营，总得提前买点儿好吃好喝的。确定行程，吃过晚饭，博慕迟和傅云珩还有迟应一起出现在了超市。

傅云珩查过，那边帐篷什么的都可以租，吃的也有餐厅，但可能味道不那么好，所以自己提前准备一些更好。

博慕迟和迟应就是两个小朋友，进超市后，这想要那想买。傅云珩也没拦着，任由他们挑选，然后结账。

回去的路上，博慕迟把傅云珩当司机，跟迟应挤在后座。

"迟应。"

"嗯？"迟应懒洋洋地应着。

博慕迟瞅着他："你是不是还在生妈妈的气？"

迟应："没有。"

"真没有？"博慕迟反复确认，小声嘀咕，"妈她最近年纪大了，记性不太好，她是真不记得今天是周五。"

迟应："我知道。"

他是真没放在心上，再说他也知道迟绿不是故意忘记的。他这种在有爱家庭长大的人，没那么敏感。更何况，这一晚上他都能感觉到迟绿的歉意。

这个歉意大概就是，她一晚上给他夹了两大碗菜。

听到他这么肯定的话后，博慕迟渐渐放下心来。

她拍了拍他的肩膀，笑嘻嘻地道："反正你要知道，我和爸妈都很爱你的。"

迟应："你肉不肉麻？"他戳着手臂问。

博慕迟瞪他，转头跟傅云珩告状："云宝，迟应说我肉麻。"

傅云珩借着后视镜看向两人，勾了下唇说："我觉得还好。"

迟应听这两人一唱一和，很是无语。他沉默半晌，忽然说："我觉得你们俩有点儿小时候的感觉了。"

两人对视一眼，忽然不知道该说点儿什么好。

博慕迟也是在迟应这话出来后才想起，好像还没和迟应说自己跟傅云珩在谈恋爱这件事。

上周他回家的时候，因为作业过多又被人约了打游戏，除了吃饭，其他时间基本都在房间，博慕迟没找不到机会和他说。

还有一个原因是，她不知道怎么说。

她总觉得无缘无故提起，有点儿做作。

博慕迟正胡思乱想的时候，车已经停在了家门口。

迟应下车搬东西，傅云珩看向博慕迟："要去看看云朵吗？"

博慕迟："要。"她看向迟应："你要去吗？"

迟应："我不去，我先去把作业写了。"

博慕迟看完云朵回家的时候，已经很晚了。

迟绿和博延都已经回房间了，她碰到了下楼喝水的迟应。

姐弟俩对视了一眼，博慕迟正要上楼，迟应忽然皱了下眉问："姐，你吃辣椒了？"

博慕迟一噎，头皮发麻："啊？"她装傻地看向迟应，"什么辣椒？"

迟应看了她红得有点儿过分的唇一眼："你嘴巴好红，不是吃了辣椒？"

"不是。"博慕迟尴尬到了极点，摸了摸鼻尖丢下一句，"小孩子别管，我吃了别的。"

迟应还想多问两句，博慕迟已经飞快地跑上楼了。

迟应不明所以地搓了下短发，嘟囔："女人真难懂。"

翌日早上，三人早早出发去接贺礼，然后一起去雾岛。

傅云珩提前订了帐篷和房间，以防万一。

车内，四个人闲聊着，心情格外轻松。

贺礼是个比较有眼力见的人，在休息站的时候，看到傅云珩吃了博慕迟吃不下的东西。等他吃完，博慕迟还很自然地把手里的水杯递给他："喝点儿水。"

看完，贺礼心里有了猜测，正想问，迟应忽然开口说话了。

"姐，你对云宝也太好了点儿吧。"

他抢过贺礼手里的矿泉水喝下一大口，含混地说："你没发现我也噎住了吗？你为什么只给云宝喝水？"

三人神色各异地看向他，一时不知道该说什么好。

迟应并未察觉到异常，自顾自地说："我要吃醋了。"

"那我给你买点儿？"博慕迟很是无语，"吃饱继续走吧，再有一小时就到了。"

傅云珩"嗯"了声，看向她："累不累？"

"我不累。"博慕迟瞥向他，垂下眼，"你的腰还好吗？"

傅云珩一脸无奈："很好，不用担心。"

博慕迟眨眨眼，人畜无害的模样："好的。"

他们抵达雾岛时，还不到十点。

这会儿雾岛上空的雾已然散去，呈现出孤岛的形状，能让大家看清楚它的原本面貌。

为了方便休息，傅云珩是订了酒店的。

四人到酒店办理入住手续时，迟应耳朵稍微灵光了一点点，听到说两间房。

他愣了下，诧异地问："云珩哥，你只订了两间房啊？"

傅云珩："嗯。"

迟应呆了须臾，挠了挠头说："再订一间吧。"他蹙眉，"我都这么大了，总不能和我姐还住一个房间吧……"

贺礼被他的话呛住，无奈半晌问："你在想什么？"

博慕迟也一脸无语的表情，瞅着迟应，很是茫然："迟应，我有点儿担心你以后要是有喜欢的女孩子了要怎么办。"

迟应："什么？"

他还想再说话，傅云珩接下来的举动和话让他震惊了。

他看到傅云珩去牵博慕迟的手，还说了句："我和你姐住一间。"

迟应一脸怀疑人生的表情："为什……"

"么"这个字他还没说出口,忽而反应过来。他瞪大眼睛,难以置信:"你们俩……你们俩在谈恋爱?"

博慕迟:"才看出来?"

傅云珩点头:"我们在谈恋爱。"

迟应张大嘴,倒吸一口气,正要和贺礼分享这个令人震惊的事,忽然注意到他神色很淡定,好像早就知道似的。

他愣了下,犹疑地问:"你早就知道他们在一起了?"

贺礼:"没有很早,来的路上发现的。"说完,他又补充,"我自己看出来的。"

半分钟后,迟应受伤地问:"所以只有我不知道?"

"其实我也没和爸妈他们说。"博慕迟实话实说,"但他们看出来了。"

后面这句话,她可以不用说了。

四人去房间时,迟应还是备受打击的神情。

他和贺礼进了一间房,博慕迟和傅云珩的房间就在他们隔壁。看着两人进房间,他有些难以接受地问:"我姐怎么就和云宝在一起了?"

贺礼无奈:"你不想云宝当你姐夫?"

"也不是。"迟应不知道怎么形容自己内心深处的感觉,苦恼地说,"我就是有点儿难以接受。"

贺礼:"我觉得还挺好接受的呀。"他淡定地道,"我觉得兜兜姐只有和云宝谈恋爱,我们才放心。"

迟应沉默半响,眼神凌厉地看向他:"你的我们包括我吗?"

贺礼迟疑地看着他:"包括吧,难道你不放心云宝?"

迟应觉得他就是太放心了,所以才会如此震惊。

蓦地,他想到了昨晚博慕迟从傅家回家时,他问的那个问题。

房间内静谧半响,贺礼注意到他的表情越发复杂。

少顷,他听到迟应蹦出一句"傻子",对上他的视线,迟应说:"我骂我自己。"

隔壁房间,博慕迟还有点儿担心地看向外面:"你说迟应能接受吗?"

傅云珩瞥她:"不能接受的话,要和我分手?"

博慕迟一噎,飙他一眼:"说什么呢。"她伸手去扯傅云珩的耳朵,"我才不和你分手。"

傅云珩低声笑着,看她神采奕奕的模样,有些心痒难耐,心猿意马。他抬手扣着她往自己怀里带,呼吸落在她的双颊,带着说不出地急躁:"我有点儿后

419

悔了。"

博慕迟怔了怔,感受着他身体传递过来的温度:"后悔什么?"

傅云珩看着她柔软诱人的唇瓣,气息滚烫:"后悔答应你带两个灯泡出来玩。"

博慕迟微窘,抬手戳了戳他的肩膀提醒:"虽然说你伤口是好了很多,但也不能乱来。"

"哪样叫乱来?"傅云珩咬了下她的唇问。

博慕迟吃痛,眼珠子转了转,小声说:"就现在这样……"

闻言,傅云珩笑了下:"如果我坚持乱来呢?"

博慕迟默了默,有点儿为难:"那我也阻止不了。"

傅云珩没忍住,趴在她脖颈处笑着。博慕迟被他笑得耳热,尝试推开他,却发现男女力量悬殊,根本推不动。

"别笑了。"她窘迫到了极点,"你再笑我就去开新房间了。"

"也行。"傅云珩慢吞吞地直起腰说,"去开吧。"

博慕迟愣住:"你真让我去开新房间?"这人的情绪怎么这么让人难以捉摸?

傅云珩看她茫然的表情,就知道她想错了。

他轻轻地叹了口气,苦笑地提醒:"你听。"

博慕迟侧耳,忽然听到了另一边房间传来的说话声。

傅云珩捏着她的手把玩着,撩起眼皮,目光深邃地看着她:"现在知道原因了吗?"

博慕迟点了下头,脸红红的:"隔音好差。"

"嗯。"傅云珩轻啄着她的唇,吮吸着,含混地说,"总不好让迟应和贺礼听到什么不该听的吧。"

亲了会儿,傅云珩和她额头相抵,没再继续往下亲。

他不是怕迟应和贺礼真听到什么不该听的,而是时间还不合适。

他喉咙发紧,看着她那被自己亲得嫣红的唇瓣,像蛋糕上点缀的樱桃,让人垂涎欲滴。

傅云珩喉结滚了滚,敛下眼中的暗涌,岔开话题和她聊别的,转移注意力:"待会儿先去哪儿?"

博慕迟还没从他缠绵的吻中回过神,陡然听到这一句,蒙了须臾:"都可以。"她听着他的沙哑的嗓音,耳廓发热。

傅云珩抱着她在怀里带，好一会儿才将人放开："要不要休息会儿再出去？"

博慕迟转头，看向外面的阳光："不了，我们先出去转一转，然后找个地方吃午饭？"

现在差不多也要到午饭时间了。

傅云珩："好。"

四个人出门闲逛时，迟应好像还没从震惊中回过神来。

他和博慕迟对视一眼，默默挪开目光，一转头又对上了傅云珩的视线。

沉默半晌，他转头去找贺礼，朝两人飞速丢下一句："我们去买两瓶水。"

看两人走远的背影，博慕迟很是茫然："迟应傻了？"

傅云珩微忖："可能？"

两人无奈半晌，博慕迟自言自语："我妈有句话说得对，迟应有点儿憨。"

傅云珩眸子里闪过一丝笑意，牵着她往外走："暂时还没适应，等过几天应该就好了。"

"哦。"

雾岛被一个湖环绕着，车辆没办法进出，只能坐船，所以说非常像一座孤岛。

里面有不少小巷，小巷里有很多特色美食和商铺。

往上，是雾岛的山峰，可以露营看日出、日落的地方，没有交通工具，全靠走。

也正是因为这个，很多人对这儿望而却步，因为走路上山，需要很大的勇气。

博慕迟一行人体力都不差，在山下逛了一圈，买了不少小东西，又吃过午饭，便回了酒店休息，下午四点才准备上山。

沿途的风景很美，博慕迟站在半山腰处，还能看到碧波荡漾的湖水，随着风浪起伏，阳光直射，水面像洒了金子一样，波光粼粼，格外漂亮。

看她停下，傅云珩垂眸："累了？"

"不累。"博慕迟瞥他，，"我体力比你预想的要好。"

闻言，傅云珩眉峰稍扬，低笑了声："是吗？"

听他这语气，博慕迟瞅着他的腰，反击回去："你累了？"

注意到她的视线，傅云珩着实有点儿头疼。

"别看。"他目光灼灼地看着博慕迟，"已经没事了。"

博慕迟拖着腔调"哦"了声："那就行。"接着她又小声说，"腰很重要的。"

傅云珩被她的话呛住，不想和她继续这个话题。

下午上山的人不少，迟应和贺礼两人也不想吃狗粮，早早地走到了他们前边。

等博慕迟和傅云珩爬到山顶时，两人已经找到了地方搭帐篷。

考虑到可能会有人认出博慕迟，他们选的位置离其他山顶露营的人稍微远了点儿，但景色很好，钻出帐篷就能将雾岛的风景全部收入眼底。

四人合作，把两个双人帐篷搭好。

搭好后，迟应嚷嚷着累了，要先休息会儿。

博慕迟其实也有点儿累，但她没进帐篷，在等日落，傅云珩在陪她等日落。

一侧有保温杯递过来，博慕迟笑着接过："谢谢云宝。"

傅云珩看她一眼，没说话。

博慕迟喝了几口，扭头看着他："喝吗？"

傅云珩接过："喝。"

博慕迟靠在他的身上，和他一起看着太阳缓缓下山，看太阳的倒影沉入湖底，消失在眼前。

博慕迟感慨："一天又过去了。"她问傅云珩，"后天真要回医院上班？"

傅云珩抬手拍了拍她的脑袋，和她对视："嗯。"

博慕迟撇嘴："好吧。"她蹭在他的胸口，算了算说，"我下周其实也要回训练队了。"

傅云珩应声："我知道。"他顿了顿，"兜兜。"

"嗯？"博慕迟抬眸。

傅云珩盯着她，嗓子有点儿干，他思忖半响说："训练要注意安全。"

博慕迟笑道："知道。"她隔着衣物指了指他的腰侧，一脸正经地说，"小傅医生也一样，不要再受伤了。"她抿唇，"不然我可就真的不理你了。"

傅云珩握着她的手把玩着："好。"

他垂眸看她修剪得整齐干净的指甲，捏着她的指尖。

两人十指相扣时，仿若两颗心脏也相互交叠。

落日将湛蓝色的天空染红，像一幅漂亮的油画，明媚又惹眼。

博慕迟和傅云珩看完日落，还顺便给没能出来玩的谈书发了几张日落照片。

谈书："我在加班，你在做什么？"

谈书很是费解："这合理吗？"

博慕迟："辞职。"

谈书："……"

422

博慕迟："怎么不说辞职后你养我这种话了？"

博慕迟："是不是不用我养了？"

谈书："继续忙了，记得给我带礼物。"

博慕迟："哦。"

她忍笑，忍不住问："你为什么不正面回答我的问题，你一个人在公司加班吗？还是谢回也在？"

谈书："不在。"

两人闲扯了几句，把谈书逗到爹毛，博慕迟才收了手。

她笑盈盈的，心情格外好。

迟应刚睡了一觉出来，便撞上她的笑脸。

他挠了下头发，坐在她的身侧："云珩哥呢？"

"去接热水了。"博慕迟瞥他，"睡好了？"

迟应点头，和她肩膀相撞："在跟谁聊天，怎么笑得这么开心？"

"你书姐。"博慕迟说。

迟应："哦。"

姐弟俩安静了会儿，迟应忽然小心翼翼地问："姐。"

"什么？"

"你以前就喜欢云宝吗？"

博慕迟大概知道他想问什么，她侧眸看着他："你指哪种喜欢？"

迟应："就男女那种喜欢啊。"

"喜欢啊。"她半真半假地说，"我暗恋云宝很久了，你不知道吗？"

迟应瞪圆了眼，一脸怀疑："真的假的？"

"真的。"博慕迟面不改色，"但云宝之前一直不喜欢我，后来被我威胁了，他才勉强接受我的表白。"

"啊？"迟应傻眼，"你怎么威胁他的？"

博慕迟眨了下眼，深深觉得他问到点子上了。她绞尽脑汁想了想，给出答案："就我说他要是不接受，我就去跟干妈告状说他欺负我。"

迟应眼皮跳了跳，似有些难以置信。他沉默半晌，委婉地说："姐，感情的事其实不能强求的，强扭的瓜不甜。"

"不啊。"博慕迟瞪大眼，无辜地说，"我觉得强扭的瓜超级甜。"

说罢，她看迟应："你不懂。"

迟应确实不懂，但他觉得他姐也不像是会对什么人对什么东西强扭的人。

他正苦恼怎么劝说博慕迟时，博慕迟自己没绷住，"扑哧"笑出声来。

瞬间，迟应反应过来："你骗我的？"

博慕迟边点头边笑，忍不住抬手去捏他的脸："你怎么这么傻？云宝是我能强求得了的吗？是吧，云宝？"

早就打完热水回来的傅云珩"嗯"了声，抬脚走近姐弟俩。他把杯子放在一侧，同情地看向迟应："她骗你的。"他顿了顿，对上博慕迟那张明艳的脸，好笑地说，"是我暗恋你姐很久了。"

迟应往后面一躺，很是随意："我不会再相信你们俩了。"

他深深怀疑，这两人是以逗自己玩为乐趣。

博慕迟挑眉："别呀，云宝说的是大实话，难道你姐我不值得被暗恋吗？"

迟应不想说话，更不想打击她的自信。

傅云珩在博慕迟旁边坐下，勾了勾唇回答："值得。"

迟应默了默，深深觉得自己吃了一吨狗粮，而且还是被强塞进嘴巴里的那种。他无声抗议了会儿，默默地往旁边挪了挪，找贺礼打游戏去了。

晚上，四个人就在山顶随便吃了点儿东西，博慕迟能吃的不多，所以傅云珩早有准备，免得她饿着。

吃过东西，四人坐在帐篷前聊天，看夜幕降临，看漆黑夜空上挂着的弯弯月亮，看闪烁的星星。

博慕迟有种岁月静好的感觉。

她睡得早，但听人说凌晨三四点夜空的星星最多时，忍不住跟傅云珩嘀咕："我想三四点起来看星星。"

傅云珩笑道："那先去睡觉，星星最多的时候，我喊你。"

博慕迟一愣："你不陪我一起睡？"

傅云珩还没回答，迟应先摆了摆手，一脸不想看的模样。

"云珩哥，你陪我姐去睡吧，我睡得晚，我跟贺礼先守夜，晚点儿你们再起来。"

博慕迟："我觉得可以。"

傅云珩思忖了会儿，叮嘱他们："困了喊我。"

贺礼："行。"

两人去洗漱区洗漱后，钻进了帐篷。

博慕迟感觉自己的眼皮在打架，是真的困。她趴在傅云珩的肩上，打着哈欠嘟囔："云宝，我睡了，你要记得喊我啊。"

话音落下没一会儿，傅云珩就听见了她均匀的呼吸声。

他垂下眼盯着她柔和的眉眼，眸子里倒映着她此刻的睡颜，有种说不出的满足感。

他抬手将她的发丝别在耳后，低头在她额间落下一个吻，陪她入眠。

三点多，博慕迟被外面的声音吵醒。

她皱着眉头翻了个身，正想将那些声音隔绝在外时，忽然想起了什么，睁开眼才发现，帐篷里只有她一个人。

博慕迟微顿，正欲喊人，傅云珩已经拉开帐篷的拉链看向她了。

两人对视一眼，他拿过一侧的衣服："穿件外套，这会儿冷。"

博慕迟呆呆的，任由他帮自己把外套穿上，穿上后，她才稍微回过点儿神："几点了？"

"三点多。"傅云珩拉着她的手，"出来看星星。"

博慕迟眼睛一亮，惊喜地问："多吗？"

傅云珩还没回答她，她已经看到了漫天银河。

星星璀璨似银河，耀眼又夺目，在漆黑的夜空绽放属于它们的光芒。

在当下这一刻，博慕迟忽然想起自己曾读到过的一句话："每个人甚至于每个物品都有发光的时刻，或早或晚。星星的发光时刻在深夜，深夜的高空里，它们是少许人能看到的光芒存在。"

它们看似遥不可及，可是每个人都能观赏。

博慕迟和傅云珩仰头望着，她正欲说点儿什么时，另一边有陌生人的声音传来。

"天哪，那是不是流星？"

博慕迟猛地抬头，看到流星一闪而过。

同一时间，她听见有人在喊："快许愿！"

下意识地，她拉了拉傅云珩的衣服，喊他："云宝，快许愿。"

傅云珩看她时，她已经闭上眼开始许愿了。

其实傅云珩并不怎么爱许愿，也从不相信这些虚无缥缈的东西。可看博慕迟这么认真，他下意识地跟着做了。他也合上手，许下自己的愿望。

等他们许完愿时，转瞬即逝的流星早已消失了。

博慕迟睁开眼看着夜空，然后转头看向傅云珩，好奇不已："云宝，你许了什么愿？"

傅云珩看她闪着光芒的眼睛，挑了挑眉："想知道？"

博慕迟点头，蓦地她又摇头："算了，你还是别告诉我了。"她小声说，"愿望说出来就不灵了。"

傅云珩笑道："真不想知道？"

"想是想，但我更想你愿望成真。"博慕迟笑盈盈地望着他说，"所以我们还是迷信一点儿，不说出来吧。"

这样的话，好像会显得虔诚一点儿，愿望实现的可能性更大一些。

傅云珩答应她："好。"他看着她，"那你许的什么愿？"

"不说，"博慕迟瞥他，实话实说，"我也想我的愿望能成真。"

傅云珩轻笑，将人揽入怀里："好。"他说，"那以后实现了告诉我。"

博慕迟点头，想了想道："那可能要很久以后。"久到他们可能走不动的时候。

因为她许的愿望很俗气，就是希望傅云珩这一生都不要再受伤，希望他永远平安，希望他得偿所愿。

博慕迟不知道的是，傅云珩许下的愿望和她的很像。

他这一生没有太多需要向神佛祈求的心愿，只希望博慕迟每次"出征"都能稳稳落地，平安归来。

这个心愿，他希望神佛能听见，并让他得偿所愿。

两人许的愿望不同，却又格外相似。

为了让愿望成真，两人都没将愿望说出口。

又看了会儿星星，傅云珩让博慕迟再睡一会儿，五点多喊她起来看日出。博慕迟摇头拒绝，和他一起坐在帐篷前守夜。

接近五点时，朝阳从远处冒出头，渐渐浮现在海面上，出现在他们的视野里。

看着看着，博慕迟忽然蹦出一句："云宝，我听人说情侣在日出的时候接吻，就会一辈子在一起。"

话音刚落，傅云珩的手捧住了她的脸，他一言不发，低头吻住了她的唇。

两人在日出升起时，旁若无人地接了个缠绵的吻。

二人分开时，傅云珩抵着她额头笑了声。

博慕迟脸热，羞恼地抿了下唇："你笑什么？"

"没什么。"

傅云珩没告诉她，只是觉得就一夜工夫，他好像也变得迷信了。明明以前的他，对这些传言类的说法，都是嗤之以鼻的。

迟应和贺礼成功睡过头，错过了日出。

起来后，大家在山顶逛了一圈才下山，下山后又在巷子里转了会儿，买了些小礼物，划了一会儿船，四人才启程回家。

这段旅程时间很短，也没有做什么特别有意义的事，可非常放松。

426

博慕迟很喜欢这种没太多规划的旅行,骨子里是有点儿随性自由因子。

玩乐过后,傅云珩回医院上班。

刚开始一周,他依旧在家和医院往返,因为博慕迟还在家。博慕迟每天基本都是训练,训练结束后去医院找傅云珩吃午饭,两人挤着时间在一起待一会儿。

偶尔遇到傅云珩中午在手术室,博慕迟就跟赵航或他科室的护士一起吃饭。

总往医院跑,博慕迟已经和赵航还有护士们都混熟了,大家也都知道,她是傅云珩的女朋友。

博慕迟很喜欢听他们说医院的生活,虽然累,但很充实、很有成就感。

一眨眼,又到了博慕迟回训练队的时间。

她和傅云珩倒没有太不舍,因为他们清楚,不久后还会再见。

不过在离家前一天,博慕迟还是忍不住跟傅云珩撒了娇,黏着他给自己做山楂糖雪球,和他一起逗着云朵玩了一小时。

她躺在傅云珩腿上看比赛,感受着他的陪伴。

翌日,博慕迟再次归队。

这回归队后,博慕迟训练得更加勤奋,谢晚秋觉得奇怪,问过她好几次,她也没说。

十月底,博慕迟一行人飞往瑞士进行下一阶段的封闭训练。

十一月五日这晚,博慕迟撑到十二点跟傅云珩说了句生日快乐,他是十一月六日的生日,她想做第一个和他说生日快乐的人。

事实证明,她也确实是第一个。

说完,博慕迟都没等傅云珩和她说别的,就飞速地闭上眼,跟他说要睡觉了,傅云珩拿她一点儿办法都没有。

傅云珩生日的第二天,便是博慕迟生日。

她在瑞士,傅云珩没能飞过来陪她,博慕迟在队里和队友们过了个还不错的生日。

生日过后,她参加了瑞士举办的自由式公开赛,再次摘下一枚金牌。

之后一段时间,她的身影活跃在各大比赛台上,虽不是次次都能发挥如常拿下金牌,但她从未下颁奖台。

十一月底,一行人回国,参加国际雪联单板滑雪和自由式滑雪障碍追逐的世界杯比赛。

毫不意外，博慕迟在为国争光这件事上，从不含糊，永远争气，顺利拿到晋级名额。

回国后，博慕迟依旧没和傅云珩见面，没什么特殊原因，纯粹是忙。

她忙着比赛，忙着训练，傅云珩忙着医院的事，偶尔打个电话，也都是匆匆忙忙的。

傅云珩怕影响她训练，也不敢和她多说什么。

在冬奥会来临之前，博慕迟倒是收到了一则好消息。

陈星落当制片人筹备的滑雪比赛那部剧，已经拿到审批，不久就能播出了。

知道这个消息后，博慕迟快乐地和傅云珩分享，让他有空一定要看。

对此，傅云珩是拒绝的。

博慕迟不解："为什么，你不支持我喜欢的滑雪事业吗？"她故意问。

傅云珩："兜兜。"他严肃地问，"你是不是觉得我不会吃醋？"

听到这个问题，博慕迟忍着笑道："我没有这样觉得。"她扬了扬眉，揶揄道，"我知道小傅医生不喜欢吃酸的，但喜欢吃醋。"

傅云珩借着休息时间和她聊着："今天训练怎么样？"

"还不错。"博慕迟道，"我最近状态还行。"

傅云珩应声："劳逸结合。"

"知道啦。"博慕迟听这话耳朵都要听出茧子了，"我一定注意。"

两人说了会儿日常，傅云珩还想说点儿什么时，听到了她那边的敲门声。

"有人找你？"

博慕迟狐疑地走到门口，一打开门便看到了许鸣："找我有事？"

许鸣看她举着的手机，顿了顿说："去吃东西吗？"

"焦师兄他们呢？"

许鸣指了指："在自闭……"

博慕迟微窘，想到昨天预赛时焦明诚的成绩，大概明白了他为什么要自闭。

她点了点头："其他师兄在安慰他吗？"

"没，"许鸣道，"但他们也不打算出去吃东西。"

博慕迟想了想说："那我和你一起去买点儿，然后和他们一起吃？"

许鸣颔首，将目光放在她拿着的手机上，明知故问："我是不是打扰你了？"

博慕迟摆摆手："没事。"她往房间里指了指，"我拿件衣服。"

许鸣颔首。

折返回房间后,博慕迟边穿外套边和傅云珩说话:"小傅医生,怎么不说话了?"

傅云珩:"在找东西。"

博慕迟讶异:"找什么?"

傅云珩那边静了片刻,幽幽地传来一句:"找醋。"

第十四章
公开表白

毫不意外,博慕迟被他逗得乐不可支。

她扬了扬唇,眉梢眼角满是笑意:"别找了。"

博慕迟揶揄:"我给你买了寄过去吧。"

傅云珩:"故意气我?"

"哪儿有?"博慕迟说得有理有据,"我是不想辛苦你自己找。"

两人说了几句,傅云珩低声道:"买好回来了跟我说一声。"

博慕迟笑道:"那,挂了?"

"嗯。"

挂电话前,博慕迟忍不住揶揄道:"别找醋了,舍不得你吃。"

傅云珩微顿,抬头眺望窗外的景色,敛睫一笑:"知道了。"

"在跟你男朋友打电话?"博慕迟出去时,许鸣问了句,博慕迟点头。

许鸣缄默了会儿,侧头问:"你比赛,他不过来看?"

"忙。"博慕迟不是很在意这一点,"冬奥会的时候会来。"

许鸣无奈半晌,悻悻地摸了摸鼻子,不再说话,两人直接打包了晚饭回宿舍。

看到她,焦明诚幽幽地叹了口气:"迟妹妹,你是过来刺激我的吗?"

博慕迟微窘,想了想说:"算是吧。"她把晚饭递给他,"我过来刺激你了,下场比赛能崛起吗?"

"有点儿难……"焦明诚实话实说,"对手太强。"

博慕迟笑道:"那就先把饭吃了,待会儿我们来研究一下对手到底强在哪里。"她眼神坚定地说,"对手强,我们也强,不要贬低自己。"

她说的是实话,其实能走到现在这一步,每一位选手都是优秀的。焦明诚只是昨天比赛的成绩不太乐观,但他们还有时间,还可以再练,还可以再研究。

听她这话,谢晚秋也附和道:"慕迟说得对,先吃饭。"

其他师兄师姐也跟着点头:"吃了饭再研究,明天开始再改一改训练计划。"

大家想法一致,有了干劲,问题瞬间便迎刃而解。

吃过饭,博慕迟和焦明诚几个人一起看了看昨天的比赛视频,看完又做了简单分析。

恰好教练过来,说了说近期的训练计划,等商量完回房间时,时间已经不早了。

博慕迟打着哈欠,洗漱完躺床上想跟傅云珩聊两句天,结果刚躺下不到一分钟,眼皮就重到睁不开,直接睡了过去。

晚上,傅云珩在医院值班,一直没等到博慕迟的消息,到十点给她发了条晚安,便继续忙碌了。

他正忙着,敲门声响起。

傅云珩侧眸:"进。"

是护士缪丹丹,她探着脑袋看向傅云珩这边,低声道:"小傅医生,有人找你。"

傅云珩起身:"病人吗?"

"不是。"缪丹丹往外指了指,小声说,"是心理科那边的张医生。"

半个月前,张妍不知道用了什么办法调到了傅云珩所在的医院上班,傅云珩之前并不知道这个消息,是上周在食堂和她碰见才知道的。

但碰见后,张妍只是和他简单打了声招呼,便没了后续,所以她这个点儿来找自己,傅云珩还真不确定她要做什么。

他皱了下眉,一走出科室门便看到了不远处的人。

张妍打扮简约,朝傅云珩笑了笑:"现在忙吗?"

傅云珩淡淡地说:"还好,找我有事?"

张妍扬了扬眉,笑着说:"我调回来半个月了,一直在忙,对周围还不太熟悉,不知道你有没有时间带我四处转转?"

"我在上班。"傅云珩淡淡地提醒。

张妍："我知道啊。"她抬了下下巴，示意道，"晚上值班的医生应该不止你一个吧？"她问，"一起去外面吃饭，你吃饭了吗？"

傅云珩："吃了。"他垂眸看向张妍，"上班时间，不太方便外出。"

听到他拒绝自己，张妍也不是很意外。她露出心领神会的表情，仰头看着他："那明天如何？"她道，"我记得你明天应该休息。"

"明天有事。"傅云珩淡淡地说，"我要去看女朋友。"

话音落下，周遭的空气好似忽然停滞。

张妍脸上的笑僵住，插在外衣口袋里的手紧了紧，她抿了下唇，努力回忆了一下："你女朋友是上回给你打电话的那个？"

她没见过傅云珩女朋友，不确定是真是假。

傅云珩颔首。

张妍微微顿了下，笑着说："怎么也不带出来给同学、同事们认识认识？我们都没听说过。"

"她怕生。"傅云珩回答。

周围逐渐有目光聚拢，傅云珩没想和张妍多说，敛了敛眸，神色寡淡："还有事吗？"

张妍沉默半晌："有。"她抬眸看向傅云珩，"明天没空的话，后天？"

傅云珩是真有些意外她会如此执着，眉头轻蹙，他格外不解地看向她。

他其实不是很会拒绝人，应该说，傅云珩不会拒绝像张妍这样的人。他怕拒绝太过，她会想不开。

虽说她就算想不开，也不是自己的责任，但他并不想这样的事情发生，不过要是让他真和她吃一顿饭，他也是不愿意的。

他这回答应了，张妍下回会用同样的办法让他答应。

傅云珩不想给她任何希望，她的目的性太强，强到让他都觉得有些害怕。

"后天我有事，"傅云珩没多思考，再次拒绝她，"如果你想熟悉一下周围环境，可以找其他同事。"

张妍紧抿着唇，苦涩一笑："你就一点儿机会也不给我留？"她逼问，"你后天有什么事？"

傅云珩正要说谎，一侧传来熟悉的声音："他要陪我。"

听到声音，张妍抬头朝那边看了过去，在看到和傅云珩相似眉眼的女人时，迟疑了须臾，喊道："阿姨？"

张妍见过季清影。

之前傅云珩从湖里把她救上岸生病了，她去过傅家想看看他，是季清影让她进屋的。只不过季清影没让她多待，只招待了不到半小时，她就从傅家出来了。

那是她第一次去傅家，也是唯一一次。

也是那会儿她才知道，原来傅云珩是那种家境。

"妈。"傅云珩看到季清影出现，明显也很意外，"您怎么来了？"

季清影给了他一个眼神："给你爸送餐，路过你这儿就过来看看。"她问，"打扰到你工作了吗？"

傅云珩摇头。

季清影一笑，和他并排站在一起，抬眸看向张妍："这位是……？"

傅云珩："高中同学，张妍，还记得吗？"

季清影努力回想了一下："我有印象了，"她笑容温和，朝张妍点了点头，"好久不见。"

这话其实没什么恶意，可对张妍来说很是刺耳。

她总觉得季清影在提醒她，她自杀的那件事，只要一想到那件事，她就觉得他们在用异样的眼光看自己，而且还是格外看不起的那种。

张妍想到这儿，眼神暗了暗，她讷讷地出声："阿姨，好久不见。"

季清影笑道："你找云珩有事吗？"

"没事了，"张妍咬了下唇，"就是问他几个问题。"她顿了顿，努力地挤出笑容，"刚问完，我正打算回去。"

季清影诧异："不会是我打断的吧？"

"不是不是。"张妍摆手，看向傅云珩："我先回去了。"

她顿了顿，又看向季清影，"阿姨再见。"

季清影微笑着："再见。"

张妍加快脚步，狼狈离场。

看着她背影消失在转角处，季清影这才将目光放回自己儿子身上。她摸着下巴，眼神上下扫视，打量着他："你说我要不要跟兜兜提供一下情报？"

傅云珩垂眸看着她："妈。"

季清影扬眉："喊妈没用，在我这儿，兜兜可比你重要。"她戳了戳傅云珩的肩膀，小声说，"你怎么跟你爸一样，桃花那么多。"

这个锅，傅云珩一点儿都不想背。他觉得自己还好，他的桃花没他爸多。

母子俩进了科室，季清影把手里的饭盒放下，拧开说："鸡汤，喝点儿吗？"

傅云珩："喝。"

季清影边给他倒边问:"刚刚那同学什么情况?"

"就您看到的情况……"傅云珩有点儿头疼,"她调到我们医院上班了。"

"哦。"季清影点点头,蹦出一句,"以后抬头不见低头见的,近水楼台先得月。"

傅云珩被她的话呛住,猛地咳了两声,错愕不已:"妈,您说什么呢?"

季清影耸耸肩,一点儿也没长辈的威严,跟二十多岁时一样,心态依旧年轻:"妈又没说错,至于后面那句,是兜兜跟我说的。"

傅云珩沉默。

他就知道,他妈和博慕迟凑一起,铁定不会说什么有营养的话题。

季清影瞥他:"喝汤,然后呢?她调回来多久了?"

"半个月。"傅云珩如实告知。

季清影沉吟了会儿,到一侧椅子上坐下:"她经常过来找你?"

"第一回。"

"那以后应该会经常来了。"季清影在看人这方面非常准。

季清影想着刚刚张妍看自己的眼神变化,拧了拧眉问:"她是不是想法比较偏激?"

傅云珩再次点头。

母子俩无声地对视半晌,季清影揉了揉眉眼:"要不,把你调走?"

傅云珩看着她,一脸怀疑和诧异的表情。

季清影失笑:"那你打算怎么办?"

"不怎么办。"傅云珩说。

季清影:"她跟你表白了吗?"

"没有……"

其实对傅云珩来说,张妍和他表白了,他还知道怎么拒绝,怎么把话说清楚。现在的问题是张妍并没提这方面的事,她只是约他帮忙一起熟悉环境,一起吃饭什么的。

越是这样,傅云珩越不会处理。

季清影托腮叹了口气:"难搞。"她瞅着傅云珩,琢磨着说,"要早知道,我就不把你生得这么帅了。"

这是父母能决定的?

季清影说着自己笑了,拍了拍傅云珩的肩膀:"这种事,妈也没办法帮你,你自己用最合适的方式去处理吧。"

"不过,"季清影看着他,"我得给你提前打个预防针……"

傅云珩："您说。"

季清影："不要吃着碗里的看着锅里的,你要是做了什么对不起兜兜的事,你以后就改姓吧,我和你爸都不会要你。"

傅云珩无奈："不会。"他怎么可能做那种事？

"嗯,也不要优柔寡断。"季清影认真地说,"感情这种事,最忌讳优柔寡断,你内心想怎么做,就怎么做。我相信你会处理好的。"

她相信自己的孩子是能处理好这些事的人。

傅云珩点头："我知道的,您放心吧。"

季清影应声,等他喝完鸡汤就准备回家。

傅云珩这会儿不忙,起身送她去停车场。

路上,季清影问他："明天休息回家吗？"

她只知道他明天休息,刚到科室的时候也没听到他和张妍的前半段对话。

"我去看兜兜。"傅云珩说。

季清影眼睛一亮,笑着道："行。记得跟兜兜说,我们都无条件支持她,给她加油。"

"好。"看着季清影的车消失以后,傅云珩站医院门口吹了会儿风,理了理思绪,这才抬脚回了医院,继续值班。

翌日上午,博慕迟一行人改变训练计划,一上午都泡在训练场。

她的大跳台成绩有了新的突破。训练完到中午休息时,博慕迟飞速往换衣间跑。

谢晚秋看她着急忙慌的模样,扬了扬眉,逗她："跑这么快做什么？去见男朋友？"

博慕迟诧异地道："师姐,你怎么知道？"

"真去见男朋友？"谢晚秋随便猜的,"你男朋友不是很忙吗？"

"是啊。"博慕迟笑道,"但他昨天晚班,所以今天有几小时能来看我。"

闻言,谢晚秋表示佩服："白天不睡觉？"

"睡的。"博慕迟道,"他说他下午在车里睡。"

谢晚秋一怔,犹疑地问："你这意思是,你们俩中午见了,你男朋友不回去,晚上还在？"

博慕迟"嗯"了声："他是这样说的。"

其实刚开始傅云珩这样提议的时候,博慕迟是拒绝的,不想他太辛苦。

但傅云珩下一句话,就让她无条件妥协,同意了。

他说："看不见你的时候，我在家其实也不怎么能睡好。"

两人的忙碌程度，不是一般人可以想象的。她只有中午和晚上有休息时间，他想挤点儿时间陪她。

博慕迟就在国内，却因为各种比赛以及高强度训练，根本没办法回家，也没办法好好休息。傅云珩也一样，最近医院的事情多，他要学的、要做的也不少，难得有时间可以来看她。

谢晚秋嘴唇微张，震惊半晌，感慨地说了句："果然是热恋期。"

热恋期的人，什么疯狂的事都能做出来。

博慕迟笑了笑："师姐，你热恋期的时候做什么疯狂的事了吗？"

"有。"谢晚秋不好意思地笑了笑道，"你还记得我们在欧洲训练的那段时间吗？就前几年。"

博慕迟努力回忆了一下，点头："嗯。"

"有一次，我们有一天假期，我男朋友在另一座城市，当时大雪我买不到机票，就在火车站买到了一张票，坐了七八个小时去他的城市见他。"

算上在车里和路上的时间，谢晚秋当时只和她男朋友待了不到两小时，就又分开了。

回来的时候，她男朋友又请了假，陪她坐了七八个小时火车将她送回训练队。

听完，博慕迟蹦出一句："那我觉得我和云宝还算理智的。"

他们虽然疯狂，但没这么疯狂。

谢晚秋："那不一定，万一以后你们也有呢。"

说话间，博慕迟将滑雪服换下，跟岑青筠说了声，就走出了训练基地。

一走出去，她便看到了等在外面的人。他一如既往地英俊帅气，穿着长呢子大衣望着自己，露出久违的笑容。

"这儿。"

博慕迟想也没想，飞快地朝他跑过去，然后撞到他怀里。

傅云珩稳稳当当地把她接住，垂眸看着她："想我了？"

博慕迟钩着他的脖颈，很是坦然："想了。"她跟小狗似的埋在他的胸口，蹭着他的衣服，嗅着他身上熟悉的味道，"难道你不想我吗？"

傅云珩揉了揉她头发，贴近在她耳侧说："想。"

每天早上、晚上，只要空下来，他就控制不住地想她。他想她笑的模样，想她跟自己撒娇的模样，想她睡在自己怀里的模样，想她……

什么样的她，他都想。

听到令自己满意的回答，博慕迟扬了扬眉梢，傲娇地说："那就好。"

傅云珩捏了捏她的脸："想吃什么？"

"我带你去食堂吃吧？"博慕迟看着他，"在这种关键时候，教练让我别吃外面的东西。"

傅云珩："方便？"

"方便啊。"博慕迟说，"你是家属，怎么不方便？"

闻言，傅云珩勾了下唇："行，去食堂。"

两人出现在食堂，不少人齐刷刷地盯着傅云珩。

博慕迟掩唇咳嗽了声，压着声音说："大家都对你好奇。"

"我觉得不是好奇。"傅云珩接收着同性眼神里迸发出的探究目光，"他们是在嫉妒我。"

"可能，"博慕迟自恋地道，"没办法，师兄师姐们都喜欢我。"

听到这话，傅云珩捏了捏她的掌心："是。"他直接表白，"我也很喜欢你。"

博慕迟耳朵一热，没想到他会这么猝不及防地将情话说出口。

她压了压唇角的笑，戳了戳他的手臂问："你怎么突然说这种话，你不会是做了什么对不起我的事吧？"

他们无声对视半晌。

博慕迟眨眼："真的有？"

"没有。"傅云珩无奈，"想什么呢，先去打饭。"

"哦。"慕迟狐疑地看了他两眼，"但我觉得你有事瞒着我。"

傅云珩不得不佩服她的直觉，点头："待会儿吃完饭跟你说。"

"行。"博慕迟也不急这一会儿。

傅云珩之前见过许鸣一行人，所以在博慕迟将他带过去和大伙一起吃饭时，大家倒也没什么生疏感，甚至还能熟络地聊两句。

这里，焦明诚话最多。

吃过饭，博慕迟不想和其他人共享傅云珩来看自己的时间，拉着他急匆匆走了。

只不过他们训练地的地方也没什么可去的，两人坐上车后，博慕迟扭头看向傅云珩："说吧，什么事？"

傅云珩还在调位置，侧眸看了博慕迟一样，漫不经心的模样："你要坐那儿？"

博慕迟一顿，看了眼："不然坐哪儿？"

傅云珩用眼神示意。博慕迟微窘，耳廓立马红了。

437

她摸了下耳朵，莫名有点儿紧张："坐你腿上？"

傅云珩："来吗？"

少顷，博慕迟艰难地从副驾驶座跨到驾驶座，坐在傅云珩腿上。

隔着衣物，两人肌肤的温度互相影响，互相感应。

博慕迟还是有点儿担心，靠在傅云珩身上，小声问："会被看到吗？"

"不会。"傅云珩说。

"哦。"

博慕迟稍微放心了点儿，盯着他近在咫尺的眉眼，下意识地吞咽了下口水。

一段时间没见，她觉得傅云珩好像又帅了点儿。

注意到她眼神的变化，傅云珩刻意压低了声音，循循善诱："是想先听我说事，还是先抱一下？"

博慕迟眉眼任何迟疑，趴在他怀里拧了下他手臂的肉，但一拧，博慕迟发现拧不动。

"你就是故意的。"

"故意什么？"傅云珩的呼吸贴在她耳侧，嗓音很低，"张妍调去我们医院了。"

博慕迟一怔，讶异地抬起了眼："然后找你了？"

傅云珩点头。

"然后呢？"博慕迟好奇。

"找我吃饭，我拒绝了。"傅云珩如实告知。

博慕迟沉默半晌："你拒绝得果决吗？她不会有什么偏激行为吧？"

傅云珩失笑，弹了下她的额头："就只关心这个？"

他唇瓣贴在她的脸颊上，再往下便要亲上她了。

他低低地道："有没有偏激行为我不知道，我只知道我要是不拒绝，我女朋友会跟我闹脾气。"

"不只闹脾气。"博慕迟瞅着他，"你还有可能会失去女朋友。"

傅云珩抓住她的手："我知道。"他喉结滚了滚，嗓音沙哑，"还有什么想问的？"

博慕迟一时想不起来了。

她沉默了会儿，正要开口说你今天几点下班，几点到训练基地门口的，结果一个字都没蹦出来，傅云珩忽然吻上了她的唇。

她嘴唇微张，恰好给了他长驱直入的机会。

博慕迟的唇舌被他捕捉，无处躲藏。

她整个人还坐在他的身上,任由他滚烫的气息和舌尖侵占自己,舌尖被他吮吸得有些发麻。

两人太久没见。

再见面,情侣间好像只能用这样的方式来表达自己这一段时间的思念。

博慕迟被亲得感觉脑袋都开始迷迷糊糊的了。

直到傅云珩的手从她后腰处钻入,沿着她的腰窝往上,粗糙的指腹和她肌肤紧密地贴合在一起时,她才找回一点儿理智。

"车……这是在车里。"她红着脸提醒傅云珩。

"我知道。"傅云珩咬着她的唇,哑声回答。

他手顿了顿,慢慢地往下,搭在她的腰侧,不再有任何动作。

寂静的车厢内,两人喘息声明显。

博慕迟觉得自己脸烫,身体也烫,她埋头在傅云珩脖颈处,感受到了他的身体反应。

她安静半晌,小声说:"你……还好吗?"

傅云珩"嗯"了声,轻抚着她的发丝,闻着她身上散发出的栀子花香,嗓音有些沙哑:"吓到你了?"

"没有……"博慕迟又不是什么都不懂的人,再说两人都谈恋爱这么久了,她怎么可能还被他吓到?

只是她没料到,傅云珩会在车里有这么明显的反应,她一直都以为他会继续克制。

毕竟,两人从恋爱至今,傅云珩除了亲她,很少做一些过分的举动,甚至连抚摸都很克制,不会真的触碰到她的肌肤。

想到这儿,博慕迟抬眸看着他:"你今天……"

傅云珩知道她想说什么,低头亲了下她的眼睛:"不止今天。"

其实很多次,他都有这样的冲动,但他怕吓到她。

博慕迟羞赧,闭着眼说:"那现在怎么办?"

"抱一会儿就好。"傅云珩顿了顿,忽然说,"还有三个月。"

博慕迟一愣,忽然明白他说的三个月是什么。

他指的是距离她参加完所有比赛,还有三个月时间。

安静半晌,博慕迟憋出一句:"那你这三个月别亲我了。"

傅云珩蒙了一瞬,垂眸看着怀里的人,忍不住去扯她的脸:"你认真的?"

博慕迟无辜地看着他,小声嘀咕:"我这是为你好。"

她虽然对这方面的事没有深度了解，但也知道憋久了不好，觉得自己刚刚那个主意真是两全其美。

思及此，她瞅着傅云珩："你觉得不好？"

傅云珩给了她一个眼神，来表达自己的想法。

博慕迟悻悻地"哦"了声："好吧。"她捧着他的脸凑上去亲了口，"那还是亲吧。"

两人坐在一起腻了许久，傅云珩看着她："要不要睡一会儿？"

博慕迟一愣："还有一小时，我就得回训练场了。"

"所以现在睡一会儿。"傅云珩接话。

博慕迟眨了眨眼："你挤时间赶过来，就为了看我睡觉的吗？"

她不想睡，但她知道傅云珩是为她好。

傅云珩揉了揉她的头发，声音温柔："看你睡觉也挺好。"

博慕迟和他对视半晌，微忖片刻道："你也睡？"

傅云珩笑："好。"

两人将车内座椅调整好，面对面躺下。

傅云珩的车里一直有毯子，他扯过来给博慕迟盖上，顺手调了个闹钟。

"睡吧。"

博慕迟直勾勾看了他半晌，朝他伸出手："我想牵着你的手睡。"

这样的话，她会更安心一些。

傅云珩把手递给她："这样？"

博慕迟点头。

傅云珩看着两人钩在一起的手指，轻笑了声："不会觉得累？"

"不会。"博慕迟迷迷瞪瞪地嘀咕，"我不这样的话，你肯定等我睡着就继续忙别的事了。"

她想傅云珩也能好好休息一会儿。

听出她对自己的不信任，傅云珩道："不会。"他哄着她，"安心睡吧。"

博慕迟闭上眼答应着："嗯。"

博慕迟有午睡的习惯，每天中午都会睡觉。即便只是半小时，睡过后下午的精神都会好很多。

这也是傅云珩催她睡觉的原因。

其实在车里睡觉并不舒服，但傅云珩知道她今天中午是不会愿意回房间睡觉的。而他也自私地想多看她一会儿，想她留在自己身边多待一会儿。

盯着博慕迟的睡颜许久，傅云珩看窗外投射进来的阳光，她在睡梦中拧紧了眉头。

他抬起另一只没被她牵住的手，姿势别扭地倾身到她这一侧，挡住车窗玻璃上的太阳，在她头顶覆下一片阴影，让她睡得相对舒服一些。

两人匆匆见了一面，待了几小时。

次日，傅云珩恢复了忙碌的医院生活，博慕迟也再次进入紧张的备战和各种比赛中。

体育新闻网上，时不时会有博慕迟的好消息，国家冬奥会的微博上也会有@她的消息出现。

她今年的战绩让人惊叹。网上不少人议论，好奇她是不是准备比完今年就退役了，不然怎么会这么猛。

不单单是网友们这样觉得，连带着谈书也都震惊不已。

再次看到博慕迟拿下美国站世界杯金牌时，她给博慕迟发去了祝贺消息。

祝贺完，她没忍住，问出了和网友一样的问题。

谈书："你是打算比完今年就退役了吗？"

博慕迟："为什么这样说？"

谈书："因为大家都这样说，你最近有点儿猛啊。"

博慕迟："哦，我只是想多拿点儿金牌。"

谈书："然后呢？"

博慕迟："然后告诉大家，谈恋爱其实也不影响我拿奖。"

谈书依照自己对博慕迟的了解，琢磨了一下，抓住了重点："你是想把傅云珩介绍给大家？"

博慕迟："可以这样说吧！"

她确实有这个打算。但更多的是她想用事实告诉大家，过去大半年她虽然恋爱了，但一点儿都没有影响训练，更没有影响她比赛的状态。

谈书懂了，沉默半响，给她发了个加油的表情包。

博慕迟笑着回了她一句："不过冬奥会还没开始，这些金牌的分量没么高的。你替我祈祷一下。"

谈书："祈祷什么？"

博慕迟："祈祷我在冬奥会也能超常发挥。"

谈书："你就算不超常发挥，那些金牌也是你的囊中之物。"

博慕迟："你这是对我盲目自信……"

谈书："不对你自信，我对谁自信？"

小姐妹就该如此。

博慕迟:"行吧,我再努努力。"

谈书:"嗯嗯!要过年了呢,你能回家吗?"

博慕迟:"没办法回,年后就是冬奥会了,今年在队里过年。"

谈书:"那新年礼物等你拿奖后给你。"

博慕迟:"好。"

这一年的新年,比想象中来得更快一些。

博慕迟一行人没回家,就在队里过了个简单的新年。好在大家都习惯了,也没多遗憾。

一起吃过团圆饭后,大家凑在一起看晚会放松。正看着,博慕迟收到了傅云珩的消息,说是到了。

之前傅云珩和她说过,她不回家过年,那他就过来陪她一会儿。

看到他的消息,博慕迟忍不住弯了下唇,跟教练请了假,加快脚步往外走。

走到训练基地门口时,博慕迟还怀疑自己眼花了。她看着出现在自己面前的一群人,有些许错愕。

"傻了?"迟绿率先出声,"喊人。"

博慕迟瞬间热泪盈眶,望着面前的一大群人,喜极而泣:"你们怎么都来了?"

程晚橙笑着说:"来陪兜兜姐过年呀。"

陈星落点头:"你没办法和我们去郊区放烟花,那就只能我们过来找你啦。"

其余人附和。

博慕迟眨了下眼,把眼泪给压了下去,看向几个大人:"陈叔叔,你们怎么也来了?"

陈陆南笑了笑,温声道:"想你了。"他笑道,"你都多久没去陈叔叔家看你颜姨了?"

博慕迟感动不已,连忙说:"比完赛就去。"

不单单是陈陆南和颜秋枳来了,其他几家也全来了。

博慕迟在国内却没办法回家过年,这是少有的事,所以大家都不约而同地决定过来看看她,即便只是陪她说两句话,也很好。

这个新年,是博慕迟过得最特别也最温暖的新年。

他们一群人站在训练基地门口吹风,眺望着万家灯火,画面温馨又美好。

有他们在,博慕迟一点儿都不觉得孤单。

大家没留多久,考虑到她还需要早点儿休息,简单聊了几句之后便回家了。

回到房间，博慕迟那憋了一晚上的眼泪终归是憋不住了，趴在床上哭了好一会儿，才收拾好情绪。

她忍不住摸出手机给傅云珩发消息："你怎么不提前告诉我？"

傅云珩："想给你一个惊喜。"

博慕迟："惊喜到我想哭。"

傅云珩坐在车内，勾唇笑着："没哭吗？"

博慕迟："哭完了。你们到家了吗？"

傅云珩："还没有，困了吗？还是等我回家了再给你打电话？"

刚刚人多，小情侣也没什么腻歪的时间。

博慕迟："我等你回家。"

傅云珩："好。"

这一晚，博慕迟熬夜了。

她跟傅云珩打了个很长很长的电话，最后熬不住，睡着了，都没舍得挂断。

初一这日，傅云珩和季清影、傅言致回了趟奶奶家。吃过饭，他奶奶和他妈说要去庙里上香。

这是傅家的习惯，大年初一都会去庙里烧香拜佛。

傅云珩想也没想，看向两人："妈，我也去。"

季清影一愣，正要答应，叶青，也就是傅云珩的奶奶觉得诧异："你之前是不信这些，也不和我们一起去庙里的，今年怎么想去了？"

"嗯。"傅云珩说，"兜兜过段时间要比赛了。"

叶青恍然，笑盈盈地道："那一起去吧。"她看向还坐在客厅的丈夫和儿子，喊道，"云珩都要去庙里烧香了，两位老帅哥也一起？"

两人对视一眼，起身陪同。

"皇太后"都发话了，他们怎么可能拒绝？

一群人去了寺庙。

从寺庙回去时，季清影还觉得有趣，和傅言致讨论了下他们近期改变有些大的儿子。

"以前云宝可从来不信这些。"

傅言致笑了，目光柔和地看着自己的妻子，低声道："他最近这段时间，总有事没事找老徐。"

季清影一怔："徐老医生？"

傅言致点头。

季清影压着声音说："他这是准备转骨科？"

443

他们俩口中的徐老医生是骨科方面极具盛名的一位医生,前几年退下来了,一般情况下很少能有人请得动他出山。

傅言致和徐老医生的儿子是同事,两人关系不错。之前傅云珩报医学院时,徐老医生还问过要不要跟他学骨科,他能把自己毕生所学都传授给傅云珩。但那个时候,傅云珩拒绝了。

现在他频繁找徐老医生,季清影一猜就知道是什么原因。

博慕迟这个职业,不受伤当然是最幸运的。但偶尔还是避免不了轻微的扭伤、拉伤等,严重点儿的就更不用说了。

傅云珩在做万全的准备。

他当然希望博慕迟这辈子都不要受伤,可万一受伤了,他多掌握一些专业知识,就不至于在她受伤后束手无策。

他是个想得很长远的人,什么事都会提前准备。

想到他去了解骨科是为了博慕迟,季清影还有点儿吃醋。

"唉。"她叹了口气,"云宝长大了,变成别人家的孩子了。"

傅言致一秒猜中她在感慨什么,他失笑,捏了捏她的手:"但我永远是你的。"

瞬间,季清影那点儿低落的情绪消失殆尽。她娇嗔地睇他一眼,忍着笑道:"都多大年纪了,怎么还这么会说情话呀,傅医生?"

"要哄傅太太。"傅言致一脸很为难的模样,耸了耸肩,"没办法。"

季清影乐不可支,翘了下唇说:"你今天求的什么愿?"

傅言致挑眉:"说出来就不灵了。"

"说一个。"季清影好奇,"肯定也灵的。"

傅言致笑着侧头望着她:"我的愿望就是希望你和云珩许下的愿望都实现。"

他希望他爱的太太和儿女都能得偿所愿。

季清影笑了,一如既往地感动。

她看着路上拥堵的车流,沉默了好一会儿:"明年等舒宝回来了,我们一家子再来这儿一次。"

他们来还愿。

傅言致答应:"好。"

无论时光怎么变化,岁月流逝多快。对季清影提出的请求,傅言致的回答永远都是好。

他的傅太太,他愿倾尽自己的一切去满足。

初一后，傅云珩回到工作岗位。

他今年没像去年一样，假期七天都守在医院，但也有六天的上班时间。因为他提前写了申请，准备把假期都攒到博慕迟比赛的那几天。

她今年的冬奥会比赛，他一场都不想缺席。

他想坐在现场，看她叱咤雪场，看她恣意飒然，意气风发的模样。

冬奥会的开幕，比想象中来得更快，一眨眼的工夫便到了。

博慕迟在这一日睡醒时还有点儿恍惚。

她听着外面响起的国歌，看向墙上挂着的队服，看了许久，莫名地跟着笑了起来。

冬奥会的开幕式很盛大。

博慕迟和队友们入场时，周围的尖叫声和欢呼声都很高。

看着五星红旗在空中飘扬，博慕迟有种油然而生的自豪感。不知道为什么，她就觉得这面旗帜特别好看，特别让人心安。只要看见，她就会有坚定的信念。

傅云珩是在博慕迟比赛的前一晚到达的，不单他过来了，连带着傅言致一行人也全在这几天休假，过来看她比赛，为她加油。

不过有点儿遗憾的是，博慕迟赛前不能离开，所以没能听到他们的加油语录。

单板滑雪在今年分为几个大项目比赛，分别是男女U型场地技巧、坡面障碍技巧、平行大回转、大跳台、障碍追逐，以及混合项目障碍追逐团体。

比赛共产生11枚金牌。

单板滑雪的第一场预赛是坡面障碍技巧。

这项比赛的赛道较长，在滑行的过程中，运动员需要越过滑道上的各种障碍物。

博慕迟在坡面障碍上不是特别拿手，但成绩也不差。预赛过后，她如期进入决赛。

决赛是在次日。

次日不单单有坡面障碍技巧的决赛，还有她擅长的U型池预赛。

这场比赛后，博慕迟收到了亲朋好友的问候和鼓励。

"今晚好好休息。"岑青筠看着她，"明天是障碍追逐的决赛。"她微顿，笑着说，"这项不是你擅长的，但你也得给我拿个铜牌回来。"

预赛后，进入决赛的选手就有16名，这16名选手里，只有三个能拿奖牌，竞争可想而知。

博慕迟笑了笑，温声道："一定。"她看向岑青筠，"放心吧，您不用担心我的状态。"

岑青筠看着她，感慨地说："我就想你被更多人看见。"

她也想博慕迟在今年的冬奥会上能一切顺利。

迟绿几个人也跟着紧张。

"明天是坡面障碍决赛吧？兜兜会不会紧张？"颜秋枳问。

季清影："我觉得不至于，她都习惯了。"

"那我们要不要给她发消息，加加油？"

迟绿琢磨了下："发吧，但也别给她太大压力，顺其自然就行。"

说到这儿，陈星落告诉他们："现在网上的情况还好，只是大家对兜兜都寄予厚望，对她今天障碍追逐预赛的成绩，算不上特别满意。"

少部分网友不管这是不是运动员擅长的，既然你是滑雪天才，那你就该全部擅长，次次拿金牌。

迟绿无语半响："不管他们。"她轻哼，"兜兜就算没进决赛，也轮不到他们点评。"

"快呸一下。"颜秋枳在旁边道，"我们兜兜怎么可能进不去决赛？"

迟绿："好的……"

一群大人凑一起叽叽喳喳，赶回来看比赛的季云舒站在傅云珩旁边，观察着他的表情变化："哥。"

"嗯？"傅云珩看着她。

季云舒好奇："你担心兜兜姐吗？"

傅云珩："担心。"他实话实说。

只不过，他担心的不是她能不能拿奖，而是担心她看到那些不好的言论。她已经全力以赴，铆足了劲在为国争光了，却还要被人辱骂，被人贬低，甚至把她贬得一文不值。

季云舒拍了拍他的肩膀："不用担心，我相信兜兜姐一定行。"

季云舒想到预赛时博慕迟的英姿，她穿着红白相间的滑雪服利落地越过障碍物，跳跃坡面高度，格外帅气。

傅云珩跟着笑了下，点头附和："嗯，我也相信她。"

被所有人期待的滑雪天才，在第二天不负众望，成功拿到了女子坡面障碍追逐赛的银牌。

走上颁奖台的时候，博慕迟下意识地寻找熟悉的身影。

不远处，迟绿一行人在为她加油。

这一日，博慕迟的U型池预赛也顺利拿到名额，进入决赛。

四年前，她在U型池的决赛上拿下了一枚银牌。

今年，博慕迟不意外是冲着金牌去的，以第一名的成绩进入决赛。当天下午，网上全是和她有关的，和冬奥会有关的新闻。

所有人都在期待，期待她再次刷新全世界人民对中国选手在滑雪方面的认知，期待她刷新纪录。

U型池的决赛，就在第二天。

博慕迟亮相时，全场欢呼。大家都将期待的目光放在了她的身上。

在所有人的注视下，她弯腰跃起抓板，空中飞跃正脚外传1620°，连接外转1280°，惊艳众人。

整套比赛动作质量极高，转体力度十足。她在空中犹如飘起的一片雪花，干净又利落地利用风向让自己翻转、回转，然后稳健落地。

落地刹那，全场掌声雷动。

毫不意外，博慕迟在U型池的决赛中，以最高分数95.28分为中国队拿下了一枚金牌，这是迄今为止女子U型池的最好成绩。

这一日后，没有人再说，她滑雪天才的名号是虚名。

有了这一枚金牌，众人对她接下来的比赛，更是万分期待。

冬奥会的比赛持续时间长，有博慕迟比赛的时间，傅云珩都在，一场都不错过。

没有她赛事安排的日子，他基本上是在赛场和医院来回奔波。

在最后一场比赛平行大回转落下帷幕之前，博慕迟已经拿到了两金一银一铜，刷新了不少纪录。

她是真正的上了比赛台就不会不拿奖的选手。

平行大回转，是单板滑雪的收官比赛。

博慕迟依旧以优异的成绩进入决赛，决赛这日，在现场和电视机前观战的人，比以往更多。不单单是我们国家的，连外国选手和外国人也都很想知道，她在平行大回转上会有什么样的表现。

四年前，博慕迟已经拿下了一枚平行大回转的金牌。那么今年，她到底还能不能卫冕，所有人都很好奇。

众人的视野里，博慕迟穿着右肩上别着五星红旗的滑雪服出现在大回转的出发处。

她站在那儿，俯瞰脚下。

有那么瞬间，这儿的一切，都是属于她的。她只要穿上滑雪服，就耀眼如星辰。

所有人都甘愿成为她的雪下之臣，瞻仰她、崇拜她。

解说员在现场欢呼讲解，介绍参赛选手名字时，镜头扫到博慕迟。

她露出了一个明媚的笑容，眼神依旧澄澈干净，没有不可一世的神情，更没有紧张焦虑。她很从容，从容地出发向下滑行，运用回转的技术动作穿过25组三角旗门，以最快的速度抵达终点。

她在平行大回转上的身姿，犹如海平线上的一叶扁舟，轻巧又灵活，一切都在她的把控之中。

所有人都瞪大眼，看她以极其迅猛的速度越过旗门，最后停至终点。

她直起身体看向镜头的一刹那，解说员报出了她的成绩。现场的掌声和欢呼声，似要将雪场撕裂，所有人都在为她庆祝，为她喝彩。

博慕迟刷新了自己曾创下的纪录，再次拿下一枚金牌。

很久之前，博慕迟给自己定下的目标就是三枚金牌。

她没将自己的想法告诉任何人，因为所有人都会觉得她异想天开。在比赛场上，能一次拿下几枚金牌的人，少之又少，更何况是滑雪项目，拿下一枚金牌，都已然是非常不错的成绩。

可博慕迟就是敢想。

她想，总不能辜负滑雪天才这个称号，不能辜负大家对她的期待。

当然，她更不能辜负的是不怎么迷信的家人、朋友以及她的男朋友，为了她的比赛，都踏进寺庙为她祈福了。

他们都在看着她，她总要刷新一下纪录，让他们为自己感到自豪。

她再次登上颁奖台，给她颁奖的人手都在颤抖，在为她高兴。

旁边的选手在亲吻自己的金牌，博慕迟没有。她拿着金牌，直直地望向不远眺望自己的人。

距离很远，她其实看不清傅云珩的神情，但她知道，他在看自己，在为她高兴。

他们一直都是这么心有灵犀。

作为热门人物，博慕迟不意外地冲上了热搜。

与此同时，蜂拥而至的是媒体记者。她不是刚出名的运动员，但依旧是今年热门的运动员选手，更何况这么多天下来，她的成绩有目共睹。

傅云珩远远地看着她，看她出现在镜头里，笑盈盈地接受记者采访。

记者对她的态度向来温和，更何况她刚刷新了滑雪界的纪录，大家对她都尤为客气。

"慕迟妹妹，"记者举着话筒靠近，好奇地问，"今年你表现异常优异，大家也都说你进步神速，有什么秘诀可以跟大家分享吗？"

博慕迟："秘诀大概是有动力？"

记者："什么动力？"

"为国争光呀。"博慕迟非常实诚，"还有就是想拿奖。"她说，"我对金牌有欲望。"

记者被她的话逗笑："大家看你今年这么拼，都以为你是准备退役了。"

"我应该还蛮年轻的吧？"博慕迟俏皮反问，"没到退役年龄，教练不让的。"

记者中规中矩地问出大家好奇的八卦问题，到最后话题又莫名绕回到了原点。

又一次听到这个问题，博慕迟歪着头，笑眼弯弯地透过镜头在看某处，道："其实还有个私人动力因素。"

记者眼睛一亮，敏锐地嗅到了八卦消息的信号。

"是什么？"

"是我男朋友吧。"博慕迟大大方方地告诉镜头前所有关注她的人，含笑道，"想多拿点儿金牌送给男朋友，然后带他回家。"

记者大为震惊："男朋友？"

博慕迟点头："嗯，忘了告诉大家。"她看着镜头，认真告知，"我有男朋友了。"

记者立马追问："什么时候的事？男朋友是我们大家认识的吗？"

"不是。"博慕迟言简意赅地回答。

看记者还想多问，博慕迟沉吟片刻道："告诉大家，是我想把这个好消息跟大家分享。"她抿了下唇，有些不好意思，"不过我内心还是希望大家不要对我男朋友的身份好奇，因为我想把他私藏。"

他是属于她的独家宝藏。

她之所以告诉大家这件事，是因为博慕迟不想在日后被拍到，然后有人会用言语去攻击傅云珩。

虽然说这种事发生的概率很低，但不怕一万就怕万一。她不舍得让她的小傅医生被中伤。

记者采访结束，博慕迟回到队友们所在的地方。

岑青筠第一个伸手抱住她，眼含热泪："付出是有回报的。"

博慕迟回抱着她："都是青姐教得好。"

谢晚秋："青姐，我也想抱一抱慕迟，沾沾她的喜气。"

博慕迟侧头看着她:"快来。"

大家纷纷祝贺她,焦明诚倒和其他人不同,瞅着博慕迟,忍不住感慨:"迟妹妹,你对你男朋友是不是太好了点儿?"

博慕迟眨眼:"他是我男朋友,我不对他好对谁好?"

焦明诚噎住,大家也被两人的对话逗笑。

许鸣垂眸看着她:"恭喜。"

博慕迟扬眉:"同喜。"

今年男子的单板滑雪里,许鸣也拿了不少奖。

今年中国队都特别争气,将不少奖杯收入囊中,甚至在很多冷门的运动项目中,也都刷新了纪录,让大家看到了不一样的中国风采。

看完博慕迟被采访的一群人,齐刷刷转头看向傅云珩。

傅云珩接收着众人的注视,想掩饰自己的情绪,却发现在当下这一刻,他所有的情绪都是无处可藏的。

请假过来看比赛的迟应瞅着他那上翘的唇角,酸溜溜地说:"便宜云珩哥了。"

贺礼:"确实。"他深表认可。

陈星落在旁边笑了会儿,采访傅云珩:"请问小傅医生,听完你女朋友的表白,有何感想?"

傅云珩正要说话,一侧的博延幽幽地道:"小星星,你不如问问你博叔我有什么感想。"

他太生气了。

迟绿"扑哧"一笑,跟着道:"顺便也采访一下我。"她心里泛着酸涩的苦水,怨气颇深,"兜兜怎么只记得跟云珩表白,不跟爸妈表个白?"

"还有弟弟。"迟应立马补充。

程晚橙:"还有我们。"

大家你一言我一句地说着,季清影和傅言致在旁边笑了好一会儿,才出声:"别调侃云宝了,他已经害羞了。"

迟绿觑她一眼:"你怎么只知道维护你儿子?"

季清影耸肩:"那我维护我儿子不相当于维护你女儿?你女儿要知道你们在这儿欺负云宝,肯定跟你生气。"

迟绿噎住,无奈半晌,扭头看向博延:"季清影欺负我。"

博延:"你以后可以刁难你女婿……"

这也算是报仇了。

听到这话,众人无语。

傅云珩无声地翘了下唇,心情说不出地好。

这一日比赛虽然结束了,但还没到闭幕式,博慕迟还是没办法回家跟傅云珩一群人庆祝。她只能在微信上,在电话里和亲朋好友以及男朋友聊天。

闭幕式落下帷幕,冬奥会结束后,博慕迟他们还有别的比赛。

等她真正能从队里回家的时候,春日的气息已经很浓厚。冬日里树叶褪尽的树枝长出了嫩芽,郁郁葱葱,路边的花也都开了,花香扑鼻,让人心情愉悦。

博慕迟是提前小半天回家的,原本她要次日才能回家,傅云珩也和她说好去接她。但所有事都已经告一段落之后,她跟岑青筠说了声,便一个人悄悄回家了。

家里没人,博慕迟给迟绿打了个电话才知道,她和干妈逛街、按摩去了。

知道她回家,迟绿没多想:"家里没人的话,你去找云宝?"

博慕迟:"行吧。"她很勉强地说,"那我去医院找他。"

迟绿:"去吧。"

博慕迟到傅云珩医院时,还没到他下班时间。

她看着面前这家熟悉的医院,几个月没来,忽然有种恍若隔世的感觉。

不巧的是博慕迟到医院,第一个见到的不是傅云珩,而是赵航。

看到她出现,赵航一瞬间还以为自己眼花了。

他揉了揉眼,惊喜不已:"慕迟妹妹?"

"嘘。"博慕迟戴着口罩,眼睛弯成月牙,"小赵医生。"

"你怎么回来了?"

博慕迟回答:"所有比赛都结束了呀。"

赵航惊喜不已,擦了擦手问:"我现在还能和你握手吗?"

"可以,"博慕迟忍笑,"还能合照,要吗?"

赵航:"要。"赵航连忙说,"趁着傅云珩还在手术室,我们快合个照,他来了我可就没机会了。"

听到这话,博慕迟扬了扬眉:"不至于吧。"

"非常至于。"赵航压着声音,"你都不知道他在你的事情上对我们有多小气。"

冬奥会期间,博慕迟拿金牌上热搜后,赵航本想让傅云珩给自己要个签名的,被他拒绝了。他说不帮忙,赵航想要就等她下回见到她亲自要,他才不转交。

这些,赵航可都记在小本本上了。

听着赵航的控诉,博慕迟心情很好地和他一起拍了合照。

除了他,另外几位见过她,也知道她是傅云珩女朋友的护士,也都纷纷找她合照要签名。

博慕迟之前来的时候,傅云珩的很多同事其实并不知道博慕迟是谁。他们不关注体育新闻,就算关注,也不会特意去记一位运动员的长相。即便记得,也很难将她和傅云珩女朋友联系在一起。

但今年冬奥会她一亮相,傅云珩科室的医生护士便认出了她。

当晚,傅云珩就收到了不少打探的消息,他们找他确认,那电视上的运动员是不是偶尔会来医院找他的女朋友。

有了傅云珩的肯定回答,大家才敢确认她的身份。

跟大伙拍完合照,赵航让她在傅云珩位置上等他。

博慕迟含笑答应。

赵航还有事要忙,也没陪她多聊。等了会儿,博慕迟有点儿无聊。她打着哈欠,摸出手机找谈书聊天。

博慕迟:"书姐,在做什么呢?"

谈书直接给她拍了一堆翻译的资料过来。

博慕迟:"我突然想起,我是不是该修学分拿毕业证了?"

谈书:"明年?"

博慕迟:"我努力吧,过几天跟学校老师联系联系。"

两人正聊着,博慕迟收到了岑青筠给她发来的消息,说是有品牌方想找她代言。

博慕迟:"确定没找错人?"

岑青筠:"没找错,你上网少,不知道现在很多网友支持你们这些运动员接代言赚钱的。"

博慕迟是真不了解。

她也不算是真的上网少,只是她很少去看那些乱七八糟的八卦消息,一般就看看有用的新闻,或在大小号发一条自己想分享的生活内容。

毕竟,她也算比较忙的。

博慕迟:"哦,是什么方面的?"

岑青筠:"滑雪品牌和各种乱七八糟的都有,看你有没有想法。除了这些,还有杂志拍摄邀请和采访,你看看自己有没有兴趣。"

博慕迟:"这些很费时间吧?"

岑青筠："筛选两个吧，更过分的还要邀请你参加综艺的……"

博慕迟："不参加。"

岑青筠："我就知道你会拒绝，那别的呢？"

博慕迟："您发给我看看，我问问家里人。"

她对这方面都不了解，找博延或陈星落他们咨询过后才能给出肯定的答复。

岑青筠："行，我整理好发你，到家了吧？"

博慕迟："到啦。"

岑青筠："好好休息，但还是那句老话，训练不能落下。"

博慕迟给她回了个自制的遵命表情包。

傅云珩从手术室出来时，恰好碰上赵航。

赵航瞅着他，莫名蹦出一句："我什么时候才能有你这样的好运气？"

傅云珩瞥他一眼："受什么刺激了？"

赵航抬了抬下巴："你猜。"

傅云珩当然不会猜，赵航又不是博慕迟，不值得他浪费时间猜来猜去。

他没再理会赵航，抬脚回科室。

走到门口时，他注意到几个同事正低着头讨论什么。

傅云珩没仔细听，他抬手推开科室的门，一下便看到了百叶窗下的人。

下午的阳光从窗棂洒落，落在她的身上，形成细小的光圈。

博慕迟趴在他的办公桌上睡觉，脸微微侧着，正好面对着门口这边。

傅云珩站在门口须臾，目光灼灼地看了她半晌，才放轻脚步走近。

难怪赵航会说他运气好。

他看着面前的人想，运气确实挺好的。

傅云珩贪婪地看着面前熟悉的眉眼，抬手想替她挡光时，她先睁开了眼。

博慕迟刚睡醒，眼神还透露着迷茫之色。

她迷迷瞪瞪地看着出现在自己面前的人，嗓音有些哑："云宝。"

傅云珩喉结微滚，手掌轻覆在她的头发上："我在。"

听到傅云珩的声音，博慕迟才算彻底醒了过来。她下意识摸了下脸，仰头望着他："我流口水了吗？"

傅云珩挑眉一笑："你睡觉还会流口水？"

博慕迟微窘："刚做梦了。"

闻言，傅云珩好奇："什么梦？"

博慕迟瞅了他一眼，并不是很想说。

傅云珩勾唇："不好意思说？"

博慕迟沉默，刚刚没经过大脑思考说出来的话，好像不那么合适。

傅云珩捏着她发红的耳朵，继续往下猜："梦到我了？"

博慕迟瞪大眼看着他，不明白他怎么一猜一个准。

傅云珩忍笑："梦到我什么了？"

博慕迟摇头："你别问。"

傅云珩看她羞红的脸，真没继续问下去。这是在科室，他得把握好分寸。他怕她真说了，自己反而会控制不住想对她做点儿什么。

傅云珩克制住自己的冲动："等很久了？"

博慕迟摇头："还好吧。"

她仰头看着他，总觉得有段时间没见，傅云珩变得成熟了。

"你忙完了？"

傅云珩点头："还得一会儿。"他还没到下班时间，"在这儿等我吗？"

博慕迟"嗯"了声："我都来了，肯定等你下班再回去。"

傅云珩哑声："好。"他拍了拍她的脑袋，低声问，"怎么提前回来了？"

"给你一个惊喜呀。"博慕迟笑眼弯弯道，"不想我提前回来？"

"想。"傅云珩回答。

得到自己想要的答案，博慕迟开心了。

她仰头和傅云珩对视，接收到他眼中暗涌的情绪后，脸热地别开眼，小声提醒："还在医院。"

"我知道。"傅云珩的手指缠着她乌黑的发丝。

他紧盯着她想，如果不是在医院，他不可能像现在这样冷静。

博慕迟和他在一起这么久，虽然朝夕相处的时间不多，但已经能根据他的眼神变化察觉出东西。

她舔了下唇，有种说不出的紧张感。

"我还是去外面等你吧。"博慕迟小声道，"我看会儿剧，时间一会儿就过去了。"

傅云珩想了想，没拒绝。

因为她在这儿，他确实没办法专心工作。

只要她在，他就会分心。

"要不要喝点儿水？"

博慕迟："要。"

出去时，博慕迟顺手拿走了傅云珩的保温杯。

她到外面坐下没多久，一侧有阴影覆下。博慕迟的视线从手机屏幕上挪开，她看向旁边的人。

张妍盯着博慕迟，目光紧锁在她旁边放置的保温杯上。她认得那个杯子，那是傅云珩的。

两人对视半响。

博慕迟看着这张有点儿熟悉的脸，隐约地猜到一些，神色淡然，没提前出声。

张妍看了她半响，忽然开口："你就是傅云珩的女朋友？"

"显而易见，不是吗？"博慕迟回答。

张妍微哽，脸色有些不太自然："你不知道这儿不让外来人员进吗？"

"嗯？"博慕迟微微一笑，"我是傅云珩的家属，也算外来人员吗？"

张妍被她的话噎住，冷着脸说："当然，只要不是医护人员和病人，就算外来人员。"

"哦。"博慕迟看了张妍一眼："但你应该也不算是这个科室的吧？"她微笑着提醒，"你也算外来人员。"

张妍没想到她这么牙尖利齿，沉着脸，正想再说点儿什么，忙碌完的傅云珩从里面走出来，恰好看到这一幕。

"兜兜。"他加快脚步走到这边，"走了。"

博慕迟撩起眼皮看着他："下班啦？"

傅云珩点头，弯腰拿起一侧放置的保温杯，然后牵住她的手："回家？"

博慕迟瞥他一眼："你不介绍介绍？"

傅云珩："介绍什么？"

他并不想把博慕迟介绍给张妍，不是觉得她不配，只是觉得没必要。他和张妍只是普通得不能再普通的同事，属于日常都不会联系的那种。

博慕迟眼珠子转了转，明白了他的意思。

她摇头："没什么，回去吧。"

傅云珩颔首。

张妍看两人转身要走，喊了声："傅云珩。"

博慕迟脚步一滞，朝傅云珩丢去一个眼神。

傅云珩头疼："有事？"

张妍咬着唇，可怜兮兮的模样："她是你女朋友吗？"

"是。"傅云珩说，"还想问什么？"

张妍上下唇动了动，还想追问点儿什么，傅云珩没给她机会，直接牵着博慕迟离开，消失在她的视野。

走到停车场上了车，博慕迟扭头看向旁边的人："我们就这样走了，真的没事？"

傅云珩："没事。"他顿了顿说，"她现在精神其实没问题了。"

博慕迟微怔："真的？"

傅云珩颔首："她要是精神有问题，怎么考执照？"

博慕迟不太了解这方面的规定，琢磨了一下道："可她看我的眼神，不太对劲。"

"不用担心。"傅云珩弹了下她的额头，"有我在。"

博慕迟沉默了会儿说："但我还是不放心。"她不放心的不是自己，而是傅云珩。

傅云珩一笑："我也不用担心。实习过后，我会去另一家医院上班。"他诚实地告诉博慕迟，以后应该不会再和张妍在同一家医院共事，甚至碰面了。

博慕迟诧异："哪家？你实习结束后不留在这儿了吗？"

"嗯。"

傅云珩本身实习的时候是去首京医院那边的，那里各方面条件都比人民医院这边好。那家医院的排名在全国也是名列前茅的。

当初傅云珩之所以没去，是因为那家医院的院长和他爸是熟人，也不想一步登天，所以选择了现在这家医院实习。

但实习这两年，那边一直没放弃对他发出邀请，希望他毕业后能加入他们，一起做更深入的医学研究。

综合各方面考虑，傅云珩跟医院的领导谈过话后，便有了决定。

现在这家医院固然不错，但人往高处走，他的抱负不止于此，当然也不止于首京医院。

听他说完，博慕迟才想起，他快毕业了。

"那不是还有两个月就毕业了？"现在已经四月了。

傅云珩："差不多。"他敛眸看着博慕迟，"不知道女朋友有没有空，参加我的毕业典礼。"

博慕迟扬眉："那没空也会有空的。只要没有比赛，我到时候就算是求教练，也能求到她给我放假。"

傅云珩捏了捏她的脸："那我记下了。"

博慕迟"嗯"了声，安静半响："你就没什么别的想问我的？"

傅云珩不太明白："问什么？"

博慕迟盯着他淡然的神色半响，总觉得自己提前回来，他好像不是很激动。

她抿了抿唇，摇了摇头："没什么。"

傅云珩稍稍一顿，嗓音低低地道："回家？"

博慕迟扣上安全带："好。"

正逢下班高峰期，道路很堵。

博慕迟盯着拥堵的路况，默默低下头继续看剧。她看的是去年陈星落当制片人拍的那部，前段时间跟着冬奥会的热度一起上星播出了。但博慕迟之前忙，一直都没看。

这部剧于她而言，还是有些不同的，所以她看得很认真。

前段时间电视剧大结局时，陈星落还和她说，据各项数据统计，春日的时候说要去东北滑雪和要去滑雪场学滑雪的人比往常多了不少。

很多人还说，冬奥会和电视剧激发了自己对滑雪的向往，即便是摔跤，也想去试试。

博慕迟看得认真，也没注意到傅云珩说的回家，并不是回她家。

车停下时，博慕迟还有些诧异："这么快到家了？"

话音刚落，她注意到这儿是傅云珩租住的小区。

博慕迟怔了下，扭头看向旁边的人："不是说回家吗？"

傅云珩反问："不想回这边？"

迎上他深邃的瞳孔，博慕迟摸了下鼻尖说："没有。"

傅云珩："下车。"

两人下车上楼。博慕迟跟在傅云珩身后，看他进屋换鞋后，弯腰替自己拿了一双拖鞋。

博慕迟刚把鞋穿上，腰肢便被他扣住，她猝不及防地被抱着放在一侧的鞋柜上。

博慕迟心脏猛地一跳，正欲开口说话，傅云珩滚烫的唇已然落下。

呼吸越来越重，他一言不发地开始亲她。

他用这样的方式诉说自己对她的思念。

第十五章
看雪

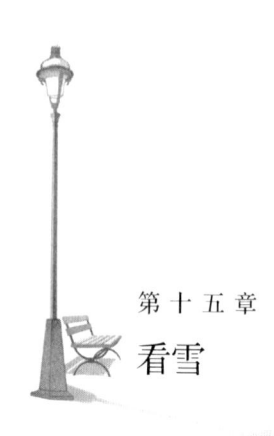

夕阳从落地窗那边斜斜地落进来,明亮而又温暖。

其中有一束光,恰好罩在两人身上,耀眼又夺目。

他们紧密地拥抱在一起,密不可分。

博慕迟的心跳比第一次和他接吻更甚。

天气开始慢慢变热,衣物也开始变得单薄。隔着单薄的衣物,他们无法掩盖住自己滚烫的体温,挡不住肌肤源源不断传递出的热量。

傅云珩的一只手搂着她,另一只手扣住她的后脖颈不让她动弹,接受着他的亲吻。

鞋柜不算高,她坐上去和傅云珩接吻,一点儿都不累。她双手扯着他胸口的衣服,回应着他。

不单单是他想,她其实也想。

欲念这种东西,一旦不去刻意压制,便如潮水一般涌入脑海,浮于表面。

迷迷瞪瞪间,博慕迟感知到了傅云珩的手。他的掌心滚烫,触摸她的时候,留下酥酥麻麻的触感。

当下那一刻,她的心脏好似跳到了嗓子眼。

以前看书时,博慕迟总觉得这个形容过于夸张,到当下这一刻,她才清楚,那不是作者夸张,是真会有这样紧张激动的时刻。

她总盼望着,他能多做点儿什么,却又害怕,他对自己做什么。

那种情绪的交织,她不知道如何正确形容,但她感受到面前人的心跳。

她的右胸口处,是傅云珩跳动剧烈的心脏,他在回应她左心口的跳动。

"你……"慌乱之中,博慕迟在他将自己唇舌吮得发疼撤开时,含混地出了声。

傅云珩嗓音很低,边往下亲边问:"我什么?"

博慕迟睁开眼,看他带着情欲的眉眼,眼睫轻颤,小声提醒:"我们还得回家吃饭。"

来他这儿固然没问题,但她好不容易回家一趟,总不能当晚连饭都不回去吃。

她亲吻着傅云珩的侧脸,哄着他:"我们吃了饭再……"后面的话,在对上他漆黑瞳孔时,她忽然就说不出来了。

"再什么?"傅云珩却不打算放过她。

博慕迟羞红着脸,舔了下唇:"再回来这边?"

傅云珩心念一动,看她此刻的模样,心猿意马地再次吻了上去。

只是相较于刚回家时的那个吻,这个吻要更温柔、克制。

博慕迟能明显感觉到,他是把自己说的话听进去了。

傅云珩确实没再亲得很过分,但博慕迟就是觉得自己哪儿都是热的。唇上有他留下的气息,连带着锁骨位置,甚至胸前……好像都有他清冽的味道。

两人在这边折腾了一通,电话过来时,傅云珩给她把衣服整理好,又让她去洗脸。

两人简单收拾一番,才离开。

坐上车,傅云珩嗓音还有点儿低:"晚上是两家一起吃饭?"

"好像是。"她刚刚听迟绿是这样说的。

博慕迟扭头看她,耳廓、脖颈都还是红的:"这个点应该不堵车了吧?"

他们刚刚在屋里大概腻了半小时。

傅云珩勾了下唇,给了她一个模棱两可的答案:"可能。"

对上他眉眼带笑的眼神,博慕迟又感觉热了起来。

两人到家时,迟绿瞅着博慕迟问了句:"云宝今天医院加班?"

博慕迟总觉得迟绿看出了点儿什么,但还是硬着头皮回答:"对啊。"她面不改色,"你又不是不知道医院有多忙。"

迟绿噎了噎,不想理她。

博延在旁边笑,拍了拍博慕迟的脑袋:"吃饭吧,大家都饿了。"

瞬间，博慕迟开心了。

她嗅着屋子里飘散出来的香味，饥肠辘辘："今晚吃什么？"

迟绿："你傅叔叔和你爸下厨，还能吃什么？"

博慕迟正要挑眉，迟绿酸溜溜地说："当然是吃你爱吃的。"

两家人再次凑在一起。

今天不是周末，迟应还在学校，博慕迟特意拍了张大合照发给他，馋他。

不过迟应什么时候能看见，她就不得而知了。

就她前段时间了解到的情况来说，迟应最近这几个月变得尤为不正常。

一个不怎么爱学习的人，突然废寝忘食开始学习了，周末还让迟绿送他去图书馆自习，非常诡异。

博慕迟还特意和程晚橙几个人讨论过这件事，最后程晚橙率先提出了一个想法，怀疑他早恋了。

博慕迟反驳。

因为她觉得迟应就一张脸能看，有什么资格早恋，他最多是情窦初开，暗恋人家女孩子，然后对方还很优秀，喜欢学习成绩好的人，所以他就去学习了。

听完她的分析，大家默契地沉默下来。

虽然没有得到全部人的认可，但博慕迟还是认为，迟应就是暗恋对方，而不是早恋。他要是早恋了，早就偷偷跟她分享这个好消息了。

两家人凑在一起吃饭，为她庆祝。

吃饭时，博延还说，过几天要邀请陈陆南他们一群人也来家里吃饭。这是冬奥会结束后博慕迟首次回家，总得和亲朋好友聚一聚。

博慕迟没意见，甚至还飞速地点了头，她也很久没看到他们，想他们了。

饭桌上全是博慕迟喜欢吃的，傅云珩看她吃得高兴，手一直没停，不是在给她剥虾，就是在给她挑鱼刺。

而博慕迟，也没和他客气，就开开心心地享受。

偶尔，她也给傅云珩夹菜。

迟绿和季清影看着，无声地对视半响，真心觉得他们四个大人是电灯泡。

早知道这样，她就不该打电话喊他们回家吃饭。

吃过饭，博慕迟撑住了，拽着傅云珩陪她出门散步。

晚上的风很温柔地拂过脸颊，格外舒服。

博慕迟侧头看向旁边的人，目光往下，挪到他们十指相扣的手上。

"云宝。"

傅云珩看着她，眉眼温柔："想说什么？"

博慕迟眨了下眼,想了想说:"我们今晚住家里吧?"

她也想多花点儿时间陪迟绿他们。

傅云珩:"好。"

博慕迟怕他不高兴,还特意补充了一句:"我这回休息时间会比较长的。"

只要和去年一样正常训练就好,更何况明年也没冬奥会,相比较来说,今年和明年是博慕迟比较轻松的两年。

听她这么一说,傅云珩有点儿想笑。

他捏着她的指骨,沉声问:"想什么呢?"

对上她澄澈的眸子,傅云珩低声道:"我在你心里就是这样的形象?"

博慕迟眨巴着眼睛,一脸无辜:"我可没这样说。"

傅云珩一笑。

两人在外转了一圈,消完食才回家。

傅云珩在忙毕业论文,博慕迟回家洗了澡,然后往傅家跑。傅云珩写论文忙工作的时候,她在旁边跟谈书聊天。

他们聊着聊着,对方就没了消息。

博慕迟连发了好几个问号过去,还是没有回应。

她扬了扬眉,犹疑地询问她:"现在睡觉,是不是有点儿早?"

消息依旧石沉大海。

博慕迟笑了笑,顺手把过来找她的云朵抱了起来,自言自语:"果然是有男朋友的人。"

云朵喵了声,算是回应。

博慕迟笑了,揉捏着它的脑袋:"你也赞同我说的,是不是?"

云朵蹭着她的掌心,又叫了一声。

因为傅云珩工作实在太忙,现在云朵大多数时间是养在傅家这边的。

季清影大多数时候是在家工作,就算出门了,也有阿姨照顾,再不济,云朵还能去隔壁被迟绿蹂躏。也是因为这个,她和云朵几个月没见,发现它已经变成胖乎乎的中年猫了。

她逗着云朵玩了会儿,云朵便从她身上跳下来溜走了。

博慕迟看了会儿它摇晃的尾巴,扭头看向另一端正襟危坐、神色认真的傅云珩。

察觉到她的目光,傅云珩回头看向她,以眼神询问,两人对视三秒,博慕迟摇了摇头:"没事,你继续忙。"

傅云珩失笑,起身朝她走近:"真没事?"他坐在她旁边,"是不是无聊了？"

"有一点点。"博慕迟靠在他的肩上，"还有点儿困了。"

"我送你回去睡觉？"傅云珩主动提道。

博慕迟微哽，瞅着他："你都不挽留我一下？"他怎么就能这么爽快地说出要送自己回去的话？

傅云珩捏了捏她的鼻子："你想博叔大晚上来找我算账？"

博慕迟想象了一下那个画面，默默摇了摇头："不想，到时候丢脸的不只是你。"

傅云珩敲了下她的脑袋："走吧。"

他牵着她的手："明天要起来晨跑吗？"

"要。"博慕迟看着他，"你陪我，你晚上早点儿睡。"

傅云珩应下。

翌日早晨，和傅云珩一起跑完步后，博慕迟回家睡回笼觉，傅云珩去医院上班。

睡完回笼觉起来，博慕迟才慢慢悠悠地给谈书回消息。

博慕迟："书姐醒啦？"

谈书："上班都好几个小时了，博大小姐。"

博慕迟："哦。昨晚干吗呢？"

谈书发了个问号。

博慕迟："别想逃避！"

谈书："昨晚想着你好不容易回一次家，不能打扰你和傅云珩呢。"

博慕迟："……"

两人你来我往了一会儿，谈书直接给她打了个电话，问她中午要不要一起吃饭。

博慕迟："不和谢回一起吃？"

谈书："来不来？"

博慕迟第一时间认怂，连忙回复："来。"

博慕迟到谈书公司楼下时，正好碰见中午休息的大批人群。

博慕迟扬了扬眉，在看到从里走出的谈书后，先上下打量了她一番。

"不愧是有男朋友的书姐。"博慕迟逗她，"气色都红润了好多。"

谈书瞅着她，不甘示弱："看来你还没有爱情的……"她非常好奇，压着声音问,"小傅医生确定没什么问题?"

博慕迟无语半晌,一巴掌拍在她的手臂上。

谈书乐不可支,翘着唇:"你干吗,说不过就动手吗?"

博慕迟睨她:"你被谢回带坏了。"

"那这可不是他带坏的。"她耸耸肩,"我这是在跟你做正常探讨。"

"不想和你探讨。"博慕迟非常嫌弃地看了她一眼,"我们是很纯洁的恋爱关系。"

"哦。"谈书冷淡地应着,"你放心,很快就会不纯洁了。"

博慕迟噎住,安静半晌,又自顾自补充:"其实什么样的恋爱,都是纯洁的。"

无论发没发生关系,只要相爱,就是纯洁的。

谈书笑了,搂着她的手臂:"不说这个了,先带你去吃饭,这附近开了家非常不错的餐厅。"

"行啊。"博慕迟爽快答应,"你请客。"

正好是午饭时间,餐厅人不少。谈书找了个角落的位置,以防博慕迟被人认出来。

给博慕迟倒了杯热水,谈书才问:"这次休息多久?"

"蛮久。"博慕迟抿了两口,瞥向她,"反正近期没比赛。"

只要不遇到大型比赛,她的时间都能自由支配。

谈书托腮望着她:"那你什么时候有空去我家一趟?"

博慕迟微哽,迟疑道:"去吃饭?"

谈书点头:"自从你在冬奥会上再次刷新纪录以后,我爸就一直催我,让我喊你到家里吃饭,他想跟你探讨一下你的那几场比赛。"

博慕迟忍俊不禁,眉眼弯弯地道:"谈叔叔怎么这么可爱?"

谈书耸肩:"他恨不得自己再年轻四十岁。"

"四十岁多了吧。"博慕迟眨眼,"三十五岁差不多了,正好是身体状态最好的时候。"

谈书瞪她一眼。

博慕迟笑道:"那抽个周末,我过去看望谈叔叔和阿姨。"

谈书:"行,你决定好了提前跟我说。"

博慕迟点头。

吃过午饭,两人就近到商场逛了会儿街,到两点,谈书回公司上班。

博慕迟在附近转悠了会儿,索性去学校看看迟应,也有段时间没见这个弟弟了。

她到的时候，时间还早。

博慕迟和远在国外的季云舒闲聊着，顺便等迟应下课。

迟应下午放学后，有近两小时的晚饭和娱乐时间，足够姐弟俩好好聊聊，顺便吃饭。

知道她去找迟应，季云舒忍不住好奇地给她发语音："为了去看迟应暗恋的女孩子吧？"

博慕迟："想多了，我纯粹是有点儿想他了。"

季云舒："我哥是不是很忙？"

这条语音发完，她索性给博慕迟打了个跨国电话："在学校附近？"

博慕迟笑道："是，你怎么忽然给我打电话？"

"发语音太累。"季云舒道，"反正不差这点儿钱。"

博慕迟扬眉："你说得好像一个暴发户。"

季云舒耸耸肩，配合地说："我就是。"

两人聊了会儿，季云舒道："我为什么还不毕业？"

"嗯？"博慕迟好奇，"就这么想毕业？"

"想啊。"季云舒道，"毕业了就能回国。"她认真地道："这样的话，你无聊的时候我还能陪你逛街看电影。"

听到这话，博慕迟忍不住提醒她："今天是工作日。"

"那我不管。"季云舒任性地道，"只要小嫂子需要，我旷工也得陪。"

听到她这个称呼，博慕迟有些不好意思地嘟囔："喊什么呢？"

"我又没喊错。"季云舒逗她，"难道你不想当我小嫂子吗？准备对我哥始乱终弃？"

博慕迟噎了片刻，咕哝问："始乱终弃是这么用的？"

"对啊。"季云舒理直气壮地回答。

两人闲聊了许久，季云舒忽然想起件事："对啦，我哥毕业的时候我会回来。"

闻言，博慕迟眼睛一亮："真的？不会有什么突发事件吧？"

"不会。"季云舒保证，"肯定回来参加他的毕业典礼。"

博慕迟："行，那我们等你回来。"

考虑到季云舒还有事，博慕迟也没多耽误她的时间，催促她忙自己的去，打算到学校附近转一转，等迟应下课。

迟应没带手机，还是贺礼过来喊他，他才知道博慕迟来学校了。两人立马出了教学楼，往校门口飞奔。

博慕迟发现，迟应和贺礼又长高了一点儿，还长帅了一点儿。

她瞅着两人，摸着下巴打量了半晌："你们俩多高了？"

迟应："187。"

贺礼："186。"

听到187这个身高，博慕迟额角抽了抽，看着迟应认真道："你最近多吃点儿吧。"

"啊？"迟应不明所以，"为什么？"

博慕迟："长到一米九。"

"那我不是比云珩哥还高？"迟应讶异两秒，"这不太好吧。"

"你别和他一样高才好。"博慕迟小声嘟囔。

迟应不解："为什么？"

"没有为什么。"博慕迟凶巴巴地看着他，"走吧，带你们去吃饭。"

博慕迟带着两人去餐厅，进去坐下后，她疯狂给两位可能还会长高的人点菜，使劲让迟应多吃点儿。

迟应受宠若惊，总觉得他姐这架势，有种要把他养肥了然后宰掉的感觉。

傅云珩过来接人时，迟应趁着博慕迟没注意，小声问："云珩哥，我姐最近在你面前骂我了吗？"

傅云珩瞥他："为什么这样问？"

迟应挠了挠头，看向不远处去了洗手间出来的博慕迟："我总觉得自己好像哪里得罪她了，她想撑死我。"

傅云珩被他的话呛住，盯着朝他们走近的博慕迟，摇了摇头："不至于。"

迟应："真的？"

傅云珩正想回答，听到这话的博慕迟顺口问："什么真的假的？"

"没什么。"迟应警觉地站直了身体，快速道，"姐，那我和贺礼先回学校了，周末回家。"

博慕迟正要说好，他已经拽着贺礼先跑了。

看着两人走远的背影，博慕迟很是茫然："他跑这么快干吗？"

傅云珩忍笑，垂眸看着她："你晚饭对迟应做了什么让他害怕的事？"

"我没有啊。"博慕迟和他一起往停车的地方走，"我给他点了很多他爱吃的菜，还给他夹菜了。"

一般人，可没这个殊荣。

傅云珩挑眉："为什么忽然给他夹菜？"

465

"就……"说到这儿,博慕迟还有点儿不好意思,"我想他再长高一点儿。"

傅云珩:"嗯?"

在傅云珩这儿,博慕迟倒也没什么不好意思的,小声地和他分享了自己很久很久以前做的梦。

听她说完,傅云珩没忍住笑了起来。

"别笑了。"博慕迟很是窘迫,悻悻地摸了摸鼻子,"所以我想他长高一点儿,别和我男朋友身高一样。"说完,她问傅云珩,"我这样是不是有点儿霸道?"

"我觉得不霸道。"傅云珩带她离开学校,认真道,"做得挺好。"

博慕迟眉梢染上笑,得意扬扬:"是吧,我也觉得自己做得挺对。"

她一路和傅云珩说着话。车子停下时,博慕迟扭头看了眼:"怎么在这儿停了?"

傅云珩看着她:"想不想一起逛超市?"

晚上的超市很温馨,也很热闹,和上回跟傅云珩一起逛超市的感觉差不多,博慕迟依旧觉得开心。

看他扯着袋子去买水果蔬菜时,博慕迟才反应过来:"我们今晚不回家了?"

"嗯。"傅云珩一板一眼地回答,"离医院太远。"他停顿了下,征询博慕迟的想法,"跟我一起住这边?"

对上他深邃的眸子,博慕迟不好意思地别开眼:"你都决定了,还问我。"

傅云珩:"总要走走过程。"

博慕迟噎住。

买好东西,去结账时,博慕迟不小心瞟到了货架上的东西。她顿了顿,正要去看傅云珩,先对上了他促狭的目光。

博慕迟哽了哽,正想拉着他走,耳畔有了他的声音。

他声音很低,贴在她的耳侧,只让她能听见。

"喜欢什么味道的?"

博慕迟呆了三秒,结结巴巴地问:"这东西还分味道?"

傅云珩:"嗯。"

他又问了遍。

博慕迟红着脸,拽着他的衣服催促:"随便随便。"她道,"快去结账。"

傅云珩笑了下,当着她的面,面不改色地拿了两盒丢进超市购物车。

从超市出来,博慕迟脸上的热度就没消散。

她把车窗降下,试图让窗外的风给自己降温,却依旧无果。

这个温度持续到跟着傅云珩进了屋，然后她又心虚地去洗了澡出来，觉得自己更热了。

博慕迟洗完澡出来时，傅云珩还在书房。

她探着头看了眼，对上他的目光。

空气好像都停滞了几秒。

博慕迟眼神乱飘道："我……我找个电影看，你忙你的。"

傅云珩低低一笑："半小时能搞定。"

"哦。"博慕迟欲盖弥彰地补充，"我又不着急。"

话音落下，她整个人尴尬地站在原地。

她到底在说什么。

傅云珩看她涨红的脸，掩唇笑道："去看电影吧。"

"嗯。"

博慕迟飞速跑走。

傅云珩这儿不知什么时候买了投影仪，博慕迟找了部曾经看过的电影，是她喜欢的那位演员周砚和他太太一起演的一部很催人泪下的电影。

博慕迟每次看都会被感动到流泪。

当然，这部电影尺度也不小，现在各大平台上的大多是删减后的，但博慕迟有没删减的资源。

她看得入迷，连傅云珩什么时候从书房出来进浴室洗澡都没察觉。

直到身侧有清冽的香味传入鼻间，博慕迟才意识到傅云珩好像忙完了。

她一扭头，便看到他漆黑晶亮的瞳眸。

"你……忙完了？"

傅云珩应声，抬眸看向大屏幕："还在看这部电影？"

博慕迟点头："好看。"

傅云珩顿了顿，低声问："困了吗？"

"……还……还好。"

二人安静片刻。

博慕迟扭头看向旁边和自己一起看电影的人，抿了抿唇："你困了？"

"还好。"傅云珩神色淡然，"看完再睡？"

博慕迟默了默，咕哝着："我其实看过好多遍了。"

言下之意是，今天看不看完都行。

话音刚落，傅云珩没再给她反悔的机会，低头吻住了她的唇。

他不再克制，对她更是没一点儿收敛。

467

电影还在播放。

可博慕迟的耳朵里再也听不见自己偶像的声音，她的气息、耳朵，全被面前这个人占据，一点儿缝隙也没留给其他人。

失控之前，博慕迟喘着气，和面前的人紧紧拥抱在一起，有些紧张，嗓音在发颤："回……回房间。"

傅云珩边亲她边搂着她往房间走。

房内只留有一盏床头灯，两人依稀能看清对方的神情，知晓对方的存在。

博慕迟被他亲得思绪凌乱、心跳加剧。

剧烈的程度，比第一回发现自己喜欢他还要强烈，而且还无处躲藏。

两人对上目光。

博慕迟看懂了傅云珩眼眸里传递出的情感。

她嘴唇微动，正要说话。傅云珩忽而覆在她的耳边，嗓音沙哑地问："会吗？"

博慕迟当然不会。

她又不是在这种事情上无师自通的人。

她不是，可傅云珩是。

后面发生的一切都顺其自然。

窗外的风好像有些大了，吹起了一角的窗帘。迷迷糊糊间，博慕迟听见电影的声音好像变了，又好像没有。

她下意识地去回应他，他好似很温柔，温柔得让博慕迟不知不觉掉入他织好的陷阱里。

她的声音被他吞下，思绪被他占据。

在当下这一刻，她心甘情愿地被他征服。

夜色越发浓郁。

两人不知折腾了多久，等博慕迟意识回笼时，电影已经自动跳转到下一部电影的结局。

月光从窗外透着窗帘缝钻进来，在地面上留下痕迹。

她身上黏黏糊糊的，分不清是自己的汗还是傅云珩的汗，又或者是别的东西……

思及此，她拉了拉傅云珩的手，傅云珩垂眸看着她。

"再洗个澡。"博慕迟模样困倦，不是很有精神，"你抱我去。"

傅云珩知道她向来直接，却也很少听到她这么直白的话。他勾着唇，低问：

"我给你洗？"

博慕迟一脸"不然呢"的表情看着他。

傅云珩将她抱进浴室，两人简单地洗了澡。

回到房间时，傅云珩将床单换下，重新铺好。

博慕迟脸热，总觉得这屋子里的旖旎味还没散开。

等傅云珩做完这一切，两人重新躺上床。

一沾床，博慕迟便闭上眼准备酝酿睡意。

傅云珩失笑："这么困？"

"还累。"博慕迟含混地嘀咕，"晚安。"

傅云珩本想和她说点儿温情的话，看她如此疲惫，无奈地笑了笑，将人揽入怀里哄着："睡吧。"

博慕迟没应，却自觉地在他怀里找了个舒服的姿势，嗅着他身上和自己身上一模一样的沐浴露味道，沉沉入眠。

两人交颈相拥，一夜好眠。

月光躲进云层里，让夜晚一起沉睡。

博慕迟真心觉得，训练一天下来都没昨晚累。

她的生物钟是早上六点，一般只要不熬夜，都能准时醒过来，但今天不同。

睁眼看到床头柜上闹钟显示的时间时，博慕迟还以为自己出现了幻觉。

她伸手拿过手机，上面的时钟时间清清楚楚地告诉她——现在已经上午九点半了。

旁边已经没人了。

博慕迟摸了下，冰冰凉凉的，傅云珩应该已经起来很久了，她侧头看着空出的位置，发了好一会儿呆，手机忽地振动起来。

一点开，她便看到了傅云珩发来的消息，问她醒了没有。

博慕迟正想说醒了，打好的字又全部删除，换了两个字发过去。

看到她说自己是渣男，傅云珩眼中浮现笑意。

他手指在屏幕上停滞片刻，低问："嗯？"

博慕迟："睡了我就跑，不是渣男是什么？"

她有理有据。

傅云珩无奈："那我晚上回家了给你赔罪？"

博慕迟："怎么赔？"

傅云珩："你想我怎么赔我就怎么赔。"

博慕迟："你这都是空话。"

469

她"怨气颇深",飞速打字:"你几点起来的?"

傅云珩:"六点多。"

博慕迟:"小傅医生体力不错。"

傅云珩发了个问号。

看到他这个问号,博慕迟立马认怂。

博慕迟:"就精神好的意思……你现在不忙?"

傅云珩:"刚忙完,可以陪女朋友聊会儿天。"

傅云珩:"厨房有早餐,你起来后热一热再吃。"

博慕迟:"还不想起。"

聊了两句,傅云珩那边再次忙碌起来。

博慕迟放下手机躲进被子里又躺了十来分钟,才慢吞吞爬起来。

起床以后她才注意到,自己身上穿的是傅云珩的一件T恤,很宽大。

博慕迟进浴室时从镜子里看到自己身上的痕迹,她看了镜子里的自己半响,脑海里浮现着昨晚发生的那些事。

博慕迟想着想着,脸肉眼可见地红了。

她微窘,边洗漱边嘀咕:"你脸那么红做什么?多几次就习惯了。"说完,她又拍了拍自己的脑袋。

她一定是刚睡醒,脑子还不够清醒才会说这样的话。

刷着牙,博慕迟莫名其妙地被自己逗笑。

她看着镜子里傻乎乎笑着的自己,唇角往上扬了扬。

这或许就是谈书说的——恋爱的酸臭味。

洗漱完,博慕迟找到了傅云珩给她留的早餐。

热好吃完,她瘫在沙发上无所事事,躺了会儿,感觉自己的腰酸疼痛缓解了不少。

她索性起身做了套瑜伽动作,又看起了电影。

傅云珩电话再来时,她的电影正好进入尾声阶段。

他问她中午想吃什么。

博慕迟盯着屏幕上的人,心不在焉:"都行,你要给我点外卖?"

傅云珩扬眉:"外卖不健康。"

博慕迟"哦"了声:"那你是要赶回来给我做饭?"

"想我给你做?"

博慕迟实话实说:"我觉得你来不及。"

傅云珩低低一笑:"是有点儿。"他微顿,话锋一转,"不过,我可以陪你吃饭。"

博慕迟"啊"了声，犹疑地道："你意思是，我去医院找你？"

"不是。"傅云珩那边有电梯播报楼层的声音传来，声音断断续续的，有些卡，"我进电梯了，待会儿跟你说。"

一分钟后，博慕迟听见了门铃声。

她诧异须臾，走至门后借着猫眼往外看。外面的人似有所察觉似的，低声道："是我。"

门打开，博慕迟一脸惊讶地看着大中午出现的傅云珩："你不用上班啦？"

"回来陪你吃饭。"傅云珩看着她，上下打量了一番，"还好吗？"

听到这个问题，博慕迟微窘。她不好意思地摸了下耳朵，含混道："还……还行。"

傅云珩勾唇："去吃饭。"

"其实我还不饿，"博慕迟看他手里提着午饭，"你这是外面打包回来的？"

傅云珩："医院食堂。"

在餐桌旁坐下后，博慕迟才想起来。

"你问我的时候是不是进小区了？"

傅云珩："嗯。"

博慕迟觑他一眼："你都决定让我吃什么了，还问？"

傅云珩笑着捏了捏她的脸："你要是有别的想吃的，我现在也能去买。"

两人对视片刻。

博慕迟忍着笑，勉勉强强地说："算了，就吃食堂。"她多问了句，"你这样回来没事吗？"

"没事。"

这个点本身是医生护士的休息时间，他们也不是陀螺，不需要不停地连轴转。

中午没突发情况的话，他们还是有两小时自由时间的，本身也很多住在医院附近的医生护士，中午是回家吃饭休息的。

其实博慕迟想说，傅云珩他们医院的饭菜并不怎么好吃。但可能是因为他陪她一起吃，所以她发自内心地觉得厨师今天超常发挥了，刷新了她对食堂味道的认知。

看着她笑盈盈的样子，傅云珩忍不住逗她："这么高兴？"

博慕迟觑他一眼，压了压唇角的笑，傲娇地回答："一般般吧。"

吃过饭，傅云珩问她身体感觉如何，被博慕迟瞪了一眼。

"我看起来像身体很差的样子吗？"她踢了他一脚，红着脸说，"不准问。"

傅云珩抬手，揉了揉她的头发："在家是不是很无聊？"

"其实还好，"博慕迟靠在他的肩上休息，"我看了部电影，又骚扰了一下谈书，时间一下就过去了。"

傅云珩微顿，低头看着她："晚上去电影院？"

"你能准时下班？"博慕迟反问。

"不一定。"傅云珩如实回答，"但八点后应该没问题。"

博慕迟想了想："也行。"

她也就这几天放松的时间，过段时间就得回学校上课了。学校那边她联系过，只要她时间没问题，学校当然欢迎她回来上学。

看电影的事就这么定下来了。

傅云珩陪她休息了半小时，便匆匆回了医院。

博慕迟窝在家里，看了小半天的书。

两人同居，没有人反对。

知道她要跟傅云珩住在外面，迟绿和博延也没说什么。孩子都长大了，他们本就是开明的家长，更何况对傅云珩也是知根知底的，知道他是那种宁愿自己受伤，也不会让博慕迟伤心的人，自然就更不用担心。

听到迟绿和博延对傅云珩这么高的评价，博慕迟还吃了点儿醋。

这日，她难得回家陪迟绿喝下午茶。

迟绿一点儿没问她最近过得怎么样，直接和她讨论各种八卦消息。

讨论半天，博慕迟没忍住问："妈，你就不关心一下我最近的八卦消息吗？"

迟绿瞥她一眼："你能有什么八卦消息？"

她眨眨眼，凑到博慕迟面前："跟云宝吵架了？"话音落下，迟绿自顾自地补充，"这根本不可能。"

博慕迟噎住，不可置信地扬了扬眉："为什么不可能？"

"就云宝纵容你那态度，他会跟你吵架才怪。"迟绿抿了口茶，慢悠悠地说，"如果真吵架了的话，那一定是你没事找事。"

博慕迟气道："那万一云宝并不像你们看到的那么好呢？"

迟绿愣了愣，一脸茫然地看向她："那你是傻吗？"

"啊？"博慕迟不懂这个说法从何而来。

"他要不是我们看到的对你那么好，你和他谈什么恋爱，早点儿分手。"

472

博慕迟也是真的没想到，迟绿的回答会如此令她大跌眼镜。

她哽了哽，好半天只能憋出一句："好吧，他私底下对我其实更好。"

迟绿："看得出来。"

博慕迟好奇："怎么看出来的？"

迟绿："人啊，嘴巴会说谎，但眼睛和下意识的一些行为不会。"

无论是他们在还是不在，傅云珩对博慕迟的那种照顾和关心，很多时候是下意识的。

他不是作秀，更不是别的。

在他这儿，博慕迟就是最重要的，她所有的情绪，所有的事，都在傅云珩那儿排第一。

博慕迟"哦"了声，腻着迟绿撒娇："妈，过段时间云宝毕业了，你和爸应该会参加他的毕业典礼吧？"

迟绿觑她一眼："你说呢？"

博慕迟："我不知道你们有没有空。"

"会去。"迟绿弹了下她的额头，"不过，你什么时候能毕业？"

这个问题过于扎心，博慕迟沉默好一会儿，才幽幽地说："争明保后。"

迟绿："你说得还挺文艺。"

傅云珩的毕业来得比想象中快。

在六月初的时候，他便从实习医院离职，专心准备毕业论文。

他的毕业论文是要在国际学科博士年会上进行答辩的。

博慕迟没能现场参加，但她可以想象他答辩时意气风发的模样。

她一直都知道，傅云珩是骄傲的。他有骄傲的底气和能力。

他拍毕业照这天，博慕迟和迟绿一行人一起过去。

她手里捧着一束自己亲自挑选的鲜花，在看到穿着博士服的傅云珩时，飞快地跑了过去，将花塞给他："云宝，毕业快乐！"博慕迟小声道，"以后就是个社会人了。"

傅云珩被她的话逗笑，眉目柔和："谢谢兜兜妹妹。"

博慕迟脸一热，眼睛弯成小月牙："你们毕业照拍好了吗？"

傅云珩点头，抬眸看向另一侧几个大人。

"爸、妈。"他顿了顿，又喊，"迟姨、博叔。"

季清影和迟绿异口同声道："云珩，毕业快乐。"

季清影"扑哧"笑出声，拍了拍他的肩膀说："终于长大了。"

迟绿在旁边乐，瞅着傅云珩道："虽然长大了，但要是在外面被人欺负了，还是可以找你爸和博叔的。"

傅言致看他一眼："你迟姨说得对。"

博延跟着点了下头："小事就自己解决吧，大事再找我。"

傅云珩没忍住，笑了笑："我一定谨记。"

他知道，他们都在用不同的方式告诉他，虽然他长大了，毕业了，是个大人了，可只要他们在，只要家在，他就永远有避风港。

这一点，傅云珩很清楚。

大家找人拍了毕业合照。

拍完，迟绿和季清影兴致勃勃地给博慕迟和傅云珩拍双人照。

拍着拍着，迟绿咕哝："我怎么有种给你们拍结婚照的错觉？"

这是亲妈？

听到这话，博延咳了声："那还早。"他心中发酸地看了傅云珩一眼，"再说，他们穿得也不像拍结婚照的样子。"

季清影和傅言致在旁边笑，她贴近他的耳畔说："迟绿说话还是那么直接。"

傅言致捏了捏她的手："你看云宝的神色，明显是习惯了。"

两人对视一笑。

他们拍着拍着，下课了的迟应、贺礼，下班了的陈星落，一行人陆陆续续都来了。

这是他们的约定，除非真有天大的事，不然无论是哪位小朋友的毕业典礼，他们都要参加。

他们这群人凑在一起，就是个庞大的团体。

等所有人都拍完照，又闲逛完傅云珩的大学校园后，夜幕已然降临。

考虑到小情侣需要点儿温存时光，大家都很知趣地先走了。

一晃眼的工夫，学校里就剩傅云珩和博慕迟了。

"想不想去我宿舍看看？"傅云珩问她。

博慕迟眼睛一亮："好呀。"她说，"不过这个点，大家是不是都走了？"

傅云珩点头："赵航可能还在。"

他们不是拍毕业照这天就得搬离学校。对毕业生，学校都有给足他们找工作，甚至找住处的时间。

要到六月底，学校才会打扫宿舍，让学生搬离。

博慕迟下午跟赵航拍了合照，只不过看他们这么多人在，赵航也没和她多说什么。

她点点头："那要不要让赵航跟我们一起吃饭？"

傅云珩想了下："他应该不想去。"

博慕迟微怔："也是。"

"那下回？"博慕迟看傅云珩，"等你去首京医院上班了，我们约小赵医生一起吃饭？"

赵航留院了，会继续在之前的医院上班。

对博慕迟这个提议，傅云珩表示赞同。

傅云珩的宿舍其实没想象中那么豪华。

博慕迟原本以为，像他这种学霸的宿舍会有例外，没想到和普通宿舍一样，上床下桌。

不过唯一一点不同的是，傅云珩的位置，无论是桌子还是床，都收拾得极为整齐。

"书什么时候搬？"

"下回。"傅云珩拿了点儿东西，"赵航不在。"

博慕迟点头，忍不住掏出手机朝他的床位拍了张照。

傅云珩挑眉："这有什么好拍的？"

博慕迟觑他一眼，保存下来说："你不懂。"

她没有参与过他的大学生活，所以现在看见了，就想留个纪念。这样的话，她会有种自己也在一直陪着他成长的感觉。

傅云珩毕业后休息了大概一周，便去医院报到了。

他去的时候，博慕迟正坐在教室里上课。

她前不久回的学校，当时还上了微博热搜，不少同学拍了她的照片发出来，告诉所有人——博慕迟回学校了。

趁着课余时间，博慕迟偷偷给他发了条消息，询问情况。

博慕迟："小傅医生，第一天去上班，感觉怎么样？"

傅云珩的消息回得很快："还不错。"

博慕迟："你们医院帅哥美女多吗？"

傅云珩："怎么？"

博慕迟："我就问问。"

傅云珩："不知道。"

博慕迟："嗯？"

傅云珩："没注意。"他顿了顿，想了想又发了条消息哄她，"反正肯定没我女朋友漂亮。"

这话他说得不走心，但还是让博慕迟开心了。

她低垂着眉眼，开心地打字回复："那当然，我可是最漂亮的。"

傅云珩忍不住笑了。他没注意到的是，一侧有护士正在观察他。

今年首京医院来了不少新的医生护士，但傅云珩无疑是最吸睛的。除了他优秀的成绩和论文履历，他的长相更是让各个科室的同性、异性好奇。

看过他的人，都忍不住在各个小群里发消息夸他。

一时间，不少人想趁着空闲时间过来围观，看看到底是什么神颜，能让神经科的护士这么激动。

看过后，不少人不由得感慨——神经科护士没夸大，真人就是那么帅。

几位小护士盯着他，在注意到他笑了后，心更是怦怦怦直跳。

"小傅医生笑起来也太好看了吧，他在跟谁聊天啊，这么开心？"

"不知道啊，会不会是女朋友？"

"不至于吧。"有护士提出疑惑，"这么帅的男人，不都是单身的吗？"

一侧路过的一位高傅云珩两届的学长听到这话，扬了扬眉说："别想了，他是真有女朋友。"

他和束正阳认识，自然知道傅云珩的部分情况。

"真的假的？"护士遗憾，"大学同学吗？"

学长道："不清楚，我只知道他和他女朋友感情还不错。"

瞬间，护士们那颗如擂鼓般跳动的心慢慢地归于平静。

几个人面面相觑半晌，有人有种吃不到葡萄说葡萄酸的感觉，小声说道："我觉得小傅医生就算有女朋友，肯定也不是个温柔贴心的。"

"我也觉得。"

另一人比较实诚，听到这话沉默了一会儿，压着声音说："可是他跟女朋友聊天的时候笑得很温柔啊。"

噎住的两人有怨气："那谁知道他刚刚聊天的到底是不是他女朋友。"

"就是就是，万一是之前的病人呢。我们对病人才需要温柔。"

傅云珩并不知道，就这么小半天的工夫，他有女朋友的消息便传开了。

中午在食堂吃饭被人问起女朋友时，他还诧异了一下，但很快便知道怎么回事了。

傅云珩有女朋友这事，当日便传遍了整个医院，让不少好不容易盼来了唐僧肉，却被告知唐僧肉已经被人吃了的医生护士，心碎了小半天。

好在大家对他的心思还没太深，很快便收拾起那颗碎裂的心，把傅云珩当作正常同事相处。

博慕迟是在很久之后才知道这件事的,忍不住问傅云珩:"小傅医生,后不后悔提前谈恋爱了?"

傅云珩瞥她:"你后悔了?"

"问你呢。"博慕迟瞪他,"我当然不后悔。"

傅云珩笑道:"我也不后悔。"

从喜欢上她那天起,他就知道,这一生无论发生什么,他喜欢她这件事,绝不后悔。

听到令人满意的回答,博慕迟主动亲了亲他的唇。

傅云珩抬眼:"就这样?"

对上他的视线,博慕迟也不扭捏,抬手钩住他的脖颈,博慕迟投怀送抱,傅云珩没有拒绝的理由。

夜色越发浓郁,屋内的动静时而轻时而重。

男女的喘息声混在一起,让人听得脸红,月亮听久了,也羞答答地躲进了云层。

一切都是那么暧昧美好。

暑假两个月,博慕迟和傅云珩一大半时间在异地。

傅云珩刚到新医院上班,需要多花时间熟悉。而博慕迟也趁着这个时间,跟队友一起飞新西兰那边进行滑雪训练。

他们明年是不用参加冬奥会,但也有其他的国际滑雪比赛。总而言之,一年两次的封闭训练必不可少。

这次她训练结束回国,飞机没有再延误。傅云珩也没再遇到医闹,早早地在接机口等她了。

一看到他,博慕迟飞快地朝他跑去。

"云宝。"

傅云珩一把将她接住,一如往常。

博慕迟趴在他怀里笑道:"想我了吗?"

傅云珩捏了捏她的鼻子,嗓音很低:"嗯。"

博慕迟还想说点儿什么,身后传来队友们的提醒声。

她身子一僵,不想回头了。

刚看到傅云珩的刹那,她就忘记了自己是和队友们一起出来的这个事实。

傅云珩看着她的表情变化就知道她在想什么,压了压眼中的笑,淡然地和其他人打招呼。

焦明诚一行人笑了会儿，交代道："迟妹妹就交给你啦，我们也回去了。"

傅云珩颔首："辛苦。"

许鸣早就放下了，这会儿也冷冷地接了一句："你应该比较辛苦。"

看许鸣他们走远，博慕迟也跟着傅云珩去了停车场。

上车后，她不明所以地问："许鸣刚刚那句话什么意思？"

傅云珩沉吟片刻，摇了摇头："不知道。"

博慕迟蹙眉："什么叫你比较辛苦，难道照顾我很辛苦吗？"她不服。

傅云珩忍笑："他可能不是这个意思。"

"他就是这个意思。"博慕迟掏出手机，气鼓鼓地道，"我要好好问问他。"

他怎么能这样说话呢？她明明就不需要傅云珩怎么费心照顾。

只是到家门口，博慕迟也没得到许鸣的回复。

她无奈半晌，忽然想起一件事："你之前跟我说，这边的房子是不是要到期了？"

傅云珩颔首："过段时间搬家。"

博慕迟："好啊。是搬到现在医院附近吗？"

傅云珩点头。

搬家比想象中更快。

在搬家前，傅云珩就带她去看过新租的房子了。

他顺便还带她去了隔壁一栋临湖住宅转了转。

刚开始，博慕迟还有点儿不明白，直到看见傅云珩和工人熟络地打招呼，才明白过来。

"你把这儿买下了？"

傅云珩应声："这儿离医院近，总不能一直租房子。"

从小到大，傅云珩存下来的小金库并不少。他和季云舒从出生时，叶青就给他们兄妹俩分了公司股份，每年他们都能拿到不少分红。

这有点儿啃老了，但即便是没有这部分钱，就傅云珩高中毕业后和姜既白、陈星落做的那些投资，也足够他全款买下一套房。

之前他租房，是觉得一个人无所谓，再者那时是实习阶段，他也没定未来会在哪儿上班。

但现在不同了。

他不想博慕迟跟自己挤在不大不小的出租屋，更不想她随自己奔波。

虽然未来他的工作可能还会有变动，但近几年不出意外，傅云珩应该就在首京上班了。

所以在这个事定下来后,他便一直在看房子,当然也让姜既白他们帮他做了参考。

博慕迟惊喜不已:"你怎么都不告诉我?"

"现在说会觉得晚吗?"

博慕迟想了想:"你要是等装修好再带我来,可能是个大惊喜。"

傅云珩笑了:"是我考虑不周。"他低头亲了亲她的唇,"下回再给你准备别的惊喜。"

"好啊。"博慕迟看着他,"这房子好像很大。"

傅云珩带她熟悉环境,给她介绍。

房子是四室两厅的格局,他单独弄了一个房间给她做衣帽间,一间主卧一间少有用到的客房,以及一间书房。

听到只有一间书房时,博慕迟回头看着他:"你干吗不弄两个书房,你不怕我打扰你工作?"

他们其实不太需要客房。

傅云珩"嗯"了声,巴不得她来打扰自己。

只不过,他没将这话告诉博慕迟。他默了默,诚恳地说:"两间书房的话,就没有客房了。"

博慕迟:"家里又不会有要留宿的客人。"

"是没有。"傅云珩看着她,"我那是给自己准备的。"

她犹疑地看着他:"啊?"

傅云珩实话实说:"万一我们俩吵架了,我怕你赶我睡沙发。"

博慕迟千想万想,没想到他的答案会是这个。

她噎了片刻,没好气地瞪了他一眼:"你就不能想想我们未来不会吵架?"她顿了下,瞅着他问,"还是你觉得我可能会无理取闹?"

傅云珩拍了下她的脑袋:"跟你开玩笑的。"

博慕迟明显不信,正要跟傅云珩较真,忽然想到了她爸妈吵架斗嘴的场景。

有时候明明不是博延的错,但迟绿就是有本事让人觉得是博延的错,然后挑刺,最后将人赶去沙发睡觉。

虽然第二天早上她起来时会发现爸爸妈妈又和好了,但博慕迟敢肯定,睡前她爸是抱着小被子,可怜兮兮地在沙发上躺下的。

思及此,博慕迟将到嘴边的话收了回去。

她怕自己哪天心情不好，也故意没事找事地将傅云珩赶去睡沙发，那到时候不是打自己的脸吗？

傅云珩观察她的表情变化，压着上扬的唇角。他大概能知道博慕迟在想什么。

他的女朋友，是真的很可爱。

两人安静半响。

博慕迟生硬地转开话题："你找谁设计的？"

傅云珩了然于胸，低声道："回那边给你看设计图。"

博慕迟高兴地道："好。"

两人没在新房子这边多待，傅云珩给工人们点了外卖，等外卖送到时，两人便回到了新租的房子那边。

新租的这套房子要稍微小一点儿，是三室两厅的格局。

考虑到博慕迟，傅云珩照旧给她弄了一个衣帽间，书房两人共用，主卧很大，还有一个投影仪，方便她看电影。

在条件有限的前提下，可以看得出，这儿的摆设都在尽力满足博慕迟的需要，都是依照她喜好弄的。

原本，两人应该搬去之前两家父母买在一起的房子那边住。他们之所以不搬去那边，是因为那边之前已经装修得差不多了，但那个装修风格，并不是博慕迟喜欢的。

季清影他们当时找设计师商量装修时，都是按照他的喜好出发的。

现在来看，那套装修得过于简约，而且也没有博慕迟想要的大衣帽间，不符合她的喜好。

所以傅云珩毫不犹豫地选了这边。至于那边，现在正在重新装修，他们以后或许会搬进去。

装修在缓慢进行中，博慕迟和傅云珩先在新"家"住下了。

两人收拾好的次日晚上，还邀请了陈星落、谈书一行人来家里暖房。房子目前是租的，但该有的仪式感还是要有。

这不是博慕迟第一次见谢回，但每次看到，都觉得这人身上有种说不出地骄傲张扬。

虽然傅云珩也是这样的，但他会将锋芒收敛起来，而谢回这个人好像不会。

不过两人唯一的相同点是——长得帅。

不单单是博慕迟这样认为，连带着程晚橙也凑在她的耳朵边小声说："兜兜姐，谈书姐的男朋友好帅呀。"

博慕迟笑道："是吧。"她扬了扬眉,"那他和你云珩哥比较,谁更帅?"

程晚橙哽了下,仔仔细细端详着两人,得出结论:"他们是不一样的帅。"

"怎么个不一样法?"

程晚橙绞尽脑汁想了想,言简意赅地评价:"云珩哥是高岭之花,只可远观不可亵玩,而谈书姐的这个男朋友……"她正纠结要怎么形容时,博慕迟逗她,"是可以亵玩的吗?"

程晚橙噎住:"不是,就是好像更平易近人一点儿,是学生时代会喜欢的那种顽皮的学渣?"

博慕迟安静两秒,告诉她:"他是大学霸。"

"哦。"程晚橙似懂非懂地点头,"那平易近人吗?"

博慕迟其实不是很了解谢回,对谢回的所有认知都来源于谈书,以及偶尔能在傅云珩嘴里打探到的一两句。

也是谢回回国了,她才知道原来谢回和傅云珩之前是认识的,两人是同年级不同班的高中同学,只是谢回没参加高考就出国了,为此学校一众师生还很遗憾这两人高考成绩未能分出胜负。

博慕迟回忆了下谈书口中的谢回:"不吧,但人不坏。"

听到这个回答,程晚橙小声嘀咕:"坏的话,谈书姐也不找他做男朋友了。"

"那不一定。"博慕迟眉梢微扬,抿了口水说,"有的人就喜欢坏蛋。"

直到自己也喜欢上一个坏蛋时,程晚橙才明白博慕迟这话的意思。

有的"坏蛋",恶劣又无耻,可你还是像飞蛾扑火一般,会不可自拔地爱上他。

暖房结束后,大家陆陆续续地回家了,屋子里瞬间冷清下来。

博慕迟扭头看向送他们下楼的傅云珩:"云宝。"

傅云珩看着她:"嗯?"

博慕迟朝他笑,主动扑进他怀里,闻着他身上淡淡的味道:"想你了。"

她将脸颊贴在他的心口。

傅云珩一笑,揉了揉她的头发:"累了吧。"

"一点点。"博慕迟竖起一根手指,"还能熬一熬。"

傅云珩拍了拍她的脑袋:"去洗澡。"

博慕迟眨眨眼:"累。"

傅云珩挑眉:"刚刚谁说只有一点点的?"

"我骗你的。"博慕迟脸部红心不跳地说,"我主要是怕你心疼我。"

傅云珩忍俊不禁,搂着她的腰,俯身亲她唇角,嗓音很低:"那我给你洗?"

博慕迟沉默三秒:"也可以。"

傅云珩给她洗澡,当然不可能只是单纯地洗澡。

正好,两人初次试用了陌生的浴室。

总的来说,体验感还不错。

这种体验感,让博慕迟回到床上后裹着小被子瑟瑟发抖。

她瞅着从里面走出的人,默默钻进了被窝。

也就几天没做而已,她觉得傅云珩今晚极其变态,莫非是她主动招惹的缘故?

一直到睡着,博慕迟也没能得出准确的结论。

不过有了睡前运动,她这一觉睡得倒是非常不错。

再醒来时,博慕迟是被云朵踩醒的。

她最近在休息,所以便把云朵带到身边亲自照顾了。

云朵踩在被子上,好奇地望着她。

一人一猫对视着,博慕迟抬手戳了戳它的鼻子:"喊我起床的?"

开口说话时,她嗓子极其沙哑。

博慕迟神色一僵,猛地轻咳了两声,才觉得自己嗓音有所好转。

云朵朝她喵喵叫。

一人一猫玩了会儿,博慕迟才懒散地爬起来。

她一点儿不意外,傅云珩又已经去医院了。

博慕迟不得不感慨,医生真的好忙,他们根本就少休息时间。

吃过傅云珩给她做的早餐,博慕迟慢悠悠地收拾东西,准备去滑雪场训练。

迟绿今天没事,正好可以陪她一块去。

日子慢悠悠地过着,博慕迟和傅云珩偶尔也会有小争吵,但两人的争吵从不过夜。

当然,也是因为他们吵的问题很没有价值。博慕迟也不是无理取闹的人,被傅云珩稍微哄一哄,也就好了。

十月底偶然的一个机会,博慕迟跟赵航还有缪丹丹他们一起吃饭。

吃饭的时候,她打听到了一个八卦消息,说张妍当初进他们医院是用了些不正当的手段,现在已经被开除了。

博慕迟诧异了半响,问傅云珩知不知道这件事时,他很淡定地点了下头。

"那她现在去哪儿了呀?"

傅云珩:"不知道。"

482

博慕迟微窘："你就不担心她再回来找你？"

"应该不会。"傅云珩告诉博慕迟，张妍是偏激，但她也很要面子。

通过不正当手段进医院这事，早就传得沸沸扬扬，她是要脸面的，肯定不会再出现在傅云珩面前。

她就算出现，也不会像之前那般趾高气扬。

眨眼的工夫，日子从炎炎夏日到了舒爽秋日，再到寒冷的冬天。

冬日一来，博慕迟和傅云珩又成了异地情侣。

年底的时候，博慕迟不用为冬奥会备战，但大大小小比赛却不少。

十一月，博慕迟和队友们飞瑞士，参加国际雪联单板滑雪 U 型场地技巧世界杯瑞士站比赛。

毫无意外，博慕迟拿下了女子组冠军。

比赛结束，一行人再次飞往美国，参加另一场比赛。

候机时，博慕迟低着脑袋和傅云珩聊天。

两人的聊天，基本绕不开那些话题。

博慕迟说想傅云珩了，说傅云珩就是个渣男，都不说想她。

傅云珩觉得好笑又无奈，怎么可能不想她。

两人正聊着，博慕迟的肩膀被岑青筠戳了戳。

她回头："青姐。"

岑青筠瞟了眼她的手机："跟你男朋友在聊天？"

博慕迟点头："怎么啦？"

"你还记得我前段时间跟你说的那个杂志社采访吗？"岑青筠问她，那是国内四大周刊的其中一家，总编和岑青筠认识，也一直想给博慕迟做特别专访。但之前她时间一直没对上，而且季节不对。

博慕迟是滑雪天才、滑雪女王，如果要出杂志周刊，当然是要在冬季，在满天飞雪的时候。

博慕迟眨眼："记得。"她缄默片刻，点头说，"可以的，我这边没问题。"

闻言，岑青筠诧异："确定？要是没问题的话，美国站结束回国，你可能就得准备了。"

博慕迟应声："可以啊。"

岑青筠："行，那我就给对方回复了。"

在美国比完赛后，博慕迟一行人又在当地封闭训练了几天。

只是她没想到的是，在一次外出训练时，为了拽住一位要摔跤的新队友，她在雪场摔了一跤，伤了脚。

新队友是今年刚招入队的，是一个长相清秀的小男生。

每次看到他，博慕迟都会产生一种想照顾他的感觉。她跟谢晚秋讨论过，谢晚秋的答案是——看到帅弟弟，没有人不想多照顾。

不过博慕迟不赞同，觉得自己之所以对他好，是因为他有点儿像迟应。

其实迟应的滑雪天赋也很不错，如果不是因为博慕迟先进了国家队，他应该也会走运动员这条路。

在意识到脚拉伤的时候，博慕迟脑海里蹦出的第一个念头就是还好明年不是冬奥会。

对他们运动员来说，特别是像她这种运动员，脚受伤是极其严重的事，更何况她这回伤到的是韧带。

韧带撕裂对他们而言是噩耗。

一点儿不意外，博慕迟被岑青筠骂了一通。

于岑青筠而言，博慕迟才是最重要的。人都有偏爱，博慕迟是他们队里现在各方面能力也最强的运动员，也是她最不想看到受伤的运动员。

博慕迟乖乖听训，小声解释："我以为我能稳住。"

岑青筠一脸严肃："那是你以为，你知不知道韧带撕裂有多严重，知不知道要恢复多久？"

博慕迟不敢吭声。

岑青筠恨铁不成钢，瞪了她一眼，又多说了她几句，看她忍着疼痛的神情，也不忍心再多凶她。

安静半响，她低声问："你想在这边治疗还是回国？"

博慕迟想也不想："回国吧，我不想在美国待太久。"

"嗯。"岑青筠难得没拒绝她这个请求，"你回国后给我住一个月的院，我给你找最权威的医生看。"

博慕迟点头。

其实从滑雪开始，博慕迟就受过不少伤。

摔伤、扭伤的次数并不少，只是年龄越大，她就越注意，尽量避免。

在没有把握的情况下，她不会去做过于危险的动作，即便是在落地时有了失误，也尽量不让自己的脚骨折。

拽住小师弟时，她已经尽量避免了。

也是她经验还算丰富，不然可能就不单单是轻微的撕裂，还有可能是更严重的骨折。

傅云珩并没有第一时间收到消息，是在博慕迟回国这天才收到她的消息，说有件事要告诉他，但他听完不能生气。

傅云珩："你说。"他隐约有不太好的预感。

博慕迟心虚不已，纠结着给他发消息。

"我滑雪的时候伤到了脚……估计要去你们医院做检查。"

消息发出去，博慕迟忐忑地等待傅云珩回复。

等了好一会儿，她也没等到傅云珩的消息。她手指顿了顿，迟疑地给他发了个问号。

片刻，傅云珩的电话打了过来。

"严重吗？"他声音较之往常沉了很多。

博慕迟抿了下唇："韧带撕裂，应该……还好？"

傅云珩闭了闭眼，尽量让自己的声音听起来很冷静："还是之前的航班计划？"

博慕迟"嗯"了声。

傅云珩："知道了，我会来机场接你。"

博慕迟："好的。"她不敢有任何反驳，"你别太担心了，我也不是第一次受伤。"

说完这话，博慕迟拍了下自己的脑袋，说的都是什么呀。

傅云珩应声："什么时候受伤的？"

"就……前两天。"博慕迟底气不足地回答。

傅云珩能听出她的小心翼翼，却还是有些生气。他冷着脸，淡淡地道："知道了。"

挂了电话，博慕迟对上谢晚秋的眼神。

"你男朋友生气了？"

博慕迟："肯定。"

谢晚秋无奈一笑："既然知道他会生气，为什么要等到回国这天才告诉他？"

"因为我要是一受伤就告诉他。"博慕迟耸了耸肩，"他肯定会第一时间飞过来。"

她相信，就算请假，傅云珩也会飞过来确认她的情况。

谢晚秋微怔："你还真了解他，那你就不怕他跟你生气？"

"怕啊。"博慕迟笑了笑，"但比较起来，我更不想他因为我的事而冲动，给他的同事们留下不好的印象。"

在外人看来，傅云珩是个很冷静，做事也很有分寸的人。

可那是因为他对周遭的一切都是淡然的态度，唯独对博慕迟不是。

博慕迟很清楚这一点，也很了解他。和自己有关的事，他总是没办法冷静，因为在乎，因为看重。

谢晚秋拍了下她的脑袋："太为你男朋友考虑了。"

博慕迟弯唇："那是因为我男朋友也很为我考虑。"她靠着谢晚秋的手臂叹气，"你说我要怎么哄他？"

谢晚秋推开她的脑袋："你这是往师姐嘴里塞狗粮呢？"

博慕迟讪讪，不再说话。

因为脚痛，在回国的飞机上，博慕迟一直没怎么睡。

她连着飞机上不怎么好的 WiFi（无线网络），时不时给傅云珩发消息，想让他精神不那么紧绷。

只不过傅云珩消息回得很慢。

她不知道的是自从知道她受伤后，傅云珩便找岑青筠要了她的病历，以及拍片的照片。

他在下班后的第一时间去了徐老医生家，和他一起研究她的韧带撕裂，力求让她尽快恢复正常。

韧带撕裂一般分为三个等级，一级是不怎么影响运动的轻微撕裂。

傅云珩看过她的片子，她属于二级情况，撕裂情况比较严重，影响正常运动。但相对于需要动手术的三级韧带断裂而言，博慕迟还算幸运。

只不过就算幸运，她也起码有一个到两个月的时间没办法进行正常训练。

博慕迟落地时，是谢晚秋推着她出去的。

来接机的不单单有傅云珩，还有迟绿和博延。

他没瞒着他们，也不想瞒着。

博慕迟看到这一群人，愧疚感更深了。

博延和迟绿都没训她，他们跟岑青筠一行人打了招呼，询问了下她的具体情况，便决定带她到医院做全面检查，岑青筠也是这个意思。

所以博慕迟下了飞机后，就直接被送到了医院，连家都没回。

为了防止过多人知道她受伤的事，只有岑青筠和队医陪同去了医院。

全身检查结束时，博慕迟感觉自己已经奄奄一息了。

听着医生们的交流，她抬手扯了扯从机场就开始全面接管了她轮椅的人。

衣服被她扯住，傅云珩垂下眼看着她。

对视半晌，博慕迟嘴唇动了动："有点儿渴。"

傅云珩抬起眼，跟迟绿说了声："迟姨，我去接杯水。"

迟绿："去吧。"

看傅云珩走出，博慕迟朝迟绿倾诉委屈："妈。"

"后悔了？"迟绿知道她的性子，倒没和她生气。

博慕迟："倒是不怎么后悔。"她小声道，"就是云宝不说话，有点儿吓人。"

迟绿觑她一眼："他怕自己一开口就会对你凶，索性不说。"

"哦。"博慕迟头疼，"其实我这……也不是很严重吧……"

话音落下，她被迟绿敲了下脑袋。

检查结果出来后，博慕迟被安排进了VIP病房。

一般来说，她如果不是运动员，这种撕裂回家养着也一样，但她身份不同，想要不出一点儿差池，住院治疗恢复是最好的选择。

躺在病床上后，博慕迟看着傅云珩和迟绿他们为自己忙前忙后，陡然生出悔意。可也只是一瞬间。

因为她知道，如果她不去拉小师弟，那个小师弟受伤会更严重。

安置好她，迟绿和博延对视一眼，看向傅云珩："云珩，你今天要在医院守着她吗？"

傅云珩颔首："博叔、迟姨你们先回家好好休息吧，我明天白班，晚上可以在这儿守着。"

博延正想拒绝，迟绿抬手拉了拉他的衣服，点头道："也行。"她看向博慕迟："晚饭想吃什么？我让杨姨给你做。"

博慕迟："都行。"

迟绿笑着又问傅云珩。

傅云珩的答案也是如此，他也都可以。

迟绿笑着应下："行，待会儿我和你爸再来给你们送饭，先好好休息。"

博慕迟："爸妈辛苦了。"

迟绿睇她一眼："你老实点儿，我们就不辛苦。"

两人走后，病房里就只剩下傅云珩和博慕迟，教练和队医早就离开了。

病房安静下来。

傅云珩没吱声，博慕迟对着手指纠结了好一会儿，实在憋不住："云宝。"她破罐子破摔，"你要不骂我一顿吧。"

傅云珩瞥她一眼，淡声问："喝不喝水？"

"喝……"

博慕迟："但是喝水前。"她吞咽了下口水，脸红耳热，"我想先去洗手间。"

博慕迟从洗手间出来，脸更红了。

傅云珩抱着她，将她放上床后，她的手还钩着他脖颈没松开。他试图直起身子，被她再次拽了下去。

两人目光相撞，鼻尖相抵，气息交缠在一起。

傅云珩敛睫，看她近在咫尺的红润双颊，嗓音有些低："还不松手？"

博慕迟摇头："你先消气。"

傅云珩微顿："我没生气。"

"你有。"博慕迟指控，"你不说话也不亲我，就是在生气。"

傅云珩在这种事情上，通常是说不过她的。

他看了她半晌，问："知道我为什么生气吗？"

博慕迟轻轻点了下头："因为我没第一时间告诉你我受伤的事。"

傅云珩："一半。"

"那另一半是……"博慕迟抿了下唇，观察着他的神情猜测，"是因为我去救人吗？"

傅云珩沉默了许久，才应声："嗯。"

在这件事情上，他是自私的。

他不想听博慕迟的解释，她要是不救人的话，那人受伤会很严重，甚至可能将自己的职业生涯都毁掉。

他不在乎，只在乎博慕迟。

他不想她受伤，且还是为了别人受伤。

在这种事情上，傅云珩是自私的，甚至希望博慕迟也自私一点儿。

于他而言，她的安危最重要。

博慕迟知道他在想什么，钩着他的脖颈，将他往下拉："下次一定不会再犯了，好不好？"

她哄着傅云珩，"你别生我气了。"

傅云珩轻飘飘地给了她一个眼神："你下次还会再犯。"

他很清楚地知道，下次再遇到这种情况，博慕迟还是会义无反顾地救人，他很了解她。

博慕迟想反驳，却又没办法反驳。

"那你要生气多久？"她没辙，只能这样问。

傅云珩稍顿，把她的手拉开掖进被子里："再说。"

晚上，收到消息的谈书和迟应一行人第一时间来医院看她。

知道她和傅云珩在闹小别扭，谈书还笑了她好一会儿。

· 488 ·

博慕迟真心觉得她在落井下石，一点儿同情心都没有。

"我怎么没有了？"

谈书在，傅云珩抽空回去洗澡，顺便给博慕迟拿换洗的衣物和日常用品。

她好笑地看着博慕迟："哎，你就不能多哄傅云珩两句，实在不行硬上，我就不信他真舍得跟你生气。"

博慕迟噎了片刻："你对谢回就是硬上的？"

没等谈书回答，她非常有自知之明："就我这撕裂情况，我怎么硬上嘛……"

她明显是有心无力。

谈书默了默："也是。"她拍了拍博慕迟的肩膀，"那你们俩就准备一直这样下去？"

"那当然不会。"博慕迟眼珠子转了转，"我有的是办法，你放心吧。"

谈书想了想，自己确实该放心。

就傅云珩对博慕迟的看重程度，她纯属咸吃萝卜淡操心。傅云珩是舍不得真和博慕迟生气闹别扭的，她估计不出两天，这两人铁定和好。

谈书预估错误。

因为当晚，傅云珩就和博慕迟和好了。

晚上睡觉时，博慕迟说冷，想把自己的单人床空一半让给傅云珩。

傅云珩跟听不懂似的，把空调温度调高。

博慕迟并不气馁，开始喊痛，傅云珩问她要怎么才会不痛。

博慕迟可怜兮兮地望着他，朝他伸出手："你抱我睡我就不痛了。"

两人僵持半晌，傅云珩无可奈何："那你安分点儿。"

博慕迟："好的。"

两人躺在一起，博慕迟在他怀里钻来钻去，把他火气撩了起来。

"博慕迟。"傅云珩咬牙，"你在做什么？"

博慕迟贴着他的胸口，无辜地道："我没干吗呀，我睡不舒服，在调整姿势。"

傅云珩额角抽了抽，捏了捏她的脸："老实点儿。"

博慕迟"哦"了声，安分了半分钟，然后抬起眼凑在他耳边呼气，小声提醒："云宝……你是不是有反应了？"

下一秒，博慕迟的嘴就被堵住了。

傅云珩忍无可忍，避开她受伤的脚，压着她亲了好一会儿，嗓音沙哑地问："还想皮多久？"

博慕迟扯着他的衣服："你不生气，我就不皮了。"她眨眼，"你这样没事吗？需要我帮忙吗？"

傅云珩："不需要。"他尽量让自己神情软化，耐着性子说，"等你伤好了再说。"

"哦。"博慕迟点头，"那你要去一下洗手间吗？"

VIP病房有单独的浴室。

傅云珩："也不用，睡觉。"

"好吧。"博慕迟有点儿遗憾，"那你这样憋着，不会憋坏吗？"

傅云珩目光一沉，扣着她的腰肢不想回答她的问题："睡觉！"

博慕迟悻悻地闭上眼好几秒，再次睁开眼，小心翼翼地问："要我帮你吗？"

事实证明，夫妻床头吵架床尾和这个说法也适用于小情侣，至少是适用于傅云珩和博慕迟身上的。

翌日，迟绿来给两人送餐时，明显察觉到两人更腻了。

她扬了扬眉，心照不宣地笑了下，也没说什么。傅云珩去上班了，迟绿便留在医院陪博慕迟打发时间。

趁着养伤时间，迟绿还给博慕迟带了不少书，让她抽空就看看，争取明年毕业。

傅云珩中午休息时，收到了赵航打来的电话。

"慕迟妹妹受伤了？"

傅云珩蹙眉："嗯，你怎么知道？"

赵航："我听你们医院同事说的，说是滑雪天才博慕迟住进你们医院了。他们是不是不知道她是你女朋友？"

傅云珩："不确定。你要想来探病也可以。"

赵航："我下班后就过去看看慕迟妹妹，她伤得重不重？"

"二度韧带撕裂。"傅云珩淡淡地道，"不用手术。"

赵航："行。"他沉默了会儿，"我下班来看看她。"

傅云珩应声。

挂了电话，傅云珩往博慕迟病房那边走，还遇到了好几个同事。

"小傅医生。"有同事喊他，"你也是去看博慕迟的吗？"

昨天傅云珩陪博慕迟一起在医院看病的消息，很多人不知道。

傅云珩一怔："你们想去看她？"

护士点头，小声说："对啊，我们都很喜欢她，知道她住进我们医院了，都想去看看。"

傅云珩微顿，点了点头："正要去。"

他没再多问，但也没否认自己是去看博慕迟的。

一行人浩浩荡荡地走到博慕迟病房门口。

看到他，迟绿打了声招呼，又看向他身后跟着的人："这是……？"

傅云珩："他们说想来看看兜兜。"

迟绿愣了下，笑着道："可以啊。"她回头看博慕迟："见见云宝的同事们？"

听到两人对话，傅云珩几个同事一头雾水。他们好像听懂了点儿什么，又好像什么都没听懂。

博慕迟"啊"了声："可以啊。"

傅云珩应声，看向眼睛里闪烁着茫然之色的同事："进去吧。"

同事迷迷瞪瞪地进了病房，对上博慕迟那张素颜也依旧明艳漂亮的脸后，有小护士惊呼："天啊，慕迟妹妹，你真人比电视上更漂亮。"

博慕迟笑道："谢谢。"

大家七嘴八舌夸着博慕迟，夸了一通后，有人注意到傅云珩熟络地到一侧倒水，然后递给她喝。

大家齐刷刷地看着这一幕，实在是没憋住，就好奇地追问："小傅医生，你和慕迟妹妹……是什么关系啊？"

傅云珩挑了下眉，和博慕迟对视一眼，淡淡地道："她是我女朋友。"

震惊完，同事们深谙不好多打扰，陆陆续续地离开了。

人走后，迟绿也说要去外面透透风，让他们俩聊一会儿。

博慕迟想着他同事们震惊的神情，笑了好一会儿，才跟傅云珩说："小傅医生。"

"嗯？"傅云珩看着她，"中午吃什么了？"

"杨姨炖的鸡汤。"博慕迟看着他，"你同事知道了我是你女朋友，会不会影响你在医院的人气？"

傅云珩："影响就影响。"

他不在乎。

博慕迟乐不可支，翘了翘唇，忽然想到了一个重点。

"我刚吃了饭还没洗脸。"她催促傅云珩，"你帮我洗个脸吧，万一下午你同事们又来看我，我不能顶着这么一张脸见他们。"

491

傅云珩认真地看她半响："很漂亮。"

"有油。"博慕迟重点强调。

傅云珩没辙，起身到浴室拿毛巾准备给她擦脸。

两人过于专注要不要洗脸这件事，没注意到第一批收到消息的同事已经抵达，正在门口。

几个人正纠结要不要推门进来时，他们先看到了温柔的小傅医生在给女朋友擦脸，擦完还低头亲了一下。

"砰"地一声，病房门被围观群众推开。

接吻的两人听到动静，第一时间看向门口。

室内寂静片刻。

熟悉傅云珩的同事讪讪地和两人打招呼，慌乱地退出病房，磕磕巴巴地道："你们继续……继续。"

门再次被关上。

博慕迟呆滞片刻，冒出一句："完了，没脸做人了。"

听到这话，傅云珩莫名有点儿想笑。

他抬手敲了下博慕迟的脑袋："是我先亲的你。"

博慕迟："那不也一样？"

"不一样。"傅云珩再次低头亲了亲她的唇角。

博慕迟想了想，忍俊不禁："好吧，你说不一样就不一样。"

"嗯。"傅云珩顿了顿，低问声，"要不要再亲一会儿？"

"要。"

室外的光洒进来，明媚又温暖。

傅云珩低垂着头，吻着她，画面温馨又美好。

住院半个月后，博慕迟开始下床活动，不敢过量，只能扶着墙偶尔走一走。

在养伤这件事上，她很听医生和傅云珩的话，不该过度的绝不过度，该做的即便是痛到眼泪出来，也会坚持。

她的这份坚持和听话，让她在一个月后便能正常行走了，只是还不能过度训练。

博慕迟出院不到三天，之前答应好的杂志采访和拍摄便来了。不过拍摄的地方不在北城，是在她熟悉的崇礼，一个满天飞雪的地方。

傅云珩不放心她跟着团队过去，特意休了两天假期陪她。

博慕迟还笑他是黏人精，就是做个采访而已，不会有事，傅云珩坚持陪她。

杂志方租了一间小木屋,用来拍摄和采访。

博慕迟看到小木屋时,非常喜欢。

她很喜欢这种小木屋,感觉很有安全感。

屋子里的壁炉在燃烧,格外有氛围感。

他们抵达后,主编询问她意见,说要不要去外面拍组照片。

博慕迟没有异议。

拍完室外照,一行人回了小木屋。

博慕迟坐在落地窗下,看着外面飘散的雪花,唇角上扬着。

他们抵达这边时,便在下雪,他们的头上、肩上都有雪。

怕她一次性拍太多会累,主编很照顾她,做起了采访。

博慕迟接过傅云珩给她倒的热水,笑盈盈地望着面前坐着的主编,中规中矩地回答主编的问题。

大多数问题,其实是围绕着她运动员的身份展开的,有职业规划,未来期盼,还有职业心酸……很多很多。

职业采访结束后,主编笑看着她:"我能问慕迟妹妹几个私人问题吗?"

博慕迟微怔:"可以呀。"

主编看了另一侧没入镜的傅云珩一眼,含笑问道:"你跟你男朋友是怎么认识的?"

"我们是青梅竹马。"博慕迟没有隐瞒,"从出生就认识了。"

主编眼睛一亮:"那是不是从小到大关系都很好?"

"小时候很好。"博慕迟如实回答,"但我进国家队后,我们的联系就少了很多。"

主编心领神会:"那就是后来在一起的?"

"去年。"博慕迟说。

主编笑道:"你在冬奥会夺冠的时候告诉大家说你有男朋友了,是临时决定还是之前便打算好的?"

"之前就想好的。"

她侧眸,和不远的人对上视线,爱意在两人周身散开。

主编忍笑:"当时你宣布恋情后,大家都说慕迟妹妹太浪漫,做你男朋友应该很幸福。"

"是我比较幸福。"博慕迟笑眼弯弯地回答。

"问题又绕回来了,为什么会想在夺冠的时候告诉大家你的恋情呢?"

博慕迟沉默了会儿,诚恳地道:"因为我不单单想成为滑雪场上穿着肩上有五星红旗入场的运动员,我更想让我男朋友看见我。"

从决定走滑雪这条路的那天起,她就想成为最厉害的滑雪运动员。而现在,她又多一个愿望。

她不单单想成为皑皑白雪中那一抹亮眼的色彩,更想成为傅云珩眼中的唯一。

听到她的回答,主编忍不住感慨:"慕迟妹妹有颗浪漫的心。"主编忽然想到另一个问题,"对你而言,浪漫的定义是什么?"

博慕迟歪着头想了想,看了傅云珩一眼,又转头看向外面飘落的雪花,轻声回答:"是我男朋友和滑雪。"

于她而言,浪漫的定义是傅云珩和滑雪。

闻言,主编眼中的笑意更深。

"这是我听过的最浪漫的回答。"她说,"男朋友这个回答比较笼统,你会觉得男朋友做哪些事才是浪漫呢,还是什么都不用做就好?"

博慕迟:"什么都不用做。"她认真地道,"他的存在对我来说,就是这个世界上最浪漫的一件事。"

采访结束后,主编和工作人员吃了差不多一吨狗粮。

短暂休息,博慕迟再次换装,进行各种拍摄。

拍到最后,主编征询了傅云珩和博慕迟的意见,给两人拍了一组照片。

天色已经暗下来了,他们俩坐在壁炉旁边,一侧有一棵小小的圣诞树,还有一个雪花飞舞的水晶球,玻璃窗外有傅云珩给她堆的小雪人。

两人并肩坐在一起,博慕迟枕在傅云珩的肩上,两人看着窗外忽然落下的鹅毛大雪。一切是那么安静美好。

壁炉在燃烧,永不间断。两人在不知何时有了雾气的玻璃窗上画了两个卡通人物,它们靠肩而坐,就如同此刻的他们。

看到这一幕,杂志方团队感慨。

于他们而言,这一幕才是今天最浪漫的事。

当晚,拍摄便结束了。

次日,杂志方率先回去,傅云珩还有大半天假期,索性陪博慕迟在附近转悠。转悠了一圈,两人再次回到还没退租的小木屋。

傅云珩亲自下厨,给她做了顿不错的午餐。

吃完,两人到楼上看窗外雪景。

忽然,傅云珩喊她:"兜兜。"

博慕迟:"嗯?"

傅云珩看着她，忽然说："过段时间，我们去旅游吧。"

博慕迟一怔："你有时间？"

傅云珩和她十指相扣："有。"

博慕迟笑道："好呀。"她好奇，"怎么突然说这个事？"

"不是突然。"这是傅云珩之前便想好的。

"你想去哪儿？"傅云珩问。

博慕迟想了想："你想带我去哪儿？"

傅云珩沉默了会儿，示意她看窗外："我想带你去看雪。"

博慕迟忍笑，眼睛弯成月牙："可我们现在就在看雪啊？"

"我知道。"傅云珩回答，可他还是想带她去看雪。

因为他想让她每天都浪漫。

"你说我和滑雪是让你觉得最浪漫的事。那我想和滑雪永存在你的心间，每天都出现在你的视野里，让你看见，让你感受到。"

博慕迟明白傅云珩的意思。

她浅笑盈盈地答应："好呀，那我们就去看雪。"

在当下这一刻，她忽然想起自己看过的《浮生六记》，当时看这本书，博慕迟觉得晦涩难读，一度静不下心，可直到她看到书中一句话，她的心忽然就静了。

书中曾说："雪夜里，生暖炉，促足相依偎，静闻雪落无痕。"

当时看到这里，博慕迟就想，有一天她谈恋爱了，一定要和喜欢的人在雪夜里依偎，听外面雪落下的声音，看雪将色彩斑斓的世界点缀上最干净的颜色。

想到那幅画面，博慕迟侧眸看旁边的人，靠在他的肩上："云宝。"

傅云珩低头看着她："想说什么？"

博慕迟轻眨了下眼说："我真的好喜欢你。"

傅云珩一怔，亲吻着她的唇角，告诉她："我爱你。"

他愿在这被皑皑白雪覆盖的山川下起誓，这一生，他只爱她一人。

他想陪她看这世间白雪，等星河长明。

生命多长，他便陪她多久。

第十六章
许愿

从崇礼回去后,博慕迟和傅云珩的生活依旧,平平淡淡却又温馨甜腻。

博慕迟依旧在养伤,但不用像之前在医院那般拘谨,可以自己做简单的训练。但以防万一,傅云珩还是没和她一起住医院附近的房子,两人暂时回家住。

在家里住,博慕迟的一日三餐有人做,迟绿也会看着她,还能陪她解闷,让她不那么孤单。

只是傅云珩每天驱车近一小时来回折腾,博慕迟有些心疼。

这日吃过晚饭,傅云珩陪她复健,陪她出门散步。

博慕迟垂眸看放在傅云珩口袋里和他牵着的手,眉心微动,手指挠了挠他的掌心。

傅云珩觉得痒,瞥了她一眼:"要和我说什么?"

"你怎么知道我有话要说?"博慕迟看着他。

"猜的。"

"哦,"博慕迟也不再迟疑,"你最近这段时间确定要一直住在家里吗?"

傅云珩挑眉:"不想看到我?"

博慕迟睨他一眼:"和你说认真的,每天花费两小时在路上实在太累了吧。"

本身他的工作就又忙又累的,博慕迟实在不想他这么奔波。

"不累,"傅云珩也学她,挠着她的掌心,淡声道,"看到你就不累了。"

他每天下班回家能看到她,疲惫和负面情绪都会消失得无影无踪。

博慕迟之于他，有一种神奇的魔力，让他为之着迷，让他光是看见她就心情愉悦，好似胸腔被填满，什么都不缺失。

博慕迟扬眉，看了他一眼："虽然我听到你说这样的话，我会很开心。"她改挽他的手臂，贴着他熨烫好的衣料，"但我还是不想你太累。"

傅云珩笑了："真不会。"他看着她的脚，"今天感觉如何？"

"还行。"看傅云珩这么坚持，博慕迟深谙自己是劝不动他。她没辙，只能作罢："反正你哪天累了就回那边住，我也没问题的。"

不出半个月，她应该就能去滑雪场训练了，高难度动作不能做，但简单的动作应该没问题。

博慕迟的训练不能耽搁太久，太久不训练，她怕自己会生疏。

傅云珩笑看着她一眼："想不想去买水果？"

博慕迟眨了下眼："带现金了吗？"

傅云珩："带了。"

博慕迟："去买烤红薯。"

两人出了小区，走到了街道上。

博慕迟也不怕冷，拉着傅云珩一个劲儿地往前走，到公交站旁停下，弯腰亲昵地和卖烤红薯的奶奶打招呼。

傅云珩看着她浅笑盈盈的模样，有种说不出地满足。

他目光柔和地注视着她，听她跟奶奶说完，确定好烤红薯数量，然后付钱。

"买这么多不怕吃不完？"傅云珩故意问。

博慕迟瞥他："就这几个了，卖完奶奶就能早点儿回家。"她指了指，"我吃一个你吃一个，还有我们俩的爸妈和阿姨各一个，正好。"

傅云珩点点头，对她这个安排深表认可："也是。"

他没意见，就是不知道几位长辈有没有意见。

他们买完烤红薯，傅云珩还拉着博慕迟进了一旁的水果店，买了些新鲜水果回家。

现在正是吃草莓的季节，博慕迟一点儿没含糊，买了好几盒。

看到两人提回来的袋子，迟绿瞅了眼："不是去散步的吗？怎么买这么多东西？"她道，"家里水果没啦？"

"云宝要买。"博慕迟把烤红薯递给她，"妈，吃一个。"

迟绿很了解她："又把奶奶摊子上的全买了？"

博慕迟被她这么说，还有点儿不好意思："我是不是太败家了？"

"还好。"迟绿慢条斯理地撕开烤红薯皮，小小地咬了一口，"这点儿败家程度，我们家还是能承受的。"

博延正好听到动静从楼上下来，看了母女俩一眼："云宝怎么没过来？"

他到迟绿身旁坐下，顺手拿过她咬了一口的红薯，替她把没撕掉的皮弄干净大半，才递给她。

博慕迟看着父母这熟络的恩爱行为："和我一样。"

"嗯？"

博延诧异须臾，忽地反应过来，轻轻笑了声："也是你干妈他们不介意。"

博慕迟拉开椅子在他们对面坐下，眉梢稍扬，得意扬扬地道："干妈以前也这样做的。"

其实她这个习惯，是迟绿和季清影培养的。

小时候她们带她出门玩，看到深夜还在路边卖小物品的，能买下来的都会全数买下。

她记得很清楚，迟绿和季清影都和她提过，一个人最宝贵的是善良。

她们不需要孩子们多厉害，但一定要善良，在自己力所能及的范围内，能帮就帮。

寒冷的冬天，将路边剩下的烤红薯买下，能让步履蹒跚的爷爷奶奶们早点儿回家，也能满足自己的胃口。

在街道将卖花小女孩的花买下，或许能减少些她们内心的酸楚，买回来的鲜花插在屋子里时，还能让你精神满足，能带给你一天的好心情。

听她提起小时候的事，迟绿好笑地看着她："你倒是记得牢。"

"那必须的呀。"博慕迟托腮，"爸妈教的，我都记得。"

迟绿抬手敲了下她的脑袋。

博延朝她伸出手："手会弄脏，拿过来，爸爸给你剥皮。"

博慕迟一点儿没和他客气，将烤红薯推到他面前，甜滋滋地道："那就辛苦爸爸啦。"

博延："客气。"

三人吃了一会儿，傅云珩便过来了。

跟博延和迟绿打完招呼，他坐在博慕迟旁边加入聊天队伍。

"对了。"迟绿忽然想起，"你上回的杂志采访什么时候出来？"

博慕迟摇头："应该就最近吧，冬天的主题，总不能拖到冬天后才印刷上市……"

迟绿点点头："也是。我得多买点儿。"

博慕迟无奈："不用吧，我觉得杂志社不会印刷太多，买一两本收藏就行。"

迟绿觑她:"那不行,我女儿首次拍杂志,我总得给她站台吧。"

她可不能让有博慕迟的杂志销量惨淡。

博慕迟:"这个不用比吧。"

接收到她的求救目光,博延琢磨了一下问:"我们买一千份还是两千份?"他往楼上看了看,"是不是得清出一个房间来放?"

迟绿:"我觉得可以。"

"不是。"博慕迟无可奈何,"你们俩就不能等杂志出来了再说?万一不用你们买一千份我的采访也可以卖得很好呢?"说完,她寻求傅云珩的赞同:"是吧,云宝?"

女朋友说什么就是什么,此刻的傅云珩就是如此。

他思忖片刻:"先看看销量?"他看向对面两位已经要决定下来的长辈:"我觉得兜兜的专刊,应该不会卖得太差。"

他相信自己的女朋友。

傅云珩都这样说了,迟绿和博延想了想,勉强同意了。

"也行,看情况再决定。"

听到这话,博慕迟暗暗松了口气。她可不想自己出本杂志专刊,全是自己家人买的。

杂志的预售时间,比博慕迟想得更快。

采访那天后不过一周,她便收到了主编发给她的消息,说是他们定下了预售时间。

原本,他们想把预售时间定在二月初,但看了博慕迟的采访后,大家一致决定将杂志社今年情人节的刊期给她。

虽说傅云珩基本没在她的专刊里露脸,但就博慕迟的那几段采访而言,他们俩就该上情人节的周刊专题。

博慕迟既意外又惊喜。

"你们确定?"她有点儿担心,"情人节专刊一般需要情侣一起吧?"

主编:"没事,你的那个采访比娱乐圈明星情侣露脸还要甜,放心吧,我们有信心能卖得很好。"

博慕迟笑了笑:"好的,辛苦。"

"嗯,我晚点儿先把我们的文稿发给你看看,没问题的话,我们就准备安排排版印刷了。"

"好。"

挂了电话,博慕迟收到主编发来的完整版文字采访。

看完，她自顾自地笑了会儿。

她看了好一会儿，拍照发给傅云珩问："我这一段的回答要不要叫主编改一改？"

傅云珩休息时间看到她给自己发来的消息，扬了扬眉："为什么要改？"

博慕迟："我说你是黏人精，我怕万一你医院的同事知道了，会笑话你。"

当时主编采访她，让她用三个词来形容自己男朋友，博慕迟想到的就是黏人精。

之所以想到这个，是因为她受伤那段时间，她走到哪儿傅云珩跟到哪儿，一点儿都不放心她。

为此，博慕迟取笑过他好几次，但傅云珩一点儿不在意，甚至很乐意当她口中的黏人精。

要不是条件不允许，傅云珩还真想时时刻刻跟她黏在一起。

当然，除了这回，博慕迟认真回忆了下，两人刚开始交往时，傅云珩也蛮黏她的。

傅云珩："没事。"他眼中浮现笑意，安慰她说，"取笑就取笑，我不介意。"

博慕迟："不怕我把你冷峻的医生形象毁了？"

傅云珩："我也只黏你，不怕。"

博慕被他的话取悦到，唇角往上扬了扬，很是开心："好，那我就不让主编修改了。"

傅云珩："嗯，晚上想不想去玩？"

博慕迟："玩什么？"

傅云珩想了想今天听护士们讨论的，低头回复："她们说有一家新开的蹦床店，里面玩乐施设不少，想去吗？"

博慕迟："想，那我六点到你医院门口等你。"

傅云珩："让司机送你过来。"

博慕迟："收到。"

傅云珩这一天准时下班。

看到她出现，傅云珩科室的医生和护士都热情地和她打招呼，关心她的伤势恢复情况。

傅云珩换下白大褂出来时，女朋友还被人拉着聊天，他挑了下眉，站在旁边等着。

等了大概五分钟，对方还在喋喋不休。傅云珩没再忍耐，掩唇咳了声道："几位，可以把女朋友还给我了吗？"

同事"扑哧"一笑，揶揄道："小傅医生，我们就是和慕迟妹妹多说了两句而已。"

"不止两句。"在这种事上，傅云珩非常斤斤计较，冷冷淡淡地提醒，"已经八分钟了。"

众人无语。

博慕迟好笑地看着他："你怎么记这么清楚？"

傅云珩抬了下眉眼，示意她看墙上挂着的时钟。

医院这个拐角处的墙壁上，有一个时钟。傅云珩站的角度，恰好能看清时钟。

同事们取笑他两句，也知道小情侣约会不容易，不再多打扰。

出了医院，博慕迟扭头看着他，忍不住喊："云宝。"

傅云珩瞅她。

博慕迟笑了笑："我发现你无论在哪家医院，跟同事们关系都不错。"

虽然傅云珩表面看着冷冷淡淡不好接近的样子，但博慕迟能明显感觉到，他的同事虽然不敢和他太靠近，但偶尔几句无伤大雅的玩笑，还是能和他开的。

从她了解到的情况来看，他和同事相处得其实很不错。

傅云珩笑了笑："他们都还不错。"

虽说医院也避免不了钩心斗角，但总体来说氛围是好的。

蹦床的地方，傅云珩问过两位小护士，是个适合放松的好地方。

考虑到博慕迟的脚伤，傅云珩还严谨地咨询了一下骨科医生她到底能不能玩。

其实博慕迟他们日常训练，也会练这种弹跳。

因为滑雪运动员不单单要雪滑得好，他们空中跳跃的技巧也是需要日常积累的。她之前来这种地方的次数不少，也让傅云珩陪她来过几次。

这家店是新开的，还在搞打折活动，晚上人不少，登对的两人走哪儿都吸睛。

博慕迟不喜欢被人盯着，拽着傅云珩到角落里玩。

"你要不要试试？"她朝傅云珩提出邀请。

傅云珩对这种弹跳运动项目兴致并不高，但看博慕迟一脸期待的小表情，又不忍拒绝。

最终，傅云珩接受了她的邀请。

玩了大半个小时，博慕迟觉得自己脸都要笑僵了。她看着傅云珩笨拙的动作，笑声不断。

"云宝，你刚刚有个动作不对。"博慕迟专业技能发作，挑刺道，"你刚刚应该换个姿势蹦，才能蹦得更高。"

傅云珩瞥向乐不可支的人，无奈叹息一声："就这么好笑？"

博慕迟："好笑啊。"她举着手机，"你说你同事看到我录的这个视频，你会不会形象尽毁？"

傅云珩默了默，目光灼灼地盯着她说："你应该不舍得发给他们看……"

"为什么这么说？"博慕迟反问。

傅云珩一把将她拽入怀里，让她贴近自己的胸口，听着他的心跳声，他嗓音很低："你就是不舍得。"

博慕迟正想反驳，却在抬眼时对上他幽深的目光，她刚想开口说话，唇瓣已被侵占。

他亲下来的刹那，博慕迟想提醒他说在外面。谁料她贝齿微动，反倒是给了他机会。

清冽的气息钻入鼻间，博慕迟渐渐沦陷，下意识地回应着他。

两人在角落的位置也没人过来。

他们不知吻了多久，在耳畔有渐行渐近的声音钻入时，傅云珩才将她放开。

两人喘着气，他目光灼灼地盯着博慕迟，看着她被自己亲得红润的嘴唇，看她潋滟的勾人心魂的眼睛。

傅云珩眸眼微动，想再靠近一点儿，被她阻止。

博慕迟顶着张大红脸："有人来了。"

傅云珩微顿，侧眸看向朝他们这边走近的人，抱着她换了个姿势，背对着过来的人。

这一段小插曲过后，博慕迟也不想在外面多玩了。

她提议回家。

傅云珩缄默片刻，贴着她耳朵问："回哪边？"

博慕迟抬眸看他一眼，答非所问："我觉得我的脚已经彻底好了，不需要任何人照顾。"

有了这个回答，傅云珩毫不犹豫地带她回了他们的家。

刚进屋，她还没来得及反应，就被他抱到了沙发上。

夜晚总容易滋生暧昧，旖旎在夜色的笼罩下弥漫开来。

因博慕迟出国比赛，接着又受伤，傅云珩已经很久没碰她了。

一切归于平静时,博慕迟费力地睁开眼,看了一下时钟,接近凌晨两点了。
浴室里有人走出,带着一身水汽。
傅云珩掀开被子上床时,博慕迟下意识地朝他靠近。
感受到他身体的温度,她闭着眼嘀咕:"有点儿凉。"
傅云珩低头亲了亲她的脸颊,笑着问:"那待会儿再抱?"
"不要。"博慕迟拒绝他的提议,搂住他的腰,在他怀里找了个舒服的位置,进入梦乡。
傅云珩盯着她的睡颜,喟叹地抱紧她,和她一起入眠。

一晃眼的工夫,就到了情人节这天。
博慕迟这一期的杂志专刊,是卡点预售的,有电子版,也有纸质版杂志可收藏。
这天,傅云珩上班,好在是白班,他晚上还能回家陪博慕迟吃烛光晚餐。
两人虽算得上是老夫老妻,但仪式感不能少。
博慕迟上午去了趟滑雪场,她的训练已经恢复如常,不再有什么影响。
她跟谈书约了一顿午饭。
怎么说也是情人节,她们晚上约不到一起,中午也得凑一块。
只不过这天情人节的氛围很浓,很多餐厅没有空位,早早被预订出去了。
谈书和博慕迟对视半晌,索性去了路边小店。
"那里有什么能吃的?"谈书问她。
博慕迟扬了扬眉:"喝粥。"
谈书失笑:"那我可舍不得让你大中午的喝粥。"
博慕迟搂着她的手臂,"晚上准备跟谢回去哪儿约会呢?"
谈书微微一笑:"今天是工作日。"
博慕迟:"那又怎样,工作日也要下班的。"
"谢回不忙的话,就去外面吃饭,忙的话就不过。"谈书在这种事情上并不怎么计较。
博慕迟想了想:"也行吧。"
两人随便吃了点儿,博慕迟兴致勃勃地说要给谈书买情人节礼物。
二人在商场逛着逛着,谈书的闹钟响起。
她拿出来一看,才想起今天是博慕迟杂志专刊预售的日子。
"你等等。"她喊住博慕迟,"马上十三点十四分了,你不买杂志?"
博慕迟反应过来:"杂志社会送我几本的,我干吗还买?"

谈书噎了噎:"那我要买。"她眉飞色舞地道,"总得支持一下我们的世界冠军。"

博慕迟微窘,凑着去看她手机屏幕,幽幽地道:"你不支持也没事。"

"必须支持。"谈书盯着时间倒数,抢了五本。

博慕迟:"你买那么多干吗?"

"送亲戚。"她扭头看博慕迟,"不过你得给我签名。"

博慕迟摊手:"要多少有多少。"

谈书拉着她到一侧坐下:"我还得再买个电子版的,已经迫不及待想看你的照片了。"

博慕迟愣了下,正想说不用买,自己现在就能给谈书看。可她还没来得及开口,谈书已经买到了电子版。

为了满足谈书,博慕迟没辙,只能陪她坐在商场的椅子上,等她看自己的采访,看自己的照片。

"天哪,你这拍得也太温暖、太梦幻了吧?"谈书边看边点评,"这个礼服裙不错,不过是不是很冷啊?"

博慕迟:"有点儿。"

谈书一一点评完才说:"照片都很惊艳,但你知道吗?我最喜欢你跟傅云珩的这两张。"

博慕迟低头一看,谈书说的是一张在冰天雪地拍摄的照片,自己在看远方,而傅云珩在看她。他手里还拿着一个暖手宝,方便博慕迟拍完后第一时间塞她手里。

他身形挺括,镜头没拍到他的正脸,只有一张看不清面容的侧脸,但能发现他是在看博慕迟。

而另一张,便是两人坐在小木屋看窗外飘雪的背影照,她靠在傅云珩的肩上,手指在玻璃窗上比画着,窗外有小雪人。

博慕迟自己也最喜欢这两张。

谈书认真看完她的采访,忍笑道:"傅云珩知道你这样形容他吗?"

博慕迟点头:"知道。"

谈书有点儿好奇了:"也不知道傅云珩同事们知道他在自己女朋友眼里是这样的形象,会怎么看他?"

两人对视一眼,谈书道:"你问问他。"

博慕迟:"这才刚出来,他同事不一定知道。"

"万一呢。"谈书不管,"你先问。"

博慕迟拗不过她，只得给傅云珩发消息。

傅云珩收到博慕迟消息时，恰好注意到两个小护士边低头看手机边对着他窃窃私语。

等他走近，其中一位护士鼓起勇气喊他："小傅医生。"

傅云珩停下脚步："有事？"

小护士忍不住，举着手机说："慕迟妹妹这个黏人精男朋友，说的是你吗？"

傅云珩稍顿，神色未改地回答："我想，她应该没有别的黏人精男朋友。"

傅云珩的回答，仿如一颗石子丢进平静的湖面。顷刻间，不远处竖起耳朵偷听的小护士也跑了过来，诧异不已。

她们看着傅云珩的眼睛和神情，无一都透露着一句话，原来小傅医生在女朋友面前是这样的啊！

这么说，小傅医生也和正常人一样。

傅云珩没在意大家异样的眼光，格外淡定："还有什么想问的吗？"

小护士们还没从这个震惊的消息中回过神，默契地摇了摇头。

傅云珩颔首，抬脚走进医生办公室。

坐下后，他才回答博慕迟的问题。

傅云珩："她们问了我一个问题。"

博慕迟："什么？"

傅云珩："问我，你采访中的男朋友是不是我。"

博慕迟微窘："那你怎么回答的？"

傅云珩一板一眼，如实告知："我说，你应该没有第二个黏人精男朋友。"

看到两人的聊天，谈书在旁边大笑："我发现傅云珩跟你说话的时候，还蛮有趣的。"

博慕迟点头："有时候会。"她偶尔还会被傅云珩啼笑皆非的冷幽默弄得哑口无言。

谈书在旁边感慨，轻啧道："果然男人在女朋友面前都格外不同。"

闻言，博慕迟嗅到了八卦信号。她眼眸晶亮地盯着谈书，用手肘蹭了蹭谈书，道："跟我说说谢回学长在你面前有多格外不同？"

谈书脸一热，觑她一眼："闺房情事，不便告知。"

博慕迟噎住。

安静几秒，谈书笑道："你给傅云珩另外的两个形容，也有点儿敷衍。"

"哪儿有，"博慕迟摊手，诚恳地说，"我说的都是实话。"

主编让她用三个词形容自己的男朋友，博慕迟依次给出的是长得帅、智商高、黏人精。

她是真觉得傅云珩用这三个词来形容最为准确，在博慕迟这儿，她的男朋友就是一个长得帅、智商高的黏人精。

谈书无奈半晌，细品了一下，又觉得这里面还有点儿小甜。

"你别说，应该很多人希望自己男朋友是这样的。"

长得帅和智商高是博慕迟没办法私有的，但黏人精是。

博慕迟笑道："是吧，我概括得很准确。"

谈书看她骄傲的样子，抬手敲了下她的脑袋："给点儿颜色你就开染坊啦？"

博慕迟无辜地眨眼："我不开染坊。"

两人在商场看完采访，等谈书回公司继续上班时，博慕迟也收到了杂志方那边的好消息。

对她这样的滑雪运动员，杂志方是看数量来进行印刷的。

目前为止，博慕迟电子版的杂志销量近三万本，而纸质版的预售也超一万本了，都是非常不错的数字，在电子版杂志封面和采访出来时，她再次上了热搜。

主编告诉博慕迟："现在网友都在好奇你的男朋友。"

博慕迟"啊"了声，笑了笑："那就希望他们不要扒到我男朋友身份。"

主编笑："为什么？"她想了想，猜测道，"怕他们羡慕吗？"

博慕迟："怕啊。"

主编被她逗笑："要不是我结婚了，我也羡慕。"

博慕迟弯了弯眼睛："您夸张了。"

"不夸张。"主编感慨，"你男朋友是真不错。"

博慕迟当然知道傅云珩不错，微忖片刻，俏皮道："羡慕也没用，反正他是我私有的。"

傅云珩身上早就贴上了博慕迟的标签，他是她的"私有物"，未经允许，谁也不能乱动。

主编连连应着："好好好，我们知道的。"她无奈地笑道，"你还挺霸道。"

博慕迟含笑应下这个评价。

两人聊了一会儿才挂断电话，博慕迟纠结几秒，还是登上大号微博去看了一眼。

杂志方知道她不喜欢上网，索性不要求她转发官方的微博宣传。不过在定下预售时间时，博慕迟是有告诉她的粉丝了。

但距离告知那条微博，已经过去一个礼拜了，再上去，博慕迟看着那条微博下的评论转发数量惊呆了。

她点开评论看了看，热评第一是求她晒男朋友照片的，他们都想看看世界冠军的男朋友到底有多帅。

博慕迟挑眉，傲娇地回：“不晒。”

回完这条，博慕迟没再跟其他粉丝有互动。

她翻看着评论，时不时还截图几张发给傅云珩，也不管他看不看。

发了好几张，博慕迟才收到傅云珩的消息。

傅云珩：“还在外面？”

博慕迟：“打车回家了，想云朵。”

傅云珩：“不想我？”

博慕迟低垂着脑袋，忍着笑：“想，小傅医生不忙？”

傅云珩：“休息几分钟，现在不忙。”

博慕迟乐不可支地和他聊了会儿。

确定她下车回家后，傅云珩才继续忙碌。

这一天下来，傅云珩收到了不少同事们的关心。

大多是询问他，在女朋友面前到底是怎么黏人的，你女朋友为什么会说你是个黏人精，小傅医生你怎么还有两副面孔，等等。

傅云珩无奈又好笑，虽不太想承认，却不得不承认。

毕竟，话是女朋友说出来的。他即便没觉得自己是个黏人精，也得认。

下班时，傅云珩还接到了赵航打来的调侃电话。

一接通，赵航那不太爽的声音便传了过来，他轻轻"啧"了声，似有些不爽："你太招人嫉妒了。"

傅云珩："谢谢。"

赵航噎住："我不是在夸你。"

"我当你是在夸我。"傅云珩面不改色。

赵航无语凝噎片刻，叹息一声："慕迟妹妹怎么就看上你了呢？"

傅云珩扬了扬眉："她眼光好。"

赵航："有你这么自卖自夸的吗？"

调侃了傅云珩几句，赵航感慨："我什么时候能去你家蹭饭？"

傅云珩："找我女朋友？"

"我也买了几本杂志。"赵航实话实说，"想找慕迟妹妹签名。"

傅云珩："等你拿到杂志再说。"

赵航："行吧。"他也不得寸进尺，转而关心傅云珩这边的工作情况。

傅云珩下班到家时，博慕迟和云朵正坐在毛茸茸的地毯上，一个看书，一个发呆。

听到动静，一人一猫都第一时间抬起眼看向他这边。这个画面，有种说不出地美好。

傅云珩微怔片刻，低头笑笑："我回来了。"

博慕迟靠在沙发上望着他："我是不是得说一句欢迎小傅医生回家？"

傅云珩走到她身侧，抬手揉了揉她的头发："你想的话，也可以。"

博慕迟伸手抱住他，笑盈盈地道："累不累？"

傅云珩："有一点儿。"

"那休息会儿。"博慕迟拽着他到自己身侧坐下，"给你倒杯水。"

傅云珩拒绝的话还没说出口，博慕迟已经起身钻进厨房。

他眉峰稍扬，垂眸和猫对视。安静半晌，他朝云朵张开手："要不要过来？"

云朵立马跳到他身上。

从厨房出来，博慕迟发现男朋友被猫霸占了。她小孩子气地朝云朵轻哼一声："把我男朋友还给我。"

云朵好似和她作对，还换了个姿势窝在傅云珩怀里，尾巴一晃一晃的，挑衅味十足。

博慕迟错愕，瞪圆了眼看它，跟傅云珩告状："它是在挑衅我吗？"

傅云珩眼中浮现笑意，也觉得惊奇："好像是。"

博慕迟忍无可忍，一把将云朵抓住，压在自己怀里，然后戳它的额头："你个小没良心的，姐姐对你这么好，你怎么可以这样对我，喜欢哥哥不喜欢我？"

傅云珩轻咳了声，提醒她："它是男生。"

博慕迟横他一眼："男生也可以喜欢男生。"

关键时刻，云朵还喵了声，像是赞同博慕迟这个说法。

两人无奈半晌，傅云珩笑着起身："饿了吗，晚上想吃什么？"

博慕迟看着他："你下厨啊？"

傅云珩点头。

博慕迟纠结了会儿，和他一起往厨房走："云宝，你教我做饭吧。"

"嗯？"傅云珩不解地看着她，"怎么忽然想做饭了？"

508

博慕迟实话实说:"你上班已经够累了,我不想你下班回家了还得给我做饭。"

"我自己愿意。"傅云珩回答。

博慕迟站在他身后,抱住他,紧贴着他的后背,感受着他的体温:"可我不愿意。"

傅云珩宠她,她也懂得心疼他。

傅云珩敛睫,看环在自己腰间的手,很轻地笑了笑:"你这样,我怎么给你做饭?"

"那我不管。"博慕迟撒娇,"我就想多抱你一会儿。"

傅云珩唇角一挑,嗓音含笑道:"那你说说,谁是黏人精?"

博慕迟听出他话语里的揶揄,傲娇道:"就是你。"

傅云珩看她还没松开的手,无奈一笑。

"好。"他说,"我是。"他回头,"晚上想吃什么?"

博慕迟仰头看着他,对上他漆黑深邃的眸子时,眸眼微动。

她想做什么,就立即去做了。

她踮脚,贴上他的唇,含混地说:"吃小傅医生。"

傅云珩闷笑,从善如流地让她"吃"了。

厨房这片小天地,暧昧无限滋生。

外面的云朵偷看了两眼,摇着尾巴走开了。

原本,博慕迟觉得自己计划可行,但她的肚子不允许她这样做。

刚被傅云珩抱上中岛台,肚子便先叫了起来。突兀的声音响起,两人都停下了动作。

博慕迟一脸无辜地看着傅云珩,傅云珩没忍住,勾了勾唇角,看她红透了的脸颊,跟她商量:"着急吗?"

博慕迟不想理他。

傅云珩捏了捏她腰上的软肉,含笑道:"吃完饭再继续?"

考虑到博慕迟已经很饿了,傅云珩简单做了顿晚餐。

吃完,两人倒也没着急直奔主题。

博慕迟拉着傅云珩在家里看电影,看着看着,傅云珩开始对她"动手动脚"。

博慕迟和傅云珩朝夕相处的时间少,所以这回即便已经有些疲惫了,她还是没忍住,拉着傅云珩聊天,问他医院的事,和他唠嗑。

傅云珩对她向来是有问必答的。

即便是他觉得医院的那些事没什么意思，可只要博慕迟想知道，便知无不言。就算是一个小小的八卦消息，他都会说给她听，和她分享。

博慕迟再一次在他声音里睡着。

看躺在旁边人，傅云珩轻轻捏了捏她的脸颊，格外满足。

这一生有她，他再无所求。

春日悄无声息地从指缝溜走，热烈的夏季到来时，风和人都变得躁动不安。

博慕迟每天在家里和学校之间奔波，渐渐地生出了烦躁之意。

知道她最近压力大，傅云珩每天晚上挤着时间陪她去健身房发泄。

周末只要他休息，他也会陪她去滑雪场训练。

这天，博慕迟实在无聊，找程晚橙去看话剧。

博慕迟看到程晚橙，心情忽然好了点儿。

"小乖。"

"兜兜姐。"程晚橙穿着一条白色的裙子，清纯又漂亮。

她的长相像她妈妈向月明，纯而欲，再加上跳舞的缘故，气质格外好。

博慕迟抬手抱了抱她："最近怎么样？"

程晚橙："还好？"她说，"我刚巡演结束。"

她是舞蹈团成员，之前一段时间都随着舞团在世界各地进行巡演。

博慕迟抬手揉了揉她的脑袋，笑着说："下回在国内有表演，兜兜姐肯定去看。"

程晚橙笑道："那带云珩哥吗？"

博慕迟想了想："看他表现。"

两人和以前一样亲昵，手挽着手检票进了剧院。来看这场表演的人不少，博慕迟和程晚橙买的票在前排，视野极佳。

演员没上台前，两人凑在一起聊天。

程晚橙问她最近生活怎么样。

博慕迟想了想："其实还好，就是看书看久了累。"

程晚橙笑了，算了算说："今年是不是就能毕业了？"

博慕迟点头："应该没问题。"她断断续续地将学分修满了。

程晚橙笑弯了眼睛，连忙道："那我要去参加你的毕业典礼。"

博慕迟瞥她："你要不来，我找你算账。"

二人唠了一会儿，话剧演员上台了。顷刻间，台下归于宁静。大家都全神贯注地看表演。

博慕迟和程晚橙看的这个话剧，是根据一个虐恋情深的感情故事改编而来。

故事说的是原本毫无交集的两个人，忽然有一天在路边遇见，女孩对男孩一见钟情，但那时的女孩，不够优秀，也有很多污点。而男孩不同，他是那种连衣服都熨烫整整齐齐，没有褶皱的人。

一个深陷泥沼，满身泥土。

一个清冷如皎月，干干净净。

他们的差别实在太大。

不单单是周围人这样认为，连男孩、女孩都这样觉得。

女孩觉得自己多看他一眼都会弄脏了他，而男孩根本就不会给她一个眼神。

即便如此，男孩还是因为多看了几眼，鬼迷心窍又不可自拔地爱上了她，就如同女孩爱他一样。

但他们之间的爱是不平等的。

故事是悲剧，两人拥有一段灰暗却美好的过去，但终归没有一路走到底。

结尾，是年迈的两人在医院碰面。

她推着自己痴呆的丈夫，而他孑然一人。

两人在医院走廊擦肩而过，她低头走过时，衣袖不经意地擦过他的手臂。

风一吹，痕迹全无。

看完这个故事，博慕迟和程晚橙都在座位上安静了许久。

怎么说呢？

这个故事看着狗血，可又有种奇妙的能打动人的魔力。

可能是演员演绎得太好，也可能是别的原因。

她们安静许久，博慕迟的袖口被程晚橙拉了拉。

她侧眸，程晚橙抿了抿唇，小声问："兜兜姐，如果是你，你会怎么选？"

博慕迟挑眉："什么意思？"

"就……他们分手那段啊，其实两个人不那么骄傲的话，我觉得他们是有可能走到一起的。"她认真分析。

博慕迟点点头："是可能，但太累了。"她说完，又补充了一句，"不过也还好，又没有家仇大恨，不像我爸妈。"

程晚橙也是听过博延和迟绿之间的故事的，无奈半晌："哪儿有你这样说自己爸妈的？"

"本来就是，"博慕迟笑道，"但我爸和这个男主人公不一样，我爸早就惦记上我妈了，所以愿意无条件低头、妥协。"

而迟绿，也是深爱博延，根本割舍不下。

511

因为两人的坚定，他们才能越过一次次阻碍，这一点很多人都做不到。

程晚橙默默又吃了一次狗粮："你说得也有道理。"她想了想，嘟囔一句，"反正我肯定不这样傻。"

博慕迟扬眉，含笑看着她："所以请我们小乖跟我说一下，看上哪个骄傲的帅哥啦？"

程晚橙神色一僵："啊？"她装傻，"我哪儿有什么看上的帅哥？"怕博慕迟继续问，她故意说，"兜兜姐给我介绍个？"

博慕迟拉着她起身离开剧院，语气平静："我怕我给你介绍了，你看上的帅哥会来找我麻烦。"

程晚橙："我没……"她话说一半，又顿住，抱着破罐子破摔的想法，"他才不是什么骄傲的帅哥。"

那就是个坏蛋。

博慕迟还真没料到自己能套出她的话，刚刚其实也就随口一猜。

听到程晚橙这话，她来了兴趣："跟兜兜姐好好说说？"

程晚橙不知道该怎么说，组织了半天语言也没能说出所以然。

博慕迟倒也不勉强，只说了一句："反正想做什么就去做，喜欢就去追，要是追不到……"她缄默片刻，一本正经，"我不相信这世界上还有我们小乖追不到的人。"

程晚橙被她的话逗笑："万一真有呢？"

"那对方喜欢的肯定不是女生。"博慕迟玩笑道，"我一个女的看到你都心动，更别说男的。"

程晚橙被她夸开心了，盈盈笑道："还有一种人。"

博慕迟挑眉："什么？"

"已经有喜欢的人的。"程晚橙说。

博慕迟一愣，狐疑地看着她："你喜欢的帅哥有喜欢的人了？"

程晚橙沉默了会儿，摇了摇头："不知道。"

她什么都不知道。

博慕迟看着她苦涩的笑容，抬手揉了揉她的脑袋："那就不管，你要真想知道你就直接问。"

程晚橙点头。

两人出去时，傅云珩已经在停车场等着了。

送程晚橙回家的路上，博慕迟一直在逗她开心。

等她下车时，博慕迟喊住她："小乖。"

程晚橙回头。

博慕迟朝她招了招手，压着声音道："下回带兜兜姐偷偷去看看那个坏蛋，好不好？"

程晚橙怔了怔，"扑哧"一笑："好。"

看程晚橙进了小区，博慕迟才换到副驾驶座去。

刚刚为了不让程晚橙觉得孤单，她一直把傅云珩当司机。

"跟她说什么悄悄话？"傅云珩看着她。

博慕迟："女生的秘密。"

傅云珩挑眉："我不能知道？"

"不能。"博慕迟答应了程晚橙谁也不说。

闻言，傅云珩也不勉强，掉头，两人回家。

进屋后，博慕迟才有些憋不住，询问傅云珩："云宝。"

"嗯？"傅云珩去厨房给她倒水，随口问，"话剧感觉怎么样，好看吗？"

"还可以。故事虽然有点儿扯，但还挺有代入感的。"她接过水杯抿了两口，"而且话剧演员很不错，有感染力。"

她觉得看任何话剧和电影，都需要演员传递感染力和代入感。不然，就没有什么意思。

傅云珩颔首，表示了然。

"还想看什么，下回我陪你去。"

博慕迟答应下来："那你可不能放我鸽子。"

傅云珩无奈："提前说就行。"

"嗯嗯。"博慕迟继续刚开始的话题，好奇不已，"你说什么样的男生会不喜欢小乖？"

"男女的喜欢？"傅云珩问。

博慕迟："对啊。"

傅云珩顿了下："说实话吗？"

博慕迟横他一眼，要不是想听实话，为什么要问他？

傅云珩接过她还过来的杯子，喝了一口水，冷静地回答："我这样的。"

博慕迟一脸疑惑的表情。

最怕屋里变得安静。

博慕迟一脸嫌弃地盯着傅云珩，犹疑地道："你就不怕我把你这话告诉小乖？"

傅云珩："不怕。"他坦坦荡荡，"我说的是实话。"他含笑看着她，弯腰贴近在她耳廓，呼吸落在上面，轻声道，"我只喜欢你。"

博慕迟抬手拍他的肩膀："我在跟你认真讨论问题。"

傅云珩一脸无辜："我也在认真回答你的问题啊。"

女朋友的问题，无论大小，他都是深思熟虑后回答的。

两人对视半响。

博慕迟放弃挣扎："行吧，那除了你这样的，还有呢？"

"没有答案？"博慕迟直勾勾地盯着他。

傅云珩还真不知道该如何回答。他微忖须臾，认真道："小乖是很招人喜欢，各方面条件也都很好，但是……"

"没有但是。"博慕迟傲娇道，"不喜欢她的人肯定是眼神不好，推荐去你们医院看眼科。"

在维护自己妹妹这方面，博慕迟是不讲理的。

傅云珩一笑，捏着她的脸点头："好，来了跟我说一声。"

博慕迟眨眼："啊？"

傅云珩挑起唇角："我去看看到底是什么样的人眼神这么差，竟然看不上小乖。"

博慕迟噎了噎，倒也配合他："行。"

关于程晚橙这件事，今晚就暂时揭过。

感情的事，旁人插手太多不好，博慕迟相信，程晚橙和自己说的那个不喜欢她的人，迟早会爱上她。

酷暑最甚的时候，博慕迟迎来了自己的毕业典礼。

她的毕业答辩和傅云珩的相比，简单得不能再简单，很顺利地通过了。

毕业答辩结束后，博慕迟一眼便看到了赶过来参加她毕业典礼的家人们。

傅云珩站在不远处，手里还捧着一束鲜花，是她喜欢的粉玫瑰。

她爸妈，她的干妈和叔叔阿姨们，星星姐和弟弟妹妹们，也都齐刷刷地扭头望着她，朝她招手。

"姐。"迟应大声嚷嚷，"答辩过了吗？"

话音落下，谈书拍了他一下："你姐的答辩怎么可能不过？"

程晚橙："就是。"

迟应："贺礼，他们都欺负我。"

贺礼："是你说错话了。"

迟应无奈半响，瞥了贺礼一眼："怎么连你也不帮我了？"

514

"我实话实说。"

两人现在也上大学了,唯一不同的是,迟应相较于贺礼来说,高考成绩还是差了一截,没能和他上一所学校。但总体来说,迟应也是超常发挥,所以考到了一所还不错的学府。

听着两人斗嘴,大家都是吃瓜神态。

博慕迟笑了笑,接过傅云珩送的花。他敛睫看着她,眉眼舒展:"毕业快乐。"

博慕迟挑眉:"就这样?"

"就是就是。"还在跟贺礼斗嘴的迟应咕哝,"云珩哥,你这也太敷衍了吧。"

刚去了洗手间回来的季云舒第一时间帮着自己亲哥:"我哥是想把别的话留到我们都不在的时候说。"

迟应:"为什么要等我们不在了再说?"

陈星落没好气地敲了下他的脑袋:"因为你是个电灯泡。"

迟应:"妈,他们都欺负我。"他故技重施。

迟绿正跟博延忆往昔,回忆着自己的大学时光,听到这话,勉为其难地挤了一点儿时间给他:"那你欺负回去。"

众人笑作一团。

博慕迟看着这一张张笑脸,垂眸看自己被傅云珩握住的手,轻声问:"去拍照吗?"

傅云珩抬眸:"摄影师来了。"

他说的摄影师是赵航,赵航今天正好也休息,知道博慕迟毕业,便说要参与慕迟妹妹毕业典礼。

博慕迟当然不会拒绝。

至于傅云珩,索性让他当摄影师,他日常也会玩摄影,让他拍最为合适。

有熟人拍照,大家更放得开。

校园的一角,他们这群人闹哄哄地挤在一起,欢声笑语不断。

阳光明媚又热烈,时间有一瞬间像被按了暂停键,让他们这一群人的时光有了停滞,让他们永远如此开怀,开心快乐。

蓝天白云,参天大树,甚至路边的小草,也都见证着他们的狂欢。

和傅云珩毕业时差不多,博慕迟毕业时,拍的照片更多。

但没有人在意,发型是不是乱了,衣服是不是没弄好。他们只要在一起,那一切就都是好的。

相机定格瞬间,他们笑容也一并留在了相片里。

全部拍完，博慕迟和程晚橙几人抢过赵航手里的相机，要先看照片。

翻看了几张后，程晚橙轻轻地"喊"了声："我牙都要酸掉了。"

陈星落："该酸的是我吧。"她揉了揉眉眼，"怎么就我们几个单身的是看镜头的，其他人都无视相机的吗？"

程晚橙："就是就是。"她继续往下翻，吐槽道，"云珩哥和兜兜姐还在热恋中，他不看镜头看兜兜姐我能理解，我爸妈都老夫老妻了，为什么还看对方，他们知不知道什么叫拍照？"

陈星落："我爸妈也是。"

季云舒在旁边默默举手："你们不觉得我才是最惨的吗？"

她有爸妈还有亲哥，结果没一个人看她，也没一个人注意她。

一直没怎么发表意见的迟应拍了拍季云舒的肩膀，很是看开的样子："云舒姐，习惯就好。"

他最近这一两年已经很习惯了，而季云舒太久没回国，一时无法接受很正常。

也是，以后看多了，她可能也就习惯了。

照片实在太多，博慕迟一行人没能全部看完，但赵航拍了多少张，他们就要多少张。

而当了一天摄影师的赵航，晚上也发了朋友圈。

在看到他晒出的合照后，不少老同学酸了，纷纷跟他私聊，到底走了什么狗屎运，不仅能拿到博慕迟的签名照，还能去参加她的毕业典礼，和她一起拍合照。

赵航直接将傅云珩@出来，一一告知，这一切都要从他走进大学校园，和傅云珩打好关系开始说起。

折腾完回到家时，博慕迟看到赵航的朋友圈，忍不住笑了起来。

她给赵航的朋友圈点了个赞，在下面评论："辛苦小赵医生了"。

赵航回复："给慕迟妹妹服务，荣幸之至。"

傅云珩回复赵航："好好说话。"

赵航回复傅云珩："……"

博慕迟看着两人的对话，忍俊不禁。

她侧眸，戳了戳傅云珩的手臂："小傅医生，你这是吃醋的表现吗？"

傅云珩把手机搁在一侧，瞥向她："你觉得呢？"

"我觉得是。"博慕迟眼睛弯弯看着他，揶揄道，"你连赵航的醋都吃？"

傅云珩冷哼："是他乱说话。"

博慕迟笑，抬手搂住他的脖颈："难道不是你太小气？"

"我哪里小气了？"傅云珩发泄似的咬了下她的唇，嗓音沉沉地威胁，"嗯？"

他的嗓音低沉又性感，无形中有些撩人。

博慕迟耳朵有点儿痒，抿了下唇，有些招架不住，抬头望着他："你自己知道。"

"不知道。"傅云珩喉结微滚，看着她此刻的模样。

因为毕业典礼，博慕迟今天特意化了个自己觉得显年轻的水蜜桃妆。

她是个很爱美的运动员，本身就长得漂亮，有了化妆品的装饰，更是明艳动人。

一天下来，妆其实花了很多。但在傅云珩看来，他依旧觉得自己的女朋友很漂亮。

他目光直直地盯着她，抬手捏了捏她渐红的耳垂，低低地说："兜兜。"

"啊？"博慕迟看他靠近，心跳加剧。她眼睫毛轻颤，如擂鼓般的心跳像在期待他做点儿什么，"怎么了？"

傅云珩默了默，提醒她："你毕业了。"

博慕迟眨眼："我知道呀。"

今天刚毕业。

傅云珩"嗯"了声，又忽然说："你们同学，有毕业拿两个证的吗？"

当下这一刻，博慕迟其实还没反应过来他在说什么。

她想了想没明白，索性直接问道："哪两个证？"

傅云珩噎了噎，忍无可忍地覆上她那一直在勾引自己品尝的柔软唇瓣，含混地说："毕业证和结婚证。"

博慕迟愣住，傅云珩趁机舌尖钻入，顶开她的贝齿，舌尖被他用牙齿轻轻咬了一下，她才恍然大悟。

博慕迟往后躲了躲，瞪圆了眼看着他："你想英年早婚？"

陡然听到这个词，傅云珩还细细品味了一下："英年早婚？"

博慕迟点头，以为他不懂这个词的意思，言简意赅地说："就是年纪轻轻就结婚的意思。"

她又补充道，"这个词一般用来形容长得帅又年轻的人。"

傅云珩挑眉："你意思是我长得帅？"

"这不是事实吗？"博慕迟小声嘀咕，"要不是你长得帅，我还不喜欢你呢。"

傅云珩已经不止一次听到她这样说了，哑然失笑："嗯。"他看着她的眼睛，很是诚实，"是想英年早婚，但要看你。"他尊重博慕迟一切选择，"如果你还不想,那我明年再问。"

博慕迟本想说,没有不想,可听到他后一句话时,忍不住笑了:"那我明年也不想结婚呢?"

傅云珩:"后年继续问呀。"

笑意在博慕迟眼里蔓延,她唇角上翘,一脸惊喜地看着他:"你这个意思是不是,只要我不答应,你就一直问,也不强迫我?"

傅云珩用一种"你觉得呢"的眼神回望着她。

博慕迟忍不住往他怀里钻,搂着他脖颈道:"那我五十岁都不答应结婚的话,你也不会拉着我去领证吗?"

"是。"傅云珩又亲了她一下,"你不想结婚?"

"那也没有。"博慕迟眨眨眼,"不过得看你表现。"

傅云珩扬眉:"表现?"

"对啊。"博慕迟上下打量他一眼,吐槽道,"哪儿有你这样求婚的,没有花就算了,连戒指都没有,你这让我怎么答应?"

傅云珩怔了怔,闷笑出声:"我的错。"他顿了顿,目光灼灼地盯着她,"下回一定准备。"

博慕迟"哦"了声,被他看着脸热,别开眼咕哝:"那就下回再说。"

他笑着说:"好。"他看着她,"累了吗?"

"有点儿。"博慕迟赖在他怀里,"卸妆好麻烦呀。"

傅云珩失笑:"我给你卸?"

博慕迟眼睛一亮:"好呀。"她有些不放心,"你应该知道我用的是哪瓶卸妆水吧?"

傅云珩叹了口气,从沙发上爬了起来:"知道。"他抬脚要往浴室走,走了两步又停下,"我抱你进浴室?"

博慕迟不客气地朝他伸出手。

傅云珩将人抱起,先给她卸妆,再给她洗澡。

虽不是个商人,但他也从不做亏本买卖,给女朋友卸妆、洗澡之后,当然也得收点儿福利。

考虑到女朋友这一天挺累的,他很克制地只收取了一次福利,便抱着她上床睡觉了。

博慕迟是真的累了。

他这一次下来,眼都睁不开了,她随意地在傅云珩怀里找了个位置便沉沉睡去。

翌日醒来时,博慕迟还有点儿云里雾里的感觉。

她睁开眼躺床上发了十分钟的呆,才慢吞吞坐起。

被子滑落,博慕迟低头一看,自己身上套着傅云珩的一件T恤。昨晚简单清洗过后,傅云珩连睡衣都没给她找。

不过,博慕迟还挺喜欢穿傅云珩的衣服睡觉的。她扯了扯身上套着的衣领,埋头嗅了嗅。

鼻间全是清冽的味道,是他衣柜里常年挂着的香包味道,香包是季清影给的。

傅云珩推开房门进来,看到的便是博慕迟这个举动。

他抬了下眼,眸子里闪过一丝笑意:"这是做什么?"

博慕迟身子一僵,为防止男朋友觉得自己像变态,神色僵硬地说:"我闻闻衣服是不是干净的。"

"闻出来了吗?"傅云珩配合她。

博慕迟咽了下口水,点头说:"是干净的。"话音落下,她连忙岔开话题,"你怎么还在家?"

一般情况她没按生物钟醒来的时候,傅云珩都在医院的。

傅云珩抬手弹了下她的额头:"去洗漱,我今天晚班。"

博慕迟愣了下,终于想起来了。

傅云珩之前就和她说过,他今天是晚班,是她忘了。

博慕迟大学毕业后的生活,和没毕业差别不大。

唯一的变化大概是她玩乐、休息、训练的时间多了。

岑青筠耳提面命,让她在家也得按照既定的训练计划好好训练,争取在下一次冬奥会上再刷新大家对她、对中国滑雪运动员的认知。

博慕迟在这种事情上向来听话,乖乖答应下来。在毕业后的一周,她每天都泡在人工雪场训练。

闲暇之余,傅云珩会带她到周边景区玩。博慕迟之前没去过的地方,他都给她安排上了。

偶尔,两人也没办法单独约会,还得带上几个电灯泡,好在他们也并不介意这点,电灯泡虽然总是碍事,但真的可爱。

炎炎夏日,一眨眼的工夫便过去了。落叶飘下时,博慕迟忽然生出一种自己和傅云珩谈恋爱好久的感觉。

这日，博慕迟和谈书久违地约着逛街。

最近这段时间两人都忙，谈书年初的时候换了份新工作，她学的翻译，之前在公司当翻译，但她并不是那么开心。

年初时，她辞职了，进了一家出版社，开始译书。

两人关系这么好，有个共同点就是都喜欢看书。

所以谈书做自己喜欢的事，博慕迟是无条件支持的。

进入公司没多久，谈书就接了个单子，每天都在抓紧时间看书、译书。

两人见面的时间自然就少了。

博慕迟先到的商场，秋风凉爽又舒服。她随便找了家店坐下，顺便等谈书。

谈书出现在她面前时，她还在回迟绿的消息，迟绿让她和傅云珩晚上回家吃饭。

面前阴影覆下，博慕迟下意识抬头，看着面色红润的谈书。

博慕迟看了她几秒，又默默低下头，看着她的手。

"你这……"博慕迟犹疑地道，"谢回跟你求婚了？"

谈书倏地一笑："你怎么猜这么准？"

博慕迟指了指她的手："我是瞎子？"

谈书继续笑："那我没这样说啊。"她到博慕迟旁边坐下，"昨天求的。"

博慕迟瞥谈书一眼："那你今天才告诉我。"她佯装生气的模样，"还是不是好姐妹？"

谈书好笑："我这不是想着当面跟你说嘛……"

博慕迟轻哼："我才不信。"她指责，"你就是忘了我。"

"岂敢？"谈书拿过她喝了一半的水喝了口，"我难道不怕被你灭口吗？"

博慕迟没好气地横了她一眼。

博慕迟问道："谢回怎么跟你求婚的？"

"就这样啊。"谈书回答。

博慕迟噎了片刻，拖着她的手看戒指，点评道："戒指不错，是你喜欢的款式。"

谈书点头："嗯。"

博慕迟看她脸上洋溢的笑，唇角上挑："还好，谢回没让我失望。"

同样，他也没让谈书失望。

谈书笑到："好像是……"

博慕迟觑谈书一眼："既然有这种好事，那今天就你请客吧。"她道，"等我下回有空，再去宰谢学长。"

谈书："行啊。"她扬了扬眉，"今天想要什么都行，反正我可以找谢回报销。"

博慕迟一噎："别给我吃狗粮。"

谈书坦坦荡荡："你自己回忆回忆，之前让我吃的狗粮还少吗？"

博慕迟才不回忆。

两人在商场里瞎逛，说是让谈书全程买单，但博慕迟还是没舍得。

不单如此，博慕迟还买了个谈书喜欢的项链送给她，和谢回送她的求婚戒指一样，算是她被求婚的礼物。

谈书收下，笑问："那我结婚的时候，你是不是还得送结婚礼物？"

博慕迟睇她一眼："有。"

谈书："那我就放心了。"

两人聊了会儿，谈书看着她："小傅医生的速度有点儿慢啊。"

博慕迟眨了下眼，沉思了一下："再等等，我过几天旁敲侧击地听一听他的打算。"

她想，傅云珩应该不至于真等到明年才再跟自己求婚吧。

不过，博慕迟还没来得及旁敲侧听，傅云珩便有了行动。

求婚这件事，傅云珩早就在计划了。

上回他问博慕迟，之所以什么都没准备，是因为想知道一下她的想法。如果她很明确地表达自己近几年还不想结婚，那他就再等等。但如果她没这样表达，那傅云珩就按原定计划进行。

冬天到来时，博慕迟便回队里训练。

冬至这天，傅云珩来训练队接她。之前便说好了，她这天休息。

岑青筠也是没任何意见，早早批了假。

早上十点，博慕迟就已经完成一天的训练量。

她从训练大门走出，便看到了在外面等着自己的人。和往常一样，傅云珩永远会在她到来之前抵达，然后等她。

无论是等十分钟，还是半小时，抑或更久，他都不会催促她，只会安安静静地等待着。

"云宝。"想到这儿，博慕迟一如既往地朝他飞奔过去。

傅云珩将她接住，低低地笑了声："我在。"

博慕迟仰头望着他："今天又等了多久？"

傅云珩热烈地盯着她，歪着头想了想："大概一小时？"

博慕迟:"你怎么又来这么早?"

"嗯,想早点儿看到你。"傅云珩牵起她的手往停车那边走,"手怎么这么冷?早上是不是去滑雪了?"

博慕迟点头:"去了。"她认真地说,"玩归玩,训练不能落下。"

傅云珩拿她没办法,打开车门让她上车。

一坐上车,博慕迟便感受到了不一样的温暖。

副驾驶的座椅是热的,暖空气袭来时,她从滑雪场带来的冰冷被击退,周身只剩温暖。

"你怎么没把车熄火?"

傅云珩"嗯"了声:"在你出来前十分钟开的,不会有事。"

其实,他是每隔十分钟关一会儿。

博慕迟"哦"了声,扭头看着他:"那我们今天去哪儿?"

傅云珩给她焐了会儿手指,等她手指暖和后才说:"带你去看雪。"

冬天本该是个大雪纷飞的时候,但遗憾的是,北城今年冬天基本没下雪。

博慕迟任由他牵着自己上车,然后扣上安全带:"去哪儿看雪?"说完,她又补充一句,"是天然的吗?"

傅云珩敛睫看着她:"是。"他格外有耐心,轻声道,"想去吗?"

博慕迟眼睛一弯:"当然想。"

只要是傅云珩想带她去的地方,无论是看雪还是看雨,她都愿意去。

从训练基地离开,傅云珩带她上了高速。

怕她无聊,傅云珩往后指了指:"后面有零食,还有饭团,饿了可以吃。"

博慕迟一愣,扬了扬眉道:"别人家是有田螺姑娘,我们家是有田螺帅哥吗?"她忍着笑,"你怎么还做了饭团?"

傅云珩的回答非常诚恳:"怕你饿。"

博慕迟侧身拿过后座放着的两个袋子,其中一个是保温袋。

她打开一看,保温盒里便是傅云珩说的饭团,而另一个袋子里装的全是她能吃且喜欢吃的零食和水果,还有矿泉水。

傅云珩是个做事周到的人,即便只是出游大半天,他也要准备充分。

博慕迟看着,扭头看向旁边的人:"云宝,你这样我会很自卑的。"

"什么?"傅云珩抽空看她一眼。

博慕迟边拆了一颗糖塞进嘴里,边含混地咕哝:"你太完美了,对比之下显得我好像不体贴也不勤奋。"

傅云珩紧盯着前方路段，神色未改："我们家不缺勤奋体贴的人。"他顿了顿，继续说，"我也不需要找个体贴又勤奋的女朋友。"

"哦……"博慕迟听着，唇角往上翘了翘，"那你需要什么样的女朋友？"

傅云珩笑了下，眸眼深邃地看她一眼："你这样的。"

瞬间，博慕迟更开心了。她拆开糖纸包装，转头看向傅云珩："吃糖吗？"

傅云珩嘴唇微张，博慕迟抬手，将剥开的糖果往他嘴里塞。

因为他在开车，博慕迟不敢多磨蹭，整个动作有点儿迅猛，她的手指也不自觉地往里伸了不少，碰到了他的牙齿。他温软的舌尖也扫过了她的指腹。

博慕迟全身血液倒流，指腹酥酥麻麻，滚烫的触感以最快的速度蔓延开，直抵心口。

明明两人也算是上是老夫老妻了，但很奇怪，陡然间，博慕迟再次生出这种感觉。

她受惊般将手缩回，耳廓微红，眼睫轻颤，暗暗松了口气。

察觉到她的举动，傅云珩含着糖，闷笑："怎么了？"

"没……"博慕迟扭头看向窗外，偷偷地垂眸看了眼自己被他舌尖舔过的手指，心跳如擂鼓。

"真没事？"傅云珩扬了扬眉，低低问道，"我刚刚是不是咬到你手指了？"

博慕迟耳朵一动，跟爹毛的云朵似的："没有。"她觑他一眼，眼神闪躲，"你好好开车，别走神。"

傅云珩知道她在逃避，偷偷地看了她通红的脸一眼，眸子里的笑意掩藏不住。但为了不让女朋友炸毛，他决定晚点儿再逗她。

在车里逗够了，他没办法手把手去哄，这种感觉不太好。

博慕迟并不知道他内心深处的真实想法，他不再问，深深呼出一口气。

她看了自己的手指一眼，还在思考，为什么会这样。

她和傅云珩都不知道接吻多少次了，只是被他不小心舔了下指腹，怎么还能心跳加剧，这么激动呢？

思来想去，博慕迟得出一个答案。

那就是她太久没和傅云珩见面，太久没接吻，太久没亲密举动了。

一个月前，她回训练队。

之后一段时间，她做封闭训练，傅云珩也出差了大半个月去做学术交流。

两人的见面，只在视频上。

想通这一点，博慕迟也就心安理得地接受自己再一次被他撩得小鹿乱撞的感觉了。

她抬手扇了扇风，为转移注意力，索性摸出手机找人聊天。

博慕迟感觉自己像渣男，一次性给谈书、陈星落、程晚橙、季云舒几个人都发了消息。

发完，她安静地等待着回复。

程晚橙是第一个回复她的，是一个表情包。

博慕迟再给她发了个表情包。

两人来回两次，博慕迟问她在做什么。

程晚橙此刻正在坐车。

博慕迟："这么巧，我也在坐车。"

程晚橙："你今天不训练？坐车回家吗？"

博慕迟："休息一天，跟云宝出去玩。"

程晚橙："兜兜姐，你和云宝的狗粮怎么不断？"

博慕迟："兜兜姐的错。"

她陪程晚橙聊天的同时，谈书也终于有空理她了。

她问谈书在做什么，谈书很言简意赅地告诉她——在忙。

博慕迟："忙什么，忙着和谢回恩爱吗？你还要不要姐妹？"

她像个无理取闹的渣男。

谈书："傅云珩今天不是去找你了嘛，他怎么回事，约会竟然还能让你无聊到来找姐妹聊天？"

博慕迟："就是。"

谈书发了个问号。

博慕迟："他说带我去看雪，我们这会儿在高速上呢……"

谈书："我怀疑你是来秀恩爱的，并且证据确凿。"

聊了会儿，谈书好奇："去哪儿看雪啊，今天有哪里下雪了吗？"

博慕迟："不知道，他没说。"

谈书："行吧，所以你是怕打扰傅云珩开车，但自己又无聊，所以来找我聊天了，是吗？"

博慕迟："是找你们……"

谈书："还有哪位小可怜？"

博慕迟实话实说："小乖和星星姐还有舒宝，但后面两位大忙人到现在还没理我。"

耳侧有了笑声，傅云珩还在看路况，但也没忍住问了句："跟谁聊天？"

"谈书和小乖。"博慕迟回答。

闻言，傅云珩不再多问。

博慕迟看着自己和谈书的聊天记录，忍俊不禁。

聊着聊着，谈书已经开始好奇傅云珩在冬至这天带博慕迟去看雪是为了什么。

博慕迟其实没深想，因为傅云珩之前就说过，想带她看遍世间的白雪。

她本身就是喜欢雪的人，即便每天在滑雪场，在训练基地，映入眼帘的已然是皑皑白雪。可她总觉得每个地方的雪是不一样的，它们颜色相同，可"味道"不同。

猜来猜去，谈书琢磨了一下："你说傅云珩该不会是想跟你求婚吧？"

博慕迟："那就直接求好了，还去看什么雪？"

谈书对这个没有浪漫细胞的人无语："好歹也要有点儿仪式感吧。"

博慕迟："那我觉得不会，他应该就是单纯想带我去看雪。"

博慕迟都这样说了，谈书想了想，竟也觉得有点儿道理。

毕竟，大家都觉得傅云珩求婚应该会把亲朋好友都叫上，然后给博慕迟一个惊喜。

中途到休息站，他们两个下车休息，再上车时，博慕迟这个早起人士便睡了过去。

她醒来时，车已停下了。

博慕迟微怔，扭头看向旁边坐着在等自己的人。

"云宝……"她睡眼惺忪揉了揉眼睛，身上盖着的毯子滑落，博慕迟下意识抓住，嗓音有点儿哑，"这是哪儿呀？"

傅云珩盯着她，低声问："忘了？"

"啊？"博慕迟怔了怔，侧眸看向窗外被白雪覆盖，然后压弯了枝干的景色。

她在脑海里费力地想了想，有了答案："潭禅寺吗？"

傅云珩点头。

博慕迟惊喜不已："你怎么带我来这儿了？"

潭禅寺是距离北城不远的周边寺庙，博慕迟以前听人说来这儿求姻缘特别灵，隐隐约约记得自己小时候和傅云珩来过。而且，博慕迟好像还和季云舒在这儿求过姻缘，虽然是小时候玩闹的那种。

她在脑海里搜寻了一下，好像是小学。

他们两家到附近旅游，然后听说这个寺庙求东西特别灵，更重要的是这儿的雪景也很漂亮，红黄色的漆将潭禅寺点缀得格外漂亮，入眼的每一幕都很让人心动。

她没记错的话，这几年潭禅寺更是因求姻缘灵验而出名，变成了一个带点儿网红性质的寺庙。每个月的初一、十五，都有不少人过来。

好在今天不是，又因为雪天路滑，门口停着的车辆较少，人应该不多。

傅云珩看她神情变化，知道她是想起来了。

他"嗯"了声："想带你过来看看。"

博慕迟扬眉："就这个原因？"

"这里昨夜下雪了。"傅云珩淡定地回答，"雪景很漂亮，跟我进去看看？"

博慕迟点头："好啊。"

下车前，傅云珩让她把衣服穿好。

等她把羽绒服拉链拉好，他从后座又拿了条围巾，将她的脖颈严严实实地遮住，不让刺骨的风冻着她。

博慕迟看他神情认真的样子，晃了晃自己的手："云宝，围巾你带了，手套带了吗？"

傅云珩看她一眼，真从口袋里拿出了一副毛茸茸的手套。

她沉默三秒，没忍住抵着他的肩膀笑："你这样，我都不知道该说什么了。"

"想说什么说什么。"确保她手不会受冻后，傅云珩牵着她往潭禅寺里面走。

车子只能停在潭禅寺的山脚下，但走路的路程算不上远，虽然坡有点儿陡，但也还在两人的体力范围内。

博慕迟的手被傅云珩牵住，暖和又舒服。

她四处张望着，潭禅寺周围的树枝上挂着白雪，画面感十足。

"好漂亮。"博慕迟感慨："我好多年没来了。"她问傅云珩，"你后来来过吗？"

傅云珩："没有。"

两人慢慢悠悠地走到潭禅寺，买了门票，和普通游客无异，两人在寺庙里闲逛着。

博慕迟上网搜了搜潭禅寺攻略，看到有人说寺庙有绝佳的视野区和取景区，一一记下，准备待会儿拉着傅云珩去拍照。

来了寺庙，他们当然要上香。

即便他们很满足现在的生活，也别无所求，但该有的程序不能少。

取到免费的香后，博慕迟侧眸看着傅云珩："云宝。"

"嗯？"傅云珩看着她，"想问什么。"

博慕迟眨眨眼："你准备求什么？"她说，"我听说这儿就求姻缘特别灵。"

526

"我知道。"傅云珩回答,"我准备求姻缘。"

博慕迟呆住了。她不敢相信自己的耳朵,想提醒他说你不是有姻缘了吗?你是个渣男吗?可转念一想,博慕迟又觉得不太对,她和傅云珩现在只是恋爱,还算不上姻缘。

思及这些,博慕迟沉默半晌说:"哦。"

傅云珩含笑看着她:"就这个反应?"

博慕迟琢磨了下他的意思,犹疑地问:"那我该说点儿别的吗?"

闻言,傅云珩脸上浮过一丝无奈。他看看她,嗓音很低:"是不是没听懂我说的话?"

两人此刻正站在寺庙前面的院子里,往前走一点儿便是烧香的地方,再往里走,便是跪拜求佛的内堂。

他们的头顶,两侧是参天大树。

中午时分,有微弱的阳光浮于云层,透着树枝落下来,地面上有两人重叠在一起的影子。

博慕迟还真有点儿没反应过来。

傅云珩慢条斯理地说:"我记得你九岁那年,和季云舒在这儿也取了一束香点燃,然后插上,进了佛堂跪拜……"

博慕迟点头:"嗯。"

"当时求了什么?"傅云珩其实知道她求了什么。

因为那会儿的她和季云舒,许愿的时候,嘴里还念念叨叨地将自己的愿望说了出来。

那阵子,两人都迷恋一个动画片人物。

博慕迟和季云舒都是早熟,动画、漫画都看。两人还总让家长给她们买漫画,玩乐时间,两人总是挤在一起讨论,这个动画片的人长得帅,那个长得丑。

博慕迟怔了怔,忽而反应过来他想说的话。她抬眸对上他认真的眉眼,小声说:"就和舒宝求,让我拥有一个白马王子。"

傅云珩忍着笑:"这样,"他问,"那你说,我现在还有希望成为白马王子吗?"

博慕迟抿唇:"你小时候也被人夸是白马王子。"

小时候的傅云珩长得漂亮又干净,不像其他小朋友那样总把自己弄得脏兮兮的。他每天穿得格外干净又绅士,懂得又多。每次他们一起出去玩的时候,博慕迟和季云舒会被夸是小公主,而傅云珩总被人夸是王子。

虽然那是大人说的玩笑话,但她记得。

听到她的回答,傅云珩眼中浮现笑意:"真的?"他顿了顿,捏着她的手,"那你说,待会儿我向神佛许愿,想要个小傅太太,神佛能实现我的愿望吗?"

博慕迟眼睫一颤,心跳到了嗓子眼。她看着面前熟悉的、眉眼秀气又温柔的人,嘴唇微动:"愿望说出来就不灵了。"

"应该灵吧。"他想了想,"你九岁那年许的愿望,也是说出来了。"

博慕迟微窘,那是年少不懂事。再说,她当时就纯粹是做梦,而且她当时起码许了十个愿望。

看她憋屈的神色,傅云珩弯腰低头:"你觉得可以吗?"

"你求了,我就告诉你答案。"博慕迟虽然态度傲娇,可嗓音已然哽咽。

傅云珩笑:"好。"他顿了顿,再次将她的手牵上,"先去点香。"

博慕迟跟着他往前走。

点燃香,两人有模有样地弯腰祈求。

将香插上,两人才迈进佛堂。

人不多,博慕迟和傅云珩虔诚地在佛堂里认认真真许下自己的心愿,然后两人从侧门走出。

傅云珩回头看向博慕迟,正想问她想去哪儿拍照,博慕迟忽然抬起眼看着他:"你现在可以说你刚刚许的愿了。"她抿着唇,还有点儿不好意思,"如果要求不过分的话,我或许可以帮你实现。"

傅云珩一笑,思忖了两秒说:"现在想听?"

博慕迟想了想:"你要待会儿说也行。"

傅云珩:"先去别的地方逛逛。"

博慕迟"哦"了声,跟着他继续往前走。

博慕迟带着傅云珩往绝佳的拍照之地走。

拍照的地方在高处,又因为现在是午饭时间,所以人很少。

两人走上台阶,直达顶端。

站在顶端的取景区,博慕迟让傅云珩给自己拍照。

拍完照,两人把这儿的位置让给其他人,往侧边走了走。

他们站在潭禅寺最高点俯瞰整座寺庙,还能看到寺庙山脚下的风景,甚至能看到远处的城市风景。视野极佳,体验感极好。

倏地,傅云珩喊她:"兜兜。"

博慕迟抬眸。

傅云珩一笑:"你是不是知道我想说什么?"

博慕迟默了默:"我还知道你想做什么。"

傅云珩弯了下唇:"我女朋友怎么这么聪明?"

博慕迟觑他一眼,正欲开口说话,傅云珩忽而说:"刚刚在庙里,我偷偷睁眼看你了。"

博慕迟愣住:"啊。"

她没想到傅云珩还有这种行为:"你怎么连许愿都走神。"下意识地,她抓住傅云珩的手,"我们要不要回去再拜一次?"

"不用。"傅云珩扣着她的手,笑了笑,"因为我在告诉神佛,我求的人在我旁边,我想让神佛看看。"

博慕迟心口一颤。

"其实我不是信这些的人。"傅云珩如实告诉她,但和她谈恋爱之后,他莫名变得迷信。

傅云珩曾在网上看到,说只要是运动员的家属和粉丝,久而久之都会如此。运动员的很多事是他们无法自控的,所以他们只能变得迷信,求神佛保佑。

保佑自己所爱之人,一世顺利。

傅云珩以前从不觉得自己有任何愿望需要神佛佑护。因为他想要的,都会靠自己的努力去争取。

即便是平安健康,他都觉得是在自己的掌控之中的。他能用日常作息习惯让自己变得健康平安,也会在需要注意的事情上多加注意。可现在,他有了不确定,有了无法掌握的存在。

从喜欢上博慕迟的那天起,他就有了需要神佛眷顾和佑护的人。

他希望,神佛能永远眷顾博慕迟,佑她一世平安。

博慕迟微怔,轻轻点头:"我知道的。"

傅云珩看她红了的眼眶:"但我现在有了。"

博慕迟怔怔地望着他,没说话。

傅云珩低头,抵着她的额头,轻声说:"我越来越贪心。"

之前,他只求神佛眷顾博慕迟一世平安。而今天,他又贪心地向神佛许愿,想让心爱的女孩,答应自己的求婚。

他看着博慕迟,轻声问:"兜兜,你愿意嫁给我吗?"

博慕迟看他近在咫尺的眉眼,眼眶变得湿润:"你刚刚许下的愿望,就是这句话吗?"

傅云珩愣了下:"我许的是,我待会儿跟我喜欢的人求婚,希望她能答应我。"

博慕迟"哦"了声,喜极而泣:"我刚刚也许了愿望。"

对上傅云珩的眼睛,博慕迟一字一句地说:"我想我的男朋友今天能向我求婚,因为我有些迫不及待想成为他的太太了。"

话音落下的瞬间,傅云珩在她面前单膝跪下。

博慕迟错愕,下意识地想去拉他起来。

他笑着,反扣住她的手腕:"哪儿有人求婚是站着的?"他仰头看着她,从口袋里掏出焐热了的蓝色丝绒盒子,轻声道,"我想再问你一遍,愿意嫁给我吗?"

博慕迟猛地点头:"愿意的。"

她声音哽咽,眼泪"哗啦啦"往下流。

她怎么不想,想很久很久了。

傅云珩微微松了口气,掏出戒指,给她戴上。

像是怕她反悔,他还重复了一句:"那不能反悔。"

博慕迟破涕为笑。

两人的求婚吸引了不少游客。

博慕迟不想让人看清自己的脸,等傅云珩给她戴上戒指,便拉着他匆匆离开了。

走远后,她忽然想起来问:"你怎么会想到在这儿跟我求婚?"

傅云珩想了想,回答她:"我想让你永远得偿所愿。"

既然她曾在这儿求过姻缘,那他就在这儿给她一份长久的姻缘。

博慕迟一愣,不自觉地笑了起来。

泪水再次模糊眼睛时,她脑海里再次浮现九岁那年的记忆。她依稀记得,和季云舒愿望过多,傅云珩等了会儿,便先离开了。

等她把一连串愿望许完,睁开眼的时候,他的身影再次钻进她的视野。

他从门侧的拐角处出现,然后和今天一样,空中不知何时飘起了雪花,他牵着她的手去往更温暖的地方。

徐徐往前走时,他们身上有雪花停驻。

从潭禅寺离开,博慕迟和傅云珩颇有闲情地在周边转了转,然后下山。

坐在车里,博慕迟端详了一下手指上的戒指,扭头看向旁边的人:"你怎么知道我手指围度的?"

傅云珩的求婚戒指,尺寸刚刚好。

闻言,傅云珩淡定地道:"感觉出来的。"

博慕迟挑眉:"这也能感觉?"

"嗯。"傅云珩慢条斯理地告知,"我牵过很多次。"

博慕迟一愣,扭头看向别处,唇角上扬着:"哦。"

安静了会儿,她又好奇地看向他。

"云宝。"

"想说什么?"

博慕迟想了想,好奇不已:"你什么时候决定要带我来这儿的?"

傅云珩沉思了会儿,淡淡地道:"有段时间了。"

博慕迟看着空中徐徐飘落的雪花,它们落在挡风玻璃上,瞬间化成水。

她看了好一会儿,眉梢稍扬:"你是不是看过天气预报?"

傅云珩嗯了一声:"天气预报说昨天和今天这边会下雪。"

博慕迟笑道:"天气预报竟然也准。"据她所知,天气预报经常是不准的。

"可能是……"傅云珩想了想,低声道,"天气预报给我们兜兜面子。"

博慕迟眉眼一弯,忍俊不禁:"我哪儿有那么大的面子?"她盯着树桠上的白雪,轻声道,"我们现在就回去吗?"

"晚上再回去。"傅云珩说,"先带你去吃饭。"他顿了顿,"附近有家温泉民宿还不错,我在那边订了房间,下午泡个温泉休息会儿。"

闻言,博慕迟激动起来。

"真的?"她惊喜不已,"我们之前来是不是也泡过温泉?"

她有点儿印象。

也是在山涧里的一家酒店,只不过当时他们几个小孩被大人冷落,泡了会儿就没了兴趣。现在想想,博慕迟真心觉得,年少不知温泉香,长大才知道,泡温泉是件多么享受的事。

傅云珩点头:"嗯。"他告诉她,"还是我们以前住过的那家。"

"啊,"博慕迟惊讶了一瞬,"那家酒店还开着呢?"

傅云珩瞥她一眼。

博慕迟悻悻:"我不是那意思,我就是有点儿惊讶,这么多年了还在。"

傅云珩笑了笑:"在。"他如实告知,"不过酒店改成了民宿,比之前更特别一些。"

听到这话,博慕迟忍不住道:"那我下午一定要好好感受。"

这个世界上,大概没有能比在下雪天泡温泉更舒服、更浪漫的事了吧。

民宿距离潭禅寺不远,不赶时间的人大多会想在附近留宿一晚,看看周边夜景。

博慕迟和傅云珩是没办法欣赏夜景了,但两人还有一下午时间,能舒舒服服泡个温泉，也很不错。

民宿和傅云珩所说的一样，酒店重新装修后风格大变。

从外面看过去，博慕迟觉得它有点儿像是一个种满了花花草草的度假小院。往里走，鹅卵石的小路两侧，有被白雪覆盖的绿植映入眼帘。

民宿的整体风格都是日式设计，暖黄色的灯照耀下，给人一种回家的感觉。大片落地玻璃，会让人有度假的感觉。

山涧有氤氲的白雾飘至空中，宛若仙境。

民宿这边静悄悄的，博慕迟和傅云珩办好入住手续后，便一起去了房间。

进去以后，博慕迟才想起："我好像没带泳衣。"

傅云珩："我给你拿了。"

博慕迟脸一热，扭头看向他："云宝。"

"嗯？"傅云珩垂眸看着她。

博慕迟对上他的目光半响，憋出一句："我发现你是蓄谋已久啊。"

傅云珩坦然承认："确实蛮久了。"

博慕迟"扑哧"一笑，看向房间内的温泉池子："那我们先去吃饭吧？"

"想在房间里吃还是去民宿的餐厅吃？"

"房间。"

博慕迟这会儿有点儿累了，望着不远处的大床，想躺下。

傅云珩看出了她的小心思，敛睫一笑："那我打电话让人送餐过来。"

"好。"

博慕迟指了指："我想换衣服。"

傅云珩示意："袋子里有睡衣。"

她脚步一顿，敛眸去看傅云珩刚刚从后备厢拿出的黑色袋子。博慕迟迟疑地将袋子打开，看到里面叠放整齐的泳衣和睡衣。

她不得不承认，傅云珩真的是个细心的男朋友，现在可能应该改口说未婚夫了。

去换了睡衣出来，博慕迟感觉全身舒服了不少。

她躺在床上，傅云珩刚点完餐，起身走到她的身侧，帮她将被子掖好，又问她温度合不合适，不合适的话再调一调。

"还好。"博慕迟摸过一侧的手机，想起一件大事，"我爸妈他们知道你要跟我求婚吗？"

傅云珩看着她："应该不知道。"

博慕迟瞪圆了眼，讶异道："你之前没和他们提？"

"没有。"傅云珩看她瞪大的眼眸，故意逗她，"不提就不能向你求婚？"

"我不是这个意思。"博慕迟没好气拍开他的手，"我是在想，要怎么跟爸妈他们说。"

傅云珩看了她半响，忽而拉过她的手，然后又拿过她的手机，打开相机。

照片定格在两人的手上，聚焦在博慕迟手指间的戒指上。

拍完，傅云珩询问她意见："发群里？"

博慕迟眨了眨眼："不铺垫一下？"

"没什么好铺垫的。"傅云珩觉得。

博慕迟想了想，也是。

他们俩结婚是迟早的事，还不如直奔主题，给他们一个惊喜。

念及此，她立马将照片发去了几个亲朋好友的群里，确保没漏掉任何一位亲人朋友。

发完，博慕迟想把手机调成静音，但她琢磨了下，反正迟早都要被追问的，倒不如一次解决。

只是让她意外的是，她将照片发出去一分钟后，没人理她。

三分钟后，还是没人理她。

十分钟后，博慕迟皱着眉头在几个群里追发了个问号。

即便是有人在忙，也不可能一个人都没看到她的照片吧？

问号发出去几分钟后，还是没人回她的消息。

博慕迟茫然地和傅云珩对视，很是费解："他们是把我这个人屏蔽了吗？"

傅云珩认真思考片刻，摇了摇头："不至于。"

博慕迟皱眉："那他们怎么都不回我消息？"她想了想，"我@一下所有人试试……"

傅云珩点头。

等博慕迟@完所有人后，几个群才陆陆续续有人冒泡。

他们那一大家子的群里，最先出来的是迟绿和沈慕晴。

迟绿："戒指很漂亮，什么时候买的？"

沈慕晴："自己买的还是云宝给你买的？"

颜秋枳："我怎么觉得这个戒指有点儿眼熟，@季清影是你们家的传家宝吗？"

季清影："有点儿像。"

博延："@D@F。"

博慕迟看他们根本就没注意到重点，生气地敲字回复："云宝跟我求婚了！

你们怎么都不问？"

迟绿："你这不就憋不住说了吗？"

颜秋枳："兜兜小宝贝，怎么求婚都不喊颜姨和陈叔，你是不是不爱我们了？"

季清影："什么时候领证？@F 不错！"

傅言致："你妈说得对！"

两人看着狂刷屏的群消息，沉默了半晌，不想说话了。

博慕迟收起手机，气鼓鼓地道："我怀疑他们就是故意的。"

傅云珩点头，很是认可。

就迟绿和季清影这俩人的聪明劲来说，她们不可能不知道博慕迟发照片是什么意思。她们就是想逗一逗他们，顺便表达一下自己的怨气。

求婚都不让长辈参与，他们着实有点儿过分。

事实也确实如此。

其实季清影早就猜到傅云珩最近会和博慕迟求婚，因为傅云珩问过她这方面的事情。

他问的大多是，女孩子会喜欢什么仪式感，还打听傅言致向她求婚时是什么样的。

季清影当时就猜他可能是准备求婚了，可看他不好意思的样子，她也没打破砂锅问到底，只把他想知道的都告诉了他。

然后作为迟绿的好闺密，她当然第一时间和迟绿分享了这个好消息。两人从猜到傅云珩要求婚开始，就在等他喊他们去给他加油打气，结果等啊等，就等来了一张照片。

这谁能不"生气"，即便是不生气，也得表达一下自己的怨气。

当然，傅云珩和博慕迟没有这么多"小心思"，自然也不知道长辈的真实想法。

民宿餐厅送了餐过来，博慕迟和傅云珩也就没再看群消息，专心吃饭。

等两人吃得差不多再看手机的时候，群消息 99+ 不说，他们已经开始在讨论两人适合领证、适合办婚礼的日子和地点了，甚至，季清影还说要自己操刀，给两人设计婚服。她的设计没有人不佩服。

迟绿配合着聊了会儿，又问："那你是中西式都包办了？"

季清影："不然呢？"

傅言致："别累着自己，你给兜兜设计中式的就行，西式的让傅云珩自己想办法。"

迟绿:"就是。"

博延:"同上。"

博慕迟一条条刷下来,一脸无语:"他们有考虑过我们的想法吗?"

傅云珩在她旁边,跟着看了一会儿,有点儿想笑:"到时候和他们说。"他顿了顿,侧眸看着她,"不过我也想知道。"

"什么?"

博慕迟抬起眼睫。

傅云珩侧身,目光灼灼地盯着她:"我们什么时候去领证?"

问题来得过于突然,博慕迟怔了好一瞬,才迟疑着回答:"你才刚求婚,再等等?"

傅云珩说好,又紧跟着问:"等多久?"

博慕迟看他不依不饶想要个答案的样子,有点儿想笑。她沉思半响,认真思索了会儿:"你让我想好了跟你说。"

"行。"傅云珩捏住她的手指,将她往自己怀里拽,低低地说,"希望兜兜妹妹不会让我等太久。"

博慕迟抬眼,撞上他的眉眼。

她下意识抿了下唇,正想说点儿什么,傅云珩忽而倾身而下,吻住她的唇。

大概是考虑到还得泡温泉,他没吻得太过火,浅尝辄止后便撤开了。他嗓音微沉,示意道:"我让人过来收拾下房间,想不想出去转转?"

他们主要是为了消食,刚吃完饭泡温泉,也不太好。

民宿还蛮大。

博慕迟和傅云珩从房间出来,注意到这儿还有公共温泉池子。

倏地,博慕迟注意到两个极其漂亮,身材也极佳的女生从他们身侧走过。她下意识看了对方两眼,扭头想和傅云珩感慨她们身材真好时,她看到傅云珩正在看手机。

博慕抬手拉他的衣服:"云宝。"

傅云珩侧眸:"怎么了?"

"你看到刚刚那两个女生没有,长得好漂亮啊,身材也好棒。"博慕迟很实诚地分享。

傅云珩表情微妙半响,有些无奈:"没注意。"

博慕迟瞥他:"那等会儿让我看到了再喊你。"

傅云珩哭笑不得,抬手敲了下她的脑袋:"不用。"

"为什么?"博慕迟瞅他。

傅云珩顿了下，一本正经地回答："我现在是有家室的人。"

这下，轮到博慕迟说不出反驳的话了。

她好一会儿才憋出一个"哦"字，又忍不住笑了起来："其实还不算。"

傅云珩挑眉："想反悔？"

"那没领证的话，本来也不能这样说吧。"她晃了晃手里的戒指，重点强调，"我只戴上了你的求婚戒指，又没戴结婚戒指。"

听到这话，傅云珩也不生气。他点点头，恍然大悟："知道了。"

博慕迟犹疑地看着他，他知道什么了？她好像什么也没说啊。

对上她探究的目光，傅云珩勾了勾唇角："走吧，消消食就回去。"

博慕迟："哦。"

两人在民宿逛了一圈，又折返回房间。

博慕迟对温泉池向往已久，迫不及待地换了泳衣进到池子里，进去后她才知道，什么叫舒服。

她玩了会儿水，刚才回房间接同事电话的傅云珩从另一侧走过来，两人对上视线。

他脚步微微一顿，目光从她白皙的脸颊往下，滑过她精致的锁骨，再往下是被清澈池水半遮的胸口。

刚开始，博慕迟还没太大感觉。但他的目光停留得实在太久，她逐渐有了羞意，抬起眼对上他的目光，支吾地说："你不泡一会儿？"

"泡。"傅云珩回答。

几分钟后，温泉池的水随着他的进入有了起伏。

有那么一瞬间，博慕迟的心跳到了嗓子眼，她看着傅云珩徐徐靠近自己，然后停下。

房间内安静不已，只有池子里不断涌入的水声。

倏地，博慕迟的手臂被男人抓住，那一瞬间她感觉全身气血都涌上了心头。

"你……"她的话还没完全说出口，傅云珩忽而低头，寻着她的唇吻了下来，嗓音暗哑："打算泡多久？"

博慕迟眼睫轻颤，结巴道："都……都行。"

傅云珩喉结微滚，低低地答应着："好。"

下一秒，她感受到了他的手毫无阻碍地触碰到她的肌肤。

池子里的水忽然有了更大的起伏，水波荡漾不停，有点儿像翻滚的海水。

不知过了多久，池子里的水仿佛不再那么清澈，房间里有断断续续的暧昧声传出，混合着水声，让人听得不那么真切。

博慕迟有种要喘不过气的窒息感。她刚有这种感觉时，傅云珩又稍稍地松开了她的唇，让她能有喘息的空间。

房间内灯光昏黄又暧昧。

外面的天空雾茫茫的，本就不明亮，更是给他们这一室添加了暧昧的氛围感。

不知傅云珩是不是因为求婚成功比较激动，博慕迟被他折腾得不轻。

他甚至故意使坏，让她喊哥哥不说，还要喊老公。博慕迟不愿意，他就"逼迫"她开口。

最后，她屈服了，只能委曲求全地将羞于说出口的称呼喊出来。

他们泡完温泉，博慕迟和傅云珩在房间里小憩了近一小时，才退房离开，她返回训练基地。

天色已经彻底暗下来了。

怕分散傅云珩的注意力，博慕迟没敢打扰他。

当然还有另一个原因，她累了，从上车开始就昏昏欲睡。

博慕迟一路迷迷瞪瞪的，等车在训练基地门口停下时，她才抽空看了眼时间，已经八点了。

"你今晚还回去吗？"博慕迟揉了揉眼睛。

傅云珩点头："饿了吗？"

博慕迟眨眼，想说自己又不是猪，但肚子先叫了起来。她默了默，为自己饿得快找了个借口。

换谁做几小时的"运动"都会饿得很快吧，博慕迟心想。

"吃饺子吧。"她非常有仪式感，"我带你到食堂去吃？"

今天冬至，他们应该吃饺子，傅云珩没拒绝。

食堂这会儿人不多。

博慕迟跟食堂的师傅都很熟，他们也都认识她，知道她想要饺子，师傅立马给她煮了。

"有一份虾馅一份蔬菜的，你要哪个？"

傅云珩："蔬菜。"

博慕迟觑他："我要蔬菜。"

傅云珩失笑，接下她给的虾馅饺子，又挑了几个放入她的碗里。博慕迟也礼尚往来，给他夹了几个他想吃的蔬菜饺子。

他们吃过饺子，时间是真不早了。

傅云珩没让她再送自己出基地，催促她赶紧回去休息，自己到家了会和她说。

博慕迟拗不过他，只能答应。到宿舍洗漱过后，博慕迟才有空给谈书他们回消息。

当然，也是防止自己困到睡着，错过傅云珩回家后的消息。

谈书直接给她拨了个电话过来："傅云珩怎么跟你求婚的？"

博慕迟："你就只好奇这个？"

谈书："不然嘞？"

博慕迟噎了片刻，如实告知。

听完，谈书道："傅云珩也太浪漫了吧，和他比较起来，谢回彻底输了。"

博慕迟摸了摸鼻尖问："谢学长知道你拿他这样比较吗？"

"知道吧。"谈书扬了扬眉说，"反正在求婚这件事上，他就是输了。"

博慕迟笑道："那我觉得没有。"她认真分析，"我们俩经历不同，谢学长要是带你去寺庙求婚，你反而会觉得他有病吧。"

谈书微窘："那也不会。"她道，"主要是我们俩在那种神圣的地方，没什么回忆。"

博慕迟正欲接话，谈书心里发酸："我以前都是一个人去求的。"

谢回从浴室走出，恰好听到这句。

博慕迟："你别说得这么心酸，下回我陪你去。"

"谁要你陪？"谈书轻哼，也没注意到浴室的水声停下了，好奇道，"那你们俩准备什么时候领证？"

博慕迟："再说。"

两人聊了会儿，博慕迟收到傅云珩发来的到家消息，立马挂了电话，迫使谈书不得不再次吐槽——重色轻友。

博慕迟没管她。

翌日，全队都知道他们的慕迟妹妹被人订走了。

不单单是谈书他们好奇两人什么时候办婚礼，连她的教练和队友也都好奇。

岑青筠甚至还旁敲侧击地问博慕迟，这两年应该不会要宝宝吧，她还等着博慕迟在下次的冬奥会上再刷新纪录呢。

博慕迟觉得好笑又无奈。

她和傅云珩对宝宝这件事，还真不着急。

婚都没结，宝宝更不在考虑范围内了。

博慕迟和傅云珩领证这件事，其实是有点儿突兀的。

538

冬天在博慕迟的训练中一晃就过去了。

春日时，她难得再次有了假期。

这天，傅云珩正好休息，原本他想带博慕迟出门露营。

可睡醒时，博慕迟看着窗外大好的太阳，刷着微博玩了会儿，忽而扭头看向他："云宝。"

傅云珩看着她。

博慕迟问："我们今天去领证吧？"

傅云珩一怔，有些意外："认真的？"

"对啊。"博慕迟歪着头说，"今天天气好，日子好像也不错，我们去领证吧。"

傅云珩自然没意见，但对日子这个说法，还是存疑的。

因此，博慕迟第一时间给迟绿打了电话，询问今天是不是适合领证。

听到两人要去领证，迟绿立马找人看了看，告诉她日子不错，想去领证可以，需不需要司机。

博慕迟果断拒绝，和傅云珩穿着情侣装回家拿了户口本，然后一起去了民政局。

领证的手续比她想象中要简单很多。

拿到两个红本时，博慕迟抬眼，恰好和傅云珩视线相接。

他望着她，眉眼有笑，轻声说："傅太太，你好。"他朝她伸出手，"回家吗？"

两人来这边之前，迟绿和季清影千叮咛万嘱咐，让两人领证后回家吃午饭。

博慕迟把手递给他，重点强调："是小傅太太。"

第十七章
婚礼

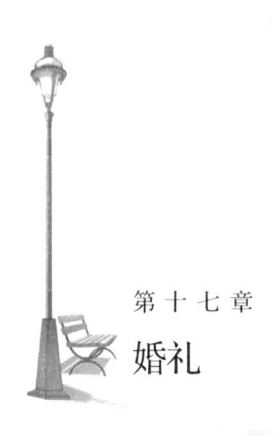

两人领证的消息不胫而走。

回去的路上,博慕迟和傅云珩的手机消息不断。

博慕迟把他的微信消息暂时调成静音,自己捧着手机慢吞吞地给亲朋好友回消息。

回完,她侧眸去看傅云珩,博慕迟总觉得他今天比往常好像更要帅一点儿。

想着,她自顾自地笑了出声。

蓦地,耳侧传来他低低的嗓音:"笑什么?"

"笑……"博慕迟想了想,俏皮地道,"我怎么就有这么帅的男朋友。"

傅云珩挑眉:"嗯?"他看她一眼,"男朋友?"

博慕迟一顿,意识到他话里的意思后,窘迫地转开头看向别处,含混地说:"哦……是老公。"

后面两个字,她仿若呓语,让人听得不那么真切。

傅云珩虽知道她在说什么,但也是真的没听清。

他抬眼一笑,故意重复了一遍:"什么?"

博慕迟听出他话语里的刁难,皱着鼻子觑他一眼,红着脸鼓起勇气说:"老公。"

这回,她的声音又大又响亮。

这两个字从她嘴里说出时,格外悦耳,还带着些暧昧的缱绻。

傅云珩脸上的笑意加大，眉眼柔和地看向她，答应着："在。"

他的回应，也很有力。

博慕迟微窘，揉了揉耳朵。

正当她害羞之际，傅云珩忽然低低地喊了她一声。

博慕迟一愣，错愕看着他。

"我喊错了？"傅云珩眼眸含笑逗她，"小傅太太。"

博慕迟抿了下唇，羞赧地红了脸："我没听清，你再喊一遍。"

她其实听清了，傅云珩刚刚喊的，是老婆。

傅云珩挑眉："真没听清？"

博慕迟："对啊。"她理直气壮，扭头瞪着他，"不愿意重复了？"

傅云珩看出她眼神里的威胁，唇角轻扬："没有。他顿了顿，声音清冽而轻，裹着略微明显的笑，"小傅太太发话了，小傅医生岂敢不从？"

他目光直直地看着她，轻声说："老婆，我想喝水。"

博慕迟耳廓一热，低头看旁边的保温杯，给他拧开瓶盖，又试了试温度才递给他。

傅云珩接过，喝了两口水。

恰好绿灯，车子继续驶向前方。

博慕迟把瓶盖重新盖上，耳边还在回响他刚刚说出的称呼。她偷偷笑了会儿，抿着唇角，不让自己的笑意过于明显。

最后她实在有些压不住，只得扭头看向窗外，不让傅云珩发现。

她不知道的是傅云珩恰好抬头，透着车窗玻璃，将她眉梢和唇角的笑意收入眼底。

他看着，竟鬼使神差地也跟着笑了起来。

窗外阳光明媚，天空湛蓝，白云柔软，微风轻拂，一切都是那么美好。

到家后，迟绿和季清影第一时间接过两人的结婚证进行点评。

"兜兜真漂亮。"

"这照片拍得不错，把兜兜的美拍出了十分之七。"

"但云宝不太行，看上去比较一般。"

"他本来长得就一般。"季清影没什么情绪地说，"兜兜好看就行。"

博慕迟和傅云珩就坐在一侧，听着两位母亲点评。

博慕迟有点儿想笑，在听到季清影毫不犹豫地说他不好看的时候，凑在他耳边小声说："我觉得你长得很好看。"

傅云珩垂眸，对上她狡黠的目光，抬手弹了下她的额头。

博慕迟笑道："干妈是为了让我开心。"

"嗯，然后贬低我。"傅云珩面不改色地说完，又提醒博慕迟，"该改口了。"

博慕迟一愣，结巴了会儿："还早吧。"

她记得很多人是办了婚礼后才改口的。

傅云珩也不勉强，更不想给她压力，低低应着："那就再等等。"

博慕迟眨了眨眼："好的。"

两位母亲讨论完结婚证的照片后，开始询问两人关于婚礼的一些想法。

其实对于在哪儿办婚礼，什么时候办，博慕迟没什么想法。

她和傅云珩今天去领证，纯粹是一时兴起，所以就去了，但她知道婚礼肯定不能如此草率，不说她和傅云珩的亲人朋友，就是他们两人父母的合作伙伴就不少。

有些人情往来，总归是需要的。

看两人都没想法，迟绿和季清影对视一眼："那要不就冬天吧。"

迟绿看向博慕迟："你今年冬天的比赛应该不算多？"

"不多。"博慕迟道。

季清影也附和："冬天是兜兜最喜欢的季节，我也觉得可行，主要是秋天太着急了，冬天刚刚好。"

博慕迟没意见。

她没意见的话，傅云珩自然也是同意的。

"那地点有想法吗？"季清影问。

博慕迟想了想："就在国内吧，别出国。"

出国太麻烦。

季清影含笑点头："行。别的呢？"她笑着摸了摸博慕迟的脑袋，询问道，"婚纱喜欢什么样的，干妈给你设计。"

迟绿："就是，你婆婆全部承包。"

她怔了怔，也下意识改口："以后干妈的前缀可以去掉了。"

博慕迟被两人逗笑，认真思考了一下："其实我想办个中式婚礼。"

和西式婚礼相比，博慕迟更喜欢中式的，只是中式婚礼会麻烦些。

听到她这个想法，迟绿和季清影立马点头。

"好啊，"两人惊喜地道，"你喜欢什么样的，我们就举行什么样的。"

季清影琢磨了下："那我给你多设计几套中式婚纱礼服。"

迟绿用手肘蹭她，提醒道："云宝呢？"

傅云珩加入讨论："按兜兜的喜好来就行。"他抬眸看向季清影，温声道，"妈，所有都交给您设计的话，会不会太累？"他和博慕迟对视一眼，认真道，"找其他设计师也可以的。"

"不累。"季清影觑他一眼，笑盈盈地道，"给你们设计怎么会累？"

傅云珩实话实说："我怕您熬夜。"

季清影要是因为赶他和博慕迟结婚的工期熬夜，傅言致肯定会把他加入黑名单。

季清影大概懂他的意思，笑道："不至于。"

她有把握自己能完成，就算不能，也不用找其他团队，季清影自己工作室就有人。

听季清影这样说，博慕迟和傅云珩也不好再劝说。

两人都知道，这是季清影对他们的爱。

了解到两人的简单想法后，迟绿和季清影心里便有数了。

博慕迟和傅云珩都忙，在这方面也没什么特别的想法，自然全权交给他们去操心。

晚上，一大群人凑在一起吃火锅、吃烧烤，庆祝博慕迟和傅云珩领证。

季云舒已经回国了，找了份还不错的工作，准备锻炼锻炼自己。

晚上吃过饭，她喝了两杯酒靠在博慕迟旁边，小声说："兜兜姐。"

博慕迟看着她。

季云舒蹭着她的肩膀，反应略微迟钝："我是不是要改口了？"

"你想怎么喊就怎么喊。"博慕迟不介意这点。

季云舒笑道："那不行，我要是还喊你兜兜姐，我哥可能会跟我生气。"

博慕迟给她倒了杯水，唇角一弯："不至于吧。"

"绝对至于，"季云舒小声咕哝，"你都不知道我哥多小气。"

两人凑一起说着悄悄话。说着说着，季云舒突然蹦出一句："我哥要是欺负你了，你告诉我，我肯定站你这边揍他。"

博慕迟扬眉，看着走过来的人，爽快答应："但你揍不过他吧？"

季云舒蹙眉："我是揍不过，但他应该不至于真跟我对打吧？"

听到两人对话，傅云珩脚步一滞，不知该不该继续往前走。

博慕迟乐不可支，想象了一下那个画面："确实不太可能。"

季云舒点头："是吧。"她继续道，"不过，我哥那么喜欢你，肯定舍不得欺负你的。小时候他可维护你了。"

为此，季云舒还吃过醋。

博慕迟一怔，揉了揉她的头发："他也很爱你的。"

傅云珩是个情绪内敛的人，很少将喜欢爱挂在嘴边，但所有人都知道，他是个外冷内热，说得少做得多的人。他很爱家人，也很照顾朋友。

至少，他们这一群人都知道，也了解他。

季云舒有点儿醉，点了点头："那也是。"

傅云珩看两人半晌，压着声音问："她是不是喝醉了？"

"有点儿。"博慕迟看着他，"要不要送她回房间休息？"

其他人还在聊天。

傅云珩点了下头，伸手将季云舒拉起来。

两人合力将季云舒送回房间，博慕迟顺手给她把外套脱下，瞅着季云舒的黑眼圈，迟疑地问："舒宝的工作是不是很累？"

季云舒上班后，他们的联系其实相对少了点儿。

傅云珩也没察觉到这点，看了会儿季云舒，皱了皱眉："明天问问。"

"嗯嗯。"博慕迟看着他，"你下去继续陪星星姐他们吧，我在这儿陪着舒宝。"

傅云珩抬手捏了捏她的脸："那我待会儿过来找你。"

"好。"

只是等傅云珩去了趟楼下折返回来时，博慕迟和季云舒两人已经靠一起睡着了。

他看着挤在一起熟睡的两个人，无可奈何地笑了。

站在原地思索了半晌，傅云珩终归是没舍得将刚娶到的小傅太太喊醒。

他放轻脚步走近，给两人重新盖好被子后，才悄悄掩门离开。

季清影恰好上楼，看到他，傥地笑了笑："兜兜和云舒睡着了？"

傅云珩颔首："妈，您也去休息吧。"

"我还不累。"季清影含笑看着他，"你怎么样？"

傅云珩也还好。

季清影看着他，一晃眼的工夫，那个襁褓中的小孩已然长大成人，找到了与自己相伴一生、白头偕老的人。

念及此，季清影抬手拍了拍他的肩膀："云宝。"

傅云珩一怔，低头对上母亲那双一如既往温柔含笑的眼神。

季清影感慨："终于长大了。"

傅云珩顿了下："那也是您的孩子。"

544

季清影笑道:"这倒是。"她温声道,"妈妈也没别的可以送给你,就祝你和兜兜白头偕老。"她笑盈盈地道,"好好爱兜兜。"

傅云珩郑重点头:"我知道。"

他当然会如此,还欲说点儿什么的时候,余光瞟到傅言致也往楼梯这边走。

"母子俩说什么?"傅言致看向傅云珩,"兜兜她们呢?"

傅云珩:"在楼上睡着了。"

傅言致笑笑,没再多问,侧眸看向自己的太太:"他们都走了。"

季清影应声:"迟绿知道兜兜在这边睡着了吧?"

"博延没问。"傅言致回答。

季清影想,那大概是知道的。

两人旁若无人地交流了两句,回房休息前,傅言致看向傅云珩:"该给的祝福,你妈妈肯定已经给了。"他思忖半晌,温声道,"去休息吧,明天还得上班。"

傅云珩颔首:"你们也早点儿休息。"

看两人回了房间,傅云珩到楼下倒了两杯水,放在季云舒和博慕迟睡觉的房间。

这两人都有半夜起来喝水的习惯。

做完这一切,傅云珩才折返回自己房间。

只是他没想到,等他从浴室洗漱出来,自己的房间里多了位睡美人。

傅云珩看着陡然出现的人,抬了抬眉梢:"睡醒了?"

"还没。"博慕迟瓮声瓮气地回答,"还是很困,但是我要洗澡。"

傅云珩一笑,弯腰盯着她:"我给你放水?"

博慕迟迟疑须臾,轻点了点头。

看她还算清醒,傅云珩就没陪着她进浴室。

听着浴室里不那么明显的水声,傅云珩在原地站了半响,又下了趟楼。

博慕迟洗澡比较慢,等她洗完澡出来时,傅云珩已经半躺在床上看书了。

她光明正大看了眼,是医学书。

博慕迟想,如果以后有人问婚后你老公做的最奇葩的一件事是什么。

她这个老公领证之夜看医学书的答案一定与众不同。

想到这点,博慕迟自顾自地笑了起来。

傅云珩抬起眼睫看着她:"不困了?"

"困啊。"博慕迟走到床侧,掀开被子爬上床,然后嘟囔,"这边没有我的护肤品。"

她闭着眼,抱着傅云珩的手臂撒娇,"你能帮我去舒宝房间,把她的弄过来吗？"

傅云珩敲了下她的额头："往右边看。"

博慕迟下意识抬眸。

傅云珩在家是没有自己单独的书房的，但他房间很大，有单独的衣帽间不说，还有一面墙的书柜，书柜一侧是一张两米多长的书桌，书桌上有他小时候玩的一些模型，也有电脑，还有一些乱七八糟的小东西。

而现在，那书桌一角有博慕迟很熟悉的几款护肤品。她看了会儿，轻眨了眨眼："你什么时候去拿的？"

她认出来了，那是自己放在家里的护肤品。

"你洗澡的时候。"傅云珩看着她："需要我给你拿到床上涂吗？"

博慕迟被他这话哽住，忙拒绝："不用，我自己来。"

护完肤，博慕迟总算是能安心睡觉了。但不知道是刚刚在季云舒房间睡了大半个小时，还是洗澡清醒了，她这会儿没了太浓的睡意。

房间内安静半晌，她抬手拉了拉傅云珩的睡衣。对上他的目光时，博慕迟嘴唇翕动："你困了吗？不困的话，陪我看部电影？"

床对面的墙上就是电视，可以投屏。

傅云珩看了她三秒，无奈答应："好。"领证之夜看电影的小夫妻，也只有他们了吧。

电影是博慕迟找的，一部外国的恋爱电影。

这部电影她已经看过很多次了，但每次看都会有不一样的感觉。

刚刚选片子的时候，她鬼使神差地点了这个。

看到是这部片子，傅云珩扬了扬眉梢。

他笑而不语，也没拆穿小傅太太的小心思，安静地陪她一起观看。

房间内的灯全关了，只有墙上电视机投射的光，让房间有些微的光亮。

刚开始，博慕迟看得并不专心，但渐渐地，她再次被男孩、女孩的互动吸引，专注起来。

傅云珩本想做点儿什么，奈何他的太太过于专注，连他往她半躺着的地方挪近了，握住了她的手，她也毫无察觉。

他顺着她的视线在电影上停滞了片刻，又再次落回到她被微弱光线勾勒出的眉眼上。

博慕迟的眼睫毛很长，在忽明忽暗的光线下，格外显眼。

傅云珩看她实在过于专注，暂时歇下了自己暗涌的小心思。

直到电影进入尾声，博慕迟转头想和他讨论观后感时，傅云珩才乘机不费吹灰之力堵住她的唇，温柔地告诉她——小傅太太，该过"新婚之夜"了。

博慕迟想反驳他，领证这一日算不上新婚之夜。但断断续续说了好一会儿，她也没能把这句话完整地说出来，索性作罢。

她忘了关掉电影投屏，电影自动从头开始。

小男孩、小女孩的声音响起，她抽空听了一下，思绪和听觉再次被男人覆盖。她所有的注意力都被他吸引，整个人也被他拉着，与之沉沦。

领证后，博慕迟和傅云珩的生活没多大变化。

唯一的变化大概是两人时不时能收到迟绿或季清影等人的询问消息。

夏日的某天，博慕迟还被博延喊去公司，签了几份股权合同。

签之前，她还忐忑地问了博延一句——有留给迟应的吧？

博延轻飘飘地看了她一眼："有一点儿。"

签完后，博慕迟将这个不幸的消息告知迟应，末了又补充说，别担心，她可以把自己的财产都给他。

只是迟应并不怎么领情，大放厥词说他根本不需要家里的钱，才不要做啃老族。

博慕迟默了默，领下"啃老族"这个名头。

秋日到来时，博慕迟被季清影喊回家试婚服。

她立马跑了回去，和她一起到家的，还有季云舒。

"舒宝。"

"小嫂子。"

两人有段时间没见，一看到对方，就开始互喊。

一侧刚把自己太太接回家，还没来得及温存的傅云珩看两人紧紧抱在一起，神色未改。

他抬了抬眉眼，让两人演完深情款款戏码后，才提醒："别站在门口，进屋后你们俩想抱多久抱多久。"

两人对视一眼，季云舒嚷嚷："哥，你是不是吃醋了？"

傅云珩："没有。"

博慕迟："他不吃醋。"

季云舒："啊？"

博慕迟一本正经地道："你哥一般是喝醋。"

三人一进屋，博慕迟便看到了客厅里挂着的两套婚服。

一套是经典的大红色婚服，另一套则是香槟色旗袍款式的婚服。每一款的设计都非常精致，上面的刺绣工艺栩栩如生，让人看见便不舍得挪眼。

博慕迟知道季清影设计很厉害，也见过她做的婚纱、旗袍，但每次看见，都禁不住惊叹。

这件衣服太美了。

一侧的季云舒哇了一声："妈，这也太好看了吧！"她摸着上面的刺绣，眼睛亮亮的，"我结婚的时候，您给我设计吗？"

季清影正要说话，傅云珩忽而出声："你有男朋友了？"

瞬间，客厅所有人齐刷刷地盯着季云舒。

季云舒微哽，无奈地道："我就随口一说。"

傅云珩看了她半晌，确保她没说谎后，微微点了下头。

季清影在旁边笑道："当然。"她瞥季云舒，"你想要多少，妈都给你设计。"

"那设计的比给兜兜姐的还好看吗？"季云舒故意问。

博慕迟："那我不允许。"她连忙开口，争宠似的，"干妈，你只能设计得一样好看，不能让舒宝的比我的更好看。"

季云舒蹙眉："你好幼稚。"

博慕迟："彼此彼此。"

傅云珩听着两个人斗嘴，默默在沙发上坐下。

他清楚，这两人斗嘴，一般短时间内是没办法停止的。

等两人斗完嘴，又把婚服认认真真点评了一番后，博慕迟才抱着婚服进房间去换。

因为有季云舒在，傅云珩帮忙换衣服的事被她顶替，他变成一个只需等待的闲人。

季清影非常了解博慕迟的喜好、尺寸等，因此只需要简单试一试，看看有没有需要调整的地方，所以博慕迟没做造型。

即便如此，她换上婚服从房间里走出时，傅云珩还是不可避免地被她迷住了。

她款款走出时，所有的光都聚集在了她身上。

傅云珩产生一种错觉，他的小傅太太肯定是从另一个时代横跨而来，特地来到他身边。

看傅云珩呆愣的神情和灼灼的目光，季云舒在旁边笑："哥，收敛一下。"她调侃道，"你都看呆了。"

博慕迟"扑哧"一笑，灿若星辰，美艳动人。

季清影在旁边弯了弯唇，给自己儿子留了点儿面子："那是因为你兜兜姐真的很漂亮。"

她走近，询问道："会不会觉得挤？"

博慕迟跟傅云珩对视一眼，轻声回答："不会。"

季清影仔细看了看，发现还真没有需要修改的地方。她认真端详了一番，示意道："那一套也试试。"

试完，季清影问她有没有哪里需要修改的，完全没有！

季清影设计的婚服，她挑不出任何错，每一件都真的太漂亮了。

她敢肯定，季清影给她设计的一定是独一无二的。

事实也确实如此。

试完，季清影又和两人讨论了一会儿婚礼其他方面需要注意的地方。

讨论完，博慕迟和季云舒两人凑一起说八卦消息。

傅云珩看了两眼，在季清影起身上楼时，跟了上去。

"妈。"

季清影回头："有事跟我说？"

傅云珩颔首。

季清影眉眼一弯："去书房？"

傅云珩点头。

进了书房，傅云珩才询问，上回他和她提到的凤冠出来了没有。

在博慕迟说过想要中式婚礼后，傅云珩便找了季清影。婚服他没办法，也不需要找其他人定制，但凤冠，傅云珩有自己独特的想法。

他对这方面虽然不了解，但也认真看过、研究过。在季清影的牵线下，他也和设计师沟通过，确定了博慕迟喜欢的款式。

他想送给博慕迟一顶独一无二的凤冠。

听他这么一问，季清影才想起自己刚刚忘了说这件事。

"差不多要完工了。"她道，"我先给你看看返工图？"

她前几天刚收到。

说实话，讨论的时候季清影是参与其中的，也是在傅云珩跟人交涉时，她才知道自己儿子是真的认真了解过凤冠。

他给博慕迟定制的这款凤冠，看似简单，设计却极其烦琐，凤冠上有很多不容忽视的小细节，博慕迟喜欢的流苏，垂落的流苏上有极小的雪花。整体看上去，栩栩如生又不落俗套。

傅云珩从楼上下去时，博慕迟还问了他一声做什么去了。

他看她一眼，笑着说："跟妈说了点儿婚礼的事。"

博慕迟"哦"了声，也没太放在心上。

晚上，两人在家里吃了饭才离开。

回去的路上，后知后觉的博慕迟有了点儿紧张感。她看着窗外发黄的枝叶，掐指算了算："云宝，还有两个月我们就要办婚礼了。"

傅云珩挑眉："紧张了？"他很了解她。

博慕迟："有一点点。"她怕自己在婚礼上出错，闹笑话。

傅云珩温声道："那今天紧张了，婚礼就不紧张了。"

博慕迟微窘，提醒他："哪儿有人结婚只紧张一次的。"

傅云珩想了想，也是。他思忖片刻，侧眸看着她，眼睛很亮："不用紧张。"他拍了拍她的手，"我会对你好的。"

博慕迟笑道："这我知道。"她调侃，"你也不敢对我不好。"

傅云珩噎住。

两人调侃聊了几句，博慕迟的紧张感少了些许。

还有两个月时间，她也确实没必要在这个时候过分紧张。

只是时间总比她想象中快。

博慕迟和傅云珩的婚礼日期定在十二月二十九日。

婚礼前一段时间，博慕迟还是和往常一样回训练队训练，偶尔请假出门拍婚纱照，拍完又回训练队。

婚礼前三天，她才回家。

两人的婚礼地点就在北城一座非常古色古香、雕栏玉砌的中式园林里。这家园林是私人物品，本不外借，但在听说是博慕迟的婚礼后，主人爽快答应了下来。

园林里，有亭台楼阁，有假山溪水，所有博慕迟想要的一切，这儿都有。

婚礼前一天，一行人抵达这里，准备在婚礼前夜先办一个晚宴。

来参加晚宴的朋友，全穿上了符合主题的服装，有明代袄裙、唐朝高腰襦裙等，各式各样的，给人一种恍若回到了古代的错觉。

博慕迟和傅云珩身上穿的是季云舒倾情赠送的衣服。

她没负责两人婚礼当天的婚服，但作为季清影的接班设计师，在设计这方面总不能逊色。

她给博慕迟设计的是一条粉色缀着花朵的旗袍，少女感十足又不显幼嫩。而傅云珩的则是她亲手制作的一套拼色圆领袍。

晚宴办得极有氛围感，再加上他们一群人已经熟悉到不能再熟悉，完全不用拘谨。

迟应和程晚橙两个气氛担当，频频上台献唱，说段子，惹得大家笑声不断。远处烛光明亮，映衬着他们这一方小天地，格外温暖。

在傅云珩被起哄上台给博慕迟唱歌时，谈书凑到她身边坐下，忍不住夸她。

"晚上要不要我去陪你？"

博慕迟回头看着她："谢回会愿意？"

"他有什么不愿意的？"谈书霸道地说，"不愿意也得愿意。"

博慕迟笑道："那你来。反正我们明天都要早起化妆。"

谈书点了点头，又有一个问题："不过你那房间能睡下吗？"

博慕迟无奈半晌，扭头看着她："挤挤就行。"其实她觉得自己今晚不会睡得很好。

"那行吧。"

在傅云珩唱歌之际，博慕迟立马正襟危坐，将视线转回到自己丈夫身上。

谈书看着，好笑又好气。

傅云珩唱歌是真的一般，但胜在他声音好听，又有别样的感染力，所以让人挑不出错。

他歌声一停，博慕迟带头鼓掌，众人哄笑不断。

迟应酸溜溜地道："姐，我唱得比云珩哥好听，刚刚也没见你鼓掌啊？"

博慕迟正要回答，程晚橙在一侧轻"喊"了声："你能和云珩哥比吗？"

热热闹闹了好几个小时，大家才散场。

博慕迟晚上不和傅云珩一起睡，她的房间和他的房间隔得还有点儿远。

把她送回房间后，傅云珩本还想多说几句话，奈何周围全是电灯泡。

他无奈，只能目光灼灼地盯着博慕迟半晌，低声道："晚上早点儿睡，我明早就来接你。"

博慕迟眼睛一弯："那我等你。"

我等你来娶我。

傅云珩走后，博慕迟一行人卸妆洗漱。

等她卸完妆洗完澡出来时，程晚橙、谈书、季云舒几个人都在她房间打游戏。

博慕迟挑眉："星星姐呢？"

"她去接电话了，说是有工作上的事。"程晚橙随口答，"你要睡觉了吗？"

博慕迟："不睡，你们是来陪我的还是来打游戏的？"

季云舒的回答很合理："一边陪你一边打游戏。"

博慕迟噎了噎，很是无语。她凑过去看了眼："跟你们一起打的还有谁？"

"贺礼和迟应。"

博慕迟噎了片刻，挤在她们身侧躺下。

她躺下不过一分钟，谈书忽然道："兜兜。"

"嗯？"博慕迟掏出手机给傅云珩发消息。

谈书好奇："我听说我们收到的请帖全是傅云珩自己手写的啊？"

博慕迟一怔，笑着点头："是。"

其实请帖这件事，博慕迟本想说找其他人写就好了。书法好一点儿的，偏中式风格的就行，但傅云珩说他来写。

博慕迟知道他的字写得好看，但请帖的数量太大，她怕他累着。

傅云珩给她的答案是——他们俩结婚的请帖，他就算是写再多，也不会累。他想亲手将自己和博慕迟的名字写下，邀请亲朋好友来参加他们的婚礼，见证他们的爱情。

傅云珩坚持，博慕迟根本没法拒绝。

念及此，她扭头看向旁边几人："怎么样，云宝的字是不是写得超级好？"

谈书："那必须的。"她感慨道，"要早知道，我就练字了。以后我结婚，请帖也自己写。"

博慕迟回忆了一下她的字，拍了拍她的肩膀："放弃吧，下辈子还有可能。实在不行，你让谢回写。"

谈书觑她一眼："那我也想参与啊……"

"你就参与设计。"博慕迟弯了弯唇，"请帖是我设计的。"

她懂得不多，但简简单单的请帖还是能设计的。

"看出来了，"程晚橙咕哝，"请帖上的雪花是兜兜姐你加的吧？"

博慕迟："那是云宝加的，他知道我喜欢。"

又默默吃了一次狗粮的三人，忽然就觉得游戏没什么意思了。

几个人放下手机，和博慕迟挤在一张床上。

"紧张吗？"程晚橙有点儿好奇，"明天就结婚了。"

博慕迟瞅着面前这三人，沉思了一下说："不紧张。"

谈书瞥她一眼："你明明在紧张。"谈书拍拍博慕迟的肩膀，"没什么好紧张的，你看我们都在，你爸妈和弟弟也都在，更重要的是傅云珩也在。"

听到这话，季云舒插嘴："我哥要是不在，那这婚礼还怎么办？"

谈书眨眨眼，逗趣道："让你顶上也不是不行。"

博慕迟哭笑不得:"说什么呢,我待会儿就告诉云宝你这样编派他。"

谈书果断选择闭嘴,在旁边乐了会儿,看着博慕迟:"睡觉吧,准新娘明早得有个好气色。"

季云舒也跟着点头:"一起睡?小嫂子你要实在睡不着,就让谈书姐给你唱歌吧,她唱歌催眠。"

四个人嬉嬉闹闹的,等陈星落打完电话回来时,她们还在说。

看到陈星落,博慕迟主动往旁边挪了挪,给她让了个位置出来。

"今晚确定要这样睡?"陈星落有些茫然,"能睡着?"

程晚橙不甚在意地摆摆手:"挤挤就好了,这床其实蛮大。"

她们都不胖,挤在一张两米的大床上,每个人其实都能平躺,这就够了。

这一晚,五个人挤在一起睡得格外艰难。

天还未亮,博慕迟还在睡眼惺忪时,就被人给拎了起来。

刷完牙洗完脸后,她被按在化妆桌前,便任由化妆师和造型师在她的脸上、头发上折腾。

她们让她做什么,她就做什么。

化完妆,造型也弄得差不多后,博慕迟换上了季清影亲手为她做的婚服。

看到她换上婚服出来,程晚橙不禁感慨:"等我结婚,我也要让清影阿姨给我做婚服。"

季云舒:"你为什么不找我?"

程晚橙一噎,忘了旁边还有个设计师。她沉默半晌,和季云舒打着商量:"你妈做婚服,你做晚宴礼服,怎么样?"

闻言,季云舒傲娇地道:"不,你要么全找我,要么全找我妈。"

在两人斗嘴声中,化妆师和造型师将她剩下的妆容造型做完。

最后一步,是戴凤冠。

造型师正欲给她戴上,迟绿恰好走了过来,笑着道:"我来。"

博慕迟一怔,看她走近,弯腰将凤冠戴在自己的头上。

"妈。"她眼眶有点儿热。

迟绿瞥她一眼:"别哭啊,你现在就哭了,我怕我女婿找我算账。"迟绿温柔地给她戴上,望着她,一如既往自恋地说:"我女儿果然像我,真漂亮。"

其余人被她逗笑了。但不得不承认,博慕迟的这一身扮,是真好看。

程晚橙将团扇递给她,笑盈盈地道:"兜兜姐今天真好看。"

季云舒纠正她:"我小嫂子哪天都好看。"

553

几个人在房间闹哄哄的时候，外面传来敲门声和脚步声。

"新郎来接新娘子了。"

博慕迟微怔，迟绿捏着她的手笑了笑："妈妈先过去，你们在这边好好玩。"

"好。"

迟绿一走，年轻人比之前更放得开。

要接新娘，自然没那么容易，只是看到傅云珩，伴娘们也不好过于刁难。

当然，新郎她们不怎么刁难，那刁难的对象自然便成了伴郎。

程晚橙和谈书还有陈星落都是伴娘，而对面的伴郎自然是谢回、赵航和姜既白。

三人把伴郎折腾得不轻，连谢回都吃醋地问谈书，为什么不为难新郎，明明是傅云珩娶老婆。

谈书她们给的回答格外有理有据——傅云珩当医生这么累，她们不忍心为难。

三人无奈半响，被迫承受了所有。

等博慕迟看到傅云珩时，三人已经折腾累了。

她用团扇半遮着脸，抬起眼睫看向穿着和自己同色系红袍的男人，他眉眼一如既往地清俊，眼中却含了一抹浅笑，正灼灼地望着自己。

隔着不远不近的距离，她似乎能感受到他眼神里投递过来的温度。

傅云珩望着她，有一瞬间的走神。

他不是第一次见她穿这套衣服，但这回和上回相比，给他的冲击感是不一样的。

他怔怔地望着她，抬脚朝她走近。

傅云珩将手伸出。

博慕迟看他宽厚的手掌，眼睫轻颤，凤冠流苏轻晃，摇曳多姿。

她将手递给他，被他牵住时，听见他低低地说了句："小傅太太，我来了。"

博慕迟眼睛一弯，和他十指相扣。

十二月底的阳光温暖又明亮，园林的红灯笼高高挂起，婚礼现场的装饰更是古色古香，瞬间给人一种穿越回古代的错觉。

两人去见了博延和迟绿，收到了他们的祝福。

博延望着两人，笑着说了句："我就把兜兜交给你了，照顾好她。"

傅云珩郑重应下。

迟绿倒是没那么正式，笑盈盈道："妈妈祝你们百年好合，白头偕老。"她顿了顿，俏皮道，"早生贵女。"

博延没忍住，笑出了声。

博慕迟也忍俊不禁，唇角一弯："借妈妈吉言。"

傅云珩也含笑应下。

他们的婚礼是中式的，但也确实没办法像古代一样，十里红妆，他们省去了一些烦琐的礼节，但该有的全都有。

博慕迟和傅云珩走至婚礼举办地点，在亲朋好友的见证下，与他行拜堂礼，饮合卺酒，同心结发，执手相携。

"礼成"两个字郑重落下，两人被送至洞房。

来闹洞房的人被拦在门外，傅云珩和博慕迟坐下，抬手拿下她一直挡住脸的团扇，抬起眼眸看着她。

他的视线过于灼热，博慕迟有些无所适从。

"你别这样看我……"她小声喃喃。

傅云珩一笑，出声说："中式婚礼有点儿不好。"

博慕迟怔了怔："啊？"

她不太明白他这话的意思。

傅云珩微顿，低头碰了下她的唇："没有亲吻新娘这个环节。"

从早上见到她那一刻起，他就想亲她。

博慕迟诧异，正要说话，他先钩住了她的舌尖，与之缠绵。

他慢条斯理地描绘着她的唇形，气息滚烫。博慕迟心跳加剧，下意识回应着他。

蓦地，外面传来敲门声，随之落下的是赵航让傅云珩这个新郎官出去喝酒的声音。

博慕迟怕他们突然推门进来，紧张地咬了下傅云珩的舌尖。

傅云珩吃痛，蹙着眉往后撤了撤，一脸委屈地看着博慕迟。

博慕迟微窘，往外指了指："你该出去喝酒了。"

傅云珩顿了顿，垂眸看着她："等我回来。"

博慕迟脸一热，说了声好。

在他要离开之际，又喊住他："别喝太多。"

"放心。"傅云珩说。

傅云珩出去后，博慕迟一个人无所事事地坐在房间里。

到了这会儿，她也有点儿赞同傅云珩的说法，中式婚礼不单单是不能亲吻新娘这一点不好，还有就是新娘子得一个人待在新房里这点她也觉得不好。

要么新郎新娘都不用陪酒，要么就都陪，这样才好。

她一个人孤零零地坐着，着实有点儿寂寞。正当她胡思乱想着，傅云珩又折返回来了。

　　博慕迟讶异地看着他："不去喝酒了？"

　　傅云珩站在她的身侧："累不累？"

　　"还好。"

　　"那一起去。"傅云珩牵住她的手，"一个人在房间里闷。"

　　博慕迟没想到，他连这个小细节都注意到了。她眉眼一弯："那我出去陪你。"

　　"好。"

　　两人陪着到来的宾客，让他们尽兴而归。

　　一切结束，归于宁静时，程晚橙一行人嚷嚷着要闹洞房。

　　博慕迟微哽："古代都不闹洞房的。"

　　"你们这婚礼是中西结合，我们就要闹。"

　　"就是就是，怎么能不让闹洞房呢？"

　　大家你一句我一句的，闹哄哄的。

　　博慕迟和傅云珩没辙，任由他们闹。

　　好在大家还算有分寸，没闹得太过，也就是让还有精力的新郎官做了几个俯卧撑，又让两人做了些令人面红耳赤的亲密互动。

　　最后，在他们还想更过火一点儿时，博慕迟一脸淡定地陈述了一个事实。

　　"我和云宝是最先结婚的吧，明年谁来着？"

　　众人沉默半晌，谈书和谢回立马选择撤退。等大家全散去时，房间内再次归于宁静。

　　博慕迟侧眸看向傅云珩，房内悬挂的灯笼，点燃的烛火衬得他眉眼温柔了几分。

　　她盯着他，总觉得他的模样怎么看都看不厌。

　　博慕迟正思忖着要开口，傅云珩忽而低下头，和她额间相抵，嗓音低低道："去洗漱？"

　　"嗯。"

　　博慕迟被他抱进浴室。

　　这一天的一切都让博慕迟觉得新奇，记忆深刻。

　　她原本以为，自己在这一天的最深记忆应该是两人喝交杯酒，拜堂时偶尔相接的目光，

　　却没想，是在深夜。

晚上风大，烛光摇曳迷人。风吹起窗帘一角，让周遭的一切都变得暧昧又朦胧。

浴室水声停下，房间墙上有两人交叠的倒影。

窗外的风吹动着树枝，枝叶摩擦着，发出沙沙的响声。

房内画面旖旎，偶尔流露出的声音让人听得面红耳赤。

当一切都归于宁静时，外面的风好像更大了一些，仿佛在为他们祝贺。

又折返回浴室洗澡，再被傅云珩抱出来时，博慕迟已经困倦到极点。

傅云珩看着她红润的脸色，没忍住又低头亲了她一口。

博慕迟娇嗔地看他一眼："我累了。"

傅云珩一笑："我知道。"

博慕迟钩着他的脖颈，看窗外影影绰绰晃动的枝叶，觉得有些新奇："我想看看园林里的夜晚。"

说是园林，但毕竟是私人所有，居住的卧室、接待客人的客厅等等，应有尽有。

又因为博慕迟和傅云珩的婚礼在这儿举行，花匠工人们更是用心点缀了一番，让这儿的园林看上去更有味道。

傅云珩抱着她到窗边，抬手将支摘窗推开。

两人都没想到，窗户被推开时，会有雪花飘进来。

看到外面簌簌落下的雪花，博慕迟想起天气预报好像说过今、明两天会有大雪。

看着到深夜才落下的白雪，她眼睛弯了弯，转头看向傅云珩："云宝。"她示意他看窗外，调侃道，"看来你必须要陪我到白头了。"

傅云珩轻笑："荣幸之至。"

陪她到白头，是他毕生所愿。

第十八章
从最初到永远

婚礼后,博慕迟和傅云珩都有一个礼拜的休息时间。

两人的蜜月并不出国。

之前参加比赛,世界各处都去过了,她觉得这个世界上最好看的风景是身边人。

国内不少地方虽也去过,但在迟绿询问两人想去哪儿度蜜月时,博慕迟毫不犹豫地选择了一个四季如春的城市。

而傅云珩在这方面向来是小傅太太去哪儿,他去哪儿。

婚礼次日,两人休息了一天。

他们在园林逛了逛,晚上便回家收拾行李。

他们这回去的是新房。

之前两家父母买的,和陈星落一个小区的对门房子被打通,全部重新装修了一下。

现在房屋里的所有设计都是按照博慕迟的喜好改动的。

当然这回,傅云珩不用担心被博慕迟无理取闹后没有客房睡。

因为面积充足,和设计师讨论时,这儿特意留了一间客房和一间儿童房。

念及此,博慕迟调侃身后的人:"云宝,今晚你要睡客房吗?"

傅云珩瞥见她眼中的狡黠之色,反问道:"你陪我一起睡客房?"

博慕迟:"我不睡客房。"

"嗯。"傅云珩应声,"我也不睡。"他起身往厨房那边走,"要不要喝水?"

房子里该有的东西都已备齐。连冰箱也被迟绿和季清影安排到位,塞满了肉类、蔬菜和水果,还有博慕迟能吃的小零食。

博慕迟跟着他去厨房,接过他倒的水。

喝了两口,她忽然想起一件大事。

"我们收到的礼物是不是都送到这边了?"她指的是结婚礼物。

傅云珩一笑:"是,去看看?"

"去。"博慕迟兴致勃勃,"看看我进账多少。"

傅云珩抬手弹了下她的额头,无奈失笑,他的小傅太太总是这么直白。

新婚礼物是迟绿和季清影帮忙归纳整理的,全塞进了他们的衣帽间。

博慕迟和傅云珩刚走到衣帽间门口,就没办法再往里走了,礼物实在太多,还有少部分已经堆在房间里了。

博慕迟看着那些漂亮的礼盒,没忍住掏出手机拍了几张照片,然后发给谈书。

博慕迟:"你快点儿结婚。"

谈书:"然后就把这些礼物送给我?"

博慕迟:"把这些礼物的盒子送给你。"

谈书:"绝交。"

博慕迟压着唇角的笑,扬了扬眉:"这就绝交了?"

谈书:"对。"

博慕迟:"待会儿再绝交吧。"

谈书:"怎么?"

博慕迟:"我想给你展示下我都收到了哪些礼物。"

谈书:"……"

谈书:"你现在就给我拆!"

博慕迟:"好的。"

和谈书逗趣完,博慕迟这才坐在地毯上,开始拆礼物。

拆不开的她找傅云珩,傅云珩也乐意接过她处理不了的事。

除了亲朋好友和队友们送的,博慕迟还收到了不少品牌方送过来的礼物。有的是认识迟绿的,有的是和季清影以及傅云珩奶奶关系较好的,也有的是因为她滑雪运动员身份送的。之前合作过的杂志方,还有她有一回代言的滑雪装备品牌等,也都纷纷给她送上了独一无二的新婚礼物。

前者博慕迟倒不用特意去记,他们这群亲人、朋友不讲究礼物价格,心意到了就好。他们送的一定是博慕迟喜欢的或需要的。但品牌方以及合作方就不一样了。

不是说他们送的博慕迟不喜欢，只是相比较而言，博慕迟得记下来，以后要还人情。

一整个下午，博慕迟和傅云珩都窝在家里拆礼物、记礼物。

天黑时，两人才整理了一半。

博慕迟看着一侧放着的还没来得及拆的礼盒，已经开始头疼。

她幽幽地叹了口气，索性躺在地毯上："不想弄了。"

傅云珩垂眸看着她："别躺地上，地上凉。"他在她旁边半蹲下来，朝她伸出手。

博慕迟眨眼："不要手。"

傅云珩挑眉。

"要抱。"

小傅太太的要求，傅云珩向来不会拒绝。他弯了弯唇，直接将她抱了起来。

"现在呢，想让我抱你去哪儿？"他问。

博慕迟搂着他的脖颈，看他流畅的下颌线，指了指："床上。"

将人放在床上，傅云珩抬手捏了捏她的脸："晚上想吃什么？"

"其实还不算很饿。"博慕迟打了个哈欠，"我有点儿困了。"

傅云珩瞥了眼床头柜放着的精致时钟，抬了抬眉眼："现在睡的话，晚上会睡不着。"

博慕迟默了默，主动亲了亲他的下巴，脸不红心不跳地说："那你可以用别的方式让我睡着。"

听到她这话，傅云珩思忖了会儿，竟觉得她的提议不错。

他点点头："那你睡会儿，我去做饭，好了喊你。"

博慕迟："好的。"

话虽如此，傅云珩还是陪她在房间里闹了一会儿才起身出去。

门关上，博慕迟躲在被子里翻滚了两圈，想着他出去前亲自己的神情，捂着被了偷笑了会儿，唇角的笑意无限放大。

两人新婚的第一天，就窝在家里度过的。

晚上，傅云珩非常认真地履行丈夫职责，让博慕迟累到睡着，无力控诉。

傅云珩笑着，哄着人安然入睡。

翌日上午，两人一起回了家。

原本，他们是打算今天出门去过属于他们的蜜月旅行，但恰好碰到元旦新年。

这是他们婚后的第一个新年，博慕迟和傅云珩还是想和亲人朋友一起度过。

两人就像是巨婴，中午便回家蹭饭。

他们先在傅家蹭了一顿饭，晚上再到博慕迟家蹭饭。

好在，季清影和迟绿都不嫌弃两人的"巨婴"行为，巴不得两人能多回家，即便只是吃一顿饭就走也好。

这个元旦新年对博慕迟来说，不算特别，却一样值得回忆。

她一如既往地喜欢和傅云珩蹲在家里的院子里玩仙女棒，也喜欢和陈星落一群人出门吹风看烟花。

跨年夜后，博慕迟和傅云珩现身机场。

博慕迟选的蜜月地点是一个在冬日里也温暖如春的地方，恰好迟绿当地有熟悉的朋友，直接给两人租了间带花园的院子，让他们放松放松。

两人落地时，身上的羽绒服便已脱下。

感受着如沐春风的温暖，博慕迟禁不住感慨："这儿好舒服。"

傅云珩看她是真喜欢，低声道："先去住的地方。"

博慕迟点头。

迟绿给两人安排的度假小屋在很有韵味的古镇，这儿很适合放松。

很多在大城市压力大的人，会选择来这儿度假。

两人住的地方也很特别，一面靠海，一面靠山，仿若世外桃源，桃源里还有很多姹紫嫣红的鲜花，还有秋千。

博慕迟走进后五分钟，立马在群里发消息，邀请谈书他们来玩。

这么舒服的地方，她一定要和好友分享。

不单单是她觉得好，连傅云珩这个很少夸赞一个地方不错的人，也觉得这儿很舒服。

放下行李，博慕迟先拉着傅云珩转了一圈。

她惊叹："我之前怎么不知道这儿还有这么漂亮的地方？"

傅云珩勾了下唇："现在知道了。"他看着博慕迟，"你喜欢的话，我们以后多来。"

"好啊。"博慕迟答应，想了想又说，"不过也不局限来这儿，以后你休假的时候，我们多去几个地方。"

她想和傅云珩一起，走遍大好河山。

傅云珩说好。

转了一圈，两人肚子饿了。

两人都不算累，索性出门品尝一下当地美食。

迟绿把他们的蜜月旅行安排得事无巨细，不单单在他们住的这儿放了博慕迟喜欢吃的所有东西，还给他们准备了两辆车。

一辆是适合在小镇骑行的电瓶车，一辆是适合他们去稍远一点儿地方的越野车。

出门前，博慕迟兴致勃勃地让傅云珩开电瓶车。

说完，她又犹疑地看着他："你会开吗？"

傅云珩："会。"他看向博慕迟，"你确定要我开这个？"

"非常确定。"博慕迟眼睛一弯，"我还没坐过这种车，我听人说来这种慢节奏的地方就适合开这个车。"

傅云珩笑笑："那就开这个，把头盔戴好。"

博慕迟"哦"了声，乖乖伸长脖子到他面前。

傅云珩眸子里压着笑，主动给她戴上，扣好安全锁。

"你也要戴。"

傅云珩点头。

两人在安全事宜上，都格外谨慎。

其实傅云珩对这个车不算熟悉，所以刚带着博慕迟上路时，开得极慢。

过了会儿，他才稍微适应些。

这儿的风很温柔，阳光也很明媚，暖洋洋地落在两人身上，驶过的地方有他们叠合在一起的影子。博慕迟的手环着傅云珩的腰，紧紧地钩着，她一点儿也不舍得松开。

傅云珩偶尔垂眸看她环住自己的手，唇角的笑意加大。

他们住的地方离古镇能闲逛、吃饭的街道不远，开着小车十几分钟便到了。

两人在古镇门口将车停下，锁好，这才往里走。

恰逢元旦假期，古镇人很多。博慕迟看着熙熙攘攘的人流，有一丝丝后悔。

"人好多呀。"

傅云珩"嗯"了声，牵着她的手："别走丢了。"

博慕迟一笑："放心，我要是走丢了，我就在胸口挂个牌子。"

"嗯？"傅云珩没懂。

博慕迟解释："写上我老公是谁，大家看到他了就让他来这儿找我。"

傅云珩被她天马行空的想法逗乐，微忖片刻道："想法不错。"

"是吧。"博慕迟翘唇，"不过最好还是别走丢了。"她看着傅云珩，一本正经地道,"我怕你着急。"

博慕迟很清楚,傅云珩会在这种事上着急。

记得小时候她跟傅云珩出去玩,跟他走散过一次。那时候她还小,印象不那么深刻了。

她唯一记得的是一个冬天。她缠着傅云珩带她出去玩,傅云珩是拗不过她还是怎么回事,反正是答应了。

当时也是一个节日,人特别多。两人挤在人群里,走着走着便走散了。

等傅云珩找到她时,博慕迟清晰地记得他满头大汗、气喘吁吁的模样。

也是那次后,傅云珩没敢再带她去人多的地方玩。

想到这事,她扭头看向傅云珩:"你还记得那件事吗?"

傅云珩:"记得。"

博慕迟一怔:"是我五岁还是几岁的时候?"

"五岁。"傅云珩和她十指相扣,护着她不让路人撞到她。他看着她:"记不清了?"

博慕迟实话实说:"其实记得一些,但我忘了是圣诞节还是元旦了。"

"圣诞节前一晚。"

博慕迟认真回忆了一下:"好像是,你找到我后,是不是还带我去买了苹果?"

傅云珩继续点头。

那天是个失误。

那年博慕迟的爷爷身体出了些状况,他们一直在瑞士居住。虽说她父母和爷爷奶奶的关系不太好,但老人住院了,总归是要去看望的。

原本,他们打算带博慕迟和迟应一起过去的。但博慕迟那段时间特别黏傅云珩,一天到晚嘴里挂着的都是她的云宝哥哥,再加上带两个小孩去陌生的地方,迟绿他们也担心会照顾不过来,怕他们不适应。所以在博慕迟提出想去跟她的云宝哥哥一起住的时候,迟绿和博延都同意了。

到傅云珩家住下的前一天,博慕迟还是很开心的。但因为傅云珩每天都忙着看书,季云舒又和爷爷奶奶出门旅游了,博慕迟有点儿无聊。

直至平安夜这一晚,她听着外面热闹的喧嚣声实在憋不住了,扯着傅云珩的衣服和他撒娇,让他带自己出去玩。

傅云珩看她实在是有些闷坏的模样,跟季清影报备了一声。

他向来稳重,也不是第一次带博慕迟出门玩了,季清影叮嘱他看好兜兜妹妹别走丢后,便放心让两人出门了。

傅云珩也没想到，平安夜外面人会这么多。

几乎是人挤人，一个没注意，他牵着的人就不见了。

想起这事，傅云珩还心有余悸。

"当时害怕吗？"他问博慕迟。

博慕迟想了想："有一点儿，但也没那么害怕。"

傅云珩怔了怔："真不害怕？"

"嗯，"博慕迟望着他，"因为我知道你会找到我。"

那个时候，她异常笃定傅云珩会找到自己。有了这个信念，博慕迟的内心相对是比较轻松的。

傅云珩一愣，挠了挠她的掌心："对我这么有信心？"

"有啊。"博慕迟觑他一眼，为了不让他过分骄傲，调侃道，"你要真把我弄丢了，都不用我爸妈出手，干妈和傅叔叔就能把你揍哭。"

"傅叔叔？"

博慕迟微窘，立马改口道："爸妈。"

闻言，傅云珩满意地点头。

说着小时候的事，博慕迟忽然感慨："云宝，你说要是我没有学滑雪，也没有进国家队，我们俩会是什么样？"

这个假设并不成立，但博慕迟想假设，傅云珩便陪她假设。

他思忖了一会儿，回答："我应该和现在一样。"

博慕迟无语："我说的是我。"她想了会儿，忽然叹气，"完了，我好像只会滑雪。"

"你还会写小说。"傅云珩提醒她，"你小学编的故事还记得吗？"

博慕迟噎住，格外不好意思："别提我的糗事。"

她想起自己小学时编的王子和公主的故事被传遍全班，就特别想回到过去阻止自己当时的行为。

傅云珩挑眉："不是糗事。"他笑，"其实写得还不错。"

博慕迟掐了下他的手臂，没什么力度地威胁着："你再提，我就不和你牵手了。"

傅云珩勾唇，立马认怂："那不提了。"

博慕迟点头，继续刚才的话题："那我写故事的能力其实还没我爸强。"她歪着头思考了会儿，"不过我可以和谈书一样，去翻译外籍书。"

她喜欢看书，语言能力也比较好，做这个其实还不错。

傅云珩颔首："可以。"

听到他的回答，博慕迟忍不住说道："你好敷衍……"

傅云珩挑眉："哪儿敷衍了？"

"我说什么你都说好，都说可以。"博慕迟指控他，"这不是敷衍，是什么？"

傅云珩有口难辩，思忖了会儿，认真道："只要是你想做的事，无论什么职业，我都支持。"

所以他才会说好。

因为在傅云珩看来，博慕迟喜欢最重要。

她喜欢的话，即便是她什么都不做，他也觉得好。

博慕迟微怔，蹭着他的手臂撒娇："好的，那等我退役了，就等小傅医生养我吧。"她玩笑道，"我想当条咸鱼。"

傅云珩说好。

两人在古镇找了家口碑很不错的餐厅，品尝当地美食，但似乎不太符合博慕迟口味，她吃了两口就不太想吃了。

最后，还是傅云珩给她买路边能吃的小吃，她才吃饱。

吃过东西，两人回去休息，睡了个午觉，接近傍晚时分，傅云珩带她走环海线。

不过他们的小电瓶车，只能支撑他们走一段环海线。

傍晚的风很温柔，阳光洒在海平线上，像细碎的金子，亮晶晶地在发光。

他们走走停停，并不着急。

在很久之后有人问博慕迟对蜜月旅行印象最深的是什么，她的回答都是这天温暖的阳光，温柔的风，干净澄澈的海水和身边将所有爱都倾注在自己身上的人。

蜜月旅行过得比博慕迟预想中的要快。

她还没在这个让人放松的地方待够，就得回家了。

回家前夜，她还有些依依不舍。

傅云珩笑着将人揽入怀里，和她躺在房间里看窗外夜空下缀着的银河。这儿远离喧嚣的大城市，也没有重工业的污染，所以夜晚很宁静，夜空还有少见的星星。

"舍不得的话，我们过段时间再来。"

博慕迟趴在他的怀里："可你没时间。"

"有。"傅云珩道，"不过没这么长，两三天应该没问题。"

博慕迟想了想，笑着答应："也行，下回来顺便把小乖他们都叫上。"

傅云珩颔首应下。

第二天，两人回了北城。

回家后，傅云珩回医院上班，博慕迟立马归队，继续训练。

新婚小夫妻这回分开后，到二月初的农历新年才再次见面。

和往常一样，傅云珩在年前一天接她回家。

许久没见，傅云珩隐约觉得自己的小傅太太变得更漂亮了一些。

察觉到旁边的目光，博慕迟抬了抬眉梢："看什么呢小傅医生？是不是突然发现我很漂亮？"

傅云珩笑道："我的太太一直都很漂亮。"

博慕迟被他直白的话取悦到，唇角上扬着："那确实。"她笑着，主动凑过去亲了他一下，"想我了吗？"

傅云珩喉结微滚，没正面回答她的问题，只说了一句："回家再亲。"

到家后，博慕迟还没来得及换鞋，就被傅云珩扣着亲了许久。

好在她也不是扭捏的人，主动回应着他。

亲了许久，傅云珩贴着她的耳侧询问："中午回家还是晚上？"他指的是回父母那边。

博慕迟搂着他的脖颈，和他对上目光，轻声道："晚上。"

她想跟她的小傅医生度过一小段没有人打扰的时光。

傅云珩抱着她回房，嗓音沉沉地答应："好。"

晚上，两人回家蹭饭，顺便过年。

今年的新年，对联依旧是博慕迟和迟应以及傅云珩帮忙贴好的。

年夜饭，两家人凑在一起，热热闹闹的。

和往常一样，吃过年夜饭之后，他们一群人去郊区放烟花。

烟火燃放时，博慕迟拉着傅云珩许愿。许完愿睁开眼时，看到了傅云珩眼中的自己。

博慕迟唇角一弯，浅笑盈盈地问："小傅医生，许了什么愿呀？"

傅云珩的回答和往年一样："小傅太太，说出来就不灵了。"

闻言，博慕迟翘唇："那好吧。"

她靠在他的肩膀上，和他一起看夜空还在不断绽放的烟火，感受新年的氛围。

在郊区玩够后，大家回家守夜。

今年，博慕迟在傅家这边守夜。

季云舒不打扰两人,一下车就飞快地往屋子里跑。

博慕迟诧异地道:"她跑那么快做什么?"

傅云珩摇头。他顿了下,在博慕迟要抬脚往里走时,出声道,"兜兜。"

博慕迟回头。

傅云珩示意:"先不回去,我们去院子后面转一会儿。"

博慕迟一怔,跟着他往院子后走。

傅家的院子和博家的是连在一起的,后院种了很多花,还有一个小亭子,还有季云舒和博慕迟小时候爱玩的秋千。

长大后,两人倒是不怎么来这儿荡秋千了。

要不是傅云珩提起,博慕迟都快忘了,自己好像是有段时间没来后院晒太阳喝下午茶了。

"怎么突然要来这儿?"

傅云珩示意她看另一侧:"还记得那儿吗?"

博慕迟顺着他视线去看,总觉得墙角那个位置有点儿熟悉。

她轻眨了下眼,脑海里蹦出些东西。

博慕迟一顿:"你怎么忽然想起这个了?"

傅云珩"嗯"了声,抬脚往那儿走:"想给你一个回礼。"

在博慕迟注视下,他在她幼年时期写下的那行"兜兜 zui 喜欢云宝哥哥"的文字下给她回应。

等傅云珩写完,她定睛看到他留下的文字。

他写下了一句"云宝永远爱兜兜妹妹"。

看到这行字,博慕迟忍不住溢出笑容:"真的吗?"

傅云珩看着她,在远方传来的爆竹声中和夜空再次绽放的烟火下给出承诺:"真的。"

他永远爱她,从年少至今,直至未来。

少年时的爱,或许和现在不同,但傅云珩很确定,他一直都是爱博慕迟的。

听到他的回答,博慕迟很感动。她抿了抿唇角,望着他说:"你这样,我更想回到以前了。"

傅云珩一笑,将人揽入怀里:"你想回去的话,我陪你。"

我陪你去体验,陪你去做你所有想做的事。

"那还是算了吧。"博慕迟想了想说,"我们往前走,体验别的也不错。"说着,她望着傅云珩的眼睛,笑盈盈道,"以后就拜托云宝哥哥多多指教了。"

"指教谈不上。"傅云珩顿了顿,低头吻上她的唇,"我很愿意陪小傅太太过春夏秋冬。"

他很荣幸，自己能一直陪伴她成长。

未来的每年新年，傅云珩都想和她一起度过。

他没告诉她，他今夜许的愿望是——希望未来的每一个新年，她都能在自己身边。而她的愿望，亦是如此。

在零点钟声敲响时，他们俩动作一致地抬眸看向对方，望着对方眼中的自己，浅浅盈笑。

真好，两人一致地想着，他们许下的愿望，又实现了一个。

博慕迟从出生起，就注定是个受万千宠爱的小公主。

毫不夸张地说，所有人的注意力都在她身上。不单单是她的爸爸妈妈，连带着干妈和傅叔叔，以及其他的叔叔阿姨都对她偏爱有加。

博慕迟一岁生日时，收到了叔叔阿姨们送的周岁礼物。在她长大后才知道，那些礼物是她奋斗二十年也赚不来的。

不过在这么多喜欢她的叔叔阿姨以及哥哥姐姐中，博慕迟最喜欢的是隔壁傅叔叔家的儿子，云宝哥哥。

她哭闹的时候，云宝哥哥总是会有耐心地哄她。更重要的是，她觉得云宝哥哥长得很漂亮。

三岁的博慕迟，已经有了审美概念。

和爸爸妈妈一起出门时，她总下意识地喜欢把见到的新的小哥哥们和她的云宝哥哥做比较。她的云宝哥哥，衣服总是干干净净、整整齐齐的，他的脸也总是干净的。他不爱玩沙子，也不爱去弄那些脏兮兮的东西。

他干净得就像是故事里的白雪公主，只是白雪公主是女孩子，他是男孩子。

博慕迟想了想，觉得那个故事也可以改成白雪王子。

对，傅云珩就是白雪王子。

三岁这年，她越发喜欢她的云宝哥哥。

博慕迟很黏他，他也对她特别好。

到幼儿园上学，同学们送给他的巧克力和糖果，他都会全部带回家分给她。

只要她想要的，她的云宝哥哥就会把全部都给她。

只是，这一年的博慕迟也有了苦恼的事——她的云宝哥哥有妹妹了，是亲妹妹。

在她干妈怀孕的时候，博慕迟也很期待这个孩子的到来，偶尔还会趴在干妈肚子上倾听胎儿在干妈肚子里的动静。

她知道，妹妹生出来后，就会多一个人喊自己姐姐。

如博慕迟所想，妹妹顺利来到这个世界上，还有很好听的名字，叫季云舒，跟着干妈季清影姓，但博慕迟喜欢喊她小名——舒宝。

博慕迟很喜欢舒宝，总觉得她软软糯糯的，格外可爱。

博慕迟每次去看舒宝，她都会乐呵呵地对着博慕迟笑，博慕迟真的很喜欢她，但是，她偶尔也会有点儿不开心。

因为有了舒宝后，她的云宝哥哥带回家的糖果不再专属于她一人，他的注意力也不是只在自己身上。

有一次，她听见云宝夸舒宝是全世界最漂亮的妹妹时，生了好久的气。

以前，云宝都说自己才是最漂亮的。

好在很快云宝就安慰她说，她和舒宝都是一样的，是全世界最漂亮的妹妹。

听到这个话，博慕迟瞬间开心了。

她跟迟绿说，其实她也是喜欢舒宝的，很喜欢很喜欢，可是她看云宝这样，就是会有点儿不开心。

她妈妈迟绿告诉她，这是正常的想法。

每个小朋友都不愿意跟人共享自己原本享受到的全部宠爱，就像舒宝长大懂事后，肯定也不想自己的亲哥将注意力全放在她身上。

当时的博慕迟听得云里雾里的，没太明白迟绿的意思。

直到她也有了弟弟，忽然就没那么多精力，也没那么喜欢往隔壁干妈家跑了。

不过总体说来，博慕迟还是喜欢云宝哥哥的。

她学会了滑雪的新技巧，会第一时间想和云宝分享。

她在学校认识了新朋友，也会和云宝说。

云宝也总会有耐心地回答她的问题，偶尔还会抽时间出来教她写作业。

有时候博慕迟会想，他们要是一直这样该多好……

每天早上一起去学校，下课后再一起回家。回家吃过饭后，几个人挤在一起写作业，热热闹闹的。

可惜，好景不长。

博慕迟爱上了滑雪，在滑雪场教练的劝说下，开始往职业运动员的路线发展，所以课余的所有休息时间都耗费在了滑雪上。

渐渐地，她和云宝有了一点儿陌生感。

当然这点儿陌生感于她而言，并不强烈。只要她回家了，她和云宝的关系就还是和之前一样好。不过，博慕迟又有新的烦心事。

由于她花费太多时间在滑雪上，等云宝上初一的时候，她已经不认识他班里的同学了。

小学时，傅云珩班里所有同学都认识她，她和他们也都很熟。

"兜兜。"看博慕迟垂头丧气地进屋，在客厅看书的迟绿喊住她。

博慕迟抬眼："妈妈。"

迟绿朝博慕迟招了招手："你这什么表情？"她笑着，"不是找你云宝哥哥去了？他不在家？"

博慕迟前段时间去参加青少年滑雪比赛了，今天刚回家，把东西放下，就嚷嚷着要去隔壁找傅云珩。

迟绿知道她和傅云珩关系向来好，自然没拦着她。恰好今天又是周末，傅云珩也在家。

博慕迟摇头，在迟绿身侧坐下："在家。"

"在家你怎么这么快回来了？"迟绿诧异，"他在忙？"

博慕迟迟疑片刻，点头又摇头。

迟绿看着她，有些好笑："是在写作业吗？"

"嗯，在和他同学讨论作业。"她过去时，傅云珩在打电话。

迟绿扬了扬眉："你看到他跟同学在讨论就回来了？"

"不是。"

博慕迟过去时，大喊了傅云珩一声。看到她回来，傅云珩便很快和同学说了句，然后将电话挂断了。

"挂了那你怎么还回来了？"迟绿惊讶。

博慕迟委屈巴巴地看她一眼，蹭着她撒娇："妈妈。"

"嗯？"迟绿笑道。

博慕迟叹了口气："云宝哥哥现在的同学我都不认识了。"

她刚刚随口问了一句，和他打电话的是谁。傅云珩告诉她名字，但博慕迟觉得极其陌生。

也是在那时，她才意识到，和傅云珩之间的陌生感在不知不觉中加重了许多。

迟绿微怔，忽然想到她最近这几年都忙于滑雪，和他们在一起的时间少了很多。

她思忖片刻，看着博慕迟："兜兜。"

博慕迟抬眼。

迟绿看着她，轻声问："后悔学滑雪了吗？"

博慕迟"啊"了声，认真思索了一番，摇了摇头："不会。"

滑雪带给她的快乐，和其他运动不同。

迟绿摸了摸她的脑袋："真的不会？"迟绿柔声说，"如果你不想走这条路，爸爸妈妈是不会勉强你的。"

他们家的小公主，活得开心就好。

博慕迟当然明白这个道理，她喜欢滑雪，偶尔也会觉得滑雪累，但她能坚持。

她就是有点儿不开心，好像错过了云宝的好多成长故事。

她不知道，这样下去，她和云宝之间的陌生感是不是会越来越大，越来越浓。

她苦恼的这件事，迟绿还真不知道该怎么去处理。

孩子长大了，总有自己的小心思。

迟绿看了博慕迟半晌，揉了揉她的头发："不开心的话，去睡一会儿？"

博慕迟点头："嗯，我先去洗澡睡一觉吧。"

迟绿笑道："好，晚上我喊你干妈还有云宝他们来家里吃饭，可能吃完饭就又熟悉了。"

"嗯。"

博慕迟回房间洗澡睡觉，等她洗完澡出来时，却在房间看到了意想不到的人。

"云宝，你怎么过来了？"她的头发还湿漉漉地在滴水。

傅云珩看她瞪大的眼睛，起身朝她走近，皱了皱眉："怎么又不吹干头发？"

博慕迟撇嘴："不想吹。"她本来是要喊迟绿来给自己吹的。

傅云珩知道她的习惯，抬脚走进浴室，拿出了吹风机，神色如常地示意博慕迟到一侧去坐下，他给她吹头发。

从小到大，傅云珩给博慕迟吹了不少次头发，她也并不觉得这有什么不对。

她乖乖坐下，等吹风机声音响起时，在嗡嗡的声音中，她听见了傅云珩的声音。

"你说什么？"

博慕迟没听清楚，仰起头看着他。

傅云珩的手掌不知何时变得宽大，手指也修长了许多。

他挠着她湿漉漉的头发，边吹边说："刚刚怎么突然走了？"

博慕迟微怔，眼睫一颤："嗯，我想回来洗澡。"

傅云珩垂眸瞥她一眼，没再继续往下问。

两人安静地等她头发被吹干。

头发被吹干后，傅云珩敛下眼睫，将吹风机的线整整齐齐地缠起来，放回原位。

出来时，博慕迟还坐在原先的位置没动。

傅云珩脚步一滞，看着她："是不是困了？"

博慕迟瞥他："洗过澡就清醒了。"

傅云珩很轻地笑了下，看着她："要不要玩游戏？"

博慕迟纠结了两秒："不想玩游戏。"

傅云珩点点头："那想做什么？"

博慕迟瞅着他，直白道："云宝。"

"想说什么？"傅云珩弹了下她的额头，"有话直说，你这吞吞吐吐的模样，可不像是我的兜兜妹妹。"

博慕迟皱了下鼻子，撇了撇嘴："你有新朋友后，还会记得我吗？"

傅云珩蹙眉，不太懂博慕迟这是什么问题。但看博慕迟好奇的模样，傅云珩还是认真地回答："我想，我只要不失忆，就会一直记得。"

"哦。"博慕迟应声，沉吟片刻道，"那你这辈子都别失忆。"

她想让傅云珩一直记得自己。

傅云珩失笑："不会。"他在她旁边拉开椅子坐下，"怎么忽然问这个？"

"因为我觉得……你现在有新朋友了。"博慕迟委屈巴巴地说，"还都是我不认识的。"

傅云珩微怔，忽然知道她刚刚走的原因了。

他沉默了会儿，低声问："明天要去练滑雪吗？"

博慕迟眨了下眼："可以不去。"她刚比完赛，还能休息好几天。

傅云珩点头："想不想出去玩？"

博慕迟眼睛一亮："想。"她毫不犹豫地点头，"去哪儿？"

傅云珩："去你想去的游乐园。"他很清楚道博慕迟喜欢什么。

"就我们俩吗？舒宝不去？"博慕迟是个喜欢热闹的人。

傅云珩："她不去，但是有其他人。"

博慕迟诧异："谁呀？"

"我同学。"傅云珩问她，"还去吗？"

博慕迟迟疑了瞬间，还是点了点头："去。"

她想和傅云珩出去玩。

傅云珩应声:"那现在先去睡觉。"

博慕迟抿唇,莫名又觉得自己和傅云珩之间的陌生感消失了。她纠结一瞬,扯住他的衣服:"那你要回去吗?"

"不走。"傅云珩捏了下她的脸,"不过我要回家拿作业。"

听到这个回答,博慕迟眼睛一弯,爽快答应:"那我等你。"

博慕迟睡觉时,傅云珩在她的房间里写作业。

风从半开的玻璃窗外吹进来,掀起窗帘一角。床上的少女跟着翻了个身,听到轻微的动静,坐在书桌前的少年下意识侧了头,看向床上熟睡的人。

傅云珩写了会儿作业,收到班里同学短信。

"你怎么忽然要和我们一起去游乐园了?你不是说不去吗?"

去游乐园玩这件事,是几个同学上个礼拜便说好的,他们问过傅云珩,他当时直接拒绝了。

傅云珩神色如常:"嗯。突然想去。"

同学:"行吧。"

傅云珩:"对了,我还会带个人。"

同学:"谁?"

傅云珩:"我妹妹。"

同学:"行。"

翌日上午,博慕迟在家吃过早餐就和傅云珩一起出门去游乐园了。

到游乐园门口,她见到了傅云珩的几个同学,男生、女生都有。

傅云珩介绍他们认识。

打完招呼后,博慕迟小声询问他,哪个是昨天和他讨论作业的,傅云珩指了一个笑起来还有小虎牙的男生。

博慕迟看了两眼:"他长得好可爱。"

傅云珩:"是吗?"

博慕迟点头。

傅云珩正要再说点儿什么,博慕迟忽然咕哝:"不过我喜欢长得帅的,他旁边那个男生长得要帅一点儿。"

傅云珩"嗯"了声,朝她看的方向瞥了两眼,声音冷淡:"还好。"

博慕迟瞥他,笑盈盈地道:"那和云宝哥哥还是没办法比较的。"

在她心里,暂时没人长得比傅云珩好看。

闻言,傅云珩目光含笑瞥了眼:"待会儿想先玩什么?"

"就……过山车。"博慕迟看着他,"你陪我玩吗?"

傅云珩不喜欢这种刺激类的项目。

往常她让他陪,都得求他很久,撒娇耍赖全用上。但这回,她都还没撒泼耍赖,他就爽快答应了。

思及此,博慕迟扬了扬眉:"云宝哥哥,你今天心情不错?"

傅云珩面不改色:"还可以。"

一天玩下来,博慕迟从傅云珩同学嘴里知道了他不少事,还知道了哪个是他的同桌,谁又是在班里和他走得比较近的同学……

霎时间,他们俩之间的距离感在无形中被击退。

只是博慕迟上初中进入国家队后,两人之间的距离还是拉远了。

她回家的次数少之又少,一年到头也回不了两次,而傅云珩也因为学业繁忙,不再频繁在家。

两人偶尔遇见,也觉得生疏了许多。

博慕迟不知道是因为他们都长大了,懂得男女有别还是其他原因,她已经不好意思把云宝哥哥这个称呼时时刻刻挂在嘴边,傅云珩偶尔来家里找她,也不再会上楼进她的房间。大多时候,他是在楼下客厅等她。

新年她有假期回家过年,两人坐在一起,也相对无言。

他会关心她几句近况,但再多便没了。而博慕迟想和他聊天,却又找不到话题。

高中毕业后,傅云珩更忙了,博慕迟也一样。

她开始为冬奥会备战,过年也没能回家,那是她第一回在队里过年,孤零零的。

庆幸的是,睡前她接到了爸妈的视频电话。

在视频里,她看到了爸爸妈妈,傅叔叔和干妈,还有傅云珩。

他安静地坐在角落,低垂着眉眼看手机,在喊到他的时候,他抬头对她说了句新年快乐。

有了家人、朋友的新年祝贺,博慕迟忽而就觉得自己没那么孤单了。

零点时,她还收到了傅云珩给她发来的红包,说是压岁钱。

很小的时候,傅云珩就答应过她,每一年都会给她和季云舒发压岁红包。

即便他们变得有些陌生,他也没忘。

傅云珩大学时,博慕迟其实去过他学校一次,她是和季云舒一起去的。

那天不巧的是傅云珩正好有事,一整天都在忙。

季云舒问过他室友后,去了他忙碌的教室。

透着窗户，博慕迟一眼便看到在和同学讨论问题的他。

他又长高了不少，五官也越发英俊。他说话时，博慕迟明显注意到，他周遭所有女同学的目光都落在他身上。

十九岁的博慕迟，已然明白什么叫喜欢。

她当时有一丁点儿不舒服的感觉，但很快便被自己忽略。

她只是觉得自己和傅云珩的距离好像越来越远了。她小时候认识的温柔绅士的云宝哥哥，在她未曾察觉时已然变成了一个大人，甚至连个性也变得有些酷。

那一刻，她其实很羡慕那些能和傅云珩做同学的人。

他们可以和他一起成长，可以和他朝夕相处，可以和他呼吸同一片小天地的空气。

很久很久之后，博慕迟才知道，那种渐生出来的情愫是什么。

从小到大，她都很难忽视傅云珩这个人的存在。

只是不知什么时候起，她对傅云珩哥哥般的亲情崇拜悄悄转变成了爱情的崇拜喜欢。

和傅云珩在一起后，博慕迟还和他说起过这件事。

她不止一次说过，想回到过去。

可以的话，她想一直当他的小学妹。

每每这个时候，傅云珩都会揽她入怀，笑着答应："那我们现在就回到过去？"

博慕迟笑："行啊。"她眉眼一弯，"回去早恋吧，其实我一直都挺想体验早恋的。"

傅云珩抬了下眉："我有点儿担心自己的安危。"

博慕迟不解："什么意思？"

傅云珩敲她的脑袋，重点提醒："我怕博叔打断我的腿。"

博慕迟笑着说："怎么会？他舍不得的。"对上傅云珩的眼睛，博慕迟笑盈盈地道，"他要是真这样做，我就和他断绝父女关系。"

傅云珩忍俊不禁："你这样做，更容易惹怒博叔叔。"

"那怎么办？"博慕迟纠结了会儿，"那我和我妈说，让我妈阻止他。"

傅云珩觉得这个提议还不错。

只是，他们没有时空穿梭机，过去终归是过去了。

即便有，他们也不会再回去。他们都是往前走的人，遗憾固然有，但他们还是想珍惜当下。

"云宝。"

一次聊天,博慕迟忽然开始假设,"你说,我回来的那天你要是没去机场接我,我们还有可能再熟悉起来吗?"

傅云珩认真想了想,给了肯定的答案。

博慕迟好奇:"为什么?"

"因为我不可能会拒绝去接你。"傅云珩告诉她。

其实博慕迟不知道,他和她联系虽不频繁,但她很多的重要时刻,他并不是毫不知情。

她第一次参加冬奥会时,傅云珩在学校和同学看过她当时的比赛,回到家也看过。他看她在比赛场上飒爽的英姿,听同学夸她厉害时,内心涌起了自豪和骄傲。

这是他从小看着长大的兜兜妹妹。

只是,确实在长大后,他也渐渐找不到和她相处的方式。

他们都是成年人,总不能和小时候一样,毕竟男女有别。

也正是因为这个,傅云珩在接到她的初期,才会冷漠。

因为他怕自己越界,怕自己做了什么,会让她对自己印象不好。

与其如此,倒不如冷酷一点儿。但傅云珩也确实没想到,会弄巧成拙,会给她留下自己不爱搭理她的印象。

后来,傅云珩也认真想过,到底为什么会喜欢博慕迟。

这个问题,其实是无解的。

他记忆里,一岁的博慕迟是个精雕玉琢的小公主,可爱又漂亮。

两岁的博慕迟,奶声奶气会说很多话。但她说得最多的是——云宝哥哥。

她很喜欢喊他,他也很喜欢听她喊自己。

三岁的博慕迟,偶尔会有点儿小脾气。

她像个小醋包,经常问他,她和季云舒谁更漂亮。

傅云珩内心觉得,她们是不一样的漂亮,可一定要让他分出个第一的话,他当然还是要更偏爱小一点儿的亲妹妹的。

每每这样回答时,博慕迟都会生闷气。

好在,她很好哄。

傅云珩给她买糖,她就会嘴甜地夸他,说"云宝哥哥是全世界最好的哥哥"。

每次听她这样说,傅云珩都会窃喜。

四岁的博慕迟,和三岁没太大区别。

唯一的区别是，她有了新爱好，从看动画片变成了滑雪。

每天幼儿园放学回家后，她都会被她爸妈送去滑雪场。

傅云珩去过几次。

他看过她在滑雪场上摔跤摔得眼睛哭红的模样，可他说不出让她别再学滑雪这种话，因为他知道，这是她喜欢的，是她的爱好。

博慕迟五岁的时候，傅云珩也开始学滑雪。

他第一回学滑雪时，博慕迟兴致勃勃地说要教他，他没拒绝。

博慕迟六岁的时候，傅云珩知道了一个消息。

滑雪场的教练说她非常有天赋，建议迟姨他们把她当专业的滑雪运动员来培养。

博慕迟也答应了。

那个时候，他就知道，他的兜兜妹妹未来会走得很远。

他一直都知道她不是池中物，她会有自己广阔的天空，他只想祝愿她，愿她在雪场驰骋的每一次落地都平安顺利。

七岁时，博慕迟代表他们滑雪场去参加比赛，拿了奖杯回来。

恰逢是他的生日，她便将奖杯送给了他。

八岁这年，博慕迟在比赛时摔了一脚，在医院躺了大半个月才回家。

傅云珩又恢复了每天给她补课的习惯，一放学就往博家跑。季清影看着，都忍不住问他，要不要在博家给他准备个房间，住那边更方便。

傅云珩没拒绝。

九岁时，博慕迟和傅云珩因为一件小事吵了架，傅云珩哄她小半天也没能哄好。

他没辙，思前想后，决定去博家打地铺。

在她将门打开问自己来干什么时，傅云珩忽然想到她吵架时说出的一句话，她说再也不做他的童养媳了。

这是博慕迟小时候过于黏他，大人们说的戏言。

念及此，傅云珩看着她回答："我来入赘。"

博慕迟看着他旁边的行李，抿了抿唇，紧绷着一张脸，问："带礼金了吗？"

她没记错的话，入赘也是需要礼金的。

傅云珩在书包里掏了许久，掏出一颗糖给她。

博慕迟收下了，当晚就收留了他这个来"入赘"的人。

博慕迟十岁时，训练忽然多了起来，两人有时候一个月都见不到一次。

等傅云珩后知后觉地发现,他的兜兜妹妹好像长大了。

五官越发漂亮。她长高了,渐渐有了少女的姿态。

不知不觉,傅云珩对她的注意越来越多。

他不是榆木脑袋,也不是那种羞于说出自己感情的人,所以在察觉到自己对她的感情变化后,傅云珩便有了行动。

他想,应该没有人会不喜欢博慕迟。

这个在雪场上明媚似太阳的人,永远积极乐观的人,她身上有太多发光点吸引着他。

而他,也没有阻挡自己前进的步伐,一步步迈入她设下的爱的陷阱。

娶到她的那天,傅云珩想,他偷偷许下的一个愿望,也实现了。

他的兜兜妹妹,终于成了他的小傅太太。

番外一

平行世界——如果有如果

1

十月上旬，国庆长假刚过。

博慕迟还没从假期的放飞中收回心思，上课时精神格外不振，被老师叫起来回答了好几个问题。

下课铃声响起，再也撑不住的博慕迟立马往桌上倒去。

听到声音，前桌陈惜诧异地回头，忍俊不禁："慕迟昨晚没睡觉？"

谈书和博慕迟是同桌，也是她的好闺密，自然清楚她昨晚干了些什么。

她指了指，代为回答："跟人在梦里打架了。"

陈惜："啊？"

谈书："睡前见了她烦的人。"

陈惜一愣，犹疑猜测："傅学长又逼她写作业了？"

她和博慕迟、谈书初中就是同学，她和博慕迟关系虽不如谈书那么好，但也知道傅云珩。

他是博慕迟的竹马，比博慕迟大两岁，各方面优秀到令人发指。

当然，主要是令博慕迟发指。

博慕迟是个有点儿小聪明的人，所以不喜欢循规蹈矩地学习。

可能是老天爷天生赏她饭吃，让她即便不爱听课不爱写作业，也能在考试前临时抱一个月佛脚,然后考出不错的成绩。

谈书给了她一个赞许的眼神。

陈惜乐不可支,欣赏着博慕迟眼睑位置的黑眼圈:"难怪她今天能准时交作业。"

他们刚上高一。

原本,大家所想的高一生活应该是轻松自在的,至少相对于试卷和作业都很多的高三学子而言,他们高一学生的假期应该就是假期,而不是被禁锢在家没完没了地学习。

却没想到,学校老师变态至极,国庆长假给他们布置的作业不比高三学生少,还要求返校上课的第一天就交。

高中刚念一个月,博慕迟给同班同学以及老师就留下了不爱写作业的印象。

他们初中就在隔壁的附属中学,不少老师也知道有她这么一号让人恨铁不成钢的人物。她文科很好,英语和语文两门学科尤为优异,曾经还代表学校去跟其他学校的同学比过赛,还拿过奖。

学校优秀学子的校刊栏上,就有她拿奖的照片。

博慕迟听着两人的调侃,闭着眼咕哝:"说得我平时好像不交作业似的。"

谈书挑眉:"没说你不交,我们说的是你今天准时交了。"

陈惜:"对。"

博慕迟换了个姿势趴着。

十月的太阳热情似火,穿过教室外茂盛的枝叶落在她的脸上,刺目得让她不舒服。

博慕迟蹙眉,反反复复换了好几个姿势也没能睡着。

她叹了口气,索性睁开眼看向窗外,欣赏被风吹晃的叶子,听树叶摩擦出的微弱声响。

倏地,她用余光瞥到远处有熟悉的人走近。

他们的教室在二楼,一眼便能看到校园里走动的人群。

渐渐走进她视野里的人,穿着黑色校服裤和白色T恤,和其他同学无异。但他就是有本事,将平平无奇、没有任何特色的校服穿得与众不同。

至少,博慕迟得承认,他穿起来比其他同学看上去要帅很多。

博慕迟从小就是颜控,谁帅喜欢谁。

傅云珩和她是青梅竹马,但是越长大,博慕迟的叛逆心理就越严重。

以前傅云珩管她,她觉得非常不错,可最近她总想找他的碴,特别是她爸妈还时不时夸一夸傅云珩,这就促使了她这种逆反心理更为严重。

即便她爸妈在夸傅云珩时并未贬低自己，可她还是觉得他有点儿烦。

博慕迟正胡思乱想着，傅云珩好像敏锐地察觉到了她的视线，抬了抬眼睫朝她这边看来。

两人视线在空中相接。

很快，他便云淡风轻地收回了目光。

看他这神态，博慕迟闷声骂了他一句。

"嗯？"谈书恰好凑在她的身侧，和她一起欣赏车窗外风景，"骂谁呢？"

博慕迟回头瞥了她一眼："明知故问。"

谈书笑："谁明知故问了。"她戳了下博慕迟的脸，"你又没点名，谁知道你骂的是哪位帅哥？"

"傅云珩。"博慕迟轻哼。

谈书揶揄："他怎么又惹你生气了？"

博慕迟想了想，很认真地给出答案："他的存在就很让我生气。"

谈书噎了片刻，郑重其事地提醒她："你小学的时候，给我介绍傅云珩可不是这样说的。"

她们俩小学就认识。

听她提起过去的事，博慕迟瞪她："那都多少年前了。"

谈书耸耸肩，一本正经地说道："那也是你说过的话。"

博慕迟："我现在撤回。"

"来不及啦……"谈书笑眼弯弯地看着她，"微信发出消息超两分钟都不能撤回，你这都过两年了，更不行。"

博慕迟捡起桌上的笔转了转："不能就不能。"她嘟囔着，"反正我现在不喜欢他了。"

闻言，谈书眨巴着大眼睛望着她："谁说你喜欢他了？陈惜，我有说这个话吗？"

陈惜："没有。"

她看两人，大小姐脾气发作："不和你们说了。"

谈书笑着，搂住她的手臂和她说："来吧，跟书姐说说，你这么生傅云珩的气，肯定不是因为他逼你写作业这一件事。这事你早该习以为常，就算是生气也不会持续这么久，而且还说出这么绝情的话。"

看博慕迟的小表情，谈书就知道自己猜对了。她一脸坏笑地正要追问，上课铃声响起了。

博慕迟立马推开她："没有。"她正襟危坐，"上课了，你别打扰我学习。"

博慕迟心虚地不敢回视，低下头露出修长的脖颈："专心听课。"

谈书无奈："暂时放过你。"

博慕迟含混"嗯嗯"两声，托腮望着黑板。

没过三分钟，她就累了。她抬手揉了揉眼睛，听着数学老师的声音，总觉得格外催眠。

博慕迟打着哈欠，在她第三个哈欠出来时，自觉倒下。

博慕迟这一觉睡到了中午，听着教室里喧闹的声音，眼皮格外重，感觉一点儿都睁不开。

当她费力睁开时，入眼的不是谈书，而是前不久看见的傅云珩，他仿佛有了好几个分身，齐刷刷钻入自己眼中。

博慕迟抬手揉了下眼睛，蒙神地看了看，没太明白她班里同学怎么都走了。

"谈书和陈惜先去食堂了。"傅云珩知道她在看什么，声音冷淡地解释。

博慕迟："哦。"她抬眸看着他，"又来监督我写作业？"

听出她话语里的怨气，傅云珩一把将人从椅子上拉起："不是。"

博慕迟挑眉："那你来干吗？"

傅云珩神色不改，垂眸帮她把课本收进抽屉，回应她的挑衅："监督你吃饭。"

博慕迟无语，两人去食堂，路上还有不少同学回头看他们。

博慕迟感受着周围投射过来的探究目光，撩起眼皮瞪了眼走在她前边的人。

这事都怪傅云珩。

要不是他，自己也不至于跟熊猫一样，被这么多同学围观。

走进食堂，博慕迟故意和傅云珩作对："我到食堂了，你的任务是不是完成了？"

傅云珩瞥她一眼："吃饭。"

博慕迟看他冷峻的眉眼，抿了下唇："我不想和你一起吃。"

傅云珩"嗯"了声，很是平静地问："那你想和谁一起？"

"那你别管。"她小声说。

听到这话，傅云珩抬了抬眼，澄澈的黑眸盯着她。

每回他这样看自己，博慕迟总会生出心虚感。明明，她也没做错任何事。

念及此，她深呼吸了一下道："反正我今天中午就不想和你一起吃饭。"

闻言，傅云珩也不生气，淡淡应了声："想吃什么？"

博慕迟噎了噎，抬眸瞪他："你是不是没听懂我说的话？"

傅云珩神色寡淡地看着她，解释道："买饭那边人多。要吃什么？"

博慕迟最讨厌排队，顺着他说的方向看了眼，挑了个最长的窗口："我想吃红烧排骨和酸菜鱼。"

学校食堂师傅做的这两道菜味道极好，每天排队购买的同学也特别多，有时候来晚了，还买不到。

傅云珩点了下头："自己找个地方坐着。"

博慕迟鼓了鼓脸，眨巴着眼答应："好的。"

看傅云珩朝排队的窗口走去，博慕迟在原地站了几秒，才张望着找位置坐下。

"慕迟，这里。"谈书和陈惜早早给她留了位置。

博慕迟扬眉一笑，立马朝两人走去，她们已经打好了饭菜，正准备开吃。

博慕迟在旁边坐下，开始秋后算账："下课了你们俩也不喊我，还是不是姐妹？"

陈惜："老师拖堂了，宣布下课的时候傅学长已经在教室后门了。"

"对啊！"谈书告诉她，"是他让我们别喊你的。"

博慕迟哼了一声："他说别喊就别喊？你们怎么那么听他的话？"

谈书："你不也听他的话？"

博慕迟不想这么没面子，据理力争道："谁听他的话了，明明是他听我的，好不好？"

谈书和陈惜对视了一眼，敷衍道："嗯嗯嗯，你说什么就是什么。"

博慕迟看两人这态度，傲娇地哼了声，也不和她们多计较。

她瞅了眼两人吃的："怎么不吃肉？"

"买肉那边人太多了。"谈书解释，"我都要饿死了，随便吃点儿得了。"

博慕迟朝傅云珩那边看了看，纠结半分钟，起身朝傅云珩那边走去。

"过来做什么？"傅云珩已经要排到了。

博慕迟抬了抬下巴："你帮忙多买两份排骨。"

傅云珩看她一眼，没搭腔。

周围闹哄哄的，博慕迟一时也不确定他听没听清楚，看下一个便要轮到他，她着急地扯住他的衣服，迫使他往自己这边弯腰。

博慕迟踮起脚，仰起头凑傅云珩耳边重复了一遍刚刚的话。

说完放开他，她对上他深邃的眸子。

有那么一刻，博慕迟心跳有点儿快。她皱了下眉，将这突然涌起的感觉给压了下去，着急地问："你听见没？"

傅云珩看她着急的神色，视线从她明亮的大眼睛往下落在她不点而红的唇上。

停滞几秒，傅云珩挪开眼，淡淡应下。

学校食堂买排骨有份额限制，最多两份。所以即便是傅云珩也只能买到两份。

买完，两人朝谈书她们那边走。

博慕迟帮忙端了一小份排骨，递给谈书、陈惜："吃吧，高中生怎么能不吃肉？"

谈书喜笑颜开："谢谢傅学长。"

博慕迟："我让他买的。"

谈书瞥她："我们这关系还要说谢？"

博慕迟想了想，也是。

蓦地，她耳畔传来傅云珩声音："好好吃饭，中午到教室睡会儿。"

博慕迟愣了下，看着他要走的姿势："你不在这儿吃？"

"嗯。"傅云珩看她一眼，看向另外竖起了耳朵的两人，颔首道，"你们慢慢吃。"

看傅云珩端着餐盘离开，博慕迟好一会儿没反应过来。

"傅学长怎么不和我们一起吃啊？"陈惜不解，"他都给你排队买饭了。"

博慕迟也搞不懂他："谁知道他……"

话音落下，她忽然想起买饭前和傅云珩说的话。

博慕迟怔了怔，有些不确定傅云珩是不是真因为自己说的话，所以才不坐在她旁边和她一起吃饭的。

想着，博慕迟下意识去张望他去的地方。

谈书一看她的小表情，就知道她在想什么。谈书夹了块排骨，深深叹了口气："傅学长买了几份排骨？"

博慕迟下意识回复："两份。"

"都在我们这儿？"谈书惊讶，"那他今天的午饭是不是没肉了？"

博慕迟低头一看，除了排骨，酸菜鱼和牛肉也都在她这儿。

她默了默，看向两人："你们慢慢吃，我走了。"

傅云珩刚坐下，一侧便来了人。他抬起头："怎么了？"

博慕迟抿着唇角："这儿没多的位置了……"

傅云珩看她别扭的神色，侧眸看向右侧的同学："往那边挪个位置。"

同学笑了声："慕迟学妹怎么过来了？"

他们都认识博慕迟。

傅云珩起身，将自己的位置让给她。

博慕迟坐下后，才淡定地回答："想跟傅学长进行一下食堂肉质交流。"

博慕迟没理会大家讶异的目光，把排骨放在了自己和傅云珩中间，嘀咕道："你是不想长高了吗？肉都不吃。"

傅云珩忍笑："我觉得我已经够高了。"

博慕迟想到他那一米八五的身高，确实也差不多够了，但她还是忍不住挑刺："现在一米八五都是常见身高了，一米九的才帅。"

傅云珩稍顿，看她小心翼翼挑鱼刺的样子，自觉地开始给她挑鱼刺，漫不经心地问："你喜欢一米九的？"

博慕迟没多想地点头："对啊。"

2

话音落下，耳畔好一会儿没有傅云珩的声音。

博慕迟咬着排骨抬头，撞上他的目光。

怔了少顷，博慕迟心跳加剧地挪开眼，含混地说："你问这个做什么？"

"随便问问。"傅云珩一如既往地淡定，将挑完鱼刺的鱼肉推到她面前，"注意点儿，别卡喉。"

博慕迟垂下眼"哦"了声，默默地将排骨往他面前推。

她记得，傅云珩也很喜欢吃排骨。傅云珩看了排骨一眼，眉峰往上挑了挑。

两人在食堂吃过饭后，博慕迟也不和傅云珩闹别扭了。

她向来如此，脾气来得快去得也快，是个不太会把这些事放在心上的人。

"有点儿撑。"起身离开食堂时，博慕迟说了句。

傅云珩没应声，端起两人的餐盘放到回收处。

两人一前一后地走出食堂。

蓦地，博慕迟注意到傅云珩走的方向和自己预想的不同。

"不回教室？"

傅云珩瞥她："不是吃撑了？"他淡淡地道，"晒晒太阳消消食。"

博慕迟站在原地三秒，抬眸看向刺眼的阳光。

她微微眯了眯眼，似有些难以置信地看向傅云珩："你确定……让我去太阳底下消食？"

傅云珩回头："不想去？"

博慕迟看他淡然的神色，一时不确定他是真没意识到自己说的问题，还是怎么回事。

微忖了会儿，博慕迟指着太阳："你知不知道太阳对女孩子皮肤伤害有多大？"

傅云珩噎住，垂眸看着她认真的神色，有些无奈："不想晒太阳？"

"嗯。"博慕迟很认真点头。

她想，没有女孩子愿意晒太阳吧……

傅云珩了然，站在原地沉吟片刻，侧眸看着她："去那边。"

博慕迟挑眉："哪儿？"

傅云珩指了个方向。

"你说艺术楼那边吗？"

他们学校有一栋艺术楼，专门为那些学画画、学舞蹈的还有音乐等文艺特长生准备的，博慕迟去过几次，还挺喜欢那边的建筑风格，挺适合拍照。更重要的是，那栋楼一看就很贵。

傅云珩点头。

博慕迟眼睛一亮，喜笑颜开："你要去弹琴？"

傅云珩是会钢琴的。

看她闪烁着光芒的眸子，原本没有这个计划的傅云珩稍顿须臾，淡淡地问："你想听？"

博慕迟："想啊。"

虽心有不甘，但她也得承认弹钢琴的傅云珩比其他时候要更帅一些。

傅云珩没直接答应，只抬脚往那边走。

博慕迟眼睛一亮，直觉有希望，跟着他往艺术楼那边跑。

可惜的是，钢琴教室有人。

看到他们，里头的人和傅云珩打了声招呼："傅学长。"

傅云珩颔首回应。

小学弟看他一眼，又看了看他身后的博慕迟："傅学长，你是要用钢琴吗？"

"不用。"傅云珩没打扰小学弟练琴，淡淡地说，"我带她消消食。"

学弟："啊？"

傅云珩没理会学弟讶然的眼神，自然地牵着博慕迟走出了钢琴室。

"哎哎哎。"博慕迟忽然停下脚步，往旁边指了指，"云宝，看这里。"

傅云珩顺着她指的方向去看，看到一群穿着舞蹈服的女生在里面练舞。

他只看了一眼，便收回了目光。

博慕迟眼睛晶亮，开始拽着他点评："你看到没？你们班的同学也在。"

傅云珩："是吗？"

博慕迟听他这冷淡的语气，觑他一眼："你不喜欢看人跳舞？"

傅云珩看她兴奋的神色，一时不知该说点儿什么。

"一般。"

"哦。"听到他这个回答，博慕迟也不是很意外。

她趴在窗口看着里面身材苗条、姿态优雅的校友们练习，感慨道："我喜欢。"

说着，她还点评起来。

"你们班班花长得真好看，身材也好，难怪这么多男生喜欢她。"博慕迟自顾自地咕哝，"我要是男生，我也喜欢她。"

傅云珩沉默不语。

自言自语了一会儿，见身侧的人一直没搭腔，博慕迟也自觉无趣。

她嫌弃般地睇了傅云珩一眼，叹息道："云宝，你真没意思。"

傅云珩神色寡淡："看她们跳舞就有意思了？"

博慕迟点头："对啊。"她犹疑看着他，"你一个男生竟然不喜欢看美女跳舞……"她琢磨了一下，迟疑地问，"莫非你喜欢看……"

后面的话还没出来，她就被傅云珩冷淡地看了眼，博慕迟立马将到嘴边的话给收了回去。

她估摸着傅云珩只是单纯不喜欢看人跳舞。

她消完食，傅云珩送她回教室。

两人上课的教学楼不在同一栋，但也就是隔壁。高三的学生需要安静的环境，所以把他们高一高二给隔绝开了。

"我回教室了。"站在门口，博慕迟低头看脚尖。

傅云珩"嗯"了声："放学等我。"

博慕迟眨了下眼："你今晚又不上晚自习？"

他们学校的走读生是不限制上晚自习的。

高一、高二基本也没人在学校上晚自习，但高三不同。

高三是最关键的一年，很多同学，即便是走读生，也会自觉上完晚自习才回家。

傅云珩："不上。"

博慕迟正想说他几句，又想到他那逆天的成绩，索性作罢。

她这个数学考试只能及格的人，有什么资格说考满分的人。

"好吧。"博慕迟应道。

傅云珩眸子里闪过一丝笑意："下午上课别再睡觉。"

博慕迟偷偷瞟他一眼："知道了。"

傅云珩走后，博慕迟走进教室。

她刚坐下，谈书便凑过来："怎么样，和你的云宝哥哥和好没？"

"我们什么时候吵过架？"博慕迟反问。

谈书："你自己说呢？"

博慕迟装傻："我就是不知道才问你啊。"

谈书："陈惜，你看看这女人的嘴脸。"

陈惜在背单词，闻言回头看了博慕迟一眼："我早就看清她的嘴脸了，习以为常。"

博慕迟："你们俩故意的吧……"

"哪儿有？"谈书搂着她的脖颈，"你还没跟我说，你上午为什么骂傅云珩呢？"

博慕迟对上她的目光，默了默："我忘了。"

谈书震惊，这也会忘？

博慕迟把谈书推开，面不改色地说："真忘了，你别打扰我学习。"她顿了顿，倒打一耙，"不然，我就告诉谈叔叔。"

她和谈书爸爸关系不错。

谈书朝她翻了个白眼，很是无语："你是小学生？"

博慕迟："是啊。"

两人的斗嘴，以困倦结束。

午间休息，博慕迟和谈书不约而同地又睡了一觉。

下午上课，博慕迟精神好了不少，认真听完三节课。

下课铃声响起，谈书侧眸看着她："一起回去？"

博慕迟坐在位置上没动，朝她摆摆手："你们先走吧，我等人。"

谈书自然知道她等的是谁，也没再多问："行，那我和陈惜走了。"

"明天见。"

"明天见。"

同学们陆陆续续离开，博慕迟坐在教室里慢吞吞地收拾课本，顺便等傅云珩。

等她将桌面都收拾整齐后，傅云珩还没来。

博慕迟蹙眉想了想，高三拖堂是常有的事，她估摸着傅云珩是还没下课。

博慕迟思忖了会儿，索性拎着书包起身往他们教室那边走。

走到傅云珩教室门口时，博慕迟一抬眼就看到正在跟同学说话的傅云珩。

他们班已经下课了，教室里只剩几个同学。

博慕迟站在后门看着不远的两人，很认真地思考一个问题。

倏地，有人喊了她一声："慕迟学妹，找你家云珩哥？"

傅云珩班里同学都认识她，也知道两人是青梅竹马的邻居。

听到声音，傅云珩抬眼，径直朝她看来。

两人视线对上，他跟面前的女生说了句话，而后抬脚朝她走近。

傅云珩敛睫看着她，想接过她的书包："再等我几分钟？"他道，"还有点儿事跟同学商量一下。"

博慕迟找了个位置坐下："你商量吧。"她也没太放在心上，"带手机了吗？"

她没带手机。

傅云珩"嗯"了声，走到桌位拿出自己的手机递给她。

看着两人互动，之前和傅云珩在说话的女生稍稍顿了顿，等傅云珩走回来后，玩笑似的说了句："傅云珩，你对你妹妹真好。"

傅云珩没听出她的话外之音，也没有和其他人讨论自己和博慕迟的关系到底有多好的习惯，淡淡地道："刚刚说到哪儿了？"

他是下课后才被班主任委派了任务，让他配合面前的文娱委员，一起出黑板报。

傅云珩个人是不喜欢这些事的，但老师安排下来了，他也没办法拒绝。

他小时候和博慕迟一起学过画画，技术还不错，字写得也还行。

女生脸上的笑一僵，她接着刚刚的话题往下说："这个主题是秋天的，我想这儿有……"

两人凑在一起商量。

博慕迟点开傅云珩的手机，玩了两局游戏，索性登上自己的微信和季云舒聊天。

季云舒在隔壁初中上学，这会儿已经到家了，问她什么时候到家，两人今晚看部漫画怎么样。

博慕迟："等你哥呢。"

季云舒："我哥在干吗？"

博慕迟直接拍了个照片给她。

季云舒："我哥竟然敢跟其他女同学说说笑笑，你等着，他回家了我就让我爸妈把他的腿打断。"

博慕迟："是不是有点儿狠？"

季云舒："他不守男德，这一点儿都不狠。"

博慕迟正想回她说男德这个说法有点儿夸张了吧，季云舒下一条消息进来了。

季云舒："更重要的是，他竟然让你等他，这也太过分了！"

看到这话，博慕迟深表认可，立马附和："你说得对！晚点儿傅叔叔动手的时候跟我说一声，我喊我爸也去帮忙，加快速度。"

季云舒："行！"

3

两人吐槽傅云珩时，他的鼻尖忽然痒了一下。

他下意识地扭头去看不远处低垂着脑袋坐着的人，傍晚时的夕阳从窗外洒落，勾出她白皙修长的脖颈。

穿着立领校服衬衫的她，清纯又漂亮。

"傅云珩？"注意到他在走神，女生顺着他视线去看，看到他紧盯的人，眼睫轻颤，"你是不是着急走？"

傅云珩："还有别的事吗？"他没正面回答同学的问题。

女生想了想，其实想不出什么问题了。

傅云珩也自知她说完了，主动结束话题："行，我回去想想。"

没等女同学再说，他起身往博慕迟那边走："兜兜，回家了。"

博慕迟抬起头："说完了？"

傅云珩点头，拿过两人的书包："今天想自己骑车还是我带你？"

他们都是骑自行车上学，但博慕迟偶尔会犯懒，让傅云珩带她。

博慕迟瞥他一眼："我自己骑。"

傅云珩诧异："确定？"

"非常确定。"博慕迟咕哝，"我自己骑车的次数也不少的好吧。"

傅云珩不太明白她情绪变化为什么会如此快，也没细想，点了点头道："好。"

话虽如此，到了单车棚，他还是下意识地将两个书包都放在了自己的自行车上。

两人骑车回家。

过了高峰期，路上的人也没那么多。晚风吹拂，拉长了两人偶尔交错在一起的影子。

傅云珩的骑车速度不快。

正确来说,他的骑车速度是随着博慕迟骑车速度而变化的。

他一直在博慕迟身后不远处,也能让她一回头就看见自己。

刚到家门口的小路上,博慕迟便看到朝自己挥手的季云舒。

"兜兜姐!"

博慕迟一笑,立马刹车,在她身侧停下后,博慕迟唇角上扬:"你怎么在外面等我?"

季云舒挽着博慕迟的手:"等不及了嘛。"她抱怨着,"你们怎么这么晚?"

博慕迟回头看了眼:"你哥被大美女缠住了,你忘了?"

季云舒眨眨眼:"没有。"说到这儿,她回头控诉傅云珩:"哥,你怎么能让兜兜姐等你呢?"

傅云珩没理会两人充满怨念的眼神,神色淡然:"你们俩要做什么?"

季云舒:"兜兜姐,你说。"

博慕迟无语半晌,抬眸回视傅云珩的灼灼目光:"我们要一起看漫画,不可以吗?"

傅云珩没说不可以,但也没说可以。

他提醒两人:"今天没作业?"

两位小学渣对视了一眼,异口同声道:"看完漫画再写。"

傅云珩"嗯"了声:"回家吃饭,吃完先写作业。"他的表情明明没有什么变化,却依旧能让你感受到他的威严,"不会的过来问我。"

两人想反驳,却又底气不足。

季云舒小声说道:"先写作业吧?"

博慕迟知道反抗无果,只能憋屈地点头。

她想,总有一天自己能奋起反抗,碾压傅云珩。

现在她先忍辱负重一下也不是不可以。

在这种事情上,博慕迟向来知道如何开解自己。

看她狼吞虎咽地吃着饭,迟绿挑了挑眉:"你今晚吃这么快做什么?赶着出门玩?"

博慕迟吞下红烧肉,含糊地道:"写作业。"

博延给她和迟绿剥虾壳,眉眼一弯:"写作业着什么急,慢点儿吃。"

博慕迟很是委屈:"云宝说我和舒宝不写完作业就不能看漫画。"

夫妻俩对视一眼,明白了问题所在。

思忖了会儿，博延虽有助女儿为乐的想法，却终归是忍下了。

"那也不急这么几分钟，"他把虾肉放在她的碗里，"忘了上回吃饭吃太快，肚子难受的事了？"

迟应在对面扒饭，很是自然地点头："对啊，姐，实在不行你就不写作业，你也不是第一次干这种事。"

博慕迟噎住。

迟绿给迟应塞了一块肉："少说话，你姐好不容易要改邪归正，不能拖后腿……"

迟应拖着腔调，懒洋洋地"哦"了声："好吧。"

吃过饭，博慕迟自觉地拎着作业本去了隔壁。

她和季云舒两个小学渣，大多时候是在傅云珩的注视下写作业的。没办法，无论她俩是分开还是单独写作业都会不自觉地注意力不集中。原本一个小时能写完的作业，她们俩能写一整晚。

久而久之，季清影和迟绿便想了个办法，在傅家弄了个单独写作业的房间，摆了两张长长的桌子，每张桌子坐下三个人都绰绰有余。

自从有了这个房间，博慕迟的作业大多是在这边写完的。

她过去时，季云舒还在房间洗澡，作业房里只有傅云珩在。

博慕迟偷偷在门口看了他一眼，蹑手蹑脚地走近。

她正准备吓他，他倏地回头，猝不及防地，两人目光相撞，沉寂半响。

博慕迟望着他的眼睛眨了下眼，总觉得气氛有一丝丝微妙。她抿了下唇，有些许不自在："你知道我来了？"

傅云珩的视线从她脸上往下，落在她还穿着白色短衬衫的身上。

他目光稍顿，低声问："不冷？"

博慕迟愣了下，看了看自己，又看了看他身上和自己同款的衬衫："你不也是短袖？"

他们学校的校服很新潮。

别的学校都是蓝白相间的T恤和休闲长裤，他们学校女生的校服是百褶裙和短衬衫，男生的是黑裤和白衬衫，看上去干净又舒服。

重点是，校服很漂亮。

为此，博慕迟不止一次感慨，还好他们学校的校服漂亮，不然她肯定不会这么老老实实穿校服上课。

听她这么说，傅云珩无奈半响："我是男生。"

闻言，博慕迟抬起眼，诧异地看着他："你还性别歧视？"

傅云珩绝不是这个意思。

他其实是想说，他是男生没有那么怕冷，而且博慕迟本身体质比较差。可对上博慕迟那双瞪大的眼睛，他一时还真不知道该说什么。

傅云珩无奈扯了下唇角，岔开话题："今天作业多不多？"

博慕迟："还好。"

傅云珩敲了下旁边的位置示意，博慕迟乖乖走过去，坐下。

她掏出作业，一一摆出，主动要求："先写数学吧。"

傅云珩知道她向来喜欢完成困难的题目。

他"嗯"了声："先自己试着解题，不会喊我。"

"知道。"

博慕迟爱玩，但对待学习，该认真的时候还是认真的，她也不想自己成为一个在社会上拖后腿的人。她上课是不怎么认真，但她会临时抱佛脚。

博慕迟先将自己会做的作业做完，然后才向傅云珩求助。

给她解题的傅云珩，博慕迟总觉得他比寻常时候要温柔几分，整个人也会变得有耐心。

当然，其实傅云珩一直以来都是个有耐心的人。

做完作业，博慕迟和季云舒兴高采烈地回房间看漫画，傅云珩也没拦着。

博慕迟钻进季云舒的房间，和她一起躺在沙发上看漫画。

两人喜好一致，还有同样喜好的漫画人物。

看了会儿，季清影上楼给两人送水果。

"干妈，"博慕迟喊住她，"您给云宝送了吗？"

季清影笑着说："给你们送了就去。"

博慕迟点了下头，想了想说："我去吧。"

她看了眼，正好也要播放下一集了。

季清影扬了扬眉，毫不犹豫地道："好啊，那干妈下楼了。"

"嗯嗯。"

博慕迟往作业房走去。

她刻意放轻了脚步，作业房的门没完全关上。博慕迟透着门缝朝里看了眼，傅云珩正背对着门口在写作业。

看着他的背影，博慕迟不由得感慨——高三真苦。

即便是傅云珩这样的天才，也不得不写那么多作业。

博慕迟胡思乱想地推门进去。

原本，她打算把水果放下就走。

可莫名其妙，她觉得傅云珩一个人在作业房有点儿孤单。思及此，她扭头看向停下来的人："我要是在这儿看书，会吵到你吗？"

傅云珩叉起一块西瓜往她嘴里塞："漫画片看完了？"

博慕迟默了默："你们不是说一天看一集就好？看完一集了。"她给自己找留在这儿的借口，"再说了你这么努力，我不想跟你对比得太惨。"

傅云珩抬眼："想看什么书？"

"我前段时间听姜既白说有个悬疑小说很好看。"博慕迟弱弱地说。

傅云珩神色未改，起身给她找书，翻了翻，没找到。

"书不在。"他看着博慕迟，"看别的？"

博慕迟："我自己找吧，你写你的作业。"

在作业房翻了翻，博慕迟找了本季云舒前段时间在看的小说。

她对这种言情类的小说兴趣一般。相比较来说，博慕迟更喜欢推理悬疑类的，但偶尔看看言情小说，她也觉得挺放松的。

旁边的人忽然安静下来，傅云珩侧头看了她好几眼，她也没注意。

到秋天了，夜晚的风好似比往常大了一些，风从窗外吹进，还有阵阵花香。但钻入傅云珩鼻间的却是身她身上的栀子花香味。

博慕迟很喜欢的一款香水的味道。

蓦地，他听见博慕迟轻笑了一声。

傅云珩神色稍顿，下意识地侧身去看她手里捧着的小说。

一分钟后，博慕迟深觉哪里不太对劲。

她看着书本上覆下的阴影，笑意僵住地抬起头，对上傅云珩意味不明的目光。

"我……"博慕迟张嘴的瞬间，下意识将书合拢。

傅云珩垂睫看着她动作，淡淡地问："书里写了什么？你脸这么红？"

4

作业房忽然就安静了下来。

博慕迟紧张兮兮地吞咽着口水，一时并不确定傅云珩到底有没有看到小说里的内容。

她观察着他的神情，底气不是很足："没……没什么。"

傅云珩抬眸："没什么？"他下意识要去碰她合上的小说，却被博慕迟躲开。

"对啊。"博慕迟慌张地站起,"你写作业吧,我……我去找舒宝了。"

说话间,她飞快地跑出作业房,没给傅云珩任何挽留自己的机会。

傅云珩看着她慌乱跑走的背影,嘴角噙着笑。

他看了门口许久,才勾唇收回目光。

作业房里还有她留下的味道,在鼻间萦绕不散。傅云珩重新拿起笔,不自觉地转了一圈,心情愉悦。

跑进季云舒房间的博慕迟开始对她进行控诉。

"舒宝,你这是什么小说呀?"博慕迟举着给她看,"怎么还有床戏的?"

季云舒默了默:"言情小说,不是都有吗?"

她和博慕迟还凑在一起讨论过,小说里的男主到底哪个比较厉害。

博慕迟被她的反问噎住,挠了挠头道:"是吗?"

季云舒:"是啊。"

她瞅着博慕迟红透的脸,有了猜测:"你该不会是在我哥面前看这本书,然后被他看到内容了吧?"

博慕迟和她对视,缄默半晌道:"我不知道他看到没有……"

季云舒:"完了。"她也开始担心,"我哥要看到的话,以后是不是不让我们看小说了?"

"不至于吧。"博慕迟也有同样的担心,"他应该没那么专制。"

"怎么没有?"季云舒扬眉,"你忘了我们小时候有次吃坏肚子,他就再也不让我们吃那款零食了。"

博慕迟沉默一会儿,提醒她:"是我吃坏肚子了,你只是拉肚子。"

当时她被那个零食折磨到住进医院,还在医院住了一个礼拜,每天只能喝粥,什么也不让吃。

季云舒摆摆手:"都一样,反正我哥有时候很专制。"

念及此,博慕迟也深深叹了口气:"那怎么办?"

季云舒:"把小说先塞你家?"

"你哥有时候也去我房间的……"她温柔提醒。

季云舒侧头看了她半晌:"但我哥不会强制收你东西。"

博慕迟自己倒是没发现这点,略微迟疑:"是吗?"

"对啊。"季云舒作为一个旁观者非常清楚,"就这样决定了,待会儿等我哥从作业房离开,我们就把小说转移到你房间。"

博慕迟眨了眨眼,没再拒绝这个提议,然后她再次翻开了自己还没看完的小说。

季云舒在她旁边笑了笑:"怎么样,是不是觉得言情小说也挺好看?"

博慕迟不好意思地"嗯"了声,和她说着悄悄话:"你说谈恋爱真的跟小说里写得这么快乐吗?"

季云舒一脸"你问我,我问谁"的表情。

两个少女面面相觑半响,博慕迟叹了口气:"我问你做什么,你比我还小。"

季云舒不服:"但我懂得比你多。"

博慕迟挑眉:"能懂多少?"她指出,"你懂得都是小说里学的,没实践过。"

季云舒噎了片刻,道:"你也没呀。"

安静半响,两人休战。

"你说,星星姐有实践过吗?"博慕迟好奇。

季云舒:"你问问?"

陈星落比她们大,已经念大学了。大学里谈恋爱的人遍地都是,她们的星星姐长得那么漂亮,应该谈恋爱了吧。

博慕迟想了想:"周末见面问?"

季云舒:"可以。"

决定好,博慕迟继续看小说。

这一晚,不知是看了小说的缘故还是什么,博慕迟做了一晚上乱七八糟的梦。

第二天早上醒来时,她明显精神不振,神态萎靡。

傅云珩看了她好几眼:"昨晚又熬夜了?"

博慕迟:"没。"她其实十一点才睡,为防止傅云珩继续追问,连忙甩锅。

"我做了一晚上乱七八糟的梦。"

"嗯?"傅云珩挑眉。

博慕迟正欲开口,可在对上他那双黑亮又有点儿勾人的眼睛时,忽然就说不出口了。

她舔了下唇,别开眼嘟囔:"记不清了,反正就是乱七八糟的。"

闻言,傅云珩也不再追问,看着她:"那今天别自己骑车了。"

博慕迟想了想,也行,抬眸看着他:"那你带我。"

傅云珩:"好。"

清晨的阳光是温柔的。

博慕迟熟练地跳上傅云珩的单车后座,扯住他的衣服侧坐着,也不担心自己会摔下去。

有她在后座，傅云珩的骑车速度更慢了。

温煦的阳光落在少男少女的身上，随着他们往前飞驰而挪动。

那一束束落在他们身上的阳光，从始至终都没能舍得挪开。

少年背脊挺直，可你仔细看，会发现他的神态是有一丝拘谨的。

少女没有。她白皙的长腿在阳光下晃荡着，格外惹眼。她抓着少年衣服的手指在不断收紧。遇到下坡路时，她撞到他挺拔的后背，被他的背脊磕到吃痛。

她却没出声。

鬼使神差地，博慕迟看着傅云珩的后背。

看到单车停下，傅云珩回头和她说话，她才堪堪地收回视线。

"兜兜？"傅云珩和她说了好几句，她都心不在焉的模样，他不解，"还没睡醒？"

"不是……"博慕迟感觉自己心跳有些不正常，抬起眼看着他，脸还有点儿热，"我先回教室了。"

她匆匆丢下这么一句，然后跑了。

傅云珩站在原地沉思了许久，也没想明白她情绪突变的原因在哪儿……

倏地，耳侧传来熟悉的声音："兜兜跑那么快做什么？"

那是姜既白，他们从小一起长大的另一个小伙伴。

傅云珩瞥他一眼："不知道。"

姜既白挑眉，勾起一抹笑容："是不是你又给兜兜压力了。"

"没有。"傅云珩懒得理会他的调侃，拎起书包往教室那边走。

姜既白轻轻"喊"了声，和他勾肩搭背："那怎么看到我就跑？"

"你长得吓人。"傅云珩面不改色地说道。

姜既白："谁长得吓人了？我这么帅，哪里吓人了？"

听到这话，傅云珩云淡风轻地扫了他一眼，冷笑一声。

姜既白无语半晌，不想和他说话。

他是没傅云珩长得帅，但也不差好吧，再怎么说，他在学校的帅气榜单上也排第三哪！。

被傅云珩狠狠鄙视一番后，姜既白急需有人为自己证明。

中午到食堂吃饭时，他特意和傅云珩往博慕迟坐的地方走，刚坐下，便追问："兜兜妹妹。"

博慕迟："啊？"

她抬眸看向两人："既白哥，怎么了？"

姜既白指着自己的脸："既白哥帅吗？"

这问题过于莫名其妙。

博慕迟和旁边的谈书对视一眼，思忖着回答："帅啊。"

听到她的答案，姜既白立马夸她："还是兜兜妹妹有眼光。"

说着，他仿若找到了自信，指着傅云珩继续问她："那你说，是云宝帅还是我帅？"

谈书被他的问题呛到。

博慕迟看了姜既白三秒，又将视线挪到傅云珩身上，对上他没什么情绪的眉眼。

"很难回答吗？"姜既白等了好一会儿，也没能等到她的答案。

博慕迟犹疑着："既白哥，我觉得你还是别问我这种问题，你要不问谈书吧。"

谈书在错愕中抬头，默了默道："我觉得你们俩都帅。"

姜既白："你这个回答太敷衍。"

谈书无奈："你这个问题问得就让人很难回答。"

"怎么难了？"姜既白追问。

傅云珩在旁边慢悠悠补刀："不要自取其辱。"

博慕迟忍了忍，终归没忍住，笑出了声。

刚笑出声，她就被姜既白瞪了眼。博慕迟小声咕哝："既白哥，你换个人对比吧，我肯定说你比较帅。"

和傅云珩比，她实在是夸不出来。

姜既白很受伤，直接从她和傅云珩的碗里抢走了两块排骨安慰自己。

"行吧。"他叹了口气，"那我和谢回比呢？"

博慕迟正想违心地说姜既白更帅一点儿，谈书率先回答："谢回比较帅。"

姜既白："你们也觉得他比我帅？"

博慕迟心虚地点头。

谢回和傅云珩的长相不是同一类型，但又有点儿类似。

不过两人气质相差甚远，谢回表面看上去更平易近人一些，虽然博慕迟并不这样认为，但至少学校同学是这样觉得的。而傅云珩，则是高冷不好接近。

姜既白这回是真受伤了。

学校排行榜他是第三帅也就罢了，怎么在博慕迟和谈书她们这里，他也是第三。

想到这事，姜既白单方面和傅云珩、谢回势不两立了一个小时。

回教室的路上，谈书和博慕迟手挽着手。

两人聊着学校八卦消息，说着说着，博慕迟忽然想到刚刚姜既白问的问题："谈书，你真的觉得谢回比较帅吗？"

谈书"嗯"了声。

博慕迟正要再往下说，猛地注意到她神色有些不自然，怔了下，忽然想到自己昨天看到的那本言情小说。

博慕迟蒙了下，小心翼翼地旁敲侧击："那要是傅云珩和谢回比呢？"

谈书沉默了会儿，实话实说："我还是觉得谢回更帅。"

"哦。"博慕迟懂了，"你喜欢谢回呀？"

谈书瞥她一眼："那你呢。"

博慕迟愣了下："我什么？"

谈书："你觉得谁更帅一点儿？"

"傅云珩？"博慕迟犹疑着给出答案。

谈书恍然，眉眼一弯，将她刚刚说的话丢给她："你喜欢傅云珩？"

博慕迟哽住，对上谈书探究的目光，怔了少顷，结结巴巴道："我哪里喜欢他了？"

谈书很了解她："你所有的反应都告诉我了，你喜欢他啊。"

博慕迟皱了下眉，反应过来："我们明明是在说你和谢回好不好，怎么扯到我身上了？"

谈书傲娇地轻哼："我之前其实就看出了一点儿。"

"什么？"博慕迟下意识地问。

谈书瞅着她："你喜欢傅云珩啊。"

"我哪儿有？"博慕迟才不承认。她其实之前没觉得自己对傅云珩是那种男女的喜欢。

谈书："旁观者清，反正我就是觉得你喜欢他。"

博慕迟沉默了好一会儿，也不再为自己辩解。

"你还没告诉我你跟谢回是怎么回事呢……"

谈书靠在她的肩膀上，幽幽叹了口气："还能是怎么回事，也就是爱情那回事。"

她这说了跟没说一样。

5

回到教室，博慕迟也没能撬开谈书的嘴，还是不知道她和谢回是怎么一回事。

反倒是她被谈书追问一通，老老实实地告诉了她自己跟傅云珩的事。

其实以前，博慕迟是真没觉得自己喜欢傅云珩。

正确来说，是她从没往爱情那个方向去想。

她只是偶尔会因为他跟其他女生多说两句话不开心，又或者是他抛下自己出去玩闷闷不乐，暗暗和他闹脾气。

到国庆假期，她跟傅云珩闹别扭那时，博慕迟才后知后觉地意识到，她这一系列的情绪反应是什么。

只是，她并不想承认。

听她说完，谈书沉默了好一会儿："那你打算怎么办？"

"什么怎么办？"博慕迟瞥她。

谈书压着声音："你都知道自己喜欢他了，你不想和他谈恋爱吗？"

博慕迟肯定是想的，但她又不知道傅云珩喜不喜欢自己，想不想和自己谈恋爱。

谈书一脸无语地瞅着她："你感觉不出来？"

博慕迟知道她的意思，小声道："他从小就对我好，那总不能因为这点就是喜欢我吧。"

谈书哽住，竟觉得她说得非常有道理。

"那……"她纠结了会儿，提议，"试探试探？"

博慕迟琢磨了会儿，觉得像傅云珩那么聪明的人，她一试探他就能猜到了。

万一试探结果不如意，她会很丢脸。念及此，博慕迟摇头拒绝："再说吧……"

反正她不急，她估摸着傅云珩暂时也没有谈恋爱的心思和精力。

谈书"嗯"了声，拍了拍她的肩膀表示安慰。

其实喜欢傅云珩，在博慕迟这儿不算是一件很大的事。

不是说博慕迟有信心，她就觉得……傅云珩如果要谈恋爱，如果有想法的话，那要求肯定也挺高，一般人他看不上。

既然如此，她就没什么好着急的。

至少目前，他们学校还没特别出众的能让他看上的女孩子。

当然更重要的是，傅云珩正好读高三。

博慕迟知道，他是冲着高考状元去的，也分不出心思谈恋爱。

发觉自己喜欢上了一个人这事，博慕迟也没每天记挂在心上。

她和傅云珩还是跟往常一样相处。只是她隐约觉得，傅云珩对她好像不似从前。她觉得，傅云珩最近管她比之前严多了。

一晃眼的工夫，到了寒冷的冬日。

博慕迟是个要风度不要温度的人。他们学校冬季校服不是很厚，所以大多同学为了保暖，会在校服外面套羽绒服。

但博慕迟不愿意，总觉得穿了校服外套再套羽绒服，整个人会显得格外臃肿，不漂亮。

所以，她要么是只穿着单薄的校服外套，要么是穿着夏日校服衬衫，外搭羽绒服。

每次看到她这样穿，傅云珩的眉头都会拧紧，然后他会强行将自己的衣服给她穿上。

这样好几次后，博慕迟就有了怨气。

这日，傅云珩看她穿着单薄的校服外套出门，早有准备地把自己羽绒服递给她："穿上。"

博慕迟："我不冷。"她看了眼他给过来的羽绒服，小声吐槽，"你这件衣服的款式有点儿丑。"

傅云珩冷着脸看着她："真不穿？"

博慕迟点头。

傅云珩静静地看她半响，点头："行。"

话音落下，他侧头示意她上车。

天冷了，她不愿将手掏出来吹风，更不爱自己骑车上学了，都让傅云珩带她。

博慕迟看着他冷峻的神色，小心翼翼地坐上后座。

她犹疑片刻，抬手扯了扯他的衣服："云宝。"

傅云珩："嗯。"

博慕迟听着他冷淡的语调，小声为自己辩解："你这个羽绒服是真不好看。"

傅云珩原以为她是要穿衣服了，却没想到她还能说出这么气人的话。

他"哦"了声，神色寡淡地放出狠话："你不怕感冒就不穿好了。"

博慕迟："我觉得不至于。"她体质也没多差，只是体虚而已，不至于感冒。

但不知老天是为了惩罚她还是怎样，没过两天，一股寒潮袭来，博慕迟得了流感。

在不知道打了多少个喷嚏时，博慕迟鼻尖被冻得红彤彤的，眼眸也变得湿漉漉的，看上去尤为可怜。

"云……阿嚏……"她还没能完整喊出傅云珩的名字,喷嚏便先来了。

博慕迟欲哭无泪,不想说话了。

傅云珩抬手拍了下她的脑袋,从口袋里掏出纸巾:"早上吃药了吗?"

博慕迟嗓子有点儿哑:"吃了。"她接过傅云珩给的纸巾,很是委屈,"这喷嚏怎么打个不停?我好难受。"

感冒难受得她总觉得自己眼皮极重,脑袋晕沉沉的,一天到晚都没什么精神。

傅云珩拧紧眉头,等她擦完鼻子后,又从书包里掏出保温杯递给她:"喝点儿水。"

"哦。"博慕迟接过抿了两口,咕哝道,"不好喝。"

傅云珩无奈一笑:"多喝热水好得快。"

听到这个说辞,博慕迟撇撇嘴:"你知不知道,这话是渣男语录。"

傅云珩挑眉:"嗯?"

博慕迟以为他不懂,下意识给他科普:"这是很多没用的男生在女生感冒不舒服的时候,挂在嘴边的话。"她愤愤地道,"谁不知道要多喝热水呀,可要是热水真这么有用的话,那还要医生做什么?"

傅云珩缄默片刻:"那这和男生又有什么关系?"

博慕迟无奈,有点儿恨铁不成钢地睇了他一眼:"网上都说,没用的男生才让女朋友多喝热水,有用的早就带女朋友去看病或者是陪在女朋友身边了。"

闻言,傅云珩似懂非懂地点了下头。

倏地,他忽然低下头,对上博慕迟的目光,两人无声对视片刻。

莫名地,博慕迟在他眼中看到了些许不一样的情绪。他漆黑的瞳孔里,倒映着自己的模样。

她怔了下,下意识想闪躲。

还没来得及,傅云珩说:"但你看过医生了。"在博慕迟蒙神的间隙,他继续补充,"也吃了药,还是没用,这种情况网上有说应该要怎么处理吗?"

博慕迟愣住,好像听懂了傅云珩问的问题,又好似没有。

她轻眨了下眼,还没来得及回答,傅云珩弯腰倾身,眸子里压着笑,屈指刮了下她的鼻尖:"兜兜妹妹,想到答案了吗?"

博慕迟惊讶地和他对视着,敏锐地反应过来他要表达的意思。

少顷,她耳根开始发热,心脏也怦怦怦地加速跳动。

"我……我暂时还不知道。"

傅云珩一笑:"那什么时候知道了跟我说。"

博慕迟："哦。"

她领悟到了傅云珩的另一层意思，微微抿了抿唇角，克制着不让唇角上扬的弧度太大。

到教室时，博慕迟心情明显很好。一节课下来，她傻笑了不知道几回。

谈书时不时听见耳畔冒出一声笑，鸡皮疙瘩都起来了。

下课铃声响起，她立马撸起袖子给博慕迟看："你知道这是什么吗？"

博慕迟低头："鸡皮疙瘩？"

谈书："你知道怎么来的吗？"

博慕迟眨了下眼："因为冷？"

谈书无奈半响，咬牙切齿地说："是你弄起来的！"

闻言，博慕迟一脸无辜："我哪儿有这本事？"

"你有。"谈书很是头疼，"你知道自己刚刚笑得有多瘆人吗？"

博慕迟噎住。她沉默地反省了一下，没觉得自己笑了，就算有，也没觉得多恐怖："我笑起来哪里瘆人了？"

谈书："你问陈惜你有没有。"

听到两人提到自己，陈惜回头看向博慕迟，认真点了点头："你笑了好几次……"她好奇，"今天遇到什么好事了？"

这话一出，谈书也目光直直地望着她，眼眸里闪烁着八卦的光芒。

博慕迟："没。"她试图混过去。

可谈书和陈惜没给她这个机会，逼迫她说实话。

博慕迟没辙，无可奈何之下，只能用笑来掩饰一切。

不知为何，她还不想告诉好友自己刚领悟到的小秘密。她想一个人私藏一段时间，偷偷乐一段时间再说。

好在课间休息只有十分钟，没一会儿便又上课了。

谈书和陈惜虽觉得她在胡扯，却也没法再继续逼问。

一周后，博慕迟的感冒好转了。

等她彻底好了，也没能想到后续的答案。

她跟傅云珩依旧和往常一样相处，但偶尔又好像有一点点区别。

博慕迟不是笨蛋，傅云珩更不是。

她隐约觉得，傅云珩管她管得更多了些，在有些事情上，却又更纵容、更宠她一些。

偶尔，季云舒还会吃醋咕哝，说博慕迟才像傅云珩的亲妹妹，她像是捡来的。

每每这时候，博慕迟都很想和季云舒说，自己才不想当傅云珩的妹妹，她要当傅云珩女朋友。

冬天过去后，春日便来了。

春天的到来，也意味着傅云珩离高考又近了一大步。

博慕迟知道，他们作业又增加了不少，不怎么在学校上晚自习的傅云珩也被老师强行留了下来。

他留学校上晚自习，博慕迟自然就没办法再和他一起回家了。

博慕迟开始和谈书她们一起走，每天回家后，不用人监督，她就自觉把作业做完，然后窝在客厅和她妈一起看电视。

每晚十点要睡觉时，她会看到傅云珩的身影出现在隔壁院子里。

察觉到她趴在窗口，傅云珩一般都会给她发消息或者打电话，催促她早点儿睡觉。

高考前一个月，博慕迟自知傅云珩压力大，更是不怎么敢出现在他面前。

她怕他会分心。

周一放学后，季云舒偷偷约博慕迟，问她周末去不去郊区那边的寺庙。

"去干吗？"博慕迟对这种事情兴趣一般。

季云舒："我听同学说，她哥去年高考前，她和她爸妈一起去寺庙给他哥求了佛，然后她哥的高考就超常发挥，考了个超好的学校。"

博慕迟眨眼："哪个寺庙？"

季云舒："就郊区的，去吗？"

博慕迟："去。"

虽说她相信傅云珩的实力不需要任何神佛佑护，但她还是想求个安心。

她不求他高考超常发挥，只求他平安顺利度过高考这段时间，希望他压力不要太大，轻松好眠，也希望他想要的都能拥有。

两人觉得这件事有点儿傻，商量着周末偷偷去，谁也不说。

所以在周五这天，傅云珩问她周末要做什么时，博慕迟支吾了小半天，骗他说自己要和谈书去逛街。

听她说完，傅云珩看了她两眼："那注意安全，有事给我电话。"

博慕迟乖巧答应。

早上六点多，傅云珩起床时，发现平常周末睡到十点多才起床的季云舒破天荒也起来了。

"怎么起那么早？"傅云珩随口问道。

季云舒警惕地看着他，装傻道："早吗？"她挠挠头，"我平时不也是这么早的吗？"

傅云珩神色淡然地瞥她，也不拆穿她，只不紧不慢地提醒："今天是周六。"

"哦。"季云舒恍然，"我以为今天周五呢。"

把傅云珩糊弄过去后，季云舒在家随便吃了点儿早餐，就趁着傅云珩回房间的工夫，飞快地溜回房间拿上小包，飞奔出家门。

她和博慕迟做贼似的走出家门时，没注意到傅云珩正站在三楼的阳台，单手插兜地望着她们。

走出小区，博慕迟打了个喷嚏，季云舒警觉："你不会又感冒了吧？"

"不至于。"博慕迟揉了揉鼻子，"鼻子有点儿痒，我觉得是有人在骂我。"

季云舒下意识回头看了眼小区大门，思忖了会儿道："应该不至于。"

博慕迟也不清楚，跟季云舒在路边等了会儿，打了车直奔目的地。

两人到寺庙时，时间还早。

博慕迟和季云舒难得如此虔诚，从山脚下爬楼梯上山，然后按照寺庙工作人员所说一步步照做。

临近高考，来庙里求神拜佛的人不少，有些还带了贡品。

博慕迟和季云舒没准备这些，但两人都觉得她们的心意到了。

把所有寺庙都拜完后，两人还在庙里吃了斋饭，博慕迟觉得还挺好吃。

她嘟囔着等傅云珩高考成绩出来后，肯定要拉着他一起来还愿，季云舒很是赞同。

高考前一天，傅云珩回了家，第二日直接去考场便好。

他看着跟在自己后头的小尾巴，有点儿好笑："跟着我做什么？"

博慕迟上下打量着他："你紧张吗？"

"还好。"

"哦。"博慕迟想了想，挠了挠头，"没什么好紧张的，我相信你肯定能行。"

傅云珩一笑，倏地问："明天要和我一起去考场吗？"

博慕迟微怔："干妈他们不是会送你过去吗？"

"嗯。"傅云珩目光含笑望着她，"那你呢？"

对上他饱含深意的目光，博慕迟轻轻点了下头："你要是不嫌我烦，我肯定去。"

傅云珩抬手，敲了下她的额头："不嫌。"

因为高考，博慕迟他们高一高二的学生都放假，把教室空出来，留给高三学生考试。

翌日早上，她和季清影他们一起送傅云珩进考场。

他们这儿的高考时间，依旧是两天。

两天，博慕迟都在。

等傅云珩考完最后一科出来时，谁也没问他考得怎么样。

季云舒和博慕迟乖乖地坐在车里和他一起回家。

到家后，季云舒才问了句："哥，你们什么时候聚餐啊？"

傅云珩："晚上。"

"哦。"季云舒瞅他，"那你要回房间睡一觉吗？"

傅云珩"嗯"了声，看向不远的博慕迟："兜兜。"

博慕迟："什么？"

傅云珩看着她，顿了顿道："去楼上吗？"

季云舒不解地看着两人，隐约明白了点儿什么。

季云舒悻悻地道："你们俩聊吧，我回房补觉。"

这两天因为傅云珩高考，她也没怎么睡好。

看着季云舒上楼，博慕迟慢吞吞地踱到傅云珩面前。

"去楼上干吗？"

傅云珩瞥她："陪我休息会儿？"

博慕迟噎住，瞪圆了眼看着他，结结巴巴地道："你……你都多大了，休息还要人陪？"

"嗯？"傅云珩抬眼，"要不要去？"

两人对视半晌，博慕迟有些受不了他这样看自己的眼神，磕巴道："那……去吧。"

她又没办法拒绝他。

两人上楼。

博慕迟不是第一次来他的房间，但这回来她总觉得有哪里不太一样。

傅云珩让她坐会儿，自己进了浴室洗澡。听着浴室里的水声，博慕迟有些走神。

倏地手机振动，是谈书发来的消息，说是他们认识的一位高三学姐跟人表白了，很是轰动。

博慕迟点开照片一看，不由得佩服学姐的勇气。

她正看着，傅云珩悄无声息地走到她的身侧："在看什么？"

博慕迟猛地抬头，撞上他看过来的目光。

"看……谈书说文科班有个学姐刚刚考完试就把你们班一个同学堵在校门口了。"她慢吞吞地说。

傅云珩似没太明白："堵人做什么？"

"表白啊。"博慕迟告诉他。

闻言，傅云珩点了点头，看着她问："很羡慕？"

博慕迟抬眸，不是很想承认自己羡慕，但又有那么一丁点儿。思及此，她索性不说话。

傅云珩看了她半晌，突然蹦出一句："博叔打人下手狠吗？"

博慕迟没能第一时间跟上他的思维，诧异地"啊"了声："什么意思？"

傅云珩捏了下她的脸，目光缱绻："怕不怕被博叔打？"

博慕迟怔了怔，忽而明白了他的意思。

她咬着唇，咕哝："我爸……应该不舍得打我吧……"

"而且，"她控诉，"他以前还跟我妈早恋呢。"

傅云珩笑了，倾身靠近她，目光紧锁住她的眉眼，温声道："那博叔如果真打我，女朋友应该会护着我吧？"

"什么女……"博慕迟下意识想反驳他，可看到他近在咫尺的脸时，又说不出后面的话。

她抿了下唇，眼神飘忽，冷淡地"哦"了一声。

傅云珩对她这个反应不是很满意。

他捏着她的脸："就哦？"

博慕迟撇嘴："你又没表白，还想我说什么。"

闻言，傅云珩忍俊不禁，道："我以为，我表现得够明显了。"

话音落下，他勾了勾博慕迟的小拇指，含笑问："兜兜妹妹，要不要和我早恋？"

博慕迟没回答要还是不要，她的脑袋往上一抬，柔软的唇贴在傅云珩的脸颊上。

6

谈书也没想到会再收到和谢回有关的消息，她原以为这辈子都不会和他再有任何交集。

所以在看到同学说他回国的消息时，她有片刻的恍惚，甚至恍惚地觉得是错觉。

她紧盯着那两条消息，下意识地抬手掐了掐自己的手臂。

有知觉，她会痛，这个消息是真的。

谢回真的回国了。

李苑："谈书？"

李苑："在吗？"

李苑发了个问号。

手机还在不停地振动。

谈书回神，敛了敛睫给她回复："在的。"

李苑："没事吧？"

她其实也没别的意思，就想提前和谈书说一声，免得哪天碰上了，谈书还没做好心理准备。

李苑和谈书是高中同学，就坐在谈书和博慕迟前面，她当时的同桌是陈惜，她们几个都挺熟。

只是博慕迟不怎么去学校上课，就在学校挂个名，通常只有考试才会出现。

而李苑和陈惜是少数知道谈书喜欢谢回的人。

谈书抿了抿唇，深呼吸："没事。"

她能有什么事。

李苑："好的。有不开心的事可以跟我说或者是陈惜说，慕迟最近也回训练队了。"

谈书："好，下回有空一起约饭。"

李苑："嗯嗯。"

跟李苑聊了会儿，谈书退出微信，支着脑袋盯着电脑屏幕发呆，莫名走了神。

她有点儿想知道，谢回为什么回国。他不是定居国外了吗？他怎么会突然回国了？

谈书胡思乱想了好一会儿，也没有答案。她静坐了一会儿，索性起身回卧室睡觉。时间虽然还早，但她每次遇到不开心的事时，都喜欢用睡觉来解决。

只是这一次，睡一觉好像也没有让她的心情好转。

晚上，谈书心情不太愉快地找博慕迟陪打了小半晚游戏。

渐渐地，她也就把谢回回国这个消息暂时压在了心中。

他只是回国而已，指不定过几天，就又出国了。

自我开导一番后，谈书在周末到来前的几天，心情不好也不坏。

周五这天，同事生日。

刚到下班时间，谈书便和几个同事一起准备去订好的餐厅给同事庆生。

热热闹闹吃了一顿饭，一行人到附近一家小有名气的KTV唱歌。

谈书对唱歌兴趣不浓，但她喜欢唱歌好听的人。

加上同事生日，她也不好扫兴说先回家，便一同去了。

只是没想到，她和谢回阔别几年后的再次见面会在是在这么喧闹的环境下。

同事们歌声一般，谈书在里面坐了好一会儿，一个劲儿喝水。

水喝多了，洗手间自然跑地也勤。第二次从洗手间出来后，她索性到安全通道边透气。

包间里男同事女同事都有，烟味很浓。

谈书对烟味算不上讨厌，却也不怎么喜欢。

刚走近安全通道口，她便听到了一道低沉却又夹着笑意的声音。

猝不及防地，谈书停下脚步，抬起头去看不远站在通道口侧对着自己这边的人。

这一处灯光不那么明亮，只有远处KTV里五颜六色的灯光。眼前的背影高大、单薄却并不瘦弱，他手臂微抬，手指握着手机贴在耳侧。

昏暗的光影里，谈书看到了他骨节分明的手指。

蓦地，一侧有更暧昧的声音传来。

谈书一顿，下意识转身要走，只是还没来得及，背对着她的人先转了身。

阴错阳差之际，两人借着昏暗的灯光看到了对方。

有那么一瞬间，周遭的一切都归于宁静。

谈书心里早有了猜测，可在看到谢回这张脸时，还是不受控制地喉咙发紧。

在这一刻，心好像被什么东西攥住一样，让她喘不过气。

在谈书内心百转千回的瞬间，谢回也在打量着她。

他觉得谈书有点儿眼熟，但在脑子里搜寻了半天，也没能想起她的名字。

倏地，发出暧昧声响的女人出声："这儿还有外人呢……"

谈书猛地回神，收回落在谢回身上的目光，跟人道了歉，然后转身走了。

看着她走远的背影，谢回蹙了下眉。

跟谢回偶然碰面这件事，给谈书带来了不小的冲击。

其实说到底，她和谢回没什么牵扯。

他不记得她很正常。

因为对他而言，她就是一个小学妹，连话也没说过几句。

而她，也早就过了要去和他表白的年龄。这么多年，她还记得谢回，归根究底，是心有不甘在作祟。

谈书从小到大，所有想要的都会争取到，都能拥有。可唯独谢回不是。

她中邪一般喜欢上他，却又没有勇气往前迈出那一步。她总觉得，像他这种人，不会为她这样的平凡人而停留。

事实证明，也确实如此。

当她鼓起勇气想和他表白时，他已然决定和家人移居国外。

之后，谈书其实也断断续续听到过和他有关的消息，但这么多年过去了，她以为自己早放下了。

花了一晚上时间胡思乱想，谈书暗自下了决定——如果下回再和他碰上，她绝不会再像那天那样慌乱无措，激动心虚。

不过，谈书没想到再见谢回，会是一个月后。

这天，李苑给谈书和陈惜发消息，说一直在背地里搞事的女同事辞职了，她要好好庆祝一番。

恰好又逢周末，谈书这个礼拜不用加班，自然没拒绝她。

三人相聚一家熟悉的酒吧，刚坐下没多久，李苑忽然抓着她的手激动地喊："谢回！"

她们看向谢回那边时，那边的人也注意到了她们。

蓦地，谈书注意到有人在谢回耳边说了两句什么，他抬起眼朝她们这边看过来。

可能是错觉，谈书觉得他看她们这边时，目光在她身上有所停留。

仅仅只是一眼，她却还是因为他这点儿细微的举动而有所悸动。

"李苑。"

另一桌有人过来："你们怎么也在这儿？"

李苑和谢回他们班的许信是邻居，也是因为有这个关系，她才会第一时间知道谢回回国，然后告诉了谈书。

李苑"嗯"了声，偷偷看了谈书一眼："我们聚一聚，你们呢？"

许信一笑，回头指着说："谢回回国了，好不容易有空，我们过来宰他一顿。"许信朝她们发出邀请，"酒吧人杂，要不要凑一桌？"

李苑她们三位女生坐下后不久，已经有不少人上前来和她们打招呼，要联系方式了。

态度好点儿的，被拒绝后便离开，态度不好的，还会纠缠好几分钟。

李苑偷偷地看向另外两人："我要问问她们。"

许信一笑，跟陈惜和谈书打招呼："好久没见。"

"许学长。"谈书和陈惜异口同声地说道。

许信笑道："好久不见。要不要过去一起坐？"

陈惜将目光投到谈书身上。

谈书知道她们在顾及自己的想法，她也没表露得过于扭捏，直接点了头："好呀，就是不知道学长们方不方便。"

许信挑眉："有三个大美女一起喝酒，我看有谁敢说不方便。"

谈书三人过去时，大家热情地和她们打招呼。

其实除了谢回，其他几人和她们都还算熟，当然这也要感谢李苑和许信那青梅竹马的关系，才让他们如此亲近。

几个人相继打完招呼后，许信像个话痨似的问："谢回，你应该都不记得她们了吧？"

他指着三人，"这我邻居家妹妹李苑……"他率先给谢回介绍了李苑和陈惜，末了才介绍谈书，"最后这位是谈书，不知道你还有没有印象。"

谈书微怔，反应过来之前，许信先将到嘴边的话说了出来。

"我记得我们高三那年，你们俩都参加了元旦晚会表演，应该见过吧？"

听他提起，谢回诧异地抬了下眼。

他看向谈书，注意到她下意识避开的目光，眸子里忽然有了玩味的情绪。

他"嗯"了声，看着谈书说："又见面了。"

闻言，其余几人分外惊讶。

"你们什么时候见过？"谢回的另一个同学问。

许信也好奇："你不是刚回国吗？"

当然更重要的一点是，谢回回国后便接了工作，忙得昏天暗地，到今天才算结束，然后被他们喊出来请客。

没等谢回出声，谈书便迅速掐断了大家好奇的点。

"我们前不久在KTV碰面了。"她脸上挂着浅浅的笑，"不过当时光线太暗，我也是过后才发现是谢学长。"

听到这话，谢回眉梢往上扬了扬。

倒是陈惜和李苑，对上视线想说点儿什么，却又不知该说什么。

好在许信和另外两位同学都是能活跃氛围的，没一会儿，这儿的气氛也不再像最初介绍时那般尴尬了。

谈书渐渐也将谢回这个人重新压回内心深处，和他们聊天喝酒。

喝了会儿，谈书被谢回的另一同学邀请去舞池跳舞。

她怔了下，在陈惜的推拉下，莫名站了起来。

跟着谢回的同学走时，谈书努力在脑子里回忆，自己和他曾经有过交集吗？有说过话，或是有过什么会令人产生误会的举动吗？

她想了想，没有。

谢回这个同学叫谭明远，和她的姓同音不同字。

两人走进舞池，谭明远看着她拘谨的模样，笑着问："没事，就随便玩玩。看你在那边好像很无聊。"

刚刚谈书确实没太热情地加入他们的聊天。

她一愣，笑了笑："还好，刚刚在想事。"

谭明远应声："很久没见了，你最近在哪儿上班？"

谈书说了公司的名字，礼尚往来地询问了下谭明远。

谭明远大学学的是计算机，现在是程序员，在某知名软件公司上班。

两人漫无目的地闲聊着，谈书放松下来，脸上也多了抹笑容。她也没注意到，不远处有人的目光一直落在她这儿。

"哎，你发现没？"许信趁着李苑和陈惜去洗手间的工夫，凑在谢回旁边，"老谭对我们的谈小学妹好像有点儿意思啊……"

谢回："是吗？"他漫不经心地往两人所在位置看了眼。

许信点头："对啊，其实以前我就发现了，高中时他对谈书就蛮照顾的，不过那会儿我们都要毕业了，早恋也没什么好结果。"

谢回没搭腔。

正当许信觉得无趣，不想和他继续聊下去时，他忽而问了句："那大学呢？"

他高三下学期就出国了，之后也是在国外念的大学。

"大学？"许信想了想，"老谭不是考去外省了嘛，学妹就在我们这儿上学，两人肯定没可能。"

谢回"哦"了声："这样。"

他狐疑地瞅着谢回看了几眼："你对小学妹有意见？"

"没有。"谢回将视线从不远处收回，敛睫去看手机，"有点儿累。"

许信"哦"了声，倒也能理解谢回。他点点头："那你休息会儿吧，李苑她们回来了，我也去舞池转转。"

没一会儿，卡座这边只剩下谢回一人。

谈书不经意地抬眼时，注意到好几个打扮靓丽、身材极佳的女生往他面前走，笑盈盈地和他聊天，只是大多没聊一会儿，便意兴阑珊地离开了。

"谈书。"

"谈书。"

"啊？"谈书回神，慌乱地将视线从另一端收回，看向面前的人，"怎么了？"

谭明远愣了下，顺着她刚刚看的方向扫了眼，笑着问："你刚刚想什么呢，喊你好几次，你也没反应。"

谈书抿了下唇，压下眼睑："走了下神。"

谭明远端详她几眼，也没打破砂锅问到底。他点点头："累的话，我们回座位休息一下？"

谈书没拒绝。

两人回去时，谢回正闭着眼在睡觉，谈书下意识地多看了两眼。

谭明远看她眼睛里有惊讶，笑着和她解释："他最近日夜颠倒地忙案子，估计是累了。"

谈书"嗯"了声，说："这么吵也能睡着？"

谭明远是程序员，自然清楚人疲惫到某种程度时是不分场合就能睡着的。

他笑笑："正常，熬夜多了都会这样。"

话虽如此，他还是将谢回喊醒了。

"谢回，要不撤？"

谢回大学学的是法律，现在是一名知名律师。

谢回揉了揉眉眼，眼眸里倒映出斜对面人的面容，影影绰绰间，好似看到了她眼中的担忧之色。

谢回稍顿："不急。"

谭明远知道他是不想扫他们几人的兴致，也不再多劝。

蓦地，喝多了酒的谈书起身，准备去洗手间。

谭明远正想问要不要陪她过去，酒吧鱼龙混杂，可话到了嘴边，他又觉得冒失，有些不妥。

正当他纠结之际，谈书已经起身往另一侧走了。紧跟着，谢回也站了起来。

"你去哪儿？"

谢回懒洋洋地回："抽根烟。"

谈书没想到，自己会在洗手间门口看到谢回。他懒散地靠墙站着，修长的手指夹了根点燃的烟。

听到动静，他侧眸朝她看来，而后将烟掐灭，丢进旁边的垃圾桶。

看他这一连串的反应，谈书就算是再傻也知道他是在等自己，可她又不想自作多情。

纠结片刻，她喊了句："学长。"

谢回应声，清澈的眼眸望着她，有浅浅淡淡的笑意："回去？"

"嗯。"她短暂地确认，不是自作多情，嘴唇动了动，问了句，"您是在这儿等我吗？"

听到"您"这个字，谢回嘴角噙着笑，似有些玩世不恭的样子："您？"他勾唇笑了下，"原来我这么老了。"

7

谈书噎住："我不是这个意思。"她只是出于礼貌才用了"您"字。

谢回看着她窘迫的神情，淡淡一笑："没生气。"他抬了抬下巴示意道，"走前边吧，这边人乱。"

谈书眼睫一颤，大概明白他为什么会跟过来。

这家酒吧各方面秩序其实维护得还不错。但既然是酒吧，那就避免不了一些乱七八糟的搭讪，甚至揩油的情况。

谈书来了一晚上，也被不少人搭讪过。她不喜欢跟陌生人交流，即便是拒绝的话，她都懒得跟人多说。

今晚如果不是李苑说要庆祝，她其实是不乐意来酒吧的。

两人一前一后回了卡座，坐下后，谁也没提刚刚的事。

谢回手机铃响起，跟谭明远说了声，便出去接电话。

谢回这个电话接完时，谈书一行人在酒吧也玩得差不多了。

回去时，许信很负责地询问谈书和陈惜的住所。

听到谈书住的小区时，许信挠了挠头，喝过酒不是很清醒的脑子转了转，看向谢回："她住的是不是离你现在住的酒店很近？"

谢回"嗯"了声，迎着初夏的晚风看向谈书，自然领悟到了许信要表达的意思："我送她。"

谭明远也没介意这点，指了指陈惜，笑道："陈学妹跟我同路，不介意我这个学长送你吧？"

陈惜："有谭学长这么一位让人有安全感的学长护送，我怎么会介意呢……"

许信正要说那就这样吧，话还没说出口，忽而听到谢回问了谈书一声："我送你？"

谈书抬睫:"麻烦的话……"

她话还没说完,就被谢回打断:"不麻烦。"他淡淡地道,"你没问题就行。"

谈书嘴唇翕动,在李苑和陈惜暗藏深意的眼神下,也确实说不出有问题的话。

大家都喝了点儿酒,依次叫车。

不知是为了顾及她的心情,还是什么,他们俩喊的车抵达时,谢回给她开了后座的门让她上去,自己坐上了副驾驶座。

已是深夜,车厢内尤为安静,只有窗外呼啸而过的风声。

谈书酒量不算好,晚上的酒可能是喝急了,也可能是司机走走停停,车技一般,她有点儿晕。

她靠在车窗上,将车窗降下些许,吹着冷风缓神。

朦朦胧胧之际,她隐约听见谢回和司机交流了几句,至于说了什么,她也没听清楚。

只是感觉两人交流过后,司机也不赶时间了,车速慢许多,渐渐地,她那股恶心感也好了不少。

一路平稳地到小区,她下车时,谢回也跟着下了车。

谈书错愕地看向他。

似知道她想问什么,谢回道:"我住得不远,待会儿走回去。"他看着她,随口道,"你这小区安保怎么样?"

"还……还行。"谈书刚回答完,便看到一侧有人径直走进了小区,没刷门禁卡,也没被保安拦下。

顷刻间,周遭的空气好似都安静了。

谢回自然也注意到了这点,很轻地笑了下:"介意我送你到家门口吗?"

他很有绅士风度地询问,谈书自然是不介意的。

她不会拿自己的安全开玩笑,如果没喝酒,她或许会拒绝,但今天喝酒了,就觉得自己没有拒绝他的必要。

这一晚,谈书首次被谢回送回家。

幻想了很多年的事终于实现了,她却没有想象中开心。她跟博慕迟说起这事时,博慕迟用自己的歪理给她分析了一番。

谈书对谢回情绪这么别扭,无非是曾经爱而不得。

谈书纠正她说:"是喜欢而不得。"

博慕迟借着视频镜头觑她一眼:"没差别。你对谢回的感情,早就超越喜欢这一浅薄的层次了。"

谈书不想承认，却又说不出违心的话来反驳。

其实这么多年下来，谈书一直都觉得自己对谢回是鬼迷心窍。

他是很优秀，也很耀眼，可实际上，她自己也不差。但有时候感情就是莫名其妙，可能是两人遇上的那天，他不经意将伞倾斜到了自己这边，最后还将伞送给了自己，也可能是他们在学校里碰见时，他没太放在心上地拉了她一把。

很多不经意间发生的事，让她对他着了迷，鬼迷心窍般喜欢上了他。

这一桩桩一件件，其实是很小很小的事，小到谢回自己都没印象，也并不知道自己偶然间的一个举动，便让人对他有了感情。

谈书以前看过很多关于暗恋的形容。

有的说暗恋是一个人在自己的世界里过完你们俩的一生，也有人说暗恋是一个人的心酸史，无人能窥见，也无人能感同身受。

当然也有人说，下辈子不想暗恋，因为暗恋真的太苦。

谈书想，确实如此。可她在无数个深夜问过自己，如果人生可以重来，自己还会选择偷偷喜欢谢回吗？

她内心深处的答案是，会。

暗恋永不悔。

她对谢回的喜欢，亦是如此。

那是她曾经的爱恋，不会因为爱而不得，因为酸涩，就轻易抹去。

博慕迟叽叽喳喳说了好一会儿，谈书也没回应。

她哎了声："书姐。"

"怎么？"谈书慢吞吞地看着她。

博慕迟："你在想什么呢？"

谈书在她面前，向来没什么秘密，也不瞒着她："想谢回。"

博慕迟被她的直白呛住，好一会儿才出声："你有没有问谢回这次回国要待多久啊？"

谈书怔了下，摇头。

博慕迟哽住，对她有点儿恨铁不成钢的意思："你怎么连这个都不问？"

"和我没什么关系，我为什么要问？"

"怎么没关系？"博慕迟给她举例，"谢回要是不出国了，你不就可以给自己争取一下？"她语重心长地道，"你常常跟我说，不要让自己的人生有遗憾，那我现在将这句话送给你，不要让自己的人生留下遗憾，可以吗，书姐？"

谈书："这不一样……"

"怎么不一样？"博慕迟瞪她，"你之前都打算好跟谢回表白了，那我觉得你现在要是还喜欢他的话,也可以将这个拖了六七年的表白画上一个句号的。"博慕迟继续说服她,"至于这个句号是令人喜悦的,还是失望的,答案未知。"

谈书没吭声,两人无声地对视好一会儿,才蹦出一句:"再说吧。"

博慕迟:"不逼你,反正你自己想清楚。"

"嗯。"

两人在谢回的事情上扯了好一会儿,博慕迟还得早点儿睡觉,也没再和她多说别的。

之后一个月,谈书和谢回碰见过好几次。

她去附近的公园晨跑,谢回也在那边晨跑。

一来二去,谈书也知道他回国后一直住酒店,没找别的住所。在听到这一消息时,她下意识问了句:"那你什么时候回去?"

闻言,谢回看着她:"回哪儿?"

谈书稍稍一顿,硬着头皮道:"我听他们说你移居国外了。"

谢回了然地点了下头:"准备回来了。"

谈书脚步一顿,错愕地看着他:"什么?"

"很惊讶?"看她的小表情,谢回笑了笑,眉眼间的情绪和高中无异。

他缓声解释道:"我爸在国外出了点儿事离开了,我妈一个人不适应国外生活,想回国。"

他最近这段时间,一直在处理这件事。

谈书愣住,看着神色自若的谢回,上下唇动了动:"抱歉。"

"没事。"谢回不甚在意,"对了,你知道这附近有哪儿的小区不错吗?"

谈书顿住:"是租还是买?"

"都行。"谢回道,"这儿离律所近,租、买都可以。"

说到这儿,他好似随意在和谈书闲谈一般:"这儿离你上班的地方远吗?"

谈书没懂他问的这个问题,也没去想他是不是有别的意思。

她实话实说:"其实有点儿远。"

谢回讶然。

看出他想问什么,谈书道:"这儿性价比还可以。"

她不是差钱的人,也不需要攒钱买房买车,但工资一般,不想把自己所有工资都用在房租上。

因此,她租了这儿。

其实这边位置还不错,旁边也有公园和商业街,就是离公司有点儿远。不过她大多时候开车上班,所以也不介意早起半个小时。

谢回倒是没想到她的答案是这个，挑了下眉："原来如此。"

谈书被他笑得有点儿不好意思，摸了下鼻子，扭头去看别的地方。

谢回恰好低下头，含笑的目光落在她的侧脸上。

周五这天，谈书忽而收到谢回的消息，问她周末有没有空。

谈书："有，怎么了？"

谢回："找了个房子，想请你帮忙看看适不适合。"像是怕谈书误会，谢回立马补充，"我在国内联系的女性朋友比较少，我妈还没回国，想让你用你们女孩子的眼光帮忙看看，她会不会喜欢。"

看到这条消息时，谈书微微松了口气。她压下眼中泛起的酸涩感，回了他一声好。

周六上午十点，谈书在小区门口和谢回碰面。她刚出小区，便看到了不远处等自己的人。

天气越来越热，也可能是周末的缘故，谢回今天穿得很年轻。

虽然他本来也不老，但他今天给谈书的感觉，很有少年气，恍惚间，她甚至还有种回到高中的感觉。

简单的白衣黑裤，清清爽爽，察觉到她的视线，谢回撩起眼皮朝她看了过来。

两人视线短暂相接，很快，便又都默不作声地挪开了。

"你的车？"谈书看到谢回旁边的车问道。

她记得，谢回是没车的。

谢回："律所同事的。"

谈书恍然。

坐上车，谢回侧眸看着她："吃早餐了吗？"

谈书点头："吃了，你呢？"

"介意再吃点儿吗？"谢回问她。

谈书一顿，摇了摇头："不介意。"

没一会儿，谢回将车停在一家早餐店门口。

因为是周六，早餐店门口人不多，车也不多。

两人进店，位置还有很多。

谢回好像不是第一次来这家店，熟门熟路，还能给谈书介绍这家早餐店的招牌。

谈书讶异了几秒，只觉得他报出的好几个招牌早餐都是自己喜欢的。

等早餐的间隙，谢回和她闲聊了两句。

其实这段时间下来，两人的聊天内容都很平常。

谈书不知道谢回和其他人相处是不是也这样，唯一记得的是谢回不会给人太强的距离感。

就拿他和傅云珩来说，两人都曾是学校的风云人物，成绩也都优异，长得也帅。傅云珩不怎么爱说话，比较骄矜，让人看着觉得不好接近，但谢回不是，他是那种态度温和的人，无论是对同性还是异性，都谦谦有礼。

就连拒绝向他表白的女生，他也会告诉对方，不是对方不够优秀，是他个人问题。

谈书听过别人形容他，说他完美得有些不像正常人，整个人都没什么情绪，像谪仙。

有时候，傅云珩反倒更真实一些。但谈书不这样觉得。

谈书和傅云珩还算熟，也了解谢回。

她知道，他们俩就是不同性格的人，生长环境不同，经历不同，为人处世的方式自然也不同。

没一会儿，早餐被送上桌。

谈书抱着尝一尝的态度，却没想自己吃得比谢回还多。

她发现，这家早餐店的早餐味道特别好，特别适合她的胃口。

她吃撑放下筷子时，才注意到谢回好像没怎么动筷。

她愣了下，犹疑地看着他："不合你胃口？"

"不是。"谢回喝了口水，"我不是很饿。"

谈书看了眼自己吃的，缄默须臾憋出一句："我平时……胃口没这么好。"

闻言，谢回眼里闪过一丝笑意。他弯了下唇，嗓音低沉："我知道。"

谈书尴尬不已。

其实他不回答还好，回答了，她反而觉得自己更窘迫了。

一时间，谈书真有点儿无地自容。

庆幸的是，谢回没再继续笑她。

他起身买单，然后和她一起离开。

两人回到车上，谁也没提她吃了两顿早餐，还都吃了不少这事。

谢回看好的小区，比谈书预想中要远一些。但谢回找的这个小区位置很好。正处于市中心，四通八达，去哪儿都方便，而且小区门口就有地铁和公交车，即便是不开车都很方便。

停好车，谈书跟着谢回往里走。

他好像对这儿很熟，谈书不知道他是不是之前来看过。

两人顺利进入小区，谈书仔细看了看，谢回带她进的是楼王，在小区里绝佳的位置，临江。

她用余光注意到谢回摁下 24 的楼层键，眼睫轻抬了一下。

两人到 24 楼时，谈书注意到谢回熟练地输入密码，然后推开门看向她："请。"

谈书一顿："你之前是来过吗？"她终归是没忍住问出了口。

谢回："朋友的房子。"他跟她解释了一句，"正好闲置。"

谈书懂了。

谢回看她迟迟不迈脚，笑了笑。

房子视野极佳，各方面条件都很好，谈书根本挑不出错。不过，她总觉得这套房子装修过于冷清。

思及此，谈书也没避讳地提出了这个问题。谢回如果要和母亲一起居住的话，她觉得这儿需要加点儿软装修饰一下，会温暖很多。

谢回侧耳倾听，一脸受教的模样。

"哪种软装？"

谈书正要开口，忽而无奈地看着他："不知道怎么形容。"

谢回笑着歪了下头："那不知道谈学妹明天还有没有空？方便跟我一起去趟家居城吗？"

对上他的目光，谈书那不怎么灵活的脑子，出乎意料地察觉到了些许不对劲的地方。

莫名其妙地，她觉得谢回眼睛里有她看不懂的情绪。

察觉到她的视线，谢回没有任何闪躲，就这么直直地望了过来，坦坦荡荡。有种无言的暧昧在滋生，像春日发芽的小草，又像含苞的花在缓慢绽放。

谈书微微怔了一下，下意识地抿了下唇。

她想说点儿什么，却又害怕自己会错意。

蓦地，手机铃声打破两人之间这种微妙的氛围。

谈书的电话响了。

她猛地回神，低下头从包里掏出手机看向谢回。

谢回神色自若："你先接电话。"

"嗯……"谈书看了眼，往阳台那边走。

这儿的阳台还没做封闭处理，中间是一道感应的大玻璃门，无论是在里还是在外，江景都很美。

电话是谈书妈妈打来的，问她晚上要不要回家吃饭。

谈书本想拒绝，可不知想到了什么，又改了口。

"回的。"她轻声说，"妈妈我想吃您做的排骨。"

谈母好笑道："行，给你做，几点回来？"

"还不确定。"谈书思忖了会儿，"我陪朋友看房子，结束后就回来。"

"行。"谈母也没再多问，随口道，"天气预报说今天会下雨，你出门记得带伞。"

听到这话，谈书下意识看了眼天空。

她到现在才发现，今天的天空一直都是阴沉沉的，乌云密布。

她"嗯"了声。

母女俩聊了两句，挂断电话时，谈书一回头便和谢回四目相对。

隔着一扇玻璃门，她隐约觉得谢回看自己的眼神更为直白了，比起刚刚在室内，眼神里的深意更为明显。

谈书握着手机，在原地站了片刻，才抬脚往里走。

她进屋，谢回敛睫。

不知是这个电话的缘故，还是别的，谈书总觉得屋子里的气氛过于安静，苦恼了一会儿，抬眸看向谢回："今天去吗？"

谢回："看你方便。"

"那今天吧。"谈书轻声，"不过我五点得回家。"

谢回颔首。

下楼时，电梯不断地在其他楼层停下。

原本空旷的各占一端的偌大电梯变得拥挤。

谈书反应过来之际，谢回已经站在她的身边，替她挡住了外面进来的人。

两人靠得很近，近到她能闻到谢回身上冷杉的味道，近到他侧头和她说话时，她的脸颊拂过他温热的气息。

谈书察觉到谢回往她这边倾身靠近时，眼睫不受控制地轻颤着。

"谈书？"谢回喊她。

谈书猛地回神："啊？"

她一抬头，便对上他促狭的目光："到了，出去吧。"

谈书跟着他走出电梯时，才发觉大家看她的眼神有些许不对。

她的脸莫名红了起来。

这股红晕，直至跟着谢回上了车，也未能消散。

正当她窘迫之际，谢回忽然笑了下："很热？"

谈书侧眸看着他，抱着破罐子破摔的想法："是有点儿。"

谢回立马给她开窗透气，谈书哽了片刻，慢吞吞地将视线从他身上挪开。

罢了，就当她很热吧！

去家居城的路上，谈书没再和谢回交流。

她低垂着脑袋捧着手机和博慕迟聊天，这个点，她估摸着博慕迟也应该训练结束去食堂吃饭，有空搭理自己了。

看到谈书发来的消息，博慕迟先是给她回了一连串的"哈哈哈"，而后才认真给她分析。

博慕迟："我真觉得谢回是不是看上你了，不然看房子这种私密的事，为什么找你？"

博慕迟："还有啊，谢回在国内不可能只有你一个女性朋友吧？再说了，我一直觉得你和谢回在公园的偶遇挺巧合的，你走出小区就是公园，去锻炼很正常。他最近这段时间一直住酒店，那家酒店我记得很清楚，有健身房。他不去健身房跑公园和你一起'老人'漫步不就是存了别的心思？"

谈书："谁老人漫步了？"

博慕迟："谁应就是谁。"

谈书并不承认自己十五分钟跑完一千米这种速度，是老人漫步。

博慕迟："你要实在想知道，其实你可以直接问谢回。"

谈书："问什么？"

博慕迟："就问他是不是对你有意思。"

谈书："不。"

博慕迟："那你再观察一下，我就不信他能一直忍住不说。"

谈书："哦。"

博慕迟："你就这个反应？"

谈书："不然呢？"

博慕迟："怎么说也是你暗恋多年的男神啊，他有一天突然喜欢你了，你不得激动一下？"

看到她这句话，谈书歪着头认真思考了一下，扪心自问：如果谢回真喜欢上了自己，激动吗？

她是激动的。

只是，博慕迟说的这话暂时还只是假设，她不想给自己太多期许，回头又让自己失落。

以前，谈书给过自己很多期盼，可一次次落空后，已经学会不再期待了，只有不去期待，在得到确切答案的时候才不会失望。

622

但她能做到吗？

谈书侧眸去看此刻正专注开车的人，谢回长得英俊，剑眉星目，眉眼尤为好看。每次他一笑，谈书都会控制不住地想多看他两眼。

走神之际，谈书得到个答案——她做不到。

其实她骨子里对谢回这个人还是有所期盼的。若非如此，她也不会答应陪他出来，更不会和他联系越来越频繁。

他们抵达家居城的时候，还没到午饭时间。

谈书来过这儿几次，之前租房的时候就来这边买过东西。相比较谢回这个刚回国不久的人来说，她对这里是熟悉的。

这个点来家居城逛的人不少，还有打扮漂亮的女生在拍照。

谢回看了一圈，将视线落在谈书身上。

他发现，谈书不怎么喜欢拍照。

走了一小段后，谈书才想起来问："你有什么计划吗？"

谢回："没有，看着买吧。"

谈书噎住。

看着她的表情，谢回抬了下眼："怎么？"

"看着买很容易买重东西。"她是个有计划的人，"你想想看，房子里差什么，比如厨具什么的。"

刚刚去看的时候，她忘了看厨房。

谢回想了想："应该没有。"

"哦。"谈书往旁边指了指，"那边有，去看看吧。"

谢回颔首。

两人在家居城逛了一圈，进门时拿上的推车里已经满满当当。

谢回偶尔会问谈书一些颜色方面的意见。

到买单时，谈书才察觉出，他拿进购物车的很多物品颜色和款式，是她喜欢的或者是她说过还不错的。

这个发现，让谈书压下许久的妄想和克制再次被点燃。

8

他们离开家居城时，恰好到了午饭时间。谢回顺势请她吃饭，她没拒绝。

两人就近找了家商场，周末在外就餐的人不少。

谈书想吃的店都要排队。看着排队的人群，她皱了下眉，让谢回换了家餐厅。

"下午准备做什么?"谢回打开话匣子。

谈书一怔:"等会儿吗?"

谢回点头。

谈书想了想:"回家……睡觉。"

闻言,谢回笑了下:"困了?"

"也没有。"谈书只是没地方去,不和朋友约着逛街时,大多是在家看书、看剧或睡觉。

谢回了然,忽而问:"要不要看场电影?"

谈书一顿,抬起眼看着他。

谢回没有任何闪躲,就这么大大方方地对上她探究的目光。

"最近有什么上映的新电影吗?"谈书看了他少顷,询问道。

谢回点开电影购票软件,然后将手机推到她面前:"你看看有没有想看的。"

谈书低头,看他和自己的同款手机,平静的内心再次泛起波澜。

她抿了抿唇,看着上面的电影推荐,随手指了一部。

"就这个吧。"

谢回垂眸一看,抬了抬眸:"确定?"

谈书没再看,端起一侧的杯子抿了口水,含混地说:"确定。"

谢回:"好。"

他买好票,两人点的菜上桌了。

可能是早上吃多了,谈书这会儿一点儿也不饿。

她没吃几口便放下了筷子,谢回看了眼她动过的几道菜,心里有了猜测。

吃过饭,两人去楼上的电影院。

谈书跟谢回说了声要去洗手间。

谢回稍顿:"要我陪你到门口吗?"

谈书错愕,蒙了一下,反应过后瞬间摇头:"不用。"她脸色涨红,"我认识路。"

谢回笑了下:"好,要不要喝点儿什么?"

刚吃过饭,谈书一点儿也不饿,想了想:"纯净水吧。"

等谈书从洗手间出来,谢回已经买好纯净水,也取好票了,就站在洗手间不远处等她。

谈书眼睛一亮,有种很奇妙的欣喜感。

她正要往他那边走,先看到了不认识的两个女生朝他走近,与他交谈。

谈书脚步一滞，停在了原地。

她正在思索自己要不要再往前走时，谢回有所感应地朝她看了过来。在她怔愣之际，他抬脚朝她靠近。

冷杉气息袭来。谈书猛地回神。

谢回好笑地看着她："站在这儿做什么？"

谈书抬起眸看着他："我……"

"什么？"谢回问。

谈书眼睫轻颤，摇了摇头："没什么。"

闻言，谢回也不再多问。

距离电影开场还有二十分钟，两人找了位置坐下。

谈书心不在焉地低头看手机，时不时抬眸看谢回一眼。

倏地，一侧传来一对情侣的交谈声。

"亲爱的，我想要那个。"

"那个不是要去楼下答题才能有？"男生回答，"你有点儿为难我。"

"试试嘛。"女生撒娇，"待会儿看完电影就去怎么样？"

两人的交谈声不断入耳。

正当谈书好奇他们在说什么时，谢回忽然出声问她："楼下有比赛？"

谈书抬眸："不知道。"他们俩是直接从地下停车场上来的。

谢回"嗯"了声，没再继续说下去。

两人安静了会儿，谢回盯着她笑了下："你怎么都不问？"

"问什么？"谈书诧异。

谢回看她是真没放在心上的模样，摇了摇头："没什么。"

谈书无奈，小声嘀咕："说话说一半的人，是会遭天打雷劈的。"

谢回忍俊不禁，挑了挑眉："这么严重？"

"对。"

谈书最烦说话说一半的人。

谢回了然似的点点头："那我下回改正。"

谈书抿唇，轻轻地"哦"了声。

没一会儿，到了检票时间。

进了电影厅后，谈书才意识到，好像选了部儿童片。

"我选的是动画片吗？"她回头看谢回。

谢回点头。

谈书："那你怎么不提醒我？。"

周围都是小孩和小孩家长,他们两个大人在这儿显得格格不入。

"提醒什么?"谢回笑问。

谈书:"这都是小孩……我们俩有点儿突兀吧……"

"不突兀。"谢回道,"也有家长。"

谈书:"那人家是陪着小孩来看的。"

"嗯?"谢回抬眼,嗓音含笑,透露着一股揶揄,"我也是陪着小孩来看的。"

喧闹却又昏暗的电影厅,因为谢回的这句话,让本就容易在黑暗中滋生的暧昧在无限蔓延。

谈书借着大屏幕的光看向旁边的人,他依旧没有闪躲,就任由她打量着。

好半响,谈书才慌乱地憋出一句:"你别说些……容易让人误会的话。"

谢回:"误会?"他拉着谈书坐下,幽幽地叹了口气,"我以为我表现得够明显了,奈何有人不开窍。"

谈书眼睫一颤,嘴唇动了动,却还是什么也没说出口。

谢回看了她须臾,倒也没直接问。

没一会儿,大屏幕开始播放动画片。

谈书走神看着,好一会儿,才做好心理准备扭头去看旁边的人。

她一侧头,恰好钻进谢回的眼瞳。

从始至终,他都没看儿童片,他的目光一直都在谈书身上,他在等谈书的答案。

无声对视半响,谈书问道:"刚刚那两个女生,是找你要联系方式的吗?"

谢回错愕,没想她会问这个。

他"嗯"了声:"我没给。"

"哦。"谈书点头,又问了句,"你是真打算回国了吗?"

谢回哭笑不得:"是。"

谈书又"哦"了声。她抿了下唇,将视线转回到动画片上,问:"你喜欢我?"

谢回:"是。"他的目光紧锁在谈书身上,"还想知道什么,都可以问。"

谈书怔了下,整个人像是被喜悦笼罩,脑子好像停止了转动,根本想不起来自己要问什么。

好一会儿,她憋出一句:"为什么?"

为什么是她?

谢回其实也想过这个问题,还不止一次。但他最后得到的答案可能是两人重逢那天,她看自己的眼神奇怪;也可能是在酒吧碰面那天,在许信提起他们俩一起参加过元旦晚会时,他脑海里有了模糊的记忆。

当然，也可能是别的。谢回一时找不到答案。

他只觉得，这个小学妹有点儿特别，特别是每回看见他，都故作镇定的样子，很特别。

直到上回酒店健身房维修，他在公园遇上她，才敏锐地察觉到些许不同。

谢回是个从不欺骗自己的人，也从不会抗拒一些陡然涌现的东西。那天之后，无论健身房维不维修，他都习惯性地往公园跑。

虽然，在公园里偶遇谈书的概率并不大，但他依旧乐此不疲。但要问他为什么会选择谈书，他确实在当下给不出答案。

谢回好半晌没说话。

谈书不得不转头看向他："没有答案吗？"

谢回点了下头，谈书了然，没再继续问下去。两人的话题也到此结束。

谢回没问她要不要做他女朋友，谈书也不知道要怎么和他继续聊下去。

看完动画片，两人在小孩诧异的注视下淡定离场。

下去时，谢回没按负二楼的电梯键，而是按了一楼。

谈书下意识问了句："你要去一楼买东西？"

谢回看着她："忘了？"没等谈书想起，他道，"一楼不是有什么答题比赛，我们去看看。"

一楼确实有活动。

两人到了才知道是一家玩偶店开业，答对二十道题的人可以拥有一个限量款玩偶，题目是随机的。

谢回看了眼，侧眸问她："喜欢哪个？"

每个限量款的玩偶出的题目难度是不同的。

谈书看谢回自信满满的模样，直接指了个最难的："那个。"

谢回含笑瞥她一眼："好。"谢回去报名，然后答题。

谈书在下面看着他，看他穿着黑裤、T恤站在台上，眉眼清朗，唇角上扬的模样，恍惚中有种回到了高中那年他们入校不久，学校开的新生入学大会的感觉。

当时，谢回和傅云珩两人作为优秀学生代表上台演讲，给他们这群刚迈入高中阶段的新生做演讲。

那天的太阳很大很刺眼，可为了看台上的两位学长，没人舍得眨眼，没人舍得挪开目光。谈书也一样。

她到现在，还记得谢回当时在台上说的一句话。

谢回是文科生，是个有着浪漫因子的文科生。

他当时引用《2001：漫游宇宙》里的一句话，告诉所有略带生涩的面孔和所有对未知带有恐惧和不安的学弟学妹们，告诉他们——每一个在地球上活过的人，在这个宇宙上都有一颗对应的星星在闪烁。

你要永远闪闪发光。

无论当下的你是自信的、茫然的，还是无措的。你都要坚信，有一颗星星始终落在你头顶，为你照亮前路。前路的所有荆棘，都会被铲平，被星星融化。

耳侧有掌声响起时，谈书回了神。

谢回垂眸看向她，接过主持人给的玩偶朝她走来，然后递给她。

谈书微怔，轻声道："谢谢。"

两人去负二楼，一路上两人都默不作声。

直到上了车，谢回才侧眸看着她："刚刚在想什么？"

谈书微顿，抿了下唇看向他："你还记得高三的时候，做优秀学生代表上台演讲的事吗？"

谢回一怔，看她的眼神有了讶然："记得。"

谈书"嗯"了声，像是鼓起了勇气一般："你当时说了句和宇宙相关的话，送给新生学弟学妹，你有印象吗？"

谢回："有。"他看着谈书，"你还记得？"

谈书点头。

远处有车辆驶出，有光打在他们这边。

在刺目的亮光下，谢回看到谈书的嘴唇上下翕动着。

少顷，他耳朵里像是有什么东西爆炸一般。他错愕地看着谈书，眼眸里满是不可置信。

谈书刚刚说——谢回，我其实喜欢过你很多年了。

可惜的是，这句喜欢，也隔了很多年才告诉你。

两人四目相对。

谈书被他灼灼的视线看得有些不自在，紧张地抿了下唇："你是……不相信吗？"

"不是。"谢回嗓子忽然有些低哑，"之前怎么没说？"

谈书："没找到合适的机会，我也怕说出来不合适。"她顿了顿，"但现在我想告诉你，因为我不想给自己的人生留下遗憾。"

表白这件事，阔别多年，她还是想将它完成。

谈书是个喜欢在自己的人生里，给自己每一个计划都画上完美句号的人。

谢回神色微敛，想说点儿什么，却被谈书打断了。

她看向他:"我知道你喜欢宇宙,所以我高中的时候,看了很多和宇宙相关的书。"她顿了顿,"你出国的时候,我安慰过自己,分别并不可怕。我想我们终有一天还是会再见的。"

即便不见,等他们湮灭后,也会变成空气,然后交汇。

那段难熬的岁月,谈书是这样安慰自己的。

听她说起这个,谢回沉默了许久。

说完,谈书也没再说话。

她看着谢回:"你送我回去吧。"

她报上地址,谢回应声。

一路无话,车厢内静悄悄的,两人一直沉默着。

车停下时,谈书才回神。

她正要和谢回道别,他忽然喊住她:"谈书。"

谈书侧眸。

谢回直直地望着她,眼神坦荡,情绪直白:"很抱歉,我现在才知道这件事。"他顿了顿,"不知道你有没有听过宇宙是人类终极的浪漫这句话。"他看着谈书,"如果你愿意的话,我想邀请你,和我一起看看这个浪漫的宇宙。"

我甚至想将自己所拥有的宇宙送给你。

谈书和他对视许久,不违背自己心意地说出了一句话:"那你,送我一个收音机吧。"

布劳恩·考克斯教授在《宇宙的奇迹》曾说过——收音机里沙沙作响的静电噪音,有1%在物理学家听来是优美的音乐,因为这是大爆炸中被拉伸的光。这个声音就是宇宙起源时,第一束光奏响的乐章。

谈书相信,他看过这本书,也知道她说想要收音机是什么意思。

这辈子,她想再纵容自己一次。

她想和他一起,听一听第一束光的乐章。

闻言,谢回笑了,嗓音温柔地答应:"好。"

翌日,谈书不仅收到了谢回送给她的古老收音机,除此之外,还有他曾看过圈出来的和宇宙相关的他喜欢的句子。

两人在一起很久后,谈书得空将他看过的书全部看完。

在最后一本的最后一页,她看到了他留给自己的话。

他问她——愿不愿意让他陪她,去看一次日出。

谈书轻笑,在书桌上抽出笔,一笔一画地写下答案。

谢学长，我们已经看过很多次日出了，下回去看……去看海吧。

她刚写下答案，书房的门被人推开。

谈书抬眸，看向站在门口的谢回，两人视线相接。

少顷，他抬脚朝她走近，她的书本还没来得及合上，谢回一低头便看到了她的回答。

他怔了下，笑着说："这是承诺？"

谈书觑他。

谢回抬手，揉了揉她的头发，含笑道："怎么不说话？"

谈书："因为我不知道你的下一句话是不是有坑。"她已经不止一次被谢回骗了。

谢回哑然失笑，捏了捏她的脸："没有。"

谈书才不信。

缄默片刻，谢回忽然说："小学妹？"

谈书抬眼，谢回不知从哪儿变出一枚戒指，望着她："我今天有个问题想问你。"

谈书眼睫一颤。

谢回低声道："你想不想成为我的第一顺位继承人？"

谈书无奈，懂了他的意思。她嘴唇翕动，故意说："你有什么可以让我继承的？"

谢回："全部。"

他将她的手放于胸口，低低地道："包括我。"

谈书慢吞吞地"哦"了声："我考虑考虑吧。"

谢回也不急于今天就要答案，爽快地道："行，你慢慢考虑。"

听到这个回答，谈书无声地翘了下唇。

她坐在椅子上，看着在自己面前半蹲下的人，忽而觉得所有的遗憾都被他弥补了。

她再一次问自己。

喜欢上谢回后悔吗？

答案一如往常——不悔。

她从没后悔过遇见他，然后不可自拔地爱上他这回事。

番外二

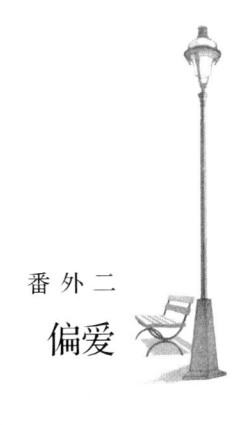

偏爱

傅云珩和博慕迟是婚后第四年,才打算备孕的。

博慕迟又参加了一届奥运会,拿到了她想拿的金牌,成为了最年轻的大满贯选手后,便努力地让自己回归生活了。

和傅云珩婚后这几年,她的大部分时间都在训练场上,傅云珩嘴上虽不会说什么,但博慕迟总觉得有些对不住他。

每年新年遇到有比赛,博慕迟没办法回家和他团圆不说,还总需要傅云珩千里迢迢来看自己。

只要她在队伍里,无论国内还是国外,傅云珩都一定会挤时间出来,陪她跨年。

每一年都不曾间断。

退役后,博慕迟和傅云珩过起了悠闲自在的生活。

为庆祝她退役,傅云珩特意休了个小长假。

但两人哪儿也没去,就窝在家里待着。待了三天,还是博慕迟觉得不能再这么下去了,拉着傅云珩出了门。

两人到小区附近的水果店买了些水果,慢悠悠地循着夜色散步回家。

路上,博慕迟和傅云珩谈起要孩子这事。

傅云珩看她一眼,"不急。"

"?"

博慕迟略显诧异，"你确定？"

傅云珩应声。

博慕迟狐疑看他，从他表情神态里得到确切答案后，有些困惑。

虽说傅云珩没和她提过要小孩这事，但博慕迟很确定，他很喜欢小孩，也很想要个属于他们的爱情结晶。

"那爸妈要是催的话，"博慕迟故意提，"我就说你说不急。"

傅云珩好笑看她，神情温柔，"他们不会催。"

无论是傅言致还是季清影，抑或者是迟绿、博延，都不是那种会催孩子们要宝宝的长辈。他们完全尊重孩子的选择，两家父母早就提过，他们做所有决定和所有事情都不要有任何压力。

只要不违法犯罪，他们都会全力支持。

之前怕博慕迟有压力，季清影还特意和傅云珩说过，他们期盼有孩子的出现，希望家里有新生命。但他们更希望博慕迟和傅云珩过得开心，只要他们俩在一起是轻松快乐的，那有没有孩子不重要。

注意到她视线，傅云珩无奈轻笑，"很意外？"

博慕迟乖乖点头，"非常。"

傅云珩无言。

他捏了捏她手指，低语，"半年后再说吧。"

博慕迟开始还不太明白他为什么突然会不着急要孩子了。直至睡前，她被他哄着喊他云宝哥哥的时候才后知后觉反应过来——傅云珩不是不喜欢孩子，而是想在她退役后，先和她过一段二人世界。

他不想自己的"蜜月"生活被第三者破坏。

不过人算不如天算。

傅云珩计划是先和博慕迟过半年"闲云野鹤"般的生活再要宝宝，但在第五个月的时候，博慕迟忽而身体不适，到医院检查一番后确定了她肚子里有了个一个多月的小宝宝。

这消息一经确认，季清影和迟绿两人相继在他们的大群里放鞭炮。

没一会，颜秋枳一行人也争先恐后加入。

等博慕迟和傅云珩从医院回到家时，季清影和迟绿已经来了。

"有没有哪里不舒服？"迟绿紧张兮兮地问。

博慕迟哭笑不得，"妈，才一个多月，我能有什么不舒服。"

迟绿觑她，"你一个多月的时候可折腾我呢。"

"有吗？"博慕迟疑惑，"我不是两个月才被你和我爸发现的？"

迟绿被她堵得无话可说，只能瞪她。

季清影在旁边乐，唇角弯弯道："你妈太紧张你了。"她拉着博慕迟到沙发上坐下，温声道："现在应该还好，但你要是有什么不舒服就及时跟我们说。"

她看了眼傅云珩，"云宝工作忙，但我和你妈妈闲，你什么时候需要我们，我们都可以来照顾你。"

季清影怕给博慕迟压力，所以不想表达得过于紧张。

她做事，向来考虑周全。

博慕迟弯唇，"我知道的。"

季清影和迟绿性格不同，表露的关切也不相同。但博慕迟很清楚，她们都很爱她。

婚后的博慕迟和傅云珩不和长辈们住一起，不过距离也不远。

亲眼看到博慕迟没任何不适，也没有焦虑感后，季清影和迟绿跟傅云珩叮嘱什么能吃，什么不能吃，孕妇的情绪比较敏感多变等等。

把这些都啰嗦了一番，两人这才离开。

两人走后，博慕迟看向手忙脚乱的傅云珩，对他投以同情的目光。

"云宝，接下来的日子就多担待了。"

傅云珩："……"

博慕迟的这句话，原本只是一句玩笑。

她没想到的是，自己会一语成谶。

三个月的时候，她的肚子就开始有反应了。她不能闻到腥味，不能吃太多油腻腻的食物，口味也变得奇特。

甜的辣的喜欢混在一起吃，还总是馋冰淇淋、奶茶。

可她这个身体情况，冰淇淋、奶茶能吃，却都不能多吃。

偶尔半夜，博慕迟还会忽然醒来，望着天花板嘀咕："好想吃披萨啊。"

每每这个时候，傅云珩都会第一时间醒来，给她下单点外卖，亦或者是亲自到厨房给她做她想吃的。

博慕迟一边心疼傅云珩，一边使劲劳役折腾他。

谈书和陈星落他们偶尔看到，都不忘朝傅云珩投去同情目光。

好几次，博慕迟拉着傅云珩谈心，"云宝。"

"嗯？"傅云珩白天在医院忙了一天，这会躺在床上也略感疲惫，"想说什么？"

博慕迟白天刚和谈书一起吃过饭逛过街，对谈书点评她太作这事，进行了深刻反省。

"我是不是太作了?"

傅云珩睁开眼看她,"怎么这么说?"

"你先回答我有没有。"博慕迟坚持要个答案。

傅云珩:"没有。"

"真的?"博慕迟明显不太信,"谈书她们都说我作。"

傅云珩失笑,侧身将她拥入怀里,缓声:"没有。"

博慕迟眨眨眼,盯着他看了半晌,"你工作那么累,我还总是半夜喊你起来要吃东西,偶尔心情不好还发消息骂你。"

傅云珩扬眉,"你那不是骂。"

博慕迟:"那是什么。"

"撒娇。"傅云珩低头,亲了亲她唇角哄她,"哪有人骂人是发可爱表情包的。"

博慕迟被他的形容逗笑,眉眼弯弯道:"好吧,那我相信你。"

她低头看了眼自己肚子,喃喃,"你说他是男孩还是女孩。"

"不知道。"

这个时候,傅云珩的医生职业也不顶用。

博慕迟好奇,"那你想要男孩还是女孩。"

傅云珩垂眸,"都好。"

只要是他们俩的孩子,无论男女,他都喜欢。

博慕迟无言,"不行,你必须选一个。"

傅云珩沉思了会,嗓音沉沉道:"我有点儿贪心。"

他男、女都想要。

博慕迟"扑哧"一笑,意有所指,"那你觉得你有那么厉害吗?"

傅云珩瞅她。

博慕迟眼眸里满是笑。

傅云珩盯着看了少顷,忍不住抬手捏了捏她脸颊,咬牙切齿说:"你是不是知道我现在拿你没办法。"

博慕迟笑。

笑了会,她凑傅云珩耳边小声咕哝:"我今天去医院,医生跟我说……"

后面的话还没说完,傅云珩翻身撑在她身前,目光深邃又勾人。

博慕迟被他炙热的眼神看得有些受不住,耳朵也有些热,"你干吗这样看我。"

傅云珩俯身，含着她的唇吮着，嗓音低沉，"好看。"

他说的是大实话。

从小到大，就没有人说过博慕迟不好看。

即便是结婚了，临近三十了，她也依旧漂亮如少女。可能是运动的缘故，她看上去和二十岁的时候没有太大差别，依旧漂亮明艳。

也依旧，让傅云珩挪不开眼。

"……"

博慕迟的孕期，比她想象中过得要轻松快乐。

她没有大多数人的郁闷烦躁情绪，也很少遇到不开心的事。偶尔有，也很快就会被身边的家人、朋友用快乐和爱冲淡。

前期，博慕迟在家，有阿姨和傅云珩照顾。

后期，博慕迟索性搬回家住，让迟绿和季清影照顾她。

她怀孕后，迟绿和季清影几人的厨艺进步飞速，之前迟绿只能做点简单的家常菜，现在已经是可以给博慕迟做小龙虾之类大菜的"厨师"了。

一晃，八个多月便过去了。

傅家小朋友在哭闹一夜后，于晨曦渐露之际，来到了这个充满爱的世界。

博慕迟再次睁开眼时，傅云珩正在她旁边小心翼翼而又笨拙地抱着孩子。

心有灵犀般的，他回头看向博慕迟。

博慕迟朝他露出个笑，嗓音沙哑道："她还好吗？"

"好。"傅云珩抱到她面前给她看，说："像你。"

博慕迟看了眼，皱巴巴又红彤彤的。

她蹙眉，不解道："我哪有那么丑？"

小小傅的到来，让傅云珩和博慕迟的生活多了丝乐趣，也多了份烦恼。

她爱哭，个性不像傅云珩，也不像博慕迟。

博慕迟不知道第多少次望着小小傅这张和傅云珩有些相似的脸感慨，"女孩子都这么爱哭的吗？"

傅云珩正要接话，她又说："难道我小时候不是女孩？"

"……"

傅云珩哑然。

忽地，小小傅再次哭了起来。

博慕迟和傅云珩相对无言，手忙脚乱地把她哄好，哄睡。

回到房间，博慕迟再次感慨："我女儿真能哭。"

傅云珩抱着她，"辛苦了。"

博慕迟汲取着他身上源源不断的热源，"这句话应该我说。"

他们家看上去是她在家照顾孩子，她"无业游民"。可实际上，博慕迟还常常会迷糊，而傅云珩总是能很好上手。

刚刚小小傅哭，也是傅云珩哄好的。

傅云珩垂眸，"不管怎么说，还是要谢谢你。"

博慕迟仰头，"那我是不是也要谢谢我的云宝哥哥。"

傅云珩挑眉，"谢我什么？"

博慕迟踮脚，轻轻碰了下他的唇，喜笑颜开说："谢谢他，从小到大都偏爱我。"

博慕迟曾在接受一次采访时提起。

她这辈子最幸运的事是，从一出生就有一个大她两岁的竹马哥哥。

这位竹马哥哥从小就照顾她，纵容她，偏爱她。最后还成为了她最最亲爱的丈夫。

她很爱他。

他也一样，比她更爱她。

他见证她所有的成长，也将陪她走完漫漫人生。

而她将在他的偏爱下，一生有恃无恐。